没有命运，只有选择

猫腻 /著

择天记

第四卷 起风雷

图书在版编目(CIP)数据

择天记.第四卷,起风雷/猫腻著.—北京:人民文学出版社,2017
ISBN 978-7-02-012726-9

Ⅰ.①择… Ⅱ.①猫… Ⅲ.①长篇小说—中国—当代 Ⅳ.①I247.5

中国版本图书馆 CIP 数据核字(2017)第 068678 号

责任编辑	胡玉萍
	涂俊杰
责任校对	韩志慧
装帧设计	刘　静
责任印制	苏文强

出版发行　人民文学出版社
社　　址　北京市朝内大街 166 号
邮政编码　100705
网　　址　http://www.rw-cn.com
印　　刷　三河市鑫金马印装有限公司
经　　销　全国新华书店等

字　　数　491 千字
开　　本　890 毫米×1290 毫米　1/32
印　　张　15.125 插页 3
印　　数　40001-50000
版　　次　2017 年 4 月北京第 1 版
印　　次　2017 年 5 月第 2 次印刷

书　　号　978-7-02-012726-9
定　　价　39.00 元

如有印装质量问题,请与本社图书销售中心调换。电话:010-65233595

目录

第一章 —— 001
明知不可为却要为之，明知不敌却要战之。

第二章 —— 077
我们想成为什么样的人，那么我们的世界就会变成什么样。

第三章 —— 239
整个大陆都将知道，国教学院近二十年后，终于开始再次招生了。

第四章 —— 349
『出了什么事？』
『没事……只是想你想得睡不着觉。』

第五章 —— 445
他登上世界这个舞台的时候，无比风光，夺目至极；他离开这个世界的时候，同样轰轰烈烈，潇洒无比……

第一章

明知不可为却要为之,
明知不敌却要战之。

1 · 指间的夜

有的人选择去死，是为了救人，比如陈长生。有些人去死，是为了杀人，比如梁笑晓。从魔域雪原到天凉郡，南归数万里路上，陈长生和苏离遇到了很多事情，挂念某些地方。陈长生最挂念的地方是京都，苏离最担心的地方则是离山。

离山也很担心苏离，只不过那时的离山正面临着很多麻烦的问题，秋山君重伤未醒，刚被运回离山的七间也昏迷不醒，然后，山前来了很多人。京都里有很多人在担心陈长生，落落站在清贤殿的殿顶，每天看着落日，清丽的小脸上写满着担忧与伤感，国教学院安静得仿佛坟墓，轩辕破每天去天书陵看唐三十六有没有出来，湖畔的大榕树在春天里绿意逼人，却无人来探看。

周园里的事情已经结束，余波却远未平息，人们离开汉秋城，把周园里发生的事情以及周园外那个令人震惊的消息传遍了整个大陆——魔族不知用了什么方法潜入周园，然后强行关闭周园，在里面掀起了无数场血雨腥风。其后周园不知何故忽然崩塌，现在应该已经毁灭，很多极富天赋的年轻修行者陨落其间，最令人震惊的是，陈长生在周园里失踪，始终生死不知。

现在的陈长生早已不是那个来自西宁镇旧庙的少年道士，他是去年大朝试的首榜首名，他在天书陵里引来满天星光，帮助数十名同龄修行者成功破境，他更是教宗大人最看重的年轻天才，是有史以来最年轻的国教学院院长。

这样的一个人生死不知，下落不明，当然要引来了整个大陆的震惊目光，唯一能够与此事相提并论的，便是梁笑晓在临死之前的指控。梁笑晓死前没有说明，但在场的所有人都知道，他想说的是……陈长生与七间、折袖三人与魔族勾结。

如果换成别人发出这个指控，只会惹来嘲笑，但梁笑晓是离山弟子，是赫赫有名的神国七律，他没有任何理由去陷害自己的师弟七间，最重要的是……梁笑晓死了。

他死在离山法剑的最后一式之下。

而死人是不会撒谎的。

"死人连话都说不出来，自然不会撒谎，问题在于，那名离山弟子说出那番话的时候，他还没有死，那么凭什么认为他不会撒谎？"

"可是梁笑晓当时已经身受重伤，离死不远，那番话……等于是遗言。"

周通没有任何表情，双眉在油灯的映照下，就像两道墨线，说道："遗言就一定可信？那我清吏司以后办案就简单多了，再有哪位大人觉得我证据不足，我安排他的一个侄子自杀身亡，死之前留几句话就行？"

"我从来都不知道，周通大人居然如此看重证据。"莫雨看着他说道。她从来不喜欢周通，整个京都都知道这件事情，当然，这并不影响她和周通在朝政之上的配合，作为圣后娘娘在朝堂上最可靠的两只臂膀，他们必须配合好。

"重点在于，没有人相信陈长生会和魔族勾结，所以我需要证据。"周通神情不变，平静说道，"事实上，如果不是那个离山弟子死了，光凭庄换羽的指控，你以为离宫会同意把折袖交到我的手里？"

莫雨沉默片刻后说道："审问的结果如何？"

"他一个字都没有说，自然也就没有结果。"周通面无表情说道，"我会再审他一个月，如果到那时候，他还不承认他和陈长生与魔族勾结，那么……我就承认他说的是实话。"

听到这句话，莫雨感到了一阵寒意，脸色有些苍白。

折袖已经下狱多日，如果还要被囚一个月，那他还能活着出来吗？要知道他在的监狱并不是诏狱，也不是刑部大牢，而是传说中最阴森可怕的周狱。没有人能在周狱里撑过这么长时间。就算能，这也太残忍了。

残忍到……就连周通自己都有些同情那位狼族少年。

莫雨问道："你为什么一定要斡夫折袖开口？"

周通说道："因为没有人会相信陈长生和魔族勾结，那名离山弟子的死只能让人们对此产生怀疑，并不足以动摇人们的信念，除非折袖承认他们做过些什么。"

拥有教宗大人和梅里砂主教的信任与疼爱，成为历史上最年轻的国教学院院长，在很多人看来，陈长生极有可能成为离宫下一任的主人。下一代的教宗大人——这世间再也没有比这更光明的前途，魔族根本不可能给出更好的条件，那么他自然没有任何道理背叛人类，勾结魔族做出那些事来。

莫雨沉默了会儿，问道："你相信吗？"

不管整个大陆对周通的评价如何，不管周通在审案时用的手段是否合法，甚至有些违反人性，但所有人都承认，在这方面周通拥有最强大的能力。

"相信与否从来都不是重要的事情，证据才是最重要的事情。"周通说道，"所以我会再给那名狼族少年一个月的时间，其实那一个月的时间也是给我自己的。"

莫雨看着他平静无波的眼睛，问道："哪怕军方对此颇有微词？"

周通唇角微微牵动，便算是笑了笑，说道："你觉得我在乎这些？"

莫雨微嘲说道："我一直都在怀疑，除了娘娘，你究竟还会在乎什么。"

周通没有回答这句有些不敬的话语，转而说道："其实我很欣赏那名死去的离山弟子，如果不是确定他真的已经死了，我很想让他来做我的接班人。"

莫雨神情微异，问道："为什么？"

"那名离山弟子叫梁笑晓吧？我很少见到对自己这么狠的人，对自己都可以这么狠，想来对这个世界也殊无爱意，而这，就是做我接班人的前提条件。"

周通对这个世界当然没有爱意，甚至连一丝善意都没有。他看着莫雨继续说道，"而且梁笑晓对大势的判断、对局势的推演非常精准，他很清楚哪怕是自己的死亡，也不足以把陈长生和折袖拖入深渊，所以在周园外临死的那场表演，他非常清楚地把离山和京都分成了两条线，对陈长生和折袖的陷害只是顺手而为，他真正想要对付的目标是离山，是苏离，当然还有那个叫七间的小姑娘。"

听到这段话，莫雨忽然觉得身体变得有些寒冷，原来周通什么都知道，什么都非常清楚，他知道七间是苏离的女儿，知道梁笑晓心里的仇怨，知道这一切都是个阴谋。

"你没有向娘娘禀告……"她盯着周通的眼睛，说道，"事情的真相。"

周通面无表情说道："相信与否不重要，真相也不重要，京都很多人需要梁笑晓对陈长生的指控,他就用离山法剑最后一式杀死自己,这真的很了不起。"

莫雨说道:"可是你还是没有表明你自己的想法。"

周通沉默了会儿,忽然说道:"陈长生的老师是计道人,计道人和黑袍到底是什么关系,没有人知道,所以陈长生为什么不可能与魔族勾结?而且陈长生现在还活着,既然周园已经毁灭,正门处那么多人都没有看到他,那么他是怎么离开的周园?别的门?不要忘记,只有黑袍才知道周园别的门在哪里。"

莫雨沉默了很长时间,然后说道:"原来你真的在怀疑他。"

周通站起身来,走到正堂的门口,看着夜穹里的繁星,说道:"梁笑晓用死亡发出的控诉很有力量,恰好,京都里有很多人需要陈长生与魔族勾结,恰好,陈长生能离开周园说明他有可能与魔族勾结,那么我当然想要知道他到底有没有与魔族勾结。"

莫雨走到他的身后,带着一丝警告意味说道:"教宗大人会信任他。"

周通的神情忽然变得有些怪异,说道:"如果在这种情况下教宗大人依然坚持信任他,那么教宗大人是不是就不再值得信任?"

莫雨忽然觉得前面院子地底里溢出的阴森气息来到了此间,身体四周的空气变得异常寒冷,她不知道在这种情况下还能说些什么。

"你应该先弄清楚娘娘究竟是怎么想的。"

"那么,你的想法呢?"周通负着双手,看着夜空,声音淡得像是雨后的空气,他瘦削的身躯在夜色里显得有些萧索,看上去真的很像一位悲郁的诗人。

"我?对什么的想法?"

"对陈长生的想法。"

"你想死吗?"莫雨怒喝道。

周通的神情没有丝毫变化,平淡说道:"那天陈长生还活着的消息传回京都,听闻橘园里的花连夜开放,看来你的心情真的不错。"

莫雨眼中的怒意变成杀意。

周通没有转身,似乎对她的目光无所察觉。

莫雨离开了,周通开始散步。整个京都甚至整个大陆都知道,周通没有什么爱好,除了散步和亲自用刑。他严于待人,更严于律己,从不纵情声色,更没有放浪形骸的经历,哪怕还是个青年的时候。他活得极其规律、严谨,也可以说是枯燥单调。

当然，他也写诗，写悲愤忧国的诗篇，他也写奏章，写老成谋国的策论，他的生活像是一个大儒，他在圣后娘娘面前也绝对不是谀臣，而是一位诤臣，而且他是大周朝有史以来最清廉的官员，因为他从来不缺钱，也因为没有人敢向他行贿。

在周园里养了十五条黑色的三头犬。这种只有在魔域深处才有的强大妖兽，拥有畸形恐怖的外表和极强大的侦察能力与战斗能力，流淌着的黑色口水都能腐蚀掉最坚硬的金属，大概正是因为这个缘故，周通大人才没有被金钱所腐蚀。行贿的人没办法靠近他的寓所，若试图暗中潜入周园向他行贿，则会变成这些黑色三头犬的食物，寓所四周的草地与树林里，谁知道有多少根人类的骨头。

深夜时分，十余只三头犬站在某处，警惕而残忍地看着四周的夜色，黑色而油亮的皮肤被星光照耀出诡异的感觉，在这些黑色魔犬的爪牙下是一个地牢。

折袖便被关在这间地牢里，五十五根极细的金属链从他的身体里穿过，赤裸的肌肤上到处都是血，干涸或者是新鲜的血，很多地方甚至可以看到森森的白骨。

不知道过了多长时间，他醒了过来，感受着通风孔外传来的气息，有些艰难地抬起头，望向那处，急促地呼吸了数次。那里可以看到一点点夜空，有几颗星星。他睁着眼睛，看着那里，显得有些贪婪。而事实上，他现在根本看不到任何东西。

他的眼瞳深处是一片柠檬色。

那是孔雀翎的毒素与血混在一起的颜色。

有些酸。

梁笑晓死了，他死之前的指控自然极有力量，只是当时周园事件的另一位旁证——庄换羽除了极简要地说明了一下情况之外，绝大多数时候都保持着沉默，所以死者讲述的故事里有很多细节没有被补足，再加上梁笑晓指证的对象不是普通人，所以周园事件很自然地被拖进了泥潭里，过了数十日依然没有任何进展。

陈长生的身份非常特殊，离宫里的大人物们肯定会盯着这件事情。在大朝试里，人们便已经发现折袖与国教学院的关系相当不错，而且这位狼族少年在北方雪原里立下过无数战功，深得大周军方某些神将的赏识，这件事情究竟会怎样发展，在很多人看来最终还是要看圣后娘娘的决定。于是周园便成为了无数道目光注视的焦点，因为这里是周通的府邸，圣后娘娘的意志，向来是由这条最疯狂、最残忍的疯狗具体呈现，也是因为，朝廷把折袖从离宫带走后，便一直就关在这里。

很少人知道传说中的周狱，那个令无数大臣将领闻风丧胆的大狱，和周通的府邸本来就是一幢建筑的前后，相隔不过是十余丈和两道弱不禁风的门。良辰美景奈何天，说的就是周通的府与周通的狱。前者有四时美景不断，后者便是奈何天，无可奈何，不见青天。

黑犀拖着沉重的铁车，穿过周园的石拱门，来到前方这片阴森的建筑里。虽然隔得这么近，周通依然还是习惯性坐车。除了在圣后娘娘身前，只在这辆铁车里，他才会感觉到安全。黑犀车来到监狱的地道入口之前，伴着吱呀一声，车门缓缓地开启。周通从铁车里缓步走了下来，下意识里向夜空望了一眼，脸色被星光照得有些苍白。就在他走下铁车的那一瞬间，周狱四周的警戒级别顿时提高了数个量级，至于近处的那些屋檐阴影里，更不知道隐藏着多少修行强者。

周通不是弱者，他是聚星境的强者，在大周皇朝都是有数的高手，但即便是这样，他依然活得很小心谨慎，除了审案的需要，很少会离开周狱，就算离开，绝大多数时候也是去皇宫，而且每次出行都会带着无数的侍卫。因为他很清楚，有无数人想要杀死自己。如果在大陆排出一个最多人想杀的人，苏离肯定要排在他的后面。

来到幽暗寒冷的牢房里。看着浑身血肉模糊，没有一点完好之处的狼族少年，周通的表情没有任何变化，也没有任何传闻中的变态兴奋模样，只是平静。

当初奉圣后娘娘之命接手清吏司以来，周通审过无数囚犯，亲手用过无数次刑，见过无数惨状，比折袖更惨的人不知道有多少，他不可能因此而动容。但他不认为这是麻木，他也不会允许自己因为这些血腥而麻木，他坚持认为只有对工作保持初心，才能继续保有兴趣和鲜活感，然后才能保持自己对很多事情的敏锐感。

是的，周通一直认为这只是一份工作。他当初是读圣贤书的，策论做得不好，所以转而修行，修行得不错，却因为年龄太大，没有机会进入那些宗派山门的内门学习，所以他开始经营人脉，终于在百草园里认识了圣后娘娘，做上了这个工作。做一行就要爱一行，要认真地做到最好——无论读圣贤书，修道法事，

007

还是现在刑天下人，周通向来是这么要求自己的，事实证明他也确实做到了。

"六时一刻的时候，你痛昏了过去，算时间，你现在应该痛醒，所以我来再问你一遍，如果那两名女子是魔族公主南客的双翼，为何没有与那对魔将夫妇一起联手，直接杀死你们，反而分头行事，结果给了你们分别击破的可能？"周通没有站在折袖身前盯着他的眼睛给他压力，也没有看案上的卷宗。他站在地牢唯一的通风口处，静静地看着夜空里的星星，显得有些漫不经心。

案上的卷宗是折袖在路途上对梅里砂作的陈述，而折袖来到周狱之后，竟是再也没有讲过一个字，周通很清楚，精神压力对这个狼族少年没有任何意义。周通看过一遍那份卷宗，便记住了所有的内容，包括那些不引人注意的细节，他觉得就和梁笑晓的遗言一样，折袖的陈述里也有很多疑点，但他依然问得漫不经心，因为他知道不需要太用心，折袖现在还不会承认什么。

他问这段话，只是工作的一部分，是程序，或者说流程，周律里规定必须要做的事情——都是工作，结束这段，才能进行下一个部分。

听着周通的声音，折袖终于有了反应，但他依然一言不发，反而闭上了眼睛。从汉秋城回到京都，离宫派了位红衣主教亲自替他治疗，现在他身体里的毒素被尽数压制在眼底，虽然依然不能视物，但应该不会再恶化，生命没有危险。他不关心这些问题，他更关心的是周园里到底发生了什么事情，为什么周园的天空会崩塌，南客和那些魔族的高手死了吗？陈长生难道也死了？还有……七间现在的伤势到底好了些没有，是昏迷不醒还是已经醒了过来？

他专注地想着这些事情，希望能够通过这种方式，减轻一下痛苦，只是他的脸越来越苍白，黄豆般大小的汗珠不停地从额头滚落。

一根极细的针扎在他的眉心，针尾被周通捏在指间轻轻捻动。周通的神情很平静，不像是在用刑，倒像是一名医生在救助自己的病人。折袖的呼吸越来越急促，双眉越来越皱，身体开始剧烈地颤抖起来。穿过身体的那些细铁链与血肉摩擦，腐肉与新生的嫩肉被尽数刮掉。周通轻轻地拂了拂针尾。折袖已经咬得满嘴是血，却再也无法支撑下去。他痛苦地喊了起来，嘶哑的声音回荡在幽静阴森的周狱里。他想要昏过去，却痛苦地无法昏过去。

生存与死亡，痛苦与解脱，一切都在周通的指间。

莫雨离开周园，向皇宫而去。车轮碾压着青石板，有些起伏。她觉得如果是黑羊拉的车就好了。但黑羊不喜欢周通，向来不会跟着她去那里。忽然间车停了下来。她静静地看着车前的布帘，问道："殿下，你想做什么呢？"

落落的声音是那样的清澈、明亮，就像初春里新生的芽叶："我想告诉你们，先生还没回来，不代表国教学院就没有人了。"

2·有本事，不代表有用

莫雨掀开面前的布帘，走了出去，看着那个清丽可爱却又贵气十足的小姑娘，微笑说道："殿下，我不是很明白您的意思。"

落落没有笑，眼睛依然很明亮，说道："你知道我的意思，我要折袖回国教学院。"

莫雨微微挑眉，状作惘然问道："斡夫折袖……和国教学院有什么关系？"

落落很认真地说道："折袖是国教学院的学生。"

莫雨神情平静地说道："教枢处里没有登记，没有人会承认。"

这是很直接的回绝，如果国教学院方面没有办法证明折袖是学生，无论落落的身份再如何尊贵，也没有道理向大周朝廷施加压力。

落落盯着她的眼睛说道："你很清楚，我和我家先生一定会护着他。"

莫雨说道："朝廷首重律法，折袖有没有罪，总要审过再可以。"

落落说道："那你有没有想过，如果先生回来了，你怎么向他解释？"

莫雨听着这话，想起先前周通的那番话，不知为何，心生恼意，说道："我凭什么要向陈长生解释？难道我还怕他不成！"

落落说道："那你们为什么不赶紧把我家先生接回来？"

莫雨冷笑道："陈长生之所以没有回来，那是因为他自己要跟着苏离，现如今全世界都想杀苏离，他这个白痴却偏要护着苏离，这和我有什么关系？和娘娘又有什么关系？殿下若有本事，不妨先让他认识清楚自己的愚蠢！"

这番话说得很快，仿佛珠落玉盘，清声不停，因为她确实很恼怒。怒其执拗，怒其白痴，怒其不爱惜自己生命的怒。这里的其，自然是陈长生。

落落的眼睛越来越明亮，看着她说道："先生不回来，自然有不回来的道理，如果你真的担心他，有本事就把他带回来。"

莫雨更加生气，心想自己怎么会担心陈长生的死活，说道："在浔阳城里杀苏离的人背后站着谁，殿下你应该很清楚，有本事，你就让教宗大人收回浩令！"

落落不再理她，转身便向皇宫外走去，只有清稚的声音还在回荡："总之你想些办法吧，不然，你有本事别让我家先生被窝去。"

听着这话，莫雨颊畔微起红晕，盯着她的背影强抑羞意说道："殿下小小年纪，倒挺关心这些事情，我可没这等本事。"

说是没有本事，但当莫雨走上甘露台，看着高台边缘夜明珠光辉里的圣后娘娘时，依然忍不住想要开口说些什么。最终当她开口时，说的却是先前的遭遇。圣后听完她的话，沉默了会儿，说道："陈长生那个小家伙究竟有什么好……竟能让落落紧张成这样。"

莫雨轻声回道："想来陈长生还是有些用处的。"

圣后笑了笑，说道："前些天，京都一直流传着陈长生没能出周园，可能已经命丧其中的消息，听闻她很伤心？"

莫雨心想，何止伤心二字如此简单。便在她想顺势说些什么的时候，圣后忽然转过身来，看了她一眼。只是很简单的一眼，很轻描淡写，没有任何深意，只是随意，更没有像周通和落落那般问及她与陈长生之间的关系，但……她的身体骤然冷了数分。——在听到陈长生死在周园的消息后，她的情绪也有些不对。

当然，她没有哭，她只是觉得有些失落，心情很惘然，觉得好像生活里少了一些什么。她知道这种情绪反应很有问题。她很担心被人看出这种问题。然而今夜，先是周通问了，接着是落落提起了，而现在，娘娘看了她一眼。这叫她如何能不紧张？

幸运的是，圣后没有做什么，只是伸手轻轻地摸了摸她光滑细腻的脸颊，就像逗猫一样，又像是在把玩某件很美妙的事物。谁都知道，莫雨是位极美的女子，美得就像一件艺术品。

圣后很少对人如此亲密，哪怕是她的亲生女儿，更不要说那些死去的儿子、放逐在诸郡里的后代，这些年来，只有莫雨是特例。有些时候，某些好事之徒甚至对这两名大周朝最高高在上的女子之间的关系生出很多带着绯色的推论，只是这种推论没有流传太广。因为圣后娘娘的地位太过崇高，也因为圣后娘娘也是位美人，她比莫雨还要更美，从太宗年间开始，她便是举世公认的第一美人。

"陈长生不会死的。"圣后看着夜空里的万千星辰，神情很随意。

莫雨听着这话，却仿佛如聆仙音，顿时觉得放松了很多，走到圣后身旁，如以往气氛最好的时候那样,轻轻挽着圣后的小臂。"那苏离呢?他会死吗?"

今天正午的时候,苏离和陈长生出现在浔阳城的消息才传回京都,而朱洛出手则是傍晚时分才得到的确认。苏离是魔族忌惮的敌人,同时也一直是大周的对手,对他的死活,莫雨不会像对陈长生那样给予丝毫关心,只有些忧心,因为苏离毕竟不是普通人,他的生死极有可能会改变整个大陆的局势,而圣后娘娘对此到底是怎么想的?"我怎么想……并不重要,因为这件事情从来没有人问过我会怎么想。"

圣后娘娘站在甘露台畔,双手负在身后,明明身影曼妙,却给人一种怀抱天下的壮阔感,这时候说的话,却带着几分嘲弄与寒冷。

莫雨明白娘娘的意思。薛河神将出手,事先并没有得到娘娘的旨意,然而整个大陆都会把他的出手算作圣后的意思——大周朝无论新旧势力,无论朝堂还是国教,都有太多的人想让苏离死,因为亿万周人始终有个共同的梦想,那就是南北合流,一统天下。

"不过……死便死吧。"圣后看着夜空里那颗已经明亮了数百年,现在却变得异常黯淡的星辰,沉默片刻后说道,"反正我也不喜欢苏离这个人,他与人世间……太过疏离,留之何用?"

3·一把闭目休息的剑

在浔阳城里,现在唯一有资格,或者说有底气正面对抗朱洛的势力只有两个,薛河以及大周北军,华介夫以及国教分殿。从朱洛出手来看,离宫的态度非常明确,现在圣后同意苏离去死,那么苏离就真的该死了,只是……折袖依然被囚禁在周狱里。莫雨有些无法确认,娘娘对陈长生究竟是怎么想的,最终还是没能忍住,提出了心中的疑惑:"陈长生如果坚持护着苏离,那该怎么办?"

圣后娘娘平静说道:"你不要忘了朱洛是什么人。"

天凉四姓里,梁王府隐忍千年,在十余年前那场大乱中被苏离一剑夺了所有气魄,现在梁王孙虽然很优秀,但已经没有办法再现梁王府曾经的盛景。王家则是半道崩落,旧园早已变成一片废墟,即便如王破这样的人物,也不得不远走天南。只有朱洛与旧皇族交好,与梅里砂的关系更是极为亲密,他此次在浔阳城里向苏离出手,不问亦知肯定是离宫的意思,那么他当然不会让陈长生去死。

至于会不会有什么意外？八方风雨乃是超凡脱俗的强者，苏离重伤后，浔阳城中，朱洛便是唯一的、至高无上的存在，完全掌控着局面，怎么可能让意外发生。莫雨想明白了所有，才真正地放松下来，看着娘娘美丽夺目的侧脸，心想那您呢？

您究竟是想陈长生活下来，还是死过去？

有的人死了，是为了杀人，比如梁笑晓，有的人赴死，是为了救人，比如陈长生和王破。还有的人则正在努力地让自己活过来，如此方能活人。那个人是秋山君。

当周园的线索出现在大陆后，作为举世公认的通幽境第一人，秋山君接受五圣人的安排，进入某地，在数名魔族同样境界的强者的环峙下夺得周园的钥匙。为了这件事情，他消失了很多天，错过了大朝试与天书陵观碑，也不知道离山剑宗和秋山家决意赴京都为他提亲，而且他为此身受重伤，始终难以痊愈。但这些都是值得的，因为周园落在了人类的手里，因为他遇着绝境反而爆发出前所未有的能量，真龙血脉再次苏醒，竟让他一举破境聚星成功，就像以前一样，他，再一次震撼了整个世界。

谁能及得上秋山君？陈长生拿到了大朝试的首榜首名，在天书陵里引来一夜星光，与徐有容一道成为史上最年轻的通幽上境，依然无法追上他。有些离宫教士以及像唐三十六这样的人对此有不一样的看法，在他们看来，陈长生年龄尚幼，而且只修行了一年多时间，便能有此进境，想要追上秋山君只是迟早的事情，甚至认为世人拿秋山君与陈长生比，有些以大欺小的感觉。

可事实上，秋山君其实还未满二十岁，他比苟寒食还要小一岁。只不过他的真龙血脉与修行天赋太过惊世骇俗，行事风范太过完美，成名太早，以至于很多人，无论是陈长生的支持者，还是他的崇拜者，都忘记了这件事情。

未满二十岁，便有星域在身，这是什么概念？这就是传奇，只要他能够像过去的二十年里那样平静而勇敢地生活修行下去，他极有可能成为第二个苏离。不，在无数人看来，他要比苏离更稳重，更值得信赖。人类世界更需要他这样的人！

但首先，秋山君现在必须活过来。

黑袍撼动那道穿越万里的彩虹，让他身体里的伤势变得更加严重，接下来，为了稳定住彩虹，为了尽快地重新打开周园，将里面的人类修行者接出来，秋山君不顾重伤之身，日夜不辍地向彩虹里灌注着真元与自己的血脉气息。当周园大门终于再次开启之后，他心神微松，再也无法支撑，就在蒲团之上闭上了眼睛，就此沉睡不醒。

并不是真正的昏迷不醒，而是整个离山只有他才会的剑道秘法——剑息。

师叔祖苏离当年传他一月剑法，最先教他的就是剑息。剑息表面看着与昏迷一样，区别在于，进入剑息状态的人依然能够听到外界的声音，只是因为要将全部的真元与精血用来镇压修补伤势，清洗道心，再没有更多的、哪怕一滴的精血用来维持行动，哪怕想动动手指都有直接让伤势完全暴发。换个形容，现在的秋山君就像个瘫痪在床的少年瞎子。

秋山君之所以毅然决然地将自己的精血尽数投到那道彩虹里，是因为他担心周园里的修行同道，担心师妹徐有容，也是因为他很清楚，虽然这会让他的伤势变得极为严重，但只要能够保持四十九日的剑息状态，便应该能把体内的伤治好。

现在，时间已经过去了很多天。距离他从剑息中醒来的时间，还有数日。他想要提前醒过来，哪怕为此再受重创，他也要醒过来。因为从很多天前开始，便有很多声音不停地传进他的耳中。有惊呼声，有关切声，有议论声，然后又有惊呼声。三师弟……死了？梁笑晓……死了？秋山君的道心如遭重击，悲痛得无以复加，同时也是愤怒得无以复加。是谁，是谁敢杀我离山同门！敢杀我七律中人！敢杀我的……师弟！但他什么都不能做，只能听着掌门师父带着颤声的话语，以及渐渐远去的悄声话语。在黑暗的剑息世界里，秋山君渐渐恢复平静，隐约觉察到事情有些问题。

过了些日子，七间师弟被抬回来了，被抬进了掌门的洞府，就在他对面的那张床上。现在，离山群峰最高处的峰顶，躺着两个昏迷不醒的弟子。是谁下的手？周园里究竟发生了什么事情？秋山君平静甚至冷酷地思考着，仿佛一把被藏在鞘中休息的剑，随时准备锋芒毕露。他闭着眼睛，听到了很多个名字。

折袖、庄换羽……陈长生。

是这样吗？

原来是这样。

4 · 离山乱

离山顶峰的洞府里，今天又多了数名昏迷不醒的人，就躺在秋山君和七间的睡榻之间，经过简单包扎后的伤口依然在向外渗着血，场面看着有些血腥。

在洞府之外站着数十名离山弟子，白菜站在前最面，一手扶着掌门，一手拿着剑，脸有些白，因为他有些晕血，还因为他现在的情绪很激荡。当然，这里的激荡指的不是恐惧，就像他既然会晕血，那么肯定就不会是真的白菜。

——这名有一个很奇怪名字的少年，是离山剑宗内门弟子，神国七律里排名第六，坐照后境，他的胸间正在激荡的情绪叫作愤怒。

离山剑宗的神情很凝重，身体却很虚弱。威震天南的一代强者，现如今竟连站都有些站不稳，必须要由年幼的弟子搀扶才能站稳。洞府外的石坪与山道上到处都是鲜血与剑痕，很明显刚刚经历过一场极为惨烈的战斗。

清晨时分，数位长老忽然带着门下弟子来到主峰，要求把七间交给戒律堂审问，当离山剑宗掌门否定了此项提议之后，一场战斗突如其来地暴发，洞府里昏迷不醒的重伤者，洞府外的血迹与断剑，便是这场战斗留下来的惨烈结果。

"无耻至极！"白菜看着人群前方的小松宫长老，悲怒交加呵斥道，"你们居然敢阴谋伤害掌门！你们难道想要背叛离山！"

现如今苟寒食和梁半湖、关飞白还在京都天书陵悟道，秋山君和七间重伤未醒，神国七律便只剩白菜一个人，数位二代师叔被困在山腹里，他便要站在最前面。

虽然他是离山剑宗最被器重看好的晚辈弟子，地位很特殊，但若在平时，对小松宫这样的长老绝对会持礼甚恭，绝不敢说出这样的话，但这时候他真的很愤怒。掌门如果不是因为周园之事受了暗伤，不然就算小松宫偷袭，如何能把他伤得如此之重？如果不是几位师叔被对方用秘法困在了山腹里的剑阵里，这些人怎么敢欺至顶峰！

山风吹拂着小松宫的白眉，晨光映着他毫无情绪的脸，平时仙风道骨的感觉已经尽数被冷酷强硬所取代，他厉声喝道："到底是谁想背叛离山？我们只是请掌门依照离山铁律把涉嫌勾结魔族的弟子七间交由戒律堂审问，为何你不同意？"

小松宫盯着脸色苍白的离山掌门，带着一丝狠厉说道："你能说说原因吗？"

离山掌门看着他，略有些黯淡的眼眸里满是洞悉一切的淡然与伤感："那师兄你能说说原因吗？为何你会动用师父留下的秘法，趁着师兄弟们准备通过剑阵去往北地救援小师叔的时候，把他们困在了山腹里？为何你的身后站着长生宗的同道还有……秋山家的家主，还有就是……你为何先前要打我那一掌？"

随着这番言语出口，晨光之下剑啸大盛。数十道飞剑绕着洞府所在的山巅，不停高速飞行着，画出道道金光。这正是离山万剑大阵的一部分。看着这些飞剑，随小松宫上山的人们神情都很凝重，包括那位长生宗的聚星上境长老还有秋山家那位实力深不可测的供奉，唯有秋山家主仿佛无所察觉。

离山掌门境界何其深厚，即便此时身受重伤，无力再战，但剑心犹存，一言一出便如利剑，直教人无法应接，那两名一直站在小松宫身后的戒律堂长老，脸上流露出些微惭愧的神色，即便是小松宫也神情数变，然后望向了那名长生宗的长老。

先前就在小松宫偷袭得手之后，掌门耗损最后的剑意唤醒了万剑大阵的一部分，护住了洞府，同时也把离山诸峰隔绝在外——离山数位聚星境的二代强者，都被小松宫用秘法困在山腹里，他不想那些诸峰弟子前来救援，却被小松宫一派的人伤害——但他同时启动了万剑鸣雷的扩音法术，所以峰顶的所有话，都可以让离山诸峰听到。

如果可以，小松宫当然不想回答掌门的这些问话，但在当前这种局面下，他如果想在事后顺利夺得离山大权，想要服众，便必须给出极有说服力的答案。

那名长生宗长老面无表情地说道："为什么？因为我们怀疑你勾结魔族！"

听得这话，那些站在掌门身旁的离山弟子大怒，忍不住喝骂出声，白菜更是气得满脸通红，握着剑的手都颤抖了起来，甚至就连近处的某座山峰上都传来了喝骂声。离山掌门德高望重，待门下弟子一视同仁，即便在整个天南都大有仁名，结果此时这名长生宗的长老竟指责他与魔族勾结，这让人如何能忍？十余座山峰都沸腾了起来，然而这时候在峰间的都是些三代弟子，还有些境界更低的外门弟子，他们根本没有办法突破万剑阵来援，只能喝骂不断。

那名长生宗的长老脸皮真的极厚，依然神情不变，说道："离山弟子梁笑晓死前指认七间与魔族、斡夫折袖及陈长生勾结，在周园里大开杀戒，秋山君便是因为此事而昏死不醒，你作为秋山君的授业恩师，为何拖延了这么多天都

015

不肯把七间交给戒律堂审问？你到底想要隐瞒什么？让人如何能不怀疑你也与魔族勾结？"

"我离山的事情，什么时候轮到长生宗来管了？"离山掌门看着长生宗长老说道，"不要说什么长生宗乃是天南诸派祖庭的废话，小师叔当年杀尽长生宗长老，难道你以为我离山还会听你的？真是天真幼稚到了极点。"

听着话，离山十余峰里响起如雷般的笑声，更有弟子赞美掌门点评得精到，白菜等弟子更是放声大笑，配着满地的血与剑，豪迈之气油然而生。

小松宫注意到身后那些忠于自己和另两位长老的弟子们脸色有些不自在，不由暗自后悔，心想自己只想着离山乃是长生宗一属，所以答应长生宗长老随行，却忘了这十余年里，因为苏离的缘故，离山弟子对长生宗殊无敬意，反而只有敌意。

"无论如何，纪长老终究是同派长老，师弟你还是应该尊敬些。"小松宫看着掌门寒声说道，"你若不想被人怀疑你与魔族勾结，那你就把七间交出来，到时候我亲自向你道歉，然后自断一臂，幽居后山五百年！"

这话说得极其强硬，竟让离山诸峰的笑骂声都停了下来。掌门静静看着小松宫，叹了口气，心想如果不是吃准了自己不可能把七间交出去，你又怎敢发此毒誓。

"就这件事情吗？"他看着小松宫的眼睛问道。

小松宫不做任何让步，盯着他的眼睛，恨声说道："法剑当然也要随着一起交出来，再就是你必须把万剑大阵交出来！"

离山掌门平静问道："什么都交了，想必我这掌门之位也是要交的。"

小松宫没有说话，便是默认。

白菜愤怒地说道："凭什么你们说小师弟与魔族勾结，她就与魔族勾结？"

始终沉默不语的一位戒律堂长老，忽然开口说道："指认七间与魔族勾结的人不是我们，而是你死去的三师兄。"

这位戒律堂长老在离山威信极高，平时执律甚严，最是公正公平，诸峰弟子无不敢服，听着他的话，白菜一时无言以对，便是诸峰弟子也自沉默。

这位戒律堂长老望向掌门，叹道："你为何就不肯让戒律堂审呢？"

离山掌门平静说道："因为我不信七间会行恶事。"

戒律堂长老正色说道："哪怕你的另一个弟子梁笑晓亲口指认，而且他已经死了。"

离山掌门安静了会儿，说道："是的。"

戒律堂长老说道："既然不信，为何不肯让戒律堂审？"

离山掌门看着他，沉默了很长时间，说道："因为我信不过戒律堂。"

峰间微哗，白菜等弟子先前为了保护洞府浴血奋战，但听着掌门这句话也觉得有些不敢相信，要知道离山戒律堂最是公正不过，从来没有任何不妥之事。

戒律堂长老的双眉微微抖动，明显很是生气，问道："请教掌门大人，百年以降，戒律堂可有何事不公，如无，那为何不可信？"

"因为你们不信小师叔。"掌门看着那两名戒律堂长老说道。

戒律堂长老说道："你为何会这样说？"

掌门说道："当年你们入天书陵里后发血誓成为碑侍，小师叔听闻后大为光火，闯进天书陵强行把你们带走，世人每每言及此事，每多赞我离山行事自是一派明月清风，但我很清楚，你们始终觉得自己终生没有进入神圣领域的机会，就是因为小师叔当年把你们带出了天书陵，你们始终认为小师叔对不起你们。"

这是一件极其著名的往事。只不过到了今晨，很多离山弟子才知道，原来当年那两名被师叔祖强行从天书陵里带走的离山弟子，便是后来以铁面无私著称的两名戒律堂长老。

另一名没有说话的戒律堂长老忽然哑声说道："难道小师叔没有对不起我们？"

掌门痛声说道："天书陵是圣地亦是深渊，这么多年，你们还没有想明白？小师叔不惜得罪离宫，也要让你们有真正自由，却被你们记恨这么多年，何其荒唐！"

5·乱起于两个女子（上）

那名戒律堂长老面无表情说道："诸事问行不问心，守律更当如是，无论掌门您对我们的看法如何，依据离山门规，七间弟子应由戒律堂审问。"

白菜愤怒地说道："洪师伯，如果诸事问行不问心，那除了三师兄死前看的那一眼，小师弟他可有任何行差踏错，他究竟做过什么，需要进戒律堂受审？"

小松宫看着他冷笑说道："梁笑晓虽只看了她一眼，但却说得清清楚楚，那个狼崽子乃是与魔族勾结祸乱周园的真凶，而在周园里乃至周园外，至少数

017

百双眼睛看得清清楚楚，七间与那个狼崽子搂搂抱抱，眉来眼去，他们之间是什么关系！"

绝大多数人不清楚小松宫长老这句话的意思，而知道七间身世的人们则是神情骤变，不待这些人发言阻止，小松宫喝道："七间她可是小师叔的亲生女儿！"

诸峰一片哗然！

"她身为一个女子，居然和一个狼族妖人勾勾搭搭，竟有了肌肤之亲，她还要不要脸！置我离山清誉于何处！戒律堂凭什么不能审她！"

小松宫寒冷而充满恶意的声音回荡在峰顶，同时通过传声阵法在其余诸峰间响起，一时间，诸峰寂静无声，离山弟子们震惊得无法言语。小师弟七间……竟然是女儿身？而且还是……师叔祖的亲生女儿？这些事情都是真的吗？

小松宫盯着掌门的眼睛，嘲讽说道："如果她不是小师叔的女儿，你怎会对她如此宠爱，她要什么，你就给她什么，寒食他们几个可曾有过这样的待遇？就连秋山，你对他可有对七间好？你以为我不知道吗？你就连掌门之位都想传给她！"

听着这话，离山诸峰的弟子更加吃惊。白菜很着急，想要说几句什么，却被掌门拦住。掌门看着小松宫摇了摇头，脸上流露出淡淡的嘲讽与悲伤。

他确实对七间分外宠爱，要远在苟寒食等人之上，就连秋山都无法相比，但那不是因为七间是小师叔的女儿，是他的关门弟子；而是因为……七间是个女孩子。这么简单的道理，掌门知道秋山他们都明白，也接受，所以这些年来，他们对七间也是格外疼爱，相信小松宫也明白，只是对方现在又怎么会听呢？

小松宫没有因为掌门的沉默而就此停止攻击，看着他寒声继续说道："离山剑宗掌门之位不是你的，你想传给七间，也要看我们这些人同不同意。"

掌门看着他平静问道："那在你看来，离山剑宗的掌门之位，应该是谁的呢？"

小松宫冷冷说道："离山剑宗掌门之位，日后当然应该是秋山师侄的！"

这句话很强硬。无论诸峰里的弟子，甚至就连扶着掌门的白菜，都觉得这句话理所当然，整个离山剑宗甚至整个世界，早就已经默认了这一点。

"说来说去，依然还是掌门之位。"掌门看着小松宫感慨说道，眼神里充满了怜悯甚至是同情："什么时候师兄你才学会看得更远一些？"

小松宫因为对方的眼神而莫名愤怒起来，喝道："难道你以为我是个贪恋权位之人？难道你以为我今天以下犯上，就是为了自己的利益！"

掌门平静微笑说道："或者，你可能是为了整体人类世界的利益。"

毫无疑问，这是反讽。

扶着掌门的白菜笑了起来，洞府前那数十名衣上有血的离山弟子也笑了起来，只有小松宫和那两名戒律堂长老，以及他们的弟子无法发笑。

小松宫深深地吸了口气，说道："你交出万剑大阵退位，让七间受审，我只代管五年时间，便归隐后山，把掌门交给秋山师侄。"

掌门没有理他，望向那两名戒律堂长老，说道："二位师兄，你们也支持此议？"

戒律堂长老面无表情说道："掌门您退位与否，不由戒律堂定，但如果你坚持不肯交出七间，戒律堂会要求你暂时交出手中权限。"

掌门平静说道："二位师兄要讲门规，那我便来讲门规。"

戒律堂长老面无表情道："掌门请讲。"

"小师叔现如今在北地被困，离山剑阵已然运转多日，只等具体消息，昨日午后收到小师叔在浔阳城出现的消息，剑堂三位长老带着派中精锐进入剑阵，准备前往浔阳城接应小师叔，谁能料到，小松宫长老竟勾结长生宗外人，于昨夜暗中破坏剑阵，将剑堂三位长老及我离山精锐尽数困在山腹之中，如果说我徒七间与狼族少年在周园里相互扶持便是罪过，敢请教二位戒律堂长老，这又是何罪？"掌门看着二位戒律堂长老问道，"如今小师叔身受重伤，孤立无援，如果就此死在那些宵小之辈手中……二位师兄既然不是因为天书陵旧事记恨小师叔，那么你们这时候是不是应该首先废了小松宫长老的修为，把他打入戒律院大狱再说？"

戒律堂长老沉默不语。掌门看着二人，露出一抹嘲弄的笑容。白菜往身前的地上啐了一口唾沫，不耻到了极点。离山诸峰安静片刻后，响起无数愤怒的痛骂声。

"如果苏离……是我离山师叔，那么小松宫长老的行为，自然是叛山大罪。"一名戒律堂长老忽然开口说道，"但如果苏离本身便有叛山大罪，小松宫长老此举，便没有任何罪过可言，反而是大功一件。"

离山掌门微微眯眼，并不言语，嘲弄之情一览无遗。扶着他的白菜冷笑说道："编，继续编，你们编的书，只怕连二师兄和陈长生都没看过。"

"苏离本来就是个疯子。"小松宫寒声说道,"当年阻止北伐的人是他,这十余年来,阻止南北合流的人也是他,他究竟想做什么?他没有我们大,入门比我们晚,如果不是运气好,我们凭什么要叫他师叔?他究竟要把离山带到哪里去?你们不关心,自有离山弟子关心!"

到了此时,无论小松宫还是那两名戒律堂长老,都不再称呼苏离为师叔,而是直呼其名——闯进离山主峰的这些人,终于挑明了他们的意图。他们就是要借梁笑晓之死向七间发难,最终借此事把苏离的影响力从离山完全抹除掉。

当然,这一切都建立在一个基础上。

苏离必须死。

6 · 乱起于两个女子(下)

掌门示意白菜不要扶着自己,缓慢地向前走了两步,隔着那数十道明亮的剑光,看着崖坪上那些曾经熟悉亲近的师兄、那些有些眼熟的弟子,还有那些来自长生宗和秋山家的强者们,唇角缓缓扬起,露出一丝嘲弄的笑容。

"千秋万代。南北合流。为人类世界。对抗魔族。"带着嘲弄笑容说出的四个词,却是如此的光明庄重。如此说来,再如何光明庄重的词或者说理由,原来都是应该被嘲弄的。因为这些都只是借口。

"是教宗,还是圣后娘娘……许了你们这些好处?"掌门的视线在小松宫与两名戒律堂长老的脸上缓缓移动,最终落在了秋山家家主的身上。

秋山家家主微微低头致意,微笑不语,仿佛根本不知道自己身处怎样紧张的局面里。

"是的,南北合流,人类世界一统,战胜魔族……这些就是好处,这就是杀死苏离的好处,哪怕你再如何嘲弄,这依然是好处。"小松宫看着掌门说道,"为了我离山剑宗的将来,为了天南万姓的安康幸福,不管你说我们有多少私心,但这个好处如何能不令人心动?"

掌门沉默良久,忽然抬起右手,于数十道流光里,取下一把剑来。这是万剑大阵的流光,也只有他才能如此轻描淡写地做出这个动作。

小松宫说道:"看来你还是没有想通。"

掌门说道:"因为我没有想通,你们说小师叔叛山,这个罪名是从哪里来的。

就像六儿白菜说的那样，编也应该编个像样些的说法。"

人们望向小松宫及那两名戒律堂的长老，即便是随他们一道上山的秋山家主及那位实力深不可测的供奉也同样如此，峰顶安静了很长时间，戒律堂长老才开口说道："苏离他……逆势而为，一直阻止南北合流，我们怀疑，他与魔族勾结。"

掌门摇头无语，感慨说道："真是无耻。"

秋山家主也忍不住摇了摇头，大概是觉得这个说法太过无稽。

"师叔与魔族强者相争多年，不知多少魔族被他斩于剑下，如果不是他，魔族这些年怎样会在雪原如此老实？今番他龙游浅滩，被那些卑鄙无耻的家伙困于浔阳城，正是因为他为了杀死魔族军师黑袍，陷入魔族的包围，从而身受重伤……"掌门看着那名戒律堂长老说道，"那些浔阳城里的人很无耻，而你居然说师叔与魔族勾结，则已然是超出了无耻的范畴，达到了非人类的水准。"

这些话他说得很平缓很认真，但情绪很强烈。诸峰里的弟子们反应也很强烈，各种污言秽语向主峰洒去，要知道苏离不仅是他们的师叔祖，更是整座离山的气魄精神，是所有年轻弟子的偶像，他们怎能允许这些长辈如此污蔑。

小松宫冷笑说道："不过是演戏罢了。"

掌门喝道："师兄你如果没有证据，仅凭你这段话，我就可以将你逐出离山。"

小松宫盯着他的眼睛，似笑非笑说道："你真要证据？要知道当年那段往事虽然已经无人再提，但当年滴血之后的验纸，现在应该还藏在离宫里面。"

听着这话，掌门的神情变得凝重起来，说道："你……指的何事？"

小松宫冷笑说道："世间从来就没有绝对的秘密，苏离以为把寒潭边的那些人全部杀死，就可以把这件事情瞒住？"

掌门眼光变得极其锐利，喝道："住嘴！你若敢乱来，莫怪我碎了剑心，用万剑大阵杀死你们上山的所有人！"

听着这话，离山诸峰间的人们不由心生凛意——好强的杀意，好烈的手段，难道离山这场内乱，最终真的要走向如此惨烈的结局？小松宫所说的秘密究竟是什么？

"难道这些弟子就不是离山弟子，就因为你想掩盖那个秘密，所以他们都要死？"小松宫盯着他，冷笑说道，"如果你真施展出来这等毒辣手段，我倒要看你死后怎么去见离山的历代祖宗。我本不想揭破这个秘密，但被你们逼到现在，那我不得不告诉整个大陆，七间她不仅是苏离的女儿，她也是……"

他望向掌门及数十名弟子身后的洞府，隔着那扇沉重的门，仿佛看到了昏迷不醒的七间，寒声喝道："她也是魔族公主的女儿！"

掌门大怒喝道："住嘴！"

小松宫根本不惧，带着鄙夷继续说道："她就是苏离和魔族公主生的女儿！"

离山诸峰，一片哗然，喝骂不止，哪里有人会相信，然而……小松宫的话依然在离山诸峰之间回荡着，随着他的声音，诸峰间的声音越来越小。

"长生宗当年为何会把那个女人囚禁在寒潭里？为何长老们有底气要求苏离去做那件大事才算赎罪？因为苏离已经犯下了滔天的罪孽。"小松宫想着十几年前那场惊天动地的大事，忽然间觉得山峰间的风都寒了数分，"只是谁能想到，苏离居然胆大妄为到了那种地步，竟为了一个魔女，杀死了长生宗十余位长老！人类世界因此失去多少强者！你竟敢说他不可能与魔族勾结！"

喝骂声骤然而止，离山诸峰一片死寂。因为人们隐约觉得这件事情可能是真的，所以无比震惊。即便是秋山家家主和那位供奉都忍不住挑起了眉头。只有那位长生宗的长老平静如前，眼中却闪烁着残忍的、得报大仇的快感，想来早知此事。

离山弟子们张嘴无语，先前小松宫道破七间的身世，大家还能接受，甚至因为师叔祖的缘故，对七间生出很多疼爱怜惜敬畏，现在则是完全不一样的感受。她是魔族公主的女儿？师叔祖居然和魔族公主有过那样一段往事……

不知道过了多长时间，一道有些不安的声音打破了安静。一名站在洞府前的离山弟子，看着掌门，声音微颤问道："掌门师伯，这件事情……是真的吗？"

7·还是那座秋山（上）

那名离山弟子站在洞府之前，衣衫染血，亦未曾退过半步，露出半点怯意，忠诚胆魄自然不容置疑，然而这时候却也忍不住问出了这样一句话。诸峰一片安静，也都是相同的道理，绝大多数的离山弟子们都坚定地站在掌门一方，对小松宫等三位长老的无耻行径极为愤怒，现在却有了些变化——苏离是离山的偶像，可如果小松宫长老的话是真的，那么这座偶像正在渐渐的崩塌。

前方的炼石峰里响起一名弟子的声音："如果七间师兄真是……魔族后代，

那或者……真应该让戒律堂好好审一下？"

白菜闻言大怒，然而还没来得及说什么，只见身旁一名离山弟子扑通一声跪了下来，对着掌门的背影，连连叩首，直至额头渗出鲜血。

"师父，如果……小师弟真是师叔祖和魔族公主的女儿，你何必要一力回护于他？前些天都说小师弟害死了三师兄，我是怎么也不信的，但……如果她的身体里流淌着魔族脏臭的血，又和那个狼族的妖人勾结，那她什么事情做不出来？"

掌门看着这名平日对自己最是恭敬的弟子，轻轻叹了口气，这名弟子全家都是被魔族大军杀死的，他难道还能责怪什么？

白菜看着那两名弟子，听着远处诸峰间渐起的议论声，怒火更盛，喝道："堂堂离山弟子竟被敌人妖言所惑，剑心到哪里去了！"

诸峰稍微安静了些，主峰同样如此。

小松宫却冷笑一声，看着他说道："如果真的剑心无垢，那为何你只敢呵斥同门，自己却不敢问你师父，求证此事是真是假？"

白菜怒视于其，咬牙却沉默不语。所谓沉默，有时候代表愤怒到了极点，有时候表示无话可说，有时候是默认——从小松宫说七间是魔族公主与苏离的女儿开始，到现在已经过去了些时间，离山掌门站在洞府之前，意态寥落，始终没有说话，意思其实也已经非常清楚。

洞府之前的数十名离山弟子，诸峰里的更多离山弟子，都看着掌门。

直到此时此刻，他们依然忠于离山，支持掌门，不耻小松宫和那两名戒律堂长老，但现在，他们已经开始相信七间甚至苏离与魔族之间有关系。不然三师兄梁笑晓临死之前，为何要用那般复杂痛苦的眼神看她一眼？

甚至就连白菜的剑心这时候都有些动摇，情绪有些惘然。

十几年前，离山乃至于整个人类世界，因为两个女子闹翻了天。十几年后，这件事情终于再次回到离山，并且开始改变离山的局面。

便在这时，离山掌门终于再次开口说话了。他看着小松宫的眼睛，说道："你不应该知道这件事情，因为当年知道这件事情的人都死光了，除了三位圣人和我之外，没有任何人知道这件事情，就连魔君都不知道，那么，你是怎么知道的呢？"

这是一个很难回答的问题，所以小松宫神情骤寒，没有开口回答的意思。

023

"天海圣后和教宗大人就算要杀小师叔，但圣人道心飘于星海之间，没有办法违背当年的誓言，另一位圣人更不会对小师叔不利。"掌门没有解释为何那位圣人不会对苏离不利，说得很是理所当然，然后继续问道，"那么，你是如何能够知道这个秘密的呢？"

小松宫冷笑说道："我说过，世间根本没有绝对的秘密。"

掌门神情冷峻说道："当年小师叔北上浔阳城，把梁王府里知晓此事的人尽数杀死，圣后娘娘与教宗大人亦出手清洗，为的便是守住这个秘密，我倒很想知道，他们三位究竟把谁给漏掉了。"

小松宫闻言神情微凛，他也是才知道当年那场血洗的背后，原来竟是这样三位大人物的意志。

掌门继续说道："如果你说不出消息来源，那我只能认为这是黑袍的手段。"

这是很粗暴的一种推论，但在东土大陆，这却是最有说服力的一推论，因为在人类世界与魔域、妖族中有个近乎真理的认知——黑袍知晓世间一切秘密。

"如果真是黑袍告诉你们……你说小师叔与魔族勾结，那你们呢？魔族军师用你们的手来坏我离山根基！这算不算勾结！"

不愧是离山剑宗的掌门，言语字字皆剑。被偷袭后身受重伤，但这一声饱含愤怒与战意的呵斥，依然如雷声一般，响彻离山诸峰之间，让诸峰里的议论声戛然而止，局面再次转变。

两名戒律堂长老明显不知道这个消息的来源，下意识里望向小松宫，小松宫终于承受不住言语为剑的威力，面色微白说道："是梁笑晓死前留下了遗书。"

掌门闻言沉默，说道："原来如此。"他望向那名长生宗长老，说道，"犹记当年，正是姜师兄你把那两个孩子送至离山，现在想来当时他就已经知道了自己的身世。"

姜长老沉默片刻后说道："我不知道他是什么时候知道自己身世，我也是看到庄换羽暗中送到长生宗的那封遗书，才知晓这些事情。"

掌门说道："半湖明显尚不知自己身世，更不知当年那件大事，笑晓年龄稍小些，梁长老临死前为何会把复仇之事寄托在他身上？"

姜长老说道："或者是梁长老十余年前便已经看出，梁半湖太过笃诚，远不及其弟狠辣沉稳。"

确实如此，要说起狠辣沉稳，年轻一代里，有谁是梁笑晓的对手？哪怕他已经死了。

一个少年天才，境界不过通幽，然而，为有牺牲多壮志，敢让圣人蹈苦海，他用自己的死，在离山里不知掀起多少风浪！对付陈长生和斡夫折袖？那只是障眼法，是他用来搅浑水的手段，当然也是他愿意顺手做的事情，他真正的目标始终是离山，是苏离。

梁笑晓很清楚自己这辈子都没有机会杀死苏离，就连想暗中伤害七间都很难，所以他选择了一条最绝的路，用了最极端的手段。他要毁了七间的名声。名声这种事情，不需要任何证据，只需要恶意猜测便可以毁去，更何况，在世人眼中，他是最疼爱那位七间的师兄。他要毁了苏离的传奇。传奇这种事情，最为神圣庄严，却也最容易被污名化，因为苏离本身就做过太多容易被污名化的事。

他与遥远雪原里那位深不可测的魔族军师，一南一北，遥相呼应，便设下了周园内外、浔阳离山这样的两重杀局。

为此，他只需要付出生命的代价，然后留下一个眼神，一封遗书。在死之前，想必他已经完全推算清楚，虽然自己死了，但无数人会随着他的安排去继续这个局，拿着他的眼神与遗书去继续战斗。

整个世界都会替他复仇，替他的先辈复仇。

相信在周园外停止呼吸的那一刻，梁笑晓是平静而喜悦的。

小松宫没有说话，二位戒律堂长老没有说话，那位长生宗的姜老长也不再说话，掌门站在数十道剑光后，静静看着右手里握着的剑，不知道在想些什么。他们是聚星上境的当世强者，像梁笑晓这样的晚辈，挥手便可轻易杀之，然而现在当他们完全了解了梁笑晓的用意以及做过些什么后，对那位已经死去的晚辈，却莫名生出一股敬畏之意。如果他们知道周通曾经说过梁笑晓是他最好的接班人，或者会生出相同的感觉。

在很短的时间里，离山掌门便似乎变得老了些，一切都明白了，他的心里生出淡淡的怅悔。梁笑晓从那么小便一直生活在仇恨里，却连自己的亲兄弟都要瞒着，那该是怎样的痛苦？自己为何却始终没有发现他的异样呢？

安静在下一刻终于被打破，说话的人是秋山家的家主。清晨之前，随小松宫等人登上离山主峰，其后这位秋山家家主与那位实力境界深不可测的供奉，便一直没有说过话,虽然他们站立的位置早已表明了他们的立场。

"这件事情总要解决。"秋山家主看着掌门温和说道。这位天南名门家主,脸上甚至还带着笑意,说的话却是那般的强硬,"七间的身上既然流淌着魔族的血液,自然应该交由戒律堂审问,苏离先生隐瞒此事亦当担责,但他既然必定会死在浔阳城,自然作罢,而掌门您……我想确实也该退位了。"这些都是小松宫先生提出过的要求,秋山家主再次重申了一遍。

诸峰间的离山弟子们再次变得紧张起来。这是一场内乱,这是两派势力的对峙,甚至已经超出了离山的范围,乃是天南两大势力的对峙,争的是离山掌门之位,破云万剑之柄!到现在为止,流的血还不算太多,难道今日的离山真的要血染翠山?

更关键的是,这番话虽是重申,却是出自秋山家主之口,这要比小松宫刚才的发难更加强硬有力,不止因为秋山家在天南的地位,更因为……他是秋山君的父亲。

8·还是那座秋山(中)

秋山家在天南当然是非常了不起的存在,但这一任的秋山家主却并没有太大的名气,无论修为境界学识手段都很平平,大陆甚至流传一种说法,秋山家的才气尽数落在了秋山君一人的身上,以至他的父亲是如此的普通。

相似的评论还发生在大周京都,虽然东御神将徐世绩深受圣后娘娘的信任,在大周军方地位极高,但谁都知道,那是因为他生了个好女儿,和他的女儿徐有容相比,无论天赋兵法还是智慧,徐世绩都被衬托得黯淡无光。

很多人都不明白,徐世绩和秋山家主凭什么能生出徐有容和秋山君。但这就是事实。就像这时候,秋山家主说的话就是要比小松宫的话更有力量——因为他是秋山君的父亲。

在离山,秋山君是最特殊的一个人,甚至可以说是一个异数。在年轻一代弟子们的心中,他是唯一能够与师叔祖苏离相提并论的人,哪怕他现在的境界距离苏离还无比遥远,就连掌门在某种程度上都不及秋山君的威望高。

从掌门到最普通的弟子,没有人不喜欢秋山君,从向来不苟言笑的戒律堂长老到最冷酷暴烈的关飞白,再到被罚至后山扫落叶四十余年的妖族仆役,所有看到秋山君的人都会流露出最真诚的笑容，给予最大的善意。

任何善意与喜爱都是相互的，秋山君在离山生活的十几年时间里，给予了生活在这里的每个人足够多的善意与喜爱，而所谓威望，便如万涓成河，亦是他这十几年时间为离山做出的奉献打造出来的，说句最简单的话，他为离山流过血，流过很多血。

所以当秋山家主说话的时候，整座离山都会安静而认真地听一听。

只是这时候没有人知道，洞府里那张病榻上，那个已经昏睡了数十日的年轻人，悬在榻畔的右手食指，微微的动了一下。

"这本来是离山剑宗的内部事务，按道理来说，我秋山家没有资格说什么。"秋山家主看着掌门，看着洞府前那数十名离山弟子，平静说道，"但现在的情况是，苏离先生与七间涉嫌与魔族勾结，在周园内部掀起血雨腥风，而吾儿秋山也正是因为周园开启以及魔族潜入之事，精血耗尽，现在依然昏迷不醒，生死不知……我想，作为他的父亲，我有资格代替他，要求离山剑宗的诸位做些什么。"

这话是对掌门以及那数十名弟子说的，也是对离山诸峰里的弟子们说的。

无数双目光落在洞府紧闭的石门上，带着担心与焦虑。离山弟子们心想，如果真如小松宫长老所言，这一切都是魔族的阴谋，梁笑晓师兄已经死了，难道大师兄也会因此而付出生命的代价？难道师叔祖真的把离山当成私产，决意将来把掌门之位传给七间而不是大师兄？这怎么可以！如果这些都是真的，秋山家的愤怒当然可以理解。

诸峰忽然安静下来。白菜神情微变，知道这代表着非常不好的征兆，说明人心渐移，然而即便是他，也没有办法对此说什么，因为在整个事件里，大师兄是最无辜的那个人，到现在依然昏迷不醒，没有人知道他什么时候才能醒过来。洞府前那数十名弟子也望向了掌门，神情有些复杂。

小松宫看着掌门，面无表情说道："交出万剑大阵。"

戒律堂长老音若铁石道："烦请掌门师兄交出魔女七间。"

长生宗姜长老平静无语。

秋山家主平静说道："我只想要一个交代。"

先前掌门句句皆剑，这时候，该他承受剑雨。

这些步步相逼的话语，身后数十名弟子脸上流露的犹豫，诸峰的沉默，都是剑。借梁笑晓之书，秋山之名，万剑归位，改朝换代，长生宗重掌天南，秋山家北进，南北合流，天下一统……这真是好一幅壮丽美妙的画卷！

掌门想着这些画面，生出一道微涩的笑容。

小松宫根本不准备给对方留下太多思考的时间，看着洞府前那数十名离山弟子，厉声喝道："你们大师兄就是被魔族阴谋所害！他为了周园里的修行者能够出园，不惜耗损精血也要重启周园，以至于身受重伤，昏迷不醒，难道你们要做出这等仇者快，亲者痛的事情？还不赶紧把手里的剑放下来！不然你们大师兄醒来后，看见离山主峰血流成河，弟子们自相残杀，那该多么痛心！"

他的这些话尽数带着真元，仿佛无数道剑，虽然被护着洞府的数十道剑光消减了绝大多数，但话语里的锋芒之意却还是留存了下来。离山弟子脸上的神情变得越来越挣扎，有人手里的剑下意识里垂了下来，更多的人则是看着掌门，犹豫着，等待着掌门的最后决定。

看着这幕画面，小松宫在心底深处暗骂数声，咬牙使出了最后的手段，传声离山诸峰道："今日我违反门规，闯上主峰，对掌门不敬，只要掌门愿意让出掌门之位，交出魔女七间，我将不受五年掌门之位以证并无贪权之心！并自缚请罪！"

此言一出，群峰哗然，即便是那些对小松宫今日行为最愤怒的离山弟子，也不得不承认，这个条件已经表明了足够多的诚意。

长生宗长老问道："那掌门之位……应由谁受？"

小松宫沉默片刻后说道："剑阵里被困的诸位师兄弟想必自有看法，但若依我言，还是……秋山。"

长生宗长老微笑说道："太年轻了吧？"

小松宫不再多言。秋山家主亦无言，只是淡然而笑。洞府前的数十名弟子面面相觑。白菜走到掌门身旁，提着剑，总觉得好生憋闷，却不知该说些什么。这个提议，似乎是离山上下所有人都愿意接受的唯一解决方法。至少，可以避免离山内乱最终发展至不可收拾的地步。

小松宫为何愿意付出如此大的代价？掌门静静看着小松宫，注意到小松宫与秋山家主之间有过一次视线相对，才了然于心——眼看着便要坐上梦寐以求的离山剑宗掌门之位却要拱手让出，而且要隐居后山苦修赎罪，秋山家和长生宗事后必然要给出足够多的补偿。

只是，这真是离山所有人都愿意接受的解决方案吗？离山诸峰一片沉默，所有人都在等着掌门的最终决定。便在这时，一道声音从洞府里传了出来。那声音很虚弱，却依然明亮。就像被乌云遮蔽了很长时间的天空，只要云散，依然湛青如前。

"我不接受。"

9·还是那座秋山（下）

洞府里，一个身影在病榻前，看着昏迷不醒的七间。

视线从她苍白的脸，移到被层层包扎的小腹部，移到泛着淡淡绿色的指间，越来越冷。听着洞府外传来的一声强硬过一声的逼迫声，想着先前在剑息时听到的那些声音，想着这数十天里听到的无数声音，声音也变得有些冷了。

"我不接受。"

那道身影对整座离山说了这样四个字，然后起身向洞府外走去。听着他的声音，整座离山都安静了下来，掌门静静看着小松宫，唇角微扬，露出一道笑容，那笑容里隐藏着很多意思，但不再有任何苦涩。

洞府的门被推开了，那道身影出现在湛湛青天之下，出现在数百道目光之前。那是一个年轻的男子，身姿高大挺拔，离山剑装于风中微振，明明重伤未愈，脸色苍白，却丝毫不减眉眼之间的英气，又自有一道洒脱不羁之意。

看着这名年轻男子，离山主峰间响起无数声惊喜的呼喊。

"大师兄！"

"大师兄醒了！"

"大师兄醒了！"

惊喜的呼喊从主峰极快地波及到离山其余诸峰，一时之间，群山为之激昂，今日离山内乱，师叔祖的那些旧年秘辛带给弟子们极大压力与寒意，竟被抹去了极多。

这名年轻男子自然就是离山剑宗内门大师兄，神国七律之首：秋山君。

洞府前的数十名离山弟子纷纷涌上前去。秋山君摇头示意不用相扶，缓步走到阶前，先对着掌门行礼，然后望向那些剑光之外的人们，目光平静，即便看到了自己的父亲，也未有片刻动容。

看到秋山君醒来，人们的情绪各不相同，但大多都以惊喜为主，即便是小松宫和二位戒律堂长老，也没有太多警惕。秋山家主看到这幕画面，确认自己儿子在离山年轻一代弟子们心中的威望，眼睛更是变得明亮起来，轻捋短须。

不待秋山君开口，小松宫便先说话："秋山师侄，你已昏迷数十个日夜，应该不知发生了何事，请稍待片刻，莫生误会。"

此时离山顶峰洞府之前剑折血洒，场面看着异常血腥，任谁也能想到，秋山君刚刚醒来便看到这幕画面，理所当然会认为小松宫等人是在逼宫，所以才会说出先前那四个字，小松宫等人以为，待自己讲清楚当前情况，秋山君自然知道如何取舍。

无论如何，小松宫等人都想要得到秋山君的支持，因为此次离山内乱，秋山家本就是他们这一派的两大助力之一，而秋山君在离山年轻一代弟子心中的地位，更是结束这场离山内乱，继而帮助他们完全掌握局面的重中之重。

秋山君沉默片刻，说道："师叔请讲。"

白菜不禁有些着急，想要对师兄说些什么。不料掌门阻止了他，甚至把手里的那把剑，都放回了洞府之前的剑光里。

见到大师兄醒来的惊喜渐渐消退，诸峰一片安静，所有人再一次听小松宫讲述周园里发生的事情，苏离曾经做过的事情。

小松宫长老的声音回荡在洞府之前，秋山君沉默不语，苍白的脸上看不到任何情绪，垂在身侧的右手却是微微颤抖起来。那代表着愤怒，怒不可遏。

很多人都注意到了这个细节，心情变得越来越紧张，白菜更是难过到了极点，心想接下来该怎么办，自己如何能与大师兄为敌？

小松宫的话说完了。秋山君沉默片刻后，问道："师伯，依您所见，此事应该如何处理？"

听着这话，小松宫等人心里最后的不安也尽数消解。戒律堂长老和声说道："先前已有决议，七间交由戒律堂受审，掌门暂时退位，既然你已醒来，当然由你代掌。"

长生宗那位姜姓长老补充说道："与七间勾结的折袖及陈长生该当何罪，长生宗将与圣女峰共同修书离宫，教宗也必须给个交代。"

小松宫看着秋山君说道："师侄先前不知具体情形，故而有所误会，在洞府里说出那四字，现在想必应该清楚，自己应该如何做了。"

无数双目光落在秋山君的身上，人们能够猜到他会如何选择。因为小松宫等人的指控是真的，七间真是苏离与魔族公主的女儿，为了避免离山内乱继续流血，秋山君可能会痛苦挣扎，但一定会迅速做出决断，那是做大事的人必须具备的大气，而整个大陆都知道，哪怕还是孩童之时，秋山君行事便很大气，大气磅礴！他一定会做出最符合离山利益，最符合人间正道的选择。人魔不两立，在此之前，所谓师恩、授技之恩，又算得了什么呢！

秋山家主静静看着自己的儿子，心里骄傲到了极点。有史以来最年轻的聚星境，有史以来最年轻的离山剑宗掌门，再过几年便会是有史以来最年轻的长生宗宗主，再过些年自然便是有史以来最年轻的圣人。放眼历史长河，谁还能比自己的儿子更优秀？他的骄傲却并不仅来自于此，还来自于秋山君在这件事情里的表现——他认为就像梁笑晓的死一样，秋山君的昏迷与醒来，同样都是完美的布局。

秋山君昏迷得很是时候，醒来得更是时候。他昏迷的时候，跳出离山内乱的纷争，醒来的时候，纷争已到尾声，只有他能结束这场纷争，他是唯一的，自然也就是最好的人选。他不需要承担小松宫等人闯主峰逼宫的恶名，只需要睡一觉，便能够拿到所有的好处，稍后若能流几滴泪，甚至还能让自己的忠诚与仁义更受世人赞赏……秋山家主看着自己的儿子感慨想着，果然龙儿，为父不及你远矣。

"有一个问题。"秋山君看着小松宫说道，"先前你对白菜说，如果真的剑心无垢，那为何只敢呵斥同门，却不敢问你师父，求证此事是真是假？"

小松宫没有留意到这句话里的一个细节，随口说道："不错。"

秋山君转身看了白菜一眼，说道："你为何不敢问？"

白菜觉得嘴里一片苦涩，心想问又何用？

秋山君望向掌门，问道："师父，师伯说的话……是真的吗？"

白菜难过至极，心想师兄你为何要把掌门逼到绝境？为何如此狠心？

掌门看着秋山君，微微一笑，准备说话。

小松宫忽然觉得有些不妥，厉声喝道："你要以离山列祖列宗发誓，不可说谎！你告诉秋山，七间到底是不是魔族公主生的！"

掌门看着秋山君叹道："此事为真。"

这句话的意思很清楚，此事为真，其余的事情自然不真。

小松宫不在乎那些，只要你承认这一点就好，顿时松了口气。

秋山家主看着洞府前的画面，忽然觉得哪里有些不对。是的，无论掌门还是秋山君，都表现得太过平静。

"你还在这里做什么？"秋山君对白菜平静说道，"赶紧扶掌门进去休息。"

山间一片安静，所有人都有些惘然，不明白这是什么意思。

就算是白菜也是怔了怔，才醒过神来，依言扶着掌门向洞府里走去。

进入洞府之前，掌门说道："你好生处理。"

秋山君说道："师父放心。"

说完这句话，他伸手从洞府前的数十道剑光里，摘下了属于自己的那把剑——那把名为逆鳞的剑。看着这幕画面，所有人都才知道，掌门不知何时竟把离山万剑大阵交给了他！

小松宫长老看着秋山君，神情渐渐凝重，说道："你问完了。"

秋山君说道："是的，问完了。"

小松宫深深吸了口气，说道："然后呢？"

秋山君看着群山，随意说道："然后……自然是离山弟子举剑迎敌。"

小松宫脸色变得异常难看，寒声喝道："你到底在搞什么！难道你没听见！你师父亲口承认了！七间的母亲就是魔族的公主！"

秋山君提着剑，看着小松宫和那些强大的敌人们，问道："那又如何？"

10 · 何为离山？

此言一出，群峰俱静。

秋山君看着众人说道："师叔祖是何等样人物，莫说和那位魔族公主曾经有过一段情事，就算把她娶进离山又如何？"

小松宫大怒，心想这是何等样荒唐的言语，便是那些离山弟子也觉得自己爱戴的大师兄说的这番话毫无道理。

秋山君自然能感受到洞府前的气氛，说道："师叔祖娶魔族公主，可会损害人族利益？如果并无半点影响，那这算什么罪过？在我看来反而是人族占了极大的便宜。"

峰间有人不忿，大声喊道："人魔不两立，如何能相亲？"

小松宫亦是脸色铁青,说道:"真是荒唐到了极点!"

"所谓荒唐,只是一般人不敢为之事,不敢行之道。"秋山君看着小松宫面无表情说道,"我离山剑宗从开派祖师到再到师叔祖,向来敢行世间无人敢行之事,方能立世间无人敢立之功,若说荒唐,荒唐得妙!"

然后他望向峰间的离山弟子,沉声喝道:"师叔祖敢杀魔族皇帝,敢娶魔族公主,这才是离山的气魄精神,你们身为离山弟子,不觉扬眉吐气,反而垂头丧气,剑心不稳,哪里配得上我离山的风范!实在是令我失望至极!"

他言出如剑,落崖生风,借着万剑大阵的传声阵法,响彻于群峰之间,落在所有离山弟子的心里,仿佛鸣钟一般,令众人醒来。

世人皆谓,剑出离山,剑者,锋芒也。离山的气魄精神,离山的风范,便在于锋芒二字!锋芒毕露,寒剑之前,哪有什么规矩,哪有什么道理,哪里在意何事荒唐!离山讲的是剑意正道,绝对不会受那些腐朽的框架束缚!

白菜激动至极,心想大师兄果然是大师兄,一朝醒来,便让整个离山重新醒来,无数弟子们想着先前的犹豫,甚至是妥协的念头,不禁觉得好生惭愧,甚至汗出如浆。

秋山家主看着只用了几句话,便让离山重新安静肃杀起来的儿子,看着那些剑光在他苍白的脸上闪掠的画面,心情极为复杂,神情渐趋冷峻,然后看了身边的供奉一眼。他不清楚秋山君准备怎么做,为何要这么做,但他要做些准备。

小松宫等人的心情变得沉重起来,不得不开始准备接下来的谈判,然而事情的发展速度超出了所有人的想象,因为秋山君根本不准备和他们谈判。

秋山君抬起左手,在洞府外的数十道剑光里轻轻一点。只听得啪的一声轻响,一道剑意从他的指尖生出,刺中剑光里一道式样古朴的小剑。那把小剑骤然间离开剑光,向着离山顶峰上的湛蓝天空里飞去。

此时众人早已知道,离山掌门早就已经暗中把万剑大阵传给了秋山君,以此观之,小松宫等人先前指责掌门意欲把掌门之位传给七间而不是秋山君,这已经变成了一个笑话,但他们依然没有想到,秋山君居然能够控制那把古朴的小剑!

"掌门令剑!"小松宫神情骤变,大喝一声,腰畔长剑出鞘而起,想要阻止那把小剑飞离顶峰。

然而秋山君早有准备,衣袂轻扬间,数十道剑光离洞府而去,直射小松宫!

这数十道剑光乃是离山最强大的万剑大阵里的一部分，威力恐怖得难以想象，小松宫肝胆俱寒，哪里还顾得上阻止那把小剑，收回长剑仓促地迎了上去。

呛呛呛呛呛！一阵密集至极的剑锋撞击声响起。数十道剑光飞回洞府之前。

小松宫的衣衫上出现了数道剑痕，鲜血渐溢，脸色难看到了极点。即便他是离山资历最老的长老，一身修为境界早已至聚星上境，当初在京都宫中，只比金玉律这等传奇妖将略逊一筹，但依然不可能是离山万剑大阵的对手。如果不是万剑大阵的绝大部分威力，都用在山腹剑阵里准备将离山剑宗精锐送至北地救援苏离，只剩下这数十道剑光，只怕此时小松宫已然命丧当场！

那把小剑已然飞到高空之上，有些眼力好的离山弟子更是看得清楚，在最后时刻，那把小剑竟是分作了三道，飞向了三处地方。

那名洪姓的戒律堂长老大怒喝道："秋山，你竟敢向长老出剑，真是大逆不道！"

秋山君盯着他大声喝道："洪之州，你竟敢带着外人闯主峰，谋害掌门，真是大逆不道！"

言出依然如剑，刚强正直，明亮如洗，虽然他的境界远不如这些离山长老，但无论话锋还是对战，竟是丝毫不落下风，气势更足。

那名戒律堂长老一窒，竟不知该如何应对。

秋山君向前踏了一步，清声喝道："小松宫等三人擅闯主峰，谋害掌门，勾结外人，迹同叛变。我奉掌门之命，执万剑大阵，暂执掌门之权，依据离山门规，将三人逐出离山，并传书圣女峰、长生宗、离宫，将今日之事公告天下！"

听着这番话，众人震惊无语，哪里想得到，秋山君行事竟是如此果断冷厉，丝毫不给对方任何谈判的机会，直接将三名长老逐出了离山！离山掌门令剑已然向三大圣地飞去，此事已再无更改的可能，亦等若是断绝了所有妥协的可能！

秋山家主的脸色变得异常难看，直到此时，他依然不知道自己的儿子准备做什么，但秋山君已经两次提及外人这两个字，其中的意味已经清楚——无论是名义上的祖庭长生宗，还是真正的生处秋山家，在离山之上，都是外人，那么也就可以是敌人！

秋山君环视群山，问道："离山弟子何在？随我将这些叛徒与敌人赶出离山！"

这依然是剑，通透至极的一剑！秋山君不需要同门们思考，只要他们做决定，而这恰好也契合了离山弟子们的剑心，同门们如何能不响应？即便是跟随小松宫等三名长老闯峰的那百余名弟子，脸上也不禁流露出了犹豫甚至是惭愧的神情。

离山弟子何在？诸峰之间响起应答之声！那是剑声！

无数剑离鞘而出，剑气大盛，直冲天穹！

11·父与子（上）

看着离山诸峰冲天而起的剑光，小松宫神情大变，两位戒律堂长老面色严峻，那位长生宗的姜姓长老脸色更是难看到了极点，只有秋山家主始终盯着秋山君一言不发。

秋山君却是看也不看自己的父亲一眼，对随小松宫来的人说道："还不束手就擒，难道还真准备承受万剑穿心之刑？"

然后他望向那些随小松宫等人闯上主峰的离山弟子们冷峻说道："至于你们，既往不咎……那是绝对不可能的，但看在今日只流血，尚未出现死亡的情况下，如果你们这时候弃剑，我会按照门规从格惩处，可以不将你们逐出山门。"

那些离山弟子随师长闯入主峰，本就心下惴惴，当秋山君出现，并且极其强硬地站在掌门一方后，已经面露犹豫之色，此时听到这句话，更是陷入剧烈的挣扎之中。

小松宫怒极而笑，手握长剑看着秋山君说道："真是荒唐到了极点！就算世人都知道将来离山剑宗必将由你执掌，但现在你年不过二十，身为三代弟子，居然敢对我们这些长老不敬，居然敢向我出手！我离山剑宗这些年，真是被苏离给带上了邪路！"

秋山君看着他认真说道："邪人不走正道，正人身前哪有邪路？"

小松宫更怒，厉声喝道："先前你师父用剑阵封住诸峰与主峰之间的通道，就是不想诸峰弟子死在我们的剑下！你若敢让万剑大阵向我等出手，今日离山诸峰要死多少人！难道你想让我离山剑宗真的因为内乱而毁于一旦！"

听着这话，群峰之间的剑光微凝，白菜等离山弟子望向秋山君，目光很是不安，因为他们清楚小松宫说的没错，离山剑宗最强大的剑堂精锐，此时尽数被困在山腹剑阵之中，支持掌门与秋山君的离山弟子虽然人数居多，但若以战力论，则是远远及不上小松宫这三名境界深厚的二代长老，更不要说今日随他们上离山的还有那位长生宗长老,更有秋山家主与那位境界深不可测的秋山家供奉!

要知道万剑大阵的绝大部分力量,都用在布置传送剑阵之上,就算秋山君与离山三代弟子们绝意与离山共存亡,也不见得能够击退如此强大的敌人!如果双方真的不顾一切展开战斗,就算秋山君能够把万剑大阵的残余威力尽数施放出来,只怕离山上也将血流成河,那些忠于离山的弟子不知道有多少将会命殒当场,而这真的值得吗?

秋山君看着诸峰间的云与剑光,剑眉微挑。所有人都知道,他已经做好了出剑的准备,下一刻他就会出剑。他现在已经把两名戒律堂长老逐出离山,所以现在离山法剑便在他的胸中——离山法剑在前,没有值不值得,只有应不应该。

白菜懂了,不再多言,提着剑走到大师兄身后,平静而坚定地看着那些强大的敌人,数十名离山弟子也懂了,走到石阶之前,准备着最后这场战斗的到来,不理会先前可曾有受伤,不在意肩头还在淌着血,握着剑的手无比稳定。小松宫等人也懂了,他们身后的弟子们也懂了。有的弟子低下了头,有的弟子咒骂出声,有的弟子默默走到场边,有的弟子缓缓放下了手中的剑。

便在这时,一道声音在峰顶缓缓响起。

"你四岁那年,在南灵山里遇到了一只龙蛟,所有的侍从都死了,只有你还活着,你没有向独角兽发起攻击,而是任由它把你带回洞府,准备用作将来的食物。直到今天,包括为父在内,没有任何人知道你是怎么活下来的,又是如何杀死的那只龙蛟,但我相信,你当时依靠的绝对不是意志与勇气,而是智慧。"

说话的人是秋山家主。他看看着秋山君面无表情地说道:"没有想到现在的你,居然被你师父和苏离教成了一个相信匹夫之勇的人,这真的让我很失望,甚至有些后悔当年把你送到离山来。"

秋山君没有说话,只是静静地看着他。

秋山家主摇了摇头,说道:"你醒来本是件天大的好事,无论对你自己还是对整个离山剑宗,因为现在只有你才能避免离山就此灭亡,结果你做了些什么呢?如果你是想着师徒之间的恩义,我可以明确地告诉你,无论长生宗还是秋山家,甚至圣后娘娘也没有让你师父死去的意思,我们只是认为,因为苏离和七间的缘故,他不适合再执掌离山剑宗掌门之位,但长生宗长老会里必然有他的一席之地,离山只需要认清楚苏离的罪恶,便能迎来一个崭新而美好的将来，何乐而不为？"

秋山家主的声音渐渐变得强硬而寒冷起来："我是你的父亲，整个大陆都很清楚，我做的一切事情都是为了你，难道你不明白？你就算再如何天才，二十不到便聚星成功，但今日之事牵涉何其深远，如何是你能够解决的！"

秋山君静静看着他，忽然说道："父亲，你究竟想为我做什么事呢？"

秋山家主说道："我们要把苏离和他的阴影，尽数从离山里清除掉。"

秋山君问道："你们为何一定要这样做？"

秋山家主面无表情说道："唯如此，才能确保离山传到你手里时是干净的。"

秋山君沉默片刻，说道："父亲，你知道我不是这样的人。"

秋山家主说道："是的，如果你不愿意，不要说离山，便是天下，你也不想要，但你要弄清楚一点，苏离……必然会死在浔阳城里，你如果想离山依然能够像以前那般强大，你就应该拿出真正的勇气，正视这个现实！"

秋山君平静说道："所以我应该交出小师弟，请掌门退位，自己继位，如此方能避免离山内乱，保存实力，图谋将来以至万世？"

秋山家主沉声说道："难道这样不对吗？"

"如果需要无视事实，才算是正视现实，这样的现实不如无视，因为在随后的日子里，谁也无法无视自己做的每个决定，一定会心生悔意。"秋山君看着自己的父亲以及那四位长老，说道，"你们已经老了，可以活得现实一些，但我们还年轻，如果我们活下来，必将还有漫长的岁月等着我们，我不想在以后的岁月里想起今日便后悔、痛苦，所以我不会按照你们的方法行事。"

你们已经老了，我们还年轻。心意无法相通，行事自然不同。

听着大师兄平静而坚定的声音，很多离山弟子忽然觉得仿佛有清泉自天而降，眼睛微湿，剑心则被洗得清明一片。

秋山家主看着自己的儿子，心情异常复杂，复杂到难以想象的程度。他骄傲，却又伤感，得意，却又愤怒。为了今日这场离山之乱，秋山君与长生宗还有很多天南强者，布置了这么长时间，怎么允许因为一个年轻人而失败！是的，秋山君是他最得意的儿子，是秋山家的未来，但要知道这不是秋山君一人之事，这是秋山家的千年之事！

最终，他做了决定。他看着秋山君，面无表情说道："天地。"

这是两个很常见的字，然而随着这两个字的出现，群峰骤静，便是那些剑光都变得黯淡了几分。因为所有人都已经猜到秋山家主此时说的天地二字,出自何处典籍。那是国教道典里非常著名的一段经文的开篇。

天地,然后是父子。这是自然至理,这是人间伦常。无人能抗。

12·父与子(中)

所有人都看着秋山君,等着他的回答。

回答出父子二字,或是沉默不应。沉默不应,那他便将成为大逆不道的逆子。

白菜憋得满脸通红,他知道大师兄这时候必然是多么的痛苦。

小松宫看着秋山君漠然说道:"难道你还真敢向自己的父亲出剑?"

那名长生宗长老的眼睛里流露出嘲讽怜悯的意味。是啊,就算秋山君算无遗策,杀伐决断,手握万剑大阵,敢做玉石之焚,但难道还敢弑父不成?

秋山君很安静,看远山。过了很长时间,他终于收回视线,望向自己的父亲,端端正正地行了一礼。然后,他说了两个字:"父子。"

群峰之间,有风轻过,仿佛一声无奈的叹息。割袍可以断义,割席可以绝交,然而就算你把身上的肉真的全部割下来,也无法割断一种世间最强大的关系,那就是血脉。

秋山君是完美的,有大智大勇,行大仁之事,如何能够做出不孝的行为,如何能够向自己的亲生父亲发起攻击?

秋山家主看着秋山君,情绪有些复杂说道:"世人都说你是千年难得一见的真龙血脉,又有谁记得你身体里流的是我秋山家的血?好在你并没有忘记。"

秋山君没有说话,静静看着他,不知为何,眼神有些令人心悸。

秋山家主不知为何有些极不好的感觉,不想再生变化,抓紧时间说道:"既然你不想成为迕逆之辈,那还不赶紧撤了万剑大阵。"

秋山君沉默了一段时间,说道:"父亲,你可能误会了我的意思。"

人们觉得有些讶异,心想秋山家主说出天地二字,你应了父子,便是知道无法抗衡伦常二字,难道还能有别的办法?

秋山君看着秋山家主问道:"父慈子孝,我须敬重父亲,但父亲你,难道不应该爱护儿子?"

秋山家主的脸色有些难看,喝道:"这是哪里来的胡话!"

世人皆知，虽然秋山君长年在离山学剑，但秋山家主对他视若珍宝，无论秋山君有何要求，秋山家主都会完全照办，便是秋山家对离山弟子这些年也多有照拂，要说到爱护二字，秋山家主这个父亲应该说是做得非常完美。

秋山君看着自己的父亲继续说道："是的，这些年您替我处理了很多事，帮我安排了很多路，无论是当年送我上离山，还是让我与师叔祖在山涧偶遇。如果一切都按照您的安排发展，将来离山剑宗必然是我的，长生宗或者也会成为我的，那么我就将成为最年轻的圣人。如果我能够与徐师妹成亲，那么我们应该会成为新一代的白帝夫妇，而南北合流后的人类世界或者……也将会是我们的，为此你趁着我当时在抢夺周园钥匙的时候，说动天南诸位长辈前去京都提亲，而你明明知道，徐师妹还没有做好嫁给我的准备，更过分的是，不知你通过什么手段说动了圣女，请圣女在那时候把徐师妹调离了南溪斋。是啊，您已经替我做过很多事了，这怎么能不是爱呢？"

听完这番很长的话，离山峰顶再次安静无声。

秋山君的这番话很强硬，很直接，很光明，说的事却完全相反。

秋山家主的脸色变得更加难看："你究竟想说什么？"

秋山君说道："我想说的是，父亲您越爱我，为我付出的愈多，今天你们越发不可能获得成功，相反，我要感谢您今天来到离山，帮助我平息这场叛乱，因为接下来，或者父亲您应该按照我的安排做事了。"

秋山家主气得浑身发抖，喝道："逆子！难道你真敢向我出剑！"

"儿子不敢。"秋山君平静应道，然后将逆鳞剑自鞘中抽出。

一道明亮的剑光照亮峰顶，仿佛有真龙自云间探出头来，洒下一片光明。

秋山家主忽然猜到了些什么，神情剧变，颤声喊道："快阻止他！收了他的剑！"

听着这声喊，秋山家的供奉神情骤凛，散发出来的气息陡然间提升至极恐怖的程度。直到此时，人们终于确认这位境界深不可测的供奉果然无比强大，只要给他时间，说不定还真能破开这残余的万剑大阵！

白菜等离山弟子不知道大师兄接下来准备怎么做，听着秋山家主的话，下意识里执剑向前，在洞府前散开。剑光处处，离山弟子们布下剑阵，把秋山君护到身后。

那位秋山家的供奉没能阻止秋山君。不是因为这些离山弟子草草布下的剑阵，也不是因为洞府前的万剑大阵还在运转，只因为秋山君太快。

秋山君在出剑之前，似乎没有经过任何思考，没有任何利益考量，没有任何剑心自鸣，就像是看到小孩子在井边玩耍险些跌进去时，自然会伸手去抓一把。这样的一剑给人的感觉并不是太快，但很决然，哪里有人能阻止。

噗的一声轻响。逆鳞剑……刺进了他的胸口，然后贯穿而出！

剑身上涂满着殷红的血，不再像先前那般明亮，却格外鲜艳，如初生的野花。

离山峰顶一片死寂。所有人都惊呆了。什么声音都没有，只有山风在轻轻吹拂。这时候人们才听懂了这道山风的声音，不是无奈的叹息，而是不尽赞叹。

白菜大叫一声，奔回秋山君的身边，扶住摇摇欲坠的他。秋山君脸色苍白，神情却依然平静，鲜血打湿了半片身体，剑在其间。他的剑很快，很稳，也很准，贯体而出，却未破心脏。他的剑只需要再移动一丝，他便会死去。

秋山家主也终于懂了，脸色变得更加苍白，比秋山君还要苍白。为了秋山君，秋山家付出了太多，做了太多，准备了太长时间。如果这是一场投资，绝不允许失败，可如果秋山君死了，一切都将化为乌有。如果不是一场投资，是爱，他又怎能忍心看着自己的儿子去死？

天地，然后是父子。

这是自然至理，这是人间伦常。无人能抗。是的，就是这样的。

但秋山君先前说了父子二字，并不代表他就会被血缘亲情所困，相反，他要以此反攻自己的父亲。秋山家主既然能以父亲的身份要求他放弃什么，那他自然能以儿子的生命请求他放弃些什么。

父慈子孝。子肖其父。便是如此。

噫吁兮。

13 · 父与子（下）

阳光照耀着离山主峰，穿过那些像虹一般的剑光，落在秋山君身上，照亮了他苍白的脸，平静的眼还有被血染红的身躯，明媚而血腥，令人惊心动魄。始终无人说话，峰间一片死寂。在这个时候，唯一有资格说话的，只有秋山家的这对父子。

"父亲，回家吧，离山的事情，我们自己解决。"

秋山君看着父亲说道。他的声音很稳定，没有一丝颤抖，但所有人都能听出来其间的痛楚意味。为了救出周园里的人类修行者，他沉睡了数十日才醒来，伤势远未痊愈，此时又被利剑穿胸，早已无法支撑，如果不是白菜扶着，只怕早已倒下。

秋山家主的目光从那把穿过他胸口的剑移到他的脸上，眼里的失望情绪越来越浓，浓到极处便是淡，便是极致的淡漠。他看着秋山君说道："秋山家为你付出了多少，才让你有了如今这些声名，结果你却用自己的生死威胁家族，哪怕让家族付出无比惨痛的代价？"

秋山君沉默不语。

秋山家主的身体微微摇晃一下。淡漠终究只是表象，他如何能够不怒？

"我秋山家怎么出了你这么个东西，逆子！"说完这句话，他转身向后走去，再也不看自己的儿子一眼，同时喊出了两个字。"动手！"

听着这两个字，峰顶顿时变得紧张起来。所有人都知道，这两个字是向那位秋山家供奉说的。秋山君已然重伤将死，秋山家主依然不肯罢手？

那两位戒律堂长老神情微变，想要说些什么，但终究还是没有开口，小松宫和那位长生宗姜长老的神情则是放松了很多。虽然秋山君的选择出乎了他们的意料，但只要秋山家依然坚定地站在他们一方，那么至少眼下的局面还在他们的掌控之中。那位实力深不可测的秋山家供奉，先前那刻为了阻止秋山君拔剑，已然将一身境界提至巅峰，此时听着秋山家主的命令，根本不需要再作调息。

就在秋山家主动手二字还回荡在所有人耳边的时候，秋山家供奉已经出手！

他一出手便是秋山印！

天南有秋山，落于原野之间，仿佛大印。秋山印是一种掌法，施展出来落英缤纷，可同时攻击数十名敌人，而这种掌法若修至极处，更是如山自天外来，不停撞击原野，威力无比巨大！这位秋山家供奉，正是这百年里秋山家唯一能够把秋山印修至极处的强者。

山风呼啸而起，秋山印破云而落，来到离山主峰洞府之前。

轰的一声！

秋山家供奉的手掌，重重地……击中了那两名戒律堂长老的后背！

那两名戒律堂长老根本毫无防备，只觉后背仿佛被一座巨山击中，鲜血从唇间狂喷而出，打湿了雪白的短须与衣衫！

这时候，秋山家主正在转身，右袖很随意地拂起，仿佛是要拂走心里的郁闷，以及秋山君违逆所带来的愤怒，谁都没有察觉到，他的手掌从袖影里探出！

啪的一声轻响。

秋山家主的衣袖拂起，手掌悄然无声地伸出，轻轻落在小松宫的左肩。

小松宫发出一声愤怒且震惊的厉啸，横剑欲挡，然而哪里来得及横剑，那道强大且又极为凝纯的真元，直接震垮了他的肩头，然后像洪水一般冲进了他的识海。

在昏死前的那一刻，他才反应过来，秋山家主居然对自己出手！而这个传闻里极普通的、被秋山君掩去所有光彩的男人，竟拥有如此恐怖的实力！

山风被狂暴的气息对冲撕碎，呼啸不停。两名戒律堂长老盘膝跌坐于地，不停吐着血，仗着一身深厚的功力，才勉强未死。小松宫更是凄惨，肩头已然血肉模糊，被震倒在一名弟子怀里，生死不知。

风声渐静，场间一片死寂。没有人能够明白发生了什么事情。没有人能想明白，秋山家主和那位供奉为何会忽然向三位离山长老出手。事情变化得太快，快到所有人都措手不及，惊愕无语。

秋山家主从袖中取出手帕，擦拭掉手上沾着的小松宫的血水，神情很平静。

那位长生宗的姜长老盯着他颤声问道："你……疯了？"

秋山家主看着他说道："长老，随我下山可好？"

姜长老完全不明白这是怎么回事，愤怒不解，听着这话，准备厉声继续喝问，忽然醒过神来。无论秋山家主想做什么，但此时候三名离山长老已经倒在他们的偷袭之下，如果自己想要做什么，说不定下一刻对方便会向自己出手。

就像天南的很多强者一样，姜长老以往对这位秋山家主的印象很普通，甚至私下还偶有嘲讽，心想若不是秋山君的缘故，谁会在意这样一个无能之辈。但现在他明白了，此人哪里会是个无能之辈。

虽然他依然不明白秋山家为何会忽然暴起发难，至少看得清清楚楚，秋山家主有多强大——要知道就算是偷袭，能够如此轻描淡写，轻而易举地将小松宫长老直接一掌废掉，大陆拥有这等实力的人并不是太多。更何况，秋山家主的身边还有位境界同样深不可测的供奉！

姜长老想明白了这些事情，竟是二话不说，便向山道走去，只是数息之间，他便消失在离山蜿蜒的山道之上，走得毫不犹豫！

峰顶此时一片混乱，那些随小松宫三位长老闯入主峰的离山弟子，因为师长被偷袭重伤而愤怒，更多的则是惘然无措。

"我们也该走了。"秋山家主没有理会这些悲愤盯着自己的离山弟子，平静地说道。

秋山家供奉走到他身边，接过他递过来的染血的手帕塞进袖子里，然后一道向山下走去。整个过程里，秋山家主没有转身看秋山君一眼，哪怕走的时候也没有看。清风萦绕，身影已不见。离山主峰顶的石坪上，只留下了些血渍。

秋山君看着山道的方向，沉默不语。

关于秋山家，他从很小的时候，就有些事情想不明白。那位老供奉，实际上是他的三叔祖。世家门阀，向来以实力为尊。他始终不明白，为何境界修至聚星境巅峰的三叔祖，没有成为秋山家主，反而是各方面都很普通的父亲成了秋山家主。他本以为这或者与自己的真龙血脉有关，但先前那刻，看着父亲出手，看着三叔祖恭谨而沉默地从父亲手里接过那张带血的手帕，他才终于真正地明白了。只是，他依然想不明白，父亲最后为什么这样做。

一辆华贵至极的车辇从离山脚下向秋山驶去。拉辇的是龙血马，辇里配着的是蛟血酒，铺的是妖兔毫织的地毯。车辇中坐的自然是秋山家主与那位供奉。

"谋夺离山剑宗之事，现在看来，还是有些操之过急，今番损失会有些大。"秋山家主隔着车窗，看着云雾里若隐若现的离山说道，仿佛先前在峰顶偷袭小松宫的人并不是他，让这次事情无疾而终的人也不是他。

供奉微笑说道："不知道姜长老回长生宗后会如何说。"

秋山家主露出嘲讽的笑容："十几年前苏先生杀过一遭后，长生宗就已经废了，无论他怎么说，难道长生宗还敢向我秋山宣战不成？"

供奉的神情变得凝重起来，问道："可娘娘……那边怎么交代？"

秋山家主的眉头微挑，说道："娘娘仁慈，总不能逼着我杀死自己的儿子……是啊，那可是我的儿子，我可不像娘娘那么厉害。"他不愿意想此事，感慨道，"经过周园之事后，吾儿又有长进，居然能够想出如此绝的手段。"

用自己的生命威胁自己的父亲，无论怎么看，这事儿都很绝。就像秋山家主最开始准备用父子名分压迫秋山君一样，都很绝。只不过儿子比老子更绝。

"他比我更绝情，所以我不能逼着他帮我，那我自然就只好去帮他。"

"只是不知道秋山他什么时候能够想明白这一点。"

"不需要想明白，做就好，就像他的绝，这是成大事者必须的气质，虽然这不免揭示了一个令我有些不愉快的事实。"

"什么事实？"

"我爱他胜过他爱我。"

说完这句话，秋山家主安静了会儿，然后微笑着摇了摇头，说道："……但父子之间，不是向来都这样吗？"

14·平凡的圣人们

"其实，有时候我自己都想不明白，为什么我能生出像秋山这样优秀的孩子。"秋山家主看着窗外那座迟迟不曾远离的离山，说道，"就像整个大陆都不明白，为什么像徐世绩那样的蠢物夯货，居然能生出徐有容来。"

说完这句话，他顿了顿，加重语气说道："当然，徐世绩是不如我的。"

秋山家供奉知道他说的是什么，微笑着点头说道："他不如家主远矣。"

秋山家主双眉飞了起来，哪里像在先前在主峰上杀伐果断的一方豪杰，就是个单纯的得意的父亲，说道："从吾儿血脉觉醒之后，我便一直在拼命地修行读书，无一不学，便是想追上他的脚步，不想拖累了他，现在看来，还算是勉强做到了。"

秋山家供奉的笑容很真挚，甚至能够看得到佩服——秋山家主本来是天南最出名的纨绔，所以就像秋山君从小都想不明白的那样，多年前秋山家的老祖宗决定把整个家族交给当代秋山家主的时候，他也想不通，要知道那时候他已经是聚星上境的天南强者，而且算起辈分来，他是叔父，怎么看都应该是他掌管秋山家才对。后来秋山君出生，真龙血脉觉醒，他以为老祖宗当年的决定是从此而来，不再愤愤不平，对于家主依然瞧不起，觉得此人就是一个因子成事的废物，但现在，他早已不这样想了。因为谁也没有想到，当秋山君的血脉觉醒之后，秋山家主忽然间像是变了一个人，从此再也不在外面拈花惹草、折柳鞭马，而是开始发奋读书并修行。

这时候的秋山家主已经是中年人。一个荒废了半生的中年男人忽然开始奋发图强，那需要何等样的毅力与决心，需要付出怎样的代价，不问而知。可是他居然真的做到了。这十几年里，秋山君从牙牙学语到剑耀离山，他也默默地从通幽初境修到了聚星上境，虽然看上去不如秋山君，实际上难度更大。

什么样的原因让他能够做到如此不可思议的事情？就像他说的那样，他没有秋山君那样的血脉天赋，没办法跟上儿子的脚步，但他希望能够尽量地强大一些，至少不至于拖慢儿子的脚步。

"希望秋山能够尽快体悟到家主您的苦心。"供奉看着窗畔的他诚恳说道。

秋山家主平静说道："就算他永远都不知道，那又如何？"

供奉说道："可是今日之事终究会有所影响。"

秋山家看着窗外那座天南名山，沉默了很长时间后，然后说道："不错，今日离山之行确实出了很多问题，因为我没有想到，原来秋山是这样的一个孩子。"

供奉也沉默了会儿，问道："家主，您原先是怎样以为的呢？"

这确实是他，甚至是整个秋山家里家主的亲信们好奇的事情，因为在过去数年里，秋山家在暗中为秋山君做了很多事情，而那些事情似乎秋山君自己并不知晓。

"我原本以为他既然是我的儿子，那么想必应该是和我很相似的人……换个角度说，我原本以为世间不可能有像我儿子这般完美的人，那么他的完美一定是假的。"秋山家主的脸上出现了抹意味莫明的笑容，说道，"所以我以为……吾儿是个伪君子。所以我暗中做了很多事情，说是无恶不作也不过分，只为了替他打好基础，配合他在世间的名声，只待将来某日，他终于出现在万人之前，袒露自己的真实野心。"

"比如上次京都求亲之行？"

"不错，我以为他既想娶徐有容，又不想背上逼迫的恶名，才会故意算准时间，去与魔族争夺周园的钥匙，我是他的父亲，当然要帮他把这件事情办妥。"秋山家主说道，"又比如这一次，我以为他是假装受伤，以便置身事外，同时也给我秋山家发难的机会，谋算堪称完美，谁曾想到，竟是我想错了。"

"我以为我的儿子是个伪君子，没想到，他竟是个真英雄。"他看着窗外那座离山，微笑说道，"不过有哪个做父亲的不希望自己的儿子是个真英雄呢？只不过做英雄容易死，那么我这个父亲只好继续无恶不作，把伪君子继续扮演下去，以确保他的这个英雄能活着。将来某日，当整个世界都知道了我的恶行，需要他大义灭亲的时候，我再死在他的手里……你看，这是多么完美的一个故事。"

听完这番话，供奉心里生出无限感慨，心想家主真是世间最了不起的父亲，他对秋山君的爱是如此无私却又自私，强烈到让人都觉得有些畏惧。任何挡在秋山君身前，阻止他通往最灿烂星河的人，都会被家主除掉。而所有人都知道，现在这个大陆，唯一勉强有资格能够与秋山君相提并论的年轻人，叫作陈长生。

供奉开始提前同情陈长生将来的悲惨遭遇了。

当然，前提是那位年轻的国教学院院长能够活着离开浔阳城。

"八方风雨动，苏离必死无疑，但陈长生必然会活着。"秋山家主平静说道，"那个少年的背景太深厚，来历有些神秘，便是圣女峰都没能完全查清楚，圣后娘娘还没有发话，周通还没有动手，我自然不会先动。"

离山是个了不起的地方，梁笑晓用自己的死杀人，他的大师兄秋山君则用自己的命救人，这样的人往往是不容易死的。

陈长生也是如此，因为他一直都在救人。浔阳城里的雨是那样的寒冷，不知道是不是因为这个缘故，他的脸色有些苍白，湿漉的衣衫上到处都是剑孔，却看不到太多血色，因为被雨水冲洗掉了。

刘青有一张平凡无奇的脸，一把平凡无奇的剑，用的是看似平凡无奇的剑招，却拥有难以想象的聚星上境修为。

这位天下第三刺客，他的每一剑都寒冷得仿佛冰霜。

陈长生浴过龙血，也抵挡不住那把寒冷的剑。在很短的时间里，他用耶识步施展出离山法剑的最后一式，连续挡了刘青六剑，同时他的身上多了六个血洞。剑刺得不深，但很痛，好在流出来的血没有什么味道，就像这场战斗一样无味。

刘青的身法再如何诡异，他的剑都无法刺中苏离，只能刺进陈长生的身体。因为陈长生的剑很决然，很绝，所以很快。就像秋山君在离山峰顶刺进自己胸口的那一剑。

他看着刘青，脸色苍白，神情认真，一字一句说道："我不会让你过去。"

15·浔阳城的第一个答案

不愧是天下第三的刺客，刘青的身法异常诡异，就在陈长生说出那句话的同时，变作一道轻烟消失在重重雨帘之中，再次出现时，距离那匹在雨水中默默低着头的黄骠马已经极近，然而……他的剑依然再一次刺进了陈长生的身体。

苏离教了陈长生三剑，他把这三剑全部用在了此时，用得越来越纯熟，那份同生共死的狠厉意味越来越强硬，甚至已经开始进入随心所欲的境界。没有人知道陈长生的真元数量还能支持他使用几次离山法剑最后一式，但总之他已经坚持到了现在。

鲜血从陈长生的肋下飙射而出，迅速被暴雨冲走，他的脸色苍白，神情显得有些木讷，似乎已经感觉不到疼痛，但其实他的神识依然在快速运转，计算着这名恐怖的刺客下一步可能的动作，同时还要关注着长街那方王破与朱洛之间的战斗。

这是慧剑的要求，天时地势环境无所不算——陈长生看着那名刺客寻常无奇的眉眼，总觉得推算出了问题，他不明白为何自己的血会忽然变得没有味道，更不明白对方的剑为何没有想象中那般可怕。

被龙血浸泡过的身躯强度远胜于完美洗髓，刘青的剑能够轻而易举地破防，已经算是十分强大，但按照陈长生的计算，刘青的剑本应该更可怕些。他已经承受了七剑，却还能站在雨中，还没有倒下，这是为什么？

七剑只是一瞬，就连雨水都只来得及在残破的断墙根刚刚积起一分，无论远处观战的人们，还是隐藏在浔阳城别处的人们，都来不及做任何反应。暴雨冲洗着长街，晦暗之间，只能看到街上那五人一马的身影。

王破站在雨中，铁刀斩出无数道空间裂缝，抵挡着暴雨那头散溢过来的无限光明，裂缝的边缘已经变得非常明亮，照亮了他的身体。那些光都是朱洛的剑光，像月华一般看似温柔，却无处躲藏，每一道剑光落在王破的身上，都割出一道笔直的裂痕，便有鲜血流出。

他已经变成了一个血人，雨势再大竟也无法冲洗掉。

街巷之间除了雨声再也没有任何声音。暴雨如雷，很是热闹，身处场间的人们却觉得是一片死寂。

梁王孙、梁红妆，那些不惜一切代价也想要杀死苏离的人，沉默地等待着陈长生倒下的那一瞬间。薛河、华介夫代表着大周朝廷与国教两大势力，在此时也保持着沉默，隐藏在浔阳城里城外风雨中的更多的教士和军队，也保持安静。

因为王破的沉默与坚持，因为陈长生的决然——所有人都知道，是圣人们要苏离去死，即便朱洛也只是在执行圣人们的意志，王破和陈长生堪称各自年龄段的最强者，但和圣人们相比，他们终究只是凡人。他们现在的对手，都是实力境界远超他们的强者，但他们却靠着意志与爆发出来的那种难以用言语形容的力量，坚持到了现在。看着雨中的两道身影，谁能不动容？

王破是槐院的大人物，陈长生是国教的继承者，他们与离山之间没有任何情谊，甚至本应是对手，但他们却为了让苏离活着，与圣人们的意志战到了此时。他们为什么要这样做？王破和陈长生不喜欢苏离的性情，如果放在平时，他们大概也不会为苏离如此搏命，但现在不行，苏离不应该在为人类世界与魔族战至重伤后，反被人类世界所杀。

这是背叛，这种行为很无耻。在这件事情上，王破和陈长生坚定地认为自己是正确的，圣人们是错的。那么，在这件事情上，他们的选择才是神圣不可侵犯的。

道理就是这么简单，但要做到却非常困难。

苏离坐在马背上，看着身前的陈长生和更远处雨街上的王破，没有说话，眉眼间的散漫情绪早已不知去了何处。

在王破和陈长生倒下之前，苏离不会死。这是现在浔阳城里的人们共同得出的结论。王破的死必然会震动天南，影响极大，但若是为了杀死苏离，这样的代价似乎也能付，可问题在于，没有任何人希望陈长生死。

陈长生是国教学院的院长，是国教的继承者。教宗大人想苏离去死，却绝对不愿意他死。只不过远在京都离宫的教宗大人，大概怎么都想不到，陈长生居然会为了离宫最强的对手献出自己的生命。

从薛河到梁红妆，从肖张到梁王孙，从军寨到浔阳城，陈长生一路战斗，虽然曾经数次见着生死，但终究没有面临绝对的死亡威胁，便是有这方面的因素。现在不一样，刘青是个刺客。虽然他也不想陈长生死在自己手里，但他是收钱的，杀死苏离是他的任务。就像所有重视钱的人一样，比如折袖，这些人都非常重视完成任务。这一点甚至高于他们的生死，自然也要更高于别人的生死。前七剑，刘青想尝试不杀陈长生，但他发现如果不杀了陈长生，自己真的没有办法杀死苏离，那么……便杀吧。

刘青面无表情看着陈长生，再次一剑刺出，只不过这一次，他的剑不是向着苏离刺去的,而是直接刺向了陈长生。聚星上境的刺客很罕见,这种刺客的必杀一击有多可怕,陈长生尚未承受,便感觉到了一抹夜扑面而来,仿佛要抹杀一切光明。

陈长生知道自己要死了。他与死亡的阴影朝夕相处了数年时间,对死亡最是敏感在意,但这时候他却不怎么在意,或者说来不及在意。

没有人能够改变这件事情。重伤未愈的苏离不能,在暴雨中苦苦支撑、已然变成血人的王破也不能。华介夫和教士们当然想要阻止刘青的这一剑,但只来得及发出惊呼。

现在的浔阳城只有一个人能够阻止陈长生的死亡,那个人是朱洛。

他是踏入神圣领域的传奇,他的剑光虽然被王破拦在了雨街那一面,但只要他愿意付出足够的代价,依然可以想办法来到雨街这头。

忽然间,天上的雨云出现了一道裂缝,有明亮骤生。街上的雨水里仿佛多出了一个魔族的月亮,看上去是虚景,但又仿佛是实物。

铁刀在风雨中稳定无比,朱洛还在那边,但一位长发披肩的中年男子,忽然出现在苏离的身前,那是近乎分身一般的神奇存在。

水中月,这是一种身法,甚至可以说是一种神术。在最关键的时刻,这位大陆最强者之一,终于动用了自己最强的手段。他伸手抓住陈长生向街畔甩去,把苏离留给了刘青。就是如此简单的出现,简单地一掷,简单地一让。朱洛便解决了所有的问题。他会让陈长生活着。他会让苏离去死。而且,杀苏离的是名刺客,与他没有关系。即便他是朱洛,手上染着离山小师叔的血也是麻烦。果然不愧是八方风雨。

风雨笼浔阳。原来,从始至终,所有局面都一直在他的掌控之中。

陈长生根本没有任何能力避开朱洛的手。他看着刘青的剑在自己的身侧掠过,向苏离刺去。他知道没有办法了。他有些绝望,然后疲惫。然而就在这时,他忽然发现,场间有个人笑了。不对,更准确地说是两个人笑了。最先笑的人是刘青,笑得有些诡异。然后笑的人是苏离,他笑得有些感慨,情绪复杂。

二人因何发笑?场间的局面究竟是被谁掌控的?

当刘青的剑没有刺进苏离的身体,而是刺进朱洛虚影的那一瞬间……

一切终于有了答案。

049

16·刺客生涯的总结一剑

当朱洛如水中月一般,化出一道有若实体的分身,从而轻而易举地越过王破用铁刀斩出的空间裂缝,来到雨街这头时,如果他直接向苏离出手,或者下一刻苏离便会死去,或者不理会快要被刺死的陈长生,接下来应该不会有任何变化发生。

但是朱洛没有那样做。这并不是错误,至少在当时那一瞬间,没有预料到随后变化的人们都认为朱洛没有错,甚至觉得他的应对完美得无可挑剔,感慨于这位人类世界的最强者原来始终掌控着场间局面,于是共同想起那句优美的词:风雨笼浔阳。

就连朱洛自己都认为自己的应对很完美。苏离会死,但不是他亲手杀死的,天凉郡朱氏将来可以避免很多麻烦,他也不至于在史书上留下不怎么光彩的一笔,就算留下来那一笔的墨或者也会淡些,同时他也没有忘记离宫的请求,让陈长生活了下来。

风雨侵城,月隐其后,水中月化一为二,虚实相应,他的本体与分身却有近乎一样的战斗力,他则是一心三用,如神明一般,用最简单的方法解决了最复杂的问题。

当时的画面真的很美,这件事情的结局理应很完美,这位人类的传奇强者,没有任何道理不自信。然而他忘了一件很重要的事情,自信在很多时候往往意味着轻敌。更何况,直到最后那一瞬间,他才知道真正的敌人是谁。

那把寒冷的剑刺向朱洛的虚身里。

陈长生先前便觉得这把剑没有想象中可怕,这时候他才知道,原来对方一直是在手下留情,这把剑真的很可怕,可怕到像朱洛这样的人物也无法避开。

扑哧一声轻响。刘青的剑在暴雨里画出一道诡异的曲线,仿佛是月塘里的疏枝,把水中的月华切割成几片,同时也割开了朱洛虚身,深深刺了进去!

这并不是结束,而是开始。

刘青的剑刺进朱洛的虚身后,才正式开始爆发出最强烈的威力。那把寒冷的剑骤然间变得滚烫无比,然后开始发亮,开始燃烧,喷吐出无数金色的火鸟,每只火鸟仿佛都背负着一个太阳,雨街骤然被照亮,朱洛的虚身从里而外燃烧起来！

这是离山的不传秘剑。金乌剑法。

一声愤怒的啸声，在雨街那头响起。朱洛的视线越过王破的铁刀，看着数十丈外的这幕画面，愤怒到了极点。刘青的剑明明刺进的是他的虚身，但不知为何，他这时候的胸口却开始流血！踏入神圣领域后的数百年里，可曾有人敢伤他？自己曾经流过血吗？他早已经忘记了受伤的感觉，甚至忘记了自己也会受伤。

直到此时。

但真正令他愤怒的不是受伤这件事情，而是那名刺客的身份，以及那名刺客用的居然是离山的金乌剑法，这让他无比震怒，甚至隐隐生出了一些不好的感觉！

怒啸响彻雨街。朱洛一剑斩向身前的王破，剑意大盛，阴云骤分，月华瞬间明亮了无数倍。同时，落在王破身上的剑光也多了无数倍。

王破的血像暴雨一般从身体里涌了出来，铁刀在雨中依然不动。

朱洛的这一剑斩在身前，却落在更远处。就在他出剑的同时，以水中月身法，出现在雨街那头的虚身，同时向刘青出剑。虽然是虚身，却拥有与他本人近乎完全一样强大的境界实力。哪怕对方是天下第三的刺客，又如何能够挡得住这样的一剑之威？

刘青诡魅难以捕捉的身影，被尽数笼罩在剑光之中，嗤嗤嗤嗤，无数声厉响中，只是瞬间，他的身上便多出了数十个血洞。

如果是别的对手，哪怕与刘青同样是聚星上境的强者，在朱洛这一记饱含怒意的剑下，也只能当场身死，不可能有任何意外。但刘青不是普通的修行者，他是名刺客。他最擅长杀人，自然也最擅长如何不被人杀死。

他身上那件看似很普通，甚至有些寒酸的衣服，实际上是鬼蚕丝织的，能够抵挡普通刀剑的切割，当然，在这种层次的战斗里，这没有太大意义，更重要的是，他的衣服下面贴身穿着一件汶水唐家制造的软甲。他那张普通无奇的脸实际上是一张面具，和肖张脸上的白纸不同，他的这张面具出自天机阁，防御力等同于盔甲，当然，这实际上也没有太大意义，但……所有这一切加在一起，便有了意义。

意义在于，朱洛暴怒的一剑，不能当场杀死他，在于他还能站在暴雨里，继续出剑。嗤嗤厉响，变成剑意与坚硬物事碰撞的清脆鸣叫。刘青浑身是血，却自岿然不动。刺客在这一刻变成了死士。因为他的身后是苏离。

他手里那道如月塘疏枝的剑，剑势明明已经走尽，却生生向前再走了一分，燃烧着、喷吐着无数火鸟、散发着无穷光与热的剑，在下一刻爆了！

剑在朱洛的虚身里爆了！

轰的一声巨响！长街上的暴雨被震得倒飞而去。朱洛的虚身骤然间无比明亮，边缘处隐隐有了破损的征兆。而在雨街那头，朱洛的胸口竟是一片血肉模糊！

默默跟随苏离、陈长生数十日，前一刻暴起发难，刺得陈长生浑身是血，直到朱洛临场，才终于展露出真实的目的，原来不是为了杀人，而是为了守护。

这一剑，无论是在计算方面还是在别的方面，都已经做了极致。可以说，这一剑是刘青此生刺客生涯的最佳总结，好诡异的一剑，好光明的一剑，好隐忍的一剑，好可怕的一剑。这一剑强大恐怖到了难以想象的程度。但……还是不足以杀死朱洛。因为这种极致依然属于人间的极致。而朱洛这样的强者，自踏入神圣领域后，你可以说他们已然非人！

怒啸未绝，陡然转成清啸，寂冷到了极点，仿佛雪原上空的明月。

朱洛虚影在暴雨的冲洗下不停摇晃，却没有散去。下一刻，虚影的手中忽然多了一把虚剑。一剑刺向苏离。苏离面无表情看着这一剑，右手不知何时已经握住了黄纸伞的伞柄。就算无力再战，像他们这种人，也要在战斗中死去。大概便是这种意思。

刘青在出剑之后，再也无法支撑，跌坐在了雨水里。鲜血，从他身上与脸上喷射而出。他已经无法再做些什么。朱洛的剑来了，清绝孤冷。因为他真的怒了。他决意要杀死苏离，不管谁再阻拦自己，都会一起死。

忽然间，雨街之上隐约响起一声龙鸣。或者说，龙吟。

原来，陈长生一直还在场间。就在朱洛准备把他丢到街角的那一瞬间，刘青的剑到了。所以他落在了雨街之上。龙吟剑在他的手里。他踏水而起，凌空出剑。他出剑，便是龙吟。他的剑遇到了朱洛的剑。真实的龙吟剑，遇到了虚幻的月华剑。剑与剑之间或者并无差别，甚至龙吟剑要更加强大。但用剑的人之间的差距实在太大。悄然无声，那把虚剑如月光照雪原一般，轻而易举地越过龙吟剑的剑锋，继续向前。然后，却被剑鞘拦住了。

17·青春少年的奇遇万剑

陈长生的脸被剑光照亮,就像雪原一样。

朱洛的虚影就在他的身前,就在暴雨之中,散发着无穷光明,就像一尊神像。难以想象的威压,随着剑的到来,落在了陈长生的身体与心灵上。

陈长生的剑当然不如刘青的那一剑,但也不寻常,面对着从来没有遇到过的,甚至连想象中都没有出现过的人类至强者,他自然用的是自己的最强一剑。

苏离教他的三剑,都在其间。

笨剑帮助他能够在这道神圣威压前站稳脚步。慧剑帮助他在暴雨中判断出这一剑的轨迹。要知道这一剑属于神圣领域,无形无迹,王破和刘青的层次或者勉强能够看懂一些,但他如果不是学会了慧剑,则根本没有任何可能。最后,他燃烧真元与生命,试图挡住这一剑。

可惜,他不可能挡住朱洛的剑,就像螳螂的手臂无法挡住奔驰的马车。

没有任何意外,虚剑带着月华越过龙吟剑的剑锋。然而,朱洛的剑眼看着便要侵进他的眼帘,却被……挡在了龙吟剑的剑鞘之外。一把虚剑如何能够被真实的剑鞘挡住?只有身在场间的陈长生明白这是怎么回事,这很难用语言来解释,对大雨里的观战者来说,他们看到的画面就是:

——那把虚剑刺进了陈长生双手握着的剑鞘里。

夜空里与水中有两个月亮,雨街上有两个朱洛,一个是真实的,一个是虚幻的,但两个月亮同样明亮,两个朱洛同样强大,区别只在于有无情绪。

当满携着月华的那记虚剑刺进陈长生的剑鞘里后,陈长生身前朱洛的虚像没有任何变化,依然面无表情,由内而外释放着光明与热量,而在更远些的雨街上,已经把王破的铁刀镇压渐默的朱洛,清冷的神情却瞬间被震惊与微悯取代。

暴雨里骤然响起无数声剑鸣。然后,再也听不到暴雨的声音。凌厉的、粗粝的、锋利的、清亮的、沉闷的剑鸣,在雨街里暴然响起。整个浔阳城,都只听得到剑鸣的声音。那把虚剑仿佛瞬间遇到了无数把剑,或者对撞,或者摩擦,或者互相切割,无数道剑鸣同时响起,大雨里有些境界稍低的观战者,竟是直接被震得昏厥了过去!

但偏生雨街之上什么都没有发生，看上去除了落雨，一切都很安静，这些剑鸣究竟是怎么来的？朱洛的剑遇到的剑在哪里？

那些剑，都在龙吟剑的剑鞘里。

陈长生的这一剑，本来就是一万剑。那一万把从周园里带出来的剑。却被朱洛的剑尽数封在了剑鞘里。但终究还是相遇了。万剑未曾出鞘，亦能对敌。剑鞘之中，一时间，金戈铁马，狂风暴雨，雷霆轰鸣！朱洛手里的虚剑正在不停没入陈长生的剑鞘中。那不是归鞘，而是正在不停变短。一些光华的微粒，在鞘口处向着四周飘舞。那是被磨损的剑屑。

万剑虽残，但剑意犹利。只在瞬间，便至少有数千次切割与摩擦发生，朱洛的虚剑，哪里能够撑得住！即便是雨街那头他手里真实的月剑，亦在同样变短！更加难以想象的是，他握着剑柄的手指间，竟开始渗出了血水！

朱洛的脸色变得有些苍白，先前一直仿佛神明般漠然无情的眼眸里，再一次出现微悯的神情，然后迅速转化成仿佛洪水一般的愤怒！

他能够感受到陈长生的剑鞘里的那些剑，甚至认出了那些是曾经逝去的名剑，有些甚至是他在数百年前亲近的气息，但他无法感慨于陈长生的奇遇或者是去询问事情的真相，因为那些曾经无比强大的剑正在向他发起攻击，而他真的受了伤！

他居然被一名通幽境的少年伤了。管你是什么少年天才。管你是什么史上最年轻的通幽上境。你终究只是通幽境，只是个十六岁的少年。你怎能伤我，你怎敢伤我，我堂堂八方风雨，竟被你所伤，这是不能允许的事情。怒啸响彻浔阳城，瞬间镇压住了那些剑鸣的声音。

雨云渐散，月光更盛。朱洛向着王破踏前一步，手里的剑向下斩落。数十丈外的雨街上，他的虚像向着陈长生俯身压了过去。那把虚剑不停向着剑鞘里刺入。那些带着光华的剑屑喷射得更加密集。那些光华，那些剑屑，都是剑意与剑意切割后生出的锋锐之意。看上去很美丽，实际上很危险。

暴雨渐缓，街上积水未散，那些剑屑落下，竟把水纹都切散了。更不要说地面的青石与断墙，到处都是碎屑。刘青从雨水里站了起来，继续守在苏离的马前，横剑于身前。那些光华剑屑疾射而至，仿佛无数道劲矢。只是瞬间，他的发带被切断，黑发飘起，然后发也被切断。他的衣衫尽烂，身上又多了数百个细微的血洞，看着很是凄惨。但终究，他护住了那匹马以及马上的人。

苏离坐在黄骠马上，低着头，没有说话。

按道理来说，陈长生这时候就应该已经死了。

无论苏离还是朱洛，都是这样认为的。但神奇的是，被漫天光华剑屑笼罩的他，身上竟连伤口都没有多一个。一道不知从何处传来的气息，笼罩住他的全身。那道气息，不知来自他腰间的那块玉如意，还是他手腕间不知何时多出的一串石珠。

没有人能够感受到这道气息，只有那些剑屑能够感觉到，所以来到陈长生身前时便自然飘走，而其间的细节则被完美地隐藏在了光明里。

然后，大雨重临，雨云重聚，月华渐逝。雨帘里，朱洛的虚像渐渐黯淡，渐渐变得脆弱起来。终于，某一刻，虚剑被剑鞘完全吞噬。虚像骤然间崩碎，变成无数细微的气泡。浔阳城里响起无数声惊呼。朱洛站在雨街那头，浑身是血，脸色苍白。他的右臂微微颤抖，剑已残缺，只剩下了一个剑柄。

就在这时，王破的铁刀终于来到了他的身前。

18 · 不落之刀

开战至今，这是王破的铁刀第一次有机会来到朱洛的身前。就在朱洛陡遇偷袭，身受剑伤，虚像崩碎，水中月被迫回归本体的那一瞬间。铁刀起风雨之间，直到了极点，也强到了极点。

王破根本没有关心先前发生了什么事情，没有理会雨中生明月、那名刺客偷袭再偷袭、陈长生万剑齐鸣，只是向着身前的朱洛斩去。

就像是砍柴，更像是算账，无比专心致志。此时，或者是他最有可能击败朱洛的时机，甚至有可能是他在踏入神圣领域之前，唯一的一次击败朱洛的时机。

朱洛举掌向天，乌云遮月。谁也不知道，王破的全力一刀与朱洛重伤之余仓促间的一掌，谁能更强。直到下一刻，也没有人知道。因为，王破的刀没有落下。铁刀，停在了朱洛身前的空中。朱洛的手掌也停在空中。

二者并未相遇。

暴雨渐歇，街上依然晦暗一片，安静无比。画面仿佛静止般。就连呼吸声都听不到。朱洛看着王破，沉默不语，脸色忽然间变得异常苍白。无数道强大的气息，从他的手掌边缘与衣衫里喷涌而出，向着微雨里散去。那些是他重伤之余强行收敛的真元，本应该落在王破的铁刀上，但他没想到，王破竟然放弃了最后的一次机会，铁刀停在了空中。嗡的一声闷响，朱洛的真元，尽数落在空处，气息尽数付于天地间。他想不到王破会收刀，因为他不是王破这样的人。

王破之所以收刀，不是因为他算到了接下来的局势发展，不是他的战斗意识强大到能够看穿遮月的阴云，而是因为一个很简单的原因。

朱洛受了伤，他不想乘人之危。

他不在意最好的机会，他相信自己只要能活下去，总有一天会踏入神圣领域，然后光明正大地击败朱洛以及别的神圣领域强者。

所以，王破收刀。

于是……朱洛受了重伤，甚至比刘青和陈长生加诸在他的身上的伤势更要重。鲜血从他的唇角溢出，从他的身上流淌出来，越来越快。这个世界发生的事情，很多都没有什么道理。但其实细细想来，很有道理。

微雨轻拂，长街依然安静。无论是场间的人们还是在远处观战的人们，都没有说话。看着浑身是血的朱洛，很难有人能说出话来。已经数百年了，谁曾见过八方风雨这样的大人物败于人手？谁曾见过朱洛这样的绝世强者如此狼狈，受如此重的伤？

朱洛低着头，被雨水打湿的长发披散在肩头。他看着自己手里的剑，已经只剩下一个剑柄——月华之剑由万炼精钢与秘银打造而成，无比坚硬，然而此时已经变成墙与地面裂缝里的尘埃。

他抬起头来，望向微雨那头的陈长生，说道："天生剑心？"

听着这话，先前因为万剑齐鸣而震惊的观战者们更加震撼。

朱洛又望向身前的王破，说道："佩服。"

整个大陆上能让他说出一声佩服的，不超过五人。他却对王破说了。因为王破今日在战局里展现出来的强大意志与远超年龄的战斗力。也因为王破最后没有落下的那一刀却远比那刀落下更强大。

最后，朱洛望向雨街那头，站在马前的那名浑身是血的刺客。

今日浔阳城里，守苏离者三人，皆是英杰，如果要以对朱洛造成的伤害而论，陈长生大约两分，王破最后的不落之刀占了五分，那名叫刘青的刺客占了三分。

对整个战局来说，王破是基础，陈长生是最后的意外手，刘青则是最关键的破局者。

刺客，事杀戮，自然不会建设，在史书上，从来都是以破局者的角色出现。雨街远处的观战者，随着朱洛的目光望向那名刺客，想起先前这场战斗里的两次陡变都因为此人而起，很是震撼，心想这到底是怎么回事，这名刺客是谁？有谁修行到聚星上境居然还愿意行走在黑夜里扮演一名刺客？又有哪个刺客居然能够算清战局里的所有细节，成功破坏朱洛对浔阳城的掌控？

朱洛太自信，或者因为王破太强，无法留手的缘故，他不介意在浔阳城里顺手杀死王破，还可以避免将来的一些问题，但他不会让陈长生死。这名刺客算到了这一点，所以在暴雨里暴起偷袭，剑剑皆血，杀得陈长生险象环生。

朱姓乃是天凉郡大阀，族人众多，朱洛即便不担心离山剑宗事后的报复与南人仇视，也要为族中的后代子弟们考虑一二，而且他毕竟要为名声考虑，所以他不想……亲手杀死苏离，于是他选择动用水中月来到暴雨那头，抓走陈长生。朱洛以为自己用最简单的手法营造出最完美的局面，给刺客留下杀死苏离的机会，却没有想到，这个机会本来就是这名刺客为他创造出来的机会。

这不是刺客杀苏离的机会，是……杀他的机会！

人心、爱憎、利弊、世家、羽毛、神圣，所有的一切，都在刺客的计算之中！

陈长生站在那名刺客身前，很自然地想起在路上苏离教自己的那些话，如果说世间真有慧剑，那么这才是真正的慧剑吧？

朱洛寒冷的声音在寒冷的微雨里响了起来："刘青，你居然敢对老夫出手？"

人群里发出一阵压抑不住的惊呼，有些准备趁着微雨继续向苏离发起进攻的人，下意识里停下了脚步。知道刘青这个名字的人并不多，可是知道这个名字的人，都明白这个极普通的名字代表着什么——刘青是在天下刺客榜上排名第三的可怕杀手。在当年那名神鬼莫测、无比阴森可怕的天下首席刺客失踪之后，他便可以说是大陆最可怕的人。

原来这名刺客就是传说中的刘青！

难怪他连朱洛都敢暗杀！

朱洛看着刘青说道："你以为世间真没有人能挖出你的底细吗？你竟然敢露出自己的底细，就不要怪老夫将来派人上离山掘地三尺！"

刘青的面具已然残破，到处耷拉着皮屑与将凝的血，看着异常恐怖。

他看着朱洛说道："我不是离山的人，你又如何能在离山上找到我？"

19 · 有朋自南方来

听着朱洛的话，陈长生下意识里回头，望向苏离和那名叫刘青的刺客。

离开边城军寨，在林外相遇，他很清楚这名天下第三的可怕刺客一直在暗中跟着自己和苏离，这让他很不安，精神压力极大，甚至有时候觉得快要承受不住。

直到先前那刻，他在雨中看到了苏离与这名刺客脸上的笑容，然后看到刺客的剑如破开塘中水月的疏枝一般刺进朱洛的虚象，他才震惊地发现，原来那名刺客跟了自己和苏离这么多天始终未曾出手，不是因为可怕的隐忍与耐心，不是在寻找更好的出手机会，而是他一直是在保护苏离，他在等待最危险的那一刻出现！

刘青居然会金乌剑法，要知道金乌剑乃是苏离自创的秘剑，由此可见，他与苏离之间的关系必然极为亲近。如此说来，今夜的浔阳城确实是一个局，然而，这不是大周朝廷与国教的局，而是离山的局，苏离与那名刺客的局。

这就是陈长生此刻的想法，和朱洛以及此时微雨里的人们想法一样。但刘青没有承认，哪怕他的金乌剑是那样的刺眼，雨丝里还有燃烧的余烬在飘舞。

他会离山的剑，但他不是离山的人。

不知为何，这样毫无说服力的说辞，却让陈长生信了。朱洛自然不会相信，他有自己的判断，只是这时候没有时间，也没有必要去探寻这件事背后隐藏的真相是什么。

朱洛望向苏离，神情冷漠，眼中的月色却快要燃烧起来。

他今日来浔阳城，就是要杀这个人。

如果是以往，哪怕他是八方风雨，也不敢说自己有战胜苏离的可能，但整个大陆都知道苏离在突破魔族包围的时候受了重伤。他本以为杀死苏离是件很简单的事情，甚至不需要自己亲自出手。但现在看来，即便他亲自出手，也不见得能够成功。他甚至受了很重的伤。

苏离这样的人，果然很难杀死。

同样的道理，他虽然受了重伤，但也很难被杀死。在大雨里，王破、刘青、陈长生的应对可以说最强硬、最智慧，甚至可以说完美无缺，不可思议地重伤了朱洛，却没有办法让他死去或者认输。

"我确实算错了一些事情。"隔着微雨织成的无数细帘，朱洛看着苏离说道，"所有人都知道你看似漫散随意，游戏人间，但实际上孤傲清高，在世间没有朋友，而离山也不可能来人援你，但没有想到，居然还有人愿意来帮你这个冷血之人。"

这句话说的自然是王破和陈长生还有刘青三人。尤其是前二者，无论是性情还是其他，都与苏离极不相同，他们的行事方式和对世界保存的善意是苏离向来最嘲弄鄙夷的，然而陈长生不离不弃，王破不远千里，就是要帮他，仿佛就是要告诉苏离这个杀人无算的孤星，这个世界并不是一味冰冷，总有些人值得信任。

"但你应该很清楚，他们救不了你。"朱洛看了眼苏离手里的黄纸伞，继续说道，"你今天不可能活下去，你的这些挣扎只是徒劳，只是在拖时间。"

苏离静静看着他，没有说话，不知道是不屑还是别的原因。

"你拖到了王破出刀，拖到了那名刺客出剑，可是，那又如何呢？"朱洛指着四周的漆黑如夜的城市与更远处的原野，说道，"你看看这个世界，只有一个呆子，一个少年和一只见不得光的鬼在你的身前，而我们是整个世界。"

在说这句话的同时，他的鞋底渐渐离开水泊，身体飘到了雨空里，长发飞舞，霸道的气息笼罩住了整个浔阳城，鲜血从他的胸口与虎口间流淌出来，落到十余丈外的地面，发出啪啪的轻响。

微雨终歇，云层再裂，露出一片不知道是不是真实的天空，仿佛有月。无数剑意如月华一般落下，月华如水一般轻漾，在街道上流淌。

坚硬的街面上出现了无数道深不见底的裂缝，那些都是剑痕。

这就是神圣领域强者全力施放气息的结果。

朱洛决意发出自己的最强一击。

王破忽然开口说道："前辈，付出两百年的寿元也在所不惜吗？"

朱洛已经身受重伤，如果想要毫无意外地杀死苏离，便需要付出更多的代价。他看着王破说道："王家小子，你不一样付出了二十年的寿元？"

先前在客栈里，王破一刀重伤画甲肖张与梁王孙二人。要知道他虽然是逍遥榜首,但实际上,三人的实力很接近,他以一敌二,还要在最短的时间里让对方丧失战斗力,自然要动用极强大甚至类似于自损的秘法。

王破这样做了,他的付出很大。当时肖张和梁王孙非常震惊。这时候他问朱洛,朱洛便把这个问题还给了他。王破的眉毛被雨水洗过,更淡,更耷拉,衣裳被雨水打湿,看着更寒酸。如果他是一个算账先生,他效力的东家肯定已经破产。但他说话依然是那样平静而有力量。

"我还年轻,但前辈您已经老了。"

岁月最公平也最不公平。年龄,就是王破相对朱洛最大的优势。

一直没有说话的苏离,忽然大笑起来,笑声里有道不尽的快意。

然后,他对王破说道:"他们这几个老东西,只能寿终,不能战败,你不用劝他。"

王破懂了,雨街上的人们也都懂了。如果朱洛今夜就此退去,那么还如何能够维系在大陆上的神圣地位,如何还能以八方风雨自居?既然是八方风雨,便不能败,只能胜。哪怕要付出二百年时光。

苏离的笑声,回荡在安静的浔阳城里,充满了对所谓声望、家族延绵的嘲弄。

朱洛忽然望向夜空,唇角露出一抹嘲讽的笑容。

苏离的笑容忽然敛没。

朱洛看着他嘲弄说道:"你难道没有想过,既然是我们几个决意杀你,难道我这样的老东西只会来一个?你拖时间,最终还是把自己拖进了深渊,可会后悔?"

浔阳城里的雨已经停了,天空里的云也渐散了,却依然是晦暗的,不知何时。半边的天空里仿佛有月,在云中若隐若现。另一半的天空里,忽然出现了无数颗明亮的星辰。陈长生不知道发生了什么事情,望向那片星空,发现自己的命星并不在其间,隐约明白那些星辰竟然都是虚象。

是谁来了?居然能够让天地生出如此异象?

王破的神情变得异常凝重。刘青站在苏离马前,低着头,鲜血从脸上淌落,不知道在想些什么。远处街上响起窃窃私议的声音,偶尔夹着几声惊呼。便是梁王孙和薛河的神情都变得有些古怪,他们没有想到,今夜居然会出现这么大的阵仗。

华介夫面色微白,心想这可怎么办?

有个人来到了浔阳城。他还没有出现，天空里便出现了一片星海。一道强大的神识渐渐降临，街上的积水被震得如沸腾一般弹起。那个人叫观星客，住在海边或是大西洲，夜夜观星，已逾三百年。那个人与朱洛很亲近，并称星月无双，当然，他也是八方风雨中人。

浔阳城里一片安静。

王破转身望向陈长生，说道："你该离开了。"

陈长生握着剑的手微微颤抖，说道："您呢？"

王破想了想，说道："我想再试试。"

明知不可为却要为之，明知不敌却要战之。王破在汶水唐家做了三年账，没有一笔漏误。他说的话，向来都会做到。他认为苏离不应该在今夜死去，他便要为之奋战到底。但他认为陈长生没必要再留在这里，因为陈长生只是个少年，还有很多的青春要去浪费，去体会。

陈长生很认真地想了想，还是没有决定要不要离开。今天的雨有些寒冷，朱洛的剑很寒冷，但他的血依然还是热的。最后，他做了决定。但谁都知道，他的决定，甚至王破的决定都已经没有任何意义。

王破、陈长生、刘青三人，把朱洛逼到了这个份上，已经足以骄傲自豪，而且这场雨战必将会被记载在史书上，但是他们没有办法做到更多。

两位神圣领域强者，同时降临在浔阳城。这已经是很多年没有发生过的画面。很多人下意识里望向苏离。那两位神圣领域强者，就是为了此人而来。忽然间，那些想杀死苏离的人，生出很多敬畏与羡慕。魔族想要杀他，阴谋筹划多年，强者尽出，万骑围雪原。他受了重伤，人类世界想要杀他，也要出动两位最强的大人物。这样的人生，真的很值得骄傲，很荣光，堪称无憾吧。人们很想知道，在生命最后的时刻，像苏离这样的人，会说些什么。

就在无数双目光的注视下，苏离终于开口了。

他看着飘在天空里的朱洛，说道："能不能再等会儿？"

这很像是在说相声。还是单口相声。

朱洛微微挑眉，说道："这时候还想拖时间，有些不符合你的身份，难道说离山小师叔这样的人，也会畏惧死亡后的星海？"

"不错，我就是在拖时间。"苏离的声音很平静，"从军寨到浔阳城，我一直在拖时间,因为他住得比较远,过来需要很长时间。"

朱洛问道:"你一直……在等人?"

苏离说道:"不错。"

朱洛说道:"不是刘青?"

苏离说道:"他一直跟着我,为何要等?而且我以为他是来杀我的。"

陈长生忍不住看了刘青一眼,心想这个著名的刺客和苏离到底什么关系?

朱洛沉默片刻后问道:"那你在等谁?"

苏离说道:"我在等个朋友。"

朱洛嘲讽问道:"难道你也有朋友?"

如果这话是问一般人,都会显得很荒唐。人活在世上,吃的是五谷杂粮,鲜蔬青果,谁会没个朋友?不管是酒肉朋友,还是同折章台柳的朋友,总之,都是朋友。但这句话问的是苏离,所以不荒唐。

整个大陆都知道,苏离从不信人,没有朋友。就连陈长生都知道他没有朋友。离山弟子们是他的门人,甚至可以说是家人,但不是朋友。王破不是他的朋友,陈长生不是,刘青很明显也不是。准确来说,这个世界上有很多崇拜苏离的人。但有资格做他朋友的人很少。而那些人在苏离看来,都是些老东西、朽木、老王八蛋。比如朱洛,比如已经快要到来的观星客。

朱洛非常确信,那些有资格做苏离朋友的人,也就是整个大陆唯一有能力改变今天局面的十几个人里,绝对没有人是苏离的朋友。更寒冷的事实是,世间最强大的那十几个人,大部分都是苏离的敌人。朱洛不明白苏离等的到底是谁。如果他的朋友是一名农夫,那么这段友情很传奇,很符合美学上的意义,但那又有什么意义?

"像你这样的人都有朋友,像我这么优秀的人怎么会没有朋友?"

苏离看着朱洛嘲讽说道:"白痴!"

随着他的话音落下,浔阳城上空的星海忽然撼动起来。一道庄严圣洁甚至有些神圣的气息,挡住了那片星海所有的威压。然后,一人自南方来。来的是苏离的故人。那人白衣飘飘,瞬间飞掠十余里地,从城外的原野来到浔阳城里。那人是个女子,穿着件白色的祭服。万里风尘,都在衣袂间,白衣已然渐污。

她掠至朱洛身前。朱洛发出一道极度震惊的呼喊,然后一剑斩出!白衣女子抬手,衣袖轻拂。就是这一拂,天空里的云恐怖地绞动起来。污衣遮月。月华骤敛。然后，朱洛退，疾退，一退十余里，直至最后重重地撞到城门上。轰的一声巨响，烟尘大作。

自陈长生喊出那声苏离在此后，浔阳城的城门便一直紧闭。这时，浔阳城的城门终于开了。城门直接垮了。满地木渣砖砾，朱洛跪在其间，不停地吐着血。街上，那名白衣女子缓缓收回手指，回头望向苏离。

这是一个相貌平凡的女子，眉眼间隐有岁月的痕迹，浅浅的。就像她唇角轻扬的线条。陈长生觉得那件白色祭服有些眼熟。人们震惊地张着嘴，不知该说些什么。华介夫带着浔阳城里的教士们，纷纷跪倒，大礼参拜，颤栗不敢言。

那白衣女子视若无睹，只是静静看着苏离，微笑问道："只是朋友吗？"

20·南方圣女

白衣女子的笑容很淡，像云一样；很清，像水一样。但有万种情绪。有追忆，是调笑，隐藏最深，却始终藏之不住的，是一抹怅然。

有朋自远方来，本应不亦乐乎，更不要说是在最危险的时刻，帮自己解决掉最危险的敌人，苏离的神情却有些窘迫。可能是因为白衣女子带笑轻声问出的这句话。

云层重新掩盖了天空里的月华与星光，街上重新变得黯淡一片，又有雨点落下。

在微雨里，他与那名白衣女子相对无语，一片安静。

而这个时候，其实战斗还在继续。

云层不停地绞动翻滚，仿佛里面有无数雷霆，那道神圣庄严的气息，如彩云追月一般裹住了月华，不停地碾压着，追逐着，同时向着更远处那片天空里的星辰压去。

无形的雷霆终于轰破了云层，落下无数道明亮的闪电。轰隆隆！雷声在浔阳城的上空不停炸响，惊天动地。不知多少躲藏在家里床下的普通人被震得胆颤心惊，不知道多少蒙昧不知世事的孩子恐惧地大声哭泣。

云层撕扯得更加厉害，仿佛天空都要裂开，远处街上那些修行者，但凡修为境界稍弱些的人，直接被这些雷声震得昏厥过去。

这就是神圣领域强者之间的战斗。

这就是这个世界最高层级的力量对冲。

白衣女子背对着天空，对云层后方那已经超越了普通人想象极限的战斗没有投予半点关心，只是平静地看着身前的苏离。

世界一片雷鸣闪电，轰隆巨声不停。

二人依然相对无言，一片安静。

不知道过了多长时间，雷电终于停了，浔阳城回复了真正的平静，云层渐渐静止，只留下无数道有些像鱼鳞般的细纹。那是力量对冲的残余痕迹。白衣女子身后的街面上出现无数道裂痕，仿佛被犁翻了无数遍的原野，无数蒸汽从那些裂缝里生出。

那些裂缝究竟有多深，难道已经抵达到地底的岩浆？

胜负已分。

事实上，从白衣女子来到浔阳城里的瞬间，这场战斗的胜负便已经注定。

人们看着这名白衣女子，震惊到了极点。陈长生的心里除了震惊，更多的却是迷惘。他总觉得这名白衣女子穿着的白色祭服有些眼熟，就连气息都有些熟，仿佛在哪里见过一般。这名白衣女子到底是谁？竟然能够战胜朱洛和观星客这两位八方风雨联手。就算朱洛事先已经受了重伤，白衣女子展现出来的境界实力也太可怕了。

一名戴着笠帽的男子出现在浔阳城的门口，把朱洛从废墟里扶了起来。这个男子身上流着血，血里仿佛有无数星光的碎屑，闪耀着光芒，那些血与星芒给人一种格外恐怖的感觉，仿佛只需要一滴，便能摧毁一座城市。

但他的笠帽上多出了三道极大的豁口，看上去就像一把用了七十年，已经残旧不堪然后被婢女发脾气撕碎的蒲扇，看着异常狼狈。

这个强大的男人，自然就是观星客。能把他打得如此狼狈的白衣女子，又能是谁呢？他望向十余里外的那条街，脸色苍白，震惊而愤怒。

苏离隔着微雨望向城门处微笑说道："我说过，我是有朋友的，只不过她事情比较多，住得比较远，赶过来需要些时间。"

听着这话，无论城门处还是街上都异常安静，人们很沉默。此时，华介夫带着浔阳城里的所有教士跪倒在雨水里，除了对修行界没有太多认识的陈长生，所有人都已经猜到了那名白衣女子的身份。听着苏离的话，他们如何能不沉默，甚至腹诽。圣女峰远在天南，距离地处北方的天凉郡，当然很远。像白衣女子这样的大人物，当然有无数事务需要处理。

城门废墟里，朱洛怒惊难遏，抹去唇角的血水，说道："这到底是怎么回事？"

苏离得意说道："我也活了数百年，像我这般优秀的人物，总会结识一二位优秀的朋友，你以为我是天海吗？享受做个孤家寡人？"

如此得意的模样，在很多人看来有些可恶。但他是苏离，所以那些人也只有忍了。可是陈长生却总觉得苏离这时候的情绪有些不对劲。

便在这时，白衣女子看着苏离叹道："原来，真的只是朋友啊。"

苏离笑容渐敛，显得有些尴尬。这是陈长生第一次在他脸上看到尴尬这种情绪。苏离是世间最极致的人物，而且他冷血无情，孤傲强硬。他几乎瞧不起天下所有人，又怎会尴尬？先前他没有回答白衣女子的话，而是对朱洛和观星客说话，这已经是尴尬，是示弱，然而谁能想到，白衣女子竟是连转移话题的机会都不想给他。

苏离有些无奈，说道："师妹，不要这样。"

陈长生很吃惊、很白痴地想着，这位白衣女子难道是离山的隐世强者？

"你居然和这个满手是血的狂徒狼狈为奸，怎么有资格做圣女！"

朱洛愤怒的声音传遍整座浔阳城。

浔阳城里一片死寂。没有人回答朱洛这个问题，没有人敢回答这个问题，没有人有资格回答这个问题。

陈长生震惊无语，觉得不可思议到了极点。白衣女子就是……人类世界最至高无上的五圣人之一？和天海圣后并称的南方圣女？

他这时候才想明白，在南方，圣女峰与长生宗向来都视为同根同源的一系，尤其是离山剑宗与南溪斋向来交好，经常以同门相称。比如苟寒食称呼徐有容，便是叫她师妹。那么苏离当然可以称当代南方圣女为师妹。只是……就像朱洛惊怒喊出的那句话一样，这到底是为什么呢？

"为什么他们是五圣人，你们就只能是八方风雨？"苏离看着朱洛和观星客嘲弄地说道，"因为你们永远不如他们老奸巨猾，在没有摸清楚我的底牌之前，除了你们这样的白痴，谁敢轻易向我出手？"

南方圣女看了他一眼。

苏离顿了顿，说道："我的意思是说你们智慧不足。"

圣女不再理他，望向朱洛与观星客平静说道："我有没有资格做圣女，不是二位有资格评判的事情，至于说到师兄，你们总说他双手染满了无辜者的鲜血，但扪心自问，他杀的人哪有你们杀的多？哪有圣人们杀的多？"

观星客低着头，把容颜隐藏在破烂的笠帽里。

朱洛闻言大怒，喝道："圣女此言何其荒唐！"

圣女平静说道："诸位族中良田万顷，婢侍无数，灾荒年间从不减租，逼死过多少佃农？圣人更是如此，随意一道政令，又有多少人会因此无辜死去？我师兄此生不掌一方风雨，不做圣人，这才是真正的大慈悲，哪里冷血了？"

满城俱静，人们若有所思。

苏离摆手说道："过了，有些过了。"

21·你就是陈长生？

朱洛的声音很愤怒很厉，这里的厉字很难加前缀，如果说最贴切，莫过于加个血字，就像杜鹃鸟一样声声啼血，只是那样又总会觉得不合他的身份。当然，如能联想到他此时的敌人、他指责的对象是南方圣女，或者能多些理解。

"无论如何，你违背了当年的圣言之誓！"

朱洛愤怒的指责回荡在寂静的浔阳城上空，与观星客的沉默截然不同。听到这句话的人们绝大多数都不知道圣言之誓是什么，只能想起各地最高律法里的一些说法。

那个说法的大概意思是指，天不分南北，地无论东西，只要是人类世界与红河两岸的联盟领域之内，只要进入神圣领域的强者都不能互相争执，更不要说战斗，除非被攻击的神圣领域强者做出了完全违背己方利益的事情——这便是所谓的圣言之誓。

从人族与妖族联盟对抗魔族的大局来考虑，这种誓言毫无疑问是最有道理，也是最必需的，圣女向朱洛和观星客发起的攻击，是对这种誓言最强硬的背叛。

"那你们呢？举世皆知，我师兄虽然不入圣人之列，也不执一方风雨，但境界修为早已踏入神圣领域，你们何以向他发起攻击？"圣女看着城门方向平静说道，"王破是最有可能进入神圣领域的五个年轻人之一，你居然为了私心想要杀他，难道这不是违背了我们当年的圣言之誓？"

她的神情与语气都很平静，却自然生出一种威严而神圣的气息。

朱洛愤怒喝道："王破不识大局，我作为长辈教训他一番，有何私心？"

圣女平静说道："天凉郡朱姓想要千秋万代，如何能够容得下王破继续成长？你还不承认自己有私心，只能说明你连自己真实的内心都不敢面对。"

朱洛暴怒之余，准备反驳几句，圣女继续说道："一切誓言，都是心言，看在教宗与梅师兄的分上，我今日暂不杀你，走吧。"

听着这话，朱洛怒火攻心，伤势骤然暴发，鲜血喷流得更加迅速。一直沉默不语的观星客，看着他这等凄惨景象，忽然间，对着浔阳城上空的阴云翻了个白眼。白眼不是青眼，是鄙夷是轻蔑更是愤怒。他一眼望天，那些低垂的阴云便骤然间有散开的征兆，隐隐约约甚至能够看到几抹数里远的夜空里的星辰的光辉！星光骤然，笼罩浔阳城，落在湿漉的街道上，仿佛秋日的白霜，肃杀之意大盛！

相隔十余里的距离，圣女看着城门里的观星客，抬起右手遥遥一指点出。啪的一声轻响，然后是无数声啪的轻响。仿佛数万套瓷器被一个精于群体攻击的强者使动铁棍砸烂。又仿佛是无数名修行者的识海同时破裂。无比清脆，惊心动魄。啪啪啪啪！街上正在飘落的雪花破了，雨水表面刚刚凝出的冰霜破了。在此间与城门之间的十余里距离内的所有事物，都破了。

观星客的笠帽，也破成了碎缕，唇角也破了，开始流淌鲜血。他充满戾气与傲气的心灵，在这一瞬也终于完全告破，他再不犹豫，扶着朱洛，转身便向浔阳城外那片仿佛被夜色掩盖、实际上却谁都不知道是被什么时光掩埋的原野里奔去，瞬间消失无踪。

浔阳城里无比安静，仿佛一个人都没有。

没有能力参加到这场战斗里的普通人，各自躲藏在自家的炕上炕里、窗后篱前，依然惴惴不安，连呼吸都显得那般压抑。那些有能力参加进这场战斗的修行者，那些想要杀死苏离的修行者，也只能跟随着朱洛与观星客的脚步离开，包括梁王孙与薛河这样的强者。

华介夫带着浔阳城里的教士，把这片被暴雨侵虐得厉害的街巷隔绝开来，把安静而无人打扰的对话空间留给他们——此时有资格留在场间的人，除了苏离与南方圣女，自然就是那三个用生命与难以想象的意志力确保苏离能够活到现在的人。

这场起始于周园之变,落笔于雪原魔族伏围,然后从军寨一直持续到浔阳城的冷血杀戮终于告一段落,这场针对苏离的暗杀终于有了结果——苏离没有死,那些想他死的人都失败了。

从军寨到浔阳城,他一直带着陈长生,但他非常清楚,最终能够解决这个问题的,是那位整个大陆谁也不知道的他的朋友。当然,朋友二字需要存疑。或者正是因为需要存疑,所以有些尴尬,苏离看着南方圣女,轻描淡写却给人一种理所当然的感觉说道:"你怎么来得这么晚?"

任谁在救了对方之后却听到这样的责难都会很生气,但圣女没有生气,反而很平静地回答道:"我被人拖了一段时间。"

平静真的是一种力量,代表认真。

苏离从很多年前就感受到过这种力量,他一直不知道应该怎样面对这种力量,所谓云游四海、不问世事,有很大一部分原因就是因为他想要躲开这种力量。直到现在,他也没有学会如何直面这种力量,但至少他学会了转移话题。

"被谁拖住了?"

圣女没有直接回答他的问题,说道:"我的徒儿受了重伤。"

便在这时,一道有些不确定但确定存着关心与吃惊的声音响了起来。

"徐有容受伤了?她……没事吧?"

问出这句话的人,自然是陈长生。

圣女的视线落在少年的身上。她没有笑,哪怕再轻的笑也没有。她很平静,于是很庄严,很肃穆,很可怕。她问道:"你就是陈长生?"

陈长生忽然明白了问题之所在。他和徐有容很敌对,各种敌对。他曾经想过,如果自己是徐有容的亲人,想来对那个叫陈长生的少年肯定也不会有任何好感。圣女,是徐有容的老师,是最疼爱宠信徐有容的人。但他刚刚经历了一番壮阔的战斗,生死的自询,他不可能在这时候选择退让。

他看着圣女非常认真地说道:"是的,我就是陈长生。"

22 · 一襟晚照话平生

街上的气氛转变得太快。前一刻还在波澜壮阔,后一刻怎么也应该来一襟晚照,把酒畅谈,谁曾料好像就要直接进入家长里短的节奏,当然,谁都知道圣女的问话别有深意。

如果是寻常来看，陈长生的回答有些过硬，礼数有缺，但妙就妙在，南方圣女不是普通人，也不是历史上的那些普通圣女，她喜欢苏离，她敢喜欢那个喜欢魔族公主的苏离，所以她对陈长生的回答很满意，她觉得这个少年很平静很朴素很有力量。

她带着深意看了陈长生一眼，这是真正的深意，不是像最开始的时候看苏离那一眼里面隐藏着很多复杂的情绪，是所有人都能看懂的深意——不知道她以前对陈长生有怎样的观感，但至少今日见面还算比较满意。

或许这与陈长生浑身是血站在苏离身前有很大的关系？

便是这一眼望来，浔阳城的雨便停了，云也散了，露出后面真正的天空。哪里有什么北方魔族的月亮，也没有海畔的星河，只是一片湛蓝。一轮斜阳远远挂在城外的原野，原来还是暮时。暮光如血，照在刘青满是伤口与凝血的脸上，更增几分恐怖，他向城门方向走去，没有理会任何人。

"为什么？"苏离看着他的背影问道。

刘青停下脚步，沉默片刻后说道："我对朱洛说的是真的。"

苏离说道："我当然知道你说的是真话。"

从离开军寨不久，他就知道刘青一直跟着自己，他一直以为刘青要杀自己，他一直不在乎刘青要杀自己，一切都只因为同一个理由。他认识刘青很多年了，他知道刘青的刺杀习惯与风格，所有的所有。

很多年前，他毫不犹豫地离开了刘青那些人，他以为自己对那些家伙不会生出任何怀念，事实上在此后的漫长岁月里，他确实很少想起那些人。无论怎么看，刘青和那几个家伙都有恨自己的道理，杀自己的理由。

"我和他们几个人的想法不同，他们觉得你和我们之间两清，我却一直认为你欠我们，所以我想杀你，这次当然是我最好的机会。"刘青没有转身，沉默片刻后说道，"我本以为这次你会像条老狗一样悲惨，我看着肯定会很快活，但跟了你这些天，越看越觉得心里不是滋味，你带我们入行，你受辱就是我们受辱，就算要杀你，也只能我杀，怎么能让别人动你？"

苏离沉默了会儿，说道："什么乱七八糟的。"

刘青抬起头来，看着远处城外的落日，说道："其实很简单，我就是忽然明白了你当初为什么离开我们，你终究是离山的人，你的生活和我们本来就不一样。"

先前在战斗里,朱洛曾经愤怒地指责刘青是离山的人。刘青没有承认,虽然他用的是离山的剑法,光明正大,但他是一名行走在夜色里的杀手。

听完刘青这句话,苏离很认真地沉默了会儿,然后对当年自以为的那件小事,年轻的自己很不在意的一段过往,第一次做出了解释。"当年我离开,主要是因为太没有挑战性了。"他说道,"难道让我每天就想着怎么杀死魔君和黑袍?"

刘青看着落日,很认真地说道:"我们最后接的那单,聊过的那件事情,不是挺有意思吗?"

哪怕面对朱洛和观星客两大强者,苏离的眉眼间依然只能看到散漫与不在乎,但听到刘青的这句话后,他的神情却变得凝重起来。他看着刘青说道,"那个女人不好杀,我劝你们不要动心思。"

刘青不再继续说什么,向城外走去,不多时便消失在了暮色里。

陈长生有些没听懂这段对话,向苏离问道:"你们在说什么事情。"

苏离说道:"很多年前,有人请我去杀一个人。"

"杀谁?"

"你知道的,天海。"

在苏离看来,世上最强大的女人有三个半,圣后娘娘、南方圣女、白帝城里那位妖族皇后还有雪老城里那个变态。

但最难杀的永远是那一个。

当然就是天海。

"那不是长生宗的长老们逼前辈做的吗?"

"也有人试图花钱请我去做。"

"真是疯狂。"

"不管是什么人,都是有价钱的。"

"前辈,这句话好像更应该从刘青嘴里说出来。"

"从我这里说出来很奇怪吗?"

"前辈,你和刘青……到底是什么关系?"

"他进杀手这一行是我带的,他的本事也是我教的。"

苏离回答得很随意,就像在说一件很不足为道的小事。

陈长生忽然想起一件事情,一种可能。

当初在荒野里遇到二十八神将薛河，他在苏离的帮助下斩了薛河一臂，却又担心薛河会被隐匿在原野里的刘青顺手杀死，苏离在讲述刘青来历的同时，也提到了天机阁排的杀手榜上的那位首席刺客，言谈间苏离对那名刺客也颇为尊敬。

陈长生看着苏离，难以置信地问道："难道……前辈您就是那位天下第一刺客？"

"我年轻的时候在这行里做过一段时间。"

"然后？"

"做一行就要爱一行，就要把事做到极致。"苏离理所当然说道，"做刺客，我当然就是最强的刺客。"

陈长生很震惊，无法理解这样的世外高人怎么会去做杀手。

苏离看了眼手里的黄纸伞，有些感慨说道："那时节，真是很缺钱。"

他没有把话说完——当时他缺钱缺到连把破伞都买不起。

某些疑问自此迎刃而解。

陈长生当时就觉得不对，苏离怎么会去佩服一名刺客，哪怕是天下第一的刺客，此时才明白，原来所谓敬佩，不过依然还是自恋罢了。

暮色渐黯，不再如血，多了些温暖的意味。

一道圣洁至极的光线，缓缓敛入王破的身体里，伤口以肉眼可见的速度复原。先前在客栈里为了一举击溃画甲肖张和梁王孙，王破付出了很大的代价，其后为了阻挡朱洛，更是身受重伤，此时竟基本上都好了，只是不知寿元方面的损失可能补回。圣女施展的圣光术真的已经近乎神术，离宫教士、青曜十三司以及南溪斋弟子们的圣光术与之相比，就仿佛萤火虫与星辰之间的差别。王破起身，向圣女行礼谢过。他看都没有看苏离一眼，因为他不喜欢苏离，他来浔阳城，为的是事情与道理，不是为了这个人。

他走到陈长生身前，说道："我们曾经见过。"

数月前在天书陵的正门口，陈长生和王破曾经有过一面之缘。

那夜正是荀梅闯神道失败死亡的那一夜。

陈长生说道："是的，前辈。"

王破的眉毛无力地耷拉着，看着有些没精神，声音同样如此："你不错。"

陈长生觉得很开心，因为他认为王破是个真正很不错的前辈。

很多天才少年，都崇拜苏离，他不崇拜，他觉得苏离很烦，虽然苏离教了他很多。他觉得和王破比起来，苏离到处都是错，虽然苏离比王破强太多——过去的十六年里，他只崇拜自己的余人师兄，现在他崇拜的对象，好像要多出一个叫作王破的人。

另一边，苏离终于问出了那个问题："我家丫头怎么样了？"

圣女说道："离山传书，应无大碍。"

苏离问道："那离山又如何了？"

圣女说道："我走得急，只知道有些问题。"

苏离的眉如剑一般挑起，然后渐落，沉默片刻后说道："秋山在，应无恙。"

陈长生听到那个名字，下意识里望了过去。

23·落日不见是清晨

陈长生没有见过秋山君，他只能通过荀寒食等人的转述，世人的赞誉，猜测秋山君是个怎样的人。荀寒食、关飞白和七间等人，在他看来都是很了不起，各有值得敬佩学习的地方，但他们每每谈到秋山君，都会很自然地流露出那种绝对的信任感。

这是很可怕的事情。现在苏离竟认为只要秋山君在，离山之乱便应该无事，这种信任更可怕。要知道秋山君再如何优秀，也只是位二十岁不到的年轻人，苏离凭什么敢确信只要他在，离山便乱不起来？他不理解，或者说，开始不自信。

王破看着他的眼睛，很认真地说道："秋山君，真的很不错。"

整个大陆都知道那份婚约的事情，便是他都觉得很有意思。很多人都想知道，陈长生、徐有容、秋山君这三个年轻一代最优秀的人物将来会发展出怎样的故事，王破很欣赏陈长生，所以他想提醒一下少年，他将来的对手是多么了不起的一个人。

陈长生不知道怎么回答。

苏离说道："他不如秋山，至少现在还不如。"

王破说道："虽不如，亦不远矣，再说，如不如从来都不是我们的问题。"

这句话隐有深意，陈长生却听得很清晰。

在某种层面上，他与王破是能够相通的，虽然他们现在其实还是陌生人。

王破与陈长生揖手为礼,然后告别。

苏离忽然说道:"为什么我感觉有些不愉快。"

圣女看着他微笑说道:"吃醋了?"

苏离说道:"这是什么话。"

圣女说道:"陈长生和王破是一路人,和你不是。"

苏离有些无奈说道:"秋山那孩子也不怎么像我。"

圣女说道:"有个年轻人和你很像。"

"谁?"

"唐老太爷的孙子,唐棠。"

苏离厌憎说道:"我最讨厌唐家的人。"

圣女说道:"人最讨厌的往往就是自己。"

苏离冷笑说道:"师妹在圣女峰上住久了,言谈越来越无趣。"

圣女微笑说道:"那师兄带我去四海游走一番可好?"

于是,无话。

王破也没有话了,转身向着浔阳城外走去,瘦高的身体有些微微的佝偻,看着哪里像逍遥榜首的强者,哪里像刚刚壮阔一战的勇士,只像个寒酸的算账先生。

看着他的背影,苏离问道:"你知道他为什么叫天凉王破吗?"

这句话自然是问陈长生的。

陈长生说道:"不想知道。"

苏离有些意外,有些恼火。

陈长生更关心的是别的问题:"为什么看上去他很不想和你说话?"

苏离更恼火,说道:"这小子从来都不喜欢我,自然不会和我说话。"

王破的铁刀修的是直道,他不喜欢苏离便不会理苏离,不管苏离是苏离,同样他想救苏离便会来救苏离,哪怕苏离是苏离,就像曾经说过的那样,他向来对事不对人。

陈长生还准备说些什么的时候,注意到圣女一直安安静静站在苏离身边,没有插话也没有任何动作,就像梧桐树上静憩的一只小鸟。谁能想到以冷血好杀著称的离山小师叔居然与以圣洁著称的南方圣女是这样的关系?

苏离知道他在想什么,说道:"没有人是真正的孤家寡人,除了你们那位娘娘。"

这已经是他第二次提到相似的论断，不知道其间是否隐藏着什么深意。

圣女一直在看陈长生。她觉得和苏离比起来，少年显得有些过于沉闷，也及不上秋山君的风采，只能算是勉强令人满意。但她接着又想到，这会不会是自己心里的执念在作祟，会不会影响到了自己的判断，于是一直没有表达出来。

所谓执念，是求不得。

当年她和苏离因为各种各样复杂的原因，没能在一起，不可能在一起，甚至这些年里连明面上的来往都没有，以至于南溪斋和离山剑宗都没有人知道。所以对徐有容的婚事，她一直有所想法。她想徐有容能够嫁给秋山君。

因为秋山君真的足够优秀，甚至很完美，完全配得起自己的女徒。而且整个大陆都知道，虽然没有名分，但苏离在离山的真正传人就是秋山君。希望下一代能够完成自己当年没有完成的事情，也是一种执念。一念及此，她下意识里望了苏离一眼，眼神依然复杂如星海。

"我虽然不喜欢这个小家伙，但也不得不承认，他不比秋山差。"苏离看着她微笑说道，"刚才我是故意和王破斗嘴，我就见不得他那副死气沉沉的模样。"

圣女说道："秋山是你的传人。"

苏离看着陈长生说道："这一路上我也教了他些东西。"

圣女很清楚苏离的性情何其高傲，眼光何其高，不禁有些吃惊，望向陈长生，含笑说道："如此说来，我需要更认真地看待你了。"

能够得到圣女这样一句话，谁都会觉得骄傲，而且如果陈长生想要娶徐有容，圣女这句话里隐藏着的意思，会令他更加欣喜。但此时看着圣女的白衣，他下意识里想起周园里的那件白衣，那个少女，于是下一句话脱口而出。

"您误会了，我没有完成婚约的打算。"

说完这句话，陈长生的心情变得有些异样起来，仿佛回到一年前的京都东御神将府，轻松了些，却不知为何又觉得有些怅然若失。或许不用再背负什么，本来就会有这两种截然相反的情绪。

在圣女的态度刚刚有所转变的时候，他便提出退婚的事情，圣女必然会生气，他不敢直面，望着苏离说道："前辈，回离山后，麻烦尽快处理一下那件事情。"

他说的自然是梁笑晓用死亡指控他们三人与魔族勾结的事情。

苏离没有说什么，七间是他的女儿，他当然会解决这件事情。

陈长生忽然想到另外一件事情，看着苏离认真说道："前辈，我赢了。"

从魔域雪原回到人类世界，在军寨里便遭到暗杀，紧接着在雪林里被大周骑兵追杀，当时陈长生和苏离曾经有过一番对话，其后还有数次——关于这个世界以及人心的对话。苏离认为这个世界是冰冷的。陈长生认为这个世界是温暖的。苏离认为人心都是险恶的。陈长生认为并不是所有人心都是如此。他们没有打赌，但彼此都知道彼此在想什么，直到最后，在春光明媚的浔阳城里，陈长生推开窗户，喊出了那句话，揭开了骰盅的盖子。

陈长生认为自己赢了。

苏离说道："就像朱洛说的那样，整个世界，只有一个呆子，一个少年和一只见不得光的鬼。"

陈长生说道："但终究有一个呆子，有一个少年，而且那只见不得光的鬼，最后居然真的出现在了光天化日之下，站在了你的身前。"那位来客跟了他们数十日，在陈长生看来，是件很美好的事情，很温暖的故事。

他说道："事实证明，人性是善的。"

苏离摇头，说道："我依然不这样认为。"

陈长生说道："但至少是有善的一面，就像前辈杀伐决断，傲视天下，但也有善的一面。"

苏离挑眉说道："又不是煎饼子，哪里来这多面，要不要再加个蛋？"

陈长生问道："那在雪岭温泉里，前辈最开始的时候为什么要骗我？不惜扮演恶人激怒我恐吓我也要让我离开？您完全可以明说。"

这个问题他一开始的时候就问过苏离，苏离没有给过答案。

苏离看着他的眼睛，说道："不是因为我是好人，而是因为你是好人，是真人，所以如果我直接说让你离开，你不可能会离开。"

陈长生沉默了会儿，说道："但您还是想让我离开，不想拖累我。"

他认为，这就是最好的证明。

苏离是个好人。

不知道为什么，他特别执着于证明这一点。

苏离被他纠缠得有些心烦，说道："我不是好人，我只是相信你们这些年轻人将来肯定会比我们这一代更强，所以不想你死得太早。"

"啊？"

"人类是很有趣的一种生命，总是喜欢怀旧复古，觉得老的就是好的，过去的才是完美的，但我不这样认为，我认为一代总比一代强。我师父比离山剑宗的开派祖师强，我比我师父强，所以我就是要比寅老头、朱洛他们那代人强，王破他们就一定要比我这一代人强，而秋山和你这一代人则必须比他们还要更强，唯相信这一点，并且为之而奋斗，人类才能在大陆上生存下去，并且活得越来越好。"

落日将要完全没入地底，浔阳城有些暗，但不令人悲伤，反而很像清晨，就像苏离的这番话一般，充满了生命的鲜活气息。

"所以您一直在帮助、教诲我。"

"是的，和老东西们比起来，我更喜欢你们这些年轻人。"

"所以当年您没有杀梁王孙和梁红妆，梁笑晓还进了离山剑宗。先前在客栈那样危险，您的最后一剑，也没有落到肖张梁王孙的身上？"

"也许，但谁告诉你那就是我最后一剑？"

"可是，您为什么不喜欢那些老人呢？"

"那些老人……老了，腐朽了，死气沉沉，不求上进，只知道玩阴谋手段，不光明，不磊落，不敞亮，所以没有锋芒，没有锋芒的力量，对人类来说没有任何意义，所以我会继续看着他们，而你们则要赶紧顶起来。"

"顶起来？"

"是的，顶天立地的顶。"

说完这句话，苏离与圣女并肩向浔阳城外走去。

陈长生站在他们身后。

华介夫和教士们站在更远的地方。

落日仿佛朝阳，夜风微凉仿佛晨风，街上残着的雨珠很像露水。从周园到浔阳城，他经历的这些事情并不如梦，真切地如同身上的伤口一样，但隐隐约约间，他总觉得自己好像忘记了一件很重要的事情。

他并不知道此时在京都，正有一场风波在等着自己。

他只想把那件事情想起来。然后，他想了起来。

他对着落日里的苏离的背影喊道："前辈……那伞是我的。"

第二章

> 我们想成为什么样的人,那么我们的世界就会变成什么样。

24 · 生死之间回京都

陈长生就要回京都了。听到这个消息后,庄换羽沉默了很长时间,就像前些天刚听说陈长生还活着时一样。

周园一行人离开汉秋城,回到京都后,折袖被朝廷从离宫处要了过去。所有人都以为陈长生随着周园的崩塌一道死亡。回到离山后的七间依然昏迷不醒,而且男女之事,在世间最能引出是非。庄换羽相信再也没有人会相信折袖与七间的辩解,所以他很喜悦,觉得生活终于回到了正确的轨迹上,只不过,他偶尔会想起梁笑晓——那个在他面前用离山法剑最后一式自杀的年轻天才,于是他的身体便会开始变得寒冷起来,无论盖多少床棉被都无法变得暖和些,仿佛有个魔鬼的阴影始终静静站在他身遭的空气里。

然而更令他感到寒冷的是,陈长生没有死。

陈长生出现在天凉郡北的荒野里,据说与那位传奇的离山小师叔在一起。接下来,听说薛河神将去了,但陈长生依然没有死,他们去了浔阳城。再接下来,梁王孙和画甲肖张出现了,朱洛和观星客,两位八方风雨出现了,陈长生居然还没有死……你怎么就不死呢?庄换羽站在院落里,看着上方那片漆黑仿佛深渊的夜空,脸色苍白,自言自语说道,"你怎么就不死呢?"

他看着夜空沉默了很长时间,喃喃说道:"没有人会相信的。"

数月之前,继王之策悟道的那个夜晚之后,大周京都再一次沐浴在如银般的星光里,那是因为陈长生在天书陵里观碑修行。那夜之后,整个大陆都知道了他为人类世界立下的功勋,也知道了离宫对他的真实态度。——陈长生成了历史上最年轻的国教学院院长,教宗大人选择他作为自己的传人,他是国教的继承者。

没有人相信国教的继承者会与魔族勾结，因为魔族不可能给他更大的利益。如果起初他就死在了周园里，或者为了一些生者的利益，有些人可以尝试着相信一番，但苏离活着回到了离山，陈长生活着回到京都，那么这一切都将告一段落，梁笑晓用自己的死亡营织的阴谋，眼看着便要破局。当然也有人对此持有不同的看法，比如那位可怕的周通大人。

因为周通知道陈长生是计道人的学生，他认为计道人为了报仇，不要说与魔族勾结，就算是葬送整个人类世界都在所不惜。但庄换羽不知道这些事情，所以随着陈长生南归的消息越来越多的传回京都，他变得越来越沉默，再也没有离开过自己的小院，天道院青葱的树林里再也无法看到他潇洒的身影。他开始理解，为什么当初在周园里看到折袖背着七间进入畔山林语后，梁笑晓会那般决然地死去。

除了死，还能怎么办呢？

他低下头，看着院落里的那口幽井，看着反射着晦暗星光的深处的井水，忽然间打了个寒颤。他自幼在乡间与母亲相依为命，清苦度日，苦读不辍。来到京都进入天道院，因为父亲是天道院的副院长，而且他的修行天赋极高，所以受到了很多师长的疼爱、同窗的敬爱，但他从来没有放松过对自己的要求，即便是寒冷的冬日，也坚持用冰冷的井水洗浴。

现在已是暮春，京都很是闷热，甚至已经有了夏天的感觉，他却觉得井水有些冷。那种冰冷的感觉让人恐惧、绝望。看着幽深的井口，庄换羽的脸色变得越来越苍白，过了很长时间之后，他终于转身离开了井畔。

这是好些天来，他第一次离开自己居住的小院，一路上遇到的天道院学生看着他，面露诧异之色，纷纷让到道旁，行礼问安。庄换羽仿佛什么都没有看见，也没有与这些同窗说话，直接走到了天道院深处的一幢建筑之前。这里是天道院院长的寓园，当初茅秋雨便住在这里，后来茅秋雨去离宫接任折冲殿大主教，这里便成了新任院长的地方。

天道院的新任院长姓庄，是他的亲生父亲。

站在安静的寓园外，隔着疏疏的梅枝，看着建筑里的灯火与那个男人的身影，庄换羽再次沉默了很长时间，脸色却不再像先前那般苍白。

他的父亲当年抛弃了他们母子，进京赶考，与汶水唐家那个女子暧昧不清，很是负恩忘义——这是庄换羽坚持相信的故事，这是他对自己父亲一直以来的看法。所以他对父亲一直怀着极大的仇恨与恶意,从而,在面对父亲的时候,他总会生出最大的勇气。

他不知道今夜自己为什么会来这里,但他发现,因为对窗后那个男人的愤怒,自己内心的绝望与寒冷竟好转了很多。接着,他离开天道院,走到了离宫的石柱前,停下脚步,不再继续向前。

他是天道院的高才,也是国教重点培养的下一代,他有足够的资格进入离宫,但他没有,因为他来离宫不是为了游览风光,去看那最后几株夜樱。他来离宫是想见一个人,可是就算他走进离宫,也没有办法看到那个人,就像他虽然是天才的庄换羽,也没有资格接近那个人。就像以前在天道院里一样,他只能偶尔在茅秋雨院长的寓园里看到那位仙女般的师妹,然后看着她像仙女一样地远去。

站在离宫前,静静看着夜色里的清贤殿,想象着那位师妹在教宗大人青叶世界里的生活,庄换羽开始回忆。他想要梳理一下过去数年的时光,弄清楚这些事情究竟是怎么发生的。

数年前,他与她在天道院里相遇,然后,在青藤宴上再次相遇,他本以为可以相识的时候,却见着她牵着一个叫陈长生的少年的衣袖。是的,原来一切事情是这样开始的。

在周园的湖畔,当梁笑晓陡然偷袭,魔族强者眼看着就要把陈长生、折袖与七间杀死的时候,他在山林里,没有拔剑,没有相见。是的,因为他当时害怕了,他还是个少年,他想活下去。但现在想起来,何尝不是因为他心里对陈长生始终有很深的嫉与恨?他真的很想陈长生死。你怎么就不死呢?

京都忽然落雨了,离宫自然也不例外。暮春之气顿时被雨水一洗而净,湿漉的青石板竟隐隐生出了寒气。庄换雨没有撑伞,就这样站在雨里,沉默了很长时间。有离宫教士前来询问,发现是他,联想到陈长生明日便要回到京都的消息,以为猜到了些什么,不再打扰。在雨中撑着伞,来来去去的教士与青藤六院的学生们,看着浑身湿透的他,眼神很是复杂,有些怜悯,有些同情,当然,也有嘲弄。

庄换羽回到了天道院的小院里。衣衫尽数被雨打湿,哪里还会在意冷热,但不知道为什么,最终他还是没有跳进那口幽深而寒冷的井。在生命的最后一刻,他守住了一些骄傲,他用的是剑。

他选择死在自己的剑下。

庄换羽的死讯很快便传遍了整座京都。

与皇城不远的那片灰色院落，是最早收到这个消息的地方，因为这里是清吏司。周通听到这个消息的时候，正挑着灯笼，站在菜地里的一株青蒿前，试图找到昨天夜里把自己养的那棵兰花咬至半死的蒿杆子虫。

庄换羽之死自然与陈长生归京有关系。站在陈长生一方的人们，想必会觉得扬眉吐气，那些曾经试图通过此事攻击陈长生甚至国教的人们，难免会有些失望。

周通应该是世间唯一真正认为陈长生可能与魔族勾结的人，但非但没有任何挫败感，反而笑了起来："死得好啊。"

他是真的很开心，虽然不至于笑到前仰后合，但手里的灯笼都摇晃了起来，以至于青蒿杆的影子在菜地里变出很多残影，仿佛一道栅栏。

从浔阳城之事结束，确认苏离活着，陈长生也还活着，京都里的风声顿时为之一变。离宫方面和军方，给清吏司施加了极大的压力，要求他放了折袖。释放折袖，这是一个礼物，迎接陈长生归来的大礼。周通当然不会放人，如果不是陈长生的身份太过敏感，他一定会把陈长生也关进前院的大狱里。所以他认为庄换羽死得好，死无对证的死，死无对证的好。当然，他很清楚，以陈长生现在的身份地位，庄换羽的死没有太大意义。但一定会有人利用这件事情。

新雨浥轻尘，京都春意不曾变淡，反而更深，明媚至极，甚至显得有些黏腻。有车队回到了京都。陈长生坐在车里，感受到剑鞘里传来的波动，知道黑龙即将醒来，很是安慰。然后，他听到了车外传来的一道声音。

"叛徒！"

很多人都知道车里的人是陈长生，看惯热闹的京都百姓，也忍不住在街道两侧来看热闹，议论纷纷，声音嘈杂，无比热闹。

在这两个字响起之后，京都的大街瞬间变得无比安静。

25 · 拜见教宗大人

叛徒这两个字其实并不贴切，或者说不够准确，在这个故事里更应该是奸细以及别的说法，比如接下来打破人群安静的这句话："陈长生你这个恶徒，居然勾结魔族杀害离山高才，现在竟然又逼死了换羽公子！"

"逼死？我看是某些大人物用了见不得人的手段！这是一场无耻的谋杀！太可耻了！"

"你们瞎说什么！"

在天书陵观碑之后，陈长生已经不再是所有京都人敌视仇恨的目标，已经有很多人开始把他当作大周的光荣。有人大声指责陈长生，自然有人更大声地替他辩护。一时间京都大街旁争吵之声大作，无比嘈杂热闹。

陈长生看着窗帘，听着车外传来的声音，很是吃惊。在路上，通过华介夫他终于知道了当初在周园外发生的所有细节，原本以为回到京都后，第一件事情便是要去和庄换羽对质，谁知道庄换羽昨夜……居然死了？

车窗外的声音越来越大，民众争执得越来越激烈，言辞越来越尖锐，嘈杂而令人心烦。陈长生想要说些什么，但最终什么都没有说。他低着头沉默不语，睫毛轻颤，眉眼间的稚意终究已经快要消失不见。

不管是万众欢呼还是万夫所指，总之，在无数京都百姓的注视下，陈长生回到了京都。直到车队驶进百花巷深处，窗外的世界才终于变得安静了些。有离宫教士守住百花巷四周，无人能够靠近，陈长生看着国教学院依然很新的院门和上面依然很老的青藤，感受着四周传来的庄严静寂意味，觉得有些不适应。

一日观尽前陵碑，一夜星光浴京都，教宗大人确立他国教继承者的地位，到现在没有太长时间。而且他离开天书陵后便进了周园，在日不落草原里度日如年，接下来又是万里雪原，逃亡奔忙，根本来不及也没有机会感受某些变化，现在竟有些恍若隔世的感觉。

很多事情都变了，曾经被无数愤怒的京都百姓包围的国教学院，现在成了普通百姓根本无法靠近的地方，虽然还远没能恢复当年的盛景，但气象已然一新。

好在还有很多事情没有变。金玉律依然站在国教学院的院门前，身上那件满是铜钱图案显得无比富贵而土气的绸衫依然光滑如水，轩辕破还是那般威武雄壮，手臂比树还要粗，拥抱的时候总让他有种被吞噬的错觉。落落还是落落，如清风一般入怀，双手搂着他的颈，用额头蹭了蹭他的下巴，小脸上带着满足的微笑。

站在湖畔的大榕树上，陈长生和落落说了很长时间的话，他把周园里发生的事情以及随后万里南归旅途中遇到的事情，给小姑娘毫无遗漏地讲了一遍。

"那位秀灵族的姑娘……生得很漂亮吗？"

这么多的事情，有波澜壮阔，有阴谋暗杀，有一剑万里，有万剑出鞘，有铁刀破风雨，落落只关心这个，她睁着大大的眼睛，看着陈长生好奇问道。

陈长生自然无法忘记那位叫作陈初见的少女，却忽然间发现自己竟有些记不清楚她的眉眼，不知为何觉得身体一片寒冷，感觉自己正在失去一些什么东西。

落落能够感觉到他的情绪变化，有些同情地看着他，伸手抓住他的衣袖，轻声说道："先生，不要太担心，我再去想办法请人查查。"

从浔阳城回京都，路途很遥远，有很多时间，陈长生除了用来清理这些回忆，准备京都的事情，当然没有忘记请国教里的人们帮助查找初见姑娘的行踪。然而无论是离宫里的教士还是汉秋城方面的人，都不能确定进周园的通幽境修行者里有没有这样一位姑娘。那么，自然更无法确定她是不是活了下来。

听着落落的话，陈长生安心了些，秀灵族与白帝城及大西洲的关系都很亲近，落落的母亲是大西洲的长公主殿下，父亲是妖族白帝，她请人去查，应该比较方便。

落落又说道："庄换羽死了。"

她早就已经忘记当初在天道院里求学时，曾经在茅院长的寓园里看到过那个曾经的天才同窗，这时候提起，只是因为担心庄换羽的死会给自家先生带去些麻烦。

陈长生沉默了会儿，说道："嗯，我知道了。"

落落又说道："先生，我去过两次皇宫，想要他们放了折袖，但没有成功。"

陈长生揉了揉她的头，笑着说道："怪你咯？"

落落在他的掌心里蹭了蹭，虎头虎脑的，好不可爱。

阳光落在春湖里，再反射到大榕树的树枝间，变成无数随时变形的光斑，有一个落在陈长生的脸上。落落盯着那块光斑，咯咯笑了起来。她很开心，因为先生没有怪她，也没有谢她，还为了逗她开心专门学她说话。

接下来，陈长生用了半个时辰和三大桶热水把自己从头到脚洗得清清爽爽，然后和落落一道去了离宫。

教宗大人在离宫里等他。不是光明正殿，而是那间清静的偏殿。

殿里的光线很清淡，唯有那盆青叶的嫩绿直接跳进了陈长生的眼睛里。再然后，他看到了那根随意搁在墙上的神杖，看到了那方清池和那座华美至极的水晶座还有座上那方无法用言语形容的阴阳冕。最后，他才看到那位穿着麻衣的老人。和世间教徒们充满狂热崇拜的想象不同，至高无上的教宗大人看上去就像一位寻常的老人，甚至比不上神杖、神冕那些外物引人注目。

看着教宗大人给青叶浇水的背影，陈长生的思绪有些纷乱。所有人都知道他是教宗选定的继承者，有些大人物甚至知道他是教宗的师侄，换句话说，他本来就是教宗在这个世间唯一的传人。可问题在于，他和教宗只见过两面，真的不熟，更难言亲近。

教宗取手帕擦了擦手，转身看着他微笑说道："我记得苏离很好美食，你跟着他，可有吃到什么好东西？"

明明教宗的神情是那样的和蔼，声音是那样的温和，就像长辈对远游归来的晚辈的问话，而且为了不想晚辈太紧张，所以一开始问的是很琐碎的小事……但陈长生却觉得一座横亘于天地间的大山，迎面压了下来。从魔域雪原到浔阳城，很多人都想杀死苏离。在那些人的身后站着一座仿佛神明般的高大身影。

正是教宗大人。

但苏离活了下来，很大程度上，就是因为陈长生，所以他无法不认为教宗这句话隐有所指，无法不紧张。

26·四季皆梅，秋实渐坠

在世人眼中，教宗大人对陈长生的信任与疼爱无以复加，甚至有些莫名其妙。按理来说，陈长生当然应该按照他的意志行事，可事实上，从军寨到浔阳城，陈长生做了很多违背教宗意志的事情，无论从哪个角度来看，教宗大人都应该很有些失望，至少会问些理由。

教宗大人没有问，他静静看着陈长生说道："真的很难想象，师兄会教出来你这样一个学生。"

陈长生怔住，他忽然发现自己对师父的印象其实很模糊，师父究竟是个什么样的人？在教宗大人看来，他教出来的学生应该是什么样子呢？他不知道答案,但他很确定地知道,教宗的这句话是对的,因为他本来就不是师父教出来的,他是师兄教出来的……想着西宁镇的旧庙,山后的雾与雾里的那些声音,还有师兄及野花,他有些出神。

教宗大人看着他平静微笑,心想在这种时候,换作谁都应该会紧张,结果小家伙居然还有闲情想别的事情,真是了不起。

"坐吧。"他对陈长生说道。

陈长生嗯了声,很老实地听话坐到椅中,没有靠着椅背,也没有刻意只沾着点臀,总之是真的老实,没有任何刻意的地方。

教宗大人指了指茶壶。

陈长生明白过来,拎起茶壶把教宗身前的茶杯斟满,想了想,把自己面前的那个茶杯也斟满,然后又开始走神。因为他想起了在百草园里的那两个夜晚,那张小桌,与自己对坐饮茶无话的那个妇人。

教宗搁下茶杯,随意说道:"说说周园里的事情。"

说的随意,要听的也是随意的内容,因为有一件事情可以肯定,周园里没有苏离。

"在周园里……我遇到了一位姑娘。"陈长生下意识地说道。

教宗微怔,问道:"嗯?"

陈长生这才醒过神来,觉得脸有些发热,赶紧把周园里的事情,详尽地讲述了一遍,从在汶水唐家拿到那把黄纸伞开始,一直说到周独夫的陵墓,基本上没有任何遗漏,只是有些与大事无关的细节,比如姑娘,他自然不会提,再就是不知道因为什么原因,他没有提到周陵里的两断刀诀和那些失落的天书碑……

天光从殿檐间漏下,落在光滑如玉的地板上,把地面照耀成很多格子,仿佛棋盘。教宗大人坐在椅中,看着地面沉默了很长时间。周陵,遮天剑,黄纸伞,离山,剑池,兽潮,这个前后数百年的故事,两个世界之间的机缘,便是他听完后,也不禁有所感慨。

"原来……剑池就是剑海,就是日不落草原,那个人的坟墓也在里面。"

教宗大人的声音在安静的殿里响起。

作为人类世界至高无上的圣人,他对这个世界的掌握要远远超出普通人的想象,但直到今天,他才知道很多年前自己曾经看到过的那片草原里,竟然隐藏着那么多秘密。

"周陵里的黑曜石棺是空的。"陈长生自然不会忘记这个很重要的细节。

教宗大人微笑不语,那个人的生死对很多人来说是个谜团,但时间终究是世间最强大的事物,时至今日,他已不再怎么关心。相对而言,教宗大人更关心别的事情:"如此说来,那些剑现在都在你的手里?"

陈长生没有任何犹豫,从腰间解下短剑,双手奉了过去。

当初在李子园客栈里,唐三十六想要拿他的剑,都被他拒绝,但现在他无法拒绝,因为教宗大人是教宗,还是他的师叔。剑池里的剑在他手里,这件事情也没有办法隐瞒,当初在荒野里与薛河神将战斗的时候,那些剑已经现过踪迹。

"你知道这剑鞘是什么吗?"教宗大人没有接短剑,看着他问道。

陈长生摇了摇头。

教宗有些感慨,说道:"这是当年国教学院的镇院之宝,后来消失于那场血火之间,原来是被你师父带走了。"

陈长生不知道该说些什么。

"我与师兄乃是同窗,更是同门,说起来,他的修道天赋与智慧,始终远在我之上,最后却是我继承了教宗之位,他去了国教学院做院长。"教宗看着殿外的天空,双眼里的星辰海洋缓生缓灭,仿佛云与时光,"因为他的执念太深,你不要学他。"

陈长生依然不知道该说些什么,对于当年国教学院的事情,直到今天为止,他都不知道真实的内幕,就算知道,他也没有资格说话。

"剑池里的那些剑怎么办?"

"离宫会发文诏告天下,那些还有后人的宗派,先行登记,然后把剑还给他们,至于已经断了传承的宗派,那些剑则由你自行保管。"

陈长生明白,如此这般安排,那么继星耀天书陵之后,自己算是为人类世界再立大功。梁笑晓和庄换羽之死带来的那些非议,会得到极大程度的减轻。他说道:"都依您安排。"

没有恭称冕下,没有拉着衣袖唤师叔,只是轻轻说个您字,已经是某种进步,某种终于回到师门的天然亲近世界里的进步。

教宗很满意,对他说道:"去吧,好好歇息一下。"

看着他的神情,教宗明白他在担心什么,说道:"折袖会很快出来的。"

从始至终，教宗大人没有问他一句与苏离有关的事情。

初回京都，哪里可能好好歇息。出了离宫，回不得国教学院，没有办法去探视折袖，陈长生便被辛教士接到了教枢处。

一排红枫本应如火，但在深春初夏时节，却是浓绿胜翠，就仿佛枫树后那幢建筑，有着朝廷教育机构与国教文华殿的双重身份。教殿最深处那间到处种满梅花的房间里，梅里砂坐在桌后，闭着眼睛，似睡未睡，脸上的老人斑愈发的清晰，就像桌上那盆胭脂梅一般。陈长生站在桌前，隔着那盆胭脂梅看着主教大人，心情有些复杂。

和教宗大人相比，梅里砂主教与他之间没有任何关系，按道理来说，应该更加陌生才是，但不知为何，他一直觉得主教大人是真的对自己极好，无论是大朝试还是周园之行，梅里砂大主教都给他提供了太多便利与帮助，虽然有时候，那些事情会让他觉得压力有些大，但让他心情复杂的真正原因，不在于此，而在于主教大人正在变老。

陈长生不知道梅里砂大主教的境界修为，但以他在国教里堪与教宗大人分庭抗礼的资历与影响力，还有朱洛等人对他的态度，便应该能够想到，他距离神圣领域应该并不远。这种境界的教士，和别的修道者相同，活过八百岁是很常见的事情。在这段漫长的岁月里，境界高深的强者们即便渐老，也只有须发眉眼间的神态与些许皱纹，绝对不会有虚弱的苍老之态，只有到生命的最后阶段，才会思考后裔的问题，留下血脉，然后以难以想象的速度急剧变老。

死如秋叶之静美？不，更像是狂风间坠落的果实。

这一年时间里，整个大陆都知道，梅里砂大主教在变老。这意味着，大主教留在世间的日子已经不多了，他随时有可能回归星海。胭脂梅那样的艳丽，盛开的时节仿佛不仅是深春，而是春夏秋冬任意一时都能怒放。和满室花色比较起来，主教大人的苍老越发触目惊心。陈长生觉得有些难过。

便在这时，主教大人睁开眼睛，看着他笑了笑，说道："过来。"

陈长生依言走到他的身前。

梅里砂看着他感慨说道："知道你还活着的消息，我很喜悦，同时又觉得有些难过。"

陈长生听不懂这句话，不知因何，心里忽然生出很多不安甚至是恐惧。

"既然苏离没有死，那么目光还是得收回来，落在京都里，就像你终究还是要回到京都。"梅里砂说道，"煮石大会是明年的事情，我不知道还能不能看到，但我至少还能把你的这一年看完。"

陈长生想出言安慰一番，却发现自己不擅长，有些自责地低下了头。

梅里砂看着他平静说道："这一年对你来说很重要。"

陈长生说道："我不明白。"

"你要尽快成熟起来。"说完这句话，梅里砂的神情变得有些沉重，眼神变得有些黯淡，接下来却又明亮如前，"相信我，最终你和我们会获得胜利。"

陈长生真的听不明白，心想这是和谁的战斗呢？和圣后娘娘吗？就算是，自己又有什么力量能够参与到这种层次的战斗中？

"国教与娘娘之间的问题，依然还是皇宫里的那个位置。"梅里砂有些艰难地站起身来，带着陈长生走到窗前，看着不远处的皇宫方向，说道，"在这场斗争里，你会扮演非常重要的角色。"

陈长生说道："就因为我是……老师的学生？代表着支持皇族的态度？"

梅里砂感慨说道："当然不止于此。"

主教大人没有做更详细的解释，因为这件事情很难解释，甚至无法解释，也因为这时候房门恰到好处地被敲响了。

门被推开后，出现了一个陈长生意想不到的人物。

27·介尔昭明

来的人是陈留王，陈氏皇族在京都唯一的代表，也是圣后娘娘唯一能够接受的晚辈。

陈留王在京都的风评向来极佳，被认为温润如玉却又极富魄力。当初这位年轻的郡王曾经不顾议论，两次帮助陈长生和国教学院，陈长生对他的印象也非常好，只是不知道为什么，唐三十六很不喜欢他。

陈留王对主教大人行了晚辈礼，然后看着陈长生笑道："是不是觉得这次见面太早了些？"

梅里砂没有理会这句话的隐义，直接说道："国教想要请娘娘尽早表明态度，天海家的人自然不会同意，天海胜雪是聪明人，但他家里的人不见得都有他的智慧，就算有，也会被看似触手可及的皇位所粉碎，毕竟不是所有人都能抵抗得住那种诱惑。"

陈留王正色道："身为陈氏皇族，我与诸郡兄弟当正意直行。"

这两句话都是对陈长生说的。

"国教会一直站在皇族的身后，从太祖年间开始，便一直如此。"梅里砂继续说道，"现在也是如此。只是因为庄换羽的死，天道院方面可能会有些问题，六位大主教里，还有两人没有转过弯来，因为教宗大人的弯转得太快。"

陈长生心想既然如此，那十几年前国教学院的那场血案又是怎么回事，教宗大人为何会支持圣后娘娘这么多年？他明白这是在给自己分析当前的局势，可是依然不理解，自己能够做些什么，主教大人安排陈留王与自己相见的意义何在。

梅里砂的下一句话，揭开了谜底，但那又是一个新的谜，对于听到这句话的陈长生及陈留王来说，都是如此。

"请王爷你将来一定要记住陈长生曾经付出了些什么。"

陈留王闻言若有所思，却思无所得。

陈长生思无所得，思及其余，问道："折袖怎么办？"

教宗大人说折袖会很快出来，但他依然很着急——折袖还在大狱里，而且那可是周狱！他无法想象，在这段日子里，那名狼族少年禁受了怎样可怕的折磨。

梅里砂说道："如果朝廷还不放人，过些天，我会亲自走一遭。"

陈留王看着陈长生抱歉说道："折袖下狱的第二天，我便把名帖递了过去……但你也知道，我这个王爷在周通大人面前，说话并不好使。"

站在那排春意盎然的枫树间，陈长生看着传闻里周狱的方向，又望向天书陵的方向，最后望向皇宫与离宫，叹了口气。他不是普通少年，但终究还是少年，世间有些事情对他来说太复杂，太沉重，有些难以承受，甚至让他有些艰于呼吸。和京都相比，他反而觉得浔阳城的风雨来得更加清爽直接一些，他宁肯与那把铁刀站在一起，简单地去做些事情，哪怕那些事情并不简单。

在教士们谦卑的目光里，他离开了教枢处，没有回国教学院，而是去坊里买了好些吃食，然后去了北新桥，借着西落的阳光的闪耀一瞬，身法虚幻，跳进了那口枯井。

地下空间里依然寒意彻骨，黑龙却在沉睡，仿佛山脉般的巨大身躯，安静地伏在地面上，那道铁链依然锈死在石壁里。

陈长生取出那些肉食，用荷叶承着，在黑龙身前摆好，最后从腰间解下那块如意，搁到了地面。黑龙的离魂还在如意里沉睡，不知何时能够醒来。做完这些后，他想了想，在地面的冰霜上写了些字，就此离去。

出得池塘，浑身湿透，换了备好的干衣裳，在皇宫庭院里再见黑羊，他展颜一笑，屈膝蹲下抱着亲热了一番，浑然不顾黑羊微昂着头，毫不情愿的样子。

一阵风起，寒意依然，却被驱散到数十丈之外，冰霜上的荷叶重新恢复嫩绿，那些新鲜的肉食重新散发热气。天海圣后负着双手，低头看着陈长生刚刚留在冰霜上的那行话，唇角露出一抹嘲讽的笑容。她看都未看一眼，神识微动，那块玉如意便回到了她的腰间。

黑龙的那缕离魂就此醒来，化作一道清冷之意，通过眉心间的那道红痣，回到龙躯里。龙眸缓张，冰雪簌簌落下，山脉般的龙躯以难以想象的速度缩小，最后变成那个穿着黑衣的小姑娘，只是眉眼间的冷漠已经被那颗朱砂痣冲淡了很多。

"看见没有，男人都是薄情寡义的。"天海圣后看着她嘲弄说道。

黑衣少女看到了那句话，沉默了会儿后说道："他不知道我什么时候醒，有事要办，自然先走，而且他又不知道我是个女儿身……"

"你是一条母龙。"天海圣后平静地说道，"让他知道这个事实，能有什么意义？"

黑衣姑娘很生气，眉间煞气大增，地底空间的温度急剧降低。

天海圣后并不在意，她身周数十丈方圆内依旧温暖如春，脚畔的地面甚至生出了星星点点的绿意。

井上的世界已是初夏，傍晚时分，有着些许暑意，远处那家冰店生意好了起来，这边却很冷清，因为有很多侍卫散布在四周，也因为草地树下那两只恐怖的雪獒。莫雨手里拿着绳，静静地等着。

当圣后娘娘的身影重新出现后，她第一时间走了过去，说道："先前陈留王也去了教枢处。"

圣后娘娘看了她一眼，问道："你想说什么？"

莫雨说道："我想不明白，就算陈长生是计道人的学生，又如何值得国教如此重视，这……会不会是什么障眼法？"

这种不理解，是她作为臣子和智囊必须即刻提出的问题，但或者她自己都没有察觉，这也会让娘娘对陈长生的警惕降低一些。

圣后娘娘说道："国教中人行事，最好故弄玄虚，何须理会。"说完这句话，她向着皇城走去，那两只雪獒悄然无声地离开大树，跟在她的身后。

看着娘娘的背影，莫雨微涩一笑，心想如果真的不用理会，为何陈长生刚来看过黑龙，娘娘您便跟着来了？她的不理解，那是因为她不知道圣后娘娘与黑龙之间达成的那个协议，不知道那个玉如意的存在。

回到皇宫里，看着身前那片池塘，想着先前陈长生就应该是从这里出来，圣后又想起更早些时候的那个夜晚，陈长生第一次从池塘里冒出来时的画面——那少年不顾自己身处深宫险地，看着被惊的松鼠撞翻的花盆快要砸伤一名妇人，便冲了过来。

圣后的脸上再次露出一抹嘲弄的笑容，只是总觉得像是长辈在嘲弄晚辈。

她神识微动，玉如意自行离开衣带，飘到了池塘的上方。池水大动，仿佛沸腾，生出很多雾汽。一道光线从玉如意里射出，落在那些水雾上，画面渐渐清晰——那是黑龙跟随陈长生离开京都之后，看到的画面。后来很多时候她的神魂在如意里沉睡，如意系在陈长生的腰间或是腕间时，也会把画面记录下来。

看着那些画面，圣后越来越安静，笑容并未消失，只是嘲弄的意味少了很多，留下的是某种趣味。

画面快速地翻动，渐成流光，比正常的时间速度要快无数倍，也只有像她这样的圣人，才能够看得清楚。当金色的凤翼照亮夜空，白衣少女重伤的画面出现时，圣后的眉挑了起来，第一次表达了某种关切。徐有容是她最疼爱的晚辈，虽然经过了易容，但哪里能够瞒过她的眼睛。在接下来的画面中，徐有容与陈长生相见，却不相识，她微笑不语，大概觉得很有趣。

终于，她在画面上看到了草原边缘那轮不落的太阳，看到了妖兽的狂潮，看到了徐有容的不离、陈长生的不弃，看到了那个人的陵墓。她脸上的笑容渐渐敛没，静静看着画面中的周陵，沉默不语。

不知道过了多久，画面变暗，一切消失无踪。她轻轻挥手，让画面回到最初徐有容与陈长生相遇的地方，也正是误会开始的地方。

那里是湖畔的苇岛上，二人相逢不相识。

如意无法记录下徐有容的心理活动，但圣后很清楚她当时在想什么，为什么从那之后她再也没有把当时昏迷的家伙与婚约另一边的陈长生联系起来——无论谁来看，陈长生都不像一个十五岁的少年。他太过沉稳平静，哪怕在昏迷中，都是如此。当时，徐有容一眼看过去，便觉得此人的年龄在二十岁上下。那么，他怎么可能是陈长生呢？

圣后在池塘畔站了很长时间，不知道在想些什么。

忽然，她看着画面里的徐有容说道："原来你也觉得他不像是个十五岁的少年。"

夜风拂草，一名太监首领不知何时来到了殿外。

她问道："如何？"

太监首领低声禀报道："案子没有任何新的线索，周通大人在西宁镇也没有发现……只是钦天监那位发疯的胡大人，直到现在还坚持认为……昭明太子没有死。"

他跟着圣后娘娘已经数百年，不知经历过多少大事，然而在提到那位发疯的胡大人所说的话时，声音依然止不住地颤抖起来。

圣后看着夜空里某颗星辰本应存在的地方，很长时间都没有说话。

28·夜 色

太子，是皇位的天然继承者。如果现在大周有太子，或者，国教与圣后娘娘之间的矛盾，根本不至于演化到今天这种程度，大陆的局势会平稳很多——事实上，大周确实曾经有过一位太子，他是先帝与圣后娘娘的儿子，也就是昭明太子。

只可惜，大周的历任太子都没有什么好下场。太祖建国之后的那位太子，惨死在百草园之变里；太宗皇帝精心教育培养的太子，最终也因为莫名的谋反被诛杀；这位昭明太子的遭遇也很不幸，但也可以说，相对比较幸运，因为他在很小的时候，就已经死了。

先帝驾崩后不久，昭明太子便病死在了襁褓之中。

但没有人相信，当然没有人相信，皇族和圣后娘娘的血脉相合，怎么可能是一个早夭儿？

关于昭明太子的死因，有无数种说法。

有一种说法流传最广——当年陈氏皇族与国教旧势力联手，意欲把圣后娘娘从皇位上赶下来。在那场惊心动魄的斗争中，圣后娘娘与教宗获得了最后的胜利。数百名陈氏皇族的王公贵族或被诛杀，或被流放，国教学院的师生死伤殆尽，只剩下凄凄霜草与断井颓垣，但圣后也为此付出了极大的代价——昭明太子在那场叛乱里，被圣后娘娘的敌人趁乱毒杀。

还有一种说法流传的也极广，但无论茶楼还是客栈里都听不到，只在黑夜里不安地传播，那种说法更加残忍，更加冷酷。

有人认为并且暗中不停宣扬，数百年前圣后娘娘被太宗陛下逐出皇宫，在百草园里凄苦度日，与教宗陛下和前国教学院院长相识，了解了逆天改命的秘密。她对星空起誓此生宁愿血脉断绝，以此换取逆天改命。昭明太子的死亡，便是她当年逆天改命的诅咒，或者说是天谴，甚至……有可能是她为了完成逆天改命主动做的事情！

在那些阴暗的传闻里，讲述者们仿佛亲眼看到了皇宫里那幕血腥可怕的画面，说得是栩栩如生——圣后娘娘的手如何穿过襁褓，伸向那个哭啼不停的婴儿，美丽端庄的脸上没有任何神情，眼角却滑下了一滴眼泪，然后哭声渐静，夜宫安静得令人心悸。

如果是圣后娘娘当年逆天改命所引发的天谴，导致她断子绝孙，孤家寡人到死，这天道与星海未免也太冷酷可怕了些。如果是圣后娘娘为了完成当年的逆天改命，亲自动手杀死了自己唯一的亲生儿子，就要做这片大陆的孤家寡人，那么她未免太冷酷可怕了些。

无论是哪种说法，昭明太子已经死了，死在冷酷可怕的原因下，死的很无辜可怜。此后再也没有人敢提起这件事情，无论是陈氏皇族还是国教中人。只有那位疯了的钦天监胡大人，哪怕被周通拔掉了所有的手指甲，依然用满是血污的嘴不停地告诉这个世界，昭明太子……没有死。然后，就当周通准备拔掉这位胡大人的舌头的时候，圣后娘娘施予了自己的仁慈，让胡大人回乡静养。

但在很多人看来，这不是仁慈，是心虚，或者是一种自我心理安慰。当年皇宫里究竟发生了什么事？昭明太子究竟是怎么死的？娘娘为什么会心虚？于是，那个残忍可怕的说法，流传愈广，当然，依然还是在深夜里。

夜里的皇宫很安静，初夏的夜晚却有无限寒意。太监首领低着头，根本不敢看圣后娘娘一眼。安静的庭院，瞬间变成了寒冷的雪原，看不到一片雪花，但池塘表面却渐渐凝出了片片薄冰。圣人一念动天地，心情激荡，便有惊涛骇浪，心情黯然，便有夜幕临空，情绪低沉却又暴郁，自然风雪连天。

就在太监首领觉得自己的识海都快要被冻裂的时候，圣后娘娘的声音终于再次响了起来。她的声音很平静，很淡，就像薄冰下的池水："世间万民，都是我的儿子，相王，象王也都是我的儿子，昭明的生死，从来都不重要。"

从来都不重要，那么，以前也可能不重要。

太监首领的头更低，仿佛要触到寒冷的地面，向后渐渐隐入夜色之中。

园外缓缓行来一只黑羊，皮毛光滑漆黑如玉，从夜色里走出，仿佛就带出了夜色里的一部分。被夜色掩盖的都是真相吗？那么夜色本身呢？

圣后娘娘看着它面无表情问道："那么你呢？你为什么愿意亲近他？他究竟是谁？"

今夜是陈长生回到国教学院的第一个夜。就像以前的那些夜晚一样，吃过晚饭、沿湖散步之后，他很自然地走进了藏书馆里。落落回了离宫，唐三十六还在天书陵中，轩辕破在砸树，折袖还在周狱里。他不知道自己该做些什么，那么继续修行就好。

星光穿过琉璃，雪片穿过疏叶，没有停留在他的衣衫与皮肤上，而是直接进入了他身体深处。原野上的雪层越来越厚，灵台山外的湖水虽然远未变成汪洋，但水势已经大了不少。山间斜斜石阶尽头的幽府石门已经完全开启，宁柔的光线从洞府里透出，在水中散得到处都是，给人一种很安宁的感觉。

现在的他自然不会再像从前那般惘然，以为引来的星光都去了别处，他静静地感知着遥远星空里自己的那颗星星，感知着身体里的变化。时间缓慢地流逝，不知何时，他睁开眼睛，醒了过来，开始梳理这段日子的收获。

离开天书陵的时候，他已经是通幽上境，经过周园之行，南归途中又遇着那么多强敌，剑心渐趋圆融，境界更加稳固，甚至隐隐然已经快要攀到通幽境的巅峰。加上跟着苏离这么长时间，他在剑法上的进步更是极大，二者相加，他可以说是聚星境以下无敌，就算遇着那些初入聚星境的强者，也有战胜对方的机会。这个事实让他有些欣慰，但不会有任何放松，因为他始终不曾忘记那片夜色。

他的时间真的不多，就算他现在可以说是历史上最快修到通幽境巅峰的人，可是距离遥远的神隐境界，还有无限远的距离，那还需要多少时间？所以他必须珍惜时间——结束冥想洗髓与坐照自观演算之后，他毫不停顿开始练习剑法。

他身体里的雪原与那片湖水，表明他现在积蓄的真元已经极多，远超同龄的普通修行者。问题在于，他的经脉是断裂的，没有办法完全利用那些真元，苏离教他的燃剑也只能解决一部分，而且燃剑需要付出的代价太大，以他现在的境界修为，最多也只能出三剑而已。而且燃剑是无法练习的，伤身。慧剑也是无法练习的，伤神。他只有练习笨剑。他站在地板上不停地抽剑、横剑，不停地重复这个简单枯燥的过程，看着确实有几分笨拙。

做完一千次后，他再次盘膝坐下，将神识度入剑鞘里。剑鞘的世界里，有万把残剑，安静地悬浮在空间中，互不相扰。这些剑已经没有在周园里初次现世时的威势，但毕竟都曾经是名震大陆的神剑，剑意依然强大，看似空旷的空间，早已被剑意所占据。神识在万道剑意里穿行，其实是件很危险的事情，尤其他此时没有尝试用神识去控制这万道剑，而是直接用神识与万剑在接触。

他要用万剑的剑意磨砺自己的剑心。

他现在的剑心已然圆融，如果让人知晓，必然会震撼赞叹，因为这是非常困难的事情，再进一步便是真正的剑心通明。然而剑心通明，对剑道方面的天赋要求太高，放眼望大陆，能够做到真正剑心通明的，不过寥寥数人。问题在于，陈长生这段日子便见过两个剑心通明的人——苏离和初见姑娘，所以他自然无法满足。

那些剑意是磨刀石，他的神识便是剑锋。或者锋利或者霸道的剑意，与他的神识不停地接触，摩擦，切割。这个过程很痛苦，他闭着眼睛，没有出汗，脸色却渐渐变得苍白起来。宝剑锋从磨砺出，梅花香自苦寒来，不经历风雨，能见什么彩虹。他想着这些前人的名言，忍受着难以想象的苦楚，直至度入剑鞘的那缕神识越来越薄，越来越弱，似乎随时可能涣散……

忽然间，他感觉到万道剑意的后方隐约有什么在吸引着自己的神识。

一朝感知到那处的吸引力，本来已经薄弱渐散的神识，忽然间变得稳定了很多，重新变得强大起来。他的神识穿越万道剑意，缓慢地向着遥远的那方飘过去。不知过了多长时间，轻舟终过万重山，他的神识来到了剑意海洋的彼岸。那里原来是一片真的岸，岸上有一块黑色的石碑，但那不是真的石碑，只是一道虚影。那座黑色石碑有些眼熟，就像一片夜色。

看到黑色石碑的那一瞬间，陈长生的心里很自然生出了一种感觉，这座石碑虚影，应该是通往另一处地方的门。

黑色石碑那面是什么世界？夜色的后面是什么？忽然间，他想起来了，这座黑色石碑之所以眼熟，不是因为夜色每夜都能见到的缘故，而是因为这座黑色石碑，正是他从凌烟阁里拿到的王之策的那块黑石变回天书碑后的模样，也是周陵四周那些天书碑的模样。

难道这座黑色石碑是通往周园的？难道周园还没有毁灭？

29·晨 雨

想着周园里的那片草原，那道暮峪，那些失落在湖里的道藏与旧物，陈长生诧异之余，很是惊喜。

当时从周园里出来的时候，他根本不知道发生了什么事情，换个角度说，他根本不知道自己是怎么离开的周园，忽然间便出现在数万里之外的魔域雪原里，因为他不知道黑袍手里的那块铁盘，他对随后周园发生了什么事情完全不了解，都是后来在路上听华介夫等人转述的。

如果周园没有毁灭，岂不是说那些被周独夫抢走的天书碑有可能重见天日？

是的，周园里最重要也最宝贵的事物，并不是那座陵墓，也不是那些前人失落的法器，更不是他与南客双侍战斗时扔到湖水里的烧鸡烤羊与银子还有书籍，当然就是天书碑。不，陈长生怔住了，想到了一种可能，忽然发现周园里最宝贵的事物，并不见得是天书碑。

至少对他来说。

如果初见姑娘……没能离开周园，那么会不会现在还在周园里？如果周园没有毁灭，是不是意味着，她有可能还活着？现在就在里面？

他知道这种可能性极小，但既然想到这种可能，哪里还有半点犹豫，神识直接向着那座黑色石碑的虚影冲了过去。

轰的一声巨响，在他的识海里响起。他的那缕神识骤然化作无数道青烟，就此消失无踪。他在国教学院藏书楼里醒来，识海震荡，剧痛无比，烦恶地想要呕吐。过了很长时间，那种痛苦的感觉才渐渐消退。

陈长生毫不犹豫，再次分出一道神识度入剑鞘中，请求万剑让开一条道路，瞬间便再次来到了剑意海洋的那头。然而，那里什么都没有。万剑遵命让开道路，剑意敛没，自然没有剑意组成的海洋。没有海洋，哪里来的彼岸？没有岸，岸上自然不会有一座黑色的石碑在那里等着他的到来。

陈长生想了想，放弃了对那些剑的控制，于是凌厉至极的剑意重新充塞空间，海洋重现。他的神识极其艰难地再次穿越剑意的海洋，来到对岸，看到黑色石碑，然后落下。依然没有任何意外，他的那缕神识轰然毁灭，他再次醒来。

陈长生沉默了很长时间，然后起身向藏书楼外走去。今夜他的神识损耗太多，无法支撑他再次尝试。要压抑住重新发现周园，找到那些天书碑……和她所带来的强烈冲动，是非常困难的事情。

就算他是世间最能抵抗诱惑、最理智的少年，依然忍得很辛苦。

有些事情陈长生早就已经无法再忍，那就是，他已经很多天没有洗澡——从进入周园，再到后面万里南归，哪有时间让他清洗，所以今天回到国教学院后，他别的什么事情都没做，便先用三大桶热水和半个时辰的时间，把自己从头到脚，从里到外仔仔细细地洗了一遍。可是即便这样，他依然觉得没洗干净。

回到小楼，他把自己又洗了两遍，确认再无一点污垢后，握着龙吟剑开始剪发、剃须，把手指甲修至微圆，把脚指甲修至方正，换上干净衣裳，这才觉得舒服了些。他走到窗边，又看了眼周狱与天书陵，在心里同折袖和唐三十六打了声招呼，上床开始睡觉。其时，夜色已深。

清晨五时，他准时醒来。房间里隐约有股淡淡的味道，不是脂粉味，也不是花香，但闻着很舒服。枕畔落着一根青丝。想来，莫雨应该来过。

陈长生有些惘然，心想自己昨夜居然睡得这般死？还是说莫雨比人们想象的更强？要知道现在他已经是通幽巅峰的修行者，莫雨就算是聚星境，也没有道理悄无声息地在他身边躺了一夜，他却毫无察觉。当然，他此时的心情更多的还是不适应，觉得有些荒唐。

莫雨是大周朝最出名的美人。她是大周朝地位第二高的女人。而且他们是敌人。他刚回京都，她连一夜的时间都不给他，便要悄悄过来睡上这一觉，这是在做啥呀？

窗外忽然落下一场雨，啪啪落下，并没有带着太多寒意，但初夏顿时回到了春天里。陈长生望向窗外，忽然间听到远处院门方向传来很大的声音。一切都有些熟悉，仿佛那天雨中的清晨，天海胜雪带着大周北军的铁骑，直接把国教学院的院门撞毁。

今天清晨的雨中，来的人是谁？

来的还是天海家的人，不是天海胜雪，但也是陈长生和轩辕破认识的人。

轩辕破看着坐在轮椅上的那个少年，情绪有些复杂。当初他的右臂便被这个少年毁掉，按道理来说，他应该很恨这个少年，但是后来，这少年被落落殿下打成了残废，伤得比他还重，而他右臂的伤势在陈长生的治疗下已经基本痊愈，憨厚的熊族少年实在是生不出太多恨意，反而有些同情。

坐在轮椅里的是天海牙儿，那个曾经在京都拥有极可怕凶名的少年强者。当然，那些都已经是曾经。现在的天海牙儿脸色苍白，脸颊有些浮肿，双腿上的肌肉明显有些萎缩，已经变成了个废人。任谁看着这样一个少年，如果不知道他曾经做过的那些恶事，想必都会像轩辕破一样，生出怜悯同情之心。

但天海牙儿是一个不需要同情的人，他从来没有同情过别人，也不需要别人的同情，无论对人还是对自己，他都很残忍——哪怕残废，他也不会愿意忍气吞声。

"陈长生，我操你祖宗十八代。"

当陈长生来到国教学院院门口时，听到的第一句话便与自己有关。虽然直到今天为止，他连自己的父母是谁都不知道，更不知道自己祖籍何方，但听着天海牙儿尖细的声音，也没有办法不因此而生出恼火的情绪。

国教学院的院门被推开，在晨雨中，陈长生走到百花巷里，开始直面自己的敌人，就像去年那样。

30·阴天只是两三天

已经过了一年，国教学院没有别的新生，但已经新生，早已不再是当初墓园般的景象。院内依然冷清，院外早已戒备森严，离宫的教士守在百花巷里，即便深夜也不离开，百姓根本无法靠近，但教士们看着轮椅里的少年，眼神里满是警惕与厌憎，却无法出手，因为天海家在大周朝的地位太特殊，也因为天海牙儿现在已经是个废人。

用圣后娘娘的话来说，国教中人行事最好故弄玄虚。在国教中人自己看来，那便是要讲道理，要光明正大，他们很难对一个残废的少年主动出手，除此之外，还有一个原因，那就是在天海牙儿的身边站着一个人。那个人约莫三十来岁，身形瘦高，脸色阴沉冷漠，身上散发出来的气息很强大。

细雨里，天海牙儿尖细怨毒的咒骂声不曾断绝，那人始终保持着沉默，一言不发，只是静静看着紧密的院门，不知道在想些什么。

国教学院的新院门被人从里面推开，陈长生走了出来。他站在石阶上，望向雨中的天海牙儿，第一眼便注意到他没有撑伞，那个站在轮椅旁的人也没有替他撑伞。他望向那人，猜到此人应该不是天海牙儿的侍卫，却不知是何来历。

陈长生再次望向轮椅里的天海牙儿，说道："你应该很清楚，你家中那些长辈要你来国教学院门口叫骂是为什么。"

天海牙儿的脸被雨水打湿，显得更加苍白，神情却还是那般凶蛮嚣张，而且因为陈长生的出现而兴奋起来。

"我当然知道！"少年的声音越发尖利，甚至显得有些凄厉，似哭似笑一般，"我现在已经是个废物，废物当然要好好利用一番，找同情嘛！而且我们之间的事情，那就是小孩子之间的事情，是胡闹！难道教宗大人好意思说是我天海家在打压国教学院的院长？"

陈长生沉默了会儿，说道："可是我不明白，你这样来闹有什么用，我可以不理你。"

今时不同往日，在国教学院的院门处，有一名主教带着数十名离宫的教士与护卫，把天海家来的两个人隔绝在外。不要说是坐在轮椅上的天海牙儿，即便是天海胜雪从拥雪关带着骑兵杀回来，也再没有办法像去年那样直接冲到国教学院门口。

天海牙儿笑了起来，露出了满口细碎的白牙，看上去就像受了伤的幼兽，尖声说道："你难道没有听见我在骂你家祖宗十八代？"

陈长生又沉默了会儿，说道："然后呢？我就要骂你家祖宗十八代？我不会做的。"

天海家的祖宗就是圣后娘娘的祖宗。他不会再犯去年相似的错误。

天海牙儿冷笑说道："我不敢骂落落……殿下，但我却不怕你，我倒想看看，你能忍到何时。"

"那你继续骂吧。"说完这句话，陈长生转身向国教学院里走去。

在推开院门之前，听见天海牙儿辱及自己的父母祖辈，他真的很生气，准备不管天海家有什么后手，有什么阴谋，都要把对方教育一顿，但当他真的走出院门，看到轮椅上的残废少年后，他忽然改变了主意。

天海牙儿很残忍冷血，曾经是个很可怕的人，现在他已经残废了，依然很可怕，可怕在于他不知廉耻，没有敬畏，没有追求，而且现在就连野心都没有。现在的他，就是一摊烂泥。陈长生和国教学院如果不想双脚陷进这摊烂泥里，从而被拖慢前进的脚步，那么只能不理会，或者，直接把这摊烂泥用沙石填平。既然不能直接把天海牙儿杀死，做别的事情都没有意义，那么何必站在院门口听这些。

看着他的背影，天海牙儿怔住了，变得更加愤怒，用尖锐的声音不停咒骂着，各种难听至极的污言秽语不停地喷出来。陈长生像是听都没有听到，脚步没有变快，也没有变慢，很稳定地向着学院里走去。

教士们看着这幕画面，吃惊之余不禁心生佩服，心想果然不愧是教宗大人最看重的晚辈，不愧是最年轻的国教学院院长。站在轮椅旁的那名男人，看着陈长生的背影，眉梢微微挑起，似乎有些意外，但接着意外便转成了不屑。

和同龄人比起来，陈长生确实要成熟稳重，或者说沉默平静太多，怎么看都不像一个十六岁的少年。轩辕破看着更老，但事实上，他只是个十四岁的熊族少年，所以他想不明白陈长生为什么能忍，有些生气问道："就这样？"

陈长生看了他一眼，说道："那还能怎样？把他杀了？"

轩辕破想了想，说道："也不是不行啊。"

陈长生说道："他是天海家的人，除非离宫那边亲自颁下谕旨，不然谁都没办法，再说了，他身边一直跟着人，没看见？"

轩辕破问道："那个人很强？"

陈长生说道："聚星境。"

轩辕破倒吸了一口冷气，那个瘦高男子看着不过三十岁上下，居然是个聚星境的强者？

"可是，总不能任由天海牙儿就在外面骂吧？"

"我有更重要的事情做。"

是的，陈长生有更重要的事情做。

和那件事情比起来，天海家令人厌恶的手段以及隐藏在幕后的恶意，都不重要。以前对他来说，更重要的事情当然就是修行，但现在除了修行，还有一件事情，那就是在磨砺剑心的过程里，通往剑意海洋的彼岸，找到那座黑色石碑，确认那里是不是通往周园的通道。如果是，他想再进周园看看。

神识落在那座黑色石碑的虚影上，瞬间被里面蕴藏着的恐怖的、隐然绝非这个世界能够拥有的能量，直接震碎成万千细缕，化为虚无。藏书楼里骤然卷起一阵风，气息从他的身体里喷溅而出，带起衣袂，也拂起了书架上很少的尘埃。

他连续做了三次尝试，最终都以失败告终，脸色苍白得仿佛肖张脸上那张白纸一样。他再也承受不住识海的震荡与那道雄浑力量的反噬，推开藏书楼的门，直接奔到湖畔的青草地上，捂着胸口便开始呕吐，看着很是凄惨。

轩辕破正在砸树，看着这幕画面很是吃惊，走上前来扶着他，看着草地上的水渍担心说道："幸亏还没吃早饭，不然就太恶心了。"

陈长生很注重一日三餐，今晨因为心急没有吃早饭，中饭和晚饭总是要吃的，只是却有些吃不下去。他的胸腹间一片烦恶，难受至极，吃什么都没味道。

"这盘水煮花菜……你是不是忘了放盐？"

轩辕破很委屈，心想整个国教学院就自己一个人做饭，结果你还挑三拣四，而且还挑拣得毫无道理，恼火地叫了起来："你自己说做菜要少放油盐！"

陈长生捧着饭碗，虚弱说道："晚上……做些有味道的菜。"

轩辕破看着他，心想这大概是真病了，不然怎么可能从这个家伙的嘴里听到这样的话，问道："要不要请殿下过来看看？"

陈长生摇了摇头。落落毕竟是妖族公主，身份太过敏感，他不希望她参与到朝廷与国教之间的对峙中来。

第二天清晨没有下雨，于是暮春又变回了初夏，五六月间的京都天气总是这样难以捉摸与定义。天海牙儿也是一个很难定义的人，他曾经冷血嗜杀残忍，仗着天海家的家势与自己的修行天赋无恶不作，后来被落落打成残废后，消失了整整大半年时间，当他再一次出现在京都民众视线里时，竟表现出了很罕见的耐心与毅力，虽然他做的事情，看起来与这两个词真的没什么关系。

轮椅碾压着青石板，来到国教学院门口，残废的少年喝了一口茶，润了润嗓子，在教士们异样的眼光注视下，开始继续骂人。昨天他已经骂了一天，看来今天的国教学院依然要笼罩在那些污言秽语之中。只不过和昨天不同，今天来了很多看热闹的京都民众。民众无法走进百花巷深处，被教士与前来维持治安的羽林军士兵拦在外面，却能把天海牙儿的辱骂声听得清清楚楚。

天海牙儿的辱骂其实没有什么新意，不过是问候陈长生的长辈，尤其是他的女性家人。

"陈长生，你妈的。"

"陈长生，我要弄死你的女儿。"

听着这些污言秽语，巷外的民众们议论纷纷，纷纷摇头，摇头不语，虽则不喜，但没有谁敢说些什么。

那个瘦高个的男子依然站在轮椅畔，看着紧闭的国教学院院门，不知道在想些什么，唇角依然挂着那抹淡淡嘲讽的笑容，似乎是在嘲笑陈长生的怯懦，又似乎有别的意思。

"真的不管吗？就算不告诉殿下，也应该请教枢处出面处理一下。"轩辕破听着院外传来的天海牙儿的辱骂声，脸涨得通红，看着陈长生说道。

陈长生说道："当初国教学院的院门被天海胜雪派人撞烂，最后是谁修的？"

轩辕破以为明白了他的意思，问道："那接下来怎么办？"

"再等些天。"陈长生微顿，说道，"……再等三天。"

说完后，他看了眼院外有些黯淡的天光，发现今天是阴天。

一旦不去理会，日子还是要照常过，时间的流速不会像日不落草原那样发生变化，一天时间很正常地过去了。

天海牙儿堵着国教学院的院门骂了整整两天，离宫和教枢处都保持着沉默，没有任何消息传出。

天书陵那边却来了消息，再过三天，某人就会出来了。

31·野渡无人，陵自开

第三天清晨，天海牙儿和那个瘦高男子准时来到国教学院门口，看热闹的京都民众已经到了不少。

前两天陈长生的神识消耗过剧，依然没能打开剑意海洋对岸的那座黑色石碑，今天他准备暂时停一天。他坐到藏书楼里开始读书学习。忽然起了一阵风，然后落了雨。风声雨声读书声，还有墙外的骂声，此起彼伏，互不相扰。

陈长生能够做到万物不乱心神，别的人做不到。京都民众对天海家的印象本就极糟糕，对恶名早显的天海牙儿更是没有任何好感，当时间来到正午，淋着雨的民众发现天海牙儿的骂人毫无新意，再次转回最初时，人终于爆出了第一声喝倒彩，嘲笑声也随之而起。

天海牙儿坐在轮椅里，脸色愈发苍白，眼神愈发暴戾，抬起了右手。于是，人群与天海家的随从发生了冲突，离宫教士与羽林军赶过去的稍晚了两步，便有两名普通百姓受了伤，也有一名天海家的随从被民众打得浑身是血。

离宫教士们很生气，要求羽林军马上把百花巷清干净，同时准备不等大人们的商议结果，也要把天海牙儿和那个人请走。便在这时，天海牙儿一拍受伤的腿，凄厉地喊了起来："杀人了呀！"

"离宫势大，要逼死人啦！逼死了梁笑晓，逼死了庄换羽，现在又要逼死我吗？！"

"来呀，你们！我倒要看看，你们逼死了我，怎么向我姑奶奶交代！"

离宫教士们很是愤怒，却拿他没有任何办法。

自圣后娘娘代替先帝批阅奏章，主持朝政，二百年来，天海家已然取代陈氏皇族，变成整个大陆第一大家。现在的大周朝廷里遍布天海家的子弟门生，势盛至极。最关键的是，所有天海家的晚辈，都有一个相同的姑奶奶——那就是圣后娘娘。

看着满室鲜艳夺目的梅花，再看着倦容难褪的主教大人，辛教士的心情有些复杂，说道："再这么闹下去，太丢脸。"

梅里砂缓缓睁开眼睛，看着窗外某处，说道："反正天海家的脸已经丢了这么多年，他们不在乎。"

辛教士说道："到底要怎么处理？实在不行，我带人去把天海牙儿赶走。"

梅里砂面无表情说道："难道你还没看明白，这是障眼法？"

"障眼法？"辛教士忽然想到离宫传来的那个消息，微惊说道："您是说两位大主教前些日子提出的那件事情？"

国教里有所谓六巨头，无论从资历还是地位上看，梅里砂毫无疑问是六巨头之首，但其余五人也是相当可怕的大人物。茅秋雨不再担任天道院院长，接任了英华殿大主教，成了国教六巨头之一。辛教士此时说的那两位大主教，则分别执掌折冲殿与步影殿。

　　数年前，这两位大主教以魔族日盛、国教需要增加人类修行者实战能力为由，提出一项提案——青藤六院里除了摘星学院，各院师生之间只要同境，便可向对方发起挑战，若无充分之理由又或是离宫特批，被挑战的一方不得拒绝，当然，还有很多规则限定。

　　无论从哪个方面看，这项提案都有道理、有必要，所以当初一提出便得到了诸殿和诸院的支持，朝廷对此也颇为赞赏，摘星学院更是要求也加入到这项计划中来。问题在于，那两位大主教当时提出这项提案的时候，是教宗陛下最忠诚的助手，而现在整个大陆都知道他们坚定地站在了圣后娘娘那边——是的，这两位大主教正是前些天梅里砂所说的转过弯来的那两位大主教。当现在整个京都的眼光尤其是离宫教士们的注意力，都被国教学院院门口的这场闹剧吸引过去的时候，两位大主教再次推动此事，究竟想做什么？

　　辛教士忽然想明白了，不禁心头微寒，说道："教宗陛下……不会同意的。"

　　"问题是有不同意的理由吗？"梅里砂声音有些疲惫。

　　"国教学院现在只有陈长生和轩辕破两个人，就算唐棠从天书陵里出来，人数也太少，按照提案里的规则，对国教学院太不利……"

　　"两年前有这个提案的时候，国教学院里一个人都没有，所以你不能指责他们是故意针对国教学院。"梅里砂最后说道，"现在国教学院只有三个半学生，那也是国教学院自己的问题。"

　　夜里的时候，辛教士去了国教学院，把这些情况对陈长生说了一遍。

　　"那个人叫周自横，出自宗祀所，是折冲殿的教士，有宗祀所教习的身份，而且他是天海家的客卿。"

　　"野渡无人舟自横？"

　　"周，周密的周。"

　　"横又是哪个横？"

　　"那是那个横。"

　　陈长生想起轮椅旁那个瘦高个的男子，想着他脸上挂着的淡淡嘲讽神情，心想确实是个很骄横的人物。

　　"周自横有三层身份，无论哪个身份，都能给他充分的出手理由，如果你对天海牙儿出手的话。"辛教士语重心长地说道,"既然你已经忍了三天,不妨再多忍些天,如果折冲殿的提案真的通过了,到时候我们再来看如何处理。"

"因为周自横是折冲殿的教士,所以守着国教学院的离宫教士不便对他做什么……"陈长生沉默了片刻,抬起头来看他认真问道,"那么如果那项提案真的通过,周自横向我发起挑战,离宫也不会做什么?"

辛教士说道:"是的。"

陈长生说道:"但他是聚星境,比我高出一个境界,按照规则,我可以不接受。"

辛教士看着他的眼睛,说道:"他挑战的是国教学院,而你是院长,或者,国教学院有别的人可以接下?"

陈长生看着他说道:"这院长是教宗大人和主教让我做的,国教学院没有别的学生,您最清楚原因。"

辛教士有些不好意思,说道:"总之你再忍些天,教宗大人当然不会让你吃亏。"

陈长生没有再说什么,把他送出国教学院,然后走进藏书楼继续引星光洗髓,继续修行剑法,继续破解那块黑色石碑的秘密。

一夜时间无话而去,清晨再次到来,天海牙儿与那位叫作周自横的折冲殿强者也一同到来。今日依然有微风,有细雨,也有污言秽语与辱骂。

陈长生能忍,那些污言秽语,终究不是重油重盐的吃食,也不是满是灰尘的床铺,没有什么不能忍的。然而傍晚时分,离宫传出了一个不怎么好的消息,两位大主教的提案终于通过了,他再忍与否,已经不再重要。

一封挑战信递进了国教学院,落款正是周自横。

看着那个落款,陈长生沉默了会儿,然后继续引星光洗髓,继续观察那座黑色的石碑。现在,他已经能够看清楚那座黑色石碑上的线条,确认就是王之策留在凌烟阁里的那块天书碑,并且已经能够清晰的感觉到,黑色石碑的那头,确实是周园的气息。

和天书碑、周园相比,天海家与国教内部某些人的手段,真的不算什么。只是当他的神识艰难地渡过那片剑意海洋的时候,仿佛总是能够看到飘在汪洋里的一艘小船。那艘小船随浪不停摇摆起伏,似乎随时可能覆灭,却一直没有,看着有些令人心烦。

105

他本来以为，在院门外辱骂不休的天海牙儿和去年那座破掉的院门一样，都是天海家的耻辱。但现在他发现，虽然他还是认为自己的看法是对的，可是面临这样的局面，谁会不生气呢？

第二天清晨，辛教士再次送来了两个不好的消息。

周通拒绝放人，折袖还被关押在阴森的大牢里，不知什么时候才能出来。整个大陆都知道，周通是圣后娘娘最忠心也是最可怕的一条狗，和他比起来，徐世绩什么都算不上。周通这次在这件事情里表现出来的强硬态度，让很多人都感觉到了某种极不好的预兆。山雨欲来城将摧，难道说朝廷真的要和国教撕破脸？

陈长生问道："这是教宗大人的意思，主教大人亲自拜访，周通居然还不肯放人，他到底想做什么？"

辛教士在这时说出了第二个坏消息："主教大人身体有些不好，可能要晚两天才能去见周通。"

总算还是有些好消息。折袖没能出来，某人终于要出来了。

清晨五时，陈长生准时醒来，带着轩辕破走出国教学院的院门，其时天海牙儿和周自横还没有到。从国教学院到城南的天书陵有很远一段距离，当他们走过那条小河，来到天书陵的正门前时，晨光已然大盛。

看着眼前这座郁郁葱葱的青陵，陈长生很自然地想起当初自己在里面观碑悟道时的情形，然后不知为何又想起了日不落草原里的那座陵墓。接着，他又想起了数月前的那个夜晚，王破和茅秋雨就站在自己现在站的地方，他和苟寒食等人则是抱着将死的苟梅站在里面。

茅秋雨不再担任天道院院长，接任英华殿大主教后，位高权更重，却沉默了很多，京都已经很久没有他的消息，想着庄换羽的死以及天道院最近的沉寂，他隐约明白其中的缘故，心情不禁觉得有些沉重。一道轰隆的声音把他唤醒，伴着地面的微微震动，天书陵前的沉重石门缓缓开启。

32 · 春雨里的太阳

渐渐有人伴着晨光走出了天书陵，大部分是参加了今年初春大朝试的三甲学子。那些人自然不可能不认识陈长生，看着他微觉诧异，然后纷纷行礼。那夜星光落下，无数观碑者破境，天书陵开了数十朵烟花，无论对陈长生的观感如何，众人总要承他的情，表示感谢。

陈长生回礼，然后再次望向天书陵内。

不知道过了多长时间，唐三十六终于出来了。只见他披头散发，浑身恶臭，名贵的衣衫上满是污渍，肩上扛着被褥与那件已经看不出原本颜色的裘皮，哪里还像当初那个万千少女宠爱于一身的翩翩贵公子，就像一个乞丐刚刚从哪座破落的府邸里偷些不知用处的家当。

但最大的变化并不是这些，而是他的眼睛。

他的眼睛很亮。

以前他的眼睛也很亮，但那是一种清澈的亮。现在他的眼睛里的明亮，除了清澈，还多出了一道锋利的意味，即便是脏兮兮的头发也没有办法掩住。

"我差点没认出来是你。"陈长生看着他说道。

"更帅了？"唐三十六剑眉轻挑，说不出的轻佻。

陈长生心想果然还是这样的你比较好辨认，摇头说道："脏了。"

说话的同时，他极不易察觉地、很自然地向后退了一步，与唐三十六站得远了些。唐三十六把肩上的被褥与裘皮扔给轩辕破，大笑着上前与他拥抱了一下。轩辕破看着手里臭烘烘的被褥与裘皮，一脸无奈。在陈长生的脸上看不到无奈，因为他用手遮着自己的脸，避免闻到或者接触到什么脏东西。

唐三十六放开他，得意问道："你看我有什么变化？"

陈长生很认真地把他从头到脚打量了一番，问道："汶水家里断了你的金钱，你现在开始要学着自力更生？"

唐三十六说道："这是哪里话？"

陈长生指着轩辕破怀里的被褥说道："如果是以前的唐棠，怎么会把荀先生用了几十年的被褥都抱了出来？"

"你懂个屁，这是有纪念意义的东西。"

陈长生心想这是要纪念什么呢？

"纪念我们在天书陵里观碑悟道的这段时光。"唐三十六转身望向那座青色的山陵，感怀说道，"像你们这些贪图周园之宝、没能完整自己观碑岁月的家伙，何足以语此？"

陈长生不知该如何接话，说道："看起来你在天书陵里的日子过得不错。"

唐三十六说道："还算不错，前些天勉强进了通幽上境。"

说出通幽上境四字时，他的神情刻意扮得平淡，语调没有任何起伏，但无论陈长生还是轩辕破都能听出他的得意与骄傲。

陈长生记得自己离开天书陵的时候，他刚刚破境通幽不久，现在不过数月时间，便连破两道门槛，修到了通幽上境，确实有得意骄傲的资格，只是心想按照这个家伙的性格，断然不会如此轻描淡写到底，果不其然，下一刻唐三十六便破了功，转身望向他眉飞色舞说道："我操，你都不知道，我现在分分钟教关飞白做人！"

修行破境是极其困难的事情，能够在这么短的时间里连破三境，更是难以想象，唐三十六的兴奋自然可以理解，只是陈长生实在很难跟着兴奋。看看陈长生平静的脸，唐三十六才想起来，自己以及此次天书陵里观碑，够有此境遇造化，都离不开他那夜引来的满天星光，不禁有些不好意思，说道："当然，这件事情要感谢你，但归根结底，还是我天赋足够高。"

陈长生给出了一个相对客观的结论："主要是你进国教学院后不再偷懒了。"

这也是天机阁那位智慧无双的老人曾经在青云榜点评里的说法。

唐三十六无话可说，只能说道："难道你不恭喜我？"

"恭喜。"陈长生很没有诚意地说道，然后望向天书陵里，不解问道，"苟寒食他们呢？怎么一直没有出来？"

梁笑晓和七间提前离开天书陵，进入周园。离山弟子中，还有苟寒食、梁半湖以及关飞白和唐三十六一样，留在天书陵里继续观碑悟道。虽说国教不要求观碑者何时离开天书陵，没有一定之规，但在陈长生想来，既然这么多人都结束了观碑，他们也应该出来才是，只是看了很长时间，竟都没有发现那三个人的身影。

唐三十六说道："本来说好一起出天书陵，但不知道离山出了什么急事，他们昨夜便提前走了。"

陈长生心道原来如此。

看着他的神情，唐三十六微异问道："你知道离山出了什么事？"

陈长生嗯了一声，他当然知道离山出了大事。

如果不是真正的大事，向来没有人会打扰天书陵里的观碑者，唐三十六有些吃惊，问道："什么事？"

陈长生示意轩辕破把酸臭无比的被褥与裘皮扔到车上，对唐三十六说道：

"回去再说。"

唐三十六忽然想起一件事情，把手伸进被褥里掏了半天，掏出一封信和一个笔记本，递给陈长生，说道："这是苟寒食让我交给你的。"

陈长生认得那是苟梅留下的笔记，曾经帮助他在观碑悟道的过程里少走了很多弯路，也帮助了曾经住在同一个屋檐下的那些少年们。信是苟寒食留下来的信，内容很寻常，说提前离开京都，不能相见，借笔问候，来日山高水长，想必总有重逢之日。

唐三十六看着信纸嘲讽说道："离山的朋友们看来还是不怎么服气啊。"

陈长生说道："你怎么就不能把人往好处想想，苟寒食哪有你说的那意思。"

唐三十六忽然说道："听说……你现在是国教学院的院长？"

陈长生犹豫了会儿，说道："好像……是。"

传闻得到证实，唐三十六沉默了会儿，然后看着陈长生语重心长说道："你身份地位已经不一样了，可不能还像以前那般天真幼稚。"说话的同时，他伸手拍了拍陈长生的肩膀。

陈长生看了眼落在自己肩上的那只脏手，唇角忍不住抽了抽，也不与他争辩什么。正所谓沧海巫山，米粒珠华，苏离在这件事情上都输给了他，再赢这个家伙也毫不足夸。

回到百花巷，马车停下，唐三十六看着向陈长生行礼的离宫教士，感觉有些不适应，跳下车进了巷口外的小店里。轩辕破坐着马车，带着他的破烂家什先回了国教学院。陈长生跟着唐三十六，看着他买了两根油条和一碗豆浆，一路吃着一路向巷子里去。明明是最简单也是最常见的食物，唐三十六却吃得兴高采烈，摇头晃脑，好不快活。

"有这么好吃吗？"陈长生真的很好奇。

唐三十六说道："你不知道，在天书陵里别的事情还行，就是伙食太糟糕了，尤其是你和七间走了之后……我操，关飞白那白痴会做饭吗？我居然开始怀念起轩辕破做的饭菜，甚至觉得国教学院的伙食比澄湖楼的全宴还要好吃，你说有多惨？"

陈长生心想那确实很惨，又想着冷傲暴戾的关飞白在那个小院子里切腊肉炒青椒的画面，忍不住摇了摇头，觉得真是难以想象。

唐三十六把手里的半根油条摁进微黄的豆浆里，说道："要不要来口？"

陈长生看着他伸进豆浆里的手指，想着先前看到的他手指甲里的泥垢，连忙摆手说道："不要。"

唐三十六很是鄙薄，说道："我操，你懂生活吗？"

陈长生无奈说道："虽然知道你是前些年扮贵介公子憋坏了，现在才是你的真性情，但……能不能少说些脏话，听着真有些刺耳。"

唐三十六从善如流，举起盛着豆浆的碗，以祭苍天，对着渐要被云掩住的太阳，说道："日。"

说笑骂吃间，二人便进了百花巷，迎面便见周自横撑着一把纸伞，站在那里。忽然间，天空里的太阳便被乌云完全遮住，有雨丝飘落，落在那把看似不能承风的纸伞上。这幕画面很妙，而且隐隐间有种难以用言语说清楚的玄机。周自横仿佛提前便预盼到了雨丝的降临，这代表着某种境界，表明他已然初窥天地之道。

然而看着这幕画面，陈长生首先想到的是，前天落雨的时候，你为何不撑伞，接着，才想起来那封挑战信——此人要代表宗祀所挑战国教学院。

唐三十六更是对这画面毫不在意，他不知道这个瘦高男子是谁，因为太阳的忽然消失而有些恼火，只是想着陈长生的话，所以没有说什么，只是说道："麻烦让让。"

说完这句话，他便往前走去。

周自横没有让路，甚至没有看他。他的眼里根本没有这个浑身恶臭，衣衫破烂的年轻人。他看着陈长生说道："你考虑的如何了？"

陈长生说道："考虑好了，会给你回话。"

周自横微笑说道："难道要一直考虑下去吗？"

这微笑很可恶，带着淡淡的讥讽与嘲弄。

唐三十六怔住了。他怎么也想不到，现在的大周朝，居然还有人敢在国教学院门口，对自己和陈长生用这种态度说话。

"这人谁啊？"他问陈长生。

陈长生说道："周自横。"

唐三十六没听过这个名字，说道："周自横，那是谁？"

周自横微怒，觉得陈长生和这个乞丐般的家伙是刻意用这番对话来羞辱自己。

唐三十六转过身去，看着周自横问道："我说，你到底谁啊？"

周自横面无表情说道："折冲殿周自横。"

唐三十六看着他问道："你很出名？"

周自横不知道该怎么回答这个问题。

"莫名其妙。"唐三十六像看白痴一样看着他，然后转身对陈长生说道，"你得弄清楚自己现在的身份地位，听都没听过的人物，哪里用得着理他，他够得着吗？"

说完这句话，他端着豆浆和油条走过周自横的身边，向巷子里走去。

周自横低头，深深地吸了口气。

唐三十六停下脚步。雨丝骤乱，然后重新垂落如柳叶。周自横出现在唐三十六的身前，拦住了他的去路。百花巷一片安静。

唐三十六看着他，很平静地说了四个字，"傻×，起开。"

这时候的唐三十六浑身污垢，恶臭熏鼻，衣衫破烂，真的就像个乞丐，但他的气势却像是个王子。因为他本来就不是乞丐，而是这个世界最有钱的王子。他比平国公主、落落、南客，这些真正的公主们加起来还要有钱。所以当他说出这四个字的时候，盛气凌人到了一种难以想象的程度。盛气凌人，居然也会难以想象吗？是的，因为这不是嚣张之气，而是底气。没有千年底蕴，根本无法养蓄出来的底气。

周自横眯着眼睛，看着唐三十六，杀意渐起。然而，最终他也没有动手。因为陈长生正看着他。很多离宫教士也看着他。最令他感到警惕也是不解的在于，按道理本应该站在自己这一边的羽林军中，忽然生起一道毫不掩饰的狂暴杀意。他很清楚，如果自己真的出手，那么下一刻，那道杀意便会把自己撕成碎片。他不明白这是为什么，双手微微颤抖起来。

唐三十六再次从他的身边走过，左手端着碗豆浆，右手拿着根油条，依然看都没有看他一眼。雨帘缓缓飘落，落在纸伞上，悄柔无声。百花巷深处，传来天海牙儿的辱骂声。听着那些污言秽语，唐三十六的脸色变得有些难看。

走到国教学院门口，他只见天海牙儿坐在轮椅上，对着院门不停地骂着。

"陈长生，你这个……"

"有本事你就来打我啊！"

唐三十六走到天海牙儿的身后，没有阻止他，认真地侧耳倾听着。

很多离宫教士与羽林军还有闻讯赶来的京都民众，都看着这幕画面。

百花巷里雨如烟。

陈长生问道:"你在做什么?"

唐三十六说道:"回忆人生。"

天海牙儿听到声音,转头望去,神情微变。

陈长生不解问道:"什么人生?"

"我很认真地回忆了一下人生。"唐三十六感慨说道,"……妈的,还真没听过这么贱的要求。"

33·国教学院的棍子

虽然唐三十六现在浑身恶臭,衣衫破烂,和传闻中的模样有很大的差别,但如此尖酸刻薄的话语以及眉眼间那股满不在乎的劲儿,还是让天海牙儿很快便认出了他的身份,脸色顿时变得极为难看。

当初他之所以去天道院参加青藤宴,就是因为唐三十六曾经对整个京都放过话,要废了他。这件事情最终的结果是,因为天道院师长们的约束,唐三十六没能参加那一场青藤宴,天海牙儿借故发飙,直接废掉轩辕破的一条胳膊,继而却被落落直接打成了残废。二人到今天为止都没有正式相遇过,但这并不妨碍天海牙儿把自己残废的责任归到唐三十六的身上。

他盯着唐三十六,脸色苍白,眼睛里满是怨毒,恨不得把他吃了。但他没有做什么,相反,听着唐三十六最后那句话,联想起传中这个家伙的性情,他的心里生出一抹不祥的预兆,用尖厉的声音抢着说道:"我是对陈长生说的!和你无关!"

有种你就来打我呀!天海牙儿无赖无耻险恶,敢对所有人包括陈长生说这句话,可就是不敢对唐三十六说。因为他知道唐三十六真的可以拉下脸来出手。

唐三十六微怔,有些没想到这个家伙的反应如此之快,再想不出什么好方法,干脆不讲理说道:"我不管,反正我要和你打。"说完这句话,他对陈长生说道,"帮我把袖子卷卷。"

他这时候左手端着碗豆浆,右手拿着半根油条,确实没有办法自行把袖子卷上来。卷袖子是谁都明白的某种带有象征意义的动作,是某种出发的信号。

天海牙儿面色微白说道:"我可不会与你打,反正我是残废,你要不怕丢脸,就自己动手好了。"

陈长生正在思考要不要真的替唐三十六把袖子卷上去，忽然听着这句话里的不怕丢脸四字，心想这下好了，不用自己再想什么。

果不其然，听到不怕丢脸四字，唐三十六非但没有任何犹豫，眼睛却亮了起来，说道："脸是什么？"

天海牙儿看着他不安说道："你想做什么？难道你真想当着这么多人的面欺负我这个残疾人？"

烟雨笼着百花巷，雨势并不大，甚至渐渐的小了，在负责维持治安的离宫教士与羽林军的那面，已经围了很多京都民众。

天海牙儿在京都里的名声极为糟糕，但他毕竟是个十四岁不到的少年，而且已经残废了近一年时间，双腿细得像麻秆儿一样，看着很是可怜，如果有人对轮椅上的他出手，只怕会惹来很多非议。但唐三十六哪里会怕什么责难非议。他看着天海牙儿微笑说道："你知不知道我小时候最喜欢做一件事情。"

天海牙儿盯着他的眼睛，声音微颤道："什么事情？"

唐三十六说道："我最喜欢拿根棍子追着掉到河里的狗不停地打。"

天海牙儿明白了他的意思，打了个寒颤，颤声喊道："快来人啊！汶水唐家的独孙打人啦！他要对我这个残废下黑手啦！"

唐三十六也不着急，任由他喊着，待天海牙儿声音终于停下时，才对巷外的人群说道："大家看清楚了，我可没有出手。"

他确实没有打天海牙儿，连天海牙儿的衣服都没有碰一下。说话的时候，他还特意举起自己双手里的豆浆与油条，示意众人，自己就算想打人，也做不到。然后他神情骤冷，一脚狠狠地踹到了天海牙儿的胸腹间！啪的一声闷响！天海牙儿连着轮椅一起被踹到地面的雨水里，跌得头破血流。

唐三十六踹得太狠，残废的少年像虾一样缩着身体，脸色苍白至极，痛的话都已经说不出来。国教学院院门前，百花巷外，一片死寂，没有人说得出话来。谁都没有想到，前一刻他还面带微笑，举着豆浆与油条，二呵呵的，下一刻，他便真向轮椅里的残疾少年下了狠手！天海家的侍卫，还有周自横都没有想到，所以根本来不及阻止。

劲风呼啸而起，天海家的随从侍卫赶到场间，把天海牙儿护住。周自横手里的那把纸伞早就丢了，右手已然握住剑柄，一脸怒容盯着唐三十六，似乎下一刻便会出剑。

唐三十六依然理都不理这名聚星境的强者，看着四周的人群，把手里的豆浆与油条举得更高了些，说道："大家看清楚了，我真没出手，更没下手，我是用踹的。"

确实如此，他没有对天海牙儿下黑手，他下的是黑脚。

周自横怒啸一声，剑锋出鞘而起，剑意陡然大升，在国教学院门前回荡。这道强大剑意的目标，自然是唐三十六。在天书陵里观碑悟道，勤勉修行，唐三十六的境界提升极快，如此年龄便不可思议地修行到了通幽上境，但他不可能是聚星境的对手。可是，他还是看都没有看周自横一眼，继续向国教学院的院门里走去。走进百花巷，看到周自横的第一眼起，他就知道这个人很想被世界看见，那么从始至终，他就是不看。

这当然是羞辱。

周自横是折冲殿的教士，是天海家的客卿，还是宗祀所的教习，无论哪个身份，都注定他有资格骄横。骄横的人哪里受得住这份羞辱，所以哪怕此时已经知道了唐三十六的身份，他依然要出剑。

剑没能出。

只听得场间一阵密集的绷弦声起。数十名羽林军在唐三十六身后布阵，手里的神弩平举，锋利而带着气息波动的弩箭，是那样的恐怖。一名副将满脸冰霜站在后方，手里握着剑柄，盯着周自横的眼睛，警告意味非常清晰，只要他动，那么就死。

唐三十六和陈长生进了国教学院，院门闭上，发出啪的一声响。

就像一记清脆的耳光声。

天海牙儿被侍卫随从们扶着，脸色苍白，痛苦不堪。

周自横站在微雨里，脸色苍白，看着那名副将寒声说道："我想知道，薛神将知道这件事情吗？"

众所周知，负责整个京都安全的羽林军由大陆第二神将薛醒川统辖，而薛神将向来忠于圣后娘娘。今天羽林军在国教学院门前展现出来的态度，对天海家带着明显的敌意。

那名副将像看白痴一样看着周自横，说道："我外公家就这根独苗，我不拦着你，难道你想全家都被弄死？"说完这句话，他挥了挥手示意下属们散开，然后走到国教学院对面的那间客栈里，继续喝茶发呆。

国教学院里，轩辕破和陈长生很热情地夹着唐三十六走进了藏书楼。

"你们的热情，让我感觉到相当的不适应。"唐三十六看着他们脸上的神情，感觉有些奇怪。

陈长生看着他一脸欣慰，轩辕破也是如释重负的模样。

"你不知道，这些天那个残废了的小怪物天天在院门外面骂脏话，我们实在是有些撑不住了，就指望着你回来。"陈长生看着他感激说道，"果不其然，你一回来便把这些事情都平了，不然我们真不知道该怎么办。"

唐三十六有些得意，又有些恼火，说道："你们就任由人堵着院门开骂？出息！"

陈长生有些不好意思，说道："我确实没有处理这些事情的经验。"

轩辕破在旁说道："天海牙儿仗着残废瞎骂，脸都不要了，我们能怎么办，难道真把他打一顿？"

唐三十六心想自己刚才不就踹了他一脚，踹得很愉快，为何不能？

陈长生无奈说道："那家伙现在就像是一坨屎，怎么处理，都不免脏了自己的手，所以只好等你回来。"

唐三十六说道："为何一定要等我回来？"

陈长生转身去看窗外风景。

轩辕破比较老实，说道："你这方面的经验比较多，再说了，我们都知道你比他还要不要脸。"

唐三十六闻言微怔，然后大怒："什么意思？你俩给我说清楚了，这什么意思！难道在你们看来，我也就是一坨屎？"

轩辕破一时语塞，不知该怎么解释，想要开解两句，发现不知道该怎么说。

陈长生安慰说道："我们的意思是说，你胡搅蛮缠和不怕脏的能力刚好用来对付这种人。"

唐三十六把这句话在心里重新建构了一遍，更加生气，说道："这不就是搅屎棍？哪里更好了！"

当然不会真的生气，只是打趣，陈长生和轩辕破确实是在等唐三十六回来，因为他们两个都不擅言谈，更不擅思维谋划，落落自然有这个能力，但她的身份太过敏感，所以想要解决国教学院当下面临的问题，还是只能指望唐三十六。事实上很少有人注意过，国教学院以前的很多问题，就是唐三十六解决的。

听陈长生把国教新规讲了一遍后，唐三十六想了想，然后把手里的油条摁进豆浆里，说道："淹死他们。"

陈长生和轩辕破没有听懂，淹死是什么意思。

34·共商何事

"你们不用管，我来解决。"唐三十六没有对他们解释太多，直接说道，"如果这事都解决不了，我就不叫唐三十六。"

这句话说得极有信心，但陈长生和轩辕破却更在意别的三个问题。首先，这碗豆浆里落了很多雨水，该有多淡；其次这根油条被他在手里拿了这么长时间，该有多脏；最后就是，唐三十六改名字是很常见的事情，这种承诺听上去怎么总觉得有些不怎么靠谱？

他本来就不叫唐三十六，他叫唐棠。而且他现在进了通幽上境，必然要离开青云榜，进入点金榜，只是不知道会排第几，想来总不可能那般凑巧还是三十六，再就是上次青云换榜后，他借口位次不大好听没有改名，这一次总不能还以相同的理由糊弄过去。

轩辕破觉得唐三十六这话说得太没诚意，摇着头走了出去。

陈长生想要问清楚，但转念一想，自己确实不懂这些，何必自寻烦恼，问道："你觉着自己这次会改个什么名字？"

"我想怎么着……也得进前三十吧？"

"那是点金榜，不是青云榜。"

"那又如何？我现在可是通幽上境！我只要不懒，分分钟追上你。"唐三十六得意说道。

他的脸上有很多灰尘，但依然能够看到肤色白了些，而且瘦了很多，很明显在天书陵里的修行极为辛苦。这样的年纪就能进点金榜，而且有自信进前三十，在以往是极其罕见的事情，他确实有足够的资格骄傲。

陈长生真心替他高兴，说道："要继续努力啊。"

唐三十六听着有些不是滋味，说道："你还真把自己当院长啊。"

陈长生笑了起来，准备道歉，唐三十六却忽然叹了口气。

"怎么了？"

"一想着你和徐有容在前面跑那么快，我这了不起的成就居然也不能震惊天下，只能震惊一下汶川里的那些亲戚，确实没劲。"

说完这句话，唐三十六站起身来，看了看藏书楼四周，忽然问道，"落落殿下不来迎我倒也罢了，折袖呢？"

在他的心里，狼族少年折袖是他用重金替国教学院买来的优质生源，现在国教学院面临的问题正好需要他解决，可不能让他走了。

陈长生说道："有件事情我没有来得及和你说。"

唐三十六转身望向他，问道："什么事？"

陈长生说道："折袖现在在周狱里。"

从陈长生与折袖离开天书陵、进入周园直到今日，这个故事看似有些长，讲完却不需要太长的时间，就连豆浆里的油条都还没有泡烂。

"原来……发生了这么多事。"唐三十六说道，"别的事情先不管，但折袖……我们是花了钱的，必须得尽快弄出来。"

折袖是国教学院花了钱的，那他就是国教学院的人，是国教学院的人，国教学院就要护着，这是一个很朴素的道理。而且周狱是一个非常可怕的地方，在里面多停留一日便如同在地狱深渊里停留一年。陈长生也很担心折袖，只是国教与朝廷正在对峙中，离宫内部又出了问题，偏生梅里砂主教的身体不好了，他不知道该怎么办。

"某种意义上，周通像你们没办法的天海牙儿一样，只不过比天海牙儿可怕无数倍，强大无数倍，为了达到目的，再凶残恶心的事情都做得出来，谁都知道他是圣后娘娘的一条疯狗，娘娘要他咬谁，他就咬谁，对付这样的人，什么谋略算计都没有用。"

"可他为什么要咬住国教学院不放？"

"因为教宗大人已经表态，大周的皇位应该归还皇族，但娘娘很明显不这样想。"

陈长生低着头说道："其实……我不是很能理解，皇位有什么重要的。"

唐三十六像看怪物一般看着他,说道:"那是大周皇位,那是至高无上的权力,那是谁都无法抵抗的诱惑。"

陈长生抬起头来,看着他说道:"可我真不觉得这些有什么好,我只觉得为了这些事情而付出时间与精力,真的很没道理。"

唐三十六看着他的眼睛,是那样的清澈干净,没有丝毫作伪,不由微微动容:"你真是这样想的?"

"是的。"陈长生说道。

"陈长生,你真是个怪物,而且是真正的怪物,并不是天海牙儿那种变态。"唐三十六看着他说道,"你不能理解我们这些人,我也很难理解你,为什么会真的不在意这些。"

陈长生想了想,说道:"可能是因为我见过……更重要的一些东西?"

"比如?"

"……生死。"

生死之外,皆是闲事。

死生亦大矣。

人生无大事,唯生死系之。

这些都是前人典籍里的话。陈长生通读道藏,记得很多,但都不需要,他只需要记住生死二字便足够。对普通人来说,生死在他们的百年之后。对修道者来说,生死在他们的数百年之后。对陈长生来说,生死一直就在他的眼前,在他的一念之间,让他念念不忘。生死在前,他又如何还会对生命里的那些附属物感兴趣,至少,在他解决自己的问题之前,不会太感兴趣。

唐三十六不知道陈长生的问题,但在听到生死二字后,不知为何,忽然觉得窗外的雨带来了一阵不属于夏天的寒意。

陈长生接着又想起别的事。他想着病中的主教大人、国教内部的那些纷争以及苏离曾经对他说过的话,说道:"这个世界真的这么不堪吗?"

唐三十六说道:"至少不会像我们期望的那样干净,就没有人理解你为什么能够当上国教学院的院长。"

即便在天书陵和周园里,接连为国教与大周立下大功,以陈长生十六岁的年龄,也没有任何理由成为国教学院的院长。在唐三十六以及很多不知道内情的人们看来，这件事情必有蹊跷，有很多见不得光的交易或者说内情。陈长生不认为那些事情不能见光，至少可以对唐三十六说。

"我的老师是教宗大人的师兄。"他的视线穿过窗户，落在国教学院满是青翠的校园里，说道，"他就是以前的国教学院院长。"

唐三十六很震惊，比刚才听陈长生讲故事讲到苏离，讲到浔阳城里那一段时更加震惊。

十几年前的国教学院血案，直接或者间接地改变了整个人类世界，就连远在南方的长生宗与离山都受到了极大的影响。前任国教学院院长，那是谁都无法忘记的大人物，虽然他的名字早就已经被国教典册划掉，在京都更是被严禁提及。

"难怪你只是个乡下的少年道士，却能够通读道藏。教宗大人让你做国教学院的院长，要培养你做他的继承人……难怪周通会对国教学院下黑手。"唐三十六看着他，喃喃说道，"原来你竟是那位大人物唯一的传人。"

陈长生说道："不，我还有位师兄。"

离开西宁镇时，老师交代过他些事情，所以他在京都很少会提到师兄，到现在为止，只在徐有容和唐三十六等寥寥数人面前承认过。

唐三十六问道："你还有个师兄？那是个什么样的人？"

陈长生想了想，发现余人师兄真的很难用言语来形容，或者是因为师兄从来不说话？

"师兄……是个很了不起的人。"

"多了不起？难道比我还了不起？"

"师兄比以前的你了不起一万倍，你现在开始勤奋之后，师兄也要比你了不起一百倍。"陈长生看着他说道，没有刻意嘲弄轻蔑，而是认真思考之后得出的结论。

唐三十六沉默了很长时间，然后说道："看来真是一个很了不起的人。"

陈长生说道："是的，他是我的偶像。"

唐三十六忽然问道："你老师究竟想做什么？"

陈长生沉默了会儿，说道："我不明白你的意思。"

唐三十六盯着他的眼睛，说道："你应该非常明白我的意思。"

既然计道人不仅仅是计道人，还是前任国教学院院长，是反对天海圣后的领袖人物，那么他做的所有事情都值得仔细地想一想。

他应该很清楚，陈长生的来历不可能一直是秘密，通过梅里砂与教宗大人的态度，甚至可以确认，在陈长生到京都之前，他就已经联系过离宫。那么他更应该清楚，天海圣后或迟或早，总会知道陈长生的来历，这也就意味着，陈长生的处境将变得极其艰难，甚至危险无比，但他依然坚持让陈长生进京赶考，并且没做任何交代，这是为什么？就因为那份与徐有容的婚约？

这是很重要的问题。只不过陈长生一直没有想过，或者说，他刻意不让自己去想这个问题。直到唐三十六捅破了这层窗户纸。

"禀报大人，寒山郡那边传来最新的消息，确实有个行医的计道人来过，但侦骑赶过去的时候，那人已经消失无踪。"

"像商院长这样的人，娘娘当年都没能杀死他，又岂是我们这些人能够找到的？"周通坐在桌后审看着昨夜前院送来的十几份审案笔录，不曾抬头。

那名下属站在桌前，低声说道："按照西宁镇那边的说法，我们查实，计道人……商贼确实还有一个徒弟。"

周通正在翻页的手指顿住，然后抬起了头。

35 · 锦鲤，沉塘，铁刀的光芒

周通放下卷宗笔录，望向那名下属说道："确认了？"

那名下属从怀里取出一张画像，说道："千真万确。"

周通没有接过来，就这样看了两眼，没有说话。

那名下属接着说道："按照资料里的记载，陈长生来京都这一年里，从来没有提过此人。"

周通看着窗外的天光沉默了很久，忽然说道："你说，昭明太子究竟是死了，还是被皇族那些贼心不死的家伙给偷偷抱走了？"

那名下属不知该如何回答，很是紧张，声音微哑说道："您的意思是？"

周通摇了摇头，说道："我什么意思都没有，只是下意识里想起了这件事情。"

那名下属不敢接话。

"有些事情暂时查不清也不用在乎。"周通收回望向窗外的视线，说道，"梁笑晓为什么愿意与黑袍这种魔鬼交易，宁肯自杀也要试着对付苏离父女？因为他要报仇。苏离当年为什么会上长生宗杀了那么多人还跑到浔阳城去大开杀戒，从而弄得梁家实力大损？因为南人想要借着我大周内乱北进，抓了他的老婆威胁他让他发了狂。大周为何内乱？因为国教学院的那场血案，所以说万物皆有源，一切事情归根结底，就是大周皇位的问题，只要能够认识清楚这点，我们的方向就不会出错。"

那名下属说道："五天里陈留王去了三次教枢处。"

"不要忘记，娘娘虽然没有亲生儿子，但是先帝还是有很多儿子和孙子的，就算娘娘将来真的退位，把皇位归还给陈氏皇族，陈留王这般年轻，又能有几分机会？他当然会着急。"

"大人的意思是指陈留王想要争取国教的支持？"

"梅里砂大主教即将回归星海，不在这时候多露面，争取一下离宫教士们的好感，他怎么能在京都里活到现在，而且还活得越来越好？"

"虽然你不在意皇位，但除了你之外的所有人都在意，所以我认为，所有问题到最后，或者说所有问题产生的根源，就是皇位，商院长的想法最终也要落在那把椅子上。"

听完唐三十六的这句话，陈长生在思考之前，首先注意到的是那个称呼。

"商院长……是谁？"

"你的老师，商行舟。"

陈长生沉默了很长时间。这是他第一次听到这个名字，而他已经和这个名字的主人在一起生活了十五年。

最近这段时间，他本来有很多机会可以知道这个名字，但他没有问，无论是梅里砂主教还是教宗大人，因为他不想知道这个名字，不想因为知道这个名字而出现一些他不想面对的问题，同时，他也不想别人知道他不知道这个名字，因为这让他有些难过。

唐三十六隐约猜到了些他此时的心情，对他的老师不知为何生出些反感，问道："你有没有想过，他为什么要收你做徒弟？"

陈长生有些茫然，问道："师父在溪畔捡到的我，还能有什么别的原因？"

唐三十六盯着他的眼睛说道："你姓陈。"

"然后？"陈长生还是没有反应过来。

唐三十六说道："你难道从来没有想过……你可能是皇族？"

陈长生怔了怔，摇头说道："不会，我是从云墓里面的山溪飘下来的，我的亲生父母有可能是当年罪民的后代。"

唐三十六嘲讽说道："你那时候才多大，知道个屁。"

陈长生说道："这是师兄说的，师兄从来不会骗人，更不会骗我。"

这句话他说得很肯定，干净的眼睛里没有任何犹疑。

唐三十六还想说些什么，看着他的眼睛，有些不忍，转而说道："接下来你准备怎么走？"

从西宁来到京都，陈长生本以为自己的道路很清楚，那就是寻找逆天改命的秘密，从而让自己从死亡的阴影里摆脱出来，但现在，他忽然发现在此之前已经要面临很多岔路口。

"我不知道。"

"你需要有人帮忙。"

"谁能帮我？"

"我。"

"好，那你帮我。"

很简单的对话，很令人温暖的信任，因为他们两个都是少年。

或者沉稳老成，或者嚣张轻佻，都是少年。

少年有时候过于热血又天真得令人厌烦，但和那些久经风雨的长辈们比较起来，他们的生活要简单得多，他们之间的相处也会简单得多。

唐三十六说道："没问题，首先让我们来理一下这件事情的前后起因。"

陈长生摇头，说道："你先帮我做件事。"

唐三十六未假思索，毫不犹豫说道："你说，什么事。"

陈长生对他说道："你能先去洗澡刷牙吗？"

有句话是怎么说来着？我连牙都还没刷……总之，唐三十六有些恼火地被陈长生赶出了藏书楼，用了两大桶热水，把自己从头到脚洗了个干干净净，确保再没有一点天书陵里带出来的泥垢，这才换了一身干净衣裳，拿着轩辕破刚

122

蒸好的馍馍来到了湖畔。

陈长生把荀梅先生的笔记放进了书架，做好登录，然后去洗荀梅先生的被褥以及唐三十六的裘皮，花了半个时辰才洗干净，然后吊到大榕树下，看着就像是两个秋千。

清晨时的那场雨早就已经停了，初夏的阳光照在湖面上，没能蒸出太多水汽，没有闷热的感觉。再也听不到天海牙儿的喝骂声，国教学院一片安静幽美。

站在湖畔，看着对岸的风景，唐三十六说道："我爷爷说过，教宗陛下就是个老好人，所以你也不要太过担心。"说话的同时，他很专心地把手里的馍馍撕成碎片。

教宗是陈长生的师叔，按道理来说，他应该很乐于接受这种说法，只是从魔域雪原跟着苏离南归，一路见着太多暗杀与阴谋，他实在很难说服自己相信教宗陛下真的是个老好人。

"朱洛和观星客，应该都是教宗陛下请过去的。"陈长生看着湖水里倒映的蓝天白云，想碰上青叶世界里完美不似真实的天空，摇头说道，"老好人怎么可能成为教宗陛下？"

"这种对世界的看法看似成熟，实际上很庸俗。"唐三十六把掰碎的馍馍扔进湖里，说道，"教宗陛下从来都不以智慧闻名于世，他能够成为国教的领袖，是因为当年他和圣后娘娘真的关系很亲密，当然最重要的还是因为他老人家的实力境界确实深不可测，连你老师商院长最终也败在了他的手下。"

陈长生说道："可是……他要杀苏离。"

"又绕回来了。"唐三十六看着他嘲弄说道，"说句你不爱听的话，苏离这辈子杀了那么多人，无数人想他死，难道那些人都是坏人？事实上，在他们眼里，你护着苏离一路南归，才是真正的坏人。"

陈长生心想，难道真的是这样吗？

"我们还是要先弄清楚商院长让你进京，究竟是想要做什么。"唐三十六说道："要知道我爷爷说过，这个世界上真正让他忌惮的人，只有四个半，你老师就在其中。"

陈长生很是好奇，问道："其余人是谁？"

唐三十六说道："娘娘，天机老人，还有黑袍。"

陈长生数了数大陆上那些最强大的人物，不解问道："那魔君呢？"

唐三十六说道："魔君又不是人。"

"那半个……又是谁？"

"黑袍。既然他为魔族效命，当然不能再算是人类。"

陈长生捕捉到了这句话里的重点，问道："唐老太爷知道黑袍的身份？"

唐三十六没有回答这句话。

时光渐移，日头也渐移，碧蓝的天空渐渐变红，暮色满空。在大榕树后方的天空里，已经可以看到一抹夜色即将到来。他们站在湖畔，低声说着这些自己根本不感兴趣的事情。当初在李子园客栈里，陈长生和唐三十六第一次真正意义上的相会。其时，他们都下意识里想让自己表现得成熟些，想学着成年人一样寒暄、交际，却显得那般笨拙，幼稚得可爱。现在他们终于接触到了这些，却忽然间发现自己不想成熟了。因为成熟往往意味着腐朽，意味着复杂与疲惫。

数十尾锦鲤，在湖水里摆动着尾巴，因为吃饱了馍馍，显得有气无力，有一只最肥的锦鲤，竟慢慢地向塘底的污泥沉了下去。湖畔的气氛有些沉重。

"世界本来就很大，人心本来就很复杂，黑暗时胜过夜色，无趣时胜过天道院，尤其是统治着这个世界的那些老人，身上散发出来的味道都满是灰尘气。"唐三十六看着他说道，"但那些其实并不重要，因为我们不是那样的人。"

陈长生看着湖水里的倒影，看着自己的脸，有些不安，说道："你有没有想过……我们将来有可能会变成现在最厌憎的那种人。"

唐三十六冷笑说道："那是每个人自己的问题，难道变成一坨屎还有脸去怪这个世界？"他接着说道，"你要明白，我们想成为什么样的人，那么我们的世界就会变成什么样。"

陈长生觉得这两句话说得太有道理了。

在离开浔阳城之前，苏离对他说过一番话，直到这时候，他才终于完全明白，抬头望向唐三十六说道："谢谢你。"

按唐三十六的性情，这时候应该会很淡然地接一句不用客气，但因为某个原因，他没有说。

有晚风吹来清凉，湖面上的金波被切割成无数碎片。陈长生仿佛回到了浔阳城，暴雨里的长街上，到处都是空间裂缝，裂缝的边缘是刺眼的光明。一把铁刀横在风雨之前，无法撼动。

"我要成为王破那样的人。"他说道，"我要像他那样活着。"

36·让我们砸树吧

在这个世界上，陈长生以前只有一个偶像，那就是师兄余人，后来在浔阳城里经历了那场风雨，又多了一个王破。金光在湖面轻轻闪烁，他看着水里的那些锦鲤，尤其是那条渐渐向污泥沉下去的胖锦鲤，心想自己不要这样活着，如果能够通过这场生死的考验，能够活下来，那么他就要像王破那样活着。

他真的很欣赏王破，甚至有些崇拜。王破是逍遥榜首，是大陆公认的中生代最强者，崇拜他的人很多，崇拜他很常见。按道理来说，听到陈长生的话，唐三十六应该会觉得很理所当然，但是他的神情证明他并不如此想，因为他知道陈长生是怎样的一个人，陈长生说要像王破那样活着，绝对不是像别的崇拜者一样希望像王破一样强大，而是别的方面。

唐三十六觉得那样不好，看着陈长生说道："不要做王破。"

陈长生收回望向湖面的视线，望向他不解问道："为什么？"

唐三十六说道："因为要成为王破太苦太难，而且很容易悲壮。不管我们要怎样活着，最好还是离悲壮这个词远些。"

陈长生说道："我不是很明白你的意思。"

唐三十六忽然说道："你知道他为什么叫天凉王破吗？"

踏雪荀梅、画甲肖张、不动如山梁王孙、大名关白，逍遥榜里排名靠前的这些强者，都有自己流传大陆的名头，各有道理渊源，有的是功法，有的是籍贯，有的是怪癖。陈长生一直以为王破之所以叫天凉王破，当然是因为他出身天凉郡，此时听到唐三十六的这句话，才知道原来另有来由。

唐三十六说道："当年天凉郡有四大门阀，朱梁陈王，其中梁家与陈家先后成为皇族，统治整个人类世界，朱家则是出了无数高手强者，比如现在的月下独酌朱洛。王家能够与其他三家并列，则是因为王家非常有钱，很多年前甚至可以与我家相提并论。"

陈长生问道："那王家是怎么破落的？"

唐三十六说道："问题就在于，王家一直支持梁家，而最后陈氏却是代梁而起，做了皇帝。"

陈长生沉默了会儿，说道："就这么简单？"

125

"千世之家，犹如千足之虫，尤其是商家，向来极会分散投资，自然不可能一铺赌错，便满盘皆输。只是陈氏起事之后，王家自然会受影响，家产十之八九被没为军费，梁家降得快，朱家一直跟得紧，反而相对来说要好过很多。"唐三十六说道，"在这个过程里，朱家做了很多事情，所以自那之后，朱王两家便成了世仇。"

陈长生想起浔阳城里的那场战斗以及圣女的那番话，终于明白了圣女为何说朱洛有私心。既然是千年世仇，朱洛当然不愿意看到已然破落不堪的王家，因为王破的横空出世而重振家声。

"正如先前所说，王家与皇族里的某些大人物向来交好，而且太祖还算念旧情，所以并没有让王家太惨，只是王家哪里想到这才是他们最终覆灭的原因。"

"什么意思？"

"当初太祖皇帝准备收拾王家的时候，陈玄霸执剑上殿，为王家作保，而太子娶了王家的女儿。"

"太子？"

"我说的当然是真正的那位太子。"

陈长生想起数百年前那些血雨腥风，想起百草园里那段冷酷的故事，不禁觉得身体微寒，心想王家支持那位太子，其后继位的太宗皇帝自然容不得他们。

"后来呢？"

"后来的故事你应该也知道，百草园之变里，太宗皇帝杀了他的亲哥哥，更早些时候，周独夫杀了他的亲弟弟，天下终于太平。"

说到太平二字的时候，唐三十六的唇角微扬，说不出的嘲讽。

陈长生闻言沉默，低声说道："你是说……陈玄霸入周园战败而亡，是太宗皇帝的阴谋？"

"不然呢？"唐三十六看着他说道，"太宗皇帝与周独夫是异姓兄弟，陈玄霸可是他的亲弟弟，二人为何要打这一场？"

陈长生说道："都说是陈玄霸眼看着国事已定，所以想要追求武道的最高境界，才会主动挑战周独夫。"

唐三十六说道："其时天凉郡大军初入京都，京都局势纷乱，就连妖族的猎户都知道太祖皇帝的儿子们想做什么，家事都未定，何来国事已定？陈玄霸作为太子一派最强大的武力，居然会在那时候离开？你以为曾经的绝世武神、大周皇族千年最强者会是个白痴？"

陈长生说道："或者……他就是不想看到骨肉相残，所以干脆一走了之，眼不见为净？"

唐三十六冷笑了一声，没有说话。

陈长生知道自己这个理由没有任何说服力，不禁有些怅然，又有些莫名的伤感。他低头望向自己腰畔的那把剑，感觉到剑变得热了起来。不是燃烧，只是皮肤能够感受到的滚烫，或者说，就像眼睛有些发热的感觉。那是一种悲郁之情。这把剑里有一道剑魂，龙吟剑的剑魂。龙吟剑，正是陈玄霸的剑。从某种意义上来说，他与那位曾经的少年武神，通过这把剑隐隐相通。所谓伤感与悲郁，便是从中而来。

"王家呢？"他问道，"陈玄霸死了，太祖退位，太宗陛下登基后，是怎么对付王家的？"

"帝王想要收拾不听话的臣子，哪里还需要特意去对付？"唐三十六脸上的神情有些淡漠，说道，"就在太宗皇帝登基后的第三个月，秋风起时，他抚栏观景，很随意地说了一句话。"

"什么话？"

"天凉了，让王家破产吧。"

湖畔一片安静，夜色渐浓，有些微寒。陈长生很长时间都没有说话。原来所谓天凉王破，便是由此而来。太宗皇帝乃是一代雄主，无论手段能力，都是千世难见的强者，但他不需要动用任何手段，只需要很随意地说一句话，便自然有无数人想尽无数手段，去把这件事情做了。

陈长生明白了唐三十六先前说的那些话，权力果然是这个世界上最可怕的东西。

秋风起时，太宗皇帝说了一句话，秋意渐浓时，王家便破败了。不知道有多少人头落地，多少庄园田地被夺，多少婢仆流离失所。天凉郡王家，迎来了最可怕的一段时光，凄惨到了极点，然后随着年月的流逝，渐渐快要被整个大陆忘记。

也就是在这个时候，王家出了一个少年。那个少年叫王平，修行天赋极为卓异，甚至被天机老人评为苏离之后，人类世界最了不起的天才。或者是为了纪念，或者只是为了记住。那个少年在拿到青云榜首后，把自己的名字改成了

127

王破。

天凉郡的王破。

天凉王破。

"从改名的那一天开始,整个大陆都知道了他想要做什么。"唐三十六说道,"他要向大周朝廷要一个公道。"

夜风拂面,陈长生只觉一阵清爽,脸却微热。

以一人向天下要公道,何其壮阔。

"难道……京都里的大人物对此没有任何反应?"

"当时王破已经展现出来进入神圣领域的潜质,因为圣言之誓,就连朱洛也不能对他任意动手,最关键在于……那时候已经是圣后娘娘执政,皇族里的那些人被压得无法喘息,哪有时间和精力对付他,当然,王破也面临着很多危险,所以他去了汶水。"

"我听苏离前辈说过这件事情,他说王破在你们家当了很多年账房。"

"我没有见过王破,但听父亲他们说过很多他的故事。"唐三十六说道,"王破一直不明白,为何王家当年这般有钱,面临破家之难的时候,没有任何还手之力,唐家却能一直存活到现在。后来他做了多年账房,才终于明白,唐家之所以能够一直存活,首先在于不站队,不下场,其次在于,如果要投资,唐家更愿意投资那些声名不显的年轻人。"

"比如苏离前辈?"陈长生问道。

唐三十六看了他一眼,说道:"还有你……你不是说我爷爷把那把伞都送给了你?"

陈长生说道:"被苏离前辈抢走了。"

唐三十六恨其不争,不再说此事,继续说道:"国教学院血案之后,皇族势力被圣后娘娘和教宗陛下镇压得极惨,朱洛也变得无比老实,王破便离开了我们家。"

陈长生说道:"我知道他去了南方。"

唐三十六说道:"不错,他只用十余年时间,便买下了半座槐院,已经是一方强者。"

陈长生沉默了很长时间。

听完了王破的故事,他才知道,唐三十六说得对。

要成为王破这样的人,要像他那样活着,果然真的很难。

"我爷爷说过,王破活得太苦。"唐三十六看着他很认真地说道,"我不想你将来也活得像他那么苦。"

陈长生说道:"那我们究竟应该怎么活着?"

唐三十六说道:"我们年轻,就该像年轻人那样活着,就像我,进京都后知道天海牙儿的那些恶事,就想把他废了。早上在院门口,看见他坐在轮椅上的白痴模样,就想把他踹翻。所以我就踹了!热血冲动就热血冲动!那又怎么样?不服来打啊!"

湖对岸忽然传来嘭嘭的沉闷撞击声。

二人望过去,只见晦暗的夜色里,轩辕破正在那边不停地砸树。

唐三十六大笑说道:"你看,有精力就是要用,有力气就要使,年少就该轻狂,想那么多做什么?"

陈长生也笑了起来。

37·什么都要管的陈院长

"年少就该轻狂……我忽然觉得,你和一个人有些像。"陈长生说道。

唐三十六看着他好奇问道:"谁?"

陈长生说道:"苏离。"

唐三十六眉飞色舞说道:"爷爷说过,我确实像年轻时的他。"

正在交谈的二人,不知道在浔阳城外,南方圣女曾经对苏离说过相似的话。苏离很狂,唐三十六也很狂,虽然有些细微的差别,比如唐三十六的狂明显要清新得多。

作为一名家世极为出众的少年天才,唐三十六从汶水初至京都,便不知引来多少关注,成为天道院重点培养的学生,他却在青藤宴上加入了已经破败多年的国教学院。

没有人能想到,国教学院居然会在如此短的时间里获得了新生,震惊了整个京都城。但在京都民众的眼中,真正让国教学院渐复盛名的,是与徐有容有婚约的陈长生以及身份尊贵无比的落落殿下。无论是青藤宴还是大朝试上,他们的光彩无比夺目,狼族少年折袖作为国教学院的边缘人物,也极出色,相形之下唐三十六反而有些平平。

然而，就在很多人以为唐三十六会在国教学院渐渐沉寂、变成一个普通学生的时候，就在那些在天书陵成功破境通幽的年轻修行者进入周园试炼提升的时候，他忽然间暴发了。他在天书陵里继续观碑悟道，放弃了锦衣玉食的生活，再没有好逸恶劳的模样，吃着关飞白做的难吃的腌鱼生菜饭，和衣而睡，醒则修行，竟在短短数月时间里，连破两境！

现在的他已经是通幽上境，放眼望去，自苏离横空出世以来的数百年里，除了他以及王破等早已名震大陆的强者，有谁能够在他这个年龄进入通幽上境？如果不是秋山君、徐有容和陈长生三人实在是太过变态，他做到的事情真的可以震动整个大陆。

就像唐家老太爷说过的那样，他的这位独孙确实很像苏离。那么很像苏离的唐三十六，在第二天清晨于国教学院门外，再次看到周自横后，自然不可能有什么好脸色。

"按照国教关于诸院演武一事的规则，国教学院最迟今天之内就要确认回复。"周自横看着他说道，"我们都是修道者，我们将来的敌人都是魔族，很多问题终究还是要看剑与枪，难道你们真以为把国教学院的院门关着，外面的风雨就进不来？"

今晨无雨，前些天一直坐在轮椅上的天海牙儿，不知道是不是因为昨天被唐三十六那脚踹得太狠，没有出现，只有周自横站在院门前。人如其名，周自横本身就是一个很骄横的人，因为他是聚星境的强者，他的修行天赋极其优异，他是宗祀所的教习，还是折冲殿的教士，更重要的是，他是天海家的客卿。

有这样的三重身份，他找不到任何自己不骄横的理由，当然，他很清楚，自己代表宗祀所挑战国教学院，确实有失强者身份，明显是以大欺小，有些丢人，但唯因此，他反而表现得更加骄横——似乎把国教学院完全踩到脚下，他才可以不至于那般心虚。

唐三十六看了此人两眼，才想起来他是谁。昨天周自横挡过他的路，他没想到，今天这个人又来挡自己的路。昨天他是要回国教学院，今天他是要去百花巷外再买豆浆与油条。他不喜欢吃轩辕破做的早饭，熬得再好的粥，被陈长生禁止放糖，连小咸菜都没有一碟，如何吃得下去？起床本来就有气，想吃个顺心意的早饭还被人堵住，唐三十六自然不会与他客气。

"傻×，起开。"唐三十六看着他说道。

昨天也是这四个字，今天还是。周自横昨天很愤怒，今天更愤怒，右手再次握住腰畔的剑柄。依然如昨天一样，巷子里那间客栈里响起一声呵欠，教士们围了过来，军士们端起了手中的神弩。

国教学院门前一片混乱，引起这片混乱的唐三十六却没有什么反应，直接向外走去。对他来说，那家老铺子里的豆浆与油条，要比这个叫周自横的人重要太多。

"没有哪家学院是能关着门办学的。"周自横看着他的背影，寒声说道，"就算陈长生和你背景深厚，但你们如果真想拖延下去，最终也只能让国教学院变成京都里的笑谈！"

唐三十六停下脚步，回头说道："你究竟想和我说什么？"

周自横神情微凛，想着昨夜的见闻，知道这个少年仗着自己是唐老太爷的独孙，行事嚣张无忌，这时候看着他双眉微挑的模样，便能猜到这少年又要不要脸地乱来了。

"我和你说不着。"他看着唐三十六面无表情说道，"我要和陈长生说。"

"原来你也知道陈长生是国教学院的院长。"唐三十六看着他，说道，"那你又是什么身份什么地位，陈院长是你这种小屁屁想见就能见的？"

周自横这才想到，那三个令自己骄傲的身份，哪怕合在一起都没有任何资格求见陈长生，相反，单凭他先前直呼陈长生的姓名，国教学院都能要求折冲殿治自己的罪。一念及此，他的脸色变得有些难看。

便在这时，国教学院的院门被从里面推开，轩辕破像敲钟一样的洪亮声音响起："就是买个豆浆油条，咋用了这么长时间，赶紧些，不然让陈长生瞧见了，又要说咱们。"

唐三十六有些恼火，说道："我用自己钱买，关他屁事。"

轩辕破有些着急地挥着手说道："豆浆无所谓，关键是油条……"

"油条好吃，但是，那是油炸的，对身体不好。"陈长生到的比他们想象的更快，从院门里走了出来，看着轩辕破说道："把唐棠拉回来，你去买别的。"

唐三十六闻言大怒："我就要吃油条！你真当你是院长啊，什么都管！"

"昨天你不是已经吃过了？"

陈长生准备继续劝他，忽然看到了周自横，下意识里停了下来。

周自横看着他说道："我宗祀所……"

陈长生说道："我明日有空，请宗祀所选择场地。"

国教学院门前一片死寂。

周自横以为听错了，问道："你说什么？"

陈长生说道："我代表国教学院，接受你的挑战。"

连续数日前来看热闹的人群里，哄的一声炸开。十余个人，向着京都的大街小巷奔走而去。用不了多长时间，整座京都便会知道今晨发生的这件事情。

国教学院接受了宗祀所的挑战。

38·吃喝嫖赌，生老病死

周自横站在原地，有些没反应过来。他本以为今天国教学院还是会像前些天一样，想办法拖延，然后再去想办法怎么面对自己的挑战——比如说国教学院有可能把落落殿下从离宫里请出来，那样的话他当然只能认输，或者避战，但天海家对此做了预案，如果国教学院真的让落落殿下出面，天海家肯定会借此掀起更大的风浪——但他怎么都没有想到陈长生居然答应了。

片刻后他才真的醒过神来，看着陈长生神情凝重问道："国教学院由谁出战？"

陈长生说道："我。"

说出这个我字的时候，他未作停顿，自然也未假思索，显得特别理所当然。是的，他是国教学院的院长，国教学院被挑战的时候，当然应该由他来面对。

周自横忽然发现今天的陈长生与前两天比起来，有些地方变得不一样了，只是不清楚究竟哪里发生了变化。

"很好。"他看着陈长生问道，"既然时间已经定了，那么随便哪里都行？"

陈长生说道："按照两位圣堂大主教提案里的细则，时间既然是我们国教学院定的，地点自然由宗祀所定。"

周自横看着百花巷外黑压压的人群，面无表情说道："既然已经来了这么多人，那就干脆定在这里好了。"

陈长生点头表示没有异议，看着唐三十六不知何时买来的豆浆与油条摇头无奈说道："吃喝有这么重要吗？"

唐三十六说道："吃喝不是生死，高于生死。"

国教学院的门再次关闭，但与前些天的隔绝却是完全不同，所有人都知道，明天，这扇紧闭的大门将会再次打开。

百花巷外人群的骚动一直在持续，于是整座京都也随之骚动起来。宗祀所挑战国教学院，这将是诸院演武的第一战。与国教新规为人类对抗魔族带来的深远意义没有关系，人们很清楚，这代表着天海家以及国教新派的势力，终于开始向离宫发出自己的声音。

没有用太长时间，这个消息便传遍了整座京都，很快便有很多工役带着各种施工材料而来。不多时，一座简易的凉棚便初见雏形。接着，数十辆马车来到了百花巷外，车里走下来很多人，有画师，有讲书先生，有商人，还有四大坊的客卿高手。

是的，这些比京都府反应还要快的人，都来自京都著名的四大坊。四大坊什么生意都做，食肆、酒楼、妓院、粮食、奢侈品、织物，但最挣钱的生意，永远都是赌坊。

每年大朝试的时候，往往就是四大坊挣钱最多的时候，他们哪里会错过诸院演武这般天然完美的下注项目。事实上很多人都在怀疑，离宫能够在这么短的时间里，不顾教枢处的反对通过那两位圣堂大主教的提案，极有可能是四大坊的幕后东家暗中做了推动。当然，百花巷外变得热闹无比，四大坊的人却不敢去骚扰国教学院的清静，生意人就是生意人。

接下来发生的事情，有些出乎意料。

天香坊的一位管事竟是浑然不顾离宫教士与羽林军的警惕目光，施施然地走到了国教学院的门口。人们看着这幕画面，很是疑惑不解，心想这位管事究竟要做什么？要知道天香坊在四大坊里实力最弱，向来排在最尾，今年大朝试上冷门迭爆，最后陈长生不可思议的拿到首榜首名，更是让天香坊损失惨重，甚至一直有传言，天香坊极有可能要易手，这位管事又哪里来的底气？

更加出人意料的事情发生了，国教学院的门居然真的开了，那位管事竟就这样走了进去。

"你是说……天香坊是你们唐家的产业？"陈长生看着唐三十六身前那个神态无比谦恭的管事，吃惊问道，"为什么我从来没有听说过？"

唐三十六说道："大朝试之后才定下来的事情。"

陈长生说道："听闻京都四大坊的背景都极深厚，有家好像还是天机阁的产业，为何天香坊的前东家会愿意出手？"

谁都知道汶水唐家乃是世间最有钱的家族，问题在于，天海家与唐家之间的关系一向有些糟糕，这些年里，一直暗中阻止唐家的势力进入京都。如果天香坊真的归了唐家，天海家的努力都将化为虚有，所以他有些不理解，唐家究竟是怎么做到的。

唐三十六看着他笑了笑，没有解释。

陈长生有些莫名其妙。

那位管事看着陈长生，表情也有些怪异，心想如果不是汶水唐家在大朝试里在您身上下了重注，天香坊何至于输得要被迫转手？这些话他自然不敢说出来，看着唐三十六请示道："少爷，按家中规矩，坊里的钱是不能动的，我只能把您私人那份存银全部押上去。"

唐三十六算了算数目，心想就算赢了也不足以把澄湖楼买下来，转身对陈长生和轩辕破说道："你们还有多少钱，都给我。"

他向人借钱，自然不需要开什么借条之类的东西，至于借钱用来做什么，他也懒得解释，他向人借钱，那真是瞧得起对方。

很遗憾的是，他在国教学院里的这两位同窗，在这方面真的很让人有些瞧不起。轩辕破翻箱倒柜，找出了七十几两银子。陈长生更是凄惨，翻遍全身，连张纸片都没找着。

唐三十六对轩辕破很是同情，对陈长生则是极为生气："我给你的那些银票呢？落落殿下给你的那些宝贝呢？大朝试后，国教学院收了那么多礼单，东西都跑哪儿去了？"

陈长生有些不好意思，说道："那些……都落在周园里了。"

唐三十六很清楚陈长生去周园之前有多少财产，不说成箱的银票，落落给他的那些宝贝便是他都有些羡慕，结果……居然给弄丢了！想到现在周园已经覆灭，那些财货再也没有寻回来的希望，他更是觉得好生痛心，看着他恼火说道："真是个败家玩意儿。"

陈长生想着周园湖水深处的那些箱子与书籍，也是觉得好生遗憾，心想总得想个办法拿回来才是。最近这两天，他又试了数次，只是神识在穿过那片剑意海洋之后，依然无法穿过那座黑色石碑的虚像，想要重新找到回周园的路，看起来注定将是一个很漫长的过程。

轩辕破忽然想到一个问题，看了眼正在清点银两的那位天香坊管事，对唐三十六问道："你要钱是去赌？"

唐三十六说道："不然呢？难道去嫖？"

轩辕破摇头说道："我们族里说过，人类最是狡诈，不能和你们赌，我还不如留着做些小本生意。"说着话，他便准备去把自己的那些银两收回来。

"真是头笨熊。"唐三十六没好气说道，"只需要两天时间，一两银子就会变成十一两银子，有什么生意比这更值得做？"

轩辕破停下脚步，有些吃惊说道："咋会赔这么多？"

妖族不爱与人族赌博，不代表他们不赌博，再憨厚的熊族少年，也至少懂得赔率这种东西。

唐三十六说道："四大坊刚刚算出来的赔率，最高的就是一赔十一，最低也是一赔九。"

轩辕破忽然觉得有些不对，有些不确定问道："这是说的咱们赢？"

唐三十六像看白痴一样看着他："周自横是聚星境，陈长生是通幽境，你觉得四大坊会给周自横开出一赔十一？"

轩辕破惊了，喊道："你居然要拿我的钱去押陈长生！"

要知道那几十两银子里除了教枢处发的补助，剩下的都是当初他在夜市上洗碗挣的辛苦钱，他哪里舍得让这些钱打了水漂。

唐三十六看着他冷笑说道："你要弄明白了，你要不押他，他用院长身份给你小鞋穿，再在落落殿下面前告你一状，你咋办？"

轩辕破闻言无奈，觉得好生痛苦。

满房间的梅花，依然在盛放，仿佛简单的几堵墙壁之间，真的有春夏秋冬四时。遗憾的是，人的生命不可能拥有这样美好而神奇的景象，一旦来到凛然的寒冬后，便再也无法回到春天里。

梅里砂的病已经很重，教枢处里的事务已经全部交给下属处理，有些事务则是转给了茅秋雨。其实他很清楚，自己没有得病，只是老了。如果是病，便能治，更不要说病的是他。只要他愿意，只怕整个青曜十三司的师生都会过来为他施展圣光术。没有人能够治好老,青曜十三司不行,圣女不行,教宗大人也不行。

年华老去,即将回归星海,这种时候,不同的人会有不同的表现。梅里砂在国教里研习典籍、主持教务,孤寂了整整数百年时间,在这种时候,他最喜欢的是热闹。尤其是与陈长生、国教学院有关的热闹。

听完辛教士关于今天清晨那件事情的讲述后,梅里砂脸上的皱纹舒展开来,笑着说道:"真热闹啊。"

说着真热闹,苍老的脸上带着笑,就连那些老人斑仿佛都淡了些,辛教士却听出了些寂寥的意思。这让他感到很不安。

39·把那梅花看好多年

辛教士忽然觉得满室梅花正在散发着寒意,虽然梅花大多数是喜寒的。为了驱走这种寒意,他有些艰难地挤出一丝笑容,继续讲述国教学院的热闹,尤其重点描述了一番当陈长生代表国教学院接受挑战后,四大坊的反应速度,百花巷口的那座凉棚,以及正在不停汇集到四大坊的赌注银两。

"好像没有大朝试的时候下的注多。"梅里砂微笑着说道。

辛教士没听明白。明日周自横与陈长生的这一战当然很引人瞩目,但又如何能与大朝试相提并论?下一刻,他终于想起来了些什么。大朝试的时候,在所有人都不看好陈长生的情况下,他把全副身家都押在了陈长生的身上——因为主教大人看好陈长生。

"我明白了。"他对主教大人笑着说道,"一会儿我就让人帮我去下注。"

整个离宫现在都知道,自从国教学院踏上复兴之路后,辛教士便成为了梅里砂大主教的亲信,他的态度就是主教大人的态度。今年大朝试,辛教士把全副身家押在陈长生身上,于是乎,教枢处的教士们哪怕并不看好陈长生,也在陈长生的身上押了很多钱。

这是一笔数量极大的银钱。天香坊最后输得那般惨,除了汶水唐家冷静而强硬的进攻之外,便是因为他们必须要把这些离宫教士赢的钱赔付干净。

听着辛教士的话,梅里砂笑了起来,然后开始咳嗽。房间里回荡着痛苦的咳声,过了很长时间后才停下。他有些疲惫地喘了两口气,看着窗外的天光,遗憾说道："我本想看看陈长生现在究竟到了哪一步，可惜却看不到了。"

对陈长生来说，明天是大朝试之后，他第一次在世人面前正式展现自己的实力境界。他在天书陵里观碑、在周园里撑天、背着苏离逃离魔域雪原、南归……这些日子里，他学到的、体悟到的东西，都将在明天展现。他将向那些关心自己的人做一次成果展示与汇报。

明天，对他来说将会是崭新的一天。

可是，对梅里砂来说，没有明天了。

辛教士忽然觉得腿有些软，极其艰难地走到榻前，看着神情平静的主教大人，紧张地说不出话来。整座教枢处，很快便都沉浸到紧张的气氛里，一个消息向着京都四面八方而去。

教枢处前的广场上早已没有去年秋天的血迹，那排枫树却红得像是血一般，仿佛提前来到了肃杀的秋天，原来是暮色降临。

无论哪种解读，终究都是不祥的，是令人感伤的。秋天既然已经到了，死寂的冬天还会远吗？暮色降临，夜色岂不是就在眼前？

夜色落下，华灯初上时，陈长生赶到了教枢处，没有时间理会那些教士们的请安，直接来到最深处的那个房间里。

房间里依然满是梅花，只是很多梅花不再盛，已然有了凋敝的迹象。

"我要死了。"梅里砂看着他说道，声音很温和，仿佛怕吓着小孩子。

陈长生思考过无数次生死，曾经很多次以为自己已经能够看破生死，比如在黑龙面前，比如在周园里面。他甚至以为自己已经领悟到了生命的某些真谛，比如说最怕死的人往往最不怕死，而人生很多时候只有不怕死才能不会死，只有拼了命才能继续活下去。

但这时候看着苍老的主教大人，他忽然发现自己的那些看法依然是不完整的，因为他从来没有想过，如果没有敌人，或者说如果你的敌人就是时间，那么你如何与之战斗？当死亡来临的时候，你如何能够保持平静？他不知道，所以他这时候不知道该说些什么。

梅里砂看着他笑了笑，没有继续这个话题，问道："明天你有几分把握？"

可能是因为死亡即将来临，时间太少的缘故，主教大人今天说话特别直接。

陈长生也很直接，没有任何犹豫，说道："十成。"

梅里砂以为他是想让自己安心，笑了笑，说道："我相信你其实想过很多次，我为什么对你这么好。"

陈长生沉默，他当然想过很多次，但是得不出结论，他知道肯定与一些很大的事情有关，但又不想那般推想。

"我有些事情瞒着你，甚至是在故意骗你，但你要相信我，相信教宗大人，相信你的老师。"梅里砂说道，"也许很多事情的真相与表面看起来并不一样，但那只是走了不同的道路，最终的目的地却从来没有变化过，就像我们对你的安排。在将来的某个时间段或者你会觉得不满甚至愤怒，但你要看最后的结果究竟是什么，我相信无论如何都不会对你有坏处。"

陈长生不是很明白这段话的意思，但明白主教大人的意思——这两个意思是不同的意思——只要结果是好的，那么中间的过程与手段并不重要。梅里砂想说的就是这个。可是究竟是论心还是论行呢？陈长生看着梅里砂苍老的脸，不想再去想这个问题，他认为对一位即将离开这个世界的老人来说，再继续发问，是非常残忍的事情，而且他感觉得到，这位老人是真心想自己好。

在世人眼中，无论青藤宴还是大朝试，陈长生能够获得最后的胜利，名动京都，他和国教学院最需要感谢的人就是梅里砂大主教。教宗大人亲手为陈长生戴上棘冠之前，梅里砂是世间唯一支持他的人，是国教学院的大靠山，他与陈长生当然很亲近。只有陈长生自己清楚，其实他和梅里砂大主教连面都没有见过几次，从西宁来到京都，一切都发生得太快，时间流淌得太快，就在猝不及防之间，他和国教学院便走到了今天，而对方便要死了。

相处不多，差着数百载岁月，自然谈不上相知，但他能够感受得到梅里砂大主教是真心对他好，而且很……怜惜，仿佛知道他生命里最大的那个秘密，所以看着他时眼里总带着歉意。任何情感都是相互的，此时看着将死的他，陈长生不知能帮些什么，有些无助，很是抱歉，以至于眼睛都湿了起来。

梅里砂让陈长生离开，让辛教士进屋从书架上取下一本书来看。在生命最后的这段时光里，他还在看书，那是一本封皮有些旧的道典。他看了很长时间，然后合上书页，看着窗外的夜色喃喃说道："商院长真是个了不起的人。"

辛教士不明白为何在这个时候，主教大人会想起来那位曾经的国教学院院长，虽然他刚刚见的陈长生是那人的学生。

"有意思。"梅里砂枯瘦的手指在那本道典上点了两下，说道，"我很好奇，

138

将来道藏里下一任教宗的生平会是怎样记载的。"

辛教士听不懂，又不想主教大人在这种时候还要忧虑身后的国教大事，问道："您看明天那一战到底谁会胜？"

这是岔开话题，也是真的很好奇，与全副身家无关，只是他真的不明白。

大朝试的时候，陈长生的胜利可以说是奇迹。他当场破境通幽，再用离山法剑的最后一式，逼着苟寒食弃战，这才拿了首榜首名。明天他的对手是聚星境的周自横，他总不可能又像大朝试一样，当场破境聚星。奇迹，便意味着极罕见。如果在短短半年时间里，奇迹会重复出现两次，那就不叫奇迹，那叫不可能。辛教士怎么看，都看不出来陈长生有战胜周自横的可能，他想知道，主教大人是真的认为陈长生会胜，还是说只是想在生命的最后一刻给那个少年增加些信心，最后替他保驾护航一段。

花瓣渐渐凋落，梅枝却依然坚挺，哪怕扭曲着形状，哪怕室内温度骤低，一片苦寒，也没有半分会折断的模样。梅里砂看着桌上的这盆梅花，微笑说道，"我还是看好陈长生。"

陈长生坐在大殿里，落落坐在他身边，没有说话，只是抓着他的手。教士们站在远处，没有上来打扰他们，像周自横那样的人或者有时候会忘记这个少年已经是国教学院院长的事实，但这里的人们不可能忘记，而且现在的气氛有些压抑。

不知道过了多长时间，陈长生抬起头来，发现殿内异常安静，那些教士们不知道去了何处。一位穿着麻袍的老人，静静站在大殿里的那幅壁画前，正是教宗陛下。那幅壁画很大，却只画着一株梅树。梅花香自苦寒来，无论国教还是南溪斋，或是离山剑宗，在教育下一代方面，都秉承这样的看法。

陈长生起身走过去，恭谨行礼，然后问了一个困扰了他很长时间的问题。或者是因为今夜比较特殊的缘故，或者是因为先前梅里砂说话很直接的缘故，他问得很直接。

"您为什么会忽然改变看法？"

这里的看法，自然指的是教宗大人对圣后娘娘的看法、对皇族的看法，对这个世界看法。

陈长生看着大殿深处说道："自然不可能是因为我，我想也不应该是因为他。"

40 · 钟声响起归家的讯号

教枢处的大殿很安静，落落在原地没有过来。

教宗静静看着陈长生，说道："既然是对世界的看法，那么只能因为这个世界而改变。"

陈长生想了想，说道："我还是不懂。"

教宗平静说道："你不需要懂……像我们这些老人，经历的风雨太多，见过的日出日落太多，对很多事情已经变得麻木，很多时候看待世界的方式会比较无趣，我们不介意使用一些不怎么美丽的手段，甚至做一些违心的事情，但很多时候，我们这样做，不是想要保住些什么，而是因为我们清醒地知道自己的责任之所在。"

"责任？"陈长生问道。

"是的，活的越久，责任越大。"教宗说道，"我们对这个世界的责任，随着时间的行走而不断变得沉重，我们有责任为人类谋求更美好的未来，为此我们可以承担污名，可以不计代价，当年我与你老师为敌，现在我与娘娘为敌，都是这个道理。"

说完这句话，教宗向大殿深处走去，然后再也没有出现过。

陈长生和落落走出大殿，走下石阶，来到教枢处前那片枫林前。春天的枫树林是青色的，但暮时是血红色的，这时候在夜色里，却变成了黑色。原来，所谓颜色，都是天地来涂染。

没有过多长时间，殿里响起了沉重的钟声。

离宫里也响起了钟声。

钟声响起，那是归家的讯号。

国教典籍里，一直认为人死并不如灯灭，但灵魂也不会停留在现世里，而是会回归星海。夜空里的星辰海洋之间，是神国，是天堂，更是永恒的故乡。梅里砂大主教的灵魂，就在钟声响起的那瞬间，平静地离开了人世，神魂归寂于星海之间。

没有什么阴谋，也没有什么壮阔而瑰丽的结局，只是这样平静寻常地依循着生命的规律离开，就像很多普通的老人一样。但他毕竟不是普通的老人，他是国教资历最老、地位最高的圣堂大主教。

他见过三任教宗，四代圣女，见过太宗皇帝，见过周独夫，见过陈玄霸，见过王之策，见过百草园的生与死，见过国教学院里的血与火。他见过无数岁月，知道无数秘密，而那些岁月与秘密，便将随着他的离去而一道被掩埋。

听着钟声，陈长生抬头望向夜空，只见满天繁星被随风摇曳的树叶或掩或分隔开来。他不知道主教大人的本命星是哪颗，更看不见，但他知道，那颗星辰这时候应该正在变暗。如果说死亡真的是灵魂回归星海，那为什么那颗星辰会变暗呢？

钟声依然在持续，不停有车辇从京都各处抵达教枢处，大人物们纷纷亲自前来表达哀思。陈长生站在树林里，看着这些画面，没有说话——他看到了天海家的家主，看到了薛醒川，看到了莫雨，看到了强忍着泪水的陈留王，看到了徐世绩。

他不想与这些人相见，与落落牵着手穿过树林，来到相对僻静的大街上，一起回到了国教学院。这是很长时间之后，落落第一次在国教学院过夜，金玉律一路随着，知道今夜情况特殊，没有说什么。

陈长生带着她直接来到湖畔，爬上大榕树，并肩坐着，看着天上与水里的繁星，轻声说着话。他说了很多事情，西宁镇的事情，周园里的事情，一路南归上发生的很多他以为险恶血腥残酷的事情，他上次没有对她说，今夜都说了。

落落安静地听着，没有说什么。

"成熟真是一件很困难的事情，因为很难把握其间的度，果子熟透了，就很容易腐烂。"陈长生说道，"我还是坚持认为，活着不应该是战斗。"

说完这句话，他让落落去睡，自己继续在大榕树上坐着，想着一些事情。

苏离教过他三剑，慧剑很强大，各种计算推演，那是战斗；燃剑很强大，各种燃烧生命，那是战斗；但他真正喜欢的还是笨剑，因为笨剑需要的是勇气，而且不是战斗。他只想要活着，从来没想过要战斗，他不喜欢战斗，但是活着，有时候战斗不可避免，尤其是当你需要承担责任的时候。到现在为止，他都不知道梅里砂大主教想要承担的责任是什么，但他领悟到了那种态度。

他在大榕树上闭着眼睛，却一夜未睡。

清晨五时，他睁开眼睛，就像往常里的每一天，只是眼睛里布满了血丝。他做了五次深呼吸，静心明意，下树沿着湖畔走了一圈，活动了一下有些酸僵的身体，在灶房里吃了两碗轩辕破煮的粥，还破例吃了半个咸鸭蛋。

"今天应该有很多人去教枢处吊唁，你代表国教学院过去。"他对落落说道。

落落想着今天那场战斗，有些不想离开，却抵不过陈长生的眼神，只好点了点头。

晨光渐退，百花巷外渐渐变得热闹起来，临时搭建的凉棚下面已经坐满了人。最好的位置不属于最有权力的大人物，而是属于四大坊的画师与说书人，他们要负责把今天这场战斗的所有细节记录下来，然后传遍整个京都以及整个大陆。

周自横已经到场，站在国教学院门前，心情有些遗憾。——以聚星境的修为来挑战一名通幽境的少年，怎么看都有些丢人，但对方毕竟是国教学院的院长。所以他认为今天这一场战斗，必将让自己的声名得到极大的提升，不敢说在逍遥榜上提升多少，但至少能够让更多人知道自己的名字。

作为一位客卿，名气往往是比实力更重要的东西。想要通过这一战让名声更加响亮，他需要观众，尤其是那些很有力量的观众，而不是那些画师与说书人。遗憾的是，梅里砂大主教昨夜死了，那些本有可能出现的大人物，都会去教枢处吊唁。所以他觉得有些遗憾，甚至有些恼火。你什么时候死不行，非得这时候死呢？

41·国教学院的首战

国教学院外人声嘈杂，仿佛一个大鼎，里面的水正在沸腾。百花巷外的街上搭起的凉棚四周，有很多掌柜管事正在忙碌，接受民众的下注。只要战斗还没有开始，那么便可以随时下注，只是不知道为什么，双方的赔率从昨天到今天一直都没有什么变化。

不是所有的人都好赌，有更多的京都民众只是单纯地来看热闹，毕竟这是一场盛事——陈长生接任国教学院院长之后，便进了周园，这是他回到京都后的第一次亮相，今天对他来说很重要，同样，今天对国教学院来说也很重要。如果说去年，陈长生成为国教学院多年以来的第一个学生，更多的是一种象征意义，那么今天这一战，便是国教学院真正重现人世的首战。

如果这是一个故事，那么接下来的发展，必然是陈长生顺理成章地获得胜利，破败多年的国教学院向整个大陆宣告重生。遗憾的是，所有人都知道，今天的故事不会这样发展，因为他的对手是一位聚星境强者，国教学院的新生首战，极有可能会迎来一个惨淡的结局。

人们看着紧闭的国教学院院门，看着站在门前面无表情的周自横，生出很多感慨。谁都知道，诸院演武的新规，是天海家和国教新派大人物们联手打压国教学院和陈长生的手段，再联想到那名传说中的狼族少年折袖直至今日依然还被关押在周狱里，更是能够在这件事情的后面看到圣后娘娘高不可攀的身影。

圣后娘娘怎么可能给国教学院任何真正成长起来的机会？如果国教内部没有分歧，或者离宫方面会对这次打压做出更强烈的反应，国教学院不至于被逼到如此尴尬的境地里。可惜的是就连国教内部也有很多人不愿意看到国教学院真正复兴——那两位提出诸院演武新规的圣堂大主教，已经向整个大陆昭告了自己的立场，在教宗大人改变心意的当下，他们依然站在了圣后的身旁。

令人感慨的是，这两位圣堂大主教是在教宗大人的刻意培养下才成长为如今的国教六巨头，变成了两棵参天大树，也正是因为教宗大人他们才会与圣后娘娘有所接触，如今教宗大人改变了自己的立场，却无法让离宫里的所有人都改变立场，毕竟，离宫与圣后娘娘已然亲密无间二百余年，怎能一朝切割开来？

梅里砂大主教昨夜死了，教宗大人失去了他曾经最强大的对手，也是最强大的战友，而且教宗大人必须保证表面的公平，就算离宫有再多想法，也不可能在万千眼光之前偏帮国教学院，所以今天这一战哪怕再如何艰难，结局可能再如何惨淡，依然得由国教学院自己来打。在过去的一年时间里，陈长生和国教学院在离宫的照顾下，没有怎么经历风雨，很顺利健康地成长着，那么到了今天，不说轮到他们为离宫遮蔽风雨，至少他们要开始与离宫共风雨了。

当然，这并不公平，街上的民众大部分都是这样想的。通过教枢处的登记名册，四大坊早就已经向整个京都做了确认，国教学院现在只有五个在册的学生，落落殿下身份特殊，无法代表国教学院参战，被很多人认为最强悍的折袖则被关押在周狱里，那么当其余诸院发起挑战时，国教学院其实没有太多选择的余地，或者说腾挪的空间。

这里没有成名已久的强者高手，只有年轻人。

国教学院的门被推开，陈长生走了出来，轩辕破和唐三十六随在他的身后。

143

街上一阵骚动，然后迅速变得安静下来。国教学院首战，出战的当然是陈长生，因为他是院长。他今天穿了件崭新的院服，针脚细细密密，袖口收拾得极利落，显得很整洁，黑色的头发紧紧地束着，眉清目秀，看着很是干净。

走到院门前，对百花巷里那间客栈遥遥行了一礼，然后他望向周自横，点了点头。与十六岁的年龄相比，他确实显得太过沉稳平静了些，不过绝对没有任何老成浑浊之气，给人的感觉就像是一缕清风。

单看风姿，他确实很像一个院长。

四处传来真挚的赞美声。来看热闹的民众无法突破御军与离宫教士，只能在远处看着，并不清晰，却越发觉得这位少年院长看着很是舒服。

去年春天整座京都围攻国教学院的事情，早就已经成了过去。梅里砂大主教都已经死了，教枢处前的血迹都已经不在，谁还记得那些？经过大朝试、天书陵以及周园三事，现在陈长生早就已经成了大周朝的骄傲，京都是大周的京都，国教学院在京都，那么京都人自然也认为这是自己的骄傲。

有赞叹便有议论有遗憾，人们始终觉得今天这一场战斗不公平。整个大陆都知道，陈长生和徐有容是有史以来最快进入通幽上境的修道天才。但那终究是通幽上境。他的对手周自横，是位聚星初境的真正强者。能够获得越境战胜利，已经极属罕见，更不要说，今天这场战斗，陈长生如果想要获胜，需要越过的是一个大境的差距，那是多么高的一个门槛？

"昨夜听千机阁的知客讲述，小陈院长在浔阳城里面对朱洛大人也没有后退一步，周自横不过是聚星境，谁说他一定会赢？"

"不错，我也听说了，在浔阳城里，小陈院长和肖张那个疯子都对过一记，虽然不敌，但也没吃什么大亏。"

人群里传出很多议论，有些出乎意料的是，竟然绝大多数都看好陈长生，或者，那不是看好，只是情感上的某种倾向。

"拜托你们拎拎清楚，小陈院长在浔阳城里表现出来的水准再高，但当时他身边可是有苏离和王破，而且局势混乱，现在可是单对单。"有人嘲笑道，"我也不与你们争，你们要真相信，就去押国教学院胜好了。"

人群暂时安静，果然，人们只是希望陈长生能够获胜，并不是真的看好，事实上，就没有几个人押了国教学院获胜。

"一赔十一，这实在是没办法押国教学院。"

"如果是换作别的通幽上境修行者挑战聚星境，你觉得那些比贼还精的家伙，会开出赔率来？更何况还专门搭了个凉棚，摆出了这么大的阵势。依我看啊，四大坊应该也是认为小陈院长会输，但至少能够坚持很长一段时间。"

"哪怕周自横只是聚星初境，可是要战胜一名整整低一境的对手，难道还需要很长时间？"

"不要忘记，当年王破在通幽上境的时候，是怎么把他的那名聚星初境对手砍成疯子的。"

"虽然我也觉得小陈院长很厉害，但我不认为他能够赶得上当年的王破，不要忘记，王破当初就是在那一战里聚星成功。"

"你也不要忘记，小陈院长年初的时候，也正是在大朝试最后一场对战里通幽成功。"

"正是因为没忘记，所以才认为这不可能，这才短短半年时间，怎么可能会连续出现两次，除非那是神迹。"

观战的人群议论纷纷，激烈地争执着，只有投注的数额与人数，才代表着真正的看法。

正如民众们分析的那样，包括开赌的四大坊以及京都很多大人物在内，没有谁看好陈长生。哪怕陈长生在周园和浔阳城里，已经展现过自己惊人的天赋与战斗能力。那是因为浔阳城里的战斗，陈长生不是主角，而在浔阳城之前发生的那数场战斗，也没有观众。

澄湖楼的顶楼今日清了场，只有一个人在吃饭，因为他一直觉得赏湖最需要的不是天时，而是清静。现在是夏天，澄湖楼里最出名的蟹宴自然无法摆出来，但桌上依然密密麻麻摆着数十盘菜，每盘菜，大概都比普通百姓一年的生活所需要更贵。

如此奢阔的人物，自然不是普通人。

天海承武身前的盘中是来自大西洲的蓝龙虾，洁白如玉，却比玉更弹嫩冰冷的虾肉，被澄湖楼的大厨以极妙的刀工切成了菊花形状。

他拿起筷子，片刻后却摇了摇头，没有动筷。他没有什么食欲，因为手里的那几份卷宗，以及卷宗上对那些血腥场面的描述，实在是有些恶心。这几份卷宗讲的是陈长生与薛河神将、梁红妆还有那位北地大豪林平原之间的战斗。

前两场战斗，由薛河和梁红妆亲自讲述，最后那场战斗，因为所有人都被陈长生杀了，所以是由事后的现场倒推而来的画面。

不知道确认了何事，天海承武的心情好了很多，重新拿起筷子，夹了虾肉送入唇里，缓缓地咀嚼着，只觉入口甘甜。

"现在没有苏离，你还怎么赢？"

整座京都，没有人看好陈长生。

看好陈长生的那位主教大人，现在正在梅花里安静地沉睡。

教枢处里一片哀戚的意味，很多教士却看着国教学院的方向。

落落坐在梅花畔，代表国教学院履行着自己的责任，忽然听着远处传来的声音，走到窗边，向国教学院方向望去，双手微微握紧成拳。

先生一定会赢的。

就算所有人都不看好陈长生，她依然相信陈长生能够获得最后的胜利，没有理由。

不知何时，莫雨来到了国教学院。她没有去国教学院的院门前观战，现在那里已经有很多大人物镇场，薛醒川正在那间茶楼里，她没有必要过去。不知何故，她出现在陈长生的房间里。她没有睡，她坐在窗前，看着国教学院里郁郁葱葱的树林，不知道在想些什么。忽然间，前院方向传来轰的一声。她眼瞳微缩，向声音起处望去。

国教学院的第一战，就这样毫无预兆地开始了。

周自横出剑。

陈长生出剑。

各自出了一剑。

负责纪录现场情况的离宫教士，目不转睛。数十名画师与说书先生紧张地注视着场间。数千京都民众鸦雀无声。京都各处，有更多的人等着听到这场战斗最新的情况，看到最新的画面。

唯一能够做到这一点的，就是四大坊。

有极深造诣与眼光的画师，在周自横与陈长生出剑之后的那一瞬间，便开始落笔。尤其是来自天机阁的那位画师，更是本身就拥有聚星境的修为，只见他草草数笔，一幅图画，便跃然于纸间，虽然潦草，却已经完美地捕捉到了那两剑的轨迹与精神。片刻后，这一幅画便通过法器，传到了京都各处。

这是一幅草图，极其潦草简单，如果不是知道画的是什么，甚至会以为是刚刚学会写字的孩子胡闹的作品。

房间里一片安静，天道院的学生们围在桌子四周，心里有无数疑惑，却不敢发问，不敢打扰桌前那人观画。没有天道院学生敢靠近那人身旁，因为敬畏，因为爱戴，因为那人是关白师兄。

如果说前些天自杀而死的庄换羽，是这两年天道院的骄傲，那么关白便是天道院这十年来的骄傲。正如逍遥榜上别的那些人一样，关白也有自己的封号：大名关白。

这些年来，正是他让天道院的大名不堕。

关白眉眼如剑，略有风霜，很明显刚刚从远方归来。他的视线落在那张潦草简单的纸上后，变得更加锋利，仿佛是真正的剑。他的手指在空中沿着纸上的线条轻轻地划动，发出嗤嗤的响声，指缘仿佛有剑意破空而出。不知道过了多长时间，他收回手指，收回视线，望向窗外国教学院的方向，神情复杂说道："好剑。"

终于有学生忍不住问道："师兄，到底谁胜了？"

此言一出，顿时引来同窗们的无数眼光，眼光里满是责难。陈长生与周自横的这一战刚刚开始，这幅图上只画了双方的第一剑，哪里能够凭此判断谁胜谁负，这个问题徒然打扰关白师兄观剑，何其愚蠢。然而，令这些天道院学生们想不到的是，关白竟真的做出了判断。

他看着纸上的那几根线条，看着将凝的墨与枯笔里的拖丝，眼眸里忽然有剑光亮起。

然后他说道："陈长生胜了。"

42 · 拙于剑者

在那草草数笔间，关白看到了周自横孤舟一剑天外来，气势果然磅礴。但他更能够清晰地看到陈长生的那一剑。那一剑就是一字。仿佛大堤，仿佛铁链，仿佛崖石，仿佛横剑自刎。关白的胸口隐隐作痛。如果师弟能够明白这一剑的道理，万事取直，那么怎么会有现在这个下场？

他看着面露困惑之色的同窗们，说道："这一剑，陈长生至少练了一万次。"

天道院的学生们不解，问道："这就够了？"

"据我所知，陈长生习剑至今不过一年时间，这么短的时间里，他把如此简单的一剑，便练了万次。"

关白面无表情说道："如此拙于剑之人，既然答应与周自横论剑，周自横的剑，又哪里有胜的可能？"说完这句话，他摇了摇头，起身向室外走去。

天道院里风景如画，无论怎么走，都是风景，比如迎面的那片湖山。

湖畔站着一个身影很落寞的中年人。他便是天道院的院长，庄换羽的父亲。他转过身来，对关白说道："你对陈长生的评价很高。"

关白说道："既然注定会是对手，所以评价更应该冷静客观。"

庄院长看着他说道："如果让你知道陈长生学那一剑最多不过三十天的时间，你对他的评价会不会更高些？"

听着这话，关白沉默了很长时间，然后说道："我不管您怎么想，换羽终究是我的师弟，我总要替他做些事情。"

庄院长叹道："看来煮石大会你是一定要参加了。"

关白说道："是的，因为我想知道，再给陈长生三百天的时间，他的这一剑能够到什么程度。"

国教学院门口，周自横的剑挟着满天风雨而来，气势逼人。如果不是离宫教士昨夜便提前布置好了阵法，只怕外围观战的人群，都会被他的剑势所震伤。

正如关白通过那张草图看到的一样，陈长生只出了一剑。

当然，不可能真正就只有一剑，这里的一剑指的是他把那一招剑法不停地重复使用，从周自横的剑挟风雨而来，再到狂风巨浪之势已成，他始终都是用那一剑。

在关白眼中，他是个拙于剑之人，那么他用的剑自然也有些拙。

正是苏离当初教他的第三剑。

这一剑有个很蠢的名字：笨剑。

这一剑看上去也很笨，有时候像是挑担，有时候像是牵马，有时候像是准备自刎，总之，就是不像出剑。剑锋从不向外，剑身始终平直，就在他的身前。这看似简单的一剑，实际上很不简单，因为就连苏离都没有练成，事实上，陈长生是第一个学会笨剑的人。

要练成这一剑，什么都不需要，天赋、悟性，都不需要，只需要不断地练习，笨拙地重复，以及坚定地相信自己能够做到。

周自横的剑真的很强大，剑势如海浪一般，不停地拍打而至，却无论如何，过不了这一剑。

陈长生手里的剑，变成了被巨舟拉直的铁链，变成了倔强的杨树。

周自横的剑如孤舟而至，便被拦住。

周自横的剑如风雨而至，还被拦住。

周自横的剑招无论再如何精妙，却始终无法突破陈长生的防御，剑锋无数次地刺在陈长生的剑身上，激射出无数火花。

两剑相遇，放射无限光华，绝大多数观战的民众都被刺得遮住了眼睛，震撼想着，周自横果然不愧是聚星境强者，剑出如风，只是瞬间，便把陈长生压迫得节节败退。

普通人看不懂场间的局势，自然有看得懂的人。就在陈长生出剑的那一瞬间，凉棚里骤然响起一阵惊呼，那位来自天机阁的画师在画第二幅画的时候，笔尖竟开始颤抖起来！

百花巷里的那间茶楼上，薛醒川坐在窗畔，看着那片炽亮无比的剑光，默然想着弟弟的来信，心想此子的剑法居然又进步了。

剑光令人无法直视，仿佛无数道闪电。其间伴着无数声雷鸣。轰隆般的剑击声，在下一刻，骤然停止。

周自横收剑，看着已经退到院门之前的陈长生，心情有些莫名骇异。

他怎么也没有想到，陈长生居然能够防住自己这么多记剑！要知道，他的风雨孤舟剑，首重气势，最是霸道无双，更不要说他是聚星境，而陈长生只是通幽境！就算陈长生的剑法精妙无双，但以他的境界修为，凭什么能够硬接自己这么多剑，还没有被震伤，甚至就连握着剑的手都没有颤抖！

下一刻，他眼神里的震惊便被狠厉所取代，有些受损的信心重新变得坚定起来。

因为陈长生退了。

他没有让周自横的风雨孤舟剑落在自己的身上,但他也没有办法站住脚步。他毕竟只是通幽境,哪怕浴过龙血,拥有堪比聚星境的身体强度与力量,终究有无法弥补的差距。尤其是他的经脉断裂,能够输出的真元数量不要说与周自横相比,就连与同境界的修行者相比,都远远不足。

周自横回忆先前战斗里的细节,通过每次两剑相交时,剑身传回来的震动,确认了这个事实。茶楼里的薛醒川,凉棚下的某些大人物,同样都把这个事实看得很清楚。

陈长生的剑法确实很精妙,他的力量更是强得匪夷所思,但他的真元数量不够。他的真元数量不足够支撑这种层次的战斗。

这些人的境界并不比关白弱,甚至像薛醒川这样的人物,更是远胜关白,但他们毕竟不是剑道中人。他们无法从陈长生的剑法里看懂他的自信。

周自横是剑道中人,但却是局中人,所以他也没有看懂。他以为自己看穿了陈长生的弱点,于是信心重生。他看着陈长生,唇角露出一抹嘲讽的微笑,准备说几句话。陈长生没有给他这个机会,直接一剑刺了过去。

这时候的国教学院门口很安静,仿佛是黎明前,又像是暴风雨前。在这种时候,往往都会有一声鸟鸣,或是燕子低空飞过,然后晨光来临,暴雨倾盆。

这是一种节奏。

陈长生的这一剑,很简单地打破了这种节奏。

无论是周自横,还是观战的民众,都因为节奏被打破而感觉非常不舒服。

晨光来得太快,暴雨忽然落下。太突然了。凉棚下骤然响起桌椅倒下的声音。茶楼里薛醒川霍然起身,满脸不可思议的神情。在战斗里,打破对方的节奏是很常见的事情。问题在于,很少有人能够做得像陈长生这样自然。令他们震撼的真实原因便在于此,因为这极有可能表明,这场战斗的节奏……其实一直都处在陈长生的掌握之中。

聚星境与通幽境之间的差距非常大,在这样的战斗里,后者可以苦战、血战,可以天赋暴发,甚至像王破当年那样,于战斗里奇迹般地破境,但身处弱势的一方,居然从始至终都掌握着整场战斗的节奏,完全以强者的心态面对自己的对手,这是何等样的自信!

他凭什么这般自信!

凉棚里的有些人看懂了,所以他们震惊无比地丢掉了手里的茶杯,踢翻了面前的桌椅。茶楼里的薛醒川也看懂了，所以他霍然起身，震撼得无法言语。

陈长生的自信就在于他的剑。他的这一剑。他向周自横出的第一剑。

这一剑妙到天成。

这一剑避无可避。

这一剑已经算死了周自横的所有退路。

当陈长生出剑的那一瞬间，如果周自横以最快的速度后退，或者他还能有一线机会，但他没有。

因为他是聚星境，陈长生只是通幽境，他代表宗祀所挑战国教学院，所有人都觉得他是以强凌弱，很瞧不起他，在这种情况下，如果他被陈长生一剑逼退，他会更丢脸。当然，他知道陈长生的这一剑肯定很强，无论是传闻中他是教宗大人的晚辈，还是说他与那位剑道大师同行多日，这一剑必然不简单，所以他也没有选择硬接，而是准备避。然而他震惊地发现，陈长生的这一剑竟给自己一种避无可避的感觉。

这究竟是什么剑？

便在最危险的时刻，周自横终于放弃了所有的执念，回归了剑者的本心，一声清啸，长剑破空而起，于身前连斩数道。一道难以用语言形容的屏障，随着他的剑势而生，把他与陈长生隔绝开来。在那道屏障上，隐隐流淌着美丽的星光，那些星光来自他的剑，源头却是更高远的地方——这便是聚星境强者最强大的手段，也正是聚星境之所以称为聚星境的道理。

聚星境强者，能够将真元强行转回星光，仿佛命星入体，自成领域，是为星域。星域自成世界，其间星辉源源不绝，近乎完美，可以说是坚不可摧，只能凭借更高的境界或者更强大的真元碾压。

坐照境的修道天才越境战胜通幽境还有一线可能，比如像落落的血脉天赋极其霸道，在坐照境便能横招普通的通幽初境。但通幽境想要战胜聚星境，却基本上是不可能的事情，便是因为有星域的存在。

不到万不得已，周自横绝对不想动用星域，因为那会显得太难看。但这时候他不得不用，因为陈长生的剑实在是太可怕了。国教学院门前，星光辉映，仿佛要与日争辉。人群里响起一片惊呼，隐约能听到辱骂的声音。凉棚里，有人重新坐下，尤其是那些支持天海家的大人物，更是露出了微笑。薛醒川却没有坐下,依然看着场间。

星域里,周自横的脸色很难看,就算今天这一场战斗他胜了,也胜得太难看。不过,胜利总比失败更好。隔着淡淡的星辉,看着陈长生的剑,他很想告诉对方,虽然你不可能战胜我,但你能逼得我布出星域,也值得骄傲了。

——这句话不错,有些前辈高人的风范。

周自横这样想着,准备稍后待陈长生的剑被星域挡住,自己出剑轻易获胜之后,就当着众人的面这般说。

然后,他听到了扑哧一声轻响。这是什么声音?那是剑刺进身体的声音。那是陈长生的剑刺进他身体的声音。陈长生的剑,毫无停滞地刺破了他的星域,刺进了他的胸口!他的脸色瞬间苍白,在心里不可思议地震惊狂喊道:"这怎么可能!"

凉棚里响起数声震惊的喊声:"这是怎么回事!"

43·剑如其人(上)

陈长生的剑就这样轻而易举地刺进了周自横的胸口,仿佛那道星域并不存在一般。懂得聚星境意味着什么的人们非常意外,无比震惊。

陈长生自己并不意外,他很平静,就像薛醒川和那些大人物们先前震惊的那样,从始至终,这场战斗的节奏就是在他的控制之下。

对人类修行者来说,能够凝结星域可以说是最重要的过程,只有成功聚星,拥有了极强大的防御,才能与身体条件堪称完美的魔族强者平等对战,人类世界甚至一直有种根深蒂固的看法:拥有星域的修行者,在没有星域的修行者面前天然处于不败之地。所以说当周自横结出星域之后,所有人都认为陈长生肯定输了,以为他继续出剑,只不过是一种精神上的自我安慰,只是随意一剑。

周自横也是这样想的。

但陈长生从来不这样想,因为他的剑是自学的,从来没有律条,从来都不认为,或者说不知道,相对低境界的剑,无法破掉星域。后来他跟着苏离学剑,更加没有律条,甚至,苏离教他的第一剑,就是如何破掉聚星境强者的星域。

这自然就是他在荒野上随苏离学的第一剑:慧剑。

前些天的那个清晨,天海牙儿来国教学院门口破口大骂,周自横站在轮椅边沉默不语，其后几天皆是如此。陈长生什么都没有做，所有人都以为他是在忍耐，在等待离宫出面，后来又以为他是在等着唐三十六从天书陵里出来。是的，他确实是在等待，但同时也是在准备，尤其是在知道那两位圣堂大主教针对国教学院，再次提出诸院演武一事之后。

为了这一剑，他准备了很长时间，他通过辛教士，掌握了很多周自横此人的信息。当国教学院门前污言秽语不断的时候，他在藏书楼里读书，读的就是折冲殿的历史，宗祀所的故事，还有那套名为孤舟风雨剑的剑法。他知道了周自横的人生经历，知道此人冷漠、贪婪、自私、好名。他找到了周自横的七次战例，知道此人左肩受过一次重伤，还知道了此人最喜欢吃澄湖楼的螃蟹。

无数关于周自横的事情，都在陈长生的脑海里，甚至可以说，在某些方面，他比周自横还更了解周自横。这些信息在他的脑海里汇总，然后开始梳理，分门别类，继而开始计算推演。他要找到周自横剑法里的弱点，更要提前找到周自横星域的弱点。

夜空里的真实星域，都在随着运动而不时留出空间，更何况是人的星域。当初在荒野上面对薛河还是梁红妆时，于剑将及身之时，他都能找到对方星域的弱点，这一次他在国教学院里推演计算了这么长时间，破掉周自横的星域不足为奇，破不掉那才是真正奇怪的事情。

所以他找到了，然后破掉了。

慧剑不是剑，是一种计算推演的战斗方法。从前期的沉默，到昨日的忽然同意，再到先前的笨剑，直至退在石阶前，再于鸟鸣之前现熹微晨光，于燕低飞之前落暴雨，所有的这一切，都是慧剑。

他真正用的剑招，则是国教真剑里最普通的一招，名为夜雨声烦。

周自横的星域，其形华美，其实不固。这便是陈长生推算出来的弱点。至于具体位置，便在他的脚前。

夜雨声烦一剑出，剑如雨落，直刺周自横的膝下青衫，却没入了他的胸口。扑哧一声，鲜血飙射。周自横脸色苍白，眼中满是惊恐与不可思议的神情。厉啸声中，他化作一道风雨，向着百花巷深处疾退。

陈长生的剑没能完全没入他的胸口，他认为这是因为对方真元数量不够的原因。他虽然已经受了重伤，但还有一战之力，只要能够摆脱陈长生的这一剑，便有机会反击。

153

狂风骤起，周自横面临着死亡的危险，竟暴发出了难以想象的能量，强行撞破了离宫教士布下的阵法，退到了大街上。要知道，这里距离国教学院的院门，足足有百余丈的距离！

然而，他依然没能摆脱陈长生和他手里的剑。

周自横忽然想到自己忘记了一件事情。

在这场试剑之前，天海家为他准备了很多陈长生的资料，他虽然因为自信只是随意看过几眼，但也记得，这位少年不知因何机缘，竟是学会了魔族的耶识步。虽然不是真正的、完美的耶识步，但已经可以让对方的速度提升到一种很可怕的程度。

如果是平时，就算如此，周自横也有无数方法可以应对，但现在，他慌乱之下只顾着疾退，哪里还想得起来这些。

周自横就像汪洋里的一艘船，不停地起伏，退让。陈长生就像汪洋里的海水，始终跟着他，一步不离。慌乱的喊声中，人群散开，然后向着长街两头退去。风静时，陈长生和周自横站在街中央。

凉棚里的几位大人物散出气息，避免这场战斗的气息对冲，伤害到普通民众。不过不用了。陈长生的剑已经穿透了周自横的胸口。鲜血顺着剑，不停地往下滴。在茶楼里看到这幕画面的薛醒川，再次无语。

周自横的判断没有错，陈长生能够运用的真元数量太少，所以剑势不盛。薛醒川自然也看得明白这一点，所以哪怕已经确认陈长生的剑法果然来自那人，也不认为他的剑在破开周自横的星域之后，还能拥有多大的威力。

陈长生的剑，再一次推翻了所谓的常理，明明不强，却就这样轻而易举地贯穿了周自横的身体。

为什么？

"不是浮阳城里那种燃烧生命真元的暴烈剑法。"在街的那头，一辆幽暗的马车里，一名官员在纸上快速地记着些什么东西。隔着窗口，看着那边的画面，他想了想后在纸上继续写了一句话。"可能是那把剑有古怪。"

一声细微的轻响。陈长生收剑。周自横捂着胸口，跌坐到了街上。早有青曜十三司的人在旁候着，赶紧上前替他治伤。

周自横很痛苦，又很惘然，看着他问道："这是……什么剑？"

街上一片安静。四周的人群，凉棚下的人们，还有茶楼里的薛醒川，都在等着陈长生的答案。

陈长生看了眼手里的剑，鲜血顺着剑身淌落，不留一滴残余，剑身重新变得明亮起来，纤尘不染。这把短剑是余人师兄给他的，现在里面有当年陈玄霸那把龙吟剑的剑魂。但他终究不是陈玄霸，他终究要拥有自己的剑意。从周园到雪原，从浔阳城到京都，他的剑意终于大成。那么这把剑也该有个自己的名字了。

陈长生想了想，说道："就叫它……无垢吧。"

44·剑如其人（下）

街头那辆马车里，那名官员还在做着纪录，在纸上写道："据浔阳城消息及汇总分析，苏离应传授了陈长生三记剑法，其中一剑可以帮助他在短时间里真元暴发，威力巨大，本以为先前他会用此一剑，不料周自横水准差劲，竟无法逼出这一剑。"

车里还有另外一名官员，同样也是来自清吏司，在旁补充说道："有可能是陈长生的短剑太过锋利的缘故。"

执笔的那位官员沉默片刻，有些不确定说道："可那剑明明没有任何气息波动，只是锋利便足矣？"

那名官员也无法确定，除了那些传闻中的神兵，有什么剑能够如此轻松地刺穿一名聚星境强者的身体？

此时街上很是安静，所有人的目光都落在陈长生手里那把短剑上。那把短剑看着很是普通寻常，但谁都知道，这把剑绝对不像看上去这般普通。

那位来自天机阁的画师，握着笔的右手微微颤抖，很长时间都没有画出第三幅草图。他已经震惊到了极点，要知道天机阁负责评选百器榜，他的眼光自然不凡，只是一眼便看出陈长生那把短剑的不凡。是的，那把短剑没有任何气息波动，只是锋利。

但任何事物，若发展到极致，便会非常可怕。

一把剑如果锋利到了难以想象的程度，哪里还需要别的外物，甚至连神圣

155

气息的加持都不需要。更令他感到震惊的是，陈长生的那把短剑明显不是旧物。

"无垢……"那位天机阁画师在心里震撼想着，"难道今年百器榜终于要出现新的名字了？"

国教学院门前这场战斗的结局，很快便传到了京都各处。天海承武坐在澄湖楼的顶楼，看着楼外的湖光山色，忽然觉得有些厌烦，但他是何等样的大人物，只是片刻，便重新收敛心神，平静想着："原来已经有了越境杀的实力，那就继续好了，我天海家乃四海之主，无数强者高手投效，我倒想看看，国教学院能靠这个少年院长撑多长时间。"

然后他看着跪在房间前的下属，微笑说道："我不想吃了，你把桌上的菜吃干净，不要浪费。"

那位下属愕然抬首，看着桌上那数十盘菜，还有那盘无比巨大的蓝龙虾，惊恐想着这如何吃得完？

天海承武敛了笑容，起身向澄湖楼外走去，走过那名下属身旁时面无表情说道："如果吃不完，你全家就不要活了。"

天道院的湖同样清幽，只是湖畔没有酒楼，只有崖石柳树。庄院长站在柳枝里，看着关白的背影，准备说些什么，终究什么都没说，只是叹了口气。忽然，有数名天道院的学生匆匆赶了过来，关白停下脚步，回首望去。

"陈长生胜了！"天道院学生在远处便对庄院长喊道，同时望向关白师兄，脸上满是敬服的神情。

先前关白只是看了眼那张草图，便判定陈长生必然会获胜，这等眼光见识，实在非凡。然而令他们没有想到的是，听到陈长生获胜的消息，关白的眉如剑一般挑了起来，明显有些意外，因为，他没有想到陈长生会胜得如此之快。

他对周自横的剑法很是不屑，对陈长生非常重视，但毕竟二人之间差着整整一个境界，本以为陈长生就算胜，必然也是靠着国教正宗的心法以及坚毅无双的剑心，经历一番极长时间的苦战，才能最后获得胜利，然而……从看到第一剑的草图到现在，他只是在湖畔与庄院长说了几句话，这么短的时间，陈长生就胜了？

"他用的什么剑法？"关白问道。

"不知道。"那几名天道院学生摇头，然后赶紧把刚刚传过来的第二张草图递到了关白的手里。

关白接过那张草图，只见纸上画着无数道线条，凌乱得难以形容。

"看图，双方应该是出了很多剑，便是那位天机阁的先生都画不清楚，只是这时间怎么算都不对。"一名天道院的学生不解说道。

关白看着纸上那数百道很细很淡的线条，皱眉说道："不是剑迹，是星域。"

天道院学生们闻言更惊，心想周自横这么快便动了星域？陈长生究竟强到了什么程度？更令他们吃惊的是，周自横动了星域，陈长生居然还胜了，他是怎么做到的？

那张草图上还有一道笔迹，似粗实淡，似枯实满，力透纸背。关白看着那道笔迹，忽然间，眼中又有一道剑光闪过，身畔几道柳丝迎风而乱，断作了十余截，落入湖水之中。

"他还是只用了一剑。"他说道，"这一剑……"

他没有继续往下说，摇了摇头。先前看到陈长生的第一剑时，他说了声好剑。现在看到陈长生的第二剑时，他竟发现自己不知该如何评价。

"他的剑虽然快，但十年之内也追不上你。"不知何时，何院长来到了他的身旁，看着他说道，"何必如此着急？"

"魔族随时可能南侵，我会去拥雪关，十年之后……或者我已经死了，所以在离开京都之前，我要把这件事情了结。"关白平静说道，"只是没想到，他的剑比想象中更强，如此看来，我真需要去亲自看一眼了。"

说完这句话，湖畔柳树轻拂，夏风微作，他的身影消失无踪。

教枢处里的悲伤气氛，随着陈长生胜利的消息传来，被冲淡了不少。大殿最深处的那个房间里，落落却很平静，因为她从来没有怀疑过陈长生能否取得这场战斗的胜利。同样，满室梅花里的主教大人也很平静，仿佛睡着了一般。

青曜十三司的教士正在替周自横治疗。

周自横捂着胸口，指缝间已经不再溢出鲜血，但脸色苍白得仿佛像纸一样。他知道陈长生手下留情了，因为那把锋利的短剑，刚才擦着他的心脏而过，之间只有一根发丝的距离。只要陈长生手腕微颤，或是稍微释放出一丝真元，他便将幽府俱毁，当场身死。

想着先前陈长生破自己星域而入的曼妙一剑，周自横便觉得无比恐惧，颤声说道："这……到底是什么剑？"

是的，他问的不是陈长生手里的短剑，他问的是剑法。终究他是剑道中人，惨败之余，最想知道的便是这个。

陈长生知道他问的当然不是最后自己出剑时用的那招夜雨声烦，而是想知道自己如何破了他的星域。但他当然也不会做太过详细的解释，只是说道："这是苏离前辈传我的剑法。"

听着苏离二字，安静的街上哄的一声闹将起来，人群里议论之声大作。

原来……陈长生用的是苏离的剑法！

大陆有无数强者，不说天机阁出的那些榜单，便是在榜单之上，还有很多绝世高人。那些强者谁强谁弱，一直是世人最感兴趣，也是议论最多的事情。只有一件事情，从来没有疑问，不需要讨论，是整个大陆公认的事实，甚至放在千年的时间尺度里来看，这依然是绝大多数人的结论。

周独夫，刀道第一。

太宗皇帝，枪道第一。

苏离，剑道第一！

听到陈长生的话，所有人看着他的眼神都有些不对，尤其是凉棚下的那些剑道中人，更是情绪复杂至极，羡慕、嫉妒、惘然、愤恨，不一而足。周自横更是悔恨到了极点——苏离居然会传陈长生剑法！早知如此，他哪里会这般托大！

是的，天海家给他提供的资料里提过，甚至整个大陆很多人都知道浔阳城里发生的事情，但依然没有人相信苏离会传陈长生剑法。因为苏离很孤很傲，眼光很高，而且传剑绝非普通小事。更何况，陈长生乃是国教继承者，与离山剑宗本就是敌人。

"原来如此。"周自横看着陈长生恨声说道，"不然你怎么可能越境胜我！"

陈长生听着这话，摇头说道："不，据我所知，能在通幽境里胜你的，至少还有五人。"

周自横看着他的神情，知道他不是在说假话，挫败之感更浓，神情茫然，仿佛呆了。

陈长生不再理他，转身向国教学院门口走去。

看着他的背影，人群里响起很多喊声，有让他说些什么的，还有些人直接请他说出那五个人的姓名。此时在街上的民众，都是来看热闹的，当然最爱热闹，听着陈长生与周自横最后两句对话，当然很想知道，在他眼里，还有哪些通幽境的天才，能够像他一样，越境战胜聚星境的强者。

陈长生没有说话，在离宫教士的保护下穿过人群，走回到了国教学院门口。院门前已经有备好的马车，轩辕破驾车。马车穿过百花巷，通过人群，来到了街上。人们看着这辆马车，很是好奇，国教学院刚刚获得了首战胜利，这便要出门？他们要去哪里？

国教学院的马车来到街上，行过凉棚时，忽然停了下来。车窗的帘子被掀起，露出唐三十六的脸，顿时引来好些少女的欢呼。唐三十六看着那些少女们展颜一笑，然后望向凉棚下的人们说道："昨天花三个时辰搭出这么个破棚子，太浪费时间了。"

搭棚看戏，这场戏却只演了片刻时间，比凉棚搭的时间还要更少。

这很好笑。

唐三十六不喜欢这些来看戏的人，所以特意要轩辕破把车停下，来笑他们一番。棚下很多大人物的脸色不怎么好看，四大坊的管事倒是面不改色。

唐三十六放下窗帘，望向陈长生腰畔的短剑说道："无垢这名字不错。"

当初在李子园客栈里，他想要看看这把剑，被陈长生拒绝，一直都有些不高兴。今天他终于大概明白了些原因。

陈长生有些不确定自己取名字的本事，问道："真不错？"

唐三十六说道："剑如其人，确实不错。"

陈长生微微一笑，准备说句笑话，比如人如其剑。轻松战胜周自横，虽然在他的意料之中，但终究是件值得高兴的事，他这时候很开心。

便在这时，他的视线穿过被风掀起的窗帘，落在街旁人群里某处。

一位男子站在那里，身姿挺拔不凡，神情宁静淡漠，鬓间却有几粒风尘，似乎刚刚结束一场极漫长的旅程。

陈长生不知道此人是谁，只是觉得此人就像他身畔的那柄长剑一样，非常沉稳，却又极度危险。

45 · 车往何处去？

只是在人群里看了那人一眼，陈长生的眼睛便有些刺痛，当风拂过，窗帘落下隔绝了视线，才不再难过。

好强大的剑意——陈长生数月来见过不少高手，在周园里与万剑同心，与苏离一路同行，对剑意的敏锐程度，早已超过了一般的人。他能够感受得到，那人的剑意虽然不及朱洛这种神圣领域的大人物，但亦是非常可怕，更可怕的是，对方的剑意里带着一道杀意，而那道杀意全无遮掩，便是对着他来的。

"那人是谁？"他问道。

唐三十六注意到了先前那刻他的异样，掀起窗帘一角望过去，很自然地发现了那名男子的身影，神情顿时变得凝重起来，说道："他就是关白。"

陈长生听说过这个名字，沉默片刻后问道："就是天道院的那个关白？"

"不错。"唐三十六放下窗帘，回头望向他说道，"天道院学业结束之后，他一直在外游历，没想到竟是突然回了京都，你应该很清楚，他为何回来。"

陈长生说道："他与庄换羽关系很好？"

唐三十六说道："庄换羽不愿意接受自己父亲的照顾，进京之后，庄院长托关白照看了他一年时间，二人可以说情如兄弟。"

陈长生沉默无语，现在所有人都认为庄换羽是被他逼死的，如果关白真的视庄换羽为兄弟，那么理所当然会来报仇。

"他应该不会用青藤诸院演武的名义来挑战你。"唐三十六看着他的神情，说道，"毕竟是逍遥榜的高手，不会像周自横那般无耻。"

陈长生问道："那你觉得他会用什么方法？"

唐三十六说道："如果我算的不错，他会给你一年时间。"

陈长生不明白这句话的意思。

唐三十六说道："明年会有煮石大会，他到时候当场杀死你，教宗大人也没办法，就算事后要交代，他最多把这条命还给离宫。"

陈长生不知道该说些什么，先前他感受到的那道剑意，已经告诉了他，唐三十六的猜测极有可能是真的。

唐三十六很同情他，任谁被一个逍遥榜的强者发誓不惜己命也要斩于剑下，都会过得很辛苦，而且这时间可能会持续一年。他无法想象如果这种事情落在自己身上，这一年要怎样熬过去。但他想不到，陈长生对承受这种压力，面对这种阴影，已经很有经验，所以只是片刻，便神色恢复如常。

唐三十六看着他的神情变化，有些意外，又担心他是故作镇定，便转了话题。"不说这些了。"他看着陈长生很认真地问道，"刚才你对周自横说，至少有五个人在通幽境的时候就能战胜他，是哪五个人？"

刚才听到这番对话的有很多人，这也是所有人最感兴趣的事情。

"我知道，肯定没有我。"迎着陈长生的视线，唐三十六很无所谓地说道，"所以你不用在意我的心情。"

陈长生没有思考太长时间，直接说道："秋山君，徐有容，初见姑娘，苟寒食，南客。"

很明显，这是他平时已经考虑过很多次的问题。在他看来，除了自己之外，这五人都有能力在通幽境的时候，战胜聚星境的周自横。

"秋山君、徐有容、苟寒食应该有这个能力，那位魔族公主以前只是听过些传闻，前些天听你说她在周园里把你打得鼻青脸肿，生不如死，这么看起来，她要收拾周自横，当然是很轻松的事情，只是……初见姑娘是谁？我怎么从来没有听说过？"唐三十六很好奇地看着他问道。

关于日不落草原上的那个故事，陈长生只对落落说过全部的细节，他没有对唐三十六提过那位秀灵族的天才少女。这时候听着唐三十六的问题，他不知道该怎么回答，想着那位姑娘现在生死未知，他更加沉默。

唐三十六看出来他此时的心情有些异样，不再继续追问，想着以后找时间来打听，问道："我们这时候去哪里？"

陈长生说道："去接人。"

看着渐渐驶远的马车，人们议论纷纷，都很想知道，刚刚完成了一场震撼的越境杀，国教学院的少年们这是急着去哪里？

四大坊负责处理建筑事务的人员，前去询问是否现在就开始拆凉棚，却得到了否定的答案。天极坊在四大坊里实力最强，背景最深，所有人的目光都落在他家的大管事身上。那位大管事看了不远处的天香坊管事一眼，说道："接下来还有很多场，这……破棚子，当然要先留着。"

没有人有异议,因为所有人都想明白了。国教新规已出,从明天开始,还会陆续有很多人来挑战国教学院。陈长生今天的胜利,并不意味着结束,相反,这才是刚刚开始。

人世间很多事情,都是这样,无论生活还是工作,哪有那么容易便告一段落的道理,绝大多数时候,都是无趣的枯燥重复。比如街头那辆车里的两位清吏司官员,刚刚结束了今日这场战斗的纪录与初步分析,接下来还要继续自己的工作。

就在国教学院的马车离开后,这辆车也缓缓启动,远远地跟了上去。两辆车在京都的街巷里,一前一后地行走着。沿途无数信息从清吏司遍布京都的密探及眼线处,传到后一辆车中。那两位清吏司官员也很好奇,前面那辆国教学院的马车要去哪里,当然,除了好奇,更重要的是,他们必须知道对方的行踪与目的。

国教学院的马车没有绕路,没有任何隐藏自己行踪的意思,所以跟踪进行得很顺利。但后面那辆车里的两位官员,脸色却变得越来越凝重,眼里的震撼神色越来越浓。他们怎么看,都觉得这条路线很熟。因为他们每天清晨醒来,都会沿着这条路去上班。如果国教学院的那辆马车继续前行,那么便会抵达一个地方。

那个地方叫作周府,又叫作周狱。

当然,那处还有一个相对更正式的名称:大周朝清吏司衙门。

46 · 海棠花残如血

清吏司衙门在北兵马司正巷里。说是巷,其实是条很宽敞的直街,可以容纳两辆马车并排而行。这时候,巷子里也有两辆马车,一前一后停着,车里已经没有人,巷外却来了不少人,而且随着消息的传播,相信随后会有更多的人出现。巷外的那些人是京都各势力的眼线,他们只敢在巷口远远看着那座府邸,不敢靠近。那座府邸看着很普通,没有什么阴森的感觉,但石阶下的巷子里根本没有一个行人。

陈长生站在那座府邸的门前,取出名帖递到一名官员的手里,神情和动作显得有些生硬。这是他第一次递出自己的名帖正式拜访。他以前从来没有做过这样的事情，难免有些紧张。当然，紧张的根本原因还是因为这座府邸本身，不要说他，轩辕破的呼吸也很沉重，就连平时天不怕地不怕的唐三十六，这时候都表现得很沉默——事实上，当马车经过石坊子正街，拐进北兵马司正巷，确认了陈长生此行的目的地后，他就再没有开口说过话。

这座府邸就是清吏司衙门，也是周通的住所，也就是传说中的周狱。对很多人来说，尤其是对大周朝的臣民来说，这座府邸便是整个大陆最阴森可怕的地方，甚至要比魔域里的那座雪老城还要可怕。因为雪老城太远，周狱却就在身边。这座府邸之所以阴森可怕，当然就是因为住在里面的那位大人物。

周通之名，可止小儿夜啼，这并不是某种文学上的形容手法，而是真实发生过的事情。除此之外，还有过很多类似的故事。相传数十年前，当朝礼部尚书家的公子，在某座青楼里饮多了酒，意欲强行硬拉某位声名在外的清倌人过夜，正在将要得手之际，忽然听着有人在门外喊了声周通来了，那位尚书家的公子竟吓得当场失禁，就此再也不能人事。

当然，这并不代表周通是一个愿意帮助京都百姓教育自家的孩子、愿意拯救落难妇女的好人，这只能说明在人们心中，他的名字已经恐怖到了什么程度。举世皆知，周通是个手段暴虐的酷吏，是个阴险邪恶的小人，残害了不知多少无辜的百姓、铁骨铮铮的官员。

如果说，苏离因为当年剑下杀过太多人，所以成为很多人想要杀死的对象。那么，天下所有人都想杀死周通，哪怕是他同阵营的官员，有时候，也恨不得他赶紧去死。甚至有时候，有些人会觉得，上天让周通这样的人出现，是对人间的一种惩罚。

按照一般的故事发展，周通这样的人最多只能得一时之势，早就应该被英主凌迟处死，或者是被世外高人化作一道青烟，但他没有。因为他是大周朝位秩极高的大臣，有无数军士高手保护，而且他本身就是聚星境的强者，最关键的是，他是圣后娘娘最信任的狗。

世间有无数反对天海圣后执政的人，其中大概有七成是因为她的女子之身，剩下三成基本上都是因为周通行过的那些恶事。因为没有人是傻子，就算再愚痴的百姓，在这么多年之后，也应该看得出来，周通的暴虐邪恶，其实就是圣后娘娘的意志体现。

圣后娘娘统治大陆，实际时间已逾二百年，执政手段堪称完美，但依然有无数的反对者。她很清楚,身为君王,不能一味怀柔,所以她需要一条恶犬,需要一把快刀,去厮咬、斫斩那些在暗地里反对自己的人。往更深层次里去说,她需要一个人,来实现她恶的意志。

这个人就是周通。他完美地符合圣后娘娘的要求。他没有任何童年的阴影,没有任何利益的纠缠,没有任何不得已,他就是喜欢在大周律法的名义下刑囚人,凌虐人。从这种意义上来说,周通其实是一个很纯粹的人。他就是一个纯粹的恶人。

陈长生今天来到清吏司衙门,便是要见周通。从西宁镇到京都,他听过太多关于周通的事情,难免有些紧张,直到捏了捏袖子里的那样事物,才稍微好了些。被清吏司官员带着走进府中,他没有想到,这座传闻中无比阴森可怕的府邸,竟是如此清幽美丽。

他们被带到了最深处的一座院子里。院子不大,种着两株海棠树,树龄应该颇老,梢头已经越过了院墙,上面还残着些粉色未褪的花。轩辕破转着头,有些紧张地打量着四周。唐三十六微微挑眉,不知道在想什么。

陈长生则在回忆先前一路上看到的建筑与环境,试图推算出来折袖被关押的位置。他现在的境界是通幽巅峰,放在世间普通的宗门山派里,已经可以算得上是高手,虽然与天地之间还不能互感,但也已经有了些这方面的直觉能力,尤其是在跟随苏离学习了慧剑之后。但这座看似普通的府邸,明显有远超他当前境界的阵法,不要说找到折袖被关押的位置,越是回想,他竟发现自己连进来时的路,都有些忘了。

便在这时,一道声音响了起来。

"通幽越境胜聚星,十年来这是第一次,必然会震惊整个大陆,你此时意气风发,剑意正在壮阔之时,驾车直入北兵马司正巷,从兵法上来说,很是不错,单骑闯关何尝不是行军布阵的一种?只是我未曾听闻过你擅长这些,现在想来,应该还是苏离在路上教你的。"

那声音很平静,很寻常,但不知道为什么,听着此人的声音,陈长生三人的眼前,仿佛看到了一片血海。血海里,有无数妇孺正在绝望地哭泣,渐渐沉沦。陈长生知道这是幻境,并不紧张,虽然不明白对方要弄出这样一幕画面给自己看。神识微动,如一缕清风,他醒了过来,望向小院里忽然出现的一名中年男子。

中年男子自然便是周通。他脸色苍白，仿佛多年不见阳光，神情平静，似乎村塾里的教书先生，双唇极薄，显得格外冷酷。他穿着官袍，却没有一丝官威，只有浓浓的血腥味道。

47·我是来接人的

小院里一片死寂。陈长生以前见过周通，而且不止一次。但这是他第一次见到真正的周通。

见到真正的周通。他看着周通苍白的脸颊，薄如刀的双唇，血般的大红官袍，感受到了一种难以想象的恐怖气息，闻到的血腥味越来越浓，仿佛是真实一般。

他的视线最后落到周通的手上。那双手很修长，指甲修理得很干净，找不到一点污垢，更没有血迹。但他知道，这双手曾经杀死过多少陈氏皇族与忠于皇族的官员，更不知活活挖出过多少人的眼睛与心脏。陈长生觉得自己的心跳变得越来越快，然后忽然生出一个念头，周通的这双手很适合用来握剑。

于是他回答道："苏离前辈在路上还教过我剑。"

剑是用来杀人的，言出如剑，破的是对方的势。陈长生不懂这些，却很自然地做出了应对。数万里南归路上，苏离教他的那些东西，一直留在他的身体里，不停地发挥着作用。

唐三十六和轩辕破醒了过来，面露警惕之色。周通微笑不语。海棠树上的残花纷纷落下，有几瓣落在陈长生的肩头。小院里的阴森威压顿时消失无踪，那道浓烈的血腥味道更不知去了何处，只剩下了淡淡的花香。没有人说话。

片刻后，周通看着陈长生说道："不与本官见礼，便是无礼。"

一片安静，陈长生还在想应该怎么应对的时候，一直沉默不语的唐三十六忽然开口说道："你什么身份，什么地位？"问这句话的时候，他盯着周通的眼睛，就像盯着一条危险的毒蛇。

周通微微眯眼，没有想到这位唐家的少爷，居然有胆量质问自己，而且……如此无礼。

不待他回答，唐三十六继续说道："陈长生是国教学院院长，以身份论，在国教里只在教宗大人之下，而大人您不过是清吏司衙门主官，区区二品，就算圣后娘娘加恩施德，赏了大人三等公爵之位，又如何能与我家院长相提并论？

若要见礼，当然应该是大人先。"

周通看着唐三十六似笑非笑说道："便是你父亲，也不敢这般与我说话。"

唐三十六说道："所以爷爷说过，我父亲不如我。"

周通说道："如此说来，倒真应该是我先见礼？"

唐三十六的脸上没有任何情绪变化，不轻佻，不骄傲，不得意，只是平静专注到了极点，说道："理所当然。"

周通挑眉，说道："如此说来，应该是你先。"

唐三十六说道："我和轩辕是学生，随行。"

周通说道："随谁而行？"

唐三十六说道："随院长而行。"

"我就是院长。"陈长生终于跟上了这两人的节奏，很正式地自我介绍道，"我是国教学院的院长陈长生。"

周通沉默了很长时间，然后轻轻整理了一下官袍。红色的官袍，在海棠残花之间，格外醒目。

然后，他揖手，为礼，相问。"不知陈院长今番前来，有何贵干？"

"斡夫折袖是国教学院的学生。"陈长生看着他说道，"我来接他回去。"

小院清幽安静，清吏司衙门则已然戒备森严，北兵马司巷外更已经是来了无数人。整座京都，都处于某种紧张的气氛之中。所有人都知道陈长生今日来见周通是为了什么。但大概所有人都想不到，陈长生会如此平静自然地提出自己的要求。因为他已经确定了自己的身份，他是国教学院的院长，折袖是国教学院的学生，院长关心自己的学生，这是天经地义的事情。

天经地义到就连周通都在叹息了一声，心想苏离那个怪物究竟教了这个少年多少东西？

然后他微笑说道："我依朝廷要求，将斡夫折袖下狱，若要放人，陈院长需要圣后娘娘的旨意，或者大理寺与刑部的审结文书。"

自从清吏司衙门出现之后，大理寺与刑部便变成了摆设，或者说成为了清吏司的附庸。只要周通没点头，大理寺与刑部什么案子都不能结。

"我自幼通读藏道。"陈长生忽然说道。

唐三十六和轩辕破看了他一眼，心想为何此时要说这个？

周通知道他还有话要说，安静等着。

陈长生看着他继续说道:"我确认过,大人是直接从离宫处接手的周园一案,刑部和大理寺根本没有立案。"

周通说道:"那又如何?"

陈长生说道:"我通读道藏,对大周律也倒背如流,我很确定,没有哪条律法支持大人继续关押斛夫折袖。"

周通看着他微笑不语。

陈长生说道:"请大人放人。"

周通从袖中取出一块雪白的手绢,轻轻地擦拭着唇角,动作很是优雅,说的话却很嘲讽。"我们未来的教宗大人,竟是如此的耐不住性子,这让人不得不为国教的未来忧心。"

不知道是因为周通的动作,还是因为这句话,唐三十六的眉头皱了起来。

"我答应过主教大人,再多等两天,但……"陈长生沉默了会儿,继续说道,"他死了,所以我不用再等。"

周通看着他平静说道:"我想你忘记了一件事情,折袖的罪名是与魔族勾结,只要有这条罪名,我想把他关多长时间,就可以关多长时间。"

"大人好像也忘记了一件事情,被指控在周园里与魔族勾结的是三个人,折袖、七间……还有我。"陈长生看着他认真说道,"如果大人真的认为折袖会与魔族勾结,那您现在需要做的第一件事情,就是把我关进监狱里,如果不是,那么您就应该放了他。"

小院变得无比安静,甚至可以说是死寂。只能听到花落的声音与呼吸声。这就是他给周通留下的选择题——放了折袖,或者,把他也一起抓了。周通的眼睛缓缓地眯了起来,渐成柳叶,又似乎是他最擅长用的柳叶细刀。他的声音从薄唇间飘出,也是如此,而且更多了数分寒意。

"你……这是在威胁本官?"

48 · 蝉鸣哪能静

不是所有的牛奶都好喝,不是所有的人都会被周通一句话吓得噤若寒蝉,比如世间有些年轻人就不会。

如果是苟寒食,听到周通这句满含杀机的话后,想必会很温和地说一声,大人您误会了，我只是想帮您解决问题。如果是秋山君听到周通的这句话，大概会笑着说道：是的，大人您没有误会，我就是在威胁大人您。如果是平时的唐三十六，面对这个问题应该会说：傻×，我就威胁你了，你又能怎样？

有些遗憾也可以说有些幸运的是，周通发话的对象是陈长生，不是唐三十六。陈长生的反应很符合他的性情，他静静地站在原地，看着周通的眼睛，没有添油加醋，但也没有退让的意思。

海棠树下的寒冷气息渐渐消失，周通看着陈长生说道："如果我没有看错，从进入北兵马司的那一刻开始，你就很紧张。"

陈长生想了想，这并不丢人，也没有隐藏的必要，说道："是的。"

周通说道："但你还是来了。"

陈长生说道："是的。"

周通说道："那么你应该做好了我不放人的思想准备。"

陈长生说道："是的。"

周通微微挑眉，颇感兴趣说道："我很想知道，你是怎么准备的。"

陈长生沉默了很长时间，才最终做了决断，看着周通认真说道："如果大人不放人，我就准备抢人。"

小院里再次变得静寂无声。海棠残花缓缓飘落。唐三十六和轩辕破望着陈长生，不知道在想些什么，也不知道他们此时的心里可曾掀起惊涛骇浪，至少脸上没有任何表现。

周通也在看着陈长生，这一次他看得非常认真。陈长生的眼神很清澈，很平静，所以很容易看到他的想法，哪怕是最深处的想法。周通看得认真，所以很轻易便看出来了——陈长生是认真的。他说的那句话不是玩笑话。如果今天折袖走不出周狱，他真的会动手抢人。

问题是，这本身就是一个笑话。周通笑了起来，然后摇了摇。这里是周府、周园、周狱。这里是大周朝戒备最森严的地方，不在皇宫之下。这片幽美的宅院四周，不知隐藏着多少高手，前后数条街巷里，还有朝廷重兵把守。就算是天凉王破也没有办法在这里抢人，更何况是他们。是的，这三个年轻人都是很有天赋的修道奇才，但毕竟只是年轻人，至少现在，他们还没有力量对抗这个世界。甚至不需要那些隐藏在暗处的朝廷高手出面，只需要周通一个人，只需要他动动手指头，陈长生三个人便没有办法离开这座小院。

周通不再理会他们，背着手向小院北面的厢房走去。大红色的官袍在凋落的微微花雨里，还是那样的醒目，甚至夺目。陈长生的眼睛里，只有这件红色的官袍，就像先前那片充斥天地间的血海。周通把后背对着他，这种无视大概会让很多人觉得羞辱，但只会让他更加冷静。很明显，周通根本不在意他出或不出手，甚至根本不相信他会出手。

唐三十六和轩辕破看着陈长生，等着他的决定。从始至终，从国教学院到清吏司衙门，他们没有任何交流，但从来没有任何犹豫与摇摆。陈长生要来清吏司衙门，他们便跟着来了，陈长生要见周通，他们便跟着见了。这时候如果陈长生说要动手，他们自然会跟着动手。

"大人，请留步。"陈长生的声音终于响了起来。同时，他的手握住了剑柄。剑名无垢，真如其人。

唐三十六深吸了一口气，运转真元，右手握住了汶水剑的剑柄，同时左手在袖中握住了一件法器。轩辕破转头四处寻找合适的兵器，目光最终落在左手边那株海棠树上，心想虽然略细了些，但可以将就用。

周通停下了脚步，却没有转身。大红色的官袍在他的身上随风轻轻摆动，泛着血腥味的海洋，瞬间淹没了整座庭院，阴森可怕至极。

轰隆隆！雷声响起。不是院中有人出手，而是院外远处传来了雷鸣般的蹄声，就连地面都发生了微微的震动。紧接着，到处响起清吏司官们略显紧张的喊话声。

来的是……国教骑兵！

"你调不动国教的骑兵。"周通转身，看着陈长生若有所思说道。

整座京都，没有太多事情可以瞒得过他的眼睛，从确定国教学院马车的目的地有可能是北兵马司巷的那一刻开始，无数相关的情报，都被送到了这里。他很清楚，陈长生没有布置任何后手，他就是靠着战胜周自横的那口气、那道剑意，直接闯到了这里。

"和我没有关系。"

陈长生确实调不动国教骑兵。这些国教骑兵直属离宫统辖，战斗力极其强大。周通忽然想起了去年的某一天，那天整座京都围攻国教学院，教枢处殿前到处都是人。然后，国教骑兵来了，如秋风扫落叶一般，极其强硬冷酷地完成

169

了清场。那天死了不少人。也就是从那天之后，很多人才明白，原来教枢处那个随时仿佛会睡着的主教大人，竟然在国教内部拥有如此高的威望，有如此多的隐藏实力。如此看来，刚刚到来的这些国教骑兵，应该便是那位刚刚逝去的老人，为陈长生留下的遗产之一。

周通看着陈长生面无表情说道："你知道如果向我出剑，会是什么结果。"

陈长生说道："我会死。"

周通说道："在我面前，你们想死都没那么容易。"

陈长生说道："不，我自然有办法去死。"

周通不知为何，忽然有些恼火，说道："那你为什么还不去死？"

陈长生说道："大人你一直不出手，想来是怕我们真的死了。"

周通冷笑说道："我有什么好怕的。"

"刚才大人说我这是在威胁你，便应该清楚，我如果想威胁到你，就只有这样一个方法。"陈长生说道，"我把我的命押上去，然后看看在那些大人物们眼中，到底是我的命重要，还是大人你的命重要。"

时值初夏，日渐中天，清幽的小院变得有些闷热。远处不知何处传来蝉声，听着有些令人心烦意躁。便如周通此时的心情。当他知道陈留王到了，茅秋雨也到了巷外的时候，这种烦躁更是到了顶点。

49·红色官袍下的小

今天的京都特别热闹。清晨之后不久，便是国教学院门口那场战斗，陈长生越境战胜了周自横。这件事情已经可以说是足够惊世骇俗。但谁也都没有想到，接下来他做了一件更加惊世骇俗的事情。他带着国教学院余下的两名学生，驾车直闯周狱，据闻现在正在里面与那位可怕的周通大人对峙。

国教学院要人。

周通不放人。

知道这个消息后，很多京都民众赶过去看热闹，只不过与清晨那场热闹不同，周狱煞气太重，在民间形象太过阴森，人们不敢靠得太近。于是当那五百骑国教骑兵呼啸过街的时候，没有产生什么误伤。紧接着，皇宫里一位太监首领到了，副宰到场，茅秋雨到场，最后，郡王府的马车也赶到了现场。没有人进入周狱，甚至连巷子都没有进。

陈留王从车上下来，看了眼那五百国教骑兵，不易察觉地皱了皱眉，望向茅秋雨微涩一笑，说道："这件事情，闹得太大了。"

今天这事情确实闹得太大。所有人都知道，国教关于诸院演武的新规，是朝廷，更准确地说，是天海家以及那两位忠于圣后娘娘的大主教，对国教学院的打压。但谁都没有想到，国教学院对此事的反应竟是如此激烈，而且如此迅速，刚刚获得了首战的胜利，竟是毫不迟疑地直接去了周狱！要人！

曾经的天道院院长茅秋雨，现在是英华殿的圣堂大主教，站到了六巨头的行列里。他的到场，毫无疑问代表着离宫的态度，问题在于，就连这样的大人物都站在巷外，没有进去。

谁都知道，圣后娘娘与离宫的关系在最近一年里发生了极大的变化，渐行渐远，但是至少表面上还维系着平静。在两位圣人保持沉默的当下，谁都不想，也不敢让局势变得更加紧张，直至失控，因为没有任何一方愿意承受那个可怕的结果。直到国教学院的马车进了这条巷子。

如果今天，那间小院里真的出了事，那么京都，甚至整个人类世界，都将会出大事了。

小院里，唐三十六看着周通非常认真，甚至可以说真诚地说道："大人，我必须实话对您说，陈长生他的命……真的很好，堪称贵不可言。我不知道圣后娘娘会怎么看，但至少在教宗陛下的眼里，大人您的命必然是没有陈长生的命金贵，如果他今天真的死在周狱里，您想想教宗陛下会饶过您吗？而且娘娘会怎么看您？"

"贵不可言吗？"周通看着陈长生微微眯眼，不知道在想些什么。

唐三十六继续说道："而且您可能不了解他，他这个人有时候真的很执拗，很愚蠢，他真做得出来用自己的命换折袖的命这种事情。"

"说来说去，还是在威胁我。"周通生出很多感慨，说道，"是不是最近京都里我的故事比当年少了很多，以至于都没有人怕我了？"

唐三十六微笑说道："随便您怎么想咯。"

周通寒声喝道："你们可承担得起此事的后果？"

陈长生说道："不是我自己想做国教学院的院长，我不认为自己需要承担这个后果。"

这句话的意思很清楚。他是国教学院的院长，折袖是国教学院名册上的学生，折袖被关在周狱里的时间太长，他当然要把折袖救出去。至于这件事情幕后隐藏着多少深意，他是真的想不明白，也不想再去想。所以他只需要承担一个院长回护学生应该承担的后果。至于此事会不会引发别的什么严重后果，当然应该是让他做国教学院的那个人，以及让周通把折袖关起来的那个人负责。

换而言之，如果今日小院真的起了风波，朝廷与离宫就此势成水火，哪怕天下大乱，魔族趁势入侵，万民流离失所，直至人族惨遭奴役一万年……那都是教宗陛下和圣后娘娘的错。

小院里再次变得无比安静。周通完全没想到陈长生是这个意思，微微眯眼，寒意骤深，地面的花瓣上结了一层霜。唐三十六和轩辕破看着陈长生，好生叹服。

离宫，光明正殿。

无数的圣贤雕像，或者肃穆，或者神圣，散发着淡淡的光辉，注视着殿外的天空。教宗大人也在看着天空，神情平静，就像是刚才根本没有听到陈长生做了些什么，说了些什么。

"像陈长生这等不识大体，不知大局之人，如何能够继承国教？"

说话的人是司源道人，折冲殿之主。站在他旁边的是凌海之王，天裁殿之主。作为国教六巨头里最年轻、同时也是最有实权的两位圣堂大主教，他们对教宗陛下的态度依然尊敬，但说话非常直接。或者也是因为他们距离神圣领域已经只有一步之遥，已经能够看到教宗陛下的背影了。

当整个大陆都以为，这两位大主教之所以继续支持圣后娘娘而不愿意站在教宗陛下一边，是因为他们对陈氏皇族抱有难以泯灭的敌意与不信任感，却没有想到，除此之外，更重要的原因是，教宗陛下决定把国教的未来交给那个叫陈长生的年轻人。两位圣堂大主教对世俗权力可以不在意，但无法不在意神圣的继承。

凌海之王面无表情说道："圣女传书里写得清楚，那件事情真有成功的希望，说明给予离山压力是有道理的，周通在此事上有功。"

教宗依然平静，不发一言。

司源道人叹了口气，说道："您应该清楚，无论是神杖的归属还是皇位，都不是我们反对您的理由,我们的不安在于,您和娘娘至少还有数十年寿元,为何您要着急着做出决定?"

这个决定还是指的归属。神杖与皇位的归属。

凌海之王的脸上依然没有任何表情,声音仿佛最幽深的海洋,含蕴着难以想象的威力:"至于周通,杀了便是,一切罪恶归于己身,他应该早就非常清楚,自己的使命是什么。"

前一刻,他才说周通立了大功。这一刻,他便说如果那间小院里出了问题,把周通杀了便是。下一刻,光明殿外传来一道有些不安、有些惶急的声音。北兵马司正巷里发生了一件出乎所有人意料的事情。

周通,居然真的放人了!

50 · 少年与光阴

光明的教殿里,大主教在想着黑暗的杀戮——为了解决国教学院年轻人们引发的这场冲突,为了给这件事情一个诸方能够接受的结局,如果教宗不再护着陈长生,周通当然可以死。然而,周通终究不是普通人,就在所有人都以为飘着海棠残花的小院已经陷入僵局的时候,他还是不肯接受别人安排的结局,他给了这个世界一个意想不到的结局。

教宗收回望向天空的视线,望向凌海之王,微微一笑。

凌海之王的声音骤然破碎,就像无数的黑暗海水在瞬间破成白色的泡沫。

"他究竟想做什么?"

"很多年前,我的姐姐被……一个王爷家的儿子奸杀。嗯,不是世子,也不是什么受宠的小儿子,就是很普通的、一个小妾生的儿子。我甚至敢打赌,那位王爷甚至连他有没有这个儿子都不清楚,因为他像种猪一样,生了四十几个儿子还有一堆女儿,不过总之……姓陈。"周通看着陈长生,眼神很冷漠,但最深处又藏着一丝暴虐的回忆,"朝廷怎么会理会这种小事,京都府和兵马司又哪里敢上王爷府去抓人,于是这件事情渐渐被人忘记,到最后只剩下我一个人还记得那天的雨下得多大,我的姐姐赤裸的身体上有多少被野兽咬出来的伤口……是的,很难忘记,如果你们是我,你们会怎么办?"

小院里海棠花落，满地如雪，但里面又夹着些血色。

陈长生三人不知道他为什么要提起这些旧事，更不知道该如何应对。

"当然是要杀人咯。"周通平静地说道，"为了杀死那位王爷的儿子，嗯，我当时还想着把那位王爷一起杀死，我准备了很长时间，准备用自己的生命去换取一时的快意，然而就在我准备冲进王府的时候，我被一个人拦住了，那个人就是娘娘。"

他望向皇宫的方向，眼神里有着异常复杂的情绪，沉默了很长时间后，继续喃喃说道："娘娘对我说，一个不成熟的人的标志，是他愿意为了某个理由轰轰烈烈地去死，一个成熟的人的标志，是他愿意为了某个理由谦恭地活下去。"周通收回视线，望向陈长生，平静而认真地说道，"你明白吗？"

陈长生很认真地想了想，然后摇头说道："明白，但是做不到。"

周通笑了起来，说道："谁能做到了？我并不同意娘娘的说法，所以依然抽出刀就往王府里冲，不过幸运的是，娘娘只动了一根手指头，便把我击昏了过去。"

唐三十六问道："后来呢？"

周通说道："后来我自然就懂了，于是我开始忍耐，忍了很长时间。"

唐三十六想起当年某件震动大陆的京都血案，有些猜疑，却不敢确定，问道："最后？"

"最后我当然杀了那个人，以及那位王爷。当然……是凌迟处死。当然，整座王府的人都被我杀了，四十几个儿子和女儿……再像种猪一样能生，又哪里及得上杀得快呢？娘娘说的确实是对的，我谦恭甚至卑微地多活了那么些年，最终才能完成自己的目标。"周通像个孩子一样笑了起来，很开心，天真，所以感觉很残忍。

轩辕破张了张嘴，不知道该说些什么，觉得小院骤然寒冷。

唐三十六确认果然是当年的岐山王府被满门抄斩一案，沉默不语。

陈长生忽然说道："我想当年那个揣着尖刀准备冲进王府的你要比后来的那个你更好。"说这句话的时候，他很认真地看着周通的眼睛。

周通说道："哪怕那是不成熟的，甚至是愚蠢的？"

陈长生说道："有些事情，有些时候，或者不成熟会更好些。"

周通安静了很长时间，然后忽然笑了起来。他转身向院后走去，大红色的官袍双袖轻拂,掀起一片红白色的花瓣。小院侧门咯吱一声打开,数位清吏司官员抬着一个担架走了出来。

折袖躺在担架上,脸色苍白,双眼紧闭。

将折袖关押在周狱里,一关便是这么多天,无论离宫和摘星学院给予多大的压力,周通都视若无睹,因为这是圣后娘娘的意志,而且这是在给离山施加压力。——就像他对陈长生说的那样,折袖在周狱里,便意味着周园的那件案子没有结束,刚刚摆脱内乱的离山剑宗,必然要为了此事付出一些什么,这对大周来说,当然是好事。

当然,他不肯释放折袖,还有一些更深层次的原因,但那无法告诉任何人。就像到这一刻为止,也没有任何人知道,其实他早就准备把折袖放出来了,只是……

"大人,为何您会同意放人?"清吏司衙门最幽冷的那个房间里,辛教士不解地问道。

辛教士!谁都想不到,梅里砂大主教最后数月最信任的他,居然这时候会出现在这里,而且很明显与周通的关系非同一般,不知道他究竟是什么人。

"为什么不放人?给离山的压力应该已经足够。我本想看看离宫会有什么反应,结果教宗陛下这样的圣人确实不是我能算计的,但至少我亲眼看到了他是个什么样的人。"周通闭着眼睛,回想着先前在海棠树下看到的那个干净的少年。

辛教士心想刚才大人说的那段关于成熟与不成熟的定义,极有道理,极难应对,他本以为是陈长生的答复触动了大人你经年的灵魂,所以你才会答应放人……

"感动?"周通仿佛有察知人心的能力,睁开眼睛,面无表情说道:"本官从来就没有姐姐,能感动谁?谁的答复又能感动我?"

辛教士摇了摇头,说道:"主教大人逝世之前,一直在看这本书。"说话间,他从怀里取出一本典籍递了过去。

周通伸手接过,发现是一本国教著名的光阴卷。看着这本典籍,他想起先前海棠树下的少年,沉默了很长时间。他对辛教士说的是真话。他始终不肯放折袖，就是要在这里，借助两棵海棠花，周狱里的杀伐气，仔仔细细、认认真真、从头到脚、从里到外地看一眼陈长生。对他来说，这是最重要的事情，比折袖，比那两位大主教冷漠的抹灭意图，都更加重要。

因为他想在陈长生的身上，看到一段光阴。

51·天道西流去

不知道周通有没有在陈长生的身上看到那段光阴，他这时候在看手中的光阴卷。光阴卷又名西流典，乃是国教典籍里最重要、同时也是最玄妙难明的经典道藏，取江河西去不可缓之意，讲述的是与时间有关的道门妙诣。梅里砂死前还不忘看这本道藏，意味着什么？周通看着西流典上那些晦涩难懂的文字，默默思考着。

辛教士继续讲述当时那间满是梅花的房间里发生的事情："他说商院长是个很了不起的人。"

周通微微眯眼，视线骤然间变得寒冷锋利起来。人之将死，其言必信，像梅里砂这样了不起的教士，对于生死早已看淡，临终之前，为何要看这本道藏，为何会忽然提到那个早已销声匿迹多年的人物？

辛教士停顿了片刻，想起主教大人最后的那句感叹："他说很好奇，将来道藏里下一任教宗的生平会是怎样记载的。"

周通的双眉挑了起来，安静的房间里没有风，红色的官袍却开始微微起伏，仿佛血海来到人间。外景缘自心境，这说明辛教士转述的这句话，对他带来了怎样的精神冲击——因为他从这段话和这本书里隐约捕捉到了一条线索。

下一任教宗？整个大陆都知道，如果没有太特殊的情况发生，那么国教的下一任教宗必然是陈长生，梅里砂作为此事最坚定的推动者，当然不会有别的想法，那么他为何会好奇陈长生的生平记载，觉得这件事情很有意思？还是说他认为将来的史书上，对于此事一定会有与现在不同的看法？此事究竟是何事？生平最重要的是什么？功绩伟业还是道德修为？

周通的官袍飘拂得越来越激烈，房间里充斥着血腥的味道，血海里掀起无数惊涛骇浪，就像他此时的心情。辛教士脸色惨白，有些快要承受不住这等恐怖的威压，却又不敢退走。忽然间，所有的压力消失无踪，周通挑起的眉缓缓敛平，眼神不再锋利，官袍静覆于身，脸上露出一丝难以捉摸的微笑。

"你知道一个人的生平最重要的是什么吗？"

"最重要的？"辛教士想不明白大人为何此时会忽然问出这样一个问题。

周通脸上的笑容变得越来越真挚，仿佛盛开的花，但配着他的阴森气息，则显得越来越诡异。"一个人的生平最重要的不是境界修为，也不是权势与疆土，而是……生卒年月。"他走到门口，看着那两株海棠树，听着更远处巷中传来的车轮辘辘声，说道："无论是国教典籍还是史书，想要记载一个人的生平，首先需要确认的，也是在第一句话里便必须写明白的，就是你出生于何年何月，以及何地，只有确定这些信息，才能确定那个人究竟是哪个人。"

辛教士走到他身后，不知该如何接话，他隐约察觉到，周通虽然此时表现得很平静，但实际上，内心深处的情绪非常紧张。什么事情或者说发现，能够让周通这样可怕的人物都紧张起来？

"海棠花已残，大狱自有神威，他站在其间，却是不动如湖。"周通的眼睛再次眯了起来，只不过这一次没有锋利似剑，而是充满了困惑与某种他自己都没有发觉的不安。

辛教士也很想知道，大人摆出这么大的阵式，除了看清楚某些大人物的心意，最重要的那个目的究竟达成了没有。周通想要看看陈长生是个什么样的人，或者说，他想看看……陈长生是什么人。只是一般都说不动如山，为何他评点陈长生却用的是不动如湖四个字？

"他很像一个人。"周通脸上忽然露出一抹恐惧之意，说道，"很像宫中秘档里的陈玄霸。"

辛教士不解，史书以及民间传说里，陈玄霸作为陈氏皇族千年里的最强者，与太宗皇帝并驾齐驱，向来以暴烈粗鲁闻名，与陈长生哪里有丝毫相似？而且为何要说是宫中秘档里的陈玄霸？大人自然有机会接触到那些绝密的宫中秘档，或者，在那里面记载着的陈玄霸与传闻里的陈玄霸并不相同？

"我们伟大的太宗皇帝陛下，把能够修改的所有史书与道藏全部改了一遍，所以陈玄霸自然就变成了一个不识大局、不识大体的粗鲁武夫。"周通带着嘲讽意味说道，"谁能想到真正的陈玄霸其实是一个很安静的人。"

辛教士觉得这两个不识的评价有些耳熟，然后想起来，这正是先前不久大人对陈长生的评价。

周通沉默了会儿，说道："陈长生也是一个很安静的人。"

这里的安静，代表着很多意思，比如在不需要说话的时候，不说话，拙于言而敏于行，却静于心，比如遇大事有静气。

小院里安静了很长时间。周通最后说道："而且，他也姓陈。"

辛教士走了，带着极大的心理压力与惶恐不安，离开了北兵马司胡同，这种心理压力与他的双重身份无关，而是来自于周通那番话里隐隐透露出来的信息。陈长生，难道真的有可能是皇族的后代？他不敢去想，更不敢往深处去想，因为很明显，就连周通大人，都因为这件事情而变得紧张起来。

周通确实很紧张，因为他比辛教士知道的多很多，而且以他身份地位，这些事情必须想，而且必须想清楚。他站在小院的石阶上，看着那两株花落将尽的海棠树，沉默地想了很长时间，根本没有理会院外的那些纷纷扰扰。

梅里砂死前，说商贼是个很了不起的人。梅里砂死前，在看西流典，看光阴如水。是啊，商贼能够帮娘娘逆天改命，让一个婴儿停止生长四年时间，又算得什么呢？或者，陈长生只是少年老成？可是那般晦晦无趣，老成那样，难道还真是个十六岁的少年吗？商贼在西宁镇带走的那个徒弟，年龄倒是对得上，而且据说天残地哑，与传闻里的说法也更契合。但那太显眼，太明确，所以太不可信。或者，那个徒弟是用来欺瞒天道的手段？真正的那位，早就已经被商贼用西流典改了寿元？

周通觉得自己的身体变得越来越寒冷。他知道宫里那位最受娘娘信任的太监首领，最近这数月时间，一直在查当年宫中那件旧案。娘娘没有让他查，不代表不再信任他，只是意味着，娘娘不想让任何人知道此事。

——昭明太子，真的有可能还活着。

如果娘娘真的逆天改命过，而且正如传闻里说的那样，她为了逆天改命付出了常人难以想象的惨烈代价。她注定将会断子绝孙，血脉全无，才能成为真正的孤家寡人。昭明太子如果还活着，那就意味着，娘娘的逆天改命还没有真正的完全结束！至少意味着，娘娘的逆天改命还有弱点！如果所有这一切都是真的。那么是不是必须把昭明太子的存在抹灭掉，才能让一切回归平静？

周通觉得小院的温度越来越低，明明初夏，却仿佛要进入严寒的冬天。即便是世人眼中最冷血可怕的他，想到当年的那些故事以及现在可能发生的故事，

178

都不禁觉得，这太残酷了。可是，为什么那些人要把陈长生送到京都来呢？难道他们以为可以一直瞒住娘娘？瞒得住我？周通的脸色变得极其难看，发现这个谜题到现在为止，还有很多事情无法解释清楚。

圣后娘娘在甘露台上看天。

清晨的时候，天空是湛蓝色的，后来，国教学院门前打了一场架，马车去了清吏司，不知从何处飘来了一片云，天空便变成了灰蒙蒙的。灰暗的天空，仿佛要遮住所有的真相，但又如何遮得住她的眼睛？

世间绝大多数人，无法在白昼里看到星辰，但她能看到，只不过以往她不喜欢在白天看，因为那样会让她想起先帝，想起太宗，想起很多姓陈的人。此时她看着天空，却正是因为一个姓陈的……少年。她知道周通猜到了些什么，查到了些什么，开始动疑，所以才会有今天京都里的这场热闹。她对此并不在意，更未动怒，因为有很多事情，她也没有确定。

白昼里的星辰，藏身于太阳的光辉之后，但与夜空里相比，位置并没有发生任何变化。她静静看着那颗属于自己的命星，天空里最亮的那颗星，静静想着数百年前，她以难以想象的能力，改变了那颗星辰的位置，同时改变了那颗星辰的亮度，自然而然，在那颗星辰周边的无数颗星辰都随之发生了变化。

一个人的命运改变，终将影响到无数人，甚至是整个世界的命运。蝴蝶扇动两下翅膀，大西洲便会生出一场风暴，更何况是她傲然立于云端。只是，所有的这些命运集合在一起，又是由何种力量决定的呢？是天道吗？如果昭明真的还活着，她会面临怎样的天道报应？如果昭明当初已经死了，她又会面临怎样的天道报应？

数百年前，她向星空献祭的时候，曾经向天道院发出过愤怒而强硬的呵斥，当时的她愤怒绝望伤心，对这个世界无所爱憎，故而强大得连天道都不敢直视她的眼睛。然而她不曾想到，昭明居然真的出生了。从那一刻开始，她知道自己便将直面天道，但她还没有来得及做什么，天道便自悄然无声，退隐于夜色之后。直到去年，国教学院里落下一道星辉，有人点亮了一颗命星。

天道，似乎来找她了。

命星，原来真的可能就是命中的克星。

52 · 停车开车，言钱道剑

国教学院的马车以最快的速度离开了北兵马司正巷。巷外聚集的人群根本没有反应过来，就连茅秋雨和陈留王，都不知道小院里发生了什么事情。五百国教骑兵随之而散，只留下了道道烟尘。

陈长生等人如此着急，不是因为折袖的伤势已经重到无法支撑，而是因为那间小院给他们留下的心理阴影太可怕。折袖躺在担架上，穿着一身干净的布衣，脸色有些久不见阳光的苍白，有些消瘦，但没有什么伤口，看着情况还算不错。马车高速地行驶着，街上的风掀起窗帘一角，唐三十六看到了周狱飞檐的一角，脸色微白，下意识里握紧了剑柄，哪里像先前在院中与周通侃侃而谈的镇定模样。

周狱阴森，真正可怕的还是周通本人。

陈长生低着头，鬓发早已被汗水打湿，看上去就像是刚刚做了极重的体力活。他从袖子里取出手帕，将脸上的汗水擦拭掉，然后团在掌心里，真元外放包裹住。先前进入周狱之前，他捏的便是这块手绢。他很少出汗，像唐三十六和轩辕破就从来没有见过。今天的情况特殊，他事先便想到，自己有可能会流汗。确认被汗水打湿的手绢没有释放出那股让他不安的异香，陈长生才真正放下心来。在小院里与周通的这场对峙，对他来说，要比与周自横的那场战斗惊心动魄得多。因为这场对峙，他们的心境需要承受极其恐怖的威压。

"不要擦嘴。"唐三十六看着不停擦汗的陈长生说道。

陈长生的动作顿住，问道："为什么？"

唐三十六说道："拿手帕擦嘴，就像周通刚才那样，会显得很变态。"

车厢前方传来轩辕破的笑声，憨厚的熊族少年，笑点总是这么低。这是一个不怎么好笑的笑话，车厢里的气氛总算是轻松了些。

陈长生心境渐静，开始查看折袖的伤情。他的手指搭在折袖的脉关上，静静地诊听着，忽然间，车厢里响起嘭的一声闷响，他的手指被弹了起来。

唐三十六问道："怎么回事？"

"心血来潮，他的老毛病。"

陈长生觉得折袖的脉象有些问题，微微皱眉，但没有说什么，接着从指上

180

解下金针,解开他的衣领,准备运针看看。便是这一解,他的手便僵住了。唐三十六看到后,身体也僵住了。陈长生的手指有些颤抖,但依然还是慢慢地解开了折袖的衣服,让他的身体露了出来。是的,折袖的脸上没有一点伤,也看不出来受了什么伤或刑罚,因为那些都在他的身上。他的身体现在没有一寸肌肤是完整的。到处都是伤口与烂肉。有些地方甚至可能看到白骨。有些地方,甚至就连骨头都变成了黑色。陈长生不知道折袖受了多少种刑,被下了多少毒。他也不想知道,因为不忍知道。车厢里一片死寂。

"停车!"陈长生忽然说道。

唐三十六低着头,右手不知何时再次握紧了汶水剑。

轩辕破不知道车厢里发生了什么事情,停下车后钻了进来,便看到了折袖的惨状。他的眼睛顿时红了起来,呼吸变得急促而粗重,因为愤怒,双臂开始变粗,如钢刺般的毛探出了肌肤,正是变身的前兆。"我要杀了周通!"

陈长生和唐三十六没有说话,但他们也是这样想的,所以才会喊停车,所以才会握住剑柄。折袖被折磨得太惨了,以至于陈长生无法再保持平静沉稳的心境,唐三十六哪里还顾得自己世家子弟的身份。

如果说梁笑晓用自己的死指责折袖勾结魔族,折袖是受了七间的牵连,那么周通始终不肯放人,用如此残酷的手段折磨折袖,则是在替国教学院受罪。他们就是国教学院,他们当然要替折袖报仇。

就在这个时候,折袖睁开了眼睛。他的眼瞳深处依然是柠檬色的。那是南客的毒与狼族烈血的融合。但因为在周狱里被植的毒太多,各种毒素相互冲突,最后这些天,他的视力竟然渐渐恢复了些。他在周狱里被每次醒来,便要迎接无穷无尽的痛苦,所以他睁开的眼睛中,一片冷漠与仇恨。

但这一刻,他看到的不是那些稀奇古怪,甚至是专门为了妖族设计的刑具,而是三张流露出关切神色的年轻的脸。很短的时间里,折袖便完全清醒了过来,并且从他们三人的神情里猜到他们准备去做什么。他眼中的警惕与仇恨渐渐消失,脸上却依然没有什么表情,直接对轩辕破说道:"开车。"

他的声音很虚弱,却有一种不容拒绝的感觉。

轩辕破大声喊道:"我们准备杀回周狱给你报仇。"

折袖看着他面无表情说道:"那里面有很多种炮烙,你想给他们做红烧熊掌吗?"

181

这依然是个不好笑的笑话,而且这一次没有人发笑。

"可是……这口气,实在是没有办法咽下去。"唐三十六说道。

折袖说道:"打不过对方的时候就要忍,一直盯着他,强大自己,然后,一口咬死他。"

这就是狼的生存之道。

陈长生看着他难过说道:"对不起,都是我连累了你。"

折袖闭上眼睛,没有理他。轩辕破回到了车前,马车继续开始行驶。离周狱越来越远。但马车上的四个少年都很清楚,总有一天,他们会回到这里。车厢里忽然响起一道冷漠平直的声音。那是折袖的声音,他依然闭着眼睛。

"如果你们觉得我太惨……加钱好了。"

回到国教学院,早已等候多时的青曜十三司教士开始用圣光术替折袖救治,然后陈长生亲手开始替他治疗,小心谨慎地用金针与小刀处理折袖身上那些惨不忍睹的伤口,竟用了整整半日时间才处理完毕,天色已然尽黑。

折袖受伤太重,为了方便治疗与避免移动,没有住进林畔那几幢小楼,在藏书楼的木地板上铺了厚厚的被褥,就这样席地而卧。借着灯光的照耀,陈长生看了看国教学院的名录,然后收回抽屉里,望向闭着眼睛、忍着疼痛一言不发的狼族少年,想起在周园里折袖说过他想要一把剑。

"钱……我现在没有太多。"陈长生没有理会唐三十六在旁投过来的恼火的目光,对折袖说道,"但我有很多剑,你可以随便挑。"

53 · 熊孩子们与剑的故事

在周园里,万剑凌空,助陈长生斩金翅大鹏,破黑袍阴谋,是因为它们想要离开那片太阳永远不会落下的草原,想要回到故土。陈长生对这些剑做过承诺,自然不会反悔,所以回到京都后,哪怕有些不舍,还是第一时间把剑池的事情禀报给了教宗陛下。

这个消息暂时没有在民间传播开来,但离宫通知了大陆各处后,已经不再是秘密。今日清晨陈长生越境战胜聚星境的周自横,更是让很多人开始怀疑,除了那些曾经的名剑,他是不是在剑池里还有别的奇遇,不然只靠苏离的指点,他的剑法何至于进步得如此之快。

陈长生不关心剑池出世的消息在大陆会引起多大的震动，也不在意别人投向他的眼光会有何变化，只是觉得这件事情有些麻烦。

离宫前天夜里给他发来了一份极长的名单，很多宗派山门对离宫及陈长生表达了真诚的谢意，同时附上相关的证明，请求离宫将那些先辈祖师的佩剑还给他们。这份名单很长，排在首位的毫无疑问是圣女峰的斋剑，其后还有很多曾经声名赫赫的神兵。陈长生按照名单，把鞘中的剑重新整理了一番，发现名单虽然长，但与剑池里的传世名剑数量相比，依然只是极少的一部分，由此可见，当年曾经声震大陆的强者与宗派，现在还能在世间找到传承的，已经不多了。

用历史的眼光来看待这件事情，无疑会感受到其后隐藏的一抹悲凉，很容易让人感慨世事无常，但对他和国教学院来说，这当然是好事——跟随他离开周园的名剑里，至少还有七千多把已经无法找到曾经的宗派山门，换句话说，现在他就是这些剑的主人。

一声清脆的撞击声响起，一把带着点点锈痕的旧剑，出现在藏书楼的地板上。紧接着，清脆的金属碰撞声不停响起，不过片刻工夫，本来空旷阔大的藏书楼里，便堆满了各式各样的剑，那些剑的数量是如此之多，合在一起是如此之重，竟连藏书楼的地板都被压的微微下陷，有些快要承荷不住的感觉。

折袖睁开眼睛，望了过去，然后便再也无法闭上眼睛。昏暗的灯光下，藏书楼里出现了一座由剑堆成的小山。他只想要剑池里的一把剑，陈长生却把整座剑池都搬了回来。

唐三十六看了眼那座剑山，又看了眼陈长生，最后又望向那座剑山，张着嘴，半晌都无法合上。他听陈长生说过在周园里发现剑池，与万剑联手对敌的故事，但真正看到这些剑，那是完全不同的感觉。即便是堪称富有天下的汶水唐家，也看不到这样的画面。他忽然觉得，陈长生虽然在周园里损失了很多金银与宝物，但这趟生意还是赚大了。

轩辕破听着声音，也来到了藏书楼，手里还拎着一块脏兮兮的洗碗抹布。啪的一声，那块比普通围裙还要大的洗碗抹布落到了地板上，溅起了一些水花。

陈长生看了一眼，说道："说过很多次了，洗碗抹布要经常换。"

轩辕破这时候还哪里听得见他在说些什么，整个人就像小熊上树一般，嚎叫着便向那座剑山冲了过去。剑山没有被他粗壮的身躯撞垮，因为他忽然想起

183

来这是陈长生的东西，在最后一刻停下了脚步，回头望向陈长生，也不说话，眼睛水汪汪的，看着极其无辜可怜。

"你想要啊？"陈长生问道。

轩辕破用力地点头，因为速度太快，而且脑袋太大，以至于夜晚的藏书楼里，竟拂起了一阵小风。

陈长生说道："自己挑。"

轩辕破高兴地叫了一声，伸手握住了剑山里的一把剑柄，然后用力拔了出来。金属的摩擦声，回荡在安静的藏书楼里。那是一把浑体黝黑的铁剑，并无锋芒，极为粗大，看上去更像是一根铁棒。轩辕破愣了愣，发现这把铁剑的重量与手感与自己的力量配合的极为自如，甚至生出一种这把剑本就应该是给自己用的感觉。

不得不说，剑与人之间真的可能有某种难以形容的神秘联系，或者说缘分，就像星空里那些永远没有人能够看到的无形命运之线一般。轩辕破随便抽出的这把剑，是一把玄铁重剑，其重如山，其威如海，故名：山海剑。这把重剑曾经的主人，是一位叫作西客的强者，据说这位强者拥有白帝一氏的血脉，生平从未败绩，直至在周园里败在周独夫之手，最后死在了一个无名之辈手里。

陈长生有些没想到，轩辕破拿了这把剑。

山海剑是剑池万剑里保存最完整的剑之一，仅次于斋剑，而且因为西客拥有白帝血脉的传闻，所以在离宫确认西客已经没有传承之后，他本已想好，把山海剑留给落落。但此时看着喜不自胜的轩辕破，又想着落落如此清丽稚美的小姑娘拿根大铁棒子乱砸的画面实在太不雅，所以他没有说什么。

唐三十六有话说。"这是山海剑，虽然很明显剑锋被周独夫的两断刀砍掉了，但既然重新现世，也一定能排进百器榜里。"

一把严重受损的旧剑，只要重新出现，便一定能进百器榜？唐三十六没有夸张，要知道如果为历史上的那些名剑排序，无论怎么排，山海剑都必然会排进前十。

轩辕破觉得有些不妙的感觉，像孩子抱玩具一搬，紧紧抱着山海剑，警惕地盯着唐三十六，说道："你想说啥？不管你说啥，我都不会被你们这些狡猾的人类骗的！"

唐三十六嘲笑说道："陈长生也是人类，你怎不怕被他骗，还好意思收他的剑？"

轩辕破不知如何应答，憋了半天憋出句话来："他是我师祖，怎么能和普通人比，师祖给我东西，我当然敢收。"

唐三十六冷笑说道："平时从来不认，现在为了把破剑，就心甘情愿当孙子，谁再说你们熊族憨厚老实，我就和他急。"

轩辕破哪里说得过他，气呼呼地不再说话，只是把怀里的山海剑抱得更紧了些。

"你想说什么？"陈长生问道。

唐三十六说道："一个婴儿，怀揣重宝，行于街巷之间，你说会有什么问题。"

陈长生顺着他的视线望过去，轩辕破的身躯粗壮如小山，本极沉重巨大的山海剑，在他的怀里也不显得突兀。但唐三十六说得对，在这个险恶的人世间，轩辕破就是一个婴儿，一个熊宝宝。现在他是国教学院院长，是教宗大人指定的继承者，所以明明知道他身怀重宝，除了寥寥数人，没有谁敢在规则之外对他下黑手。轩辕破则不然，无论国教还是白帝城，都不会因为一个普通的妖族少年而大动干戈。

"如果他真是一个熊孩子，倒也懒得管他死活，问题在于，这小家伙最近表现得还算不错。"唐三十六说道，"我看不如这样，这把山海剑，我就先替你保管，你什么时候能够打过我，证明自己有了手持神兵的能力与资格，我再把这剑还给你。"说这段话的时候，他看着轩辕破，神情很自然，语气很随意。

轩辕破差点被骗，看到陈长生唇角的笑意才醒过神来，恼火地低吼了两声。唐三十六的那点小心思被揭破，也不着恼，微笑着站起身来，不知从哪里摸出一把纸扇，一面摇着一面说道："我说的都是实话，你要抱着山海剑天天在外面晃来荡去，迟早会被人敲黑棍。"

轩辕破神情变幻不定，他知道唐三十六说的是真的，但哪里舍得把山海剑交给唐三十六保管，那还不如交给陈长生。

"反正我不会给你，但我也不会让别人知道。"轩辕破抱着山海剑便出了藏书楼，不多时便折返回来，怀里的山海剑已经不见了。

"藏哪儿了？"陈长生真的很好奇。

轩辕破也不瞒他们，说道："灶房的柴火堆里。"

陈长生想了想，说道："还真不错，别人就算看到了，只怕也会以为是根烧火棍。"

唐三十六毕竟不是普通人家的孩子，他此时身边的汶水剑便不逊色于那些剑池名剑，此时发现没办法把唯一感兴趣的山海剑弄到手，他便没了太大兴趣。听着轩辕破与陈长生的对话，他忽然想到一种很有趣的可能："你们说，将来数千年后，会不会有人在国教学院的柴火堆里发现这把铁剑的秘密，得悟剑道，一举成为绝世强者？"

轩辕破心想，我自己都还没成绝世强者，而且将来我回部落后，难道还会把这剑留在国教学院里？陈长生心想这确实很有趣，很像书上的某些故事，问题在于几千年之后，自己这些人早就已经不在了，又如何知道后续？

唐三十六越想越觉得这事好玩，眼睛变得异常明亮。"只一把剑还不够有意思，还得在国教学院里多藏几把，不，几十把甚至几百把剑，湖边的石头里藏几把，树洞里藏几把，湖底藏几把，藏书楼里的柱子里，噢，对了，大榕树上面不是有个很大的鸟窝？……啧啧，你说国教学院以后的学生，隔个几十年，便会在一个地方发现一把绝世名剑，那画面……"

他越说越兴奋，陈长生则是越听越无奈，心想湖里的鱼倒也罢了，栖在树上的那些鸟又哪里得罪过你呢？

唐三十六说到做到，便向剑山走去，准备挑些损伤太严重的旧剑，藏在国教书院里。他甚至已经想好，那些藏剑的位置，谁都不会告诉，连陈长生都不告诉，这样以后找起来才有意思。

便在这时，折袖的声音响了起来。他的声音有些虚弱，又有些淡淡的嘲讽。"不是说让我挑剑？怎么感觉这件事情好像和我没什么关系？"

陈长生三人才想起来，从始至终，折袖都没有说话。更准确地说，是他们三人说得很热闹，早就把正主给忘记了。

气氛有些尴尬，唐三十六又好死不活地感慨了一句。"存在感这种东西，还真的很神奇，明明你是我们几个里最凶残的家伙，现在又这么惨，偏偏……"

陈长生看着折袖的脸色，赶紧阻止唐三十六继续发挥，小心翼翼问道："你想要哪把剑。"

折袖抬起手臂，指向剑山里某处。因为伤势太重的缘故，他的动作有些困难、迟缓，但很坚定。陈长生三人顺着他的手指望过去，神情微变。

"你确认就要这把？"

"是的。"

"可是……那把剑的来历……将来可能会惹出一些议论。"

"周通既然说我是魔族奸细,那我当然要用魔族的剑。"

折袖要的那把剑已经古旧,略有残损,上面却依然萦绕着一道极深远的魔气与血腥意味。

正是魔帅旗剑。

54 · 越 女

分赃,不,分剑结束之后,折袖没有与他们闲聊的精神与兴趣,再次闭上眼睛。陈长生替他把了把脉,确认他的伤势正在好转,稍微放心了些,又觉得他的经脉似乎出现了一些新的问题,心血来潮的节奏要比以往来得缓慢很多。难道是真元枯竭的征兆?陈长生不敢去想这种可能,把油灯的光调暗,把剑山重新收入鞘中,示意唐三十六和轩辕破跟着自己走出了藏书楼。

"没问题吧?"唐三十六问道。

陈长生没有直接回答这个问题,而是问道:"周通,究竟是个什么人?"

今日离开清吏司衙门,在车厢里看到折袖的惨状后,他便已经暗定里下了决心,但他也记得很清楚,站在那个清幽的小院中,明明海棠花落如雪,周通那件红色的官袍给他们带去的精神威压与恐怖感受,他很想知道,自己要等到什么时候,才能真正直面这种恐怖。

"周通撒了谎,他没有姐姐。"下午的时候,汶水唐家便送来了相关的情报。唐三十六说道:"他与娘娘也不是在什么王府前相遇,而是在百草园,当时他应该还是坐照境,但后来境界突飞猛进,很快便聚星成功,据说,那是因为他奉娘娘旨意抄灭那些王爷府邸时,暗中拿了很多天才地宝。"

"难道圣后娘娘不关心这些事?"陈长生自然不会以为圣后娘娘不知道这些事,所以用的是不关心。

唐三十六摇了摇头,说道:"周通最强大的手段叫作大红袍,是一种偏精神类的功法,据说可以强行进入修行者的识海。"

陈长生和轩辕破想着今日在小院里看到的那片血海,再次觉得寒意上身。唐三十六继续说道:"大红袍动,周通可以很轻松地碾碎我们的识海,当然,他不会这样做，不过如果你们想这时候就去替折袖报仇，那就一定会品尝到那种滋味。"

这是提醒也是警告。陈长生有些不明白："既然他反正不敢杀我们，那为什么今天要在小院里摧动大红袍？就是为了立威？"

"周通这个人残暴阴险，但算策过人，按道理来说，应该不会做这种无意义的事。"唐三十六也想不清楚，剑眉微挑说道，"我当时感觉他是想通过那片血海震撼我们的道心，然后想看到些什么。"

"他想看什么？"轩辕破在旁说道，"反正我不怕，我没什么秘密。"

陈长生沉默了，因为他有很多秘密。事实上，从西宁镇来到京都时，他只有身体方面的秘密，然而随着时间的流转，他的秘密变得越来越多。比如周园里的天书碑，比如周墓里的黑曜棺，比如棺壁上的两断刀诀，比如……周园可能并没有毁灭，通往周园的道路这时候正在他的剑鞘里。

回到小楼，沐浴静身，然后静心。陈长生来到窗畔，看了眼夜空里的星辰海洋，在地板上盘膝坐下，闭上眼睛开始冥想，准备进行每夜的功课，引星光洗髓，然后再次试图通过那块黑色石碑的虚影找到通过周园的道路。然而不知道是不是因为习惯了在藏书楼修行，还是因为今天在周狱里受到的精神冲击太大，竟很罕见地迟迟无法入定。下一刻，一缕极淡极幽的香味飘到他的鼻端，他才明白之所以自己无法静心，不是因为这些原因，而是因为有人来了。

莫雨从国教学院的夜林里飘出，直接飘到窗口，然后飘了进来。在星光下，她美丽得仿佛不沾凡尘。整个过程，她都显得特别熟悉，仿佛已经演练过无数次一般。只不过她没有想到，今夜陈长生盘膝坐在窗后的地板上，于是当她飘进小楼里，就势蹲下时，正好蹲在了陈长生的身前。两个人之间的距离很近，鼻子仿佛都要触碰到一起，眼睛看着眼睛。画面有些尴尬。好在莫雨气息如兰，陈长生干净得如雨后的天空，不至于让二人觉得太恼火。

夜风轻拂，一缕黑发飘起，落在了陈长生的脸上，有些痒，于是他皱了皱眉。莫雨飞到了床上，动作确实显得特别熟，就像是做过无数次那样。陈长生知道她的那个怪癖，但到现在为止，依然想不明白，当然更无法接受。

"你不会又打算睡我的床吧？"他问道。

"不行吗？反正这时候你又不会在这张床上。"莫雨显得特别理直气壮，但在星光的映照下，隐约可以看到她的脸有些微红。

陈长生有些无奈说道："可我这时候在，你怎么也来了？"

莫雨说道："你平时这时候都在藏书楼里修行，谁知道你今天脑子出了什么问题，这么早就回来了。"

陈长生觉得自己很无辜，心想怪我咯。然后他又想起落落，想起最近和落落很少有机会见面，更少说话，不知为何，便觉得心情有些低落。

莫雨看着他的神情，问道："怎么了？"

"折袖伤太重，在藏书楼里歇着，我怕打扰他，所以就提前回来了。"

莫雨看着他，忽然蹙了蹙眉，说道："我本以为现在的你应该很愤怒才对。"

她和陈长生其实没有见过几次面，不算熟悉。在陈长生出天书陵之前，两个人的身份地位相差太大，但不知道为什么，从当初在皇宫里相遇开始，她便发现陈长生这个人很容易挑起自己的怒意，愤怒其实是一种情绪，那么这就表明，陈长生很容易影响到她的情绪。这是一件她想不明白的事情。她更想不明白，为何陈长生才十六岁，便能把情绪控制得如此之好。

陈长生没有回答她的问题。今日在周狱里的遭遇，主要是随后折袖的惨状，当然会让他的情绪出问题。只是从小他就跟余人师兄学会了一个很简单的道理，后来在浔阳城里对这个道理的领悟更加真切。有些事情自己默默记在心里就好，不需要表现出来，只需要做，冲动与热情从来都不是同义词，冷静绝不代表怯懦。哪怕被所有人都认为怯懦，他都不会在意，更何况现在说话的人是莫雨。

他和莫雨不是朋友，他很清楚，这位大周朝的著名美人是怎样的可怕，尤其是在今日之后。整个大陆都知道，莫雨和周通是圣后娘娘最倚重的两个人，周通如此可怕，她又会差到哪里去？

"难道不应该说一声好久不见？"莫雨说道。

仔细算来，大朝试结束之后，他们便没有见过面。但陈长生不觉得有说这句话的必要，因为他本来就没有想过要和她见面，只不过她总是会出现在自己的面前。

连续三句话陈长生都没有接，这让莫雨的心情变得有些糟糕，眼睛微微眯起，锋利得……像是宫墙外的柳叶，很好看。

"你对我很有敌意。"她说道。

陈长生说道："你应该很清楚当前京都的局势。"

莫雨笑了起来,带着一丝嘲讽说道:"你以为自己真有资格被娘娘视作敌人?"

陈长生说道:"就算有资格,我也不想成为娘娘的敌人,但很明显,你们那边的人不是这么想的。"

这说的自然是诸院演武的新规,天海家以及国教新派势力对国教学院的打压。

莫雨敛了笑容,说道:"别人怎么想,与你怎么做,没有任何关系。"

陈长生说道:"我来京都只是想修行学习,从来没有想过会参与到这些大事里,但你觉得我能避得开吗?"

莫雨声音微寒,说道:"为什么避不开?就因为你是国教正统的唯一传人?"

这当然是个很充分的理由,因为人们无法否定自己的师门背景与过往岁月,那将意味着否定自己。但这绝对不是全部的理由,因为陈长生以前更在意的是修行速度、逆天改命,后来却发现,自己不得不在乎落落的经脉能不能通、轩辕破的右臂能不能治好、折袖的心血来潮能不能解决、唐三十六究竟什么时候才能有一个让他自己满意的名字,以及最重要的……国教学院的院门能不能保存完好。

梅里砂主教大人临死对他说的话,他没有忘记。除了追求自己想要的以及必须得到的,所谓成长的过程,不就是担起一个又一个的责任?

莫雨站起身来,居高临下看着他,神情漠然说道:"娘娘是不可战胜的。"

此时她变回了平日里能令百官噤若寒蝉的大人物。陈长生对她的态度却没有任何变化,想着浮阳城里的满天风雨,想着朱洛和观星客同时出现后王破说的那句很平淡的话,说道:"……我想试试。"他当然不可能战胜圣后娘娘,他只是想试试,想看看,自己和国教学院能不能挡住这一次的狂澜。

莫雨忽然失去了说话的兴致,向小楼外走去,当然,她还是习惯性地把窗口当作正门。当她走过身边的时候,陈长生忽然想到一种可能,有些不确定地问道:"难道我在天书陵和周园的时候,你一直都在睡我的床?"

莫雨有些羞恼,喝道:"那又如何?"

陈长生很无奈,拿此事没有任何办法,要知道他年龄虽小,但总是个男子,这事无法向谁说理去,而且他打不过她。

"那……"他犹豫了半晌,终于说了出来,"以后记得勤洗澡,最好……每次洗了澡再来。"这话一出口,他便知道不妥,因为听着很是暧昧。

果不其然,莫雨秀眉倒竖,美丽的脸上煞意十足,寒声说道:"你想死吗?"

陈长生知道自己确实不该,连声说道:"对不住,对不住。"

莫雨神情稍和,说道:"如果道歉有用的话,那你将来就可以不杀周通?"

陈长生很认真地说道:"当然不行。"

莫雨说道:"所以说,言语总是不及礼物来得真诚。"

陈长生怔住了,心想以你在大周朝的地位,除了唐三十六这样的家伙,谁敢说比你更富有,我又能送你什么?

"听说,你这里有一把越女剑?"莫雨看着他嫣然一笑,说道,"你说这事儿巧不巧?小时候,娘娘刚好教过我这套剑法。"

55 · 两地思

在大周,莫雨如果向谁要什么东西,不要说是一把剑,就算是全部家产,也有无数人心甘情愿地双手送上,还会觉得是极大的荣幸。陈长生虽然现在身份地位也不一般,但如果能借着先前失言的机会,把二人之间这层隐秘的联系变成友谊,怎么看都是好事。这是顺水推舟,很轻松,也很自然,谁都不会拒绝。

陈长生没有拒绝,却也没有马上答应下来,他很认真地想了想,然后看着莫雨的眼睛问道:"为什么?"

莫雨怔住了,她怎么也想不到自己极难得找人要件东西,竟然会得到这样的答复。她当然不会回答陈长生的问题,冷笑一声,转身便消失在窗外的树林里。

陈长生看着夜林里若隐若现的那道身影,有些不理解她的情绪为什么会忽然变差。

他先前想了想,确认越女剑确实不在名单上,但……那是自己的东西,你就算向我要,我问一声道理不行吗?说得更直接些,我的东西我不想送你难道不行吗?西宁镇上的人多简单,余人师兄多简单,怎么京都里的这些人这么让人想不明白呢?

他不再去想这些比道藏要复杂无数倍的事情,闭上眼睛继续开始冥想。或者是因为莫雨离开得太急,还没有来得及在房间里留下太多体香的缘故,这一次他入定非常迅速,很快便感知到了自己的命星,开始引星光洗髓。与此同时,他从识海里生出一缕极细的神识进入剑鞘,有些艰难却已经轻车熟路地渡过那片由凌厉剑意组成的海洋,再一次来到彼岸,看到了那座黑色石碑的虚影。经过这些天的努力尝试，他的神识已经不会触到黑色石碑便会破灭，甚至已经可以向里面深入一些距离，尤其是今夜，他的这缕神识完全浸进了黑色石碑的虚影之中，甚至隐隐约约看到了一座山崖！

那座山崖很是残破，还能勉强看得出来，山崖顶端应该是平滑坚硬的灰白岩石，只是现在已经出现了无数道裂缝，青树皆毁，只有几株树根深入崖缝里的松树，歪歪扭扭地坚持着，而在那座山崖的远方，还可以看到很多如镜子一般的小湖，更让他觉得眼熟。

是暮峪吧？那些小湖就是日不落草原边缘的湿地，就是自己从山那边的湖底逃出来的地方吧？那么这里真的就是现在的周园？她……还在里面吗？此时他的神识已经深入那座黑色石碑的虚影太多，受了极强大的能量的碾压，不要说深入周园搜索，便是想再坚持一瞬间也无法做到，只是这般远远望了望，想了想，便化作了一道青烟消失无踪。

陈长生睁开眼睛醒了过来。此时夜色已深，窗外满天繁星，星空下的国教学院里的树林，看着很像是郁郁葱葱的草枝。就像日不落草原里那些比人还要高的野草。陈长生很自然地想起与她在草原里同行的那段日子，想起雪庙生死相依，想起在周陵里血水交融，想起神道尽头的那番对话。如果不是南客用魂枢控制了初生的金翅大鹏，驱领兽潮包围了周陵，或者，他和她已经开始……

互诉衷肠？是这个词吗？他不是很确定，那是一种他从来没有接触过的陌生的情绪，那种情绪是甜蜜的，却令人有些害怕，是不安的，却让人那样的向往，最重要的是，那种情绪带来的悲与喜，竟是那样的强烈，有的时候甚至显得比一切都更加重要。

自幼修读道藏，十岁后知道自己命不久矣，他更是严格控制自己的情绪，不悲不喜，然而无论是当时在草原里背着她，在神道尽头的石门前双肩相触，还是现在想起她，他都无法、也不想控制这种情绪，因为他喜欢那时的美好，确认这时的想念……

那么，你究竟在哪里呢？

徐有容走在山崖间。她眉眼如画，稚意微存，美丽动人，庄严神圣。

是的，这是押韵，因为她本就美到了极致，除了缥缈的音韵，很难用什么实际存在的事物来形容。夜风拂动着衣袂，白衣轻飘，她缓缓行走，脚步间自有大气生，然而如果仔细望去，或者能发现她水般的眸子里，隐藏着淡淡的哀愁。

未满十六岁的少女，正应享受青春，却因何事而悲伤？

因为圣女峰再次传来消息，没有人知道那位雪山宗弟子是谁，远在西北的雪山宗甚至根本不肯承认自己有个叫作徐生的弟子。你或者是潜入周园的，你或者是隐门弟子，或者你有什么隐秘，但那都不重要，只是，你确实是叫徐生吗？你真的就这么死了吗？

从周园离开之后，因为受的伤太重，她一直隐居在圣女峰后养伤，她不再每日赏雪、听雨、采药，只是服药、读书、静思。她静思着周园里的经历，那片草原里的生死，那个男子。

她本来早就决心将生命奉献给书中的大道，哪里会料到自己会真的遇到生命里初次生出的悸动，然而，那抹悸动却又是如此之快地随风而逝。那是难以言说的淡淡哀伤，那是无处去诉的刻骨记忆，她很清楚，或者那段回忆在今后的漫长修道岁月里，将会永远地陪伴着自己，而且也只有自己知道，最终会成为她精神世界里无人能够触及的一处角落。

那是她暂时还不想离开的世界，她自然不再关心世外之事。苏离、梁王孙、画甲肖张、王破、朱洛、观星客……那场浔阳城的风雨惊动了整个大陆，却无法让她抬起微垂的眼帘，只有圣女老师和陈长生这两个人的名字，让她凝神了片刻。

但有个人她必须关心，而且她确实很关心。离山内乱，小松宫等三位长老谋叛，秋山君重伤将死，这些消息早就已经在天南传开。当她伤势渐愈，走出圣女后峰的那一刻，听到这个消息后，便知道自己必须去看看。是的，她走在山崖间。她这时候正走在离山上。

56·那些你所不知道的事情

举世皆知，秋山君对徐有容情根深种，人们也曾经以为徐有容对秋山君同样情深意重。真龙与天凤，同宗同源，相伴成长，一个极有可能重续长生宗断了数十载的圣人传承，一个则是未来的南方圣女，怎么看这都是天造地设的一对。

直到……京都去年那场青藤宴。

在那场青藤宴上，陈长生拿出了婚书，同样是在那场青藤宴上，徐有容让白鹤带去了一封书信，在那封信里她明确地表示一切并不是人们想的那样，直到这一刻，整个世界才知道，原来所谓天造地设、理所当然，只是人们心里对美好的想象与希望。

如果是普通少女，徐有容现在应该会不愿意与秋山君见面，因为尴尬与不方便，换成那些冰雪聪明且做事果决的不普通少女，也不会与秋山君见面，因为似乎只有这样才能让对方尽快地平复心情。但徐有容没有这样做，她不是那个如清风一般的少年，道心也未染尘，不计算，也不会刻意改变。

走进离山顶峰的洞府，她将空着的食盒搁到桌上，对床上的秋山君说道："七间师妹还是很虚弱，却总想着要去京都找折袖。"

秋山君靠在床头，苍白的脸上满是担忧的神情："师叔祖回山知道这件事情后很是不高兴，骂了小师妹好长时间。"

徐有容有些不解，说道："苏离前辈潇洒不羁，为何在这件事情上如此不近人情？"

秋山君微笑说道："任何男子做父亲的时候，总会变成他年轻的时候最讨厌的岳父大人。"

徐有容说道："可是我还是不明白，他为何会如此严厉地反对。"

秋山君沉默了会儿，说道："师叔祖当年在雪原上见过那个狼崽子，他说……那个狼崽子有病，活不了太长时间。"

徐有容第一次听说这件事，想着那个曾经在青云榜上给自己最大压力的狼族少年，除了身世凄惨命运也如此不堪，不免有些感慨。

秋山君望向她说道："没有哪位父亲会同意自己的女儿嫁给一个短命鬼……说起来，师叔祖为了这件事情还把陈长生骂了三天。"

徐有容笑了笑，没有说话。来到离山后，她才知道了些周园之后发生的事情，比如陈长生陪着苏离跨雪原过天凉的故事。不得不承认，这些事情让她对那个叫陈长生的家伙的印象有所改观，但毕竟那个家伙叫陈长生，她不会对他恶言相向，却也不想称赞对方。

秋山君也不再说话，借着石壁上夜明珠的光芒，继续阅读手里的剑经。徐有容从桌上拿起一卷长生经，开始默读。洞府里很安静，但并不暧昧，只是非常自然，就像先前徐有容走进来，两个人开始对话，然后结束对话，不需要刻意做什么。

数年前，徐有容还是个小女孩的时候，从京都来到圣女峰，开始在南溪斋修行学习、解读天书，二人便时常见面，时常像现在这样相对而坐，静静看书，没有言语。世人都以为两小无猜便是青梅竹马，其实他们清楚，那并不正确，之所以无猜，是因为彼此都很清楚，对方的心里在想些什么。

不知道过了多长时间，徐有容起身说道："师兄，我先走了，明天再来看你。"

秋山君把视线从书籍上移开，望向她，却没有像前些天夜里那样，像前些年那样，说声路上小心。这是他数年来，过得最愉悦平静的几个夜晚。因为他可以静静地看着她，无论是微微眨动的睫毛、翻动书页的手指，唇角微微翘起的线条。不用时时看，只是看书疲倦时，随意抬头望去，她便坐在那里，他就会觉得安心平静，然后愉悦。他很想这样的夜晚能够更多，所以他想要多说几句。

"因为师叔祖的事情，我离山剑宗欠了他一个天大的人情，无论以往双方之间曾经有过什么仇怨，现在只能是我们欠他。"秋山君看着她说道，"但这种事情与人情向来没有任何关系，我想说的是，他很优秀，配得上你，绝不像你小时候说过的那般顽劣，更不像去年你在信里提过的那般不堪，那么现在你对这门婚事又是如何想的？"这段话里提到的那个人自然就是陈长生。秋山君的语气很平静，很坦荡，很诚恳。

徐有容想了想，说道："过段时间，我便会回京都退婚。"

"直接退婚……"秋山君认真说道，"对陈长生来说未免有些不公平，人言可畏，去年京都你家做的事情，已经迹近羞辱。"

徐有容看着他的眼睛，平静说道："可是如果履行婚约，对我不公平。"与陈长生的这门婚事是她祖父定下的，从来没有任何人问过她的意见。

秋山君沉默了会儿，说道："抱歉。"这里的抱歉，指的是去年南方使团去京都提亲的事情，当时也没有人问过徐有容的意见。

徐有容笑了笑，没有说什么，她深知秋山君的为人，相信那件事情与他没有关系，当时她被师门长辈遣去南海静修，秋山君正在与那些魔族的青年强者争夺周园的钥匙……

想到周园，她如秋水般的眸子里忽然多了一抹淡淡的伤感。在周陵里，他说过他有婚约，但他会解除婚约。她对他也说过，她有婚约，但她一定不会嫁给那个人。为什么会有这样一番对话？自然是因为他想娶她，她也想嫁他，虽然没有说，虽然他已死，但怎能否定，怎能忘记？是的，所以她要回京都退婚，

195

无论陈长生好或者坏，那都是不重要的事，因为他不可能是他。

"师妹，你怎么了？"秋山君能够察觉到她最细微的心思变化，因为这些年来，他的心思一直都在她身上，他能够感觉到她的伤感，不禁有些担心。

"没什么……"徐有容看着秋山君的眼睛，忽然觉得这件事情不该瞒着他，略一停顿后说道，"师兄，有件事情你不知道，我之所以坚持退婚，是因为我有喜欢的人了。"

洞府里忽然变得非常安静，比先前二人看书时还要安静。

秋山君忽然笑了起来，说道："想来那个人肯定不是我。"

徐有容微笑，然后把自己在周园里遇到的事情粗略地讲了讲，主要说的是那位叫徐生的雪山宗隐门弟子。

秋山君笑容敛没，沉默了很长时间后说道："师妹，他应该已经死了。"

徐有容平静说道："我知道。"

秋山君看着她，有些担心。

走出洞府，来到崖畔，松涛被夜风带起，在星光下仿佛一片银海。徐有容望向崖畔那位书生打扮的青年男子，说道："二师兄。"

苟寒食提前离开天书陵，便是因为知道了离山的消息，比她更早抵达。他转身望向徐有容，想要说些什么，但最终只是叹了口气。对他来说，徐有容是师妹，秋山君是大师兄，他最清楚二人之间的事情，而且他还清楚京都那边的很多事情。

如银海般的松涛下方，是一道极其陡峭的崖壁，崖壁里忽然传来一道凄厉的嚎叫声。小松宫与那两名戒律堂长老，现在便被囚禁在离山崖壁里，那两名戒律堂长老重伤未愈，小松宫的下场则更是凄惨，直接被苏离下令斩去了两只手臂。至于那位意图趁着苏离不在，重新树立权威的长生宗长老，则是被苏离直接废去了一身修为，离山小师叔行事，果然冷血辣手。

苏离现在正在后山养伤，徐有容要去那里，因为她的老师南方圣女也在那里。浔阳城那场风雨过后，整座离山、整个天南、整片大陆才知道，原来圣女与苏离之间竟有如此深厚的交情，便是徐有容，也是首次得闻此事。

"别的事情不说了，只是如果你坚持回京都退婚，希望你能尽可能照顾一下陈长生的颜面。"苟寒食看着她说道。

徐有容微异。经过了这么多事情，尤其陈长生和苏离这场堪称壮阔的南归之后，她对霜儿和莫雨来信里说的事情，已经产生了很多疑问，对陈长生不至于再像从前那般鄙视，可她还是没有想到苟寒食居然也会主动替陈长生说话。

"陈长生……到底是个什么样的人？"

听到她的问话，苟寒食认真地思考了很长时间，然后得出了一个结论："他是个真人。"

他和徐有容都不知道，在南归的途中，苏离也曾经这样评价过陈长生。

"是吗？"徐有容很相信苟寒食对人的判断，不禁有些恍惚，小时候的事情她本来已经忘了很多，从陈长生入京后又逐渐记起了些，可是……罢了，或者真的有什么误会，但和她也没有关系。她向苟寒食告辞，顺着松林畔的山道，向后山走去。

苟寒食忽然想起一件事情，说道："师妹，陈长生他……"

徐有容转身望向他。

苟寒食本想告诉她，陈长生在周园里发现了剑池，离宫正准备把这些剑还给各宗派山门，其中就有圣女峰失落在外的那把斋剑，但看着她略显淡寞的神情，知道她不想听，又想着她只怕早就已经知道了此事，摇了摇头，说道："没什么。"

57 · 你帮我把伞还给他

陈长生找到了剑池，带出很多剑，这件事情暂时还没有传播开来，但已经算不得秘密。只不过徐有容一直在幽居养伤，并不知道这件事情，然而所有人都以为，她当然知道这件事情。如果这时候苟寒食说了，那么她应该便会提前猜到一些事情，可事实上……什么时候知道从来都不重要。

这段话很拗口，说的道理其实很简单。如所有故事或真实的人生一样，人们总会遇到这样或那样的问题，有的问题会让你饮了毒药投了坟，有的问题却让你啼笑皆非美了姻缘，归根结底，故事或人生的结局与其间的那些问题并没有太大的关系，重要的是你怎么去解决那些问题。

徐有容走到离山后峰的时候，她的老师就正在试图解决一个问题，身为与教宗分庭抗礼的南方教派领袖，她要解决的当然是大问题。这个问题叫作南北合流。

人类如果想要彻底战胜魔族，或者至少完全消除魔族的威胁，便需要真正的大一统，或者用两百年来流行的说法，叫作南北合流。

大周皇朝无时无刻不想着能够真正的征服南方，但哪怕是英明神武的太宗陛下，也只做到了让南方的宗派门阀在名义上认同了京都的正统地位。圣后娘娘实际执政之后，最想做到的也是这件事情，但她也没有成功。十几年前，梁王府与长生宗合谋，意图以南伐北，事后看来虽然更像个笑话，但也说明，南北合流乃是大势所趋。

更早的那数百年，南北合流无法成功，有很复杂的原因，而最近这两百年，整个大陆包括魔族都知道，之所以天海圣后、教宗以及南方圣女这三位圣人的集体意志与强力推动，都无法让南北合流向前推进一步，根本的原因就是因为一个人的存在。

因为，苏离不同意。

为什么苏离在魔域雪原与魔族强者们血战之后，紧接着便要面临人类世界的无耻追杀？为什么圣人与八方风雨不惜声名受损，也要在浔阳城置他于死地？就因为他杀过太多人？当然不是，而是因为只有苏离死了，南北合流这件伟业才有可能真正实现。

"我不想你成为第二个周独夫。"圣女看着苏离轻声说道，"如果你觉得周人的嘴脸实在无耻，眼不见为净便是。"

苏离摇头说道："你始终不明白我为什么不同意这件事情。"

"你何时又真正对我敞开过心怀？"圣女看着他的眼睛微笑说道。

徐有容知道老师和苏离知道了自己的到来，只是长辈们行事可以如清风繁星，她却没办法听下去，上前行礼。

苏离指着她对圣女说道："你有时间，先把你徒弟的问题解决了吧。"

徐有容神情微凝，心想自己又有什么问题？

苏离继续说道："她那问题比南北合流还要麻烦得多，便是我都不知道该怎么办。"

圣女微微挑眉，说道："什么问题？"

苏离说道："当然是人生大事的问题，秋山君和陈长生那个白痴，便是我都分不出来谁更好，她到底嫁给谁？"

圣女微嗔说道："在晚辈面前，瞎说些什么呢？"

徐有容真的没办法接受……这样的画面，在心里叹了口气，又觉得苏离前辈这句话里竟隐隐对陈长生更亲近些。

"我谁都不会嫁。"她说道，"回京都后我会去退婚。"

苏离眉梢微挑，仿佛要飞入离山夜雾里的剑，但终究什么都没说。

圣女有些怜惜地看了她一眼。徐有容在周园里遇到了什么事情，谁都没有说，包括她。但她是何等样人物，前些天看了一眼，便知道自己的女徒遇到了情障，所以不再提婚约之事，转而说道："去京都的时候，你代为师去离宫取样东西。"

徐有容说道："是，师父，只是不知是何物。"

圣女说道："周园剑池重现天日，陈长生愿意将那些剑归还各宗派山门，斋剑便在其间，只是暂时保存在离宫里。"

斋剑乃是南方圣女的随身佩剑，多年前被周独夫从圣女峰夺走，就此消失无踪。听着这个消息，徐有容很是吃惊，然后总觉得哪里有些不对。是的，非常不对……

苏离忽然问道："你什么时候去京都？"

徐有容醒过神来，回答道："应该是冬至后。"

苏离说道："既然你要去京都，帮我还样东西给陈长生，刚好你们认识。"

徐有容下意识里便有些抗拒，说道："我可不认识他。"

"你这丫头倔起来和你师父没两样！"

苏离说道："天海和你师父就教出来了一个你，寅老头就他这一个晚辈，你们总要打一架，退婚可以不见，打架也能不见面？"

徐有容知道确实如此，回到京都后，不理会青藤宴大朝试那些事情，按当前局势来看，自己与陈长生的一战在所难免。

"什么东西？"

"一把伞。"

苏离不知道从哪里摸出了一把黄纸伞，扔给了徐有容。这是当年他最珍视的一把伞，里面有他最想找回的一把剑，还代表着一段时光。所以在雪原上，哪怕和陈长生像孩子般斗嘴，他也舍不得给出去。但现在，他就这样随便地把伞扔了出去。

199

圣女神情微变，声音微颤说道："你真的……同意了？"

苏离说道："还在考虑当中，不过……如果真有机会去别的世界看看，确实好过于在这片泥沼里闻臭气。"

圣女不再说话，静静地看着他，满是欣慰与感怀。如果徐有容看到这幅画面，一定会觉得很无奈，但她没有。因为她正在看着手里的那把伞，那把旧伞。她当然认得这把伞。她握过这把伞。她举过这把伞。从草原到周陵。一路何止千里，曾经数次四季。当时她在他的背上，伞在她的手里。这把伞替她和他遮过雨雪，挡过风霜，避过烟尘，指引过方向。

还给……陈长生……剑池……斋剑……他。

她的脸瞬间变得雪白一片。她有些失神。她很是恍惚。

这一切到底是怎么回事？

58 · 什么情况？

秋山君的脸色很苍白，但与前些天失血过多、伤势过重而导致的苍白不同，要更加憔悴些，更加低沉些。只是半夜时间，他不知经历了些什么，沧桑了很多。

苟寒食看得清楚，也知道这是为什么，心情很是复杂，同情，然后有些不悦。同情是对大师兄的，不悦是对徐有容的。他知道这件事情不是徐有容的错，只是亲疏有别，而且他想不明白为什么事情会发展到现在这一步。哪怕他自幼通读道藏，也想不明白这些事情。

不知道过了多长时间，秋山君忽然开口说道："过些天师妹要回京都，如果你没事，陪她走一趟吧。"

苟寒食有些不解，问道："怎么了？"

秋山君看着洞府外地面的星光，说道："师叔祖……可能会与圣女一道离开，今后的天南会走向何方，便要看京都那边的动静。"

听着这句话，苟寒食很吃惊，过了很久才平静下来，问道："师妹回京都做什么？难道她真要亲自去解除那份婚约。"

秋山君摇了摇头说道："那件事情不是关键，相反，我主要是担心她与陈长生的那一战。"

苟寒食更加不解，心想为何师叔祖、师父还有师兄你，都坚持认为，有容师妹回到京都后，必然会与陈长生一战？

"南北合流在前，无论圣后还是教宗大人都不愿意在这种时候掀起太大的风波，换句话说，两位圣人一定会保持沉默，皇位之争还在水面之下，国教新规，诸院演武……天海家与那两位大主教做的事情，其实与教宗和梅里砂大主教做的事情很像，那就是为最后一战造势。"秋山君看着他平静说道，"从青藤宴到大朝试，再到天书陵，陈长生踏星光而行，先胜你再胜命，而这一次，如果他还能继续胜下去，当他的气势名声都在最巅峰的时候，有容师妹自天南回京，一举胜之，那么以后还有谁敢轻易挑战圣后娘娘的威严？"

然后他微微皱眉说道："只是这也太残酷了些。"

苟寒食明白他说的残酷是什么意思，摇了摇头，说道："师妹先前究竟说了些什么？"

秋山君很平静地将徐有容先前说的话说了些，比如她喜欢上了一个可能已经死去的雪山宗隐门弟子。

苟寒食心想这何尝不是一种残酷，沉默了很长时间后问道："难道就这样了？"

秋山君沉默了很长时间，然后说道："死人是无法战胜的。"

苟寒食不知道该说些什么，喃喃说道："这样不对。"

"谁不对？师妹吗？"秋山君看着他微笑说道，"你说周独夫的刀为什么无法抵挡？"

苟寒食说道："因为快。"

秋山君微笑说道："因为一刀两断，有时候……才是真慈悲。"

慧剑能斩情丝，刀也能。他微笑地说着，然后咳了起来。他咳得很痛苦，痛的有些伤心，衣裳上落下斑点血痕。情不知所起，一往而深，又哪里是刀剑轻易便能斩断的？

陈长生并不知道这场京都的风雨是在造势，所谓新规的最后，要落在自己与徐有容之间。同样，天海家与国教新派还有远在南方的那些世家门阀、宗派山门们对国教旧派及皇族的警惕与敌意，也全部落在了他与国教学院的身上。

清晨五时，他像过去那些年一样准时醒来，静心片刻后睁开眼，起身穿衣洗漱。窗外有雨落下，夏天的晨风却没有因此变得更凉，远处院门口传来的声音也没有变得小些。他已经习惯了醒来的时候，便会听到那些嘈杂的声音以及各种各样的消息。他不像当初那般着急，很平静地做着手头的事情，去湖对面的灶房里吃了两碗小米粥、两个高粱面馒头和两片切到极薄的粗脂粒红河火腿，顺便找了找那把被藏在柴堆里的山海剑，才往藏书楼走去。

昨天从周狱回来的时候，发现街上的凉棚没有拆，他和唐三十六便猜到了所谓诸院演武不可能随着周自横的重伤而结束。越境战胜聚星境，确实是件足以轰动整个大陆的事情，但与天海家熏天的权势气焰比起来，又算得了什么？

尤其是离宫直到现在都保持着沉默。这不代表国教旧派势力以及教宗大人就真的不管国教学院了。从前些天到现在，一直都有很多离宫教士与国教骑兵守护在国教学院四周，虽然无法阻止嘈杂的声音，但确保了此间的安全。

一名姓鲁的离宫教士匆匆走进学院，赶在陈长生走进藏书楼之前拦住他，先恭谨地行了一礼，然后双手递上一封信。这时候送进国教学院的信，当然是挑战书。

陈长生向那位鲁教士回礼，感谢对方这些天付出的辛劳，却没有接过那封挑战书，示意对方去小楼找唐三十六，还让他顺便转告唐三十六，早些起床吃饭，小米粥冷了无所谓，他如果起得再晚些，整整一大盆粗脂粒红河火腿就真要被轩辕破一个人吃完了。

走进藏书楼，他先查看了一番折袖的情况，然后从怀里取出昨天夜里落落请金长史送过来的伤药，又解下金针，蘸了些昨夜唐三十六潜进百草园里偷的一味药草打磨出来的绿汁，刺进折袖的眉心，缓缓地捻动着，继续替他治伤。不知道过了多长时间，离宫珍药与百草园药汁里的双重药力在金针的催发下，尽数进入了折袖的经脉，然后向着身体四处散去。

陈长生做完这些，感觉到有些疲惫，身体也有些发热，只是没有像昨天那样再次流汗。要解掉折袖身体里的那些毒素不是难事，事先让他最担心的南客的孔雀翎毒，不知道是因为有离宫的红衣主教亲自施展圣光术，还是周狱里下的毒药与之相冲的缘故，竟已经变得非常微弱，与折袖讲述时提到的毒素数量完全不符。现在他最担心的是折袖的经脉问题。

藏书楼的门嘎吱一声响了，轩辕破走了进来，问道："今天我学些什么？"

国教学院现在没有教习，轩辕破要学什么，当然只能来问他。陈长生有这方面的经验。他在国教学院里教过学生，知道很多种妖族功法，对妖族特殊的身体结构与经脉走向了若指掌，而且大朝试后替折袖治了这么多次病，他现在对妖族修行人类功法有了更多的信心。

他拿出一本早已准备好的书籍递了过去，说道："从今天开始，你学习天雷引。"

天雷引并不是一种常见的修行功法，准确来说，这是国教典籍里的一卷道经。据说这卷道经修行到极致处，可以力大无穷，拳起呼风，拳落唤雨，仿佛魔神一般，更能引动天雷灭杀无比强大的敌人。但据说，往往就是传说，没有人能看懂这卷道经如何修行，自然也就没有人修行成功过。

轩辕破是个憨厚的熊族少年，并不代表他就很笨，尤其是在国教学院里待了这么多天，被陈长生逼着看了那么多书，神智早开，见识渐广，看着手里这卷道经，难过说道："你这是在逗我玩吧？还是说你觉得我将来要去当一个召雨的教士？"

天雷诀现在最常出现就是祈雨的时候，教士会带领民众诵读，可是谁见过这卷道经读完后，祭坛便会发光，紧接着风起云涌，雷电大作，然后暴雨如注？就算这卷道经是真的，轩辕破是个为了成为妖族神将愿意奋斗终生的少年，又哪里会愿意做个呼风唤雨的道士？

陈长生也不解释，拿出院长的地位与师祖的威严以及最重要的落落的请托还有山海剑的归属权，成功地镇压住了国教学院重新开院以来有可能发生的第一次逃课事件。轩辕破喘着粗气，很是恼火不甘地走到窗边，对着天光开始修行。

国教学院院门外渐渐安静，并不意味着事态平息。诸院演武是一个简单的名词，但事涉国教对修行者的培养以及更重要的人类与魔族之间的战争，当然有一整套规矩与程度。

陈长生不理会这些事情，确认折袖重新入睡、轩辕破也真的开始认真读那本道经之后，他也开始冥想修行。昨夜他在黑色石碑的虚影里，惊鸿一瞥般看到了周园里的那些画面，这让他看到了希望，于是更加着急。

至于院门外的事情……自然有唐三十六负责处理。陈长生和轩辕破都没有这种能力，折袖就算没受伤也只会打架杀人，所以当初陈长生和轩辕破一直在等着唐三十六从天书陵出来，而唐三十六果然不负所望，回来的第一天便踹飞了天海牙儿，骂傻了周自横。

今天他又会怎么做？

唐三十六嘴里咬着小半个高粱面馒头，馒头里夹着灶房里他能找到的最后半片粗脂粒红河火腿，接过离宫鲁姓教士递过来的挑战书，也没有看，直接走出了院门。两队国教骑兵肃杀至极地站在微雨里，外围是乌压压的人群，当看到国教学院的门被推开后，人群里爆发出极大的声音。他被吓了一跳，嘴里咬着的馒头险些掉在了雨水里，含混不清说道："什么情况？"

59 · 他在花中央

　　离宫鲁姓教士有些无奈说道："都是来看热闹的，也没办法赶得太远。"

　　街上凉棚下面，除了四大坊的管事没有什么大人物，来看热闹的京都民众，竟已经到了很多。明明才清晨六时，天空里还落着雨，唐三十六很是无奈，又很恼火，心想不就是打架，有什么好看的，值得起这么早的床？

　　人群渐分，然后渐静，一名穿着黑色教袍的中年男子，面无表情走到了场间。唐三十六撕开信封，看了两眼，确认这便是今天的挑战者，竟是离宫附院的一位教习。他如剑般的双眉微微皱起，不是因为对方是位通幽巅峰境的强者，而是因为他心里的不解变得越来越浓，感觉越来越怪。

　　除了摘星学院，其余的青藤五院都直属国教管辖，难道国教内部真有这么多……胆敢违逆教宗意志的人？

　　藏书楼的门被推开，微风带着雨点卷了进来，同时走进来的还有唐三十六。

　　"我想不明白这件事情。"他对陈长生说道。

　　陈长生摇头说道："如今的国教里，包括离宫里的很多教士，都经历过当年的国教学院之乱，他们杀死过很多皇族供奉的强者，很多人手上还有国教学院师生的鲜血，他们当然没办法接受皇族重新执政，国教学院重新出现，这倒与违逆教宗大人的意志无关。"稍作停顿后，他继续说道，"主教大人当初说得准确，教宗大人转弯太快，哪怕是那些忠诚于他的人，一时间也无法转过这个弯过来。"

　　唐三十六想了想，说道："有些道理，但我还是感觉有哪里不对。"

　　陈长生更关心具体的事，问道："那位离宫附院的教习水准如何？"

唐三十六说道："不是聚星境，通幽巅峰，年龄很大，一看就知道有些压箱底的搏命手段。"

陈长生闻言沉默，心想这种对手看似不如周自横，但战斗经验只怕远在周自横之上，不太好对付。

他问道："和对方约的什么时候？"

唐三十六微怔，问道："什么什么时候？"

陈长生同样微怔，说道："什么时候和那位离宫附院的教习打。"

唐三十六这才明白他的意思，很随意地说道："已经打完了。"

陈长生有些没听真切，问道："打完了？"

"是的，打完了。"

"欸……"陈长生完全没有想到，一时间不知道该说些什么。

轩辕破再没办法静心读书，吃惊地望了过去。

即便是躺在地上的折袖，耳朵也微微地动了下。

"谁打的？"答案是明摆着的，但陈长生还是有些不确信。

唐三十六觉得他白痴到了某种程度，说道："当然是我啊！"

轩辕破更憨实，还真以为是落落殿下回来了，这时听到他承认，下意识里问道："你……打得过吗？"

那位离宫附院的教习既然是通幽境巅峰，才在天书陵里进入通幽上境的唐三十六，又如何是对方的对手？

"什么意思？陈长生能越境挑聚星，我连个糟老头子都搞不定？"唐三十六冷笑道，"看我现在这风流倜傥，玉树临风，片叶些雨不沾身的潇洒模样，你们也就应该知道谁胜了。"

藏书楼里一片安静。陈长生不知道该说些什么。

在青藤宴上和大朝试里，无论境界修为还是剑法，唐三十六明显都要比七间和关飞白他们稍逊一筹，更不要说和苟寒食比，作为自幼天赋过人的世家子弟，结果却被离山剑宗那些寒门子弟们压的气得喘不过来，头都抬不起来……陈长生知道他表面上没有什么，依然满不在乎、有钱任性、满口脏话，但实际上很受刺激。所以唐三十六在天书陵里非常用功，非常刻苦，最终追上甚至超过了关飞白，令人震惊地直接进入了通幽上境。但陈长生还是没想到，他竟然进步如此之大，竟能战胜一名通幽巅峰的前辈。

他看了眼唐三十六，确认真的没有受伤，问道："最后是什么情况？"

唐三十六盘膝坐到地板上，衣裳微湿，鬓间残着些水花。他没有立刻回答陈长生的问题，沉默了会儿才说道："我砍断了他一只手。"

陈长生也沉默了会儿，说道："重了些。"

唐三十六说道："总要让对方付出些代价……不然挑战信每天都有，怎么办？难道你能一直打下去？如果有一次你出了闪失，他们就敢断你的手。"这句话他说得很平静很坚定，因为他知道那是必然会发生的事情。

陈长生却注意到他的脸色有些苍白，然后想起来，虽说唐三十六进京后便喊着要废了天海牙儿，但事实上……他自幼在汶水含着金匙长大，来京都后也有庄院长照拂，直到离开天道院，来到国教学院才开始真正地面对那些人生里的风雨，他哪里真的废过人，甚至除了大朝试对战，他就根本没怎么见过血。

陈长生没有说什么，取出手帕递了过去，说道："擦擦。"

唐三十六有些吃惊，轩辕破非常吃惊，便是连折袖都睁开了眼睛。他们是世间最与陈长生亲近的人，现在都已经知道陈长生有非常严重的、平时不怎么显现的洁癖。

"只能擦雨水。"陈长生加重语气解释道，"如果你要去擦剑上的血，那就不用把手帕还我了。"

唐三十六下手很重，但夏天的雨水更重。清晨的微雨在傍晚的时候忽然变成暴雨，国教学院门口的血迹很快便被冲洗干净。这件事情除了让京都少女们觉得他更酷，从而更加花痴之外，似乎没有留下任何影响，无论对国教学院还是国教学院的对手来说，都是这样。

第二天清晨，国教学院再次收到三封挑战书，但与昨天不同，国教学院的院门一直没有打开，只能隐隐听到院墙里传来争论甚至是争吵的声音，直到傍晚时分，院门才再一次被打开，看着走出院门的唐三十六，等了整整一天的京都闲人与凉棚下的管事们，还有街上各处的车中的人们，精神为之一振。

与昨天确实不同，今天没有暴雨落下，只有满天晚霞。汶水剑离鞘而出，明亮的剑身映着晚霞，同时却似乎有某种魔力，将京都西天的晚霞尽数收了进去，街上一片晦暗，然后再次清明。唐三十六出手便是威力最强的汶水三式！晚云收，剑意起。院门前的地面上残着些雨水，一洼一洼就像是缩小了无数倍的湖。真元磅礴而起，剑势浩荡而出，那些湖面泛着金光，暑意顿消。巷里响起无数道密集的凄厉剑啸。

那名表面上来自宗祀所、实际上是天海家高手的剑客，倒掠而退，重重地落在街面上！啪的一声响，那些小湖被身影砸碎，金光变成无数片残鳞。那名剑客的身上纵横着十余道伤口，鲜血四溢，再也无法站起。

唐三十六没有再看此人一眼。他握着汶水剑，看着人群，说道："下一个。"

人群安静无声，然后轰的一声炸开。尤其是那些京都少女们，更是痴了一般，拼命地喊着他的名字，把手里的鲜花掷过去。鲜花不停地被掷到国教学院门前，地面上不多时便积了厚厚的一层，仿佛花海。

他就站在这片花海中央。

60·淹之始

今夏某日，唐三十六断了那名离宫附院教习的手，第二日他一剑重创那名天海家的高手，接着再胜两场，第三日他干净利落地连胜两场，第四日他云淡风轻地再胜一场，第五日他气吞万里如虎连胜四场，至此，他代表国教学院出战十二场，连胜不败。

国教学院门前变成了一片花海，百花巷第一次名副其实。更喜悦的还是巷外卖花的小贩和凉棚里开庄设赌的四大坊，无论赔率怎样变化，下注的内容怎么调整，只要人们越来越关注，那么商人们便总能借此获得最大的利益。

人们都在议论，到底唐三十六的连胜究竟能够持续到何时，同时真正确认，自幼便有天才之名的汶水唐家少爷，果如天机老人在去年青云换榜时的点评那样，只要勤于修行，境界实力果然可以轻易地突飞猛进，一日千里。有人已经开始琢磨，如果今年点金榜换榜，十七岁的他会走到哪一步。

如前些天一样，唐三十六站在花瓣构成的海洋里，神情平静，仿佛根本不为这些美丽的景象与街上那些少女的喊声所动，心里却在想着一些有的没的事情——最近天气有些热，巷外卖花的小贩从青丘郡运过来的鲜花生长得过于丰茂，他站在花海之中，总觉得自己站在一大堆肥嫩的五花肉里。

"果然了不起。"人群里忽然响起一道冷漠的声音，"我很好奇，如果现在点金换榜，你能够排在第几。"随着这道声音响起，一个穿着黑色布衣、浑身泛着寒意的男子缓步走到了国教学院门口。

这个问题是现在京都很多人都很好奇的问题，但没有谁比这个男子问出来更合适，也更有力量。因为这位黑衣男子正是点金榜上的强者，排名二十七，聚星初境，姓墓名老板，就叫作墓老板，事实上，他也确实是位做坟墓生意的老板。

墓老板自幼生活在南方幽岭一带，修行的法门偏于阴毒地火一流，战斗手段诡异莫测，便是同境界的强者，也很难在单人对抗中战胜他。他是天海家的客卿，如周自横一样，也有宗祀所教习的身份，所以他有挑战国教学院的资格。

随着墓老板登场，国教学院门口的温度瞬间降了不少，盛夏里凭空多出数道寒意。人群下意识里向外避让，少女们的喊声也变成了担忧的窃窃私语。

今日前来挑战国教学院的人，都是昨天夜里便递交了挑战书，唐三十六对此人的出现并不意外，并且已经提前做了很充分的准备。他知道自己不是墓老板的对手，因为他不是陈长生这种变态，能够越境战胜聚星境。所以他不准备和这个人打，直接从怀里取出一沓厚厚的银票。

"天海家一年给你三千两白银和一袋晶石，我现在手边暂时没有多余的晶石，只有三万两银票。"

正如天香坊管事们给他提供的情报一样，看到他手里厚厚的那沓银票，墓老板的脸色顿时变了，眼睛变得无比明亮炽热，便是身上的阴寒气息都消减了很多——果然是个极其贪财之人，唐三十六看着墓老板脸上挣扎的神情，微笑想着。紧接着他想起自己在大朝试上只用了一只烧鸡就搞定了折袖，又觉得自己确实骨骼清奇，血统不凡，真真是做生意的天才。看着这幅画面，街巷里的京都民众目瞪口呆，心想难道还能这样？

令唐三十六有些遗憾，却让来看热闹的京都民众高兴的是，墓老板最终还是抵抗住了金钱的诱惑。

"我确实喜欢钱，但这个世界上还有很多比钱更重要的东西。"墓老板看着唐三十六遗憾说道，"你懂的。"

唐三十六懂，对墓老板这种阴邪小人来说，比钱更重要的东西当然不可能是什么正义、承诺之类的事物，只可能是天海家捏着他的把柄，或者，更多的钱。

墓老板从弟子手中接过一截黑色的短枪，走到花海边缘。那把枪应该是由精铁打铸而成，不知为何特别短，想必在战斗中枪法应该极为阴险，但最阴险的是枪头上那些可怕的毒素侵染。

"这样也行吗?"唐三十六看着巷子对面茶楼里喊道。

离宫教士负责保护国教学院的安全,但真正有资格确认诸院演武公正的人……在那间茶楼里。整座京都只有极少数人知道,这些天里,英华殿大主教茅秋雨和折冲殿大主殿司源道人,有时候会坐在小楼里饮茶。茶楼里没有声音,说明司源道人与茅秋雨并不认为那截淬了毒的短枪违反规则。

墓老板看着唐三十六笑了起来,猩红的双唇里,森然的白牙看着就像冰雪深处的动物骨骸,声音同样寒意逼人:"请。"

"请你个头。"唐三十六说道。

墓老板神情微变,眼神里的阴寒意味更加浓烈,说道:"难道……国教学院想要认输?"

"白痴,国教学院又不止我一个人。"唐三十六毫不犹豫收剑归鞘,转身向院门里走去,喊道,"赶紧出来,这家伙既然不肯收钱,我可没办法。"

国教学院的院门被推开,陈长生从里面走了出来。与唐三十六错身的时候,忍不住埋怨了一句,"当初你说能够解决这些事情,就是这么解决的?"

"我哪里做错了嘛?掩嘛……兵来将挡,水来土掩嘛,三万两银票都掩不死那个贪财的家伙,我又打不过他,当然得你上嘛。"

陈长生停下脚步,有些无奈说道:"能不能不要嘛?"

唐三十六很无所谓地摊了摊手,说道:"不要忘记我们商量好的事情。"

陈长生点了点头。这些天看着是唐三十六一个人在战斗,事实上,每天夜里他们都会在藏书楼里商议第二天的对手,就连重伤的折袖,偶尔也会给出一些极犀利的意见,再加上汶水唐家和教枢处两边源源不断送来的情报,所以才有了这震动京都的十二场连胜。

可是总会遇到唐三十六和他都无法解决的对手,到时候怎么办?他们定下一个原则,无论胜负,他们都不能受到任何不能修复的重伤,比如识海幽府,比如不能断臂。至于别的情况不用太过担心,离宫派了两位圣光术极为高深的红衣大主教就在国教学院守着,怎么受伤都无所谓。

看着陈长生出现在石阶上,刚刚安静了片刻的人群,忽然暴出一阵比先前更加响亮的喝彩声。正要进入国教学院休息的唐三十六听着身后的声音,忍不住恼火地咕哝了两句。

这些天国教学院十二连胜，让唐三十六绽放了前所未有的光彩，以至于京都民众竟有些遗忘了陈长生的存在，直到此时他再次闪亮登场，才想起他才是国教学院的院长，他才是国教学院复兴的关键人物，或者说灵魂人物，而且众所周知，他是国教学院的最强者，曾经越境击败过聚星境的周自横……

墓老板的脸色变得更加阴沉，盯着石阶上的他说道："我是应该觉得荣幸还是要替陈院长你感到遗憾？"

陈长生没有回答他，横剑于身前，说道："请。"

墓老板的神情凝重起来，缓缓举起手里那截约两尺长的黑色短枪。

61·三剑破神甲

嗡！黑色铁枪前端骤然出现一团气流，那是枪尖高速颤头导致的空气变形。嗤的一声厉响，锋利的枪尖刺破那团气流，带着难以想象的速度与威势，直刺石阶上的陈长生。果然不愧以阴厉著称，墓老板的这一枪竟是毫无预兆，诡异到了极点。诡异不代表缺乏威力，只见无数花瓣从地面被气息带起，随着铁枪向着石阶上涌去。国教学院门前到处都是粉或白的花瓣，遮住了陈长生的视线，也遮住了很多人的眼光。

人们只知道那截短枪就在花海之后。飞舞的花瓣，正在急剧地变黑，那是枪尖的毒浸染过来的象征。瞬间，这场名为演武的挑战便变得无比危险，所有人的心都提到了嗓子眼里。花雨漫天飞舞，铁枪破空而出，诡异地仿佛花海里探出的一条斑斓细蛇。

然而，无论这截短枪的运行轨迹再如何诡异，也没有办法突破陈长生的剑。因为那是苏离都无法练成的笨剑。唯拙于剑者才能练成的天下第一守剑。

当的一声！

锋利而浸着可怕毒素的枪尖已经与陈长生的剑碰撞了无数次。当初在浔阳城里，画甲肖张的铁枪都没能越过这一剑，更何况是这一枪。但这截断枪的锋尖上浸染着可怕的毒素，那些毒会通过剑传到陈长生的身上吗？

墓老板就是这样想的，在过往的岁月里，他之所以能够战胜很多实力境界并不在他之下的对手，就是因为随着战斗的持续，他枪里的寒毒便会随风而起，随意而去，悄然无声损毁对手的武器，然后通过兵器甚至空气直接侵入对方的肺腑经脉，最终让那些人无力再战。

今天这一切都不会发生。陈长生那把看似寻常只是有些明亮的剑里蕴藏着难以想象的龙威与能量，怎么可能被人间的毒损毁？剑名无垢，自然有其道理。剑没有问题，人也不会有问题，因为人亦无垢。

陈长生擅于医术，昨天拿到教枢处送过来的情报后，便做了相应的准备。就算他不提前服药，铁枪上的寒毒也伤不得他分毫，因为他的身体里曾经住过一条玄霜巨龙的离魂，他曾经沐浴过那条玄霜巨龙的真血，他的身体强度要远超完美洗髓，从某种意义上来说，现在他的体魄与其说是强大的人类，不如说更像是一条真正的龙……除了南客孔雀翎这种层级的毒，像这种来自南方幽岭的所谓剧毒，又哪里奈何得了他？

花瓣雨落下，枪剑分离，露出墓老板震惊不解的眼睛。陈长生耶识步动，化作一道残影，来到他的身前。墓老板暴喝一声，向后退去，同时黑色短枪碾碎无数花瓣，一道粉白黑三色夹陈的屏障，出现在他的面前。

这就是他的星域。

在与周自横的那场战斗后，整个大陆都知道陈长生有越境挑战聚星境的能力，墓老板不敢有任何托大，而且明显是汲取了那场战斗里周自横的教训，退得竟是如此坚定决然，更重要的是，他的星域施展得极早极快，在陈长生出剑之前，便已经笼罩住了自己的全身。

他和很多人一样，依然坚持认为修行界的铁律就是铁律，陈长生当日能够一剑破掉周自横的星域，那是因为周自横的心乱了，或者是陈长生的剑太锋利，运气太好。他相信自己的星域要比周自横更加强大坚固，最重要的是，他认为在有准备的情况下，自己绝对不会心乱，所以他不相信陈长生今天还能那般轻易地破掉自己的星域。然而，他和那些抱着所谓铁律不肯放手的人，哪里会懂得像苏离这样的天才根本无法羁束的高妙玄思，哪里会知道所谓慧剑究竟是什么。

慧剑，真的不是一种剑法，而是一种战斗方式。

当国教学院门前地面上的花瓣如倒瀑一般洒向天空时，当那截铁枪阴险地穿过花雨刺过来时，当陈长生横剑于前时……他已经施出了自己的慧剑。这一剑起于昨夜的推演计算，落于此时的花雨之间。国教学院门前出现了一道亮光，仿佛闪电。无垢剑似乎要刺向花雨之上的天空，最终却只是刺穿了一片柔软的花瓣。但在那片柔软的、指甲大小的花瓣后面，便是墓老板的眼睛。

211

他的星域就这样轻易地被陈长生找到了漏洞。

陈长生用的剑招是最普通的国教真剑，这一刻却是最适合的手段。短剑破花而出，刺向墓老板的眼睛。他的眼中流露出震惊的神色，但没有注意到，在最深处似乎还有些别的情绪。他厉啸而起。扑哧一声轻响，龙吟剑刺进了他的胸口。然而与当日战周自横不同，锋利无双的龙吟剑，竟未能贯穿他的身体，而是被某样东西挡住了！

感受到剑端传来的异样，陈长生眼瞳微缩。墓老板的衣服里藏着软甲。问题是，世间有什么软甲能够挡住自己的剑？他的见闻还是太少，如果是唐三十六，此时必然已经猜出，墓老板衣服里的那件软甲应该便是天海家的镇宅宝物之一，六御神甲！

六御神甲乃是百器榜上排名第七十九的神器，据传是当年天凉王家的宝物，后来被太祖皇帝征入宫中，再后来，先帝担心天海娘娘在百草园里被敌人暗算，所以送给她防身。当娘娘修至从圣境界，不再需要任何防御，便转送给了当时还未回归星海的父亲。从那时起，这件六御神甲便一直珍藏在天海府里。现在应该便是被墓老板穿在身上。不得不说，天海家这一次真是下了大本钱，难怪先前唐三十六拿出了那么厚一沓银票，也没能让贪财的墓老板动心。

不愧是百器榜上的神器，龙吟剑竟未能一举刺破，陈长生的剑招被迫断在半途。墓老板眼中的惊恐瞬间变成狂暴的杀意。一声厉啸，他的短枪向着陈长生的咽喉狠狠地刺了下去。更可怕的是，他的枪势继而暴起，在极短的时间里再次重构星域，把陈长生关在了里面。

按道理来说，聚星境强者最重要的手段就是星域，绝对不会允许对手进入自己的星域，但现在的情况很特殊。是的，他不得不承认修行界的铁律在陈长生的剑之前已经失效。那么他干脆用星域把陈长生困住，然后与他正面相抗！

这些天来挑战国教学院的人，对陈长生的研究都非常深，尤其是他与周自横的第一战。所有人都看得出来，他承自苏离的剑意无比精妙，剑法庞杂甚至浩瀚如海，他的耶识步虽然不完整，但足以帮助他的身法快如闪电，但陈长生有个最大的弱点。

他未满十六岁，只是个少年。他确定自己的命星，开始修行不过一年时间。就算他是周独夫再世，体内的真元数量也不可能比得上那些修行了数十年甚至上百年的强者。人们还不知道他的经脉也有问题，输出真元的效率无比糟糕。

总之，陈长生最大的弱点就是真元数量。

然而，墓老板不知道一件事情，同时没有记住一些事情。在浔阳城里，梁王孙曾经用过相同的办法对付陈长生。如果陈长生的真元真的如此之弱，当初在大朝试对战里，又是如何能够撑住苟寒食风雨般的攻击，在浔阳城里又是如何能够破开梁王孙的星域？如果连梁王孙的星域都困不住他，聚星境以下还有谁能困住他？

凉棚下很多人都以为陈长生可能会输掉这场战斗，震惊地纷纷起身。茶楼里，还有长街首尾那几辆安静的马车里的人们却不这样想。他们知道并且不会忘记陈长生在浔阳城里做过些什么。他们很清楚，陈长生有能力脱困，这场战斗还远远没有到结束的那一刻，胜负依然未分。然而下一刻发生的事情，便是连他们都没有想到。

陈长生没有选择再出慧剑，破开墓老板的星域，先行退避，再作打算。他的无垢剑依然刺在墓老板的胸口，然后继续向前。似乎他根本没有想过脱困这件事情，不在意墓老板的衣服下有件百器榜上的六御神甲，只想着胜利。一声清喝！一道炽烈的气息陡然出现在国教学院门前，墓老板带来的阴寒气息，仿佛冰雪遇着烈阳一般，瞬间消失无踪。漫天飞舞的花瓣，竟然真的燃烧起来，变成了一大片刺眼的光线。墓老板的脸被照耀得一片苍白，身处场间的他感受最为清晰，那道暴烈的、炽热的气息……陈长生的真元变得无比磅礴！

真元不济……原来都是假象！

他神情骤变，真的惊恐万分，暴喝声中，哪里还顾得上出枪，拼命地向后疾退。但陈长生哪里会给他这种机会，手中的无垢剑直接刺进了他的胸口！贯穿而出！暴烈的剑意，直接摧毁了墓老板的所有斗志，那道恐怖的力量，直接把他从锋利的短剑上击打了出去。国教学院门前，响起一道雷鸣般的闷响。墓老板化作一道黑影，倒飞数十丈。街上凉棚前有阵法以为屏障。他重重地撞到了上面，然后颓然滑落于地，再也无法起身。

凉棚前的空气里隐隐显现出青色的光芒，隐约还能听着极低的撕裂声，凉棚的梁上簌簌落下灰尘，洒得里面很多人满头满脸都是。墓老板瘫坐在地上，不停地吐着血，眼神惊恐震撼到了极点。这到底是怎么回事？陈长生的真元怎么可能在这么短的时间里变得如此狂暴强大？凉棚下的人们同样震撼到了极点，竟顾不得落到身上的灰尘，目瞪口呆地看着陈长生。

他的这一剑，竟险些把街上的屏障阵法都给击破了！

62·今年夏天，就看国教学院

这场战斗持续的时间很短，比第一天陈长生与周自横那场还要更短。一切发生得太快，普通民众根本都看不清楚，陈长生的剑曾经在墓老板的胸前停滞过极短暂的一瞬，他们更不可能知道，墓老板的衣服下面有一件传说中的百器榜神甲，他们只看到陈长生出剑，刺穿了对手的胸口，把对手震到了街上，于是对墓老板不免生出些轻视，心想即便实力不如小陈院长，但你知道当初小陈院长是怎样胜的周自横，难道就没有半分准备？如果准备了，还以同样的方式落败，那就更不行了。

当然，很多人都注意到了陈长生这一剑的异象。那一剑仿佛太阳燃烧一般，喷涌出了无穷的光与热，把花海变成了火海，这是什么剑？墓老板很痛苦，很虚弱，很惘然，也在想着这个问题，明明陈长生才通幽上境，怎么真元数量比很多聚星境还要多！而且怎么能够刺破六御神甲！这到底是什么鬼剑？凉棚下的那些管事与大人们也很震惊，心想这到底是怎么回事？茶楼里响起一声叹息，然后重新恢复平静。

街尾那辆黑色的马车里，一根毛笔正在纸上稳定而顺滑地行走着，留下字迹。

"陈长生终于用了第三剑。"

"这种暴烈的剑招，很明显非常损耗真元，但和档中记载的浔阳城一战不同，陈长生已经能够用不止一次，看来回京后有明显提升。"

"墓木森穿着六御神甲，却无法抵挡那一剑，除了陈长生真元暴涨之外，应该还是与那把名为无垢的短剑本身有关。"

两位清吏司官员忠实地记录着今天看到的所有画面，然后才搁下墨笔，揉了揉有些发酸的手腕，对视无言，都看出了彼此眼中的震撼与不解。就算苏离教给陈长生的那种剑法可以用秘法摧动真元燃烧，在短时间里爆发出比平时强大无数倍的能量，但那可是……六御神甲啊，怎么如此轻易就被破了呢？

"听说天机阁已经派人来京都，就是要看看这把无垢剑。"

"难道今年百器榜真的要换榜了？"

"上次就说过，无垢剑出，百器榜必然更新，只是经过今天一役……只怕这把剑的位次要再往前排一些。"

六御神甲本就是百器榜上的神兵,无垢剑居然能够如此轻易地刺破它,自然要远远排在它的前面。

车厢里很安静,一名官员忽然想起来了些什么,重新拿起墨笔,在纸上写道:"陈长生依然没有杀人。"

是的,墓老板没有死。无垢剑穿胸而过,如上次一样,紧依着他的心脏穿了过去。陈长生的剑,锋利到了令人发指的程度,也精准到了令人发指的程度。那么他握剑的手,该稳到什么程度?

时间极其缓慢地流逝着,终于到了盛夏时分,国教学院在这十几天里,迎来了数十场挑战,至今未尝一败,震动京都。

聚星境以下的挑战者,打不过唐三十六,虽然有几场他胜得极为惊险,有一次甚至还受了较重的伤。聚星初境的挑战者,都成为了陈长生的手下败将,这时候,所有人都已经确定,陈长生虽然还未聚星成功,但已经有了聚星初境的水准,甚至已经有人开始设想,如果他和年初聚星成功的秋山君对战一场,最后的结果会是谁胜谁负。

迄今为止,还没有聚星初境以上的强者挑战国教学院,因为到了那种层次的强者,很多都成为了一方大豪,很难被天海家所驱使,即便有,也是相对更重要的客卿身份,既然是强者,总要讲究一些风范与气度,如果自降身份去挑战陈长生,就算胜了也是极丢脸的事情。

最关键的是,谁也不知道事情如果走到这一步,一直保持着沉默的教宗大人,会不会降下雷霆之怒。当然,就算真有聚星中境的强者出现,唐三十六也已经做好了万全的准备,作为国教学院对外事务的总管,他早就等待着那一天的到来。

这些天,真正的惊喜是轩辕破。折袖还在藏书楼里静卧养伤,轩辕破右臂的伤势则是终于完全复原,在陈长生的指点下开始修行天雷引后,狂暴的真元开始在他那粗阔仿佛官道般的经络放肆快活地流转,天生的神力终于能够被完美地控制,从而展现出令人心悸,让国教学院的大树们哀怨的破坏力。

在确定有把握的情况下,陈长生让轩辕破代表国教学院出战了四场,按照人类修行者标准,连通幽境都算不上的轩辕破居然一场都没输。最后那次遇到一位通幽上境的高手，他竟然也胜了，当然，在最后时刻他被迫变身，在国教学院门前拔了一棵柳树，极其狂暴地砸烂了百花巷里的半截院墙，顺便把那名通幽上境的剑客砸昏了过去。何其狂暴的力量，何其粗暴的战法，至于当时隐藏在柳树枝叶里的那些雷电碎屑，除了陈长生之外，则没有太多人注意到。

天机老人当初把轩辕破放到青云榜尾，令很多人都觉得莫名其妙，现在，再也没有人这样想了。看着国教学院门口那个树坑，和那半截明显新砌的院墙，人们只是在想，如果青云榜换榜，这个时常端着饭碗蹲在院门石阶上傻笑的熊族少年，能排进前几呢？

夏天是京都最热的时候，也往往是最热闹的时候，今年夏天的京都比往年要更热一些，也要更热闹一些。因为国教学院门口天天都有热闹看——平时很难看到的那些名人，换着出现，然后还打架给你看，而且还不收钱，不要票，这种事情，最爱凑热闹的京都民众哪里会愿意错过？天气转热之后，唐三十六便把对战的时间放在了清晨，于是每天清晨天刚蒙蒙亮，便有很多京都百姓拿着花卷包子馒头赶过去，甚至很多人还携家带口，仿佛踏青一般。更夸张的是，当外地有亲戚朋友过来后，京都百姓还会专程带着他们去百花巷看热闹，国教学院……俨然要成为新的京都六景了。

国教学院连续数十场不败，对京都带来的影响当然绝不限于此，比如关于诸院演武的赌弈一事，四大坊现在已经不再开胜负的盘口，而是开始在别的方面挣钱，每天开出来的盘口大多是国教学院由谁出战？用什么剑法？轩辕破什么时候会拔下一棵树？唐三十六今天胜后会收到多少封情书？以及陈长生什么时候才会再次施展出暴烈的那一剑？

某天傍晚极热，陈长生三人在湖里游了几个来回，然后坐在大榕树上发呆。

"很久没有见过落落殿下了。"唐三十六看着远方那轮落日忽然说道，不知有心还是无意。

陈长生也看着那轮落日，仿佛能够看到离宫里清贤殿的轮廓，听着唐三十六的话，他沉默了很长时间，然后嗯了一声。

唐三十六转头望向他，说道："明天去找她吧。"

陈长生收回望向远方的视线，低头望向湖面最后的几缕金光，沉默片刻后说道："她可能不大方便。"

落落在离宫里，在教宗大人的青叶世界里，要出来一次不方便。但事实上，听说皇宫里最近几场饮宴，她都出现过。最关键的是，听说从上个月开始，落落会轮流在离宫和皇宫里居住。不方便，自然是因为别的。陈长生明白，所以一直保持着沉默，甚至这本来就是他对她的要求。

去年的时候，国教学院刚刚新生，在那些大人物们的眼里，落落进国教学院，只是小孩子的玩闹。哪怕大朝试也是如此，都是小事。但现在不一样，教宗与天海圣后渐行渐远，落落身份敏感，如果她还留在国教学院，或者经常回到国教学院，小事便会成为大事。

落落在大周京都，代表的不是她自己，而是八百里红河，而是她身后的那两位圣人。

"我不管，我想她了。"唐三十六站起身来，扶着大榕树粗大的树干，看着远方落日下的离宫大声说道。

陈长生看了他一眼，很感激。他的身份也很敏感，很多话不方便说。唐三十六说想落落了，是因为他知道陈长生想落落了，落落肯定也想这里的大榕树了。

"我也想落落殿下先生了。"轩辕破在旁边说道。他是真的想，与陈长生无关。

唐三十六拍了拍他的肩膀，说道："那明天我们约着吃饭，她如果方便，就带她回国教学院看看。"

轩辕破坐在树枝上，却快要及得上他站着的高度，这个画面竟无来由地有些和谐。

"那明天早上那两场得赶紧打完，轩辕你就不要上了，我和唐棠上。"陈长生忽然想到一个问题。

唐三十六也想到一个很重要的问题，蹲下身来看着他的眼睛说道："和你说个事儿。"

陈长生见他神情郑重，有些不安问道："什么事儿？"

唐三十六说道："明天是江南州天道别院的一位教习，境界实力肯定及不上你，但……你能不能多出几剑？"

63·国教学院三杰

"什么意思？"

"明天那场你争取出到三剑……不，如果能坚持到四剑再把对方打倒，那是最好不过。"唐三十六凑到他耳边说道，"有人在天极坊下了重注，赌明天如果你落场，不会出三剑以上。"

陈长生怔了怔，问道："天极坊就是有天机阁背景的那家商会？"

唐三十六点点头。

陈长生问道："这样做……天机阁难道不会生气？"

唐三十六像看白痴一样看着他，说道："我家今年收了天香坊，天极坊想要示好，才会暗中给这边通气，不然你以为我怎么知道？"

陈长生有些吃惊，问道："难道你们四大坊暗中一直有勾结？"

"废话，不然怎么挣钱？"

"这……不是在骗那些人吗？"

"废话，那些人下场落注，不就是等着被我们骗？"

陈长生很是无语，过了很长时间后，有些不好意思问道："几剑？"

唐三十六说道："四剑就成。"

陈长生想了想，依然很不好意思，问道："那……几成？"

唐三十六看着他，像重新发现这个人一样，说道："可以啊，知道事先就谈价钱了。"

陈长生说道："离开周狱的时候，折袖说过要加钱……我想这钱还是应该由我来出。"

唐三十六想了想，说道："有道理，利润总数分你四成。"

陈长生觉得不错，表示同意。

轩辕破在旁说道："真不明白折袖和你们要那么多钱做什么，像我们这些山里的淳朴孩子，有肉吃，有皮衣穿，就很满足了。"

唐三十六看着他嘲讽道："看看你现在这恬不知耻的模样，还好意思说自己淳朴？"

轩辕破有些生气，说道："我哪里像你说的那样？我家乡可没有你这么狡猾的人。"

陈长生不想听轩辕破站在大榕树上狂喊什么京都不是我的家，我的家乡没有这么多人，赶紧主持公道说道："你现在确实变得和以前不一样了。"

唐三十六闻言大笑，说道："你看，连陈长生都这么说。"

轩辕破很是委屈。

陈长生拍了拍他的腰，安慰说道："但也不怪你，谁和唐棠这样的人在一起待时间长了，都会有些自恋，甚至有些不知羞耻。"

唐三十六笑容骤敛，好生恼火，换成轩辕破开心地大笑。

便在这时，湖对面的院墙那头，也隐约传来了一阵笑声。

"哈哈哈哈，快看……树上那三个人就是国教学院三杰。"

"什么叫三杰……小陈院长和唐公子倒也算了，那个像熊似的家伙怎么能算。"

"那个人就是轩辕破？那棵柳树就是他从地上拔出来的？正拔还是倒拔？这人像座山似的，得有多重啊，这树怎么就承得住？他们就不担心断了？"

"国教学院的树自然不是普通的树。"

陈长生三人很无语。

这样的事情已经不是第一次发生。最近来国教学院看热闹的人太多，尤其是外郡来的很多游客，并不知道京都的规矩，竟偷偷地瞒过四周离宫教士和国教骑兵的视线，溜到了后院这边。看到院墙，当然想看看墙后的国教学院是什么样了，于是人们开始翻墙。湖对面墙外的笑声与议论声戛然而止，响起的是蹄声与呵斥声，想来那些游客都已经被国教骑士控制住。

国教学院重新恢复安静，三人却忽然没了说话的兴趣。

"我不喜欢最近这些天的生活。"陈长生说道。

他自幼修道，修的是顺心意，求的是长生道，天然喜欢清静。唐三十六和轩辕破虽然正是喜欢热闹的年纪，但也觉得烦了，因为最近这些天着实太过热闹，甚至已经到了他们都受不了的程度，唐三十六看着他摇头说道："让你下手重些，你却始终不听。"

他初次代表国教学院出战，便一剑断了那名离宫附院教习的一只手，此后却在陈长生的请求下，出手轻了很多，看着低着头沉默的陈长生，他继续说道："如果……你真同意我的说法，杀几个人，绝对可以让当前的局面缓解一些，你不杀还不让我杀，那些人还有什么好怕的，自然一个接着一个来，天海家不就是想看着我们疲于奔命？"

陈长生说道："可是你难道不觉得如果就这样一直战斗下去，反倒更像是在帮助我们成长？"

唐三十六说道："如果你想这么理解也不为错，可是……你自己先前也说了，你不喜欢这样的生活。"

陈长生看着他的眼睛，说道："前些天你说过，你如果解决不了这些问题，便要改名字。"

唐三十六有些恼火，不再劝他，想着他先前说的那句话，沉默片刻后摇了摇头，说道："确实有些问题，教宗大人一直不管这件事情，我们应该研究一下。"

陈长生说道："还有件事情，想请你帮我研究一下。"

"什么事情？"

"墓老板衣服里真的就是传说中的六御神甲？"

那场对战结束之后，唐三十六对他说过自己的猜想，这时候听到他发问，说道："如果没有什么意外，应该就是这样。"

陈长生沉默了会儿，说道："怎么才能把那件六御神甲弄到手？"

在说到这个猜想的时候，唐三十六自然给他介绍过六御神甲的来历，那本来是天凉王家的宝物，后来被朝廷强行征入宫中，现在又流入了天海家。

唐三十六看着他不解问道："你要做什么？"

"我想把他送还给王破。"陈长生说道，"感谢他在浔阳城里的帮助。"

唐三十六有些不高兴说道："我帮了你这么多，你怎么就没想着送我点什么？"

"不高兴、愤怒、怨恨、杀戮的渴望……这是被欺压、被挑衅后最容易产生的情绪。"天海承武站在栏畔，看着微有雾气的湖面，感慨说道，"我就是想看到陈长生杀人，无论是被逼的，还是冲动之后下的结果，只要杀人就好，如此不停地杀人，手上沾满鲜血，变成苏离那样的人物，那么他还有什么资格与我们的人争，还有什么可能成为下一任教宗呢？谁能想到，他这般小的年纪，这般强大的实力与奇遇，竟依然能够完美地控制住自己的心态，到了现在，居然连一个人都没有杀死。"

他转身望向桌畔的那人道："我很好奇，你对他怎么看。"

64 · 澄湖楼偶遇

栏是酒楼的栏杆，桌是酒桌，酒楼是京都最出名也是最昂贵的澄湖楼，这里当然是用来吃饭的，有资格陪天海承武吃饭的人极少，徐世绩恰好就是其中一个。

作为名义上的，同时也是举世皆知的陈长生的未来岳父，他现在对陈长生的观感很复杂。去年，东御神将府因为这个乡下来的少年道士被弄得灰头土脸，被整个大陆所耻笑，然而他事先哪里会想到，陈长生居然会是教宗看好的继承者，他又哪里知道，那位计道人居然就是曾经无比风光的商院长……每每想到这件婚约，他对早已回归星海的父亲便会生出很多怨言，明明婚约的背后隐藏着这么多事情，为什么你事先不对我说清楚？

观感复杂，心思自然也很复杂，徐世绩对这门婚事的态度也变得有些难以捉摸，昨日收到天海府的邀请时，他便想到，这位以老谋深算著称的天海家主，或者便是要逼自己表态，于是来到澄湖楼后，他基本保持着沉默，尤其是当天海承武谈到陈长生时。

天海承武微笑看了他一眼，似乎对他的想法完全了然于胸，淡然继续说道："胜雪在北面修行勤勉，以战提意，已经成功破境聚星，年后应该会回京都再观天书碑。"徐世绩不知道他为什么会忽然提到天海胜雪，虽然天海胜雪是天海家第三代最优秀的年轻人，也是圣后娘娘最欣赏的晚辈之一。

"年初大朝试的时候，胜雪做的那些事情，谁都瞒不过，但这孩子是个聪明人，也没有想瞒谁，说起来，这应该算是把阳谋用得相当不错……但对他自行其是，我还是有些不高兴。一个家族太大，里面的人们难免会有各自的判断与想法，然而如果家族面临着压力的时候，那些单独的想法是没有意义的，我们必须把所有的力量集合在一起，才能保证整个家族继续行走在正确的道路上，所谓覆巢之下……连巢都保不住了，你还想保住自己的那颗蛋，岂不是很滑稽的事情？"

听着天海承武这番看似轻松的笑谈，徐世绩的心情更加沉重。他怎么可能听不懂这段话的言外之意。所谓正确的道路，当然就是天海家要取陈而代，继续统治人类世界的道路。所谓对天海胜雪的不满，当然实际上是对他的警告，不要生出太多别的心思。

"姑母最近没有说什么话，所以京都里有很多人产生了误会。"无论在皇宫还是在朝堂之上，天海承武提到圣后娘娘时都用尊称，只有在非常私密的场所里，才会称之为姑母，这不是一种隐性的提示，而是赤裸裸的力量炫耀，他转身盯着徐世绩的眼睛说道："他们却忘记了一点，姑母毕竟姓天海，她难道忍心看着家里的所有人都死光？"

徐世绩知道不能再听下去了，说道："我不明白为什么教宗大人也一直保持着沉默。"

这说的当然是最近京都最热闹的那件事情，国教学院与其余诸院之间的对战。天海承武敛了笑容，说道："当所有人都不明白的时候，那么必然有其深意……我总觉得教宗大人是在用这种方法让陈长生尽快地成熟起来，甚至有时候我觉得教宗大人是在揠苗助长。"

徐世绩微微皱眉，心想自己那个便宜女婿是公认的沉稳早熟，十六岁不到便已经快要摸到聚星境的门槛，更是前无古人，除了自己的宝贝女儿还真没有人能及得上，教宗大人居然这样还不满意，还想他更快成熟起来？

"除了姑母，谁能想明白教宗大人的心意？"天海承武转头望向湖面上的淡雾，缓声说道。

徐世绩更加不明白，心想如果教宗大人是想通过天海家和国教新派势力来磨砺陈长生，天海家为什么始终没有动用真正的手段？

"从梅里砂开始，一直到现在，离宫始终在为陈长生造势，我若要逆势而行，需要花的力气太大，那么我为何不顺势而行？我就让人不停地去国教学院挑战，陈长生如果能够撑过这段时间，想必无论实力境界还是心志都会得到很大的提升，但如果他撑不过去呢？"天海承武脸上泛起一道嘲讽的笑容，说道，"我知道你在想什么，很多人在想什么，觉得我天海家不停派那些人去国教学院挑战，是在为陈长生送祭品，就像是往一堆篝火里不停地添加木柴，根本没有办法压熄，反而会让那堆火烧得越来越猛烈，但你们有没有想过，如果某一天，忽然落下一根大树，这堆火还能继续燃烧吗？又或者，忽然没有木柴往里面添了，这堆已经狂暴燃烧了这么长时间的火堆，会在多短的时间里熄掉，或者会不会烧着它自己身后那片树林？既然离宫要造势，我就帮他们把这场声势推到最高处，然后再让他轰然倒塌，到那个时候，我要看看陈长生如何还能够承受得住这种落差，教宗大人对他的磨砺，会不会直接把他磨成一堆沙砾！"

徐世绩微微挑眉，说道："烈火烹油，最终往往确实是凄凉收场，只是……如果最后真的动用强者，只怕离宫那边会出面阻止。"

天海承武瞥了他一眼，微讽想着都已经到了此时还如此作伪，也不知道姑母当初是怎么选中了你。"有一个人……可以确定击败陈长生，而且就算教宗大人也没办法挑出半点不妥之后处，因为她年龄比陈长生还小，同样现在也还没有聚星成功。"他看徐世绩淡淡说道，"再过些天，你家凤凰儿就要回京了，姑母对你家凤凰的宠爱，举世皆知，离宫想要替陈长生造势，我们为何不能替你家凤凰儿造势？"

徐世绩知道今天这场谈话终于来到了最关键的时刻，沉默了很长时间，说道："她毕竟年幼，如何承担得起事后之事？"

阻止国教学院复兴的势头，甚至借此让陈长生的教宗之路戛然而止，对他那位天才的女儿来说，都不是什么太大的事，问题在于，国教学院这场风波的背后，隐藏着两位圣人的角力，徐有容纵使是天凤转世之身，但毕竟尚未成年，如何能够承受得住那些风雨？

"你要清楚一件事情，从周通到很多人，这些天看似什么事情都没有做，实际上是一直在配合南方那位圣人行事。"天海承武看着烟波浩渺的湖面，想着那件事情，即便权高位重、性情冷酷如他，也不禁有些向往，感慨说道，"南北合流今年或者真的有成事的可能，正是在这种背景下，教宗和姑母才会表现得如此平静，双方只能争势，不便落实，所以你不需要担心太多。"

撤席下楼。

像天海承武和徐世绩这样身份地位的人，自然走的不是寻常客人走的通道，而是澄湖楼专门留出来的一条别道。谁都没有想到，按道理来说绝对不会出现两批客人相遇的别道里，今天还真有两批客人遇着了。和天海承武与徐世绩迎面撞着的是三个年轻人。

国教学院的三个年轻人。

65 · 挡道者死

陈长生先看到的是徐世绩。那张肃冷的脸瞬间让他想起去年天道院外那辆马车里的剪影，然后他才注意到走在徐世绩前面的那位中年男子。那名中年男子眉眼之间颇有英气，有些眼熟，他不知道这人是谁，但从二人的先后位置便能猜出这人的身份地位应该极高。

他向徐世绩行礼，因为他是晚辈，这是必要的礼数。他没有主动开口说话，同样是礼数，而且他确实不知道该和对方说什么。虽说大朝试之后，徐世绩对他的态度明显有所改变，还请他去东御神将府吃了顿寻常家宴，可是那场家宴的结束也不是太过愉快。

——那封婚书的旅行到现在还没有抵达终点。

他直身的时候，发现唐三十六正在对着另外那个中年男人行礼。这是很少见的事情，因为唐三十六是个非常不重视礼数，更准确地说，是很鄙视世间那些繁文缛节的人，当初即便对着梅里砂大主教，他也没有这般规矩过。

天海承武看着唐三十六问道："你爷爷还好？"以天海家家主的身份地位，需要他问候的人，放眼整个世界也已经不多了，即便是汶水唐家，也只有那位老太爷有这个资格。

唐三十六笑着应道："身体特别棒，家里来信说，现在一顿还是要吃四碗饭，夜食更是天天不落。"说话的时候，他很乖巧，特别像一个懂事的晚辈，完全没有平时嚣张的模样。

陈长生更加吃惊，心想这个中年男人到底是谁？

徐世绩这时候对他说道："过些天，容儿要回京，找时间来府里吃饭。"

听着这话，过道里瞬间变得安静无比。天海承武望向徐世绩，缓缓眯起了眼睛。

陈长生才知道原来……徐有容要回京都了。沉默了会儿，他看着徐世绩很有礼貌地回应道："您知道最近国教学院事情比较多，不确定到时候有没有什么时间。"

从徐世绩说出这句话后，唐三十六的目光便一直在他与天海承武之后间来回，想要看出些什么。

天海承武忽然笑了起来，然后缓缓敛没，望向陈长生说道："既然事情多，还有闲情逸致来这里吃饭？"

只是简单一句问话，陈长生便感觉到了极强大的威压，尤其是对方声音里的寒意，竟似乎要把他道心冻凝一般。

便在这时，唐三十六极富特色、特别无赖的声音恰到好处地响了起来："听说您最喜欢在澄湖楼吃饭？"

他问的是天海承武。天海承武静静看着陈长生，没有理他。

唐三十六也不尴尬，笑着继续说道："您知道的，前些天陈长生和周自横那一战，我挣了不少银子，东凑凑西凑凑，凑够了银子，把这座楼买了下来，今天我们就是来收楼的，从明天开始，澄湖楼就得歇业重新装修，这些天可能您就吃不着蓝龙虾了。"

天海承武望向他，微嘲说道："小孩子脾气。"

唐三十六微笑说道："只是和您说一声，再过些天秋高气爽食蟹时，这楼可能也来不及开，可能得让府上管事再去觅个好去处。"

天海承武看着他说道："这些年来，越来越少人敢当面挑衅我，不愧是唐老太爷最喜欢的独孙，胆气果然与众不同。"

唐三十六睁大眼睛，状作无辜道："不是很明白您的意思。"

天海承武笑了起来，感慨说道："原来只是想让国教学院热闹热闹，现在看来，得让你们吃些苦头了。"说完这句话，他便向前走去。

通道不窄，但也不宽，尤其是有轩辕破像座小山似的身躯横在当中。天海承武向前走去，国教学院三个年轻人便要让道。轩辕破已经感觉到场间的气氛有些紧张诡异，看着对方就这样走了过来，很是生气，便准备用自己的身体迎上去。然而，这不是熊族部落里孩子们斗气，也不是国教学院同窗之间的玩耍。唐三十六神情微凛，闪电般伸手抓住轩辕破的腰带，真元暴起，生生把他抓住推向一旁的墙壁。轰的一声，墙壁被轩辕破直接撞垮了，烟尘微起。陈长生早就觉得这名中年男子有些问题，在唐三十六转身避让的同时，便已经退到了一旁。

天海承武就这样负着双手，面无表情地走了过去。

徐世绩看了陈长生一眼，也随之离开。

"你怎么回事！"轩辕破坐在地面的砖石废砾里，又茫然又愤怒，不明白唐三十六为什么会忽然向自己出手。忽然他发现唐三十六和陈长生都没有理会自己，下意识里回头望去，只见身后有十余张桌子，桌边坐满了人。

原来别道墙壁的那边，便是澄湖楼的一楼大厅。他们把墙壁撞垮了，便等于来到了大厅里。明明应该是热闹嘈杂的酒楼，这时候却仿佛比皇宫还要更寂静。无数道目光，落在陈长生三人的身上。

有资格、有钱在澄湖楼吃饭的人，都不是普通人，很多都是朝廷官员、离宫主教，最不起眼的，也是些名声在外的青年俊杰。国教学院如今在京都非常出名，他们自然认得陈长生三人，先前墙壁垮时，有很多人看到了天海承武的侧脸，更早些时候，甚至有人隐约听到了那边的争执之声。没有人能确切地知道发生了什么，但可以确定的是，陈长生三人和已经离开的那位大人物之间发生了些矛盾。

那不是普通的大人物，那是天海家的家主。无论是静宰相还是六部尚书，无论是国教六巨头还是青藤诸院院长，都无法及得上那个人在大周朝的权势熏天。事后陈长生三人居然毫发无损？那个叫轩辕破的熊族少年虽然有些狼狈，但他居然没有死？发生了这样的事情，最后竟是这样的结局，叫楼间众人如何能不震惊，如何能不安静？

"诸位，没事儿，没事儿。"不等故事里的大掌柜循例登场，唐三十六很有澄湖楼新东家的自觉，向四周揖手微笑说道："继续吃，我可不会给你们免单。"

说完话，他便带着陈长生和轩辕破往楼上走去，便在这时，先前隐约听着别道里谈话内容的一人，当然也是位好事者，站起身来问道："唐少爷，难道澄湖楼真要歇业？"

唐三十六停下脚步，站在楼梯上回头望向楼里众人，说道："确实如此。"

澄湖楼大厅里响起无数议论声，又有人问道："眼看便是蟹肥时，您这不是要愁死我们吗？"

又有人问道："唐少爷，就算准备装修要歇业，也得有个时间吧？何时宏图新开？"

唐三十六看着众人，露出一抹意味深长的笑容，说道："这主要得看我什么时候有空过来打理生意。"

听着这话，想着其中隐藏的意思，楼间一片哗然。现在谁都知道，唐三十六是国教学院的学生，所谓什么时候有空，主要是看他什么时候有心情，他什么时候心情能好起来，当然就是国教学院没麻烦的时候。澄湖楼乃是京都生意最好，同时也是最为昂贵的酒楼，日进斗金都无法形容这家湖畔酒楼的挣钱速度，唐三十六为了不让天海家那位大人吃上蓝龙虾和秋蟹，竟舍得这么多钱长时间歇业，众人不禁震撼无语，心想果然不愧是汶水唐家的独孙，真真任性到了极点。

顶楼栏畔唯一的那张桌子早已收拾得干干净净，十余碟清爽的果蔬小菜摆在其间，又有三种清茗随意享用。轩辕破没有这样的生活经验，看着那些产自诸名窑的名贵瓷器便觉得有些棘手，心想这般薄，不小心捏碎了怎么办？这般白，不小心弄脏了怎么办？

"你这未免也太任性了些。"陈长生看着唐三十六摇头说道。

唐三十六冷笑说道:"那老家伙最喜欢吃澄湖楼的蓝龙虾,问题在于,他让我的心情不好,我凭什么让他心情好?"

陈长生说道:"那也不至于把银子不当银子。"

唐三十六说道:"我比较富有。"

这句话他说得很平静,很淡然,没有任何吹嘘的念头,只是做解释,唯如此,才让陈长生无话可说。同时想起来去年在李子园客栈,自己第一次请唐三十六吃饭的情形,又想起来当时唐三十六说自己和徐有容都是很让人无话可说的朋友,不禁笑着摇了摇头。

"对了,那位……究竟是谁?"直到此时他才想起来这个重要的问题。

"天海承武,现任家主。"唐三十六说道,"圣后娘娘的亲侄子,换句话说,如果将来娘娘不想把皇位还给陈氏皇族,他就最可能成为我大周的下一任皇帝。"

陈长生这才知道原来竟是这位大人物。

轩辕破从顶楼湖居里的豪华陈设的震撼中醒过来神来,想着先在一楼唐三十六做的事情,埋怨道:"你刚才为啥拦着我?你怕他啊?"

唐三十六嘲讽道:"我不是怕他,我是怕你不让道,当场就被人活活打死了!"

轩辕破哪里服气,说道:"就他那么瘦弱的样子,我随便都能撞他三个跟头。"

唐三十六冷笑说道:"我大周朝有数的聚星巅峰强者,还能让你给撞翻了?你以为他是湖边那些树,随便让你这个狗熊撞?"

轩辕破愣住了,他怎么也没想到,那个看上去很普通的中年男人竟然是位聚星巅峰的强者。

陈长生回想着先前在别道里的画面,尤其是天海承武当时的神情,忽然间觉得楼外拂进来的湖风变得非常寒冷,因为他的心里生出了一道寒意——这位天海家主当时真的动了杀念。

66·一盘蓝龙虾引发的血案

如果当时他们三人不让道,天海承武或者会看在教宗和唐老太爷的面子上,只随便教训一下自己和唐三十六,但如果拦在道前的是轩辕破呢?要知道对他这样的大人物来说,轩辕破的命和蝼蚁根本没有任何分别。

陈长生很快便得出了结论：如果当时唐三十六没有伸手把轩辕破推到墙上，天海承武绝对不介意杀死轩辕破。他是聚星巅峰的强者，随意出手，轩辕破都是个骨折身死的下场。

到现在，陈长生都还无法忘记当初在浔阳城里，面对梁王孙的金刚杵，尤其是画甲肖张那柄恐怖的铁枪时的可怕感受。而天海承武无论境界修为还是杀伐意志，明显要比梁王孙和肖张更强更厉更老辣。最关键在于，他是天海家主。除了陈长生和唐三十六这样背景极为深厚的人，像轩辕破这样的普通人，他杀便杀了，整个大陆有谁敢说一个字？便是白帝夫妇都不会说话。

过了片刻，陈长生才摆脱了心里的那道寒意，望向唐三十六认真问道："以前你不是经常对天海家表现得不屑一顾吗？"

唐三十六脸色有些难看，说道："我说的是我爷爷，什么时候说过我自己了？"

陈长生想了想，说道："去年金长史第二次请咱们吃烧烤的时候，你说过，后来大朝试看见天海胜雪的时候你说过，再后来……"

"行了，赶紧打住，什么重要的事儿，值得你拿出解天书碑的力气在这儿回忆？"唐三十六恼火说道。

轩辕破看着他嘲笑说道："你也就会欺负我，在这些大人物面前，一点都不硬气。"

唐三十六大怒，说道："你们拎拎清楚，那可是天海家的家主！不是随便什么阿猫阿狗！再说我哪里不硬气了？没听那老家伙走之前说的什么？这么多年都没有人敢挑衅他！那么现在是谁挑衅了他？是谁让他吃不着秋天的螃蟹、蓝血的龙虾！说啊！"

便在这时，楼梯上响起急促的脚步声。来的不是今天请的正客，而是一位驻守国教学院的离宫教士。唐三十六神情微凛，看着那位离宫教士问道："出了什么事？"

那位离宫教士有些情绪复杂地看了他一眼，问道："听说……先前您顶撞了天海家主数句？"

用唐三十六的话来说，那叫挑衅，但在京都各大势力看来，他只是汶水唐家的晚辈，天海承武是绝对的长辈，所以叫作顶撞。当然，用顶撞这个词，从某种意义上来说，也是为了唐三十六考虑。

"直接说什么事。"唐三十六有些不耐烦说道。

那名离宫教士也不说话，直接取出厚厚一沓信放到了桌上，然后望向陈长生说道："陈院长，请您过目。"说完这句话，他便离开。

陈长生拿过那些信，依次拆开。湖居里异常安静，唐三十六和轩辕破的视线一直落在那些信上。其实他们都已经猜到了这些信里是什么，因为最近这二十几天，国教学院收了很多封这种信。果不其然，信里是挑战书，一共有四十几份。陈长生只是草草浏览了一遍，没有去看是谁来挑战国教学院，只是觉得这些挑战书真的有些重。

天海承武离去前说，以前只是想热闹一番，现在则要让国教学院吃些苦头……苦头很快便来了。距离刚才别道里的冲突才多长时间？便有这么多的挑战书送了过来。陈长生甚至仿佛能够看到，无数挑战书像雪花一样地飞进国教学院里。十二连胜？二十几场连胜？那有什么用，有什么意义？无数的强者，可以轻而易举地把整座国教学院淹没掉。不愧是当今人类世界的第一世家。天海家实在是太可怕了，不要说国教学院，就算是离宫，想要应付只怕都会有些吃力。

"你不让别人吃龙虾……别人就要让我们吃苦。"

陈长生看着唐三十六，叹了口气，说道："当初你说要淹死他们，现在我们马上就要被淹死了，怎么办？"

话音未落，楼梯间传来碎碎而急促的脚步声，珠帘被掀起，又是清脆的撞击声，然后是清脆如银铃般的声音。已经有些天没有听到的声音。酷热的盛夏，湖畔的澄湖楼顶楼湖居，借阵法引来徐徐湖风，最是清凉怡人，乃是京都最舒服的地方，所以只有天海承武这种大人物以及唐三十六这个新东家才能登楼。这时候来到陈长生身前的小姑娘，却比湖风更加清凉，沁人心脾。落落看着他嘿嘿笑了两声。

看着她清稚的眉眼，陈长生顿时忘却了那些烦恼，笑着说道："傻笑什么？"

落落理直气壮说道："太久没有看到先生，没有受先生教诲，难免会变得有些傻。"

这句话说的非常不傻，隐隐有不高兴的意思，陈长生也不傻，哪里听不出来，于是只好装傻。换作往常，轩辕破这时候肯定已经单膝跪在落落身前行礼，唐三十六肯定酸味十足地调侃他们师徒二人，但这时候湖居里很安静，轩辕破和唐三十六看着桌上那厚厚一沓挑战书，已经有些失魂落魄的感觉，想着以后每天要不停地打来打去，只怕连吃饭上茅厕的时间都没有，觉得好生痛苦。

落落这时候才发现二人的异样，好奇地问道："出什么事了？"

唐三十六这时候才醒过神来，望向落落，眼睛变得明亮无比，说道："殿下啊……"

陈长生哪里不知道他在打什么主意，走到桌前，将那些挑战书扔进唐三十六怀里，同时挡住了落落的视线，说道："上菜吧。"

落落有些好奇地从陈长生身后探出头来，看着唐三十六说道："怎么了？"

唐三十六看着陈长生的眼睛，明白如果自己真的向落落开口求助，自己回国教学院后的日子，肯定要比独自承受这些挑战更加凄惨，所以很坚定又很自如地转了话题，说道："澄湖楼从明天开始就要歇业了，我们把他家存着的蓝龙虾都吃掉吧！"

67·世间最贵重的礼物

今天这场宴请，主要请的是落落，但为了让她能够找到理由离开皇宫，所以还请了一些陪客，比如陈留王、茅秋雨，还有辛教士。拟名单的时候，陈长生没有在意地位差异和敏感之类的问题，只是想顺便感谢一下那些曾经帮助过国教学院的人。陈留王来了，茅秋雨没有来，辛教士来了，但看着场间这些人，想了想自己的身份，留下了礼物便先行退走，得到了唐三十六的赞扬以及轩辕破的不解。

美食佳肴青梅酒，湖风以及年轻人。

陈留王与众人最不熟，但不愧是能够在京都里坚持到现在的唯一的皇族成员、唯一能够得到圣后娘娘欣赏的晚辈，说话行事极其平和自然，没有过多长时间便与陈长生熟了起来，待最后一道菜上后，他想着先前来时路上听到的风声，有些不确定问了声。"那件事情是真的？"

落落好奇问道："什么事情？"

陈留王把先前澄湖楼发生的事情说了一遍，还提到了后续发生的事情。

陈长生见事情瞒不过去，示意唐三十六把那些挑战书拿了出来，说道："总感觉有些儿戏。"

陈留王看了看那些挑战书，摇头说道："大人物的小儿戏，往往也有深意，你看有什么需要我帮忙的？"

陈长生想了想，说道："毕竟是国教学院的事情，我们自己先处理，如果实在不行，说不得只好进离宫去求见教宗陛下了。"

落落看了陈长生一眼。陈长生夹了一筷子腐乳空心菜到她碟子里。落落懂了，轻声说了声谢谢先生，便低着头继续吃菜，没有说话。

"先生，为什么国教学院发生了这么多事情，您都不对我说呢？"

"在皇宫里住的还习惯吧？噢，我忘了，你来京都最开始那段时间，都是住在宫里的。"

"先生，那个周自横真的是聚星境吗？先生你真的只出了一剑就把他杀了？"

"说起来，金长史为什么不肯进院？就因为他不喜欢外面那些国教骑兵？"

"先生，唐棠那个家伙现在真的有这么强吗？"

"你觉得陈留王是个什么样的人？我觉得不错，但你也知道，我的朋友很少，也不怎么会看人。"

"先生，唐棠现在难道比我还强吗？应该没有吧，既然他都能十二连胜，如果我代表国教学院出战，会不会一直连胜下去？"

"不知道为什么，唐三十六一直不喜欢他。"

"先生……"

当然不是话不投机，也不是刻意顾左右而言他，虽然最开始的时候，陈长生确实是这样想的，但到后来，只是觉得这样很有意思。在进天书陵之前，尤其是轩辕破和唐三十六都没进国教学院之后前，这座占地千亩、无比阔大的学院就只有他和落落两个人，那时候傍晚在湖畔散步，或者在大榕树上发呆的时候，他们也会做些这样有意思的事情。

陈长生看着湖面上的金波与远处的离宫，伸手揉了揉落落的脑袋。做这个动作的时候，他没有看落落一眼，手便准确地落到了她的头上，因为这个动作他做过很多次，而落落永远就坐在那个位置。

梅里砂回归星海的那一夜，其实他们就已经预见到了现在的局面，上次他们见面的时候也已经讨论过这件事情，每个人都有自己的责任，最麻烦的是，每个人永远都没有办法是每个人，都有自己的亲人朋友同窗师长乃至国族传承，所以你永远没有办法自己一个人做选择或者说做决定，你总要考虑前面的事情，还要考虑后面的事情。

"我从不会推卸自己的责任。"落落从他的手掌下挣出来,站起身和他一起望向离宫的方向,说道,"但你们怎么就没想过我是国教学院的学生,也需要承担这边的责任呢?"

"因为……你首先是你父亲最珍爱的女儿,是八百里红河无数妖族子民爱戴的公主殿下。"陈长生看着她说道,"至于国教学院,这边有我还有唐三十六,你不用担心什么。"

从浔阳城归来后,他发现京都局势已经非常紧张,天海圣后与教宗陛下开始展现自己的力量,很多人都开始、被迫站队,他不让落落理会国教学院的事务,就是因为他不想让落落站队,因为落落在某种意义上,代表着整个妖族的态度。

"可是……"落落低头看着湖水里大榕树的影子和她与陈长生的影子,说道,"我很难过。"

陈长生安慰说道:"过段时间,如果局势能够稍微明朗些,或者就不会这么敏感了。"

毕竟是来自西宁镇的少年,哪里懂得这种事情一旦开始,就不会有结束的时候。落落是来自白帝城的公主,她当然懂得,所以越发难过。

看着她的模样,陈长生有些不忍,转了话题:"前些天夜里,折袖他们都挑了一把剑,你也挑一把,嗯,还有很多不错的剑。"

他想着国教学院每个人都有一把从剑池里归来的剑,落落自然也不能例外,而且她如果想到这是国教学院学生的特权,或者会觉得开心。至于落落会挑什么剑……他没有怎么在意,当初之所以没有轻易答应莫雨要越女剑的要求,除了他真不认为自己有给她的义务之外,更主要的也是想着落落还没有挑过,像越女剑和流光剑这种比较偏女性化的剑,得先给她留着,她不要的再做处理。

果不其然,听说国教学院每个人都有一把剑池的剑,落落开心了些,但没有立刻就选剑,只说让陈长生先保管着,以后再说便是。陈长生看着她系着腰间的落雨鞭,忽然想到她贵为妖族公主,连千里钮都有十粒,还有落雨鞭、帝獠牙这些百器榜上的神兵,只怕对那些曾经的名剑不怎么感兴趣。

"嗯,我还给你准备了一个小礼物,如果……最后我能弄到手的话。"陈长生看着她说道,想着如果自己真的能够再进入周园,再学会王之策当年的手段,就把周陵四周的那些天书碑变成小黑石,送一颗给她。

把天书碑当作礼物……他肯定没有想过,如果这真的变成现实,那么这必然会是有史以来最贵重的一件礼物。

68 · 黯然销魂者

落落绝对想不到陈长生说的礼物是什么,但这不会影响她的心情变得好了些——先生说会专门送她礼物,这就证明在先生心里,自己要比唐三十六和轩辕破还有折袖加起来都还要更重要些,自己在先生的心里绝对不只是一个学生……吧?

想到周园里的天书碑,陈长生想起那件重要的事情,问落落帮自己查得如何,这些天他也请离宫的教士们帮忙查过,还是没有消息,他只能把最后的希望放在她这里。落落低着头,有些不想说的意思。

陈长生觉得嘴唇有些干,声音微涩说道:"秀灵族那边也没消息?"

落落抬起头来,迎着他探询焦虑的眼光,咬了咬嘴唇,鼓起勇气说道:"秀灵族还留在大陆的都散居在草原里,很难完全确认,但可以确定的是,没有先生说的那位姑娘出了周园。"

陈长生看着湖里的游鱼,沉默了很长时间。

落落有些难过,小脸却挤出一抹笑容:"先生不要慌,我再让人查查。"

陈长生没有听到她的话,看着湖面喃喃说道:"我当时明明看着她坐着大鹏飞进山里,离畔山林语已经不远,虽然她受了重伤……"

然后,他沉默了。她没能走出周园。她不可能像他一样离开周园。她现在应该还在周园里。或者活着,但更大的可能是已经死去。这就是结局。如果人生若只如初见,她在苇堆上静静地睡着,多好,因为总有醒来的时候。

陈长生很伤心,这是他真正意义上第一次体会这种感受,虽然在之前偶尔想到那个姑娘可能已经不在的时候,曾经体会过一些,但那是石块下的草,还没能掀开坚硬的地表冒出来,虽然在桐宫里走到黑龙面前时,他曾经体会过一些,但同样是离别,却不一样。

自己与这个世界离别,世界与自己离别。大概便是这样的分别。然后他想起来,自己曾经答应过她要做一件事情。

"过两天,我会去东御神将府退婚。"

落落有些吃惊地抬起头来，心想先生进京都后，已经去神将府退了两次婚都没有成功，上次徐世绩已经言明，如果还想退婚，那就当着徐有容的面退……徐有容再过些天就要回京都了，先生为什么这么着急，不再等等？

"我答应过她……退婚。"陈长生看着湖里的游鱼，眼睛不眨说道，"既然确定她不在了，那我更要做到，而且得快一些，不然我怕她以为我是在骗她。"

落落坐在车里，看着窗外的院墙，小脸有些苍白。没有人明白她刚才对陈长生说出那个消息的时候，需要多大的勇气。因为她很清楚，以陈长生的性情，一旦知道那个消息后，那么自己便没有任何希望了。果然，陈长生很快便决定要去东御神将府退婚。他的那位未婚妻没希望了。更何况她只是他的学生。

车外的金玉律隐约感受到了些什么，叹了口气。便是这一声带着怜惜的轻叹，让落落哭了起来。她放下窗帘，难过地抽泣着，心想你们什么都不懂。离开的人，在人们的心里总是会重要些。永远离开了的人，在人们心里的位置便将永远无法被人取代。这个道理她懂，在五岁那年，疼爱她的奶奶长眠红河之后，她就懂了。她知道自己永远没有可能战胜那个没有见过面的姑娘，因为那个姑娘已经离开了。或者，真的只有离开才能够被记住吧。

落落抬起头来，擦掉脸上的泪水，再次掀起车帘，望向渐渐远去的国教学院的青树。她知道，到了自己离开的时候了。先生，我一定要你记着我。她倔强地想着。

唐三十六注意到陈长生今天的情绪有些问题，问道："没事儿吧？"

陈长生把桶里的湿衣服搭到晾衣绳上，说道："没事。"他不想让朋友担心自己，而且他总觉得周园里的那段记忆是他和她两个人的，于是他转了话题，"刚才陈留王殿下要来国教学院，你为什么不同意？"

唐三十六挑眉微讽道："哟，我又不是国教学院的院长，有资格不同意吗？"

陈长生端着桶向小楼里走去，经过他的时候说道："你倒是没说，就是那张脸难看得像是……"他本来想说像死了什么人似的，出口时却变了。"……像出了什么大事似的。"

"我这张脸如此英俊，就算给他摆脸色，又能难看到哪里去？"唐三十六接过他另一只手里拿着的搓板，跟了上去，说道，"我就不喜欢这个人，你又不是不知道。"

这是陈长生一直不理解的事情，问道："到底为什么？"

"我觉得这家伙太虚伪。"唐三十六说道。

陈长生说道："没有实证，就不要诛心。"

唐三十六冷笑道："你不觉得这家伙无论谈吐还是行事都给人一种如沐春风的感觉？"

陈长生很疑惑，心想这难道不是褒扬吗？

"他是个男人，有什么道理让我们都觉得春风扑面？"唐三十六不屑地做出自己的结论，"必有所图，而且所图甚大，且离他远些。"

陈长生想了想，这话倒有些道理，只是眼下看来，皇族被分逐诸郡，除了国教和朱洛，没有任何强有力的外援，陈留王刻意与国教学院交好，也是能理解的事。

说话间二人进了小楼，放好东西后，陈长生去了折袖的房间。折袖的伤势逐渐好转，虽然还不能行走，但可以移动，前些天便被他们搬回了小楼里。陈长生坐在床边，仔细地替折袖诊脉，然后取出针匣，开始为他治疗，过了很长时间，才结束了今天的疗程。

唐三十六在旁看着折袖依然苍白的脸庞，有些担心问道："他什么时候才能好？"

陈长生摇了摇头，说道："这个要看他自己的生命力。"

折袖睁开眼睛，毫无情绪说道："这点不用你们担心。"

便在这时，轩辕破从藏书楼抱着那厚厚一沓挑战书来到了房间里。"这只是第一批，听鲁教士说教枢处那边还有一大堆挑战书，看起来那位天海家主真的是很生气。"

唐三十六说道："这么大年纪，这么高的地位，怎么还和小孩子一样喜欢生气？"

大西洲的蓝龙虾，整个京都就只有澄湖楼能吃到，现在澄湖楼无限期歇业，自然很难再吃到——最喜欢吃的食物忽然吃不到了，谁都会不高兴。轩辕破想象着如果有人不让自己在湖对面烤羊腿吃，自己会是怎样的心情，便很理解，甚至有些同情那位天海家主。

陈长生沉默片刻后说道："就为了盘龙虾……"

以天海家在人类世界里的地位,那位天海家主真的发起飙来,还真不是国教学院能够扛得住的,从今天开始,想必会有无数挑战书像雪花一样的飘来。国教学院的三个年轻人再如何能打,就算依然场场必胜,又如何承受得住这么多场?就算打不死,只怕也得累死,就算累不死,那也真的要恶心死。他看着那些挑战书,便觉得有些胸闷,就像昨天在大榕树上说过的那样,天天过这样的日子,委实不是他想要的生活。

真正麻烦的是,在这些挑战书里,有一封很重,无论他还是唐三十六都接不住。"别天心,曾经的离宫附院最强者,聚星初境,但……不是周自横、墓老板那种聚星初境,当年在青藤宴和大朝试里,他只输给过关白一个人。甚至很多人怀疑,他早就已经可以进入聚星中境,只不过因为家传功法太过强大诡秘,所以暂时停留在这里。"唐三十六道。

"家传功法?他不是离宫附院的学生?"

"如果你家比离宫附院更强,换作你,你最后会选什么?"

"嗯……他是谁的儿子?"

"他爸叫别样红,他妈叫无穷碧。"

"嗯……他家果然很强。"陈长生没有感慨这两个名字很怪,因为即便孤陋寡闻如他,也听说过这两个名字。这两个名字与朱洛、观星客一样,都意味着天地间的风雨。但他这是第一次知道,原来这两位八方风雨竟然是夫妻,而且还生了一个儿子。

陈长生叹道:"就算打得赢,也不好赢。"如果胜了小的,说不得人家爸妈就会找上门来。

"能别像我这么自恋吗?"唐三十六说道,"你从哪儿来的信心能打赢对方?"

陈长生很想说,无论是在浔阳城外的荒野里还是最近在国教学院门前,自己已经胜过几个聚星初境,然后想起来唐三十六说过,这个聚星初境不是一般的聚星初境。

"别天心当年胜不了关白,不代表他的实力就比关白差,你可以把他们两个人的水准等同看齐。"唐三十六看着他的眼睛说道,"你见过关白,觉得自己有多少机会?"

陈长生回想起那天在街边看到的那名书生,感受到的那道剑意,沉默片刻后说道:"一点机会都没有。"

唐三十六说道:"那你想胜别天心,也没有可能。"

折袖在床上再次睁开眼睛,说道:"我和他打过。"

三人望了过去,吃惊问道:"谁胜了?"

"当然是他。"折袖像看白痴一样看着他们。进京都之前,他还没有破境通幽,就算狼族血脉天赋特殊,也不可能战胜一名聚星境的强者。他又说道:"不过如果现在和他打,我有把握。"

唐三十六微异问道:"你有把握胜他?"

折袖说道:"不,我有把握和他同归于尽。"

房间瞬间安静,唐三十六头疼想着,除了自己,国教学院里的这些家伙都是变态,真是没法交流。

陈长生忽然看着唐三十六问道:"你究竟想做什么?"

按道理来说,以唐三十六的性情,再如何嚣张,也不可能在澄湖楼里故意挑衅天海家主这样的大人物,从而让事态忽然变得激烈起来。

唐三十六安静了会儿,说道:"我们分析过,双方想要做什么,教宗陛下或者是想把你这把剑磨得更快,那天海家为什么要配合?"

"因为他们想造势……最终逼着我直面徐有容。"

"你想和徐有容血战到底吗?"

陈长生很认真地想了想,发现自己没有任何理由、任何道理去与那个素未谋面的少女战斗,摇了摇头。

"那不就结了。"唐三十六说道,"我现在要做的事情,就是让他们都想不到我们的应对方法,这件事情办好之后,你就可以安安静静地读书修行。"

"真的可以吗?"陈长生看着他认真问道。

唐三十六剑眉微挑说道:"我是谁?"

陈长生忽然想起来雪岭温泉畔的苏离,觉得这事好像有些不大靠谱。"可是,为什么对方会忽然加大打压国教学院的力度?"堂堂天海家主,当然不可能就因为吃不到龙虾,就改变既定的方针。

唐三十六看着他笑了起来,有些不怀好意。"很明显,你那位便宜岳父现在对你感觉很不错,天海家很担心徐有容真看上你了,不肯和你打怎么办?"

陈长生不知道该怎么回应,有些生硬地转了话题:"首先我们要解决眼前的问题,怎么不被他们淹死。"这话他刚才在澄湖楼上也说过。

当初国教学院陷入困局,唐三十六从天书陵回来,左手端着一碗豆浆,右手拿着一根油条,在国教学院门口铿锵有力地说道,这件事情他来解决,然后恶狠狠地把油条摁进豆浆碗里,说要淹死他们。现在陈长生很想知道,水来土掩,兵来将挡的法子明显不能再继续用了,他还打算怎么淹。如果没有什么好办法应对,他只好不去考虑太多的事情,直接去离宫求见教宗陛下。

"淹,有很多种方法。"唐三十六胸有成竹说道,"接下来我的方法,叫作水淹七军。"

"水淹七军?"陈长生很是不解。

唐三十六忽然说道:"先前听说国教骑兵又抓了两批意图闯进国教学院看风景的外地游客。"

陈长生心想,这和咱们现在讨论的事情有什么关系吗?

唐三十六继续说道:"这件事情给了我一些提醒,既然很多人都想进来看,我们不如直接卖门票,还能挣些钱。"

陈长生和轩辕破还是不懂。唐三十六看着他们认真说道:"我想说的是,国教学院很大……就我们几个,难道不会觉得寂寞吗?"

第三章

整个大陆都将知道,国教学院近二十年后,终于开始再次招生了。

69 · 国教学院的大事件

第二天清晨,天刚蒙蒙亮,国教学院外便来了很多看热闹的民众。很明显,昨天国教骑兵逮捕了三批意图闯入国教学院的游客,并没能影响到其余人的心情。而且昨天澄湖楼发生的事情,以及随后天海家主的怒火,已经传遍了整座京都,所有人都知道,只是今天一天,便将有四十余名修行强者前来挑战国教学院——要知道前面这些天,总共也就才数十场对战。这种热闹,谁会愿意错过?

国教学院当然可以像最开始那两天一样先拖着,但现在不比当初,今天有四十几封挑战书,相信明天可能会有更多的挑战书。雪花不停地落着,雪球不停地滚着,到时候地面的雪层积得越来越厚,雪球滚得比院门还高,国教学院里的那些年轻人还能怎么办?

巷外卖花的摊贩已经来了,更早占据好位置的是早点摊贩,人们一边吃着热乎乎的包子和清爽的凉面,一面兴致勃勃地讨论着这件事情,空气里弥漫着肉馅与黄瓜丝的味道,以至于那些爱慕唐三十六的花痴少女们恨不得把鲜花藏进怀里,生怕花香被毁了。

人群忽然渐渐地安静下来,因为就在街对面的凉棚前方,出现了很多人。那些人或老或少,或高或矮,俱自沉默,明显不是来看热闹的民众,因为他们身上都流露着非常危险的气息,都是真正的高手,都是来挑战国教学院的高手。看着这数十名天海家从各学院甚至诸郡调过来的高手,很多人不禁替国教学院担心,心想这怎么打得过?怎么打得完?

便在这时,国教学院的院门嘎吱一声被人从里面推开。院外的街上一片安静,气氛有些诡异,便是那些少女也只是满怀企盼地望着那边,却不像前些天那般不停喊着唐三十六的名字，说着我一定要嫁给你之类的疯话。

从国教学院里走出来的不是唐三十六，也不是陈长生，是辛教士。辛教士看了眼四周的人群，尤其是远处街上那些高手，忍不住摇了摇头，神情有些复杂，却看不出来是在替国教学院担心还是如何。他从怀里取出一张纸，吩咐下属仔细地贴在了国教学院门边的墙壁上，然后转身望向人群，清了清嗓子，大声说道："今天国教学院暂时停止接受挑战申请。"

百花巷以及更远处的街上都是鸦雀无声，国教学院这样的应对，在众人的意料之中，但正如大家想的那样，总不能无限期地拖延下去，那么国教学院必然要有新的手段，也就是说按道理来讲，这位离宫教士接下来应该还有话要说，说不得有什么大事发生。

果不其然，辛教士接着说道："今天，国教学院正式开始招收新生！"

70·一场闹剧？

从百花巷到正街，先是瞬间安静，然后是一片哗然！人群热议不断，凉棚里的四大坊管事和大人物们摇头无语，那些挑战国教学院的高手们则是皱眉不悦。在这样的时候，国教学院忽然开始招新？他们究竟想做什么？现在国教学院里连个正经教习和先生都没有，他们招的哪门子学生？而且现在距离春天已经过去了很长时间，稍微有些潜质的学生早就已经考进了别的青藤五院，他们就算想要招新，又能招到什么像样的学生？

无论人们怎么想，辛教士的话已经说出来了，而且国教学院招生的告示也已经贴出来了。当国教骑兵撤掉国教学院前的两条警戒线后，民众们像潮水一般涌到国教学院门前，开始阅读那份招生的告示。

"学期三年，以最终考核为准，若能通过，则承认是国教学院的学生，若不能则滚？"

"这告示是谁写的，怎么这么乱七八糟？"

"欸，你们快看这条！国教学院的学生居然不收学费，还有津贴和食补？"

国教学院的招生告示用的是红纸，字是用墨汁写的。红字黑字，分外醒目，清晰地落在每个人的眼里。那些简单而又极不简单的条款，那些简单到甚至有些粗暴的规则，直接让看到告示的民众们瞠目结舌，完全不知该作如何反应。

四大坊的管事去抄了几份招生告示的条文，于是凉棚下的人们还有那些准备挑战国教学院的高手，也都知道国教学院招生的具体细节。看完告示后，管事们更加无语，他们看得清楚，这件事情不符合陈长生的性情，必然是那位唐家少爷的手笔，于是乎，三大坊的管事纷纷走到天香坊的位置前面，询问天香坊的管事，你家少爷究竟想做什么？靠这个拖延时间？别的不提，昨日咱们配合得挺好，下场让小陈院长试着用五剑？

看完告示，人们也没有散去，而是围在国教学院门前议论纷纷。到现在为止，没有人知道国教学院为什么会选择在盛夏这个并不是传统招新的时间段，忽然开始招生，但这并不影响人们做出自己的判断。

国教学院……应该招不到什么学生。不提春天的时候，青藤诸院已经招过一次新，只说国教学院现在的局面，便注定没有多少人敢报考。现在的国教学院已经不像去年之前是京都里的忌讳、被人遗忘的墓园，已经有了新生的征兆，但怎奈何今年京都局势紧张，尤其是国教学院正处于两大势力对峙的风口浪尖之后上，这时候进国教学院读书，不说能学到什么，只怕会惹来无穷无尽的麻烦。

便在这时，国教学院的门再次开启，陈长生等人抬着几张桌子，夹着笔墨与名册纸张走了出来。人群轰的一声围了上去，京都百姓向来天不怕地不怕，竟是直接就开始问这些问题。幸亏离宫教士和国教骑兵来得快，没等陈长生等人的脑袋被七嘴八舌的人们弄昏，便隔出了一片区域。

陈长生、唐三十六、轩辕破分别坐在三张桌子后面，桌上铺着纸，砚中的墨已磨好，笔搁在架上，只陈长生面前的桌上，多了一本国教学院的名册与院长的印章。万事俱备，只等有人报名。此时晨光已盛，八九点钟，新鲜的太阳已经升起。

时间缓慢地流逝，国教学院门前，依然是三张桌子，三个人。围在告示前的人们已经散去，却始终没有人来报名。轩辕破看着笔架上秀气的毛笔，又看了看自己粗糙的大手，心想要拔树简单，写字太难……幸亏今天可能没什么人来。陈长生有些不好意思地低着头，但既然事已至此，他也不想埋怨唐三十六什么，只是有些无奈地想着，难道真的没有人来报名？

唐三十六的桌前最是热闹，不时有少女面带羞意地上前，放下香囊便像受惊的小鹿般跑走，又有胆大的少女要求他给自己写扇面。当然，这些少女只是想借着今天这个难得的机会来与他亲近一番，真正报名的却是一个都没有。负责维持场间秩序的辛教士脸色越来越难看，唐三十六却没有什么感觉，是的，他一点都不觉得窘迫，至少没有表现出来，很温和地笑着，与那些少女们轻声说着话，把收到的香囊之类的礼物，收进桌中，并且认真地表示自己一定会好好用。

一时，陈长生趁着他桌旁稍微清静些的机会，凑过去低声问道："哪个人是别天心？"

唐三十六说道："这种人物当然不可能随便就出场，我看过了，他没在。"

陈长生放心了些，又说道："你桌子都快塞满了。"

唐三十六微微挑眉，说不出的潇洒得意，说道："羡慕哥？"

陈长生低着头说道："可你那桌子里一份报名表也没有。"

唐三十六轻轻咳了两声，说道："不用着急。"

陈长生说道："我看你很享受被姑娘们围着的感觉，确实不怎么着急。"

唐三十六说道："你懂个屁，我这是在打造自己的良好形象，国教学院招新，我就是活招牌，当然要耐心温和些。"

国教学院招新的消息，在很短时间里就传遍了整座京都。很多人甚至包括那些大人物，都按捺不住心头的好奇，或者亲自到场，或者派出得力的下属，想要知道国教学院里的这几个年轻人究竟想做什么。有两位大人物，这些天本来就经常会在百花巷里的那间茶楼里出现，今日当然不会缺席。正是提出诸院演武新规的司源道人，还有代表教宗意志前来照看的英华殿大主教茅秋雨。

司源道人看着国教学院门口冷清的模样，看着那三张桌子和三个少年，摇头说道："真是胡闹。"

茅秋雨坐在桌子对面，看着正在向人群里的少女挥手微笑的唐三十六，笑着说道："真是个活宝。"他在接任英华殿大主教之前是天道院的院长，唐三十六在进入国教学院之前，便是他的学生。

司源道人皱眉说道："这样的闹剧，真是给离宫丢脸。"

"闹剧吗？我可不这样看。或者今天他们招不到一个新生，但是……"茅秋雨敛了笑容，淡然说道，"整个大陆都将知道，国教学院近二十年后，终于开始再次招生了。"

国教学院重新开始招生。这里说的招生是指大规模地、正式地招生，而不是当初陈长生误入国教学院那样的情况。在很多国教旧派老人和很多记得当年国教学院盛景的民众看来，这是极具象征意义的一个事件。

但在当时，在从清晨到正午的这段时间里，这件事情看上去真的就像是一场闹剧。国教学院的门口，始终是三张桌子，三个少年，冷清得让旁观者都觉得有些尴尬，更不要说当事人。不知何时，唐三十六让轩辕破从国教学院库房里找出来一把大伞，遮在了三张桌子的上面，聊挡阳光，也算是打发一下无聊的时光。

"行吗？"陈长生低着头问道。

这时候送花的少女们都已经承受不住酷暑，依依不舍地归家，留在街巷里的人们，看着这边议论纷纷，看神情便知道是在嘲笑他们，虽然并不见得有什么恶意。但此时的京都，不知道有多少人正在嘲笑他们，而且带着极深的恶意。

71 · 招生风波（一）

"当然行。"唐三十六的脸上看不到丝毫挫败的情绪，说道，"你有没有注意到，虽然始终没有人上前，但是来看我们的人越来越多了。"

轩辕破被热得十分辛苦，喘着粗气说道，"整个京都的人都来看咱们笑话，又有啥好处？"听着这话，陈长生忍不住笑了起来。

"真是头笨狗熊。"唐三十六对陈长生说道，"你仔细看看人群，是不是有很多人比以前来看热闹的人要更年轻，眼睛更有神？"

陈长生望向人群，发现还真是如此，今天来国教学院看热闹的人里多了很多年轻人。

"他们不是来看热闹的……"唐三十六瞥了轩辕破一眼，说道，"也不是来看笑话的，就是来看我们的。"

陈长生微惊问道："难道你的意思是，他们真的在考虑要不要报考？"

"不错。"唐三十六看了眼不远处的那座茶楼，又看了看人群外围那些面带轻蔑之意的天海家高手们，说道，"所有人都忘记了一件事情，明年大朝试的预科考试就是最近，而接来就是青藤宴，现在的京都最多的就是年轻的学生，洗髓成功？坐照境都不要太多！"

陈长生想起去年自己和落落在大朝试预科考试前后，在街上看到的那些青年学子，明白了为什么唐三十六始终都保持着信心。那些来自外郡甚至南方的年轻学生，不像青藤六院的学生一样有学院背景，所以整体水准要差一大截，但并不并代表他们的天赋就很糟糕。事实上，每年大朝试预科考试和青藤宴后，都会有很多来自外地郡州的学生，被青藤六院招收。而这些年轻学生，当然也希望能够进入青藤六院，学习到真正高深的修行法门，追随著名的师长，获得强大的学院背景。国教学院，也是青藤六院之一，对这些外地郡州的学生，想必也有一定吸引力。

"可是……为什么他们都不肯上前来报名，甚至就连问都没问一句？"陈长生看着人群里一个面带稚意、有些紧张的少年，不解问道。

"拜托，今天……不，今年夏天，国教学院都是整座京都的焦点，这些可怜的乡下孩子，哪有胆子冒头，得有人帮着推一把。"

"嗯……我去年来京都的时候，也是个乡下少年。"

"你进京都第一次事情就是去东御神将府退婚，难道你以为谁都会像你脸皮这么厚，胆子这么大？"

便在这时，唐三十六注意着人群里那些年轻人们的眼神渐渐变得焦虑挣扎起来，心里更有把握，低声说道："火候到了。"

遮阳伞面积不够大，桌子前面的砚台被晒得滚烫，轩辕破去移时，手指被滚得有些红肿生疼，听着唐三十六的话，以为他又在嘲笑自己，说不得稍后便会说什么红烧熊掌之类的浑话，正准备举起拳头与他说说道理，却忽然被吓了一跳。

噔的一声，唐三十六跳到了桌子上。有风起，遮阳伞被掀开。人群忽然安静，再没有人议论，看着国教学院门口，看着站在桌上的唐三十六，心想这又是要做什么？此时阳光落在他的身上，那件名贵的绘金文袍随风轻飘，腰间的汶水剑闪闪发亮，更加明亮的则是他衣带上系着的那些玉佩，还有手腕间的金镯。陈长生望过去，只觉得眼睛快瞎了，这才明白为什么早上他要给自己弄这么一身，也才明白了所谓招牌是什么意思。

"我说，大家都是年轻人，用得着这么腼腆吗？想来就赶紧过来啊！时不我待啊！朋友们！"唐三十六站在桌子上，居高临下，望着人群里的那些年轻

245

人们热情洋溢地呼唤着。

陈长生觉得好丢人，恨不得把头钻到桌子里去，大概明白了为什么汶水唐家能够成为大陆最有钱的地方。

人群先是安静，然后哄笑了起来。片刻后，有个来看热闹的民众在人群里喊道："大家伙为啥要报考你们国教学院啊？"

唐三十六非但没有不悦，反而很是高兴，心想自己昨天忘记让天香坊派几个专业的托过来，谁承想出现了一个自发的，清声说道："大朝试预科考试虽然延后，但也已经迫在眉睫，只剩下最后的这些天，难道你们不想突飞猛进，不想在青藤宴上去展露光彩？"

一名脸色黝黑，可能是来自哪个乡下私塾的年轻学生，壮起胆子问道："我们大可以报考别的学院。"说来也是，京都除了最著名的青藤六院，还有无数学院。

唐三十六看着那名乡下年轻学生，嘲讽说道："你拿那些学院和我国教学院比？"

此言一出，无论是来看热闹的还是看笑话的人都纷纷点头，心想国教学院就算曾经如何衰败，但既然重开院门，那便不是普通学院能够比较的。接着又有人问道："那我们为何不能进别的那五家？"

"青藤诸院按惯例只会在预科考试结束后才补录，只有……大家听清楚了……只有我们国教学院会在预科考试之前招收新生！"唐三十六不知从哪里拿出一把折扇，一面摇着一面说道，"如果你们连预科考试都过不了，哪家学院会收你？说来说去，还是报考我们国教学院最是稳妥不过。"

"我们不要稳妥。"一名看上去有些沉稳的年轻学子摇头说道，"既然千里迢迢来到京都，当然做好了千军万马闯关的准备，我们宁肯预科考试结束之后，再去报考别的学院。"很明显，这位年轻学子对自己的实力境界和学力有一定自信。

唐三十六看着那人问道："你今年多大？"

那名年轻学子应道："今年二十有四。"

"那还是年轻人，怎么就没有一点年轻人的锋芒？"唐三十六看着那名年轻学生微微挑眉说道，显得有些不屑。那名年轻学子想要分辩两句，唐三十六却不再给他机会，望向人群说道："你们为何就一定要进天道院？就因为教宗陛下出自天道院？为何一定要进宗祀所和离宫附院？就因为离教宗陛下他老人家近些？为何一定要进青曜十三司？就因为里面漂亮的师姐多？"听着他的话，人群里暴出一阵笑声。

"如果你们坚持要进摘星院，我没有任何意见，只有祝福和钦佩，但你们如果原来是想进那几家……"唐三十六收了折扇，在掌心啪地一打，看着人群骄傲地说道，"那你们为何不选我国教学院？诸君！我们都是少年，清新明朗，不落俗套，不走寻常路，我国教学院百废待兴，一张白纸无比干净，你们有何道理不来共襄盛举？再说了，那几家又有哪里及得上我国教学院？"

那名年轻学子觉得这把折扇仿佛敲在了自己的心头，下意识里认真了很多，竟把这番话完全听了进去，甚至觉得有些道理。来自诸郡乡野甚至是遥远南方的民间学子，对京都诸院其实只是听过些传闻，并不清楚其间的分别，所以没觉得唐三十六这番话有什么特别的地方，但对于凉棚前那些天海家的高手以及马车里的很多官员大人物来说，这番话则显得格外刺耳。

天道院、宗祀所、离宫附院、青曜十三司……都不如国教学院？要知道今日准备挑战国教学院的那数十名修道强者，基本上都是出自这四家学院，即便是未曾露面的别天心，虽说家世非凡，但也向来以离宫附院弟子自居。

茶楼里的茅秋雨和司源道人也忍不住皱起了眉头，司源道人亦是离宫附院出身，茅秋雨更是在天道院里先做学生，后做先生直至院长，数百年尽在其间。他们哪里肯承认唐三十六的这种说法。

人群里果然响起一道极其愤怒的质问声："你凭什么这么说？"

唐三十六看都没看那人，继续说道："教宗陛下确实出自天道院，离宫附院和宗祀所确实就在离宫里，但你们要清楚，我们国教学院的院长叫陈长生……你们在离宫附院和宗祀所里读一辈子书都不见得能见教宗大人一面，可如果你们进了国教学院呢？"

说到这里他便停了下来，笑而不语，显得颇有深意。所有人都知道教宗大人对陈长生的态度。很多年轻学生相视一眼，低声议论起来，似乎有些意动。

"让我们说得再直接一些吧……大家请看，这位壮如山的小朋友，他叫轩辕破，乃是妖域熊族的普通少年。"唐三十六用折扇指着轩辕破说道，"说天赋没天赋，说功法没功法，要背景没背景，可以说是要嘛没嘛，连他自己都觉得很羞愧，以至于自行从摘星学院退了学，然后……被陈长生和落落殿下从夜市里面捡了回来，结果呢？"

人群变得安静了下来。他很满意这种效果，继续说道："结果呢？他进了国教学院，伤都没好，大朝试都没参加，天机阁便把他排进了青云榜！"

听着这话，那些来自外郡的年轻学子们若有所思，看着桌后的轩辕破，更加心动。这件事情很多人都知道，而且确实很有说服力，国教学院似乎真的是个点石成金的地方。

72·招生风波（二）

不愧是汶水唐家的继承者，唐三十六的这番话，确实很有蛊惑人心的力量，国教学院门前变得安静了很多，很多人都开始认真地思考招生告示上的条款。

唯一不满意的当然是轩辕破，他听得很不高兴，什么叫说天赋没天赋，要嘛没嘛？还羞愧？我羞愧你大爷！但他清楚唐三十六为什么要拿自己举例子，所以没办法，只好强行忍着，哪怕呼吸变得粗了很多，甚至在唐三十六的示意下，还被迫站了起来，举起粗粗的右手胳膊，挤出憨厚的笑容，对着四周的人群挥了挥手。

人群里响起掌声。唐三十六很满意自己的宣传效果，再接再厉说道："刚才提到了落落殿下……"他的声音陡然间拔高，说道，"不错！如果你们进了国教学院，八百里红河封土，妖域至尊少女，二位圣人掌心的瑰宝，白帝落衡公主殿下，便将是你们的同窗！"

"还有教宗陛下指定继承人，史上年轻的国教学院院长陈长生，将对大家进行热情的指导！"

说完这句话，他示意陈长生站起身来向人群挥手致意。陈长生觉得好丢人，转头看着国教学院门边墙上的告示，很是认真，仿佛那红纸黑字之间隐藏着逆天改命的大秘密。

唐三十六无所谓，看着人群继续说道："你们现在应该已经明白了，整座京都，不，整个人类世界，包括槐院、离山前院在内，就没有比我国教学院背景更深厚，靠山更强大的地方，而最重要的是，如果你们考进国教学院，还将拥有一位非常了不起的同窗。"

最开始那位热心的京都民众，在此时恰到好处地发问："是谁？"

唐三十六眼睛微亮,心想事后要让天香坊的管事想办法寻到此人,送他一场小小的富贵才是。他的眼睛亮了起来,炽烈的阳光下,他的人也仿佛亮了起来,无论汶水剑还是金镯又或是玉佩,在众人面前闪闪发光。他大笑三声,说道:"不好意思,那就是我了。"

"或许,有些年轻的朋友来自远方,不清楚我是谁,请允许我向大家介绍一下我自己,我叫唐三十六。"说到这里时,他看了陈长生一眼,继续说道,"我不是在家中排行三十六,而是十五岁时初入青云榜,排名便在三十六位。"

听着这番话,那些真不知道他身份的乡下孩子不禁好生惊叹,心想十五岁居然就能进青云榜,国教学院果然藏龙卧虎。

"大家不要太惊讶,请再次看向我身后。"唐三十六指着陈长生说道,"我们的陈院长,还要再过三个月才满十六岁,准确地说,他十五岁的时候,就已经是通幽上境,他从来没有上过青云榜,因为他够资格上青云榜的时候,青云榜已经没有资格接受他。"

现在陈长生已经是大陆名人,再偏远的州郡都在流传他的故事,但听着这番介绍,人群里的年轻学子们还是觉得震撼不已,再望向那张国教学院招生告示的眼神,变得炙热起来,而有些炙热的视线,则是直接落在了他的身上。陈长生再也没办法,无奈地站起身来,向四周揖了揖手,惹来了一番热烈的喝彩。

"说青云,道青云,我才想起来没有说完,就在国教学院里,现在还躺着一位诸君日后的同窗。"唐三十六大声说道,"他叫斡夫折袖。"

此言一出,场间又是一片哗然。陈长生出名是这一年的事情,而狼族少年在雪原里单身对抗魔族的传奇故事,则已经在人类世界里流传了好些年。徐有容当年是青云榜首,折袖便一直在她之下,但凡立志于学、立志于道的少男少女们,哪有不知道他名字的道理。

唐三十六接着说道:"还是说青云榜,当年唯一能够胜过折袖君的便是徐有容,但你们应该知道,徐有容她便是我们小陈院长的……"

陈长生再也忍不住了,瞪了他一眼。

唐三十六这才发现自己有些忘形,赶紧把这段略过不提,说道:"今天太阳有些大,忘了说到哪儿了,刚才不是在说我自己吗?"

人群里响起一阵喝倒彩的声音,以及一个少女对人群不满的嗔怨声。

唐三十六敛了心神，平静而认真地说道："之所以我会说，诸君如果考进国教学院，最重要的就是拥有我这样一个同窗，换句话说，为什么国教学院胜在有我？不是因为我有多强，要说起实力境界，我肯定不如陈长生和折袖这种变态，但是……我来自汶水唐家，我可以成为诸君求学道路上最坚定的支持者。"他指向国教学院门口那张告示，说道："比如我们不收学费，还给津贴，当然，只限今年这一期，以后没门。"

有名年轻学生皱眉问道："不收钱还要给钱，你们岂不是在买学生？"

"不是买，是收买。"唐三十六的神情依然平静，微笑说道，"凡洗髓成功，入院后包食宿，月银五两；若是坐照初境，月银五十两，每破一境，月银翻倍；若已通幽成功，月银之外，还有晶石十块以助修行。"

国教学院的招生告示上只是写着会有津贴补助，而且不收学费，却没有具体的数目，这时候听到唐三十六讲述的细节，人群顿时变得鸦雀无声，便是远处那些天海家的高手都有些吃惊，至于棚下三大坊的管事，则是望着天香坊管事，神情莫名惊诧，心想你家少爷这么糟蹋钱，汶水家里知道吗？

唐三十六很满意现场的反应，继续说道："至于伙食问题，大家也不用担心，澄湖楼……现在就是我们国教学院的食堂。"

听着这话，那些来自外郡的年轻学子还好，但那些京都百姓，尤其是一些老饕真的险些昏了过去。澄湖楼，是京都最著名也是最贵的酒楼，居然……真的要停业？居然会变成国教学院的食堂？轩辕破很满意，决定原谅唐三十六刚才的一些行为。但很多人看着唐三十六的眼光，就像看着杀父仇人。

唐三十六看着那些人不解问道："怎么了？"

有人忍不住说道："您这也太夸张了，有这么办学院的吗？"

唐三十六认真说道："我比较富有，难道大家还没有认清这个事实吗？"

73 · 招生风波（三）

毫无疑问，如果唐三十六说的这些都会变成现实，那么国教学院肯定会成为有史以来条件最好的一家学院。但既然是学院，那么最重要的必然不可能是食堂和津贴，而是看在这里面能够学到些什么，有些人或者不在意，但更多的学生还是会在意这个。

"我听说国教学院现在连教习都没有,我们进去了能学些什么?"那名对自己的水准比较自信的年轻学子认真请教道。

"这位是教枢处的辛教士,那边的茶楼,对,就是那家,英华殿大主教茅秋雨正在那里喝茶。"唐三十六看着那人说道,"你还应该看到了,我们国教学院有国教骑兵保卫,有离宫教士负责维持秩序,如果需要教习,你觉得这是件难事吗?"

"可是……教枢处的教士大人们毕竟已经有很长时间没有授过课了,而且我真的很担心在国教学院里能够学到什么修行法门,毕竟这里已经很多年没有开过课了。"那名年轻学子很认真而且执着地问道。

"愚蠢。"唐三十六看着他摇头说道,"陈长生通读道藏,博览群书,国教学院历史悠久,底蕴深厚,你要学什么修行法门没有?"说完这句话,他不再作更多的解释,看着人群说道,"国教学院招生就只有一天时间,大家自己不要错过机会。"

那名学子见他不理会自己,反而坚定了决心,第一个走到桌子前说道:"我要报名。"

就像世间很多事情一样,只要有人带头,那么跟随者就会不停出现,只是片刻工夫,先前还站在人群里的很多年轻学生,都来到了桌子前面,因为担心招收人数有限,甚至还抢了起来,只听见不停有人喊着:"我要报名,我是第三个排队的!"

"我也要报名,我是江南郡的第二名,我已经坐照成功了。"

"陈院长,我愿意交学费,我也不要津贴,只要你们肯收我。"

为了参加大朝试预科考试,以及更重要的,在青藤宴上进入青藤诸院的视线,大周诸郡以及南方不知有多少年轻的学生,现在正汇集在京都,这时候把国教学院门口围了个水泄不通,场间变得好生嘈杂。

陈长生接过那些学生填写的表单,过眼之后交给辛教士等人去登记,而没有直接往名册上记录,因为想要进入国教学院当然还需要考试,不然如果混进去了一些为非作歹的家伙,那将来可别想得清静。

有辛教士和教枢处教士们的帮助,国教学院的新生报名进行得非常顺利,桌上的报考表单越堆越厚,轩辕破不停地揉着手,唐三十六笑着与每个报考的学生打招呼,还要负责回答他们的一些问题,答疑解惑做得极为到位。陈长生看着这幕画面忍不住摇了摇头，心想这件事情到底有什么吸引力，竟让这个向来很懒的家伙如此上心。

便在这时，街上忽然响起一道嘲弄的声音："说的比唱的还好听，什么背景深厚，法门众多，说来说去……还不就是你们几个没办法应付青藤诸院的挑战，所以临时招些学生给你们做替死鬼吗？"

听着这句话，国教学院门前瞬间变得异常安静。那些年轻学生们脸色微变，相视无言，因为他们发现这个人说的话，是真的很有道理，不然为什么早不收，晚不收，偏偏在这个时候国教学院开始招收新生？

人群渐渐分开，露出说话的那个人来。唐三十六的眼睛缓缓眯起，眼神变得锋利起来。那人应该还很年轻，气息打扮却很老气，穿着一件被洗至发白的青衫，脚上套着双布鞋，眼神却很深，仿佛能够洞悉所有人的人心，唇角挂着一抹若有若无的嘲讽味道。

那人看着唐三十六说道："是不是说破了你的小算盘，你这时候觉得很尴尬？"

唐三十六没有回答这个问题，而是盯着那人问道："别天心？"听到这个名字，陈长生站起身来，轩辕破握紧了拳头。

"不错，我就是别天心。"那人看着他们的反应，微微挑眉，显得极是不屑，说道，"我是谁并不重要，我说的话是不是正确的，这才重要。"

陈长生说道："你为什么能够确定你说的就是对的？"

"你就是陈长生？"

那人很认真地看了他两眼，然后摇了摇头，似乎有些失望，说道："本以为你真的和秋山君一样了不起，现在看来不过如此。"

陈长生略一沉默，说道："请指教。"

"既然知道我是别天心，便应该知道我别天心算尽人心的名头。"那人微嘲说道，"这些小手段能够瞒得过这些乡野来的傻孩子，难道还能瞒得过我？"

陈长生又沉默了会儿，摇头说道："这样是不对的。"

别天心微微挑眉，似笑非笑看着他说道："你的对错？"

"我昨天对唐三十六说过一句话，没有实证，不可诛心。"陈长生看着他说道，"我在浔阳城里对苏离也说过，不要把世界想象的太阴暗，因为那只能说明你自己太过阴暗。"

听完这两句话，别天心挑起的眉渐渐落下。他当然不赞同陈长生的说法，

252

也不用理会他前半句里提到的唐三十六，但他后半句里提到的苏离，这让他不得不慎重起来。

"可是，你们就是这样做的。"他的唇角再次现出一抹嘲讽的笑容，显得有些可恶，看着唐三十六说道，"难道国教学院以后不会让这些学生出战？"

四周的年轻学子们已经非常紧张，如果这个人说的话是真的，那么进入国教学院岂不是就要意味着极大的风险，自己这些人哪里可能是对手？如果就这么不明不白地死了，怎么对得起家中父母的殷切希望，什么大朝试岂不是都成了泡影？很多双目光落在了唐三十六的身上，想要听他到底怎么说。

唐三十六沉默了很长时间，才做出了自己的答复，"他们报考国教学院，如果通过考核，那就是国教学院的学生，既然是国教学院的学生，当然要替国教学院出战。"

此言一出，满场俱静。

74·招生风波（四）

别天心有些意外，没想到唐三十六居然会直承此事，微嘲说道："你这人虽然做派极令人不喜，但倒还算坦荡。"然后他望向那些学生似笑非笑说道，"你们都听到了。"

那些年轻学生顿时慌了，有些准备报考但还没有填表的学生趁着没人注意，向着人群外移去。那些已经递交了表单的学生则是脸色苍白，好生后悔，有个少年有些紧张地看着陈长生，期期艾艾说道："您……您看……我刚才填了报名表……可不可以退？"

"当然可以退。"唐三十六听到了那少年的声音，没有转过头去，而是继续盯着别天心的眼睛，说道，"但是，这时候退的人，就再也没有进入国教学院的机会。"然后他的眉梢挑了起来，笑着说道，"而但凡我国教学院的学生，我以教宗大人的人格发誓，他们绝不会因为要迎接诸院的挑战而受到任何影响。"

听着这话，几名正准备去拿回自己表单的年轻学生的手顿时停在了桌子上，国教学院居然用教宗陛下的名义起誓？而且此人表现的如此轻松，难道说，事情并不是那人说的一般？

别天心冷笑说道："刀剑无眼，你凭什么保证？还是说你又想要什么小聪明？"

唐三十六看着他微讽说道："像你这种没有大智慧的人，自然容易把所有事情都看成小聪明。"

如果真的是耍小聪明，那么先前当此人当众说国教学院招生是存在极坏的心思时，他完全可以斩钉截铁地否认。至于把这些学生骗进国教学院之后，接下来会发生什么事情，完全可以再说。但他没有，而是当着众人的面承认国教学院招的新生，理所当然要代表国教学院参加诸院演武。面对那些诛心的、很难解释的攻击，坦荡往往就是最有力量的武器，这就是君子的大智慧。

事实证明，很多人愿意接受这种坦荡，有些年轻学生经过几番思量，还是在陈长生那里取回了报考的表单，但更多的学生则是相信了唐三十六的承诺，或者说不敢质疑教宗陛下的人格，虽然有些不安，但还是继续完成了报名的手续。紧接着，陆续又有不少人走上前来，加入了报考国教学院的队伍当中。

发现自己的话没有起到太多作用，别天心的脸色变得有些阴沉，转而望向陈长生轻蔑说道："他们以后如果没有被欺骗，那就要感谢我先前说的这番话，而我想，你们这时候应该很愤怒，被我揭穿了险恶用心，以后再想利用这些学生，只怕要麻烦得多。"

陈长生和唐三十六对视一眼，真的愤怒起来。国教学院招新，当然与天海家施予的压力有关，但他们绝对没有想过去利用这些来自诸州郡甚至是乡野的学生。明明没有这等下作的心思，却被人强行扣上这么一顶帽子，这便是诛心。而但凡这种不需要实证，只需要把人心往阴暗里搁的言论，最是不好辩驳，也最令人愤怒。

"我知道你们这时候很生气，但……你们也只有忍着，因为你们不是我的对手，就算躺在国教学院里的那个狼崽子，当初也不过是我的手下败将罢了。"别天心看着陈长生神情漠然问道："你呢？准备什么时候败给我？"

"不愧是算尽人心别天心。"唐三十六走到陈长生身前，看着别天心问道，"我很想知道，你能不能算到我接下来会做什么？"

别天心微微挑眉，颇有兴趣看着他说道："你想与我战一场？"

"我打不过你。"唐三十六很诚实地说道。

别天心觉得心情很愉快，笑着说道："那想来你大概也只能嘲讽我两句，说些酸言涩语罢了。"

唐三十六摇头说道："我从来不会做这种事情。"

别天心的眉挑得更高了些，因为他确实很感兴趣，很想知道，面对这种情况，这个少年能够做出怎样的应对。

唐三十六凑到他的身前，看着他很认真地说道："你妈的。"

他的声音很轻，而且这时候场间有些嘈杂，所以除了他和陈长生之外，便只有别天心自己能听清楚。别天心以为自己没有听清楚，眉头挑得再高了些，有些不解问道："你说什么？"

"我说……你妈的。"这一次他的声音大了些，于是有更多人听到了这三个字。

嘈杂的议论声瞬间消失，国教学院门前变得无比安静，所有人都望向了他。尤其是棚下那些管事还有那些天海家的高手，他们知道别天心的身份来历，看着唐三十六的目光更是震惊到了极点。别天心的脸色更是难看到了极点，眼神骤然暴戾，直欲噬人一般。

唐三十六看着他认真问道："不是算尽人心吗？那你有没有算到我会对你说这句话？"

别天心眼瞳微缩，渐有杀意生，声音从他的牙缝里渗了出来，无比寒冷："你再说一遍？"

"你耳朵不好使？"唐三十六似乎有些意外，看着他说道，"那这一次你一定要听清楚了，你，妈，的。"

国教学院门口鸦雀无声。别天心怒极反笑，唇角的讥诮意味尽数变成寒冷："原来你是在找死。"

陈长生走到了唐三十六身前，挡住了别天心的视线。他不喜欢唐三十六说脏话，但想着此人先前令人厌憎的诛心之语，不得不承认只有唐三十六这样应对才有用处。所谓一力降十会，污言破慧心，便是如此。而且唐三十六是替国教学院和他出头，那么无论说的话如何不得体，甚至哪怕是错的，会给国教学院惹来大麻烦，他也要和唐三十六站在一起。只是，他没有办法说出那么脏的话，只是平静说道："他的话也是我的态度。"

那么，这就是国教学院的态度。别天心冷静下来，却变得更加危险，仿佛有一道寒冷的剑意，即将破衣而出。陈长生仿佛看到了那天在街畔的关白，眼中掠过一道剑意，有些锋芒逼人的感觉。

"原来你们都想死。"别天心看着他平静而认真地说道。

"我不想死。"陈长生说道，"如果不是你先来撩拨我们，局面也不会弄到

255

现在这般难看。"

别天心望向唐三十六，似笑非笑问道："你说那三个字之前，难道没有打听过，我妈是谁？"

如果是普通人，事先不知道别天心的来历，听到这句话，一定会去打听他的背景，如果知道他的来历，谁敢说出涉及他父母的脏话？然而，唐三十六本来就不是普通人，微讽说道："八方风雨大啊？"

75·招生风波（五）

别天心的眼睛微微眯起，眼神愈发锋利，他没有想到对方既然知道自己的来历，居然还表现得如此肆无忌惮。

他今次来京都本是办事，不料发现一位长辈遇着一些麻烦，而他这一年听多了国教学院和陈长生的名字，很是不屑，自然不服，于是才会出面。关白给陈长生留了一年时间，他却没有这种耐心，至于这是不是以强凌弱，他也不在乎，要知道他这辈子向来顺风顺水，天赋出众，背景惊人，无论走到哪里都备受尊敬，当初游历经过浔阳城时，便是梁王孙都对他客客气气，即使是画甲肖张这个疯子不喜欢他，但因为他的家世也一直没有真的为难过他，谁曾想到今天却遇着这样不按常理出牌的对手。

"我知道你这时候很生气，但……你也只有忍着。你能有什么办法？难道还能把我们给杀了？我就想不明白，你在我们面前有什么资格趾高气扬，折袖多大？你多大？几年前他多大？你胜过他有什么好得意的呢？你想想当初你那么大的时候，能打得过我们当中谁？"这句话的前半段，正是先前别天心说他们的，这时候唐三十六原话奉还。

"八方风雨就很嚣张吗？在别的地方或者可以让你颐指气使，但麻烦你睁大眼睛，看看这是哪里。"他指着身后国教学院过了一年依然崭新的院门，冷笑说道，"这里是国教学院，这里是汶水唐家，这里是苏离，这里是国教，是三位圣人！我本不喜欢拿什么背景靠山说事，因为我觉得那很幼稚，很丢人，可偏生就有些像你一样喜欢拿这些来说事儿，问题是……拿这说事儿，你有可能说得赢我们？"

听着这话，别天心的脸变得很苍白，因为他忽然才想明白，对方说的话都是真的,那位前辈想要打压国教学院都要步步为营,小心谨慎,自己……似乎冲动了些。但他毕竟也是逍遥榜中人,毕竟是两位风雨之后,此时被唐三十六的一番话逼到全无退路,他如何能够就此退走。脸色苍白,是因为他想明白了,也是因为他知道自己必须有所动作,不然自己和家里的声望,只怕将会严重受损。他右手不知何时已经握住了剑柄。

陈长生站在唐三十六的身前,右手离无垢剑只有极短的距离,盯着他的眼睛,非常专注而且平静,没有半点退让的意思。轩辕破也已经做好了战斗的准备,看着别天心的眼神凶狠至极,往常的憨意早就被妖族变异之前的狂暴意味所取代。他们都知道,如果别天心出手,那么必将是诸院演武以来,国教学院遇到的最强之人。而且别天心如果真的带着杀意出手,那么谁也不知道结局会是如何。

国教学院门前一片死寂,人们早已散开,气氛显得格外紧张。唐三十六却根本都不紧张,从陈长生身后侧出身来,看着别天心说道:"你想清楚了,在这里随便动手是什么后果。"然后他望向那些离宫教士和国教骑兵大声喊道,"还愣着干吗?没看见你们未来的教宗大人眼看着就要被人杀了?"

这句话他当然是刻意喊给别天心听的。

小楼里的茶桌,对坐依然是那二人。

"真是幼稚啊。"茅秋雨看着远处国教学院的动静说道,却不知道是在说唐三十六还是在说别天心。

他很清楚,别天心的父母与司源道人、凌海之王的关系很亲近,就像朱洛、观星客与已故的梅里砂大主教之间的关系一样。他也很清楚,别天心被世人赞为算尽人心,其实归根结底,不过是个被宠坏了的世家公子,不然他在出面之前,怎么会没有想到,国教学院的这些年轻人,不是他能得罪的。

"把他带走吧。"茅秋雨看着对面的司源道人说道,"当年他父母把他交到你的手里,你总不能眼看着他出事。"

司源道人脸色有些难看,但没有说什么,站起身来向楼下走去。

茅秋雨再次望向国教学院那边,摇头说道,"过了这么多年,脾气一点没变,难怪一直不如关白。"

别天心离开了。国教学院获得了这一场争斗的胜利。在很多人看来,这场争斗特别幼稚可笑，比小孩子的胡闹还要胡闹，但在知道别天心真实身份的那些人看来，这场看似幼稚可笑的争斗其实说明了很多事情。

国教学院再次向整座京都证明了自己强大的背景与隐藏实力，而且其势已成。是啊，就算把落落殿下代表的白帝城放到一旁，只说教宗陛下的关注，还有苏离与陈长生之间的关系，除了诸院演武这种正规的手段，谁还敢在规则之外对国教学院进行打压？

那些来自各州郡的外地学子，最开始的时候并不知道别天心的来历，当知道之后，对唐三十六的强硬表态，不禁佩服得五体投地，对国教学院也有了全新的认识。于是刚刚停滞片刻的报名工作，立刻变得更加火热，有些先前拿回了报考信的年轻学子，趁着不注意，试图重新报名，却哪里瞒得过唐三十六的眼睛，被他毫不客气地逐走。

陈长生说道："过苛了。"

唐三十六说道："我的眼睛里向来揉不得沙子，连别天心我都不忍，我凭什么要忍这些家伙？"

陈长生对这位朋友真的有很多好奇，问道："你从小就是这样的人吗？"

唐三十六很理所当然地回答道："如果我身后就只一个汶水唐家，要对上两位八方风雨，当然要考虑一下，说不得我当场就先忍了，但现在不是有你吗？"

陈长生被他的理所当然弄的无话可说，沉默了很长时间后，说道："以前就说过，骂脏话不好，你得控制一下。"

唐三十六挑眉说道："有什么不好？很爽的好不好。"

陈长生说道："火大伤肝，而且这些脏话让小朋友们听着了不好，已经有很多人提意见了。"

76·剑从口出（一）

国教学院开始招收新生一天时间，也只招收了一天时间，便有六百余人报名。国教骑兵巡守学院四方，离宫教士维持秩序，教枢处亲自出题，辛教士统抓全局，无论是报名还是第二天进行的考试都极为顺利。

除了考试成绩之外，想要成为国教学院的新生还必须通过两个环节，一是身份审查，这个主要由教枢处负责，有离宫出面，想要查清楚那些考生的底细非常简单，最终有六人被取消了资格。第二关是面试，由陈长生和唐三十六亲自负责，至于轩辕破完全没有这方面的兴趣，一直是跟在那位澄湖楼大厨的身边不肯离开。

面试的内容很简单，就是见个面，然后随便聊聊。陈长生和唐三十六的合格标准也很简单，就看考生的言谈举止，当然，最重要的就是要看着顺眼。看着那些被面试淘汰的考生掩面而去的身影，陈长生想着去年自己也是这些考生当中的一员，想着自己连着报考了青藤诸院，却被东御神将府暗中破坏的过往，不禁有些感慨于境况变化之快，自己居然从考生变成了考官，又觉得有些不忍。

有一百名考生通过了这三项考核，这便是国教学院今年招收的新生。有些出乎意料的是，这些国教学院新生的水准相当不错，虽然来自那些相对偏远的州郡，竟然全部都已经成功洗髓，还有四十余人已经完成了初照，陈长生甚至发现了几个修行天赋不错的学生。而最令人吃惊的是，这一百名新生里竟然有二十几个人是从别的学院转来的。既然吃惊，这里提到的别家学院自然不是京都里的普通学院，而是天道院、宗祀所等与国教学院齐名的青藤诸院。看着名单上的那些名字，辛教士有些担心会不会出问题，惹出什么麻烦。

"这些学生大部分已经初照成功，和州郡来的学生相比算不错，但在天道院这种地方又算不得什么，肯定不受重视，所以才会想着转院来我们这儿。"唐三十六说道，"既然本来就不受重视，他们原来的学院应该不会怎么在意。"

"可是哪怕是……被抢着吃也会觉得香。"辛教士有些艰难地把那个不雅的字眼咽了下去，说道，"而且最近本来局势就有些紧张。"

"所谓诸院演武，其实不过是天海家凭着权势压人，与诸院本身并没有太大关系。"唐三十六说道，"再说了，陈长生是未来的教宗，青藤六院都归他管，提前要几个学生，又有什么了不起的？"

听着这话，想着昨日在国教学院门口唐三十六指着别天心骂那两位八方风雨，辛教士知道他是真不在乎，摇了摇头便不再提。

招收新生当然不是就考试这么简单。接下来的几天里，国教学院变得无比热闹，教枢处派了好些工匠役人，把原来寂静的校园变成了热火朝天的工地。好在去年春天的时候，这里已经做过一次彻底的整修，已经提前打好了基础，所以在很短的时间里，整个工程便顺利地结束了。

国教学院里闲置了极大一片地方，只需要其中的一小部分，便足以容纳新收的这一百名学生。陈长生等人住惯的小楼，还有那片对他们来说特别意义的树林与湖，则被一道新砌的院墙隔了开来，依然保持着相对独立，想必以后也不会太过吵闹。

藏书楼里有阵法，那些书也不易搬动，所以被留在了外面，对所有的学生开放。隔出来的那片园林，靠近百草园与皇宫，现在有了一个新的名字，叫作别园。辛教士第一次听到这个名字的时候，忍不住想问，这个名字和那天灰头土脸离开的别天心有没有什么关系？

崭新的寝具送了过来，崭新的国教规定教材运了进来，崭新的院服分放到新生们的手里，食堂升起了炊烟，喷泉向天空里洒着水花，为酷热的夏夜带来了很多清凉。所有的事情都已经准备妥当，新生们紧张又兴奋地等待着正式上课的日子。

明天，教枢处就会把这些天选好的教习先生们送过来，同时送过来的，还有一大笔费用。夜里，陈长生在国教学院里走了一遭，看看哪里还有什么不妥的地方，这才发现原来国教学院竟是这么大，自己在这里过了整整一年时间，居然一直都只在十分之一的区域里活动。

看着灯火通明的藏书楼，隔着窗户看着那些如饥似渴看着国教学院藏书的学生们，他感觉很好。他的老师是国教学院的上任院长，他是国教学院现在的院长。国教学院是在他老师的手里荒废的，现在看来，即将在他的手里真正重生。这种感觉真的很好，虽然直到现在，他还是没有想明白，唐三十六为什么要弄这样一出事情。

回到小楼，替折袖治疗完毕后，他和唐三十六最后一次查对名册上的新生名单，不料却发现了一个很熟的名字，不禁很是吃惊。

"他来过吗？"陈长生指着那个名字，望着唐三十六问道。

"我也没看到人，听说他现在还在天书陵里，是让离宫附院一个师弟过来替他报的名。"

唐三十六问道："你要是觉得不合规矩，我让人带话过去，让他别来就是。"

陈长生说道："别的转院生倒罢了，他要真过来了，离宫附院肯定不肯答应。"

唐三十六说道："又不是我们哭着喊着求他来的，你管那么多作甚？"

陈长生心想也对，转而问道："别天心那边怎么办？"他们都很清楚，别天心那天受了如此大的羞辱，必然憋着一口气，要在对战里面找回来。

唐三十六指着书架里那堆挑战书，说道："现在已经有一百三十四场对战等着我们，虱子多了还怕什么痒？"

"天海家哪里来得这么多高手？"陈长生有些不解，心想这么多修道强者听命于天海家，岂不是可以灭国了？

"如果是西北那些小国，天海家挥手便可灭之。但如果放在整个大陆上来看，其实也不算太夸张，离山剑宗就绝对能派出这么多人来。"唐三十六说道，"而且现在应该差不多了，想必把这一批应付完后，会消停一段时间。"

陈长生问道："我们能应付吗？"

"当然不能，更不要提里面还有像别天心这样的强者。"唐三十六说道，"不然我们招这么多新学生做什么？"

陈长生想了想，说道："最好还是别打，我担心会有损伤。"

唐三十六说道："没有经历过战斗，怎么能够快速成长？他们的基础本来就差，理所当然要更加努力，再说这件事情主要还是看你。"

说完这番话，他们两人从书架上把那一堆挑战书抱了下来，然后在地板上开始排列组合，陈长生认真地进行推演计算，唐三十六则在旁用笔记录。他们首先挑出所有的通幽下境，然后由陈长生选择相对应的出战学生。至于怎么选择，为什么那么选择，唐三十六也不明白，正如他说的那样，这件事情要看陈长生，因为只有他会慧剑。

陈长生这时候在做的事情，就是把诸院演武的这一百多场对战变成一场战斗。他的剑便是国教学院里的所有新生。那些新生们如何战斗，便要看他的剑法如何。

看着陈长生专心致志地推算，唐三十六忽然有些感慨，说道："你的命真好。"

这已经不是第一个人说陈长生命好，也不是唐三十六第一次说他命好。陈长生知道唐三十六是在感慨自己的遭逢际遇，能在周园里发现剑池，能与那些魔族强者对战，能够与苏离相遇，相携南归，从而学到了那三剑，摇了摇头，又忽然想到一件事情，抬头望向唐三十六说道："你想学吗？"

这自然指的是那三剑。反正当初苏离在路上教他这三剑的时候，也没有说过不能传给别人。他甚至想到，是不是可以把这三剑安排进国教学院的必修课里。至于苏离知道了会不会生气，反正是以后的事……唐三十六没有露出惊喜的神情，也没有感激，像看白痴一样看着他。

陈长生有些不安问道："怎么了？我哪儿说错了吗？"

唐三十六叹了口气，说道："如果我不是和你熟，我绝对会认为你是在故意羞辱我。"

陈长生觉得很冤枉，心想自己一番好意，怎么就成了羞辱了呢？

"我学不会这三剑。"唐三十六看着他认真说道，"所以以后请不要再提这件事情来羞辱我的智商，明白吗？"

陈长生睁大眼睛，问道："为什么学不会？"

唐三十六大怒说道："我就看不得你这一脸无辜的样子！为什么学不会？你问我我问谁去？你觉得自己能学会，天下人都能学会？那苏离为啥这辈子也就教过你们三个人？除了你和秋山君，还有一个是他亲生女儿，他怎么不去教离山剑宗里的徒子徒孙？"

这时，折袖忽然在床上睁开了眼睛，不知为何。唐三十六这时候心情非常不好，看着他喊道："听着她的名字就知道醒了？不装死了？色狼！"

折袖想了想，说道："等我伤好，就来揍你。"

唐三十六也不怕他，冷笑说道："那你有本事就赶紧好啊！别说那么多没用的，我和陈长生谈事儿，你睡你的去。"

折袖倒也干脆，拿得起放得下，见他们不是在说七间，便真的闭上眼睛继续养神去了。

77 · 剑从口出（二）

陈长生明白了些，有些不确定地说道："第三剑确实有些难，按苏离的说法，他自己也没学会，可是前两剑……"

他本想说自己学的时候也没觉得哪里难了，但看着唐三十六的脸色，很困难地把后半段话收了回去。唐三十六冷笑道："第二剑明显就是苏离针对你的经脉问题新创的，我们怎么学？至于第一剑，需要的推算能力太强，你以为谁都能做到？"

陈长生心想初见姑娘的推算能力就比自己强很多。

唐三十六看着他，非常认真地问道："陈长生……你真的不知道自己是个天才吗？"

陈长生想了想，自己的记性算是不错，至于推算能力，应该是在天书陵里观碑的时候得到了很大的强化，至于天才……他摇了摇头。

唐三十六说道："当初在天道院里第一次见你，我是怎么说的？"

陈长生说道："你说我是天才。"

唐三十六伸手拍了拍他的肩膀，说道："相信我，我从来不会看错人。"

陈长生想了想，不知道该怎么接这话。

唐三十六说道："对了，你得把国教真剑和倒山棍教给我。"

陈长生不解问道："离山剑法总诀你都不肯看一眼，为什么要学这个？"

"我是国教学院学生，当然要学国教学院的剑法，学离山剑法做什么？"唐三十六像看白痴一样看着他，早就忘了就在刚才还称赞过对方是天才，"再说了，既然我要做院监，不会这两套剑法，传出去是要闹笑话的。"

国教真剑，是当年每个国教学院强者都要掌握的基础剑法，威力不弱，只是剑招不多。至于倒山棍，其实并不是剑法，而是当年国教学院负责维持纪律的教习用来惩戒不听话的学生的棍法。

是的，陈长生将会是新国教学院的院长，而唐三十六则会成为新国教学院的第一任院监。新国教学院的后勤主管，是轩辕破。折袖还在养伤，但他的职司也已经提前安排好了，他将来要负责传授国教学院学生战斗以及如何在魔域雪原里生存的本事。当然，国教学院还有一个很尊贵的位置，留给了落落，那就是终身荣誉副院长，而新院规里明确说明，今后国教学院将不再设立副院长一职。

盛夏里的某一天，百花巷外人山人海，百花巷里彩旗飘扬。

时隔二十年，国教学院终于正式重新开张。

对国教里的很多老人来说，这是一件盛事，离宫里不知多少老教士泪湿前襟。

对于教枢处来说，这是故主教大人留下的最大一笔遗产，也是最大的心愿，所有教士与职员在欣喜之余，还有些淡淡的伤感。

对于皇族来说，这是他们沉寂多年之后，终于向大陆发出了自己的声音，虽然陈长生和唐三十六肯定没有这样想，但这不会影响到陈留王来观礼的时候，浑然忘却了那么多双眼睛正看着自己，圣后娘娘随后就可能知道的危险，手抚青树，感慨万千。

对于国教学院的一百名新生来说，这是他们人生崭新的开始，也是他们最大的机遇。

对于天海家、国教新派势力来说，这是一个有些危险的信号。

而对于莫雨来说，这……就是个笑话。

"你当院长倒也罢了，反正是教宗陛下圣言独断，落落殿下也罢了，反正只是个虚名。可是唐棠那个连自己都管不住的家伙居然当院监？你不觉得最大的可能是他会带着学生们一起烂醉如泥，然后天天逃课？那头狗熊当后勤主管？你就不担心澄湖楼的大厨看在钱的分上做再多大锅菜都能被他一个人给吃了？"莫雨看着陈长生，笑得花枝乱颤，"最搞笑就是折袖了，教学生们生存？到时候他把学生们埋进雪堆里，七天之前出来就算不及格，欸，我说你们到底准备了多少口棺材？"

这里是小楼里陈长生的房间，他坐在莫雨的对面，看着有些疲惫，主要是今天的事情太多，当然也和她这时候尽情地嘲笑也有一定关系。莫雨今天来国教学院，当然是来看热闹，同时也是来看笑话的，并没有正式出场，只是待所有事情结束之后，才悄然出现在他的房间里，但不知道为什么，她来之前明显经过了精心装扮，看着要比平日里更加精致美丽，有些明媚动人。

"从院长到院监，现在的国教学院主事之人，竟没有一个超过二十岁的……你们这是在扮家家吗？"莫雨笑得更加开心，插在黑发间的那朵金花颤得更加厉害。

"这不是被你们逼的吗？"陈长生不想听她再这般嘲讽下去，转而问道，"为何今日打扮得如此正式？朝中有事？"

莫雨微怔，心想自己平日里基本都是这般打扮的，哪里出奇了？忽然间她想起来，除了第一次在夜宫里相见，其后她与陈长生见面的时候，大多数都是在夜里，而且往往都是她想过来在他床上睡觉，或者她已经在他床上睡着的时候，那时候的她自然不会盛装华衣，都是洗漱之后才会过来，素颜朝天，想必和现在确实区别极大。

想到这些事情，她便有些微羞，待想起上次陈长生让她洗干净之后再上他的床，不禁有些微恼，恨恨地瞪了他一眼，随风飘掠出窗，就这样消失在树林里。陈长生不解想着，唐三十六说得有理，女子果然是世间最难理解的对象，明明自己没说什么，她为什么忽然间就不高兴？

他没有对莫雨说谎，国教学院之所以临时起意招收新生，最主要的原因就是因为天海家和国教新派施予的压力太大，想要挑战国教学院的人太多。只是那天在国教学院门口，别天心指责他们有险恶用心的那番话还有唐三十六随后的承诺已经传播极广，所以很多人，包括那一百名新生都很想知道，接下来国教学院会怎么办。

第二天清晨，停了数日的对战再次开始，歇息了数日的京都民众奔走相告，扶老携幼而来，国教学院门口再次变得热闹无比。陈长生昨夜已经拟好了对战名单，并且对那些出战的新生做了单对单的指点，精神消耗太大，这时候没有出场，而是在学院里休息。唐三十六带着三十余名新生，站在国教学院的门前，且不说别的，只看那些新生身上统一整齐的院服，便觉得很是精神，气势十足。

此时，挑战国教学院的第一个人已经走到场间，揖手说道："还请赐教。"

此人出身离宫附院，境界已经修至通幽下境。他很想知道，国教学院会派谁来对付自己。当然，他很清楚自己不是陈长生等人的对手，但看眼下的阵势，很明显国教学院应该会派新生出战。只是站在唐三十六身后的那些新生，怎么看都没有通幽成功之人，他们凭什么出来打？

唐三十六哪里会在意此人以及外面那些人在想什么，看着手里的名册，说道："陈富贵出列。"

他声音方落，一个新生便从同窗们身后挤了出来，这名新生年纪不大，但身材极为魁梧强壮，看上去就像是缩小版的轩辕破。

唐三十六毫不拖泥带水，指着场间那名离宫附院的挑战者，对他说道："打不打得过？"

那名叫陈富贵的新生，用力地拍了拍自己的胸口，说道："总要打过才知道。"

"有胆魄。"唐三十六看似赞赏，脸上却没有任何激动的情绪，干净利落地说道，"那就去打。"

"好！"那名叫陈富贵的新生大吼一声，便从石阶上跳了下去，如猛虎出山一般，直扑那名离宫附院的挑战者。

那人被这声势吓了一跳，心想难道这是国教学院隐藏的高手？心思微动，再看这名新生的虎扑之势，忽然联想到国教学院里那位落落殿下，再联想到白帝最可怕的神通，不禁神识微乱，觉得这像极了传说中的那种功法，下意识里便生出了几丝怯意。

临战之时，最讲究的是气沉神定，他此时心神微乱，气息自然也随之而乱，动作不免便慢了三分。那名新生如沙钵大的拳头已经砸到他面前，他担心这一拳后面藏着什么厉害手段，不敢硬接，向后疾退，只是退得仓促，竟是没能完全离开那名新生拳风的笼罩范围，脸侧被带到了一丝，有些火辣生痛。

这道火辣的疼痛才让他真正地完全清醒。他震惊地发现这名新生的拳法虽然看似狂暴，但明显只有其形，全无其意，而且那双沙钵大的拳头里真元波动弱得可怜！这不过就是一个刚刚初照的普通学生，自己居然如临大敌，险些吃了亏！这名离宫附院的挑战者怒火攻心，生气于自己的愚蠢以及对方的虚弱声势，大喝一声，一剑便斩了过去。

"停。"便在这时，一道声音响了起来，很平静但很有力量，仿佛有什么很重要的事情，至少是比这场对战重要无数倍的事情发生。那名离宫附院挑战者的剑，下意识里停在了半空，望向声音起处。

78·剑从口出（三）

唐三十六从石阶上走了下来，站在那名叫陈富贵的新生身旁，看着他点头说道："表现不错，以后你就学这套夜林奔虎。"

陈富贵闻言微怔，然后才反应过来，面露狂喜之色，颤着声音说道："多谢院监，多谢院监。"

唐三十六转身望向那数十名新生，说道："看见没有？这就是昨夜说的，两军交战首重气势，不管你是不是敌人的对手，总要打过才知道，而且在出手之前，决然不能想着自己不如对方，正所谓宁肯被打死也不能被吓死，又有所谓，打不死人也要吓死人。"那些国教学院新生齐声应是，声音非常整齐，看着陈富贵的眼神里满是羡慕与向往。

那名离宫附院的挑战者被这幕画面弄得一头雾水，到这时候终于忍不住问道："这是怎么回事？不打了吗？"

唐三十六问陈富贵："你打得过他吗？"

对战开始之前他就问过这个问题，陈富贵当时说没有打过怎么知道打不打得过，这时候打过了……他很老实地承认道："打不过。"

"不要气馁，你刚刚初照不到两个月，当然不可能是通幽境的对手，你又不是我和院长这种绝世天才。"唐三十六伸手拍了拍他厚实的肩膀，安慰道，"夜里好好总结今天这场对战，然后做好接下来学习的准备。"

观战的民众心想对战刚刚开始，什么都没做，有什么好总结的？

那名离宫附院的挑战者看着向石阶上走回的陈富贵，也有些茫然，看着唐三十六问道："然后呢？"对战刚开始，他连剑都还没来得及出，便被喊了停，那么……接下来难道不是应该继续打吗？

唐三十六像看白痴一样看着他，说道："打不过当然就是认输咯。"

那名离宫附院的挑战者这下真的傻了，愣了半晌后才醒过神来，不可置信问道："不会吧？就这样结束了？"

"不然呢？你还想留下来吃饭？我们国教学院的食堂那可请的是澄湖楼的厨子，一般人可别想来蹭饭。"唐三十六留下这句话，便往国教学院门口走去，准备接下来的第二场对战。

那名离宫附院的挑战者大怒，气息陡然提升，手中的剑泛起一道寒意。

唐三十六停下脚步，转身看着他，面无表情道："你往前再踏一步试试。"

就在国教学院正门两侧，两队国教骑兵手持寒枪，冷漠地注视着场间。院墙上方隐隐还可以看到弩箭的存在。围观的人群到这时才明白过来国教学院准备做什么，哄的一声闹将开来，然后下一刻便被笼罩场间的杀意镇压了回去。

"国教学院……这是准备耍赖吗？"街上传来一道冷漠的声音，应该是那些来挑战国教学院的高手当中的一个。

唐三十六理都不理那人，直接走到那些新生的面前，看着手里的名册喊道："伏新知是哪个？"

有人站了出来，正是国教学院招募新生那天表现得很有自信的那位年轻学子。唐三十六看着他说道："在同窗当中，你的境界实力最强，表现好点，让那些外人看看咱们国教学院真正的实力。"

伏新知揖手为礼，从鞘中缓缓拔出长剑，走到场间，气度显得颇为沉稳。

那名离宫附院的挑战者还站在场间，始终没有人理他，孤零零的，看着有些可怜，有些可笑。明明他是这场对战的胜利者，可是哪里有半点胜利的快感？他恨恨地看了唐三十六一眼，拂袖而回。

接着他出来的，同样是一位通幽中境的剑客，以哪家学院教习的身份出战，唐三十六已经记不得了，他只知道陈长生昨夜交代得清清楚楚，伏新知的对手只能是这名剑客,而且陈长生在名册上还做了很细致的附注,说明了伏新知怎么出剑,最多能出几剑。

时光行走得有些慢,或者说第一场对战结束得太快,依然还是清晨,虽然是盛夏时分,也不怎么热。伏新知执剑站在国教学院门前的平地上,任清风缭绕,掀起衣袂,看着颇有些出尘之意。他的对手也是位剑客,青衫映着晨光,剑锋微寒,同样看着风范极佳。看着这幕画面,还因为上一场对战如此荒唐的结束而有些憋闷的民众顿时提起了精神。

那位剑客面无表情说道:"请。"

伏新知看着晨光里的对手的脸,看似神情平静,实际上只有他知道自己有多紧张。他是来自绥阳郡的学生,不像京都的学生这般自幼便能接受修行方面的知识,虽然他的天赋不错,但实力境界一直不是太高。至于战斗能力……他在绥阳郡里,从来没有真正与人对战过。今天是他人生真正意义上的第一场对战,而他的对手是自己在绥阳郡时根本无法想象、只会视作前辈高人的通幽中境!这叫他如何能不紧张?

不能紧张,陈院长昨夜重复最多的话便是这个。首重气势,气势不仅在于猛,也在于静,院监从晨课到先前一直都在重复这个道理。他在心里把昨夜陈院长对自己说的那几剑的方位、速度、真元运行的方法再次重新记了一遍,然后深深地吸了一口气。

他平静下来,然后出剑。呼的一声,国教学院门前仿佛有风雨骤生。钟山风雨剑第一式:起苍黄!他的剑奇快无比地穿过那阵风雨,来到那名剑客的身前。那名剑客依然面无表情,剑离鞘而起,真元磅礴而去,直接把伏新知的剑震离了原有的轨迹。

伏新知没有惊慌。不知道为什么,就像陈长生和唐三十六昨天夜里,对所有的新生们说的那样……当他出了第一剑之后,往常在绥阳郡里对通幽境的敬畏早已消失无踪。而且对现在的局面,昨夜已经演练过数次,他的剑正好就在那个位置,那个陈院长推算出来的位置。那个位置非常好,正好用钟风雨剑的第五式。

他凝神静气,剑势陡涨,风雨渐骤,自斜方再次刺向自己的对手。同时,他在心里数着:"这是第二剑。昨夜陈院长说过,只要他今天能够在这个强大的对手面前使出来四记剑招,那么便是相当成功。"

嚓嚓嚓嚓!剑光不停闪现,然后消失无踪。国教学院门前的风雨同样消失无踪,剩下的是一片清明,以及随后即将到来的暑意。那名剑客依然面无表情站在原地,动都未动,身上没有伤口,只是青衫前襟多了一道极小的裂口。伏新知握着剑,胸膛微微起伏,左肩出现了一道极深的剑伤,鲜血正在不停地流出来。但他仿佛感觉不到痛楚一般,眼睛非常明亮,显得格外激动和兴奋。

他当然不可能获得胜利,虽然他是这批国教学院新生里实力境界最强的一个人,与通幽境之间的差距依然无法逾越。但他出了四剑。这是最重要的事情,也是陈长生希望他能够做到的事情。所以他非但没有任何挫败的感觉,反而觉得豪情万丈。他刚进国教学院五天时间不到,居然便能在一名通幽境强者的面前连出四剑!那么如果在国教学院学习的时间再长些,自己可能会走到哪一步?他看着那名剑客的眼睛,在心里想着,明年,只要明年,自己一定能够真正地战胜你!

"还站在那里干吗?"国教学院门前响起唐三十六的声音。

伏新知醒过神来,收剑回鞘,向那名剑客行礼,然后向回走去。

那名剑客没有像离宫附院挑战者那般生气,也没有试图阻止,而且很明显,与国教骑兵还有墙上的那些弩箭无关。

唐三十六看着走回来的伏新知,说道:"按照昨晚的推演,你如果想把这四剑都使出来,确实极有可能受伤,但不至于伤得这么重。"

伏新知走了回来,那些同窗才看清楚那道剑伤竟是如此之深,甚至隐隐可以看到骨头。

"最后那一剑我用得深了些。"他有些紧张道,"因为……我真的很想试试,能不能刺中对方。"他最后那剑没能刺中对手的身体,只在对方的衣服上刺破了一个极小的口子,如果不仔细去看,甚至无法看出来。

唐三十六看着他问道:"你觉得值得吗?"

用深可见骨的一道剑伤,换取对手衣服上的一道小口子,任谁来看,这都是很不值得的事情。但伏新知认真地想了想后,说道:"我觉得值得。"

"自己觉得值,那就是值。"唐三十六露出笑容,看着他满意说道,"比如我觉得你很不错,那你就是真的不错。"

便在这时,场间忽然传来那名剑客的声音。不知道为什么,那名剑客的声音有些微微颤抖,分不清楚是恐惧还是激动。"好剑法。"

说这句话的时候,他没有看着伏新知,而是看着唐三十六。不是恐惧,是激动，甚至是一种得见名山云海绝美风光之后的震撼。以伏新知的境界，能够学会钟山风雨剑，哪怕只有两招，这个事实已经足够令人震撼。但这名剑客的震撼与赞美并不是由此而来。真正让他震撼的，是教伏新知剑法的那个人。

79 · 剑从口出（四）

这名剑客是通幽中境，按道理来说，对上一名坐照境的年轻人，随意一剑也可以把对方击垮。但伏新知的第一剑来得太快，竟让他不得不先用了守势。而就在他准备转守为攻的时候，伏新知的第二剑便到了，依然很快。能够这么快，说明伏新知的两剑之间，没有任何凝滞的地方。而钟山风雨剑的第一式与第五式，按道理来说，很难联在一起，更没可能如此顺畅。问题就在于，他的剑把伏新知的剑，震到了斜上方。便是那个位置，正是那个角度，才能让伏新知的两剑联得快如闪电。

他见过钟山风雨剑，但他从来没有想过，钟山风雨剑能够这么用。更令他感到震惊的，是伏新知的第三剑与第四剑。那两记剑招，是国教真剑。由钟山风雨剑转国教真剑，为何也能转得那般顺畅？甚至给人一种妙到天成的感觉？明明不是一套剑法，为何却仿佛是那些剑道大宗积千年底蕴创造出来的连环剑？

对这名剑客来说，这四剑实在是太妙了，也太可怕了。他很清楚，如果不是伏新知的境界远远不如自己，自己还真不知道该怎样应对这四剑。换个说法，那就是伏新知如果能够破境通幽，哪怕比他差整整一个层次，也可以用这四剑威胁到自己。这样的四剑，当然不可能是一个初入国教学院的州郡新生能够想出来的。而先前伏新知剑招变化时，看似对局势无比精确的推演预判，更明显是有人提前已经替他设计好的。

谁能提前就算到今天这场对剑的所有细节，并且给出如此完美的解决方案？那名剑客想到世间居然有这样的人，便觉得浑身寒冷，又浑身发热。他想到有人竟然能在剑道上走到这一步，便兴奋到了极点，恨不得这时候就去痛饮一番！

"这……是陈院长的剑法？"他看着唐三十六颤声问道。

唐三十六说道："是的。"

那名剑客沉默了很长时间，才从震惊里平静了些，感慨说道："我听过去年青藤宴上他与苟寒食论剑的故事，每每听到那些细节，总觉得是讲述者言过其实,太过夸张,毕竟当时他还只是坐照境,现在我才知道,原来剑之一道,真有生而知之者。"

听着这番话,唐三十六也很自然地想起了去年青藤宴上的那画面,同样很是感慨,说道:"不要说你不信,当时他说剑招,我负责出剑,可在出剑之前我也不相信他能够帮我战胜七间,可是……那个家伙就是做到了。"

那名剑客再次感慨说道:"这等剑道天赋,真是令人惊叹。"

"你的赞美,我会转达给他,不过,他肯定不会承认自己是个剑道天才……"唐三十六说道,"他只会说自己不过是比较勤奋努力,记性比较好罢了。"

那名剑客闻言怔住,心想这等剑道天赋便是瞎子都能看出来,如何能够否认……不知该如何言语。

"我也觉得他说这话时的模样很欠扁,嗯,比有时候的我还更欠扁。"唐三十六向那名剑客拱了拱手。

那名剑客点了点头,走回人群后方,却没有与那些天海家的高手们站在一处,而是继续向更远处走去。相信他会走得很远,一直要走过奈何桥,走出城门,然后去往更广阔的天地。今日始见剑道如海,又如何还能在京都这座小城停留?

第三场对战很快便来了。挑战国教学院的那位高手神情阴鸷,明显不是个善类,而且也没有掩饰自己眼中的杀意。代表国教学院出战的,是一位由天道院转过来的学生,叫作初文彬。

"师兄……情况好像有些不对劲。"初文彬看着那名高手,有些不安地低声说道。

他以前是天道院的学生,唐三十六以前也是天道院的学生,本来就认识,现在又都变成国教学院的学生,虽然说谈不上同病相怜,但至少有几分不一样的香火之情,此时一紧张,他习惯性地称呼唐三十六师兄,还忘了应该喊院监。很在乎这件事情的唐三十六也不怎么生气。

"怎么了?"唐三十六侧了侧身问道。

初文彬带着怯意看了场间一眼,说道:"那人感觉有些凶。"

唐三十六说道:"昨夜陈长生教了你一招,就是专门对付这个人,如果运气好,说不定能占些便宜……你就算怕了,可也没办法临时换人。"

初文彬有些无奈,提着剑便向石阶下走去。

那名神情阴鸷的高手，看着肤色白净像个女子般的初文彬，露出一丝阴森莫名的笑容，说道："原来还真有不怕死的。"

初文彬被这一抹笑容吓得够呛，转身看着唐三十六说道："师兄，他吓我。"

唐三十六微微挑眉，看着那人说道："我说，打架就打架，你瞎说什么呢？"

那人敛了笑容，寒意逼人道："国教学院现在连句实话都不敢听了吗？"

唐三十六说道："有本事你今天就把他打死了给我看。"

初文彬闻言大惊，心想师兄你这话说得帅气，气势极盛，可是……命是我自己的啊！

那人冷笑说道："打死了又如何？"

唐三十六微微抿唇。就像当初陈长生在澄湖楼里一样，他也清楚地感知到了此人的……杀意。

"诸院演武的规矩里并没有可以打死人这一条。"他看着那人面无表情说道，"如果你想破坏规矩，我自然有不按规矩的玩法。"

那人笑了起来，配着苍白的脸色与阴沉的眉眼，笑容显得格外可怕："前些天，我家公子才说过，刀剑无眼。"

听着这话，众人才知道，原来这人竟是别天心的下属，或者是他家的仆人。不要看只是个下属甚至仆人，但能够跟随别天心行走世间，让那两位八方风雨安心……此人必然极其强大可怕。

"刀剑无眼，你又不是瞎子。"唐三十六看着他说道，"如果不妥，我自然会喊停。"

那名别家的仆人似笑非笑道："凭什么唐少爷您喊停，我就要停？再说了，你们国教学院的这些学生太弱，我正常来战，一时失手把他打死也是正常。"

"失手？"唐三十六的眉挑了起来，像一把将要出鞘的剑。

那名别家仆人看似很好心地解释道："失手就是停不下来的意思。"

"你说得对，我们国教学院的新生当然还比较弱，对他们来说，你们是毫无疑问的强者，以强凌弱，还停不下来……"唐三十六看着他很平静地说道，"那说不得，我只好请你全家停下来。"

那名别家仆人神情微凛，说道："您应该很清楚，我是别家的人。"

"我当然知道你是别家的仆人，野兴庆。"唐三十六看着他说道，"但你自己的家在山南郡，仗着别家的势，在乡间欺男霸女，无恶不作，占了良田万亩，听说你儿子还在做县官？"

听着这话，那个叫野兴庆的别家仆人神情骤变，厉声喝道："你说这话是什么意思？"

"我的意思是，我知道你是谁。"唐三十六不再看他，望向人群后方那些应天海家之命前来挑战国教学院的高手们，说道："你们所有人，我都知道是谁，所以，要打便打，但如果有人真想把事情弄大，再说什么停不下来之类的混账话，那我只好让你们全家都停下来。"

然后他重新望向野兴庆，问道："现在，你听明白了吗？"

这个世界上能够停下来的事情有很多，比如剑，比如言语，还有前途，甚至是命途。说这番话的时候，他很平静，完全没有平时嚣张浮夸的感觉。唯如此，场间所有人知道他说的是真话，不仅仅是狠话。是的，就算是国教学院也不可能把别家如何，毕竟那意味着两位八方风雨。但野兴庆终究只是别家的仆人，他有自己的家，有自己的家人，那么当他威胁国教学院的时候，事先就应该想清楚，国教学院可以很轻松地威胁到他。在唐三十六很清楚地说完这段话后，野兴庆想清楚了，于是他的脸色变得异常难看。

"师兄，你真了不起。"初文彬怯意渐退，看着唐三十六开心道。

被如此称赞，换作平时，唐三十六肯定也很开心，但他这时候没有，因为他知道这件事情不会就此收局，最重要的是，当初在国教学院门口，他对整座京都说过，自己绝对不会让对战影响到这些新生们，所以他不想冒险。他和陈长生昨夜做好的安排，至此暂时告一段落。虽然与原先的设计有些出入，但他还是决定亲自出手。

便在这时，从人群里走出来一人，那人走到国教学院门口，说道："这场我来吧。"那是个文静贵气的年轻学生，又给人一种端正严肃的感觉。

唐三十六看着他问道："你怎么黑了这么多？"

那名年轻学生看了他一眼，慢条斯理地回答道："你知道，后面那几座碑的亭子有些小，挡不住太阳。"

80·出人意料的转院生

唐三十六的视线下移，忍不住笑了起来，问道："那你这双手怎么还这么白？"

273

那名年轻学生回答道："后来我才想明白，把手笼在了袖子里，晒不到太阳，自然变回了原来的颜色。"

唐三十六打量了他一番，感觉到他身上散发出来的淡淡气息，微感惊讶说道："可以啊，居然通幽中境了。"

那名年轻学生礼貌说道："多谢夸奖，只是一般。"

唐三十六说道："不用谦虚，虽然比我还是差那么一点点，但也算不错了。"

那名年轻学生微怔，虽说他与唐三十六在大朝试和天书陵里多有接触，还是有些不适应，想了想说道："你运气好。"

唐三十六冷笑说道："我出天书陵的时候，可是实打实的通幽上境，你比我晚了一个月才通幽中，这和运气有什么关系？"

那名年轻学生又想了想，说道："你说的有道理，我确实不如你。"

这个说话做事非常严谨，甚至显得有些木讷的文静贵气学生，便是离宫附院这几年最有潜质的学生苏墨虞。当初苏墨虞曾经在离宫神道上对陈长生提出过质疑，而当他发现自己的质疑没有道理的时候，他很快认识到自己的错误，郑重道歉，在大朝试里，还和国教学院的人们同行过很长一段时间，天赋确实出众，只是因为签运的关系，没能走得太远。后来众人进天书陵观碑悟道，陈长生等人先后离开，月前便是唐三十六和苟寒食等离山弟子也走了，只有苏墨虞不知道因为什么原因，继续留在天书陵里观碑。陈长生他们得知此事后，甚至有些担心这个有些迂腐木讷的家伙会不会真的被天书碑吸引，再也不愿意离开天书陵，变成碑侍。

唐三十六看着苏墨虞问道："你真确定想打这一场？"

苏墨虞看了看野兴庆，说道："这一场应该我来打。"

唐三十六没听出来这句话里隐藏着的意思。苏墨虞和已经自杀的庄换羽一样，都是青藤六院里最出色的学生，也是京都名人，只不过这一年里才被陈长生和国教学院抢走了不少光彩，但京都百姓还是有很多认识他的人，消息传开来，人群议论纷纷，又是惊讶又是不解，心想他什么时候变成国教学院的学生了？

野兴庆听到了这些议论声，不知为何脸色变得有些难看，看着苏墨虞有些犹豫问道："您……不是离宫附院的学生吗？"

唐三十六没有留意到他对苏墨虞用的是尊称，说道："噢，他提前已经报名进国教学院了。"然后他望向苏墨虞问道，"有信心吗？"

这个问题并不多余，野兴庆毕竟不是普通的仆人，是被两位八方风雨调教出来的仆人。苏墨虞选择离开天书陵，必然是较诸以前，无论在境界还是实力上都有绝对的提升，但依然不见得是此人的对手。唐三十六先前准备自己出手，除了想着只有汶水唐家可以硬扛别家之后，也有这方面的考虑。苏墨虞不知想到什么，没有接话。

唐三十六想了想，说道："他虽然是别家的仆人，但功法并不是走的那二位大人物的路数，而是走的蒲田星河流。"

苏墨虞有些吃惊，看来他是第一次知道这件事情。野兴庆被说破功法底细，也不如何在意，只是看着苏墨虞，显得有些不安。

"蒲田星河流，走的是诡异阴狠的路子，前天教枢处把资料拿过来后，陈长生研究了一下，拟了几个方案。"唐三十六指着已经退到石阶上的初文彬说道，"这方案给他用，只能撑一撑，但既然是你出手，应该能够胜他。"

说完这话，他也不等苏墨虞表示什么，直接把陈长生拟的方案全部说了出来。国教学院门前变得安静下来，只能听到他的声音。如果说语中有剑，那么他这时候讲的话里，便是陈长生为野兴庆此人准备的剑。就像前面两场对战一样。

来看热闹的京都百姓，自然听不懂。那些离宫教士还有挑战国教学院的高手，则是越听越是沉默。野兴庆的脸渐渐变得苍白起来。唐三十六说的这些话里隐藏着的陈长生的剑，直接挑破了他的功法特点，准确无比地找到了他的弱点。而现在无数人听到了这些话。剑不在多，够锋利就行，陈长生的方案也很简单，只要有效就行。

没有多长时间，唐三十六便说完了。国教学院门口依然一片安静，甚至可以说是死寂。直到很久以后，苏墨虞叹道："我不如他。"

这是他发自真心的感慨。也是很多人此时的想法。

"现在有信心了吗？"唐三十六问道。

苏墨虞奇怪地看了他一眼，说道："我说我不如陈长生，何时说过我对这场战斗没有信心？"

唐三十六心想那你刚才不接我的话。其实就算苏墨虞刚才便说自己有信心，他也会找机会把陈长生昨夜准备的方案说出来。世人总以陈长生能够在如此年龄便修行到如此境界，主要是因为他的国教背景以及那些奇遇，从而低估了他的修道天赋以及勤勉程度。他觉得这不对，他认为陈长生的天才值得所有人赞美甚至敬畏。还有一个很重要的原因，那就是他很不喜欢野兴庆这个人，所以他要把他的功法秘密与弱点，在光天化日之下揭破。

"那就去打。"唐三十六对苏墨虞说道，"打到他家少爷都认不出来。"

曾经的离宫附院天才，又在天书陵里观碑静悟半年，苏墨虞现在已经相当强大，再加上他没有任何心理障碍地使用了陈长生的方案，而且不知为何野兴庆的战斗里表现出来的水准远远不如人们的想象，这场对战毫无意外地以前者胜利而结束。至于野兴庆有没有被打到他家少爷都认不出来，则要去问别天心本人，反正按照苏墨虞的说法，大概是认不出来了。

第三场对战结束的也很快，加上前面那些说话的时间，也没有多长。晨光刚褪，烈日将升时，唐三十六便带着苏墨虞和那数十名新生回到了国教学院里，只把紧闭的院门留给了那些意犹未尽的民众和那些沉默无语的挑战者们。唐三十六用的理由很简单，有朋自天书陵归来，我们得先吃顿大餐叙叙旧，至于诸院演武这种小事，吃完饭再继续便是。

湖畔的青草地上，坐着很多学生，手里拿着书卷在看，不远处的青树下，有澄湖楼最著名的玫瑰冰块，由学生们随意盛取。看着这幕画面，苏墨虞很是感慨，说道："这也未免太奢侈了。"

唐三十六说道："你加入国教学院，不会后悔的。"

湖畔青草地前方有一堵明显是新修的墙，那堵墙有些矮，无法挡住里面的风景，当然更挡不住那棵大榕树，只是聊作一道区隔。矮墙那边的树林更密，也更幽静，没有什么人。青林掩映间，有一幢小楼，陈长生在楼前等着，看着苏墨虞说道："来了？"

"嗯。"苏墨虞注意到他的脸色，说道："你看着很疲惫。"

陈长生确实很疲惫。这几天他一直研究那些对手，寻找漏洞，替国教学院新生指导、出方案，其实等于一直在出慧剑，而且他急着重新进入周园，每天夜里还要进行很多次尝试，神识损耗得太过严重，已经快要支撑不住。

"这时候可以说了。"唐三十六看着苏墨虞问道，"你为什么要来国教学院。"

那天夜里在报考名单上看到苏墨虞的名字，他和陈长生都很吃惊，而且有些担心。青藤诸院也有些学生转到了这里，但那些都是不受重视的学生，苏墨虞则不同，他是离宫附院这两年重点培养的对象，结果从天书陵出来后，和离宫附院连个招呼都不打,便来了国教学院,这件事情传出去后,肯定会惹来一些麻烦。

"我是来躲麻烦的。"苏墨虞没有任何隐瞒的意图,直接说道,"你们在京都闹出来的风波太大,我便是在天书陵里都知道了,如果我回离宫附院,接下来等着我的安排,肯定是代表离宫附院来挑战你们,我只喜欢读书修行,不喜欢做这些事情。"

陈长生和唐三十六明白了。司源道人是国教六巨头,是国教新派的代表人物,同时也是离宫附院的最大背景。已经聚星中境的别天心,不顾议论也要执意挑战国教学院,便是因为他的父母与司源道人有旧。苏墨虞如果回到离宫附院,肯定避不开这种安排。

唐三十六还有些不解:"你不喜欢打架,先前为何要主动代表国教学院出战?"

苏墨虞说道:"因为他是别家的人。"

唐三十六说道:"就因为他是别家的人,处理起来有些棘手,所以我本来一直有些犹豫。"

"欺软怕硬是不对的。"苏墨虞看着他认真说道。

"有道理。"唐三十六觉得越看他越顺眼,甚至有些佩服。

苏墨虞说道:"而且我刚才就对你说过,这一场应该由我来打。"

唐三十六想起来先前他确实说过这句话,此时想来这话确实有些怪,什么叫作应该由他来打?"为什么?"

"因为别天心是我表哥。"

81·别样红的态度

唐三十六沉默了会儿,问道:"那别样红是?"

苏墨虞说道:"我舅舅。"

唐三十六深深地吸了口气,又问道:"无穷碧?"

苏墨虞心想这还需要问?"当然是我舅妈。"

有些冷场。唐三十六看着他说道:"以后这种事情你能不能早说?"

苏墨虞说道:"从来没有人问过我,我总不能见着一个人便告诉他,我舅舅是别样红。"

陈长生点头说道："有道理。"

唐三十六看了他一眼，说道："我还没说当初你瞒着我们与徐有容婚约的事，不要急着找什么同盟。"然后他望向苏墨虞，说道，"继续。"

"舅妈当年在离宫附院的时候，与司源大主教情同姐弟，自然站在他这一边，而且……她很护短。"毕竟说的是长辈，苏墨虞的神情有些不自然，"如果表哥真和你们打起来了，无论谁胜谁负，只怕都不好收场，说不得舅妈也会来京都。"

陈长生和唐三十六对视一眼，然后异口同声说道："不必了，你赶紧给你舅舅写信说这边一切都好。"

苏墨虞说道："不用，我舅舅给我写了一封信。"

"什么？"

"不然我怎么会从天书陵里出来。"

苏墨虞想着那封信的内容便有些无奈，心想舅舅你惧内，难道我就不怕舅妈？"舅舅让我进国教学院。"他说道，"所以我就来了。"

至此，陈长生和唐三十六终于想明白了这整件事情。别样红知道自己的妻子支持国教新派，现在别天心代表离宫附院挑战国教学院，如果胜了，别家自然就会得罪教宗陛下、汶水唐家，甚至有可能得罪苏离和白帝城里的那两位圣人，可如果败了，他那护短的妻子说不得便要来京都掀起一场风雨。

他不想这样的事情发生，或者是因为他支持国教旧派，或者只是很简单，他不想参加到这场风波里来，所以修书一封给了在天书陵里的苏墨虞，让自己最亲的外甥提前出关，加入国教学院，尽可能地争取把这件事情消弭于无形。

不得不说，别样红的做法很智慧，当妻子站到国教新派一方的时候，他则让苏墨虞代表自己向另一方表达了善意或者至少是让事态平息的意愿，如此一来，以他们夫妻二人的地位实力，别家应该不会受到这场大风波的任何影响，所谓置身事外，方能傲然于世，便是这个道理。只是这样一来有一点则变得很明显，那就是无穷碧在这件事情之前，明显没有征求过他的意见，或者说没有听从他的劝说。

八方风雨，恩爱夫妻，传闻中这一对真如神仙眷侣，原来……也各有心思。想到这点，陈长生不禁有些感慨。唐三十六则是直接得多，看着苏墨虞问道："你舅和你舅妈感情不好吧？"

场面再次冷下来，苏墨虞看着他不说话。

"这句当我没说。"唐三十六看着他笑说道,"如此说来,你算是别家的表少爷,难怪刚才那家伙看着你眼神便不对,也是,表少爷教训下人,他还敢还手不成?"

苏墨虞很认真地纠正道:"就算他出全力,我也能胜他。"然后他望向陈长生感慨说道,"你真是了不起。"

陈长生觉得有些不好意思。唐三十六没有什么不好意思,揽过他的肩膀说道:"你舅让你进国教学院的意思现在很清楚了,今天已经教训了下人,过两天你表哥如果来闹事,你可别躲了啊。"

苏墨虞心想话是这个话,意思也是这个意思,只是怎么什么事从你的嘴里说出来,总那么刺耳,实在是不知道该怎么接。他看着小楼四周清幽的环境问道:"这边倒是清静。"

"这边普通学生不能过来,刚才那堵矮墙你也看着了,不过你当然不是普通学生,昨天轩辕破就已经整理好了你的房间,一会儿就带你去看,如何?我们给你的待遇不错吧?"唐三十六想到一件巧合,笑着说道,"你是别家的表少爷,被墙隔出来的这片园子叫别园,你说是不是注定了,你就得转到我们国教学院来,而且还就得住在这里?"

苏墨虞根本没有想这些事,摇头说道:"都是学生,享特权不妥。"

"他是院长,我是院监,轩辕破是主管,折袖的位置已经安排好,但叫什么名字还没确定,落落殿下是终身名誉副院长,总之都不是普通学生,你要什么职位随便提。"

"可我还是觉得,大家都是年轻人,为何非要用一堵墙隔开?"

"因为陈长生说他喜欢清静,我看他这个人是有太多秘密,怕被人发现。"

听到这里,陈长生再也无法保持沉默,对苏墨虞解释道:"你知道的,修行确实需要安静,如果新生里面有成功通幽的,也可以搬到别园这边来住,再就是大朝试如果能进前三甲,也有资格搬进来,按唐棠的说法,也有一个催人奋进的意思。"

苏墨虞听着这话觉得不错,问道:"大家的反应如何?"他在离宫附院带领同窗惯了,今日初至国教学院,便下意识里开始考虑这些事情。

唐三十六望向远处湖畔青草地上那些或坐或卧的年轻学生们,说道:"他们都是些从州郡甚至乡野来的学生,或者是青藤诸院里被忽视久了的隐形人,

279

能过大朝试预科便恨不得祭星海、拜娘娘，哪里敢奢望在大朝试里进前三甲，至于破境通幽……那更是想都没有想过。所以根本没有人在意我们说的话，只觉得是画了个大饼给他们看而已，甚至还有些怨言。"

苏墨虞想着陈长生在大朝试对战里破境通幽震惊了整个大陆，再想着天书陵那夜星光之后通幽竟似乎变成了一件很常见的事情，下意识里看了他一眼，心想现在究竟有多少人清楚地意识到陈长生究竟为年轻一代修行者们带来了什么好处？

唐三十六看着草地那边说道："其实我能理解他们为什么这么想，但我还是觉得他们很没出息，所以前天把他们召集起来大骂了一顿。"

陈长生摇了摇头，他绝对不想再经历、哪怕只是回忆前天夜里发生的事情，他这辈子也没有见过像唐三十六这样骂人的。

苏墨虞很不赞同这种教学理念，摇头说道："骂人是不对的。"

"我一个脏字都没说，就像当初在离宫神道上你拦着我们时一样。"

"离宫神道啊。"苏墨虞有些感慨，看了陈长生一眼，带着些歉意。

"我告诉他们，去年这个时候，就在离宫神道上陈长生告诉整个世界，他要拿大朝试的首榜首名，而那时候他其实连洗髓都还没成功，所有人都认为他是个疯子。结果呢？结果他真的做到了所有人都以为不可能的事情。"唐三十六说道，"那么这个世界上哪里会有真的不可能？大朝试三甲或者破境通幽又算什么呢？"

苏墨虞想了想，说道："有道理。"

二人把苏墨虞送回房间，让他好生休息，便先离开。

走出小楼，唐三十六非常肯定地说道："他舅和舅妈的感情肯定有问题。"

82·国教学院走进了新时代

"你居然还没忘记这事……"陈长生很是惊叹。

"那对夫妻可都是八方风雨中人，谁会对他们的事不感兴趣？其实我甚至有些怀疑无穷碧是不是和司源道人当年在离宫附院里有一腿，不然她为什么派自己的亲儿子过来替司源道人冲锋陷阵？别样红又为什么这么警惕，让苏墨虞进国教学院来扛着？"唐三十六向湖边走去，说道，"不过话又说回来，别天心那白痴是无穷碧的亲儿子，倒还真不一定是别样红的亲儿子，你说他有没有可能是司源道人的种？啧嗟啊。不过这件事情涉及私隐，可不能到处传去，尤其是别让苏墨虞听着了，毕竟是他的亲舅，多难堪。"

唐三十六望向身边，却发现空无一人。陈长生不知何时已经离开，现在已经走到了墙那边的草地上。唐三十六看着那边不解问道："你干吗？"

陈长生连头都没回，摆手说道："我去看看饭好了没有。"

清晨开始的那三场对战，结束得都很快，午饭的时间便提前了，吃完后还有时间眯了一会儿，等着太阳从中天西移了一段距离，闷热稍解，国教学院的门才再次打开。还是唐三十六带队，国教学院的新生们站在他身后的石阶上，脸上满是激动与不安交织的神情。

没有任何意外，第一个出战的国教学院新生便输了，就在对手的剑眼看着便要落下的时候，唐三十六的声音很及时地响了起来："就到这里了。"

第二场输了，第三场也输了，接下来的几场对战，国教学院都输得很干脆，平时热闹无比的场间现在气氛变得有些沉闷，只能听到唐三十六和那些国教学院新生的声音。

"差不多了啊。"

"我说你差不多点啊儿！"

"我说你这个人怎么不听呢？"

这些是唐三十六说的话，他是对那些来挑战国教学院的人们说的。

国教学院新生们说的话则要更加简单，基本上不超过五个字。

"认输。"

"我认输。"

"我认输了。"

只有当他们走回国教学院门前，从先前战斗里的紧张与陌生感里摆脱出来后，说的话才会多一些，站在石阶上和同窗们议论纷纷。

"我刚才那一剑用的有没有问题？"

"院长昨夜里不是说了，你对手的弱点就在于速度，所以你的剑应该再快一些。"

"我已经尽可能快了。"

"说明你的梅花三弄练得还不够熟。"

"院长昨夜说还有一种剑法可以制住此人，是什么来着？"

"渔歌三唱，那是离山剑宗的强大剑法，听说连梁半湖都没能掌握，是苟寒食的绝招，凭你我现在的境界，根本没办法学。"

国教学院新生们议论纷纷，完全看不出来有任何失败的情绪，连续的失败似乎根本没有影响到他们的心情。

别家那位仆人其实说的对，刀剑无眼，尤其是这种实力相差巨大的对战，唐三十六的眼光再如何犀利，喊的再如何及时，依然避免不了出现了一些意外，但那还真不能怪那些挑战国教学院的高手们，基本上都是国教学院新生们过于紧张导致的结果。

暮色初起时，国教学院这边已经输了十余场，六个新生受了伤，其中两人伤得还有些重。不过这些学生们没有任何怨言，更没有提起前些天唐三十六承诺过的不会让他们受到影响一事，反而心存感激。因为他们比谁都更清楚，得到陈长生的指导，又有了如此难得的与高手实战的机会，自己获得了多大的进步，仅是眼界就较诸入院之前不知开阔了多少倍。

在京都引发很大风波、为民众带来很多热闹的国教学院对战，在今天终于进入了全新的阶段。国教学院开始失败，但没有人认为他们会是失败者，因为代表国教学院出战的都是前些天才招进来的新生。当然，更没有胜利者。

国教学院新生们的情绪很好，唐三十六对现在的局面也算基本满意，但看着这等敷衍的战斗，来看热闹的民众们觉得好生无聊，闷得发慌，甚至有人开始犯困，打起了呵欠。

最郁闷的还是那些来自天海家与青藤诸院的高手，他们发现自己完全变成了陪练，有几个真的失手、不小心伤着国教学院新生的人，想着唐三十六今天清晨说出来的那番威胁，甚至有些不安，直到看到唐三十六的脸色如常后，才放下心来，苦着笑退了回去。

暮色渐暗，国教学院院门关闭，大部分离宫来的教士各回殿堂，只留下守夜者以及一队国教骑兵。京都百姓悻悻然回家准备晚饭，棚下的四大坊管事看着今天的投注额，眉头皱得极紧，那些挑战国教学院的高手们，心情最是莫名烦躁。

晚饭结束之后,国教学院的师生开始进行总结,同时为明天的对战进行准备。

所有事情都做完后,陈长生等人回到了别园。

轩辕破今天一天都跟着澄湖楼的大厨,在他看来,灶房里铁锅间的那些热闹,那些他听都没听说过的食材处理方法,要比院门外的热闹重要太多,直到刚才总结的时候,才知道今天院门外的对战是怎么个情况,有些不解问道:"如果认输就能解决问题,何必招这么多新生,我们直接认输就好了。"

唐三十六说道:"我看你对国教学院招募新生一直都有意见,为什么?"

轩辕破说道:"你也不看看中午和晚上这两顿饭,那么好的菜,都让他们给吃光了。"

"看看,这就是我为什么要这么做的道理。"唐三十六看着他说道,"因为你丢得起那人,我不行。"

轩辕破有些没听懂,想了想才明白这种说话的方式叫作双关。

"我可是要冲击五十八场连胜的人,怎么能断在这里。"唐三十六最后说道。

陈长生看了他一眼,知道事情肯定不是这么简单。

83 · 苦修教士,少年宗师

接下来的几天里,国教学院门前的对战还在继续,代表国教学院出战的还是那些新生。那些新生都已经洗髓成功,当然不能说是手无缚鸡之力,但哪里能和天海家及青藤诸院那些真正的高手相提并论?

新生们很清楚自己的水准,按照陈长生的指点,上场便把自己来得及展示的东西全部展示出来,把想要体会的东西都体会一下,然后认输。有些像浅尝辄止,也可以说是见好就收。总之,出剑二三,然后干脆认输,变成了国教学院门前最常见的风景。直到最后,天海家和青藤诸院的普通高手,都已经胜过了一轮,只剩下了一些真正的强者。

这时候来到场间的,便是宗祀所的一位聚星境强者,他是位苦行教士,本来正在西北肉身修道,竟也被两位圣堂大主教召了回来。这位苦行教士戴着一顶笠帽,纵使盛夏酷暑天气,依然穿着粗布棉衣,被笠帽阴影遮住的脸上,只能看到那双散发着肃杀气息的眼睛。

他看着唐三十六面无表情道："今天陈院长应该会亲自赐教了吧？"

从称谓其实便能看出这些挑战国教学院的高手们的真正归属，那些名义上属于青藤诸院，实际上却是天海家的强者，基本上都是直呼陈长生姓名，而那些真正青藤诸院高手，哪怕对陈长生的观感也好不到哪里去，却必须要严格地遵守国教内部的神圣序列，尊称他一声院长。

"很抱歉，陈院长他这些天心神损耗过大，正在院内读书养复。"唐三十六看着这位自己在汶水便曾听过大名的苦教士，微笑说道，"贝教士您今天的对手另有其人。"

那位苦行教士的视线刺破笠帽的阴影，落在唐三十六的脸上，郑重说道："听闻唐公子在天书陵里连破三境，若能领教，也算不虚此行。"

从遥远的西北回到京都，确实是一段很长的旅程。由此也可以看出，司源道人和凌海之王这两位国教巨头，其实早就已经开始准备对国教学院的打压。

对方的目光落在脸上，唐三十六竟觉得有些隐隐生痛，眯着眼睛想道，像你这样强大的对手，我可没有信心赢你，就算能赢，只怕也要受极重的伤。

"您的对手不是我，是他。"他看着那位苦行教士郑重介绍道，"他是我国教学院这一届的学生里修行天赋最高的一个人。"

随着他的手势，一个年轻的学生从石阶上走了下来。那位学生确实很年轻，太年轻，更应该说是位少年，不过十三四岁模样，神情紧张，本来很灵动的眼睛，现在也显得有些呆滞。

看着这少年，那名苦行教士怔住了，说道："如果我没看错……这孩童应该才刚刚洗髓成功？"

唐三十六赞美道："不愧是苦修悟道的贝教士，果然慧眼如炬，您没有看错，这孩子就是在三月之前洗髓成功，这次入京准备参加大朝试预科，试试运气。"

国教学院门前，现在已经不复前些天的热闹，但还是有不少人。先前看着赫赫有名的贝教士亲自出场，人们吃惊之余正在议论纷纷，忽然发现，国教学院为贝教士安排的对手，竟然是这样一位少年，场间瞬间变得安静无比，心想国教学院这是在弄什么玄虚？

"你的意思是……我的对手就是这位孩童？"贝教士的声音理所当然地变得愤怒起来，沉声喝道，"你这是在侮辱我！"

唐三十六面不改色，微笑说道："教士此言差矣，诸院演武之意，除了相争而前，也有前辈指点晚辈的意思，这孩子确实是我国教学院最具修行天赋的新生，虽然从来未曾与人切磋过，很是紧张，却依然勇于出列，请前辈指点，这如何能称得上是侮辱？"

一道极其威猛的气息，顺着笠帽边缘向外散出，贝教士强抑怒意说道："请你尊重我。"

唐三十六缓缓敛了笑容，看着他平静说道："教士这两句话听着有些耳熟，很像清吏司那些自诩为廉洁奉公的官员。"

贝教士盯着他的眼睛厉声喝道："你居然把我与那些虎狼之吏相提并论！"

"我以前是很尊重您的。"唐三十六顿了顿，看着他继续说道，"但您这次回京都，实在是没有办法让我再尊重起来。"

贝教士的视线在他与那名国教学院少年之间来回，说道："你明知道我没办法向他下手。"

唐三十六说道："因为您是位君子。"

贝教士说道："所以你专门选这个孩童来对付我？"

唐三十六没有否认，说道："不瞒您说，绝大多数的对战名单，都是陈长生定的，唯有您这一场，是由我亲自确定。"

贝教士沉默片刻后叹了口气，说道："如今这世间，果然是小人当道吗？"说完这句话，他转身便准备离开。

唐三十六本来不准备再说什么，但看着这位闻名于西北的苦行教士有些萧索的背影，忍不住还是开了口："君子可以欺之以方，这当然不见得是对的，我虽然不是君子，但也不是小人，但您这位曾经的君子，既然被小人所用行非君子之事，那我自然也只能以小人之道应之。"

听着这话，贝教士如遭雷击，身体微僵，片刻后才重新抬起脚步，走入人群里。看着远处街上渐行渐远的身影和那顶越来越小的笠帽，唐三十六平静不语。

"记下来，这场是我们国教学院胜了。"不等围观群众发出喝倒彩的声音，他平静说道，"下一个。"

不是所有对战都有故事，不是所有故事最后都能留下一个意味深长的结局。国教学院门前的对战持续着，没了鲜血，也没有死亡的阴影，自然少了很多刺激，变得越来越沉闷。对那些普通的百姓们来说，如果没有这些，没有那些山倒天破的画面，踏进神圣领域的那些大陆强者打架，与街头那些顽童们的打架能有什么本质上的区别？不过就是力气大些。

只有看得懂的人才能看得懂这些对战里透露出来的信息。代表国教学院出战的新生，除了情形特殊的苏墨虞和那位少年，其余的新生虽然至今没有获得一场胜利，甚至连胜利的可能性都看不到，但在时间极为短暂的对战中，他们却经常能施展出令人意想不到的剑招与变化，虽然人们知道那是受了陈长生的指点，可是这些新生能够实现出来，已经展现了某种可能性。

这些来自州郡乡野的孩子，这些青藤诸院没人理会的差生，忽然之间变得不一样了。来国教学院门前观战的，除了看热闹的民众，也有很多换装前来的青藤诸院的教习与学生。他们看着石阶上那些国教学院新生，有些不敢相信自己的眼睛，那就是自己曾经教过的无比顽劣的魏檀？那就是天天只知道睡觉的初文彬？

国教学院新生们与以往相比，身上仿佛多出了一道光泽，关键就在于，他们现在的精神不一样了，自信而且平静，仿佛没有任何事可以难倒他们，即便看似无穷无尽的失败也不可怕，依然坚信自己能够获得最后的成功，所有这些合在一起，便形成了一种叫作从容的气质。因为从容，所以淡定，才可以在人群之前谈笑自若，绝不会再因为他人的嘲笑或是无视而紧张自卑。

如果说去年陈长生成为国教学院的新生，接着落落、轩辕破、唐三十六、折袖的陆续加入意味着国教学院的新生，那么今年国教学院可以说是重生了——就像这些年轻的学生一样，或者说，正是因为他们的到来。

这些年轻学生们的改变，当然源自国教学院，起最大作用的两个人便是陈长生和唐三十六。唐三十六暂且不提，陈长生的重要性谁都能看到，如果不是他每天夜里指点不辍，耗损大量心神去研究那些高手的功法与弱点，国教学院的新生们哪里会有胆气去直面那些比自己足足高出数个境界的强者们？又哪里能拥有这么多自信？

从国教学院招募新生之后，陈长生便再也没有在对战里出手，甚至都没有去院门外看过一眼，但整座京都里的人都知道，他一直在国教学院里看着外面，通过这数十场对战尽情地展露了自己难以想象的剑道天赋与才华。

那种剑道天赋是如此强大，那种才华是如此夺目，以至于整座京都再次被震动。从去年夏天相同的时刻开始，他已经给京都以至整个人类世界带来过太多震惊。青藤宴、大朝试、天书陵、周园、浔阳城……很多人本以为自己已经被陈长生震惊得快要麻木，无论他以后再做出任何事来，都不足为奇，然而这一次他们依然再次被震撼。

以陈长生的年龄，能够拥有如此深不可测的剑道修为，是非常难以想象的事情。更难以想象的是，他还能够指点旁人学剑，要知道，这并不是教孩童写字那般简单——传道授业解惑，这是师。

现在的陈长生，竟然已经隐隐有了宗师风范——因为他的年龄实在是太小，人们每每生出这种想法时，都会自己摇头否定掉。但谁也不敢否定，如果再给他更多的时间，比如再给他十几年，待他真正成熟起来之后，或者真的可能成为名实相符的国教学院院长。

在所有人的眼光都落在国教学院，为陈长生的剑道修为震撼赞叹的时候，只有一个人依然不以为然。

"不过就是胡闹罢了。"莫雨看着娘娘的背影，有些无聊地弄了弄手指上的草环，说道，"也不知道朝上和离宫里那些人为什么要在那里大惊小怪。"

84·两株野花满山崖（上）

在秋山君之前，莫雨是世间最年轻的聚星境，当然有资格对所谓的修道天才表示自己的不屑与嘲讽。

圣后娘娘看了她一眼，说道："你真认为陈长生是在胡闹？"

莫雨手指微僵，就像很多大人物一样，她也曾经暗中去国教学院门前，那些对战当然入不得她的眼，但她必须承认，陈长生通过那些国教学院新生手里的剑展现出来的天赋与才华，无论是和他相同年龄时的自己甚至是现在的自己，都有些及不上他。这是圣后娘娘的问话，她没办法撒谎，轻轻咬了咬下唇，说道："我说唐棠呢。"

"所有人的眼睛都看着陈长生，以为唐三十六就是胡闹……难道你也这样认为？"圣后虽然知道她是在随意说话，依然不满意她的看法，说道，"承武和两位大主教准备了三个月的时间，不知有多少预案，如丝如缕，无论离宫怎样应对，他们都有办法把事情闹大，然而时至今日，你可曾看到离宫表过一次态，出过一次手？"

莫雨当然知道天海家和那两位圣堂大主教的用意。天海承武对徐世绩说，他是想顺势而为，等着徐有容回京后一战而定，当然不是真话，至少不是全部的真话。像他这样的大人物，与两位圣堂大主教联手做的事情，不可能如此小家子气。青藤诸院挑战国教学院，只是一个大事件的前引。

莫雨本来以为，教宗大人应该会直接把这件事情镇压在暴发之前，却没想到，直到现在教宗大人依然保持着沉默。这令她很意外。现在被圣后娘娘提醒，她才想明白，为什么离宫始终没有表态，为什么国教学院的事情始终局限在国教学院里，而不是像天海家以及那两位圣堂大主教最开始设计的那般波及到离宫，从而让诸院演武变成国教新旧两大派势力的全部对抗？

因为一个很简单的道理。国教学院……自己就把这件事情办了。陈长生和唐三十六，根本不需要离宫表态，不需要教宗说什么，便把这件事情漂漂亮亮地办完了。

天海家和那两位圣堂大主教，当初决定推动这件事情的时候，想必根本没有想过，在他们眼里只是个过场的事情，就因为这两个年轻人，似乎将永远地变成过场。那个大事件只是开了个头，便好像走不下去了。

"只要国教学院能够撑下去，教宗就不会开口说话。"圣后走到台边，望向不远处灯火渐盛的国教学院，说道，"无数后手，就被唐棠一个人给断了，教宗如果对陈长生有什么想法，也被他断了，你现在还觉得他只是在胡闹？"

莫雨无语，她是真的没有想到，唐三十六这个看似轻佻无能的家伙，居然能够看穿这么多大人物的老辣布局。

"果然是野花盛开的年代。"圣后说道，"唐棠不错，陈长生更不错，如果给他们足够多的时间和机会，大周和人类的将来哪里还需要担心？"

野花如果只有一株，在山崖间孤零零地开着，如何能够言美。

只有很多株野花一道绽放，那才称得上是盛开，才能美得惊心动魄。

想着这一年里的变化，莫雨必须承认，国教学院之所以如此之快便有了复兴的迹象，除了陈长生，最重要的节点便是唐三十六离开天道院，进了国教学院。如果娘娘的判断是准确的，唐三十六这些看似胡闹的手段，实际上是冷静的应对，那么可以说，国教学院现在最需要的，便是他这样的人。

她知道陈长生和唐三十六第一次相遇时的情形，那时唐三十六是早已成名的天才少年，而陈长生是无人知晓的乡下小道士，在报考天道院的时候相遇相识，而且是唐三十六先和陈长生搭的话，如今想起来，你不得不承认这种相遇真的带着某种命运的味道。

"汶水唐家最了不起的地方是什么？不是财富也不是谋略，而是眼光。"圣后看着灯火通明的国教学院，说道，"唐老太爷当年是第一个看出苏离本事的人，其后数百年有谁敢对唐家有任何不敬？便是八方风雨亦是如此。后来唐家又顶着朝廷的压力，让王破当了十年账房，相信又能换来数十年平静。如今唐棠与陈长生又有了这般情谊，如果陈长生将来真的做了教宗，汶水唐家的地位更是不可撼动。"

莫雨不知为何说道："如此说来，陈长生其实不如唐棠。"

"女生果然外向。"圣后看了她一眼，颇有深意。

莫雨有些委屈，却不敢说什么。

圣后说道："天机阁派人过来看剑，你既然与陈长生认识，便由你带着去吧，不然以陈长生那性子，还真不见得能看到。"

与过去一年不同，与过去的二十年不同，今夜的国教学院灯火通明。即便已经很晚，湖畔林间和喷泉旁，到处都还能够看到人影，能够听到声音。陈长生有些不习惯这种变化，摇了摇头，想起上午聊的那件事情，望向唐三十六说道："你前天说的那个故事不对，我从来没有说过要拿大朝试的首榜首名，当时苏墨虞就在神道上，应该记得很清楚，那是主教大人说的，我不明白他为什么会把这么重要的事情忘记了。"

"这说明在所有人的印象里，这句话就是你说的，所以不要再尝试辩解。"唐三十六说道，"而且我记得很清楚，在李子园客栈里，你对我亲口说过这件事。"

因为这句话，两个人同时想起当时在客栈里请客吃饭的情形。当时他们学着大人模样寒暄交往，现在想来却是一副青涩模样。二人相视笑了起来。

时间似乎没有过去太久，便已经有太多事情改变了。

一年前，国教学院还很冷清破落，虽然也被教枢处清理整修过，但除了他经常活动的那片区域，其他的地方还是很凄冷，尤其是入夜后，更是仿佛墓园一般。一年后，国教学院迎来了很多朝气十足的新生，冷清的夜色早已被宿舍楼里的灯光驱走，曾经很长时间只有一个人的藏书楼里，现在有很多人正在借着灯光看书。

很多人看到了这些变化，每每想到陈长生和唐三十六如此年轻，便把国教学院变得有模有样，把这件事情做得有声有势，不免有些意外，然后赞美。陈长生想的事情却不在此间，他看着唐三十六问道："为什么要做这些呢？"

85·两株野花满山崖（中）

"我说过要淹死他们，这就是水淹七军。"唐三十六手里的折扇不知道什么时候换成了一个青苹果，他拿着青苹果指着藏书楼里的灯光与那些新生留下的剪影，说道，"国教学院有了这么多人，对方想要耗死我们就没那么容易，相反，我可以耗死他们。"

陈长生摇了摇头，说道："我不信。"

唐三十六沉默了会儿，说道："这是开端。"

"开端？"陈长生是真的不明白。

"你的开端，也是国教学院的开端，这里总是要招生的……"唐三十六看着夜色下的学院说道，"一个人的国教学院，听着很酷，但事实上，那并不是国教学院，就是你一个人。后来变成两个人、三个人、三四个……都不是国教学院，只有现在才是国教学院。"

夜已渐深，依然灯火通明，陈长生顺着他的视线望过去，喃喃说道："可是，要这么多人做什么呢？"

"人多力量大。"唐三十六望向他说道，"现在他们还很弱小，很年轻，但以后呢？"

"以后嘛……"陈长生大概有些明白了，只是他真的没有考虑过以后的事情，因为他习惯性只把眼光放在二十岁之前。不过此时看着灯火通明的国教学院，看着那些窗边捧着书卷静静读书的新生，看着湖边那些少男少女的背影，他想起了当初自己刚入国教学院时想象出来的那些旧年画面，那些数十年前曾经在这座学院里读书、看湖的少男少女们，脸上渐渐露出微笑，心想不管以后会如何，但这样也挺好，没见寂静了这么多年的树林现在仿佛都醒了过来？

唐三十六说道："不要忘记，以后你是要做教宗的。"

整个大陆都知道，陈长生将来是要做教宗的，但唯独他自己对这件事情没有什么实感，觉得太过遥远，没有想过。他现在已经是国教学院的院长，距离登上无限光明的教宗宝座只有数步之遥，他现在的实权当然远远不如茅秋雨、司源道人这些巨头，但单从神圣序列来说，已经与他们完全相等。按照梅里砂大主教当初的话来说，现在的陈长生只需要向教宗陛下行礼，别的人都不需要。

"教宗……不好当吧。"

"当然不好当。"唐三十六说道，"如果不是教宗陛下在你的身后站着，像司源道人、凌海之王这样的大人物，随便一根手指就把你捏碎了……事实上，他们之所以如此坚定地与天海家站在了一起，我以为最重要的原因就是因为教宗陛下选定了你做继承者，将来你如果想要成为教宗，不是那么简单的事。"

陈长生想着最近这些天国教内部的暗流涌动，想着那个明显针对国教学院的诸院演武提案，知道唐三十六的推测是正确的。和凌海之王那些国教真正的巨头相比，他除了教宗陛下的支持与梅里砂大主教的遗泽之外，在国教内部没有任何根基。想要成为下一代的教宗，在此后的岁月里必将承受无数的疑难与挑战，他如何能够应对？

"国教学院就是你的根基，此后数十年里，这座学院里走出去的教习与学生，无论愿意或者不愿意，都会被视作你的人。"唐三十六望向他说道，"天海家和那两位大主教肯定有很多后手，甚至有可能是想借着挑战国教学院这件事情，直接向教宗陛下发难，但现在被我们的胡闹直接压在了国教学院门前，那么所有压力必然也只有国教学院独自承受，你必须习惯这一点，因为在之后的数十年里，你可能随时都会面临这些问题。"

陈长生听完这句话才知道原来这件事情竟是如此复杂，惭愧道："我是真想不明白这些事情，如此说来，幸亏我没有去离宫！"

"就算你去离宫向教宗陛下求援，他老人家如果确定国教学院还能撑得住，也不会开口说话。"唐三十六看着他的眼睛说道，"因为教宗陛下和我们这些人的想法都是一样的，我们希望你能尽快习惯这种压力，然后尽快成长起来。"

"这些事情……太复杂了。"陈长生真心说道，"我是怎么想都不会想到这些，你们是怎么能够想明白的？"

抽丝剥茧，揣度人心，这是魔族军师黑袍与周通这样的人物最擅长的事情。陈长生一直觉得这是人世间最难的事情，要比慧剑难上无数倍。刚好唐三十六也想到了苏离教给陈长生的那一剑，说道："你连慧剑都能学会，又怎么会想不明白这些事情，只不过你懒得想而已。"

陈长生摇了摇头。

"我不是在安慰你。"唐三十六看着他说道，"那天你说我和苏离很像，其实后来我也想到了你和一个人很像。"

"王破吗？"陈长生期待地看着他。

"那个愁眉苦脸的家伙……和你哪里像了？"唐三十六说道，"我说的是教宗陛下。"

陈长生闻言微怔，想不明白自己和教宗陛下有什么相似的地方。

"小时候我爷爷对我说过，当年国教正统只有两个传人，教宗和你师父，无论从修行天赋还是智谋方面，教宗都比不上你师父。后来二人各自去天道院和国教学院学习，彼此之间的差距拉得越来越大，但是又过了不到十年，教宗陛下便追了上来，因为他不像你师父那般长袖善舞，与朝廷交往甚密，只是在天道院里读书，心无杂念，所以境界提升非常快。"

唐三十六说道："我说你与教宗陛下很像，就是因为你们两个人都非常专心，非常珍惜时间。"

陈长生想了想，说道："好像确实是这样的。"因为那道阴影，他一直活得非常认真，修行得非常专心，非常珍惜时间，只是没想到，当初的教宗陛下也是这样的人。

唐三十六看着他说道："其实我一直想知道，你这么珍惜时间，换句话说，永远这般着急……你到底是在急什么？你究竟想做什么？"

陈长生沉默，没有说话。

"你不想说就算了，估计说出来又会是听上去很疯狂的宣言，就像当初说要拿大朝试首榜首名一样。想成为第二个周独夫？"唐三十六不等他回答，看着他微笑说道，"不管什么，但想来肯定很有意思，以后我会看着你做成那件事情。"

陈长生想了想，还是没有说出谢谢两个字，反问道："你呢？你想做什么？为什么最近变得这么认真……为什么要帮我？"

在很多时候，为什么要帮我这种问题，是很容易让气氛变糟糕的问题，不过他和唐三十六已经太熟，他不在意，唐三十六同样如此。

"在进京都之前，我从来没有想过自己将来要做什么。"唐三十六走到大榕树下，看着湖水里的点点星光，停顿了会儿，说道，"或者说，我自己将来要做什么，早就已经注定了，所以不需要我去想。"

陈长生站在他的身边，看了他一眼，发现他的神情极其罕见地平静。

"青云换榜的时候，天机老人的评语你还记得吗？他说我懒，不然早就进了青云榜前十。"

"是的，我记得很清楚，所以那天在天书陵外看着你的样子，真的有些没想到。"

"懒……就是不想做事，因为我从小就真的不需要做任何事。"夜风渐敛，湖面渐平，那些落在水上的星光也渐渐变得清楚起来。唐三十六看着那处，说道，"无论谁当皇帝，谁做教宗，只要人类不被魔族奴役，我家都能很好地活着，而我注定会成为唐家的主人，什么都不需要做，便能一辈子荣华富贵，权高位重，我会住在世间最豪奢的庄园里，我会娶最贤淑安静的妻子，我会喝最贵的酒，骑最烈的马，组最好的戏班子，而往来的都是世间最有权力的人。既然这些都已注定，我为什么还要勤奋？"

陈长生想了想，问道："那么，修道呢？"

唐三十六说道："天机老人说我如果勤奋起来，便能进青云前十，但……那还是不如徐有容、折袖，还有你。"

陈长生想起来，去年在李子园客栈里，他便提起过此事。当时唐三十六用的词是：那个让人无话可说的女人以及那个狼崽子。他看着唐三十六开解说道："能进青云榜前十，已经很不错了。"

"确实不错，但还是比你们这些变态差些，哪怕只是差一点，终究是差。"唐三十六顿了顿，说道，"既然做不到最好，有什么意思？"

陈长生不知该如何接话，转而问道："那为什么你现在不懒了？"

唐三十六说道："天机老人在青云榜评语里说过，因为我遇着了机缘。"

"什么机缘？我怎么不知道。"

"白痴，这话不就是说我遇到了你吗？"

"我又怎么了？"陈长生是真的不认为自己有什么了不起的地方。

然而就像唐三十六前些天说的那样，身为天才而不自知，这真是一件令同行者愤怒且郁闷的事情。他看着陈长生摇了摇头，说着："我从来没有见过你这样的人，世界上像你这样的大概比纯白色的独角兽还要少吧，因为你活得……太认真，太端正了，虽然到现在我还不知道你在追求什么，但那种感觉……很有意思。"

86 · 两株野花满山崖（下）

从西宁镇来到京都后，陈长生经历过的最重要的事情，不是去东御神将府退婚，不是在国教学院里遇到落难的落落，甚至也不是在桐宫的深处遇到那条黑龙。虽然这两次相遇都已经在某种程度上改变了他的命运，但对他的人生真正产生影响的还是李子园客栈里的那顿饭。

他遇到了唐三十六，才知道原来年少就应该轻狂，而不应该像自己和余人师兄那样，明明还很年轻，却像得道多年的老者一样清心寡欲地活着，才知道原来世界上有些事情就是应该去争取，该放弃就是要放弃，或者说，他从唐三十六的身上学会了如何能够活得更轻松些。

相对应的，从汶水来到京都，唐三十六最重要的事情也是遇到陈长生，他从陈长生的身上学到了更多东西。

他们性情相投，性格却完全相反，一者动，一者静，一者如水，一者如火，在一起相互配合，真的发挥出了远超他们这个年龄段的力量。

更关键的是，如果陈长生和唐三十六没有相遇，那么青藤宴可能不会那样发展，大朝试的结局或者会发生极大的改变，国教学院绝对不会在这时候重开院门、招募新生，陈长生应付不来天海家和国教新派的压力，那么整个故事将会走向另外一条完全不同的路线。甚至可以说，历史也将发生改变。

从这个意义上来看，还是乡下小道士的陈长生和初入京都的唐三十六，在天道院里的那次相遇，真的无比重要。

"也许你是故意的，也许你是有意的。"——反正不是无意的。唐三十六看着他的眼睛继续说道，"你从来都没有想过，我和落落殿下一样，其实也背着很重的责任。"

陈长生认为落落承担着妖族的重任，不应该承受人类世界两大势力对抗的压力，所以不让她回国教学院，甚至刻意减少与她见面的次数，却没有想到，唐三十六是汶水唐家的继承人，他在京都里做了这么多事，只怕在有心人眼里，那都是唐家那位老太爷的意思……这时候听到唐三十六的话，他才明白过来，歉意顿生，想要说些什么。

唐三十六举起右手，示意他不要说那么多废话："不过无所谓，因为我还没有成年,所以可以暂时不用理会这些事情。"

"你刚才问我究竟想要做什么,为什么要帮你?你错了,我不是在帮你,而是在帮自己,因为我也是国教学院的学生,这个地方可不是你陈长生一个人的,我想做什么?我就想在回汶水继承家业之前,不去思考数十万人生计问题,不去思考家族绵延千世的问题,那些沉重的问题我都不要去想,我就是要为了我自己,为了我们放肆痛快地玩一把。"

唐三十六看着陈长生说道:"前些天在这里我对你说过,年轻人就应该像年轻人一样地活着,该笑就笑,该骂就骂,该……轩辕破怎么今天没有砸树?澄湖楼的点心有那么好吃吗?反正等将来你变成世间最强大的那个人,人们提到我时,除了唐家家主的身份,还会提起数百年前是我和你在京都让国教学院重新站了起来,那我就觉得很痛快了。"

他命中注定便会是汶水唐家的家主,大陆最有钱的人,这不需要奋斗,不需要努力。所以他更看重国教学院的未来,因为那不是先祖的遗泽,而是他们用自己的双手打拼出来的事业。所有的年轻人都喜欢说奋斗,但不是所有的年轻人都明白这个道理。

"我会努力的。"陈长生想了想,又说道,"因为某些原因,本来我就会努力成为世间最强大的那个人,那么这是顺便的事情。"

唐三十六说道:"顺便这个词用的很好,我很欣赏,显得淡然、特别不在意,将来你真成为世间最强大的那个人后,不要忘记这个词。"

陈长生说道:"我会记住。"

唐三十六伸出手去,说道:"成交。"

陈长生没有行过这种礼,有些笨拙地学着他的样子伸出手。

唐三十六很随便地握了握他的手,然后松开。

"走吧,刚才教枢处来了消息,说明天国教学院有客,得准备一下。"

"你是院长,这种事情当然是你去做,我懒得理会,你让我再待会儿。"

唐三十六向湖畔的大榕树走去,说道:"以前你和落落殿下老霸着这棵树,现在得让我享用一下了。"

陈长生没有再说什么,转身离开,片刻后听着大榕树处传来的声音,回头望去,只见唐三十六已经站到树臂上。夜空里洒落的星光,笼罩着大榕树,把他的衣衫镀了一层淡淡的星晖,远远望去,就像一个很漂亮的小银人。

天海家和国教新派的谋划，遇到了事先完全没有想到的挫折。谁也看不明白，现在这究竟是阴谋还是闹剧。在陈长生和唐三十六看似胡闹，实际上颇为强硬坚韧的抵抗下，这场以诸院演武为发端的攻势，还没有来得及变成狂风暴雨，便不得不暂时停下。苏墨虞教训了那名叫野兴庆的别家仆人之后，别天心应该是知道了这代表着父亲的警告，直到对战结束，也没有再出现过。

国教学院迎来了暂时的安静，然后很快迎来了第一批客人。

清晨，天还不是太热，国教学院的正门完全打开，离宫教士在门外候着。刚刚结束早餐，或者已经开始晨读的新生们，好奇地望了过去。一个消息开始流传开来，学生们的脸上流露出兴奋而又紧张的神情，纷纷走向院门处，好奇地向外张望着。

没有过多长时间，两辆马车停在院门前，开道的羽林军士兵与国教骑兵交接，有宫女走到两辆车前，神态恭谨地将车中人扶了下来。到访国教学院的是莫雨，还有一位老人。

87·观 剑

看到来的真是莫雨姑娘，国教学院的新生们表现得极为紧张而兴奋。站在后面的不停踮着脚，想要把这位传说中的人物看得更清楚些，而站在人群最前面的那些少年，则是被她的绝美容颜震撼得不敢抬起头来，只敢望着自己的脚尖。

学生们其实很清楚，教宗陛下和圣后娘娘已经不复往年的亲密无间，国教学院正是两大势力对峙的前沿地带，但依然难以抑制兴奋。要知道莫雨是大周朝最著名的美人，也是最著名的才女，更是权势极重的大人物，便是平国公主在民众心中的地位都远不如她，也只有多年前便远赴圣女峰修道的徐有容，能够与她相提并论。

至于随着莫雨前来国教学院的那位老人，衣衫上有天机阁的徽记，想来应该是天机阁的管事供奉一类的人物。只是天机阁的人为何要来国教学院？莫雨姑娘为何会陪着前来？

学生们心里的疑惑没有办法找到答案，因为很快，陈长生和唐三十六便来到了场间。唐三十六昨夜睡的有些晚，本想着对战好不容易告一段落，可以趁着清晨凉爽的时候好好睡一觉，谁曾想又要起来，心情本来就不好，这时候看着那些学生们看着莫雨神魂颠倒的模样，便觉得很是丢人，恼火说道："看什么看？没见过美女啊？"

美人虽然可以娱目，但没办法代替院规，而国教学院的院规，现在就是唐三十六说的话。学生们很是无奈，摇着头散开，只是离开时的速度，慢得有些令人发指。

陈长生知道莫雨的性情其实并不像在自己面前表现的那般淡然恬静，能够替圣后娘娘处理朝政的莫大姑娘，向来以冷漠强硬著称，这时候听着唐三十六的话很是随便，他很担心莫雨会生出不悦，借此发难，转身望去，不曾想莫雨却完全不以为忤，微微笑着。

"我以为你会生气。"他看了那名来自天机阁的老人一眼，对莫雨低声说道。

莫雨白了他一眼，说道："被唤美女有什么好生气的？平日里你就没这么唤过我。"她的声音也很低，相信唐三十六和那位来自天机阁的老人都没有听到二人之间的交谈。

既然名义上是代表朝廷前来视察国教学院，那么总得视察一番。陈长生和唐三十六陪着她在学院随意逛了逛，随意地说着话。

"你二姐现在还是喜欢锡纸拼图吗？"莫雨看着唐三十六问道。

唐三十六说道："去年我走的时候她就不怎么玩了，现在她喜欢砌木头房子……就是这么大的那种。"

他用双手比画道："那房子看着不是很大，但如果想搁得稳，还得专门弄张桌子，结果为了能搁下那张桌子，家里又得专门给她修了幢楼。"

莫雨微笑说道："这也就是你们家了。"

唐三十六说道："如果我家能有皇宫一半大，何至于这么麻烦。"

莫雨笑着说道："我又不是没去过汶水，把你家祖宅和溪畔那几座庄园联起来，皇宫一半……便是皇宫都没那么大。"

这番对谈里有没有什么机锋，陈长生没听出来。他正在吃惊，当初在青藤宴上，没见着莫雨和唐三十六有什么交流，今天才知道原来是旧识。所谓权与贵，果然难分离。

"我和他二姐小时候就认识。"莫雨猜到他在想什么，微笑说道，"不过我最后一次随娘去汶水的时候，他才三岁，像个泥猴似的，谁曾想现在出息大了。"

即便在这方面有些迟钝的陈长生，这时候也听出了些意思。唐三十六自然听得更清楚，但更要装作没有听懂。莫雨可不是别天心那种二世祖，她是莫大姑娘，而她身后的圣后娘娘，也要比别样红和无穷碧合在一起更加可怕。像唐三十六这种世家子，自然知道什么时候该嚣张，什么时候该低调。

陈长生有些不适应唐三十六的表现，因为他对莫雨在大周朝是什么地位，直至今日都没有什么概念。当然这不能怪他，只能说莫雨在他面前表现得太不像莫雨。

来到别园的湖畔，很是安静清幽，墙也隔绝了远方那些青年学子炙热的视线。莫雨这才正式介绍道："这位是天机阁的大掌柜。"

陈长生和唐三十六向这位大掌柜行了晚辈礼。一个是国教的继承者，一个是汶水唐家的继承者，但毕竟年纪小。最关键的是，这位是天机阁的大掌柜，不是普通地方的大掌柜。没有敢轻视天机阁，而且陈长生和唐三十六对天机阁以及那位天机老人的印象非常好，他们没有忘记当初青云换榜时，天机老人对国教学院诸人的点评与期望。

那位大掌柜亦是不敢怠慢，郑重回礼，然后看着唐三公子微笑说道："最近与唐公子合作很愉快，希望以后能够继续合作。"这说的自然是青藤诸院挑战国教学院，双方合作赢钱的生意。

唐三十六谦虚说道："哪里哪里，主要还是陈长生配合得好。"

大掌柜哈哈大笑，望向陈长生说道："陈院长那四剑，让阁里的供奉津津乐道了好些天，都说您的剑道修为果然深不可测。"

陈长生终究不是生意人，不像唐三十六和这位大掌柜的脸那般厚，闻言有些尴尬。莫雨看了他一眼，没有说什么，但他总觉得她的目光里带着很浓的嘲讽味道。

这位大掌柜的来意，昨天教枢处为宫里传话的时候已经说得非常清楚，轩辕破提前便让学生们离开了藏书楼，把地方空了出来。陈长生解下短剑，双手递到了那位大掌柜的手里。大掌柜接过剑后，没有急着拔剑。他的目光落在剑鞘的上面，很长时间都没有移开。

陈长生的心情顿时紧张起来。虽然他师父还有教宗陛下都说过，没有人能够强行打开剑鞘，但想着剑鞘里的数千把绝世名剑，还有那些一直藏着的，连唐三十六都没有说过的财富，以及更关键的那块黑色石碑的虚影，他没有办法不紧张。

88·品 剑

不知道过了多长时间，反正在陈长生看来，已经过了很久很久，那位天机阁的大掌柜才终于把目光从剑鞘上移开，然后看着他笑了笑。陈长生不知道这有没有什么深意，只能希望没有。

大掌柜的手轻轻摸着剑鞘，感慨说道："好东西啊。"

唐三十六当然知道这个剑鞘是好东西。任何空间法器，都能成为普通宗派山门的镇派之宝。陈长生的这个剑鞘，当初在藏书楼里曾经倒出来了一座剑山，而且还不见得是里面的所有，由此可以推想里面的空间有多么巨大。

在大陆上，无论是要鉴定修道者的高低，还是法器的好坏，毫无疑问天机阁当然是最好选择，不然那些著名的榜单也不会有这么大的公信力。唐三十六知道这位大掌柜是来看无垢剑的，却也不想错过让他点评这把剑鞘的机会，试探着问道："有多好？"

大掌柜看着他很严肃地说道："非常好。"

陈长生听着这话险些笑了出来，紧张的情绪稍微缓解了些。唐三十六则很是郁闷，心想这位大掌柜说话的无耻程度和自己还真有的一拼，恼火说道："难道能好到被录入百器榜？"

他这本来是赌气的话，不料那位大掌柜闻言后，脸色竟变得严肃起来，认真地想了想后才摇了摇头。唐三十六有些得意，又有些失望。

然而就在这时，大掌柜又说了一句话："我记得这把剑鞘本来就一直在百器榜上，自然不需要再录进去。"

藏书楼里变得非常安静。唐三十六看了陈长生一眼，莫雨看了剑鞘一眼，陈长生不知道自己应该看哪里。

"这便是藏锋。"大掌柜的手指轻轻敲打着剑鞘，听着剑鞘发出的沉重却不闷的声音，感慨道："我也已经有二十几年没有见到了。"

莫雨虽然对此略有猜测，但依然神情微变，问道："这就是以前离宫里的那件藏锋？"

大掌柜没有立刻回答她的话，而是神情郑重地把短剑从鞘中抽出。看着短剑，他缓声说道："如果不是藏锋，如何能够容得下这把锋利无双的宝剑？"

很多时候都能听到锋利无双这样的评语，但如果这句评语出自以严谨著称的天机阁，那么便非常不同寻常。——这意味着，陈长生这把短剑的锋利程度，真的举世无双，单以锋利论，天机阁不认为世间还有什么神兵能够超过它。

这把短剑看着真的很寻常，陈长生从来没有仔细保养过，甚至连擦拭都很少，但可以清楚地看到，短剑的剑身上没有任何污垢，就连灰尘都没有一粒。这把剑在陈长生的手里已经杀过不少人，沾过不少血，却看不到血。

"剑名无垢，果然无垢。"大掌柜感慨道。

这把短剑太锋利，所以剑身无比光滑，如此方能过万花丛中不沾香气，入俗世不惹红尘，破万物而出而不扰万物。

莫雨看着陈长生问道："这把剑是什么材质做的？"

想要让一把剑做到如此锋利，除了极其高超的锻造水准，最重要的还是剑本身的材质。只有最紧密、最坚硬同时又是最具韧度，不惧高温与严寒的材质，才能承受得住千锤百炼。

陈长生摇了摇头，他是真的不知道这把短剑是由什么材料制成，然后和莫雨、唐三十六一道望向大掌柜。大掌柜摇了摇头，声音微寒说道："此事不可言，不然九霄之上雷霆动，言破者与执剑者的命途都会遇大凶险。"

唐三十六最厌憎这种高深莫测的神棍做派，心想天机阁就是喜欢装神弄鬼。

观完剑后，大掌柜先行离开国教学院，说是要为时隔多年后的百器榜再一次改榜做准备。

莫雨没有走，她看着陈长生说道："藏锋是离宫之宝，当年被你师父偷走，你就这么带在身边，似乎有些不妥。"

陈长生心想今日之前只有教宗陛下看出了自己剑鞘的来历，只要你不到处宣扬去，又能有什么不妥？

"首先，我师父曾经是国教学院的院长，是教宗陛下的师兄，也是国教正统传人，就算是分家产，他也有资格从离宫里拿些东西。"他说道，"其次，如果你觉得不妥，我可以今天就去离宫还给教宗陛下，然后再请他老人家赐还给我，只是……你不觉得这是多此一举？"

莫雨像看陌生人一样看着他，挑眉说道："今日你的词锋比你的剑还要更利……这可不像你平时的模样。"

陈长生说道："可能是因为最近磨剑比较多。"

莫雨知道他说的是这些天国教学院门前发生的那些事，看了他一会儿，说道："不错，你确实比前些天强了很多。"

接连与聚星初境的强者对战，然后又要指导新生们与实力远胜自己的对手战斗，陈长生说的话没有错，这个过程有些辛苦，就像是在用无数的大石头、小石头、圆石头、方石头在磨自己这把剑，只要剑没有被折断，那么必然会变得越来越锋利。

从天书陵到周园，从浔阳城回京都，这段日子里他的境遇造化以及所悟，就在这个过程里被不停地锤打、烧灼，所有的杂质都被挤了出来，或者烧成青烟消失无踪，只留下了最精华的那个部分，最终完全变成了他自己的实力与修为，再也不会失去。现在的陈长生真的变强了很多，如果这时候再让他与薛河神将、梁红妆分别再战一场，应该会有一场胜机。

"但这一切并没有什么意义。"莫雨看着他平静微笑说道，"因为她就要回来了。"

"所有人都在和我说，她要回来了。"陈长生很认真地说道，"但其实我以为，这也并没有什么意义。"

莫雨说道："你是未来的教宗，她会成为圣女，如果你败在她的手下，你觉得国教内部会有怎样的声音？"

事涉国教南北两派持续千年的竞争，虽然因为徐有容生于京都，这些年双方的对抗并不像过往那般激烈，但陈长生知道莫雨并没有夸大其辞，沉默了很长时间后，带着复杂的情绪问道："必须要打吗？"

89·一座山，观一人

莫雨看着陈长生很无所谓地说道："最终还是要看你自己决定，如果按我的想法，你赢了她最好，反正我看她也不顺眼。"

陈长生有些不解，问道："我记得你说过你和她是很好的朋友。"

"朋友之间最容易互相看不顺眼。"莫雨转身向藏书楼外走去。

陈长生和莫雨说话的时候，唐三十六一直保持着沉默，直到她的身影消失于藏书楼外，他才走到陈长生面前，盯着他的眼睛一言不发。

"你这样子有些可怕。"陈长生说道。

唐三十六盯着他的眼睛说道:"都说眼睛是心灵的窗户,我很想看看,你到底还有多少事情瞒着我们。"

"我瞒你什么了?"

"我怎么不知道,你什么时候和莫大姑娘这么熟了?"

陈长生不知道该怎么解释。双方分属不同派系,私下却有接触……但这也是小事,关键是他和莫雨相识的原因真的无法说出口。莫雨再如何位高权重,终究是位美丽的女子,清誉重要,他总不能告诉全天下,世人眼中仙女般的莫雨姑娘,没事儿的时候就会爬到他的床上去睡觉……

"陈长生,你可以啊。"唐三十六感叹道,"剑鞘是离宫神器藏锋,剑也要成为百器榜上的名物,未婚妻是徐有容,女学生是落落,现在又和大周所有男人都喜欢的莫大姑娘不清不楚……"

陈长生认真说道:"这话要说清楚了,我连她的手都没有碰过。"

唐三十六的神情明显不相信,但下一刻便严肃起来,看着他认真说道:"离她远些。"陈长生明白他的意思,点了点头。

唐三十六说道:"记住我的话,这个女人不简单,而且性情薄凉,哪怕做生意,都不要选她。"陈长生想起当初把自己囚禁进桐宫的莫雨,再次点了点头。

然后,他想起了桐宫深处的那条黑龙,发现最近因为太忙,已经有好些天没有去北新桥了。"晚上有事我要出去一趟。"他对唐三十六说道。

唐三十六看着他冷笑道:"看看,这又是一个秘密。"陈长生笑了笑,没说什么。

唐三十六和他并肩向藏书楼外走去,忽然说道:"那件事情以后我不会再怪你了。"

陈长生不解,看着他问道:"什么事?"

"去年在客栈里,我要去拿你的剑,你不让我拿,这事儿让我一直很不高兴……现在想来,当时刚和你认识,你谨慎一些是有道理的。"

那位天机阁的大掌柜,刚才确定了陈长生那把剑的价值,唐三十六自问,如果换成自己,也会对这把剑视若珍宝,不肯轻易示人。

陈长生怔了怔才想起来这件旧事,摇头说道:"你也太记仇了些。"

唐三十六剑眉微挑,说道:"你知道魔族那边能够看到的星星比咱们这边少吧?"这是道典上记载过事情,而且就在不久前,陈长生才从魔域雪原归来,当然很清楚，点了点头。

"夜晚的时候我们的天空里到处都是星星，但他们那边不一样，有的地方星辰密集，有的地方很疏，相近的星辰连在一起可成图画。"

"我知道，南客的南十字星剑便是从他们夜空里的两条星河中悟出来的。"

"星河很宽很大，我们要说的是星河中间的事情。"

"什么事情？"

"魔族会把不同形状的星辰组合，称为星座，不同日期出生的生命归属于不同的星座，拥有各自不同的特点。"

"然后？"

"如果在魔族那边，按我出生日期算，我应该是天蝎座。"

陈长生停下脚步，想起来道藏里确实是有相关内容的记载，但他不明白唐三十六忽然说起这件事情是为什么，要知道魔族和人类的文化背景本来就不同，而在各自的疆土里，对方的图腾或推崇的一些事物，更是会成为禁忌。

"对了，刚才那位天机阁的大掌柜……"陈长生有些不解地停下，因为他发现，自己竟忘了那位大掌柜长什么样子。观剑不过片刻时间，他的记忆力本来就好，怎么可能会忘了刚见面的人的模样？

唐三十六没有听到他继续问星座的事情，正有些欲求不满，听到他的话，也不禁怔住了。因为他发现自己也忘了那位大掌柜的模样，甚至随着回忆的持续，刚才的那段时间里发生的事情，竟变得越来越淡。

不是所有的事情都在变淡，只是那位大掌柜，他甚至有种感觉，先前在藏书楼里观剑的，只有他和陈长生、莫雨三人。

陈长生和他对视一眼，看出彼此眼中的不安与惧意。天机阁的大掌柜就这么厉害吗？那位大掌柜究竟是谁？

大掌柜离开国教学院后，没有等莫雨，直接进了皇宫。在宫门处迎接他的，是那位苍老的太监首领。那位太监首领的脸上带着淡淡的傲意，无论是侍卫首领还是别的太监恭敬行礼，也只是用鼻子轻轻嗯一声，自然也不会与这位大掌柜说话。

没有人注意到，在深宫幽静无人处时，太监首领脸上的冷傲意味尽数不见，低声与那位大掌柜说着话，神态甚至显得有些谦卑。这片大陆，有资格让这位太监首领如此谦卑的人，不会超过十人。在俗世里，天机阁大掌柜当然也是大人物，但绝对不会排进这十个人的名单中。所以事实很简单，这位老人并不是天机阁的大掌柜。虽然他确实来自天机阁。

在一座偏僻的宫殿里，圣后娘娘与这位老人见面了。就连她，对这位老人都表现得很尊重，请他先坐下，然后自己才坐下。老人的身份至此已经呼之欲出。这场谈话很快便结束了，因为圣后娘娘与这位来自天机阁的老人，一共只说了三句话。其中两句话是这位老人说的。

"他姓陈。"

"我看不出来他多少岁。"

听完这两句话，圣后娘娘沉默了很长时间，然后望向老人平静说道："辛苦了，琅琊山的风景不错，以后有机会我去做客。"

老人点了点头，起身便离开了皇宫。其时，桌上的热茶才刚刚端上来，还在冒着热气。圣后娘娘看着茶碗上方的白雾，静静出神，不知道在想些什么。

琅玡山是西海畔的一座名山，方圆数百里地，风景幽美，据说天气最好的时候，站在最高峰上能够隐隐看到大西洲的白鹿角。这座名山曾经归属天南，也曾经被大西洲占过，最近这两百年，则是大周的属地，只不过没有得到所有势力的承认，所以名义上还是个无主之地。

圣后娘娘先前说，有机会要去琅琊山做客，意思便是从今日开始，大周便不再是琅琊山的主人。琅琊山，今日易主。这座海畔名山，是她请那位老人来京都所付出的代价。为此，老人只需要看一眼。当然不是看剑，而是看人。无垢剑即便是神兵，会录入百器榜，又哪里值得一座琅琊山。真正值这个价钱的，是陈长生。

圣后看着渐渐飘散的白雾，想着先前老人留下的那两句话，沉默不语。陈长生当然姓陈。老人说他姓陈，意思是说，他是陈氏皇族。很多人都知道，陈长生今年十六岁。老人说看不出他的年龄，那么就说明，他有可能十六岁不到，也有可能真实年龄更大。

圣后娘娘起身向殿外走去。衣袂轻拂，桌上那盏茶生出的热雾，瞬间消失无踪，碗中的茶水变成了寒冰。走到殿外，她背着双手，看着眼前的这方小池塘，有些傲意。只是不知道她想到了什么。池塘里的水很绿，很静，被夜风轻拂，生出道道细纹。她在池畔站了很长时间，从清晨到日暮，然后夜色降临。

池塘里某处的水忽然开始翻涌，似乎下面有什么要冒出来。

90 · 清烈的龙吟

北新桥的夜晚，像京都别的地方的夏夜一样，充满着闷热的暑意，草地上到处都是不停摇着蒲扇的人，很多人没有拿着扇柄的另一只手里都会拿着一个冰袋。陈长生等了很长时间，才找到合适的机会，从树下来到井畔，然后跳了下去。

还是那种熟悉的降落的感觉，还是那道冰冷刺骨的寒意，地面上的酷暑，在地底的空间里，找不到任何影子，地面厚厚的雪霜表明，这里永远都是残酷的冬天。看着如山川般缓缓飘浮过来的黑龙——虽然已经看过很多次这种画面——陈长生还是无法控制自己的情绪，有些心惊胆颤。

黑龙飘到他的前方空中，居高临下看着他，龙眸里的情绪显得很冷漠，只有他能看得清楚，里面的最深处隐着一丝躁意与怨意。从浔阳城回京都后，他来看过黑龙一次，只是最近因为国教学院承受的压力太大，他太过忙碌，实在是没有办法离开。黑龙眉间的那道伤口，应该是渐好了，至少现在从表面上看不到什么问题。

陈长生取出例行准备的烧鸡烤羊之类的食物，又把地上的那些垃圾收拾了一番，正准备说话的时候，忽然一阵寒风迎面而来。那是黑龙的龙息，里面蕴藏着可怕的威力与寒意。再强大的神魂，都可以被这道寒冷的龙息吹散。

传说中黄金巨龙的龙息可以直接融化金石，陈长生没有遇见过，但这时候，他很确认，同阶的玄霜巨龙的龙息，绝对可以把金石冻成碎屑，因为他这时候就被冻住了，寒意刺骨，无比疼痛。过了段时间，他艰难地破冰而出，余悸难消地说道："以后别开这种玩笑了。"他不知道自己的身体曾经在黑龙的真龙之血里浸泡过，不然刚才那道龙息，就会直接把他给冻死，那可不是开玩笑。

黑龙的巨眸深处闪过一抹开心得意的情绪，地下空间里回荡起吱吱般的笑声。陈长生已经习惯了黑龙这种奇怪的笑声，把最近国教学院遇到的事情对它说了说，也算是解释为什么最近很久没有来。黑龙缓缓落在他身前的地面上，遮住了穹顶数千颗夜明珠洒下来的光辉。陈长生站在阴影里，看了它很长时间，下定决心今天一定要问出答案来。

当初他冒着生命危险初次坐照,眼看着便要死去,结果最后醒过来的时候,却躺在了国教学院的床上,非但毫发无损,反而获得了难以想象的身体强度以及力量还有速度。他知道这肯定与黑龙有关,后来也问过数次,然而黑龙始终没有正面回答过他的问题。听到他的问题,或许是感觉到了他今天的决心,黑龙没有像以前几次那样,直接用无视羞辱他,或者直接用龙息羞辱他,而是沉默了很长时间。

"你确认想要知道答案吗?"黑龙用的是人类的语言。

这不是陈长生第一次听到黑龙用人类的声音说话,最开始的时候他没有想明白黑龙的声音为什么像一个暴躁易怒的小女生,后来才想通,黑龙虽然被王之策关在地底数百年时间,但相对于龙族漫长的生命来说,它其实还处于青春期,不能说是幼龙,也应该算是……一只少女龙?

陈长生说道:"我想知道答案。"

黑龙再次沉默了很长时间,然后把当时的情形描述了一遍。陈长生这才知道,原来自己竟是如此的幸运。过了很长时间,他看着黑龙说道:"我该怎么感谢您呢?"

从周园之行后,他便很少对黑龙用尊称,但这时候,他的心神有些不宁,充满了后怕以及对黑龙的感激,所以非常尊敬地用了一个您字。然而,黑龙很明显不想听到这个字,巨眸深处生出一丝恚意。然后,黑龙不知道想到什么,那丝恚意变成了一丝恼意。如果陈长生能够在某些方面敏锐一些,或者还能看到一抹羞意。黑龙眼眸深处的所有意思,最后变成了一道煞意。

你得了我的初血,居然还问我如何感谢我!地底的世界瞬间变得无比寒冷,地面的雪层被震飞,雪花又从空中飘落,到处都是森然的白。一道龙吟直接落在了陈长生的识海里。那是她的声音,这一次她用的是龙语。她的声音很轻,很清。她的情绪很冽,很烈。

陈长生险些被震昏了过去,再回想刚才听到的那道龙吟,才知道那是黑龙对自己说的话。龙语是世间最复杂,也是最简单的语言,一声龙吟是一个音节,里面却包含了无数个音调,可以是一个意思,也可以是一大篇文章。陈长生很小的时候读最后那卷经时,便曾经接触过龙语,来京都后,也随黑龙学过一段时间,但这时候没有完全听懂。

他隐约听明白黑龙这声龙吟里的某些片段。

"血……你……我……约……誓……负心……耻……辜……死……库……水……胖……次……"

这是什么意思？他有些茫然，尤其是脑海里最响亮的负心那个词，让他有些怀疑自己是否真的听到了，自己是不是真的学过龙语。

"您究竟想要我做什么？"他把身上的雪霜拍打掉，走到黑龙前，抬头望去。

黑龙居高临下看着他，毫无情绪的眼眸里，渐渐生出一抹黯然与委屈。不知道是不想让陈长生看到，还是因为它真的有些累了，它闭上了眼睛，地底空间里的风雪也随之而止。

陈长生看着它说道："谢谢。"

他说得很真诚，但黑龙没有睁开眼睛，就像在周园和雪岭里说过的那样，它觉得他说出这两个字的时候，没有走心。

陈长生其实看到了龙眸闭上之前的那抹黯然与委屈。他没有联想到自己身上，而是想着如果换成人类和妖族来看，黑龙大概也就是个像落落一般大的小女生。一个小女生被人类强者欺骗，被囚禁在地底数百年时间，当然有资格觉得委屈，当然会神情黯然。

陈长生以为自己明白了为何黑龙先前表现的有些愤怒。是啊，黑龙救了自己的命，甚至可以说赐给了自己更好的生命，而它一直被囚禁在地底，自己曾经答应过它，如果有可能，会想办法把它解救出去，可是这半年来自己做了些什么呢？自己可曾想过这件事情？自己刚才居然还问，如何才能感谢它……他低着头从黑龙的身旁走过，向远处的夜色里走去，然后渐渐消失。

陈长生这时候的心里满是愧疚的情绪。黑龙没有睁开眼睛，但知道他在做什么，却不知道他的内心在想什么。一片安静，只有渐远的脚步声，黑龙闭着的眼睛四周微微颤动，有冰雪簌簌落下，似乎想要睁开眼睛，但最终还是没有。她有些木然地想着，人类果然都是无耻且无能的，遇着解决不了的事情，承受不住的恩情，便会想着躲避，或者更恶心的反目。

你终究还是个人类。

那么，想走便走吧。——我今天胃口不好，不想吃人。但如果下次你来的时候，还是只肯说声谢谢，却不肯把国教学院食堂里的饭菜带来让我尝尝，我一定会一口吞了你。

是的，陈长生刚才讲述国教学院最近发生的事情时，没有忘记提，唐三十六把澄湖楼变成了国教学院的食堂。她听到蓝龙虾三个字，便想起了很小的时候跟着父亲去西游那边玩耍，在海底旅途中无聊时，便会随便捞几只蓝龙虾放进嘴里嚼嚼，当作零食。后来她登陆来到人类世界后，发现南方有些人类也喜欢吃类似的食物，好像是叫槟榔？

黑龙忽然醒过神来，心想自己是被关得太久了吗，怎么如此容易走神，前一刻还准备痛骂负心郎，下一刻怎么就想到了零食的事情？然后她听到从身后很遥远的地方传来了一阵敲击声，于是缓缓睁开了眼睛。她是玄霜巨龙，眼睛里的寒意，可以让整个世界都感到恐惧，不知为何，此时多了一抹暖意。敲击声来自很远的地方，那是因为黑龙的身躯很巨大，本身就像座山川一样。

陈长生这时候正在那堵无比巨大的石墙前，试图打开困着黑龙的铁链。很神奇的是，那两根铁链并不是很粗，至少和黑龙的身躯比较起来，然而黑龙却没有能力挣脱掉。陈长生以前试过，知道哪怕是被天机阁评为锋利无双的无垢剑，也没有把这道铁链断开。因为无垢剑的剑锋，根本没有办法与铁链真实地接触到，铁链的外层边缘，有一层看不到也摸不着，却真实存在的气息包裹着。这时候墙边响起的敲击声，是他正在把铁链入墙处的厚厚冰层敲打掉。能够囚禁住玄霜巨龙的铁链与阵法，当然不是现在的他能够破掉的，然而正所谓万里路起于脚下，他总要先走出第一步。

第一步是研究。越研究，他越觉得惊心动魄。

91 · 我在池畔再次见到你

陈长生感到惊心动魄，是因为他发现自己对铁链和墙壁里的阵法，竟然没有任何认识。他通读道藏，来京都后更是接触了不少前辈强者，见识更广，在周园里与初见姑娘夜谈，在荒野里与苏离对话，那两个天才教会了他很多。然而，他依然没办法看破这个阵法，甚至连一点头绪都没有，只能感受到隐藏在其间的难以想象的宏大气息与恐怖的杀意。

在他敲掉冰层，专心致志地看着铁链与石壁的连接处时，无比巨大的石壁上刻着的那两位故去的神将，仿佛也在看着他。不知道过了多长时间，陈长生抬起头来，向石壁上方望去。看着那两位传说中的神将，他心生震撼。那时候的强者，实在是太强了。

308

千年里第一次野花盛开的年代,现在想来,是那样的不可思议。他非常确定,无论是布置这道阵法的王之策,还是这两位只留下一缕神识在石壁上,便能手握铁链缚住苍龙的神将,绝对都已经踏入了神圣领域,那么,凌烟阁二十四功臣中,从圣境界的又有几人?

太宗年间,人类世界竟然强大到这种程度吗?难怪可以把魔族打得落花流水,最终把他们赶回了雪老城。那么现在呢?自数十年前王破出天凉郡开始,很多人都认为,人类迎来了又一个野花盛开的年代。他也在其间,那么,他和这一代的同行者们,什么时候才能追上当年的那些人?

"歇歇吧,以你现在的境界,没可能把那根铁链从墙上拔出来。"

黑龙的声音回荡在寂静的地底空间里,用的是人类语言,所以听着是小女生的声音,充满了嘲讽的意味,但却又显得比较满意。是的,她对陈长生今天的表现比较满意,和刚才那简单的两个字"谢谢"比起来,他研究石壁上的阵法与铁链时的态度很专心,那么这就是用心。

寒风微拂,黑龙如山川般的身躯,在空旷的地底空间里高速移动,也不知道是怎么做到的,在很短的时间里,头颅便来到了陈长生身前的空中,居高临下看着他,很威严同时也刻意扮得很冷漠。

陈长生看着铁链上那些意义不明的繁复花纹,摇了摇头,抬头望向黑龙说道:"可能你需要给我更多的时间。"

黑龙说道:"我刚才就对你说过,时间对我来说并不重要,重要的是结果。"

陈长生心想你哪里说过这句话,转念一想才明白,黑龙指的是那声龙吟,问题是,他没能听明白那声龙吟里的所有意思。

他仰首对黑龙问道:"你刚才对我到底说了些什么?你要我做什么?"

黑龙说道:"什么时候你听懂了那句话,便自然会有答案。"

陈长生不明白为什么这些神圣领域的强大生命说话总是这么晦涩难懂,教宗陛下是这样,朱洛是这样,现在想来,只有苏离比较像个正常人,虽然他明显也不怎么正常。

他看得出来,黑龙的心意已决,无论自己再怎么问,它都不会说,就像以前,它始终不肯把初照那夜发生了什么告诉他。直到今天,它似乎因为某些原因忽然想说了,于是便说了,那么关于那声龙吟,或者以后它想说的时候自然会说……只是还是有些好奇啊。

陈长生这时候才发现，掌握好一门语言，这是多么重要的事情。

这是一座在外人眼中以及在宫廷档案里都已经废弃的宫殿，但只有圣后娘娘身边的那些太监宫女才知道，娘娘偶尔会来这座宫殿坐坐、逛逛，却没有人明白为什么。尤其是从去年夏天的某天之后，娘娘来这里的次数更多了，能够留在这座宫殿里的人却越来越少了。

今天这座宫殿里就只有她一个人。圣后站在殿外水畔，看着眼前这方小池塘，停留了很长时间。从清晨到日暮，再到夜里——她统治着这个疆域广阔的国度，是整个人类世界名义上的主人，每天要处理无数朝政，时间无比珍贵，却看了这方小池塘看了整整一天时间。

最开始的时候，是因为她与那位老人说完话后，心境微感不宁，这对她来说，是极为罕见事情，所以想在没有人的水畔静一静。然后是因为她想起了前面数次在这方小池塘边发生的事情，遇着的那个少年。后来则是因为她发现那个少年真的来了。

在那一刻，她抬头看了眼刚刚出现在夜穹里的满天繁星，唇角微扬，带着嘲讽意味想着命运这种事情还真是有趣。她曾经改变过自己的命运，她是世间最不惮于直面命运的那个人，所以她没有离开，而是等着命运的到来。夜色下幽绿的池水忽然间动了起来，尤其是最中间的那处水面，不停地翻滚涌动，仿佛沸腾了一般。

她静静看着那里，由夜风拂面。

太宗年间，她就已经是闻名天下的美人，便是周玉人都无法夺走她的光彩。随着她成为皇后，于是在很多人眼中，她便变成了天下第一美人。当她开始替先帝批阅奏章，处理国事，受封圣后，便再没有人敢用"美人"这两个字来形容她。权力，永远是美丽之上。但这并不会改变一个事实，她确实很美。

她的脸上看不到任何岁月的痕迹，所谓宁静沉稳与成熟，只是气质的问题。她的容貌没有任何可以挑剔的地方，美丽至极，只是或许因为统治这个世界的时间太长，眉眼之间有一抹隐隐约约的神威与一丝极淡煞意。这时候夜风轻轻拂过她的脸，那些美丽与威严尽数被洗去，显得极为平凡，那丝煞意还在，却也往眉心深处隐去了许多。

池塘里水声不断，夜风也没有断绝，在她的身周缭绕不去，代表着她身份与地位的圣袍，变成了一件普通的布裙。夜风轻拂间，她便成了个普通妇人，只有那根乌木钗还插在发髻间。

浪花涌动，陈长生从水里冒了出来。他游到池塘边爬起，走到树丛里，准备取出备用的干净衣服换掉身上湿漉漉的衣服，忽然觉得哪里有些不对劲。他转身向池塘对面望去，便看见了她。

92·我要看看你的脸

夜色下的宫殿很冷清，池塘和小园也很冷清，虽然是夏夜。在池塘畔不只两个人，还有那只黑羊，它就在旁边不远的树丛里。陈长生先看到了那名中年妇人，然后看见了黑羊。如果换成别的人，肯定会吓一跳，但他没有，因为他已经习惯了每次从北新桥底出来，都会在池塘边看到黑羊。至于那位中年妇人他也不陌生，当初第一次从池塘里出来的时候，他看见的就是她。

深在禁宫，若惊动了宫里的人会有大麻烦，他不便说话，揖手对着池塘对面的中年妇人行了一礼。他的举动很礼貌，动作也很标准，只是他现在浑身湿透，再这般恭谨行礼，看着便不免有些滑稽。黑羊隔着树叶看他，微微偏着头，似乎在取笑他。他顾不得这么多，对中年妇人比画道，自己要换一套干衣服，麻烦她转过身去等一等。然后他对黑羊用嘴型说道："把眼睛闭上。"

他一直以为中年妇人是聋哑人，自然能看懂自己跟余人师兄学的哑语，事实上，她也确实会哑语。但她没有转身，因为世上没有什么事有资格让她转身回避。黑羊也没有闭眼，反而把眼睛睁得更大了些，在夜色里很是明亮。陈长生不知道该怎么办，浑身湿透，不停地滴着水，看着很是可怜。

中年妇人似有些不喜他的反应，挥了挥衣袖。有夜风从池塘那边拂来，在他的身边缭绕不去。夏夜的风并不干燥，但有些热。片刻之后，他的衣裳便干了，从里到外都变得干爽无比。

陈长生很吃惊，然后看见那名中年妇人负手向园外走去。黑羊看了他一眼，转头从树丛里走了出来，向中年妇人跟了上去。以往从皇宫回国教学院，都是黑羊在前面领路，哪怕后来他有了钥匙也是如此，习惯总是无比强大的。于是他跟着黑羊跟着那名中年妇人走进了皇宫的夜色里，然后通过那条幽静的秘门，来到了……百草园。

落落如今在离宫住一个月,在皇宫住一个月,百草园已经久不住人。除了和唐三十六过来偷采药草,陈长生已经很久没有来过这边。但百草园却与从前没有什么变化,长廊依然绕得很,里面的树木花草生长得极好,把所有的道路都遮住了一半,林间的那张桌子也还在原来的地方。那张石桌上还是摆着个茶壶,两只茶碗,只不过今天喝的茶是白茶,茶水很清,味道却很香浓。

他有很多事情无法理解,想不明白,比如百草园里明明没有人,为什么石桌上会有茶壶与茶碗,为什么壶中的茶水是新泡的,温度刚刚好,不烫也不凉;比如这只黑羊听莫雨说是宫中养着的,为何会与这位中年妇人如此亲近;比如为何这位妇人只是挥了挥衣袖,便有风吹干了头发和衣裳;比如这位中年妇人……到底是谁?

这位中年妇人的实力境界究竟有多高深莫测,至少他看不出来。在皇宫里的地位很高,行动很自由,而且知道很多皇宫的秘密,对百草园有异样的感情——陈长生早就知道中年妇人不简单,曾经很多次猜测过她的身份,从先帝后宫曾经得宠、现在失势的嫔妃再到当初与圣后娘娘一道在百草园里静修的道姑,却总觉得这些猜测都不对。

陈长生后来没有再猜——中年妇人没要他做过什么,还顺手帮过他,而且就像唐三十六说过的那样,因为自身的原因,他对很多事情并不是太过在意,总会流露出一种超越年龄的淡定,又因为自身有很多秘密,所以他不想去探知别人的秘密。更重要的是,他很习惯甚至可以说很享受和这位中年妇人在百草园里对坐饮茶时的气氛,虽然怎么算,也只有过三次。

在百草园里饮茶的时候,中年妇人不会说话,他也不用说话。中年妇人大多数时候都在看着夜空里的星星或者百草园里旧年的痕迹,没有看他,所以他也不用紧张。那种宁静的感觉,仿佛可以把他带回西宁镇旧庙,仿佛他还是和余人师兄坐在溪边,什么话都不用说,也不用知道彼此的心意,就这样坐着发呆便好。

因为周园的事情,陈长生最近的心境有些不宁。他没有办法进入周园,便没有办法最终确认那位少女的行踪,这让他很是焦虑,他很需要此时的宁静。然而与前几次不同,这种他渴望且珍惜的宁静感觉,在下一刻便被打破了。

中年妇人收回望向星空的视线,开始看他。这一看便是很长时间,她看得很仔细,很平静,很专注,仿佛他的脸上有山有水有花有树有云有无限风光。

陈长生不知道她为什么要这样看着自己，有些莫名，自然有些紧张。随着时间的流逝，中年妇人依然在看他，于是他越来越紧张，以至于最后身体都变得僵硬起来。

便在这时，中年妇人忽然伸手，用食指的上缘抬起他的下巴。陈长生吃了一惊。当初第一次在这里喝茶的时候，这名中年妇人便曾经抚摸过他的脸颊，当时因为她眼中的那抹情绪，陈长生忍着，什么都没有做。

但抚摸脸颊与捏下巴是两种意味完全不同的动作。前者可以理解为长辈对晚辈的怜爱，对某些失去的感情的追忆，后者则……更像是逗弄小动物或者调戏。而且妇人的年龄虽然足以做他的母亲，可是终究男女有别，这个动作实在是让他无法接受。想要转头避开，却发现对方的手指间传来一道难以理解的气息，直接让自己的身体变得无法动弹。

她抬着他的下巴，仔细地端详着他的脸。当然不是在调戏小男生，也不是在逗弄小动物，因为她的眼睛里没有怜爱、追忆那些情绪，没有任何情绪。她看着陈长生的脸，就像在看一张画，想要看出画的背后隐藏着什么样的秘密。

陈长生非常不喜欢她此时的眼神，因为太过漠然，然而却动不得丝毫，鼻翼微微起伏，喷出来的气息变得粗了很多。如果是落落或者唐三十六，看着这幕画面就会知道他是真的生气了。但她不知道，而且就算知道，也不会影响她的决定，没有人或事能改变她的决定。不过她可能觉得这个样子的陈长生很可爱，微笑了起来，然后准备松开他的下巴。然而就在这时，她笑容忽然敛去，脸色变得严常冷峻，似乎在他的脸上看到了些什么。

93·残茶破红袍

一丝煞意，从中年妇人的眉心深处隐隐浮现出来。寂静的百草园里，出现了一道无比恐怖的威压。陈长生怔怔看着她的脸，感受着她眉间的那丝煞意和四周沧海般的威压，下意识里停止了挣动，隐约猜到肯定发生了什么事情。

她看着他的眼睛，难道问题便在他的眼睛里？不，眼睛是心灵的窗户。她通过他的眼睛，看见的是他的识海。她看不到他的思想，但能清楚地感受到那道并不属于他的神识。

那缕神识非常渺淡，却又非常坚韧，而且非常狡猾，隐藏在陈长生识海的最深处，与那些潜意识形成的石块静静地躺在海底，非常难以分辨。不要说陈长生自己，即便是她，如果不是今夜忽然兴起，想要看看陈长生，想要试图在他的脸上和眼睛里找到些什么，从而证实或者否定那个猜想，看得无比专注仔细，也没有办法发现那道极细微的神识。

"谁这么大胆，居然敢向他动手。"她看着陈长生识海深处的那缕神识，冷哼了一声。

随着这声冷哼，她的一缕神识进入了陈长生的识海。当然，这只是她全部神识当中的极小一部分。不然以她的神识强度，只怕在进入陈长生识海的那瞬间，他便会暴头而死。饶是如此，当她的那缕神识进入之后，陈长生的识海还是落下了一场狂风暴雨，无数惊涛巨浪不停生成，海面上生出无数泡沫，甚至就连最深的海底都受到了影响。

那缕入侵陈长生识海的神识，不知在海底隐匿了多长时间，这时候终于无法再继续伪装，伴着深入海底的大浪翻涌而起，只是瞬间，四周的海水便被尽数染红。

一道无比恐怖的血腥意味，泛滥于天地之间。陈长生的识海，仿佛要变成一片血海。这缕隐匿的神识，现出行藏后，竟是如此的强大，可以想象，如果不是被提前发现，将来某天这缕神识的主人想要暗中杀死陈长生，那会是多么容易的事情！即便是现在，那缕神识也想杀死陈长生。

陈长生还什么都不知道。他的识海现在已经起了无数风雨，狂风暴雨之下是渐渐蔓延向天边的血色。但他自己并没有意识到这点，只是觉得有些恍惚。

幸运的是，她坐在他的对面——无论陈长生是或不是那个人，这终究是她的事，她不允许别的任何人触碰，哪怕对陈长生下手的是她自己的养的那条狗。是的，就在海底那缕神识随海水荡起来的瞬间，她就知道了这缕神识是谁种在陈长生的识海里的，因为那道血腥味太清楚，太刺鼻。

她伸手进碗里蘸了些茶水。陈长生恍惚间觉得回到了很久以前，当时她蘸了茶水，在石桌上写了一个冰字，帮助他找到了北新桥，从而找到了黑龙。但这一次她不是要写字。她指尖轻弹，一滴茶水落在了陈长生的眉心上。嗤的一声，那滴茶水化作一道白烟，消失无踪。陈长生只觉得识海里嗡的一声，就这样昏了过去。

就在那滴茶水落在陈长生眉心的同时，北兵马司胡同的那座府邸里，一个茶杯落到了地上，摔得粉碎。周通的手僵在空中，脸色异常苍白，仿佛在极短的时间里得了一场重病。然后他的手颤抖了起来，紧接着，他的整个身体都颤抖了起来，那件大红色的官袍因为颤抖表面微曲，像极了被风拂过的血海。

先前那一刻，他沏了一碗很好的黑茶，待放到温度合宜时，正准备端起来饮，不料识海里忽然间生出一道极其剧烈的痛意。那道痛意是如此的真实，仿佛有谁用一把满是铁锈的小刀刺进他的脑髓深处，即便是他，都无法承受这道痛意，手指一松便让茶碗跌落在了地上。也就是与痛苦打了半辈子交道的他，这时候还能坐在椅子里，虽然脸色苍白，浑身颤抖，如患恶疾，至少没有昏厥过去。

就在识海生痛的那一瞬间，周通便知道发生了什么事情。那日在海棠花开的小院里，他借着周狱的阴森威压，不惜耗损心血，施展手段，在陈长生的识海深处隐匿了一缕神识。大红袍不愧是最诡异的意识类攻击手段，这件事情，他竟做得悄无声息，无论陈长生还是唐三十六都没有发现。

但再强大、诡异的意识攻击，终究也要受到某种限制，周通的大红袍不可能让他无时无刻都能查知到陈长生识海里的情形，更像是一个探子，隐藏在敌后深处的草原里，将看到的一切记录下来，待以后周通收回那缕神识时，便能知道陈长生最近这些天遇到过什么事情，什么人。

当然，那缕像游骑兵一样的神识，在某些特殊的时刻，也可以向敌营里的将军发起自杀式的攻击。这也是周通准备好的手段，他想把陈长生的生死控制在自己的一念之间。然而他没有想到，自己的这缕神识竟然被人发现了，而且被对方直接抹灭！那缕神识被磨灭，直接反噬到他的识海里，让他受了极重的伤。

是谁？是谁能够发现那缕隐藏在陈长生识海深处的神识？又是谁有这样的大神通，居然能够如此轻而易举地破掉自己的大红袍？周通的脸色很苍白，眼睛里布满是血丝，震惊而且不解，带着一道寒意想道：难道是教宗？这世间能够看破他的大红袍秘法的人很少，在京都也只有寥寥数人，教宗当然在其中。只是他专门为了瞒过教宗的眼睛，做了相应的安排，教宗又是如何能够看破的？

陈长生醒过来时，发现自己竟是伏在石桌上睡着了。他抬头望去，只见那位中年妇人不知何时已经离开，石桌上的茶壶与茶杯已经消失无踪，黑羊也不在了。百草园里的夜林还是那般幽美，到处响着昆虫欢快的鸣叫。

这里静美得仿佛梦境,他觉得自己先前仿佛真的做了一场梦。他没有在池塘畔遇到那位中年妇人,也没有随她来百草园,没有对坐喝茶。他下意识里伸手摸了摸自己的眉心,发现触手处有些微湿微凉。他收回手指看了一眼,无法确信就是那滴茶水。只是那种微湿微凉的感觉特别好,由眉间沁入心脾,让他觉得清爽无比。不知道为什么,他觉得自己轻松了很多,也清醒了很多,仿佛身体被什么从里到外仔细地洗过一遍,没有留下任何污垢。

从百草园回到国教学院,陈长生想着先前的遭遇,有些不安,在大榕树下冥想入照开始自观,却没有发现任何异样。无论幽府、识海还是经脉都和从前一模一样,那些断开的经脉也依然堵塞着,真元没有受损,神识也没有变强,只是……好像多了一道不一样的气息。

如果说他以前的神识平静如水,厚重如山,这时候则仿佛被春雨洗过一般,水面添了很多灵动,山色增了很多湿意。是那滴茶水带来的改变吗?陈长生不知道,也想不明白,在湖畔树下呆呆了坐了很长时间,才起身离开。

回到小楼里,他例行先去了折袖的房间,金针入颈,真元轻渡,助药力发散,治疗的手段总不过就是那几种。经过这么多天的治疗,以陈长生的医术还有那些从离宫要来和从百草园里偷来的灵药,折袖的身体已经有很大的好转,在多日前便可以被扶着走两步。但他依然长时间地躺在床上,除非必要连身都不会翻,轩辕破对此曾经表示过不解,只有陈长生知道那是为什么。

周狱的黑暗时光在折袖的身上留下了太多伤,那些伤表面渐好,痛却依然在他的身体里面。伤就是痛,伤痛这个词本来就是没有办法分开,如果有动作,折袖便会感受到可怕的痛苦,以至于以毅力著称的狼族少年,也宁愿看似很没有出息地躺在床上不动。

陈长生知道折袖有多痛,所以不会认为他是没出息,相反,每次看到他面无表情的脸,他都会叹服于折袖能够忍耐到现在,没有哭也没有喊叫一声。

"等经脉完全修复之后,就可以请青曜十三司的教士们过来施展圣光术了。"陈长生从折袖的身上取下金针,有些欣慰地说道。

忽然间,他的手指停止了动作。这个时候,他的拇指与食指的指腹,正拈着折袖颈间的最后一根金针。他很清楚,金针下方是一条人族与妖族都有的重要经脉,从幽府疏三里直通识海下缘。折袖被关进周狱后,周通第一件事情就是用一种秘法,直接切断了他的那条经脉,废掉了他的一身修为。那条经脉太重要,也太敏感,不要说真的接触到,即便是用神识轻拂,都会让人感觉到不舒服,如果真的碰触,那种疼痛……陈长生只能想象,他所认识的人里面也只有折袖禁受过,所以每次对这里下针的时候,他格外小心保守。

他清楚那处经脉的修复不能靠任何外力,只能靠时间,所以他对折袖痊愈从来没有给出过时间,甚至已经做好可能需要三年甚至更长时间的心理准备,然而……就在刚才他准备取下那根金针的时候,忽然感觉到金针下方隐隐传来了一道波动。

94·再入周园

那道波动虽然很微弱,但非常清晰,绝对就是真元的波动!

这说明什么?这说明折袖的那条经脉已经连上了,虽然还不能说完全修复,但至少可以让真元在里面慢慢流动。而只要真元开始流动,经脉的自行修复过程将会无数倍地加速,哪里还需要三年,说不定连三十天都不需要,那条经脉就能回复如初!

"这是怎么回事?"陈长生吃惊地想着,望向折袖。眼神对上,他知道折袖自己对经脉的恢复已经有所察觉。与治疗无关与灵药也无关,比预先估计的时间要少无数倍,那么只能说这是折袖自己做到的,问题是他怎么做到的?

"痛苦。"折袖看着他的眼睛,说道,"可以激发生命力,越大的痛苦越能激发出越多的生命力,只要你能够清醒地承受那种痛苦。"

陈长生很震惊,许久都说不出话来。

深夜时分,国教学院里的灯光渐渐熄灭,别园里的星光变得更加明亮。陈长生站在窗前,看着银色的湖面,沉默不语。如果放在平时,他这时候早就已经睡了,但今天没有,折袖展现出来的狠厉意志让他隐约明白了些什么。

他在窗前盘膝坐下,开始冥想,然后进入了剑鞘。与以往不同,这一次他没有分出一缕神识进入剑鞘,而是把所有的神识都送进了剑鞘里,他知道这是很危险的事情,他将承受很大的痛苦,而且如果神识被那座黑色石碑的虚影震碎,他非常有可能会受重伤。

可是他已经不想再等了，他必须进入周园去看一看。

剑鞘名为藏锋，里面的无数的锋锐剑意，构在一起变成了一片凶险的海洋。以往他的一缕神识过这片剑海的时候，便会引发狂风暴雨与惊涛骇浪，更不要说他今天是把所有的神识都送了进来，剑意海洋有所感应，顿时狂暴地怒吼起来。

很痛苦，真的很痛苦，他的神识不停地撞破如山般的巨浪，或沉进冰冷的海底，不知道用了多长时间，终于再次成功地抵达了剑海彼岸，看到了那座黑色石碑的虚影。

这看似很简单，实际上凶险到了极点。如果不是他的神识今夜刚刚被那滴茶水洗过，较诸以往更加灵动、具有生命力，或者早就在半途便会被这片汪洋直接吞噬。纵是如此，途中他有几次都因为痛楚而险些放弃，只是在准备放弃前，他想起了折袖，想起了当初在周陵顶端举着万剑之伞撑着坠落天空时的画面，硬是咬着牙撑了过来。

今夜抵达剑海彼岸的是他所有的神识。于是便可以理解为，他来到了剑海的彼岸，站在了那座黑色石碑之前。当他的目光落到黑色石碑的虚影上，神识也随之落下。

上一次的时候，他的神识已经能够深入黑色石碑虚影里，只是无法穿过，所以只是隐约看到了后方的一些画面。这时候也是如此，他看到了有些昏暗的暮岭山崖，看到了已经变成废墟的畔山林语，看到了那些仿佛疮痕一般的干涸的小湖，也看到了那片草原。

草原上看似毫无生气，青色的苇丛与白色的霜草像是很大的色斑，被地裂形成的沟壑切割开来。就在他以为妖兽都已经逃离草原，不知去了何处的时候，忽然发现西北方的一大片黑点，心念微动，便来到了那处的天空里。

草原上，至少数万只妖兽正在向着远处那座陵墓缓慢地前进。它们低着头，喘着粗气，嘴角流涎，身上的伤口泛着腐烂的气息，看着就像随时都会死去。忽然间，黑色的兽潮停了下来，一个如小山般的身影缓慢地站起身来，正是那巨大的倒山獠，向天空望去。数万只妖兽随着它的视线望向天空，都感觉到那里仿佛有什么在注视着自己，然而却什么都没有看到。

不知道过了多长时间，妖兽们的眼睛里流露出绝望的情绪，发出痛苦地低声呜咽，如果神明真的在天空上俯视着自己，为何不来拯救我们，为什么会忍心眼睁睁看着我们走进绝境？

妖兽没有因为绝望而发疯，因为发疯的那些妖兽在过去的这些日子里都已经自相残杀而死，现在剩下的妖兽都已经疲惫到了极点，已经放弃了生存的希望，只想回到世代生存的地方，然后与陵墓里的主人一道陷入长眠。

陈长生把视线收了回来，望向黑色石碑的表面。黑色石碑的虚影和黑色石碑没有任何差异，只不过没有实体，是真实的完全投影。他看着碑面上那些繁复难解的线条，思考着如何通过的问题。这些线条如果落在普通人的眼中，那就是天书，怎么看都看不懂，更不可能从中分析出什么规律，因为这座黑色石碑本来就是天书碑。

陈长生看过很多座天书碑，对碑面的那些线条非常熟悉，他知道自己应该怎么看。

视线落在线条之间，随之而动，陈长生仿佛回到了天书里的碑庐前，在树下坐了无数个日夜。那些线条是星辰运动的轨迹，是一切命运变化的源头或者说表征，他仿佛回到了天凉郡北的荒野中，正在溪畔抬着头仰望星空。那是苏离传他慧剑后的第一天。他很清楚自己的计算推演能力并不足以掌握慧剑，所以他用的是别的方法。他用的是解天书碑的方法在施展慧剑，即便是苏离，大概也想不到他能够做到这样的事情。

那么现在，他要把这一切反过来，他要用慧剑解开天书碑，不是当初在天书陵里观碑悟道时的理解，而是要破解。他要在黑色石碑表面的这些线条里找到通道，要通过星辰的轨迹找到神国，要在虚无缥缈的命运里看到真实，然后以剑破之。

不知道过了多长时间，他闭上了眼睛。不知道又过了多长时间，他睁开了眼睛，一剑刺向黑色石碑的表面。他的神识此时在剑鞘里，他的身体在剑鞘外。他的剑在剑鞘里，却不在剑鞘中。但当他出剑的时候，无垢剑应念而至，便被他握在了手中。

无垢剑破空而去，落在了黑色石碑上，明明刺的是数道线条的交汇处，然而不知道为什么，剑锋及碑时，却落在了一片空白处。啪的一声轻响，仿佛是池塘上的一个气泡被顽皮的小青蛙踩破。轰的一声，他身后的剑意海洋掀起一场滔天巨浪。他眼前的黑色石碑表面急剧地淡化，然后变成一片纯净的白色。

那就是光明。也是天空。

他收回望向天空的视线,低头望向四周的草原,看到了远处那三道山脉,看到了荒野间的凄草。有寒风呼啸而至,拂起衣袂。这里就是周园。他站在周园距离天空最近的地方,也是距离地面最远的地方。

他正站在周陵的顶上。

国教学院里的清晨,早已不像以前那般清静。别园这边稍微好些,折袖躺在床上养病,唐三十六虽说比以前勤奋了很多,也不可能五时便会起床。轩辕破从湖那边的灶房里绕了过来,来到小楼前,对着楼上某个窗户喊道:"陈长生,下来吃饭。"

先前在湖那边他看得很清楚,陈长生就在窗前,于是他知道原来已经五时,国教学院从来不需要计时的用具,陈长生就是。

那个窗户里没有人回话。

轩辕破挥舞着手里那只肥大的蓝龙虾,喊道:"这个加油辣子,配白面馒头很好吃的,我专门给你留了一只,你赶紧下来,不然让唐三十六听着了,又得来和咱们抢。"

还是没有人回答。

轩辕破有些纳闷,嘭嘭嘭嘭跑上楼去,推开陈长生的房门,说道:"刷牙也用不了这么长时间啊。"

没有人回答,因为房间里没有人,窗户是开着的,晨风拂了进来,掀起床单的一角。

陈长生看着右手里的无垢剑,确认剑是真的。然后他确认自己是真的。那么这意味着,他是真的进入了周园,或者换句话说,他重新找到了周园。那座黑色石碑的虚影,现在看来,便应该是通往周通的道路,而那座黑色石碑的本体,则应该便是周园的钥匙。

他记得很清楚,自己离开周园的时候,天空正在崩裂坠落。在人类发现的小世界中,周园最稳定也是最大,但毕竟是空间碎片,自然没有本源的世界那么坚固。所以无论他还是汉秋城外的朱洛及梅里砂,都以为周园肯定毁灭了。谁能想到,周园还依然存在着,竟然重新建立了规则,艰难却真的重新稳定了下来。

……只是，已经发生了很大的变化。

距离他离开周园其实没有多长时间，肯定没有半年，但周园已经变得非常不同。这个世界变得荒芜了很多，破败了很多，可能是那次天翻地覆的灾难，地面上到处都是裂缝，草海里的水变得很是浑浊，远处的山崖间到处都是崩坍后的迹象，山泉干涸，很多小湖也已经干涸，大地看着疮痍一片，青色的树林满是灰尘，看着很是凄凉。草海里再也听不到那些昆虫的鸣叫，草根都已经快要坏死，自然也看不到鱼群，视线及处，只有几条鱼翻着肚皮，有气无力地吐着泡泡。就连天空里的那轮太阳，或者说光晕，现在都变得有些昏暗。

95 · 此间无人

这里是日不落草原，太阳本来就有些不一样的地方，而现在变得昏暗了很多，不是太阳本身出了问题，是它所在的空间，出现了一些用语言很难描述的问题。很难描述，自然更难懂得，但不知道为什么，只是向四周看了一眼，陈长生便明白了周园为什么会变成现在这副模样。

周园渐渐变得荒凉，当然与规则被打破后导致的天灾有关，在规则重新建立之后还没有办法自我修复，则是因为这些天的周园一直被隔绝在本源世界之外。是的，周园是小世界，是漂浮在时间与空间河流里的碎片，但它必然是与本源世界有所联系的，不然不可能在周独夫死后，还会依循一定的规律，不时出现。

陈长生知道周园为何会每隔十年出现一次，因为它需要与本源世界进行互通——活水方可不腐——周园虽大，但如果被真的隔绝开来，变成一潭死水，哪怕这潭大若沧海，也终究会变得死气沉沉。

站在周陵最顶端，陈长生向四周望去，隐隐感知着某种联系，判断出随着自己的到来，周园与本源世界重新建立联系，这种情况应该会得到改变，只是那必然是一个很缓慢、漫长的过程，也不知道生活在这个世界里的那些生命，还能不能支撑到那一天。

草海间的兽潮，已经不复当日的壮阔，数万只的数量看似很多，但在广阔无垠的草海表面上，显得很少。数万只妖兽重新启程，向着周陵而去，准备在那里迎接自己生命的终结。然而就在下一刻，它们再次感受到了那道气息，那种被俯瞰着的感觉。这一次那种感觉并不是来自遥远的天空，而是来自前方那座周陵，而且这一次那道气息变得强烈了很多，有些智慧稍高些的妖兽，甚至能够分辨出来那道气息自己曾经闻到过。

倒山獠停下脚步，直起数十丈高的身体，向着远方那座陵墓望去，如绿豆般的眼睛里，渐渐布满是暴戾的气息。

嗖的一声，受伤极重的那只土犰不知从什么地方冒了出来，抓着倒山獠身上的毛，仅用双手，便像闪电般攀至它的肩头，向着远处的周陵，发出了凄厉的啸声，充满了愤怒、怨毒，以及绝望。

兽潮最后方的犍兽闭着眼睛，残缺的耳朵在寒风里微微颤抖，从土犰的啸声中确认了那道气息的来历，身体难以抑制地颤抖起来，因为箭毛失去太多而斑驳难看的身体表面，荡出了一波一波的涟漪，就像是水分已经完全蒸发但依然湿润的沼泽。

这三只大妖兽在上一次的剑池重现之战里受伤惨重，但毕竟无比强大凶残，竟然在那样的天灾之后也侥幸地存活了下来。它们当然能够分辨得出那道气息就是那个人类少年——让周园变成现在这副模样的罪魁祸首。

对这些妖兽们来说，周园是它们的家乡，它们在这里平静地生活了无数年时间，却被可恶的人类与魔族所扰乱，甚至陷入了当前的绝境中——天塌了下来，人族和魔族都离开了，它们却依然还要生活在这片草原上，能怎么办？

妖兽们对陈长生的恨意，自然是件很好理解的事情。

然而不知道为什么，就在下一刻，那位土犰的厉啸声戛然而止，它瞪圆眼睛看着周陵方向，眼睛里出现了不可思议的情绪，紧接着，又出现了畏怯的情绪，悄无声息地凑到倒山獠的耳边咕咕说了几句什么，然后把自己残缺的半截身体藏进了倒山獠头顶盘着的角里，再也不敢冒头。兽潮后方的犍兽也平静了下来，微微偏头，然后发出了一声低沉浑厚的长吟。

倒山獠看着周陵方向，沉默片刻后，跪了下来。于是，数万只妖兽全部曲起前肢，或者低下高昂的头颅，闭上充满了暴戾与疲惫的眼睛，跪下来。这是臣服，也是欢迎，臣服于可以为周园带来新生的人，欢迎周园新的主人。

草海某处，陈长生看着跪在身前的那两只大妖兽，不知该作何反应。

哪怕是跪着，倒山獠也像是一座山，犍兽同样如此，与之相比，他看着是那样的渺小。如果不是与北新桥底那只黑龙相见多次，处于相同的画面多次，哪怕他这时候对周园的情形已经了然于胸，只怕也会生出马上逃离的冲动。当初他和她在这片草海里，遇到过很多危险，最后周陵被兽潮包围，这两只……不，三只无比强大又异常阴险恐怖的妖兽，曾经给他们带来过无数的麻烦。如果不是剑池重现天日，根本不需要南客与那只金翅大鹏的幼鸟神魂合一，他便会被这三只妖兽轻而易举地杀死，然后吃掉。

"我知道现在周园的情况。"陈长生看着倒山獠盘角阴影里藏着的那两只眼睛，知道肯定是那只最阴险的土犼，说道，"我可以帮着解决一些问题。"

听到他的这句话，倒山獠跪的更加彻底，犍兽也表现的更加谦卑。两只大妖兽后面那片黑压压的妖兽群，则是更加不堪，蛟蛇滚动着身躯，灰鹫发出难听的尖鸣，用尽一切方法想要展示自己的服从与温顺。

事实上，现在还能活着的妖兽都不可能是善类，都是最强大也最危险的妖兽，看着这幕画面，陈长生的感觉有些怪异。他把平时就带在身边的药物全部取了出来，扔到倒山獠与犍兽的身前，又看了眼倒山獠盘角阴影里的那双眼睛，说道："伤重的先吃。"

倒山獠盘角里的那双眼睛骨碌碌转着，不知道在想些什么。"我没有带足够的药物，所以一定要按照我刚才说的方法分配。"他没有再看那双眼睛，抬头望着倒山獠说道，"我这时候有急事，必须先离开，明天这个时候会再进来，但如果让我发现有谁没有听我的话，我就不会再进来了。"

倒山獠听着这番话，把粗壮的双臂轻轻地搁到地上，表示遵命，满是黑毛的掌心向天摊开，仿佛就像是两处黑森林。随着这个动作，它的盘角也抵到了地面。那只土犼因为身体残缺的缘故，没有站稳，就这样滚了出来，直接滚到了陈长生的身前。很明显，倒山獠是故意的。那只土犼根本不敢抬头，不停地亲吻着陈长生靴前的泥水，同时发出呜呜呜呜类似哭泣的声音，显得特别可怜。

陈长生知道它是装出来的，也不在意，摇了摇头，便向草原外围走去。他很清楚这些妖兽都不是什么善类，不要看这时候表现的特别臣服老实，其实都非常凶残。但他还是想要帮助它们。

上天有好生之德，他比谁都珍爱生命。

他也不担心这些妖兽得到救助、重新变得强大之后，会不会反噬，因为现在他是周园的主人，如果他不开启周园，这个小世界最终会走向寂灭，生活在里面的生命再如何强大，也只有死路一条。换句话说，周园现在就是他的牧场，这些妖兽都是他的牲畜，牲畜病了饿了，他这个做主人的当然要管。更何况像犍兽这样的大妖兽，早就已经具备了初步的智识，他无法视其为牲畜，也不想看着它死去。

而且周园对他来说，有很大的意义。他不希望周园最终变得死寂一片。他希望周园继续活着，就像希望她还活着一样。

周园的旧规则已经被打破，日不落草原的空间屏障也已经消失无踪。

成为周园新的主人之后，周园新规则里的一部分，以一种难以理解的方式进入他的脑海，然后，他掌握了其中一部分以现在境界实力可以理解的规则。随着他的境界实力不断提升，这个小世界将会向他展现更多的规则，相反，理解那些规则，对他的境界实力地提升也极有帮助。因为这种对规则的掌握，他只用了很短的时间便走出了日不落草原，翻越了数座山峰，来到了周园边缘的那片宅院处。

这里是畔山林语，是当初人类修行者最集中的地方，也是他看着大鹏带着她飞去的位置。曾经的回廊小榭，如今已然变成断壁颓垣，到处死气沉沉，没有蛙鸣，只有很远的地方传来鸟叫，证明这里并不是真正的死亡国度。但这里已经死了很多人。倒塌的山崖，把畔山林语最美丽的那片建筑全部掩埋，无比沉重的巨石从山坳里一直堆到山腰处。看着面前这幕恐怖的画面，陈长生沉默不语。他无法移动这些山石，但能清楚地感知到，在垮塌的山崖下面，有很多死去的人。

他在这片垮塌的山崖前站了很长时间，然后离开。接下来，他去了另外两处园林，没有什么收获。他去了那条山溪，倒溯而上去看那片寒潭。潭水里已经没有了剑意，也没有人。潭水那边的湖里也没有人，湖水深处隐约可以看到那颗夜明灯散发的光亮。陈长生没有去取那些珍宝与银钱还有被湖水浸泡多日却神奇地没有泡烂的书籍，只是拿了一样被布裹好的东西。

湖畔也没有人，沙砾间还残着一些发乌的血渍，不知道哪些是七间留下来的，哪些是折袖留下来的。然后，他从湖底向着远处游去，便来到了暮峪前方那片小湖。那片小湖里的湖水已经顺着地面的裂缝不知流到了何处，只剩下干涸的湖底。当初他就是在这里破湖而出，然后被她所救。

这里也没有人。

96·一串石珠

陈长生在草原外围的湿地里走了一阵，看了眼那片苇岛，然后去了那个山洞，在山洞的最深处看见了那名三阳宗老者已经被兽群啃食干净的遗骨。

然后他去了暮岭，在山间那条白石山道上缓步夜行，来到一株梧桐树下。他不知道自己为何要来这株梧桐树下，只是顺着那种感觉来了。但这里也没有人。周园里没有人。一个都没有。

最后他回到了周陵前。宏伟的陵墓，在天地之间依然是那般的不可一世。陵墓四周的那些天书碑，早已没有了当日狂暴恐怖的气息，变得非常平静，表面上的那些线条，不知道是被这些天的风沙重新填满，还是被磨灭，已经消失不见，仿佛变回了最初的石柱。

那座黑色的石碑也同样如此，石碑表面一片光滑。陈长生把手放了上去，身后远处的草原里，传来一阵妖兽的低沉啸声。那是欢送，也是不安与乞求。欢送周园新主人的离去，不安于他是否还会回来，乞求他的恩泽能够更快再次降临。

一片黑暗，然后是光明。陈长生睁开眼睛，发现自己在房间里，还在窗前，与先前没有任何改变。只是时间已经到了正午，太阳挂在湛蓝的天空里，纵使国教学院里的树荫再如何努力，都无法阻止那些炽烈的光线落下。他看到的光明便是这片阳光。

然后他注意到自己的手腕上多了一串珠子。那些珠子无论怎么看，都是最普通的石头磨砂成的，表面没有任何纹饰，也没有散发任何气息，而且连表面光滑都谈不上。他不知道当初在浔阳城里面对朱洛的那一剑时，这串石珠也曾经出现在他的手碗上。

这些石珠是天书碑化成的。因为这串石珠一共有十一颗，十颗是灰色的，一颗是黑色的。当年周独夫可能从天书陵里带走了十二座天书碑，后来他和她在周陵里看到的，只有十座，还有一座断碑的基座。正是因为少了一座天书碑，他又带走了替代那座天书碑的剑池，所以周陵的阵法出了问题，直到他想起来，自己身上有块黑石。那块黑石是他在凌烟阁里拿到的，竟也是一座天书碑。

当那颗来自王之策的黑石真的变成天书碑，帮助周陵四周的天书碑阵重新稳定下来之后，他本以为那颗黑石，是王之策从周园里带走的一座天书碑，但后来出了周园，回忆起在凌烟阁里看到的那本笔记，他又觉得自己的推测可能并不准确。

不管那两座天书碑去了哪里，他现在手腕上的这些石珠就是天书碑。当然不仅仅因为这十一颗石珠十灰一黑，刚好与周陵四周的那些天书碑相符，更因为只有他才能通过那颗黑石感应到某些事情。他感应的很清楚，周园就在黑石里面。这种说法并不准确，更应该说，这颗黑石就是周园新的大门，而开启周园的钥匙，则是他的神识。

他下意识里抬起手来，迎着窗外的阳光认真地看着那串石珠。明亮的光线，从石珠的缝隙间透了过来，变幻成更多角度，在某些细微处，仿佛里面有着彩虹。他这时候才真正地明白过了发生了什么事情。世人眼中无比神圣、所有道法之源的天书碑，竟被他戴在了手上。而且，是十一座。阳光照耀着石珠，射进他的眼里，让他有些恍惚，觉得一切似乎都并非真实。

便在这时，房门被人推开。他回头望去，只见是唐三十六和轩辕破。

"那个白痴到底去哪儿了？"

"我怎么知道……落落殿下先生还要我盯着他，结果他倒好，什么话都不说就跑了，我怎么盯？"轩辕破很委屈地说道，然后和唐三十六一道看见陈长生的身影。

片刻安静，唐三十六拍了拍胸口，有些后怕说道："还好还好，我也不问你去哪儿了，只要你没落跑就好。"

陈长生不解问道："我为什么要跑？"

"你无缘无故消失了半天时间……"唐三十六看着他说道，"我们都在怀疑，是不是听说徐有容要回来，你怕被自己的未婚妻打得鼻青脸肿不好看，所以跑掉了。"

轩辕破连连摆手说道："我可没这么说。"

唐三十六看着他冷笑说道："你敢说自己没这么想？"

轩辕破是个很老实的熊族孩子，听着这个问题，支吾了半天也没有说出话来。

陈长生微怔，说道："刚好提到她，让我想起来一件事，你们谁帮我写封信给东御神将府？"

唐三十六吃惊道："泥脚女婿上门？人女儿都还没回来，你急什么。"

陈长生摇摇头说道："我晚上想去拜访，有些事情想谈。"

"你不会真是怕了徐有容，准备出盘外招吧？"唐三十六来了兴趣，说道，"这种事情你应该先问我啊，你知道我最擅长这些事情。"

陈长生笑了笑，没有理他，向门外走去，说道："我先去吃饭。"

前些天，落落对他说，确认那位姑娘没能活着离开周园，他便说过，要去东御神将府退婚。因为这是他当初在周园里答应过她的，她既然不在了，他当然更要做到。之所以这些天他没有去东御神将府，是因为最近比较忙，因为他把一样重要且必需的东西遗落在了周园里，同时，他的心里还存着最后一线希望——她没能离开周园，或者她现在还在周园里面，周园既然没有毁灭，那么她便有可能还活着。

直到昨夜今晨，他终于重新进入了周园，发现里面一个人都没有，没有一个人，没有那个人，于是最后的希望也没有了。他顺便把那样东西也带了出来。

看着陈长生的背影消失在门口，唐三十六沉默了会儿，问道："你有没有觉得他今天比较怪？"

轩辕破不解问道："哪里怪？"

唐三十六说道："他笑得有些怪……很难看。"

轩辕破回想了一下，点头说道："嗯，笑得像哭似的。"

97 · 昨日重现徐府

暮色想要完全点燃天边的云，还需要很长一段时间，京都那些酒楼与青楼里的宴席，则早就已经开始。正式的酒宴总是要花很长时间，那么开始的时间自然也会很早，这与节约灯油或明烛没有任何关系，修道强者与达官贵人，文人墨客与小姐丫环们更看重的是从天明到日暮再到夜色降时的光线变化，以及随之而变的氛围与感受。

陈长生不理解这些事情，对他来说，一顿饭的时间如果超过一刻钟的时间，那便意味着不健康，就像此时他身前桌上的那些美味佳肴一样，都意味着不健康。

今天徐府设宴和上次的寻常家宴不一样，是正式的酒宴。虽然只有他一个客人，他是晚辈，年龄还很小，东御神将府一年也开不了两次的中门被打开，各种名贵食材烹制的菜肴不停地端上，然后吃都没怎么吃，只是被看了两眼便被撤了下去，换上了新一轮的菜品。

放眼望去，到处都是名贵的器物，盛菜的瓷盘，让他很自然的想到初入京都第一天时，徐夫人说的话。到处都是婢女，根本不需要他动手，便自然有人服侍。然而有意思的是，无论徐夫人、花嬷嬷还是那位叫霜儿的大丫环，今天都没有出现。或者是因为当初，陈长生与她们之间发生过的那些事。

徐世绩一人作陪。陈长生不饮酒，本着礼数吃了些菜，饭便很快吃饱了。徐世绩搁下酒盏，挥手示意所有人都退下，等着他说话。

陈长生不喜欢也不擅长绕弯说话，看着这架势知道徐世绩也做好了心理准备，于是直接说道："您应该已经知道了我老师的身份。"

"知道计道人就是商院长的那天，我像所有人一样吃惊。"徐世绩没有说当天在祠堂里与父亲的画像说了很长时间话的事情，看着陈长生淡然说道，"包括周通大人在内，有很多人都想通过这点对你下手，但你不用担心，我大周律向来没有株连一说，当初国教学院谋逆案发的时候，你生都还没生。"

"可是您毕竟是圣后娘娘最信任的神将之一。"陈长生问道，"为什么您还要坚持这门婚事呢？"

"所有人都认为我粗鄙不堪，能够生下这么一个女儿，不知道是积了多少辈子的福……私下里不知有多少人在嘲笑我。"徐世绩看着陈长生的眼睛，没有掩饰自己的冷漠情绪，说道，"至于这门婚事，更是给我带来了无穷的羞辱……在世人眼中，最开始是我们徐府瞧不上你这个穷酸少年，想要悔婚，甚至对你诸多打压羞辱，而后来，当知道你与教宗陛下的关系之后，则不要脸地缠着你，非要与你结亲，于是，曾经施加在你身上的那些羞辱，现在全部都回到了我们自己的身上，甚至可以说……这很不要脸。"

花厅里很安静，所有的婢女早已远远地避开。徐世绩说道："好在没有人认为我家容儿配不上你，不然只怕连她都会被人笑话。"

陈长生心想你既然知道这件事情很难看，为何还要坚持？上次自己来退婚的时候，你为何不肯直接收了婚书？

"可是我不在乎，或者说这些羞辱与嘲笑，我都能忍。"徐世绩的眼神忽然变得锋利起来，盯着陈长生说道，"因为我是位父亲，我要为我的女儿考虑，我对娘娘忠心不贰，但是为自己女儿考虑，又有什么错呢？"

这些天陈长生曾经想过很多次，为什么徐府现在非要死守着这份婚约，他想过很多理由，却唯独没有想到会是这样的原因——徐世绩就是想为自己的女儿好。陈长生应该觉得有些喜悦，被承认的喜悦，但他没有，因为他不相信徐世绩是这样的人，是这样的父亲。

"我知道你在想些什么，京都里的人们在想些什么。"徐世绩面无表情说道，"就像在离山内乱之前，所有人对秋山家主的看法一样，但事实证明，你们都看错了。"

"不错，如果我坚持这门婚事，将来如果教宗大人败了，圣后娘娘当然不会允许我再继续活着，但我很肯定，就算我死了，娘娘她对容儿依然会宠爱有加。而如果……教宗大人胜了，因为你的关系，想来他老人家也不会对容儿有任何不好的看法。"

他看着陈长生的侧脸，继续说道："南北合流大势已成，离山剑宗或许还能保住锋芒，秋山君因其功正好趁势北上，而南溪斋又还能有什么作为？如果容儿不能与你成亲，她将来最好的结局也不过是枯守圣女峰，可是如果这门婚事能够成功呢？"

教宗与圣女，这才是真正的南北合流。

无论南北，所有人都愿意看到这样的画面。

什么是大势？这就是大势。

不管到时候我是否还活着，但我徐家必将青史留名。

真正的南北合流，大势，所有人都愿意看到这样的画面，所以这门婚事必须继续下去。陈长生觉得这些话有些耳熟，然后想起来，从西宁来到京都后，他经常听到类似的话，那个叫霜儿的大丫环曾经说过，那位嬷嬷曾经说过，青藤宴上很多人说过，甚至就连唐三十六都曾经说过，只不过那个时候与徐有容联系在一起的名字并不是自己。

他不是愿意隐藏真实想法的人，抬起头望向徐世绩说道："当初你们也是这么说秋山君的。"

"在我看来，如果要婚配，秋山当然是一个比你更好的选择，哪怕现在也是这样，问题在于，他现在已经不如你。"

更好的选择和不如这是两个概念里的对比。

陈长生想着离山那边传来的消息，阳光照耀主峰时，秋山君平静随意地刺了自己一剑，从而轻描淡写地解决了一场筹划已久的大阴谋，沉默片刻后摇了摇头，说道："我不如他。"

徐世绩没有理解他的意思，说道："教宗大人是你的师叔，只凭这一点，他便永远也及不上你。"

就像秋山君在离山主峰对他父亲说过的那番话一样，年轻人与老人，果然不可能是一路人。陈长生不知道那番话，但有同样的感受，站起身来准备告辞，同时取出那份婚书，搁到了桌上。他的动作并不如何郑重，但也不随意，感受不到傲意，也没有自卑，只是取出来，然后放下去。他已经来了这座神将府三次，每次都是为了退婚，或者正是因为这个原因，已经不像最初那般紧张和尴尬。

徐世绩的脸上也看不到尴尬的神色，收到国教学院的信说陈长生要来拜访时，他便猜到了对方的来意。"上次我就说过，如果你真的坚持要退婚，当着容儿的面把婚书给她。"

陈长生在周园里倒确实有过这个想法，只是一直没有机会遇到徐有容。然后他有些不理解，为什么无论徐世绩还是唐三十六都说过类似的话，仿佛断定他只要见到徐有容的真人，便再也不想退婚。就算徐有容真的美若天仙，那又如何？他甚至觉得别人这般看自己是一种瞧不起。

"听闻徐小姐近日便会回京，婚书便先放在贵府，如果徐小姐有何想法，请去信国教学院。"他没有理会徐世绩的话，继续说道，"请您不要再把婚书送回国教学院，不然真的有可能弄丢，那样就真的不好看了。"

徐世绩闻言大怒，心想你居然敢威胁我，脸上却没有流露出任何情绪。

陈长生不是在威胁他，而是说的真话，这份婚书真的差点就在周园里丢了。当初在湖底与南客双翼战斗的时候，为了破开对方的光之翼，自己把剑鞘里的所有东西全部丢了出来，其中也包括这份婚书，只不过他对这门婚事早已经没有任何感觉，以至于对这份婚书也不是很在意，直到前些天准备来徐府退婚的时候，才记起来了这件事。

陈长生看着徐世绩本来还想说些什么，但想了想还是作罢，不再多言，告辞而去。徐世绩面无表情看着他的背影消失在夜色里，才收回视线，望向婚书，神情微凝，有些不明白为何婚书的边缘有些微湿。

走在东御神将府的花园里，借着前方婢女挑着的灯笼，看着略有印象的直树灰石，陈长生很自然地想起以往在这里的那些遭遇。

刚才告辞的时候，他确实想对徐世绩说些什么，只是一时间寻找不到合适的词语，也不知道应该如何组织。如果是唐三十六，估计会直接问徐世绩：你这么无耻，你女儿知道吗？但他说不出来这样的话，只是忽然间有些同情徐有容。

徐世绩说坚持这门婚事为了自己的女儿着想，但言谈间口口声声说的都是大势、南北合流、青史留名这样的字眼，毫不掩饰自己的真实想法。他想着，不过就是个好名之辈，只会想着光耀门楣，徐氏一族千秋万代，女儿在他眼里和一座牌坊又有什么区别？如此想来，徐有容还真是有些可怜。

这般漫无头绪地想着，便来到了一座石门前。石门处站着位姑娘。和一年半前的情景很相似。

98·离宫解铃

那位姑娘正是徐府的大丫环霜儿。时间已经过去了一年半，她看着稳重成熟了不少，眉眼也变得宁静了些。霜儿看着灯笼后的那个少年……不，现在已经要说青年了，不知为何变得越来越紧张，紧握着的双手变得有些湿热。

她想要说些什么，她觉得自己应该说些什么，在小姐回到京都之前。因为她忽然发现，就像老爷太太说的那样，这门婚事对小姐来说，或者真的是最好的选择。然而……当初发生了那么多事情，如果换作她，肯定也会记恨到现在。

就在她咬了咬牙，准备开口的时候，陈长生来到了她的身前，点了点头，然后继续向石门那边走去。没有什么怨气，没有什么恨意，没有趾高气扬，也没有咬牙切齿。很平静，仿佛只是过路人，和曾经在某个时刻某个地点遇见过的某人点头打了个招呼。霜儿怔住了。

便是这段时间，陈长生便走过了石拱门。霜儿转身，抬起手来，想要唤住他，最终还是没有。看着他离开的背影，她的心情有些微惘。她有些想不明白，为何感觉时间没有过去太久，那个少年和这个世界好像就已经改变了很多？

离开东御神将府，顺着官道前行，来到一座石桥上。还是那座石桥，酷热的夏夜里，桥下的河畔坐满了乘凉的民众，河水里没有落叶，他站在桥头收回视线，回头望向东御神将府的那些飞檐，沉默不语，不觉和霜儿生出了相似的感慨——距离初入京都来这里退婚，不过一年半时间，为何却已经恍若隔世？

当初离开西宁来京都，他的主要目的是参加大朝试，得首榜首名，进凌烟阁，寻找逆天改命的秘密，退婚只是顺带，当然也是必行之事。如今他虽然还没有找到逆天改命的方法，但毫无疑问，他的命运早就已经发生了剧烈的变化，可是这婚为何还是没有退掉？

他摇了摇头，向石桥那边走去，决定尽快把这件事情解决。解铃还须系铃人，解除婚约同样如此，太宰老大人早已仙逝，老师带着师兄云鹤般杳无踪迹，那么便只能找婚书的第三方。

他去了离宫。不需要通报，守在宫前的教士便恭恭敬敬地把他请了进去，专程陪着他走过漫长的神道，来到了最深处的那座宫殿前。

夜晚的离宫非常幽静，教宗居住的宫殿更是如此，被四方黑檐隔出来的天空里繁星点点，看的时间久了，真的很像一口幽深的水井。不知道什么时候，他已经把手腕上的那串石珠取了下来。幽静的殿里响起哗哗的水声，他转身走了进去，对着青叶盆栽旁那位普通老人似的教宗行了一礼。"师叔，这到底是为了什么？"

以往陈长生很少用师叔二字称呼教宗，不是因为什么精神方面的洁癖，纯粹就是有些不习惯。但国教学院发生了这么多事情，再在东御神将府里听到徐世绩那番有些赤裸裸的话语，他便知道，无论自己怎么喊，在世人的眼中，自己与教宗的关系已经无法分割开来，那么不如提前习惯为好。他是个很珍惜时间的人，既然决定了便这样做。就像这个问题在他的心里其实已经盘桓了很长一段时间，这时候既然能够面见教宗，他当然就很直接地问了出来。

师叔的称谓和这个问题本身，让教宗微微一怔，然后笑了起来。陈长生问的是国教新旧两派之间的斗争以及离宫最近这段时间的沉默。"你们是年轻人，年轻人的事情就算不是小事，但如果有什么做错的地方，或者不够好的地方，事后总有弥补的余地或者说理由。"

教宗把木瓢搁回水池里，接过陈长生递来的麻布，轻轻地擦拭了一下手，说道："但我们这些老年人不行。年轻人可以冲动，可以热血，我们则必须冷静甚至冷漠，在所有人看来，我们都很老谋深算，好听一点叫深谋远虑，那么我们必然不会冲动行事，我们做的所有事情背后都必然隐藏着什么阴谋，所以只要我们动了，事情便容易变大，而且再也没有余地。"

这两段话其实有些散碎，但陈长生听明白了。这场风波本来是天海家与国教新派向教宗发起的攻势的开端，却硬生生被国教学院挡在了院门之前，离宫当然会保持安静。

教宗走回椅前，示意他坐下，说道："而且这是一个机会。"

这句话更简单，更含糊，但陈长生还是听懂了。天海家和国教新派的攻势，如果能被控制在一定程度之下，对国教学院和他来说，是一次非常珍贵的机会。就像他的神识在剑意海洋里被洗得更加纯净坚韧，他的剑也在这些对战里变得更加稳定强大。

"只有这样，才能让你尽快地成熟起来。"教宗看着他和蔼地说。

这个结论陈长生只明白一部分，他和唐三十六讨论的时候，就是这一点无法确定。为何教宗陛下会选择这种方式让他成长，显得过于着急，用唐三十六的话来说，近乎揠苗助长。

看着他的神情，教宗有些意外，说道："我以为你对这些事情不怎么感兴趣，需要一段时间才能想明白，或者会更早些便来找我。"

"有很多事情不感兴趣，也必须要学习，既然你无法避开……这是唐棠对我说的。"陈长生说道。

唐三十六对他说过，既然你要成为教宗，那么便要学会这些看似无趣的事情，便要拥有自己的班底，比如国教学院。教宗先前的这些话，他之所以都能够听明白，也是因为唐三十六提前就做过类似的分析。现在看来，唐三十六的那些推算都是对的。

"你这个朋友交的很不错。"教宗有些感慨，说道，"当年我和他祖父相识的时候，差不多也就是你们这么大，只不过后来因为一些事情，我和他祖父想法不一样，自然也就没办法继续维持当初的情谊，他回了汶水，我进了离宫，一晃便已经这么多年。"

前些天在国教学院看着莫雨和唐三十六说话，陈长生意识到所谓上层社会，但还是没有想到教宗居然与唐老太爷曾经如此亲近过。

"既然前些天没来，我以为你最近便不会来，为何忽然今夜来了？"教宗问道。国教学院已经撑过了最艰难的那个阶段，在那时候都没有向离宫求援，现在就更没有道理。

"我去了东御神将府。"陈长生说道,"我想退婚,他们那边一直在拖,所以我想请师叔帮忙直接解除这门婚事。"

教宗发现他眉眼间的神情竟很认真,神情微异问道:"你知道这门婚事意味着什么吗?"

如果是以前,陈长生当然会相信师父的那个故事——徐有容的祖父替先帝祭山,被魔族大将偷袭重伤,便是御医也无法治好,恰逢他的师父计道人路过当地,妙手回春,太宰感激之下便有了这份婚约,但现他自然清楚这份婚约的背后定有隐情。

因为师父并不仅仅是计道人,还是商院长,是圣后娘娘最强的敌人。

"不管这份婚约意味着什么,都和我没有关系。"

如果是普通的少年对着长辈说出这样的话,往往会有很浓郁的幼稚可笑意味,充斥着令人掩鼻的热血感觉,实际上只是自私放肆。可是当这句话从陈长生的嘴里说出来时,却没有这些问题,显得很平静,而且很有说服力,区别就在于前者往往是根本不知道责任是什么东西,而他则是经过很认真地思考之后确认这不是该自己承担的责任。

生死是自己的事,婚姻是自己的事,生不生孩子是自己的事,怎么养孩子也是自己的事。陈长生对这些事情并没有进行过整理,只是很自然地这样做,或者因为他一直修的就是顺心意,而上面这四点便是顺心意的最低要求。

教宗看着他再次问道:"将来你不会后悔?"

老人浩瀚如星海的眼眸深处闪过一抹深意。

陈长生没有注意到,说道:"不会。"

教宗静静看着他,说道:"好。"

陈长生告辞之前问道:"能不能不打?"

这说的自然是万众期待的……他与徐有容的那场对战。据唐三十六打听到的消息,据说青曜十三司那边已经开始准备挑战书,执笔人请的是一位朝中的大学士。陈长生本来就不想与徐有容争斗,今天去了东御神将府,对那个素未谋面的女子更是多了一分同情,这时候又得到教宗首肯解除婚约,他觉得更没有任何道理打这一场。

"我们这一门修的就是顺心意,只要你自己愿意,当然可以,即便对方想要,你也可以避开。"教宗从水池里拾起木瓢,继续给那盆青叶浇水,缓声说道,"只是你要能够做到确认，选择确实是在顺心意而行。"

陈长生看着教宗的背影，这一次总算明白了些，知道这段话另有深意。

99·我把最好的送给你

从离宫到皇宫的距离并不远。只是以陈长生现在的身份，进离宫相当容易，进皇宫则有些麻烦，尤其是在事先没有报备的情况下，最终还是惊动了薛醒川。

"陈院长深夜进宫有何事？"

"我要去看落落。"

薛醒川问得很随便，陈长生应得更随便，戒备森严的皇宫便开了门。

陈长生随着一位太监向皇宫深处走去，过了段时间才醒过神来，不明白薛醒川为什么这么好说话。他不知道，那是因为薛醒川曾经在宫墙秘门的这边等过圣后娘娘从那边归来，薛醒川以为那一次圣后娘娘是专门去看这少年的。

同样，看着陈长生的背影，薛醒川也很不理解这个少年为什么会在自己面前表现得如此平静自然。他是圣后娘娘的神将，他的亲弟弟薛河在荒野上被陈长生一剑斩断了左臂，然而陈长生回京都后与他相遇数次，不要说有什么抱歉的意思，连警惕都没有。

落落在皇宫里过得很好，虽然宫墙隔绝了热闹的尘世，但毕竟和青叶世界里相比，这里的天空和太阳都是真实的，只是有些无聊。所以当她知道陈长生来看自己的时候，很是高兴。师徒二人在安静的花园里说了很长时间的话，说的都是开心的事。

话题只是围绕着大榕树和那面湖，只是讲着国教学院的伙食质量突飞猛进，轩辕破的食量越来越夸张，唐三十六的黑眼圈越来越重，苏墨虞收到了他舅妈的来信后脸色相当的难看，折袖的脸色还是老样子，像个死人一样。陈长生还讲了讲国教学院新生里天赋相对出众的十几人，说如果运气好应该能过预科，甚至说不定还能在大朝试里排进三甲的后半段。

落落听得很是开心，只是和以前比起来，她的话要变得少了很多，大多数时候，只是睁着明亮的眼睛，看着陈长生。陈长生想着先前在徐府里看到的霜儿，以为这是小女孩长大后自然的变化，也没有怎么在意。

时间在闲谈里流逝得很快，两个人都没有注意已经到了深夜，直到隐藏在树丛里的李女史觉得实在有些不妥，咳了两声。陈长生这才想起自己今夜来看落落的主要目的，牵着她的手走到墙边，用自己的身体隔绝了所有可能窥视的视线，摸出一个东西塞到了她的手里。

落落有些吃惊，看着掌心里那颗石珠，不明白先生为什么要送自己这个东西。

"我不确定告诉你真相之后对你的修行到底是好是坏，所以暂时不说，但总之……这是个好东西。"陈长生看着她说道，"一定不要弄丢了，平时没事的时候多拿在手里感悟一下，最好不要让人看见。"

落落认真说道："先生送我的礼物，我一定不会弄丢的。"

金玉律送陈长生离开的时候，看着他有些欲言又止。

陈长生有些不解，问道："金叔，怎么了？"

金玉律在心里叹了口气，终究还是没有把那件事情说出来，问道："你刚才和殿下在墙角说什么呢？"

陈长生说道："没什么，送了她一个小玩意儿。"

金玉律当初在白帝城坚不受官，躬耕为生，但看他身上那件满是铜钱的绸袍便知道性情，感兴趣问道："很值钱？是不是唐家的东西？"在他看来，陈长生穷得厉害，以前全靠落落殿下和唐三十六接济，哪里拿得出来什么好东西，应该是转送的唐家礼物。

陈长生摇了摇头说道："是我以前捡的，不值什么钱。"

一听居然是捡的，而且还不值钱，金玉律顿时没了兴趣，又想着接下来将要发生的事情，不禁更加恼火。"殿下送了你那么些好东西，你就没想过回报些什么？"

陈长生这种人哪里听得出来这句话意有所指，很诚实地说道："这是我身边最好的东西。"

回到国教学院的时候，夜已极深。换作往常，陈长生早已入眠，但他今天没有。他先去了百草园，又去了藏书楼，再回到自己的房间。站在窗前，看着湖里的繁星，他想起了离宫里那片被黑檐切割开来的夜空。

去凌烟阁是师父的安排，王之策藏在墙里的那个盒子，也是师父告诉他的，但那个盒子的开关机枢没有动过，说明没有人打开过那个盒子。这也就意味着，师父也应该不知道王之策那本笔记里的内容，也不会知道王之策在里面提到过他的名字——计道人。

通过王之策的笔记可以看出，计道人在太宗年间就已经非常出名，可以随意入皇宫与王公大臣们的府邸，那么他是什么时候接任的国教学院院长一职，又是如何在这两个身份之间转换自如的呢？

陈长生的目光落在手边的那本书籍上，那是国教学院的大事录。先前他在这本书籍里找到了师父当初接任国教学院院长时的日期以及前后发生的一些大事，依然没能想明白，师父当年怎么能够瞒得过天下众生，最关键的是，他怎么能够瞒得过教宗，要知道，他们可是同门师兄弟，而且传说在国教学院之变里，师父便是死在教宗的手中……这里面有没有什么隐情？

对整件事情，他有很多无法理解的地方，比如教宗的转变太过突然，以至于他一手培养起来的司源道人和凌海之主都与他决裂，为什么？他曾经当面问过教宗，得出的回答是一个非常有力量的理由，可还是不能完全解除他心头的疑惑。

天下苍生如何，真的能影响到圣人的选择吗？

想了很长时间也想不明白，而且事涉师父和师兄，也没有办法与唐三十六和落落进行交流，他有些无奈地摇了摇头，把那本书籍塞进书架的最深处。走回窗边，他借着夜空里洒落的星空静心宁意，闭上眼睛开始冥想，神识微动，落在那颗黑色的石珠上。

寒风拂面，顿时清醒，他出现在周园里，还是站在陵墓的最上方。

100·时光泡烂了过往

他发现和昨天比起来，今天的风里似乎多了些别的味道，相对湿润了些，而且有淡淡的泥腥味，那并不是坏事。问渠哪得清如许，为有源头活水来，天书陵神道下方的渠水清如无物，便是这个道理，周园重新开启，应该会朝着好的方向发展。

兽群距离周陵又近了些，看着还是黑压压的一片，但远远看着便能察觉到某些变化。来到草原里，看着跪在面前的数万妖兽，陈长生有些惊讶。昨天他只带了一些药草进来，没想到，倒山獠和犍兽的伤势便好了很多，其余的妖兽，看着精神也振作了不少。土狲今天没有藏在倒山獠的盘角里，而是躲在兽群中，

337

远远地看着他，眼珠骨碌骨碌转着，不知道在想些什么，但看不到什么凶意。

陈长生取出药草，放到身前的地面上。看着这幕画面，犍兽缓缓点头以示感谢，然后把尾部竖了起来，仿佛一只旗杆。倒山獠站起身，向着身后广阔的草原厉啸了一声。妖兽群如潮水一般地涌动，然后开始自行列队，显得极有规矩和老实，即便是那些平日里见面便会厮杀至死的宿敌，此时哪怕挤在一起，也不敢有任何动作。

陈长生有些没想到，怔了怔后继续自己的动作，没有过多长时间，身前便堆满了药草，竟仿佛一座小山般。

看着那座小山般的药草，犍兽和倒山獠哪怕当年跟着周独夫见过很多世面，眼神也不禁变得有些呆滞。那只土豽更是不堪，极其粗暴地挤开身边的蛟蛇，前肢不停地扒拉着地面，像道闪电般掠到了兽群的最前方，然后啪的一声倒在了陈长生的脚下。

它倒得很有讲究，前肢高高地举着，残缺的下半身轻轻地拍打着地面，震起微微的烟尘，显得格外恭顺乖巧。前一次它也曾经亲吻过陈长生脚下的土地，但那是装的，远不如此时真心真意。因为它确认陈长生真的愿意帮助这些妖兽，更关键的是，他居然真的有能力帮助这些妖兽。

"你们……自己分配吧，还是按照昨天的规矩。"陈长生不知道该如何与这些妖兽打交道，想了想后说了这句话，然后向草原边围走去。兽群在他身后如潮水般低敛，为他送行。

昨天他已经把周园仔细地寻找了一遍，今天他没有重复这个过程，而是直接去了寒潭那边的湖山。在湖水的深处，他找到了落落送给自己的夜明珠，还有那些从西宁镇旧庙带到京都的三千道藏，最后在淤泥里挖出来了盛放银票与珍宝的箱子。至于当初带着给黑龙路上吃的那些食物，则早已被湖里的鱼儿或别的生物啃食得一干二净。

带着这些东西回到岸边，他看了眼天色，把那些被湖水浸湿的书依次摆到石头上来晒。他知道这是一个很麻烦的工作，需要很长的时间和耐心，所以并不着急。湿漉的书页很难翻开，更不要说是这么多本书，他在岸边石间不停行走，仿佛在进行一个很盛大的仪式。约一里长的湖边石岸上到处都是书，书里淌落的水痕在阳光的作用下渐渐蒸发。

陈长生趁着歇息的时候，把箱子里的银票和那些珠宝挨个拣出来，用手帕

——擦拭干净。忽然间，他看到了一个小东西。那是一只竹子做的蜻蜓，本来就很旧，又因为在水里泡的时间太长，早已发白，有的地方甚至已经快要烂掉。这是多年前，他还在西宁镇的时候和某人通信的见证，也是童年的回忆。

看着竹蜻蜓，陈长生沉默了会儿，那些书还没有泡烂，它却撑不住了，果然和材质相比，还是时间长短更重要。没有什么能够禁受得住时间的考验。那份婚约已经解除，他与她从此以后再也没有什么关系。想到这点，他的心情变得很轻松，仿佛卸下了很多重量。但不知道为何，他又感觉失去了什么，心里有些空落落的。

盛夏渐退，秋气渐深，冬天也已经不远了。

国教学院的院门外变得安静了很多，很少再有战斗发生，来看热闹的京都民众渐渐失去了兴趣，街对面的那座凉棚，也终于在星秋节的时候拆掉了。不知道那是因为天气转凉，日头不再炽烈，还是别的原因。

国教学院的院里则变得热闹了很多，每天清晨开始，便能听到朗朗的读书声，要到饭时，则能听到学生们敲打饭盆的声音，当然更多的还是欢声笑语。

与国教学院一墙之隔的百草园，其实变化最为剧烈，只不过因为很少有人进去看，所以没有被人发现，里面无数株果树与药园里的药草，都变得光秃秃的了，直到某天，宫里一位太监奉命过来寻找一棵药草。

——那棵药草极为珍贵，据说在生肌方面有奇效，如果配药得当，炼成丹药后，甚至可以生白骨。宫里之所以急着寻找这棵药草，是因为平国公主殿下的脸上生了一颗痘痘，她因此气得饭都吃不下去，尤其是当听说徐有容很快便会回京都之后。

那名太监没能找到这棵药草，他看着明显荒败很多的百草园，脸色苍白到了极点，心想今年的秋风未免也太狠了些吧？百草园里的药草与灵果，当然是被陈长生打了秋风。

在这些天里，他和以往的十六年一样平静而认真地生活着，读书、修行、习剑，然后度过了自己的十六岁生日。和以往数年稍有不同的是，在生日之后的第三天，他没有想起当天过生日的另一个人。

他也有很认真地研究那串石珠，想要从这些天书碑上感悟到什么，但暂时还没有发现。他的境界实力变得越来越稳定，距离通幽境的巅峰越来越近，身体问题却始终没有任何改善,那道阴影还在前方静静地注视着他。

在他的研究指导下,落落的经脉问题正式突破,修行人类的功法不再有什么太大的困难。最重要的是,解决了这个问题之后,只要再次激发血脉,便意味着她极有可能突破妖族皇室多年来的障碍,以女儿之身学会白帝的霸道功法。

对于妖族来说,这是多么重要的事情不问而知,据说消息传回妖族之后,八百里红河两岸的部族们狂欢了三天三夜,而且听说白帝城派出了使团,为国教学院和陈长生送来了普通人无法想象的大批礼物。

能够解决落落的问题,自然也能解决轩辕破的问题,右臂伤势尽复之后,熊族少年开始修行天雷引,实力突飞猛进,一双铁拳引雷耀电,堪称霸道无双。金玉律专门来国教学院看过一次,很是欣慰,当场决定回白帝城后,会要求给熊族部落丰厚的赏赐。轩辕破感动得热泪盈眶,再也不用因为自己在人族京都天天吃蓝龙虾而家乡的父老乡亲只能在山上打猎艰苦度日而感到惭愧。陈长生也很为他高兴,没有发现金玉律这句话里还有别的一些信息。

折袖的伤势也渐渐要好了,和别的病人卧床休息,靠时间来诊疗伤口不同,他躺在床上看似一动不动,实际上无时无刻不在用真气冲击着受伤阻塞断裂的经脉,那种痛苦只有他自己能够体会,陈长生能做的事情只是用金针帮助他稍微缓解一下痛苦。

就像折袖曾经说过的那样,痛苦是激发生命力最直接和最有力的手段——在深秋的某天夜里,他不需要别人帮助自己起了床,然后用了整整半夜时间,从楼上走到湖畔,然后对着夜空里的满天星辰发出了一声冷厉的狼嗥。

国教学院里的所有人都惊醒了过来,陈长生和唐三十六冲到湖边,看着消瘦的他,感怀莫名,说不出话来。折袖伤势尽复,甚至趁势冲开了妖人身躯里特有的十七个气窍,只要给他足够的时间感受稳定,实力境界必然会提升到一个很恐怖的程度。

整座京都听到了这声狼嗥。北兵马司胡同安静得像是死地一般,仿佛重病初愈的周通抬起头来,看了国教学院方向一眼,神情漠然,毫不在意。

周通最近很忙,他在忙着处理朝廷里的事情,忙着与南方的某些人进行联系,准备迎接明年的大变局。是的,很多人都已经察觉到了,有一道暗流正在缓缓涌动,以至于京都变得安静了很多,但那并不是坏事,反而带着某种希望。

南北合流似乎真的即将提上议事日程。没有人明白这是为什么。苏离还在离山。离山还在天南。为何很多人都已经确定,无论苏离还是离山,都不会阻止这件事情?

与魔族的战争,是人类与妖族最大的事情,再没有任何事情可以与之相提并论,南北合流,毫无疑问,是这件大事里最重要的组成部分。无论京都还是天南又或是白帝城,都要为了这件事情进行相应的准备。

京都和天南需要考虑的事情是双方之间的权力分配。白帝城需要考虑的事情相对简单,那对圣人夫妇只要保证自己的血脉能够继续维持对妖域的统治,保证红河两岸的稳定,便是对妖族人族联盟最大的贡献。于是,当白帝城的使团抵达京都,为国教学院和陈长生带来无数礼物与封赏的同时,还有一个更重要的任务,那就是把落落殿下带回去。

101 · 分开以后才明白

大榕树的叶子已经落了很多,站在树臂上望向远方,无论是离宫还是天书陵,都是那样的清楚,仿佛就在眼前。

"真的没有想到。"陈长生望向身边的落落,沉默了很长时间,再次说道,"没想到。"

"当初来京都其实是母后的意思,她就是想看看教宗大人或者圣后娘娘能不能有办法帮我解决经脉的问题。不然将来我不能修行白帝一族的功法,便不能继承王位,说不定还要嫁给一个不想嫁的人。但母后肯定想不到教宗和圣后没能解决这个问题,却是先生解决了。"落落仰起头来,看着他的脸仰慕道,"先生,您真了不起。"

"我只是从小就喜欢思考经脉方面的问题……"

陈长生想起自己去年就已经解释过这个问题,于是沉默。他是真的没有想到落落会离开,虽然她的离开是理所当然的事情——她来京都是学习或者说看病的,现在她学会了如何修行人类的功法,看到了继承白帝霸业的可能,治好了病,那么自然就要回白帝城,因为她是红河郡主,那里有亿万子民等待着她的照看。可是这一切发生得太突然了,事先没有任何预兆,在皇宫和离宫里见面的时候,她从来没有提过。好吧,这些都是借口,即便不突然又如何,他还是会不舍,因为真的不舍。

暮色很浓，国教学院的湖与树都仿佛燃烧起来，落落向着国教学院外走去，忽然停下脚步，然后转身，轻轻地偎在了他的怀里。陈长生知道她的心情，因为他的心情也一样，伸手揉了揉她的头。在过去的近两年时间里，他和她经常并肩坐着，或者牵着手，或者她把头抵着他的胸口，因为熟了，所以不觉得如何，而且在他眼里，她就是个小女孩，像妹妹或者像女儿……

"先生，有件事情我一直在骗你。"落落抬头看着他，眼睛眨啊眨，说道，"其实我不是十二岁，我和先生您同岁。"

陈长生怔住了，不知道该说些什么，至于手更不知道应该往哪里放，觉得往哪里放都是错。"你……怎么能骗人呢？"

"先生，你自己笨，看不出来，还要怪我咯……"落落睁大眼睛，看着他认真说道。

陈长生无言以对。

国教学院里响起银铃般的笑声。咯咯咯咯。落落走了，回白帝城去迎接她必须要面对的挑战。她的笑声则在国教学院的大榕树和湖面回荡了很多年。

直到很久以后，国教学院的学生提起这位传奇的妖族公主，他们从来没有见过面的副院长，还会发出无限感慨，同时对唐三十六生出无穷的怨念。当初他招募新生的时候是怎么说的？

落落走了，出入国教学院的人则越来越多。

教枢处的教士前来授课，辛教士没事儿的时候就往这边跑，茅秋雨偶尔也会去国教学院外的茶楼坐会儿。来国教学院作客次数最多的人是陈留王，时间能改变很多事情，包括对人的看法，因为时间是检验真理与人心的唯一标准。在交往与相处中，无论陈长生还是轩辕破甚至就连性情冷漠的折袖都感觉到了这位年轻的郡王对国教学院的真心维护之意，双方越来越熟。

但时间无法改变所有事情，比如茅厕里的石头永远是又臭又硬，唐三十六依然不喜欢陈留王，甚至连表面功夫都懒得做。每次陈留王来国教学院作客的时候，他冷嘲热讽两句后便会离席而去，今天又是如此，陈留王的修养再如何好，脸上也不禁露出了尴尬的神情。

陈长生觉得有些不好意思，代唐三十六道了两声歉，便去寻他，想问问他到底为何要这般做。然而当他在国教学院那片树林的深处找到唐三十六后，便忘了自己要问他这件事情,因为这件事情终究不是什么大事,而唐三十六这时候在做的事非常奇怪。

唐三十六没有像轩辕破一样的捶树,也没有像折袖一样把自己埋在树叶下面准备躺个七天七夜,他正蹲在树下把一个东西往树洞里用力地塞。陈长生看得清楚,被他塞进树洞里的东西是一把剑,而且不是普通的剑,是他昨夜才向自己要的一把名剑。

"你在做什么?"他吃惊地问道。

唐三十六头也不回说道:"和你说过,我准备把你的那些剑都藏起来,以后让人来找。"

陈长生有些不可置信问道:"最近你隔两天就找我要一把剑……就没见你还回来,难道都被你藏着了。"

唐三十六在树洞边缘抹了抹,做了些很粗劣的伪装,打量一番后觉得还算满意,站起身来,对他说道:"不然呢?难道我还能把你那些破剑卖了买酒喝?"

陈长生很是无语,说道:"那可是我的剑,你赶紧还回来。"

"拢共也就找你要了一百多把剑,至于这么紧张?"

"我不知道你是要把这些剑藏起来,还以为你是要借剑意学剑法,所以专门挑了最好的那些剑给你……"

"那又如何?瞧你那小气样儿,不就几把破剑,我这两年给了你多少银子。"

"这不是银子的事情……就算你想要,你也得先和我说啊,如果让我知道你这么糟蹋东西,我怎么会给你。"

"这不就结了,明知道你知道后不会给我,那我还先告诉你原因做什么,你以为我是轩辕破,傻啊!"

"我不管,反正你赶紧把那些剑找出来。"

"我也不管,藏剑很累的,还要再重新找出来,很麻烦,再说了,茅厕里面很臭。"

"你……居然把我的剑藏在茅厕里了!"

"你就当没听到,反正我懒得去找。"

"那我自己去,你赶紧告诉我,那些剑藏在哪里了。"

"既然是藏……当然不能告诉你地方,你得自己找,能找到就算你厉害咯。"

"请不要用咯这个字。"

"落落落下了一根大萝卜。"

"你……以后别再说这事了。"

"蠢成你这样,还不顶一根萝卜。"

"我在问你剑的事情。"

"捉迷藏很好玩的。"

"……我是不是做错了什么。"

"反正我的建议是,你哪怕将来当了教宗,也不要去白帝城。"

"为什么?"

"我担心白帝会生吞了你。"

"……"

"其实吧,你虽然傻了些,但正所谓傻人有傻福,不然你要真娶了落落,那就等于娶了一只母老虎,将来的日子可怎么过。"

102 · 过往才是时光

时间就这样在告别与吵闹之间流逝。

虽然直到现在,也没有任何迹象表明苏离和他所代表的那些南人会放弃他们已经坚守了无数年的信念,但所有人都已经通过无数细节看出来,南北合流已经势在必行。就在此时,一件相对来说很小的事情,竟压过了这件大事。

之所以说那件事情是小事,是因为那是一门婚事。根据离宫里传出来的消息,在某次极私人的谈话中,教宗陛下承认,他已经解除了陈长生与徐有容的婚约。这个消息在京都以及大陆各地暗中流传,并没有任何证据,东御神将府和国教学院方面保持着沉默,然而却渐渐让人相信了。

在青藤宴上,南方使团代秋山君提亲,当时还籍籍无名的陈长生推门而入,拿出了一纸婚书,然后有白鹤自圣女峰来。从那时到现在,这门婚事一直都是整个大陆议论的焦点,因为那份婚约关系着人类世界前景最为远大、最优秀的三个年轻人,还关系着很多事情——国教、圣女峰、圣后娘娘,秋山家与离山剑宗,可以说,大陆最强大的几方势力,都因为这纸婚书联系在了一起。难道就会这样结束吗?

如果这件事情是真的,是陈长生主动请求教宗陛下解除婚约,那么已经被嘲讽了很长时间的东御神将府该如何自处？被所有人疼爱或者崇拜的那位天凤真女，现在面临这样窘迫的局面，此时此刻又会有怎样的心情？

很多人因为这个传闻，对陈长生生出很多愤怒，尤其是那些徐有容的崇拜者。然而终究只是传闻，没有人能当面去问教宗陛下，自然也没有道理再去向国教学院发泄自己的怒火。人们即便想当面质问陈长生这件事情到底是不是真的，也很难找到陈长生的人，于是所有的情绪都只能渐渐沉沉淀发酵，或者愤怒，或者嘲弄，或者只是想看热闹，因为各种各样的情绪，整个大陆越来越期待徐有容回到京都的那一天。期待双方仿佛命中注定的一战。

陈长生确实很难被人遇到，这些天他一直深入简出，尤其是当婚约被教宗解除的传闻开始暗中流传之后。

因为这件事情，他对徐有容感到有些抱歉，因为她是位少女，所以他决定对此事保持沉默，待徐有容回京后，想办法告诉她这件事情的实情，让她当着整个世界的面提出解除婚约，然后他来接受。这样的话，或者她便不用承受异样的眼光，哪怕那些眼光都是怜惜，至于必然会给予婚约一方的嘲讽和同情，他来好了，因为他是男人。

不知道为什么，他从来没有见过徐有容，却很肯定她不是一个愿意接受别人同情的人。所以当唐三十六听到传闻来问他时，他摇了摇头，什么都没有说。

关于婚约或者说感情这种事情，初入京都的少年并不懂，直到周园之后，他才知道原来是这么一回事。他喜欢过一个女孩，那个女孩死了。他被一个女孩喜欢过，那个女孩走了。他希望徐有容这个女孩能够比自己幸福。

在这段日子里，他尽量避免和人见面，与黑龙见面的次数变得多了很多。他经常去北新桥的井底，给黑龙送去各种各样的吃食，尤其是她点名要吃的国教学院食堂的大锅饭。黑龙每次装作文静慢慢吃菜的时候，他会蹲在那道石壁下方，研究困住黑龙的阵法和那根铁链，只是一直没有什么进展。

秋去冬来的某天夜里，已然三时三刻，陈长生还没有睡觉。他站在窗前，看着树叶已经落光的大榕树和开始结出冰膜的湖面，想着一些事情，然后听到远处墙外传来了一阵歌声。最近这些夜晚经常能够听到一些歌声，他摇了摇头。

国教学院现在已经成为京都的著名景点，因为对战暂时告一段落，来看热闹的京都百姓少了很多，但外郡来的游客则是不减反增，再加上国教学院里的学生和教习、工役合在一起也有数百人，有人自然就有商机，商人从来不会错过任何机会，百花巷对面整条街的门面都或卖或租，被改造成了各种地方，有客栈有酒楼，日渐变得繁华热闹起来。

每天到了夜里，客栈和酒楼的生意都会变得很好，有些是闻名而至的客人，当然更多的还是国教学院的学生，无论院规再如何严格，门禁再如何森严，学生们总能找到各种各样的方法战胜门房以及院墙，然后进入酒楼和客栈，做些年轻人喜欢做的事情。比如吃饭喝酒欣赏音乐畅谈人生什么的……

国教学院的教习们当然想管，管不了学生，也想把那些带来很多热闹的酒楼驱逐掉，只是这很困难，不管是国教骑兵还是城门司或者羽林军都没办法，真正有能力把百花巷对面这些酒楼客栈尽数搞定的唐三十六又不方便出面，因为里面有两家酒楼和一家客栈是他开的。

夜深时分，繁华依然，墙那边的歌声变得越来越大，越来越清楚，飘进国教学院。陈长生正想找出莫雨有天夜里落在这里的裘绒塞进耳里好入睡，忽然被那歌中的词句吸引住了。

唱歌的人应该是国教学院的一名新生，嗓子很破，可能还在变声期，但声音很大。这首歌的歌词很简单，谈不上雅致，甚至有些俚俗，但充满着一股青春特有的味道，与那名男生的声音合在一起，显得特别朝气蓬勃。

"青春少年是样样红，你是主人翁，要雨得雨，要风得风，鱼跃龙门就不同……"

陈长生站在窗前静静地听着。听着这歌，想着来到京都近两年里遇到的这些人和事，他有些难以平静，无数情绪像潮水一般涌来。

是的，就像潮水一般涌来。他以前一直以为这种形容是言情故事里的夸张手法，现在才知道，原来这一切都是真的。他下意识里摸了摸手腕上的石串，回到了周园。

这些天他经常来周园，坐在草原里发怔。或者是因为他觉得和那些妖兽们在一起，要比和人类打交道简单多了。那些妖兽们很听话，在他的安排下，疏浚水道，整治草原与湖泊，再加上重开后的自我修复，周园已经恢复了些旧貌。

无比珍惜时间的他愿意花这么多时间与精力在周园里，是因为他想留下一些纪念。

他站在周陵神道的尽头，看着下方倒山獠指挥数万只妖兽重修白草道。妖兽们黑压压一片。他觉得这画面有些眼熟，然后想起来，当初他就是和她在这里，看着草原上兽群像潮水一般涌来。

于是，悲伤与想念像潮水一般涌来。

京都南方的官道上，一个由数十辆车组成的车队正浩浩荡荡地前行着。数百名天南骑兵骑着混血蛟马，警惕地注视着四周，保护着车队。数十名南溪斋弟子还有天南诸势力的代表，分别坐在车中。最中间那辆车的地位明显最高，因为车前的是八头浑体雪白的天马。这辆车很大，或者更应该说是辇。

徐有容坐在辇里。她的黑发散在肩上，衬得肌肤如白玉一般。世人都喜欢用眉眼如画来形容美丽的女子，然而她的美又如何是能够被笔墨画出来的。她的睫毛很长，她的双唇很红，她的五官无可挑剔，她的美非常完美，却不会给人任何压力。因为她美得很宁静。就像是雨后的茶山，雨前的湖泊，圣女峰间的雾，小镇上的炊烟。

她这次回京都，是要给这个世界带去一个无比重要的消息。无论大周还是天南，这些天都在为南北合流做准备，而她带来的那消息，便是所有这一切的前提，或者说许可。

然后，她要去赴一场约会，或者说约战。整个大陆，甚至就连雪老城里的魔族王公们，都在等着看那场战斗。在很多人看来，比起魔族公主南客，那个人才是她真正的宿命之敌。因为他曾经是她的未婚夫，而现在在很多人看来，他是解除婚约、对她进行羞辱的冷漠男子。

车队忽然停了下来，伴着数声轻响，一名女子掀起帷帘，坐到了车厢里，看着她情绪复杂说道："师侄，京都就要到了。"

这名女子是南溪斋外门的长老何清波，境界已至聚星中境。说完这句话，何清波忽然想起什么，面上露出紧张的神情，有些尴尬说道："清波失言，还请斋主恕罪。"

"师叔不用多礼。"徐有容看着她平静说道，然后起身向车外走去。

随着她的动作，黑发与白裙般的祭服轻轻摇摆了起来。她黑发的前缘无比整齐，仿佛被最利的剑修过，摆动之间，让她的眼神变得更平静，更强大。白色的祭服间系着一根缀满星辰的带子，没有佩剑，因为她来京都就是来取剑的。桐弓搁在车厢的一角，没有被她拿在手中，因为她暂时还不想被京都里的某人看见。

角落里还有一把伞。

来到官道上,她望向远方天边那座若隐若现的城池,缓缓背起双手。京都是没有城墙的,也没有真正意义上的城门,所以小时候她就不明白,为何会有城门司。随着她的出现,四周那些天南骑兵以最快的速度下马,跪倒在地。从车里下来的南溪斋弟子还有那些使臣们,也都纷纷跪倒。跪倒是因为要行礼。

"拜见圣女。"

徐有容还在看着京都。她已经有些年没有回来了,但对京都依然不陌生。因为她的家在这里,莫雨、平国,很多小时候认识的人在这里,娘娘在这里,那个家伙现在也在这里。

碧蓝的天空里忽然出现了两道线,一白一灰,直入京都。看着这画面,她回过神来,才想起众人是在向自己问礼。距离那件事情发生已经有了些天,她还是有些不习惯,不知道应该用怎样的话语,回复人们虔诚而恭敬的问候。

忽然间,她想起在周园那片草原上、在那个家伙背上时经常说的一句话。那时候她每天都没有忘记对那个家伙说这句话,因为那代表着她最真心的祝愿。或者……这便是最合适的回复?

于是,她看着人们说道:"愿圣光与你们同在。"

第四章

「出了什么事?」

「没事……只是想你想得睡不着觉。」

103 · 圣女回京

风声雨声读书声,今天的国教学院暂时只能听读书声。刚从天空飘落的雪花太过轻柔,过了会儿时间,才被教室里的学生们看见,引发一阵惊喜的轻呼。来自教枢处的教习沉声呵斥了几句,才把隐隐的骚动压制了下去,然而当下一刻窗外传来呼啸的风声时,所有的教室里都再也无法保持平静,年轻的学生们纷纷涌到了窗边。

风卷起草地上刚刚积起的薄雪,一只白鹤缓缓从天空落下,如在雪中起舞,美丽无比。

"好漂亮!"女孩子们看着这幕画面,激动地喊着。

随着人魔妖族强势崛起,曾经肆虐大陆的妖兽早已被迫避入了大泽荒山之中,与之相应,神兽仙禽也变得极为少见,一般只有在深山里的那些宗门才能看到,国教学院的新生们大都是来自各州郡,比起见多识广的京都人来说,更是很少见过这些传说中的仙禽。不过也有在京都生活了很长时间的人,从天道院转校而来的初文彬看着那只白鹤,想起了些什么,吃惊说道:"这……这不是徐府的那只白鹤吗?"

听到这话,初文彬的身边顿时变得安静了下来,紧接着,所有的教室都变得安静了下来,学生们望向那只白鹤,再也不敢放出太大的声音。这只白鹤不是普通的白鹤,它的出现代表着一个名字,那个名字对学生们来说,是那般的圣洁美好,不容亵渎。同时,学生们也知道,这只白鹤的归来对国教学院,对他们的院长来说意味着什么。

果不其然,没有过多长时间,一个身影便出现在学生们的视线中。陈长生走到湖畔的草坪上,来到了白鹤的身前。白鹤看着他点了点头,然后偏头望向不远处的藏书楼和那些窗边的学生，显得有些困惑，似乎不明白为什么才一年时间，这里便发生了这么大的变化。

看着白鹤，他沉默了会儿，问道："她……回来了？"

两道线直入京都，一白一灰，白的是白鹤，灰的则是徐有容从周园里带出去的那只金翅大鹏。——之所以是灰的，是因为这只大鹏还没有成年，羽色还没有变得鲜艳，更没有流金之色，看着灰扑扑的，而且有些小，就像陈长生当初的第一反应那样，现在的它看着就像是一只山鸡。

进入京都的时候，白鹤清鸣一声，那些准备起飞拦截的红鹰见是它自然放行，而这只幼鹏非但没有跟着白鹤一道飞去国教学院，反而似乎对皇城上的这些"同类"产生了兴趣，在空中转了一个急弯，扑扇着翅膀，便落到了宫墙之上。

都说落难的凤凰不如山鸡，这只幼鹏看着就像只山鸡，但终究凤凰就是凤凰，金鹏就是金鹏，怎么也不可能真的变成山鸡。它收拢羽翼，昂首挺胸地向着宫墙前方那群红鹰走去，左顾右盼，眼神漠然，显得极为桀骜不驯。

红鹰是大周军方驯养的最强大的攻击型飞禽，速度快到难以想象，而且生性骄傲强悍，即便遇着再强大的敌人，也不会胆怯。相传千年之前的灭魔之战中，那一代的魔帅饲养了一只苍穹妖兽，最后便是被数十只红鹰以生命为代价，生生地啄死在蓝天上。然而此时看着宫墙上这只体型颇小、像只山鸡似的家伙，十余只红鹰的首羽同时竖了起来，显得无比警惕，甚至旁边的羽林军，感受到了它们的恐惧，至于栖在阁侧方的那几只红雁的表现则更是不堪，竟直接被吓得瘫倒在了地上，站都不站起来。

这是个什么鸟？羽林军们有些不解，警惕地看着那边，下意识里握紧了手里的枪。便在这时，正在宫墙下方看着远处那只黑羊发呆的红云麟，忽然间抬头向上方望去。正在房间里以心意磨枪的薛醒川若有所感，随之向上方望去。宫墙上，幼鹏忽然停下了脚步，因为它感受到了一道杀意。它向地面望去，视线落在红云麟的身上，觉得有点麻烦。然后它注意到那道杀意的起处，望向那个房间，发现是个很大的麻烦。

如果金鹏现在是成年体，自然可以毫不在意红云麟的挑衅，也不会惧怕薛醒川，但现在不行。当它看到皇宫草地上那只黑羊后,颈部的灰羽更是瞬间微蓬，感受到了强烈的不安。

351

周园外的世界,果然还是像前世记忆里一样充满了凶险啊,尤其是这座人族的都城,还是和以前一模一样,自己只不过是落下来玩耍一番,怎么就能碰着这么多麻烦呢?就在羽林军士兵们持枪逼过来之前,它展开双翅,向宫墙下面飞去,只是片刻工夫,便掠过了宫前的广场,飞越了数座王府与三条直街,落在远处一条街上。

那条街上此时正人声喧哗,无比热闹,站在宫墙上,隐约能够看到一辆华美的车辇正在街上缓慢地前行着。士兵们眼看着那只怪鸟落在那辆车辇上,才知道居然是来自圣女峰,心想难怪会如此可怕。

有官员匆匆而来,禀报了一个刚刚得知的消息。

"前代圣女退位?由徐有容继任?"听着这消息,薛醒川望向远处那条街道的方向,微惊想着南溪斋发生了什么事情,为何会出现如此大的变动?

对南溪斋的弟子和天南的百姓来说,徐有容是未来的圣女,对大周京都的百姓来说,徐有容是他们的骄傲,因为她生长于此间。随着徐有容正式继任南方圣女的消息传播开来,夹道欢迎她的京都百姓们因为吃惊而安静了会儿,然后欢呼声便震天价地响了起来。

孩子们在道旁跟着车辇追赶,年轻的女子挥舞着手帕与鲜花,有虔诚的教徒,跪在车辇经过的地方,不停地祷祝祝福,青年男子们的目光是那样的炙热——哪怕风里混着小雪,天气是这般的寒冷,也不能让今天京都的热情稍减几分。而当风拂起车辇的幔纱,隐约露出里面那位少女的身影时,气氛更是热烈到了极点,很多人再也顾不得离宫教士的呵斥、城门司骑兵的拦阻,更不理会那些天南骑兵警惕的目光,纷纷向街中间挤了过去,虽然最终还是被骑兵们拦住了,却拦不住他们手里的东西。

一时间,盛冬里极难见到的鲜花像雨点般地洒落,只是片刻工夫,徐有容所在的车辇便变成了一片花海。那些被洗净的瓜果,更是不要钱般地往那百余辆车里不停地扔了过去。后面一辆车中,叶小涟伸手接过一颗红通通的圣女果,轻轻咬了一口,觉得好生酸甜可口,眼睛喜得眯了起来。当然,就像车厢里别的师姐一样,她的喜悦更多的是来自京都民众的热情——想着圣女如此受周人敬爱,想来南北合流之后,圣女峰的地位不见得会下降,说不定还会更好,斋主飘然离去造成的不安顿时消减了很多,她们带着七分喜悦,三分自豪想着:"传闻里当年周玉人进京都,大概也不过如此吧。"

"周玉人当年进京，真的是险些被看杀，记得当时我还年纪小，和学士府的表小姐一道站在澄湖楼上偷看，那热闹……"不知道是不是因为看到徐有容，想起了年轻时的自己，天海圣后很少见地流露出怀旧的情思，但也只是片刻时间，便回复了平时的淡然模样，说道，"想要不被看杀，便得脸皮厚些，也得把身子骨弄得强些。"

在世人眼前中，徐有容向来是恬静淡然的仙子模样，也只有在圣女老师和娘娘面前最是自然，说道："脸皮厚……又不是什么好事。"

圣后看着她，眼中流露出温暖的神情，怜爱说道："脸皮薄有什么好？看你这小脸微红的模样。"

这番对话里自然隐有深意，无论是脸皮厚，还是身子要强些，都是圣后对她的提点。想要坐稳南溪斋斋主的位置，最终成为整个天南都认可的圣女，在圣后看来，心狠手辣是必须的条件。脸皮厚就是心狠，只有自己够强，想辣手的时候才有那个力量。

"要想把身子骨弄的强些，我们是不是应该开始吃饭了。"莫雨站在一旁，正在布菜，看着徐有容有些怔怔的模样，知道她或者不想接话，或者就是像小时候那样又放空了，笑着转了话题。

圣后说道："现在的孩子们，都不怎么爱听我们这些老家伙说话了。"

徐有容轻声说道："娘娘才不老，娘娘永远不老。"

莫雨在旁听得打了个寒颤，说道："几年时间没见，你这小嘴还是这么甜。"

"吃饭就不要说话。"圣后拿起筷子，给徐有容碗里夹了一道菜，然后开始吃饭。偌大的宫殿里，没有任何太监宫女，只有她们三个人，显得很是空旷。尤其是开始吃饭之后，再也没有任何声响起来，场面显得有些诡异。

104 · 圣后的教诲

莫雨布完菜后，自己盛了碗饭，坐到了徐有容的对面。两人对视一眼，微微一笑。这等诡异的场面，如果换作陈长生和唐三十六绝对受不了，但她们早就已经习惯了。

就像多年前一样，娘娘用饭的时候，很是严肃，不准任何人说话，只能用

353

眼光交流。徐有容和莫雨不知道用眼光交流过多少次，早有默契，非常容易看出对方在想些什么。

只不过那时候，交流的内容往往是今天哪盘菜好吃，哪盘菜不好吃，娘娘今天心情似乎不错，燕舌已经夹了三筷子，娘娘昨天晚上说要把宰相的官职剥夺，好像是来真的，不然为什么今天心情沉郁得连最喜欢的碧丝汤都喝不下去，但今天她们交流的是另外的事情。

莫雨看着她眨了眨眼，这便是在问她对陈长生和那份婚约究竟是怎样想的。徐有容眼睫微垂，没有理会，只是手指拿着筷子的位置往前移了几分。莫雨注意到了这个细节，开始同情陈长生。

她记得很清楚，小时候徐有容不高兴的时候，握筷子便会下意识里用力，于是便会越握越往前。有一年她看见小徐有容这样握了一次筷子，当天下午，平国住的宫殿里，多了十几条没有毒的蛇，然后当天夜里平国的脸被画成了戏里的大花脸……

太监宫女们远远地守在殿外，对殿里的画面并不意外，神情没有任何变化。有资格与圣后娘娘同席吃饭的人不多，徐有容便是其中一个。这与她现在是南方圣女的身份没有关系，从很小的时候，娘娘便会经常接她进宫，然后一起进餐。当时除了徐有容，还有莫雨、平国公主和陈留王。后来陈留王过了十六岁，便很少留宿宫中，与娘娘同席吃饭的时间也少了，至于平国公主……据说她今夜去城外的西山庙烧香去了，谁都明白，那是公主殿下不想面对让她羡慕嫉妒了这么多年的徐有容，就此避了出去。

用过午饭，莫雨留在殿里处理卷宗，圣后起身对徐有容说道："随我来。"

徐有容跟着她，直接来到了京都最高的地方。站在甘露台上，看着京都里的街市，看着远方的天书陵，徐有容想起小时候在这里玩耍时的情景，脸上露出了开心的笑容。

"这是你今天第一次笑。"圣后背着双手，站在甘露台边缘，没有回头。

徐有容敛了笑容，走到她的身后，缓声说道："压力陡然而来，不知该怎么应对。"这自然说的是接任南方圣女。

圣后说道："所谓圣女，不过是座神像罢了，以你的悟性本事，又有什么难做的？"

徐有容知道这是娘娘对南方圣女之位一直以来的看法，没有办法改变，笑了笑，没有言语。

"我倒有些知道你的压力从何而来。"圣后转身望向她，想着那夜在冷宫池塘上看到的周园里的幕幕画面，看着她似笑非笑道，"情之一字最是害人，能避还是避开吧。"

徐有容微惊，觉得娘娘似乎看出来了些什么，只是……那件事情不会有任何人知道的呀，就连他……不是也还不知道吗？

圣后没有继续这个话题，视线越过她的肩头，落在南方那些渐被白雪覆盖的远山之巅，问道："她离开之前，有什么要对我说的？"

徐有容平静说道："师父说，希望娘娘不要太操心国事，多过些自己的日子。"

圣后闻言有些不悦，声音微寒说道："真是愚蠢。"

事涉自己的师长，徐有容虽然有些无奈，也不得不辩了两句。

圣后说道："想当年，大公主在大西洲过于优秀，结果被她自己的亲弟弟忌惮甚至恐惧，那个废物最后甚至看她一眼就要心惊而厥，最终她没有办法，也因为父母的态度有些心灰意冷，才会远嫁白帝城……现在看来，你师父和她一样愚蠢。"

徐有容静静想着，如果大公主成为大西洲女王，和现在成为白帝城的皇后，到底哪种生活更幸福，除了她自己，谁能说得准呢？

"女人要在这个世界上生存都不容易，想要拥有自己的位置就更不容易，想要像我们一样，能够站到最高的位置上，那更是非常艰难的事情，无穷碧那个白痴且不提，你师父的天赋悟性与智慧都可以说是万中无一，我本以为她会和别的那些蠢女人不一样，结果呢？这么聪明一个女人，怎么就过不了一个情关？"圣后的神情变得异常冷漠，说道，"什么叫过日子？凭什么女人就只能过日子？"

徐有容想到临来前的一件事情，轻声说道："苏师叔说，娘娘肯定会这么说，就连字眼都没什么差别。"

圣后微微挑眉，说道："喔？那小小苏是怎么说的？"

当今世间，踏进神圣领域的那些强者里，苏离和南方圣女要比教宗、圣后他们晚半代，又因为对苏离复杂的态度，除了南方圣女之外的圣人们提起此人来，都会称他为小小苏。似乎只有这样，才能表明他们对苏离有些恼火的态度。因为在他们看来，苏离就是个麻烦。

"苏师叔要我对娘娘您说……"徐有容看了她一眼,继续说道,"孤家寡人不好做,何必强撑着做?"

听着苏离的传话,圣后沉默了很长时间,然后忽然笑了起来,笑声里满是坦荡与不屑。

"娘娘,你也不要怪师父了,她能说服苏师叔与她一道去云游四海,已算不易。"

从去年秋天开始,无论大周朝还是天南诸方势力,都在进行相关的准备,似乎已经确定南北合流势在必行。当时就有很多人不理解,甚至包括薛醒川这样层级的大人物也知执行却想不明白,明明苏离还在离山,为何圣人推动此事时,却丝毫没有考虑过他的态度。

原来,是因为南方圣女说服了苏离一道远离俗世里的恩怨是非,不再理会这些事情。圣后说南方圣女过不了情关,其实苏离又何尝能过得去。那个情字便是羁绊,便是南北合流的前提。

圣后的言词极为强硬嘲讽,因为有所感慨:"你师父最美好的岁月都枯守在圣女峰里,他却在外面吃喝玩乐,逍遥快活了这么多年,找了个魔族公主当情人,还生了个女儿,什么都没有耽误,最后玩的腻了,就回头再去找她,然后再一起看黄昏日落说那又多美?都说治国如弈棋,就算是,我也不会与敌人这般对弈,因为不划算。"

这世间能够与她在精神世界上平等交流的同性不过两人,现在就这样少了一个,而且还是因为男人这种最不能让她接受的理由。

徐有容没有接话,因为说的是她的长辈,也因为……其实有时候她也是这样想的。

"她就这么走了,把你这么个丫头留下来,难道她也不担心?"圣后望向徐有容,微微挑眉说道,"最终还不是要我来操心,真是和男人在一起就变笨,对上我就比谁都聪明。"

徐有容微笑着说道:"反正我也是娘娘教大的,娘娘再多教几年也好。"

"不是教,是交流。"圣后看着她点了点头,这是礼。

徐有容很吃惊,然后很快平静,认真回礼。她不是圣人,但她已经是南方圣女。从这一刻开始,她与娘娘便要平等地对话,哪怕是表面的平等。

"既然是南方圣女,你就要替南人多考虑,这才是你的立身之本,哪怕……

将来需要反对我。"

"明白。"

"就像最开始说的一样,男人就看不得我们高高在上,所以你师父之前的几代圣女基本上都很少离开南溪斋,表面上是在研读天书碑,忘了红尘意,实际上是她们也清楚,保证自己的存在感就好,但又不能让自己的存在感太强。你如果不想成为一尊神像,那就不能这样做。"

"那该怎样做?"

"男人不喜欢我们高高在上,我们就要高高在上,而且要踩得他们说不出话来,想反对也不敢。"圣后面无表情说道。

徐有容知道这句看似过于简单粗暴的话就是娘娘的意志,是对她今后圣女生涯的提醒,但……更是对即将到来的那场战斗的要求。

她不能输给陈长生。

陈长生坐在国教学院的湖边发呆。白鹤站在他的身边,也在发呆。细雪自天而降,落在白鹤的身上,更添圣洁之意,落在他的身上,仿佛愁白了头。

"怎么办呢?"他看着白鹤忧愁问道:"如果真的没办法避开,一定要和她打一场,怎么打?"白鹤微微歪头,看看他,仿佛是在说,这种事情你应该去问她,不应该来问我。

他想了很长时间,最后轻声自言自语道:"实在不行,那就输给她?"

微雪中,徐有容撑着一把伞在京都的街巷里行走。没有一名南溪斋的弟子在旁,也没有离宫教士或者皇宫里的侍卫,她独自一人行走着。不知为何,她今日没有改变自己的容貌,清美得仿佛仙子一般,却没有引来任何人的视线,更没有被人发现身份。街畔食铺里的人们,蹲在门槛上吃面的劳工,仿佛都看不到伞下的她。或者是因为她手里的这把伞不普通的缘故——伞看着有些旧,灰扑扑的,正是那把黄纸伞。

105 · 归府,却想着十一条街外

走过奈何桥下时,她险些被一位匆匆回家避雪的大娘撞上,在大娘将要倒

地的时候，她伸手扶了一把。那位大娘才发现雪桥下有位撑伞的姑娘，道谢后，看着姑娘单薄的衣裙，担心说道："姑娘穿这么少，不冷吗？"

徐有容摇了摇头，撑着伞继续向雪里走去。

从皇宫到城南，一路所见尽是旧时街景，又过了一座石桥，便看见了家里的飞檐与明显新漆的粉墙。即便道心守静如她，在这一刻也不禁有些心神微惘。

从知道南方使团入京的那一刻开始，东御神将府的中门便已大开，且不提那些冒着雪在街上等着的人群，只说神将府里的管家与下人，连眼睛都快望绿了。徐有容撑着伞走了过去，直接就在所有人的目光注视下，走进了东御神将府。竟没有人注意到她是怎么进来的，那些已经为了今天准备忙碌了数十天的管事与下人们都怔住了，心想这人是谁？

一声微响，她收了伞，在神将府的门上轻轻敲了敲，把伞面上的雪震到了地面上。只听着一道哭声，霜儿向着门口奔了过来，只是她已经站了数个时辰，双腿有些酸软，此时心情激荡之下，来到徐有容身前时，竟是没能站稳，险些跪了下去。

徐有容伸手扶住她，说道："以前怎么没见你行过大礼，我不在这几年，谁又开始给你教规矩了？"

这句话当然是调笑，霜儿却笑不出来，只是一个劲儿地哭着，然后又觉得丢脸，便不停地用袖子擦，脸上精心上好的妆顿时花了。直到这个时候，神将府的人们才反应了过来，花嬷嬷快步迎上前，嘴唇微抖，却说不出话。

"小姐回来了！"不知道是谁喊了这么一声，鞭炮顿时炸响，礼花照亮了有些昏暗的雪天。

一片喧闹里，又听着谁在喊："现在不能叫小姐，要叫圣女！"

"恭迎圣女！"

看着迅速被关上的中门，那些在雪中等了很长时间的人群轰的一声散开，向着各处传去消息。——凤凰回府了。

"穿这么少，冻着了怎么办？"徐夫人牵着徐有容的手，一脸关切，眼泪嗒嗒地落着。

"吾家凤凰儿，又岂会被人间的凡风俗雪冻着？"徐世绩轻抒胡须，微笑着说道，像极了一位骄傲的慈父，感慨说道，"数年不见，真是长大了，居然……真成了圣女。"

358

虽然从进南溪斋的第一天开始,他以及很多人便基本确定,自己这个女儿将来必然会成为南方圣女,只是他哪里会想到,这一天竟会这么快的到来。一念及此,他不禁有些心神激荡,骄傲与得意占了七分,解脱与轻松则是占了三分,心知自己现在就算有些别的心思,圣后娘娘也不会再像以前那般对自己,总会给自己留些面子,至于天海家和朝中那些大臣,谁还敢在背后嘲讽自己?至于那些曾经给过自己难堪的家伙……他忽然想起陈长生,心气陡然不顺,脸色变得有些难看。

在所有人的想象中,圣女必然是美丽出尘的,神圣庄严,不苟言笑的,正襟危坐着,这种固有印象虽然不见得正确,但已经无法被打破,即便是徐有容,这些年偶尔出现在世人面前时,虽然无法做到像南溪斋别的师姐师妹那样行走无风,洁若白莲,但也会很注意自己的言行,尽量只是微笑不语。只有在圣后娘娘和圣女师父的面前,她会表现的自然些,像个晚辈样说些有趣的话,而只有在霜儿这个从小一起长大的丫环面前,她才会真正的放松下来,比如就像现在这样。

她在床上不停地翻滚着,黑发缭乱地到处散着,最后张开双臂平躺在床上,感慨说道:"还是这张床睡着舒服啊。"

"小姐,这太不雅了。"霜儿赶紧找了条毛毯搭在她的身上,然后坐在床边怔怔地看着她,很是高兴,但不知为何眼圈便渐渐红了。

徐有容问道:"究竟怎么了?难道真有人敢欺负你?"

刚刚进府时,她就问过,只不过那时候她是在开玩笑,因为她很清楚,徐府上下没有任何人敢欺负霜儿,因为当年自己的交代,想必就连母亲都不会给她什么脸色看,可是现在看来,事情似乎并不如此,她当然想知道这是为什么。

霜儿抹了抹眼泪,看着她欲言又止,最后难过道:"可是有人欺负小姐怎么办?"

徐有容笑着说道:"傻妮子还是这么傻,谁敢欺负我?你不知道,在周园里我遇着南客了,就是信上和你提过的那个魔族公主,要是单对单,我可是……"

"小姐,你知道我说的是谁。"霜儿看着她说道。

徐有容坐起身来,缓缓将黑发束起,然后抱着双膝,沉默不语,不知道在想什么。

霜儿很清楚,小姐独处的时候,时常这样发怔,小时候便是如此,看着很是令人怜惜,全不像在世人眼前那般平静大气。此时看着小姐又是如此,她不禁有些不安,说道:"小姐,我不是故意惹你生气的,你不要想了。"

徐有容看着桌上的那盏明灯,忽然问道:"有件事情我要问你。"

霜儿问道:"什么事?"

徐有容转头望向她,平静问道:"当初你说……她和落落殿下在国教学院里……你是亲眼看到的?"

霜儿有些着急,说道:"小姐,你好不容易回家一次,提那个无耻之徒作甚?"

虽然没有承认,但无耻之徒四字,似乎足以说明很多事情。徐有容没有再问什么,抱着膝盖,望着夜窗外飘落的雪花,安静了很长时间。

如果是以前回到京都,她肯定不会想着再出门,但今天不知道为什么,她不想在家里待着,她想出去走走,去看看。

或者是因为和前两次回京相比,京都已经有了些不一样的地方,比如未央宫里的夜明灯比早年多了好些颗,奈何桥的桥墩去年夏天被一艘粮船撞得有些歪正在翻修,北新桥那边的树林不知为何变得茂密了很多,国教学院满是青藤的旧门听说已经换成了新的……

那个家伙就在京都。和她隔着十一条直街。如果寻常人走路,只需要半个时辰,这还是因为雪天路滑。如果是她走路,只需要片刻时间。如果是骑白鹤,那需要的时间更短,只要眨眨眼睛就好了。

夜窗外的雪忽然乱了起来,她的心情也变得微乱,眨了眨眼睛,发现是白鹤落在了院子里。她起身披了件大氅,向屋外走去,霜儿赶紧把暖炉抱在了怀里,跟了上去。

白鹤在雪地里梳理着羽毛。夜空里响起很难听的怪叫,灰色的幼鹏也落了下来,不知道先前它又去哪里玩耍去了,直到先前发现了白鹤,才跟着飞了过来。一落地,它便往白鹤的羽翼下面钻,像是讨好又像是故意撩拨以换取白鹤的注意,白鹤挺着颈,显得很是无奈,却也没有把它赶走的意思。

这间小院是东御神将府的禁地,未经她的同意,谁都不能进来,甚至徐世绩和徐夫人也是如此,不用担心幼鹏会吓着谁。

"这是什么鸟?"霜儿看着那只灰扑扑的鸟问道。在她眼里,这只鸟生的真的有些难看,然而向来以爱洁著称的白鹤,居然并不抵抗这鸟的亲近,这让她有些吃惊。

"一只山鸡。"徐有容说道。

幼鹏从白鹤的翅膀下拱出头来，有些幽怨地看了她一眼。

"圣女峰果然不是普通地方，峰上的山鸡居然都长得这么凶恶。"霜儿拍着手掌赞叹不已，忽然又想起一件事情，说道，"啊，那我得再去准备些清水和果子，原先只准备了白鹤的。"

听着这话，幼鹏眼中的幽怨变得更重了。它已经在圣女峰吃了整整半年的素，只是偶尔徐有容去镇上打麻将的时候，才能顺便开开荤，吃点腊肉排骨之类的东西，今天来到繁华的京都，飞掠的时候看见那么多香香嫩嫩的人类，还有那些明显很有嚼头、很有营养的修道者，它早就已经馋得不行，结果……居然还是吃果子？要知道这一世它虽然没有吃过人肉，但上一世残留在它神魂里的印象可没有忘记。

"这只山鸡喜欢吃肉。"徐有容看了幼鹏一眼。只是很寻常的一眼，幼鹏便觉得神魂被最寒冷的冰水洗了三天三夜，刚刚生出的一些灼热欲望瞬间消失无踪，哪还敢有那些想法。

"家里如果有蓝龙虾，弄点给它尝尝。"

听着这话，幼鹏很是高兴，不停地摇晃着脑袋，神魂里的前世记忆告诉它，蓝龙虾的肉非常美味。

霜儿有些无奈地说道："家里没有。"

徐有容微异，心想家里知道自己喜欢吃澄湖楼的蓝龙虾，按道理来说，和前两次回京一样，都应该备着不少，为何没有？

"整座京都现在都吃不到蓝龙虾。"霜儿犹豫了会儿，说道，"因为国教学院把澄湖楼买了下来，只有那里才吃得到。"

徐有容微怔，没有想到……会这么快听到国教学院的名字。幼鹏则在想国教学院是什么地方，得找机会去把里面的人全部吃掉，然后再慢慢地吃那些蓝龙虾。

白鹤忽然低声清鸣了起来。徐有容这才知道，原来这整整半天时间，白鹤都在国教学院，想来……应该是在和那个家伙玩耍？

霜儿去取别的肉，她披着大氅，站在夜雪里，想着一些事情。

——他在京都，十一条街，半个时辰，片刻即到。

106 · 风雪故人来

她先前就在想这些事情，这时候再次想起，便无法再压抑住。当然不是想他，也不是想去看他。她对自己说。她只是有些好奇，想去看他……在做什么，想知道，他在京都是怎么过的。在周陵，她对那个家伙说起秋山师兄和婚约时，便说过自己最在乎的是顺心意。此时心意已定，自然不再犹豫，她回屋换了身衣裳，拿着伞，便向夜雪中的院外走去。

霜儿端着一盘小牛肉走了回来，吃惊问道："小姐，这么晚了你还要出去？"

"是的。"

"您去见莫大姑娘吗？"

"……是的。"

夜里的国教学院很安静，但院外的百花巷则很热闹，酒楼的灯光照耀在纷纷落下的雪花上，再加上楼内热气生成的烟雾，画面看着有些迷幻。徐有容撑着伞静静地站在巷尾，白色的祭服、红色的大氅，便是这幕迷幻画面里最美的所在。

因为黄纸伞的缘故，没有人能感知到她的存在，酒楼里的那些人没有眼福看到这样的画面，自然也不会生出什么顾忌，就像平日里那样大声地说着话，痛快地喝着酒，呼喊着友朋，调戏着姑娘，丝竹之声不时被打断，欢歌笑语却未曾停过。

听着酒楼里传出的那些淫歌艳词，徐有容微微蹙眉。对于新生的国教学院她很好奇，有过很多猜想，却没想到就在一墙之隔，便是藏污纳垢之地。

"都是做院长的人了，怎么也不管管。"很莫名的，她因此对那个家伙生出很多不满来。

夜风轻拂，雪花骤乱，她悄无声息地掠过院墙，那些冒雪巡守的国教骑兵根本没有任何察觉。落到院墙里，迎面便是一座湖，湖畔有排房子，隐约能够闻到柴火的味道，她猜到应该便是灶房，信步走了过去，确认里面无人，推门进去随便看了两眼。

"伙食倒真是不错。"她看着国教学院厨房里的食物，有些满意地点了点头，却没有感觉到自己的角色定位出了些偏差。当她看到堆在食物处理间的那些蓝龙虾甲壳后,终于相信了霜儿说的话。她摇了摇头,心想还真把澄湖楼搬过来了,汶水唐家的那位年轻公子倒也真是位奇人。

沿着湖畔,走到对岸,便看到了那棵大榕树,然后她看见了矮墙那边的灯光和那座楼。她想起在日不落草原雪庙里他提过的一些画面、讲过的一些事情,还有关于他的那些传闻,猜到那里便应该是藏书楼,他就是在那座楼里找到了自己的命星。大榕树后不远有幢小楼,和国教学院别处的灯火通明与热闹相比,这幢小楼要显得安静很多。她直接推开小楼的门,握着黄纸伞走了进去。然后,她停下了脚步。

这是一楼,她停在一个房间的门前,门缝里隐隐有药味弥散出来。

门后的房间里有张床。折袖躺在床上。虽然他的伤已经渐渐好了,但经脉方面的伤口还没有完全愈合,所以很多时候,他还是需要静卧。忽然,他睁开了眼睛。他缓缓转转,望向房门的方向,神情凝重严肃,如临大敌。他此时的神情甚至要比当初在周园里面对那对魔将夫妇时,更加慎重。视线落在房门处,他的眼瞳微缩。他的右手在被褥里缓缓移动,握住了魔帅旗剑。就在握住剑柄的那一瞬间,他的手背上生出了很多黑毛,微缩的眼瞳迅速变得血红一片。他准备好了战斗,甚至准备毫不犹豫地变身狂化,因为他能感觉得到,房门外的那个人很强。如果说境界,门外那个人应该与他差不多,却给他一种很危险的感觉。这就是问题之所在。

因为特异的血脉天赋和严酷的成长环境,自幼便与杀戮相伴,以猎杀魔族为生,可以说,狼族少年折袖是世间最擅长战斗或者说搏杀的少年强者,在他的认知甚至是所有人的认知里,同等境界内不可能有人战胜他,当初他还没有通幽的时候,就曾经想过要搏杀通幽境的苟寒食,便是明证。

然而,他这时候却觉得,就算自己没有受伤,已经完全恢复到巅峰实力,依然不是门外那人的对手。这种感觉很奇怪,他确定没有与门外那人交过手,但却仿佛与对方交过无数次手,而且……他没有胜过。正是这种危险的感觉和奇异的心境,让他有些敏感,所以警惕,甚至不安。

房门外的那个人究竟是谁?

徐有容提着黄纸伞,静静地看着房门,没有说话。她已经猜到了房间里的人是谁。她和对方没有见过面,但其实已经见过很多面。他们见面的地方在青藤六院和所有学院门口的石壁上。那里是青云榜。他们见面的地方就在青云榜的最高处。过去三年里,她一直是青云榜榜首,那人一直是青云榜第二。

如果换成以前,她绝对不会错过与对方交手的机会,但现在她知道对方重伤未愈,自然不会发出邀请。片刻后,她转身向楼上走去,没有刻意湮灭自己的脚步声。

从脚步声里,折袖听出了对方没有恶意。但此人究竟是谁?为何会夜入国教学院?忽然间,他想起今天京都最轰动的那个消息,以及白天在湖畔停留了半日的那只白鹤,脸上顿时流露出震惊的情绪。转瞬间,他又想起陈长生这时候在做什么,震惊的情绪顿时转变成了同情和怜悯。

徐有容直接去了陈长生的房间。对她来说,这并不是一件很困难的事情,不需要了解什么院长的特权,只需要了解他就够了。她记得很清楚,在周园里的时候,哪怕再如何辛苦忙碌,日夜奔波逃亡,根本没有时间洗澡,他也会尽可能地把脸和手洗干净。

这层楼很干净,非常干净,干净得有些令人发指。没有蛛网,没有纸屑,没有垃圾,甚至就连角落里的木板缝隙里都看不到一粒灰尘。走道的地面更像是每天都会用水洗过十遍一样,干净得仿佛可以照见人的影子。

徐有容看了一眼自己穿着的裙子,有些不安,心想有洁癖的人会不会都有些变态?她向那个房间走了过去,鞋底落在走道上,没有发出声音,只留下了很多在楼外沾着的雪与泥。来到门前,她回头看着干净的走道上那道清楚的脚印,脸上露出一丝满足的微笑。确认房间里没有人,她直接推开门走了进去。

107 · 书架上的竹蜻蜓

这是一个很简单的房间,只有一张床,一张桌子,两排书架,一个衣柜,三个盆。

毕竟是女子,徐有容进屋后做的第一件事情就是打开了衣柜。衣柜里也很简单,基本上就是素色的衣衫,最多的是国教学院的院服,除了淡淡的皂树叶味道，没有别的任何香味。对此，她很满意，但当她看到衣柜最下面码得整整齐齐的五十条毛巾与手帕，还是沉默了很长时间。

关上衣柜，走到书架前，她随意抽出几本书来看，发现都是京都这些年流行的志怪演义，于是又沉默了会儿。自幼通读道藏，于是现在就不思进取了？

忽然间，她在书架上看到了一个小东西，神情微怔。那是一只竹蜻蜓，明显已经很久了，早已发黄，而且似乎被水泡过，边缘都快烂掉……她觉得有些眼熟，想了很长时间才想起来，这是很小的时候，自己搁在给他的信里面的。

想起小时候的那些事情，她有些微愠，看着这件竹蜻蜓过了这么多年，还被他保存得……好吧，保存得不算太好，但终究还算保存着的，原来是个念旧的人吗？她有些满意，但接着不知为何，又有些生气，然后她醒悟过来，生气的原因也是自己，那么究竟应该生气还是开心呢？她想着这个问题，却不知自己的脸上一直都挂着微笑。

把竹蜻蜓小心翼翼地搁回书架上，她走到床前，当然没有坐下，只是看了两眼。被褥叠得极整齐，非常干净，无论床单还是枕巾上都看不到任何不干净的地方，就连头发都没有一根，不对……那是什么？

——在枕巾的阴影里有很难发现的一根头发。

徐有容沉默了。那根头发很长很细，明显是女人的。忽然间，她觉得有些寒意。片刻后，她才发现房间的窗户是开着的。今夜有雪，雪花从窗外飘了进来，打湿了书桌的一角。她有些不解，像陈长生这般冷静沉稳而且有洁癖的家伙，怎么会离开房间的时候不会把窗户关上？就算风雪无所谓，可如果进来的是灰尘与落叶怎么办？这扇没有关闭的窗户，难道是给人留的？徐有容忽然醒过神来。这种猜疑，这种无止境的推算，没有用在战斗与修行中，却是用在发掘这根头发的真相上，自己何时变成这样的一个人了。她摇了摇头，转身走到衣柜前，打开柜门，准备取出毛巾，把落在书桌上的那些雪擦掉。然而下一刻发生的事情，让她明白，这些猜疑与羞恼，并不是自己变得不堪，而是那家伙真的本来就很不堪。

雪粒轻舞，淡香袭来，一个女子越过窗户，落在了房间里。同时落在徐有容耳中的，还有一句话。

"不怪姐姐没和你说，你那位未婚妻对你怨气极重，你可得小心些，她那小脾气发起来，啧啧，说起来，你可千万不能跟她说，我经常来你这里睡觉的事儿,不然……"

忽然间,那道充满调笑意味的声音戛然而止。因为那名女子忽然发现柜门后的人不是陈长生。

徐有容关上柜门,望向那名女子,觉得师父说的对,人世间的事情最禁不住的就是说。你说什么,往往事情就会发展成你说的模样。比如离开神将府前,霜儿问她去做什么,她没有说实话,她说是去看莫雨。于是,她这时候……就看见了莫雨。只不过不是在皇宫里,也不是在莫雨的居所橘园,而是在国教学院三楼的房间里。

莫雨微张着嘴,半晌都说不出话来。然后,她有些不自然地笑了笑,声音微沙问道:"能不能当作没有看见过我?"

徐有容静静地看着她,说道:"我已经看见你了。"

莫雨用右手扶着额头,左手指着她说道:"你先不要急着问,让我自己先理解一下当前的状况。"

徐有容平静说道:"你先慢慢想。"

莫雨这时候确实有些无语,脑子有些乱。她本想着趁着徐有容回京来调戏陈长生一番,同时也是真的想警告他一下,谁曾想到,居然会在陈长生的房间里碰见了正主,而且还被她听到了那句话。

"首先,我们应该达成一个共识,那就是你要冷静地听我解释。"莫雨放下手,看着她严肃认真地说道,"小脾气那句算是我背后说你坏话,但睡觉这个事情你可一定不要理解错了。"

徐有容微笑说道:"继续。"

莫雨见她神情便知道她是真的生气了,在心里叹了声,无力说道:"睡觉只是睡觉,不是你想的那种睡觉。"

"噢,那是哪种睡觉呢?"徐有容的笑容更加温柔。

莫雨有些无奈说道:"反正你可千万不要误会。"

徐有容上下打量了她一番,只见她穿着一件红色的睡裙,赤裸着双足,黑发披肩,略有湿意,还有几粒雪花,似乎刚刚洗过澡?

"嗯,请你告诉我,怎样才能不误会。"

莫雨顺着她的视线望向自己身上,心里咯噔一声。上次陈长生提过一次之后，她竟真的每次洗完澡才会过来，渐渐变成了习惯，今夜也很自然地这般过来……那么，这真是跳进星海里都洗不清了。

正所谓破罐子破摔后往往便能够先声夺人，莫雨此时也是如此，眼见着解释不清，反而理直气壮了很多，看着徐有容说道："这个故事很长，我想你也没有兴趣听，你呢？我倒很想听听你的故事，回京第一天不在家里待着，来这里做什么？"

徐有容走到窗前，没有说话，也没有看她，院墙外的光线落在雪上，又映到她的脸上。

莫雨看着她美丽得连自己都有些嫉妒的脸，眼波微动继续问道："圣女动凡心了？"

徐有容看了她一眼，问道："当时你在信里面说他与小黑龙的事情……是真的还是假的？"

"千真万确，他那时候和她就是抱在一起的。"莫雨见能够转移视线，哪里会错过这机会，恨不得用圣后娘娘的名义发誓，只是她忽然想着先前的事情，有些不确定地说道，"但就像你刚才看到我进来，听到我说的那句话一样，眼见未必为实。"

徐有容没有说话，若有所思。

莫雨想到了些什么，不可置信地问道："你问这个做什么？你不会真是对他有意思吧？难怪你回京第一天就来看他！"

"我与他有婚约在身，回京后来看看他是很自然的事。"徐有容很平静，唯独背在身后的双手紧握，表明她其实有些紧张。

莫雨没想到她竟然如此平静地承认了，微惊说道："当初你在信里可不是这么说的，为了破掉你们的婚约，我可是付出了不少代价。你要清楚，陈长生现在可不是一般人，我得罪的是国教学院的院长，未来的教宗，如果你现在告诉我你真准备和他在一起，我可和你没完！"

徐有容看着她微湿的黑发与睡裙，平静说道："代价确实不小，但他应该不会觉得这是冒犯或得罪吧？"

莫雨无可辩驳，羞愤说道："别人不知道，你我都清楚，教宗已经解除了你们之间的婚约，就算我和他如何，你又以什么身份管。"

徐有容轻声说道："不用你管。"

莫雨沉默了会儿，问道："你到底怎么想的。"

徐有容微微低头，轻声说道："还是不用你管。"只有最熟悉她的人，才知道她此时看似平静的外表下，其实很柔弱。

莫雨看着她叹道："你就憋死自己吧。"

徐有容平静说道："他去哪儿了？"

莫雨挑眉说道："我怎么知道，你别真的误会啊。"

便在这时，院墙外的丝竹声忽然变得大了起来，莫雨向那处望去，便是随夜风飘落的重重雪花也遮不住她的目力，只见那处的酒楼里灯火通明，舞姬正在堂间起舞。

"你不要生气，他好像在那边。"她看了徐有容一眼，说道。

徐有容向那处望去，果然在酒楼最上层里，那个家伙正在饮酒，身旁还有三四名青年男子，又有很多女子行来走去，如花中蝴蝶一般。

还真是放浪形骸啊。她静静看着酒楼，静静地想着，便在这时，她看到那名正在堂间起舞的舞姬忽然似乎没有站稳，跌落在那个家伙的怀里……不知道为什么，她发现自己有些难以保持道心的宁静，胸膛微微起伏。

"徐有容回来就回来了，你怕什么，你又愁些什么？不要有心理障碍，该打就打。"酒楼里，唐三十六拎着酒壶，搂着位少女歌姬，看着陈长生说道，"男女本就平等，你只要不抱着女人不能打这种世俗陈腐的观点，这场就有得打。"

他说话的时候，那位少女歌姬在他怀里仰着脸看着他，眼睛里满是倾慕与幸福。陈长生身边那位歌姬则是神情有些幽怨，不仅仅是因为陈长生坐的太过规矩，从始至终连手指都没有碰一下，也因为整个大陆都清楚，这位国教学院的少年院长未婚妻是谁，她只是个欢场女子，可不想得罪东御神将府和那位高高在上的凤凰。

"我准备输，你觉得行不行？"陈长生忽然说道。

此言一出，满堂俱静。

108 · 七日之约

"当然不行。"唐三十六看着他的眼睛说道，"你丢得起人，国教学院丢不起这人。教宗陛下以后在娘娘面前怎么说话？你不要忘记，这不是你自己一个人的事情，而是整个国教的事情。"

这些事情整个大陆都知道，所以不需要避着那些歌姬舞娘，但场间的气氛还是难免变得压抑起来。唐三十六想让陈长生的情绪好些，微笑道："而且你就不想振振夫纲？没看小姑娘们先前听着你要认输吃惊成啥样了。"

苏墨虞在旁摇头，说道："此言不妥，无论教宗陛下是否已经解除他们二人的婚约，但既然陈长生确定不想继续这门婚事，那么就不能用'振夫纲'三字，事涉圣女清誉，不妥。"

唐三十六无趣道："说说玩笑话罢了，现在国教学院就你们两个书呆子，折袖这个冷血杀手，再加上轩辕破那个夯货，我连个聊天的对象都没有，真是可怜。"说完这话，他把陈长生案上的碗夺了过来，把碗里的茶水倒掉，换成西关来的烈酒。

陈长生摆手说道："我说过我不喝酒。"

苏墨虞在旁说道："天寒夜雪，还是早些回吧。"

唐三十六很是无奈，说道："我这是在替他减轻压力好吗？"

今日白鹤落在湖边，徐有容回到京都，陈长生表现得很是沉默，显得有些心情沉重，他才特意举办这场夜宴，希望能让陈长生发泄一下压力，谁曾想来到酒楼后，陈长生和苏墨虞酒也不喝，正襟危坐，看舞姬起舞时拍手赞赏倒是很认真，可这哪里像是出来玩的模样……

看着在堂间旋转不停的那位舞姬，他忽然展颜一笑，说不出的潇洒迷人，看得怀里的少女歌姬眼中更添爱慕。便在笑的同时，他的手指微屈，便将案上碟子里的一粒松子弹了出去。悄无声息，那粒松子击打在舞姬的膝盖上，倒是不重，只是位置太过敏感，舞姬一个立足未稳，便斜斜地摔到了陈长生的怀里。

陈长生赶紧扶着，关心问道："姑娘没事吧？"

那名舞姬也是惯作风流的人物，见多识广，哪里不知道发生了什么事情，先是微嗔看了唐三十六一眼，然后温柔望向陈长生，吐气如兰轻声说道："奴家似乎有些不胜酒力。"说话的同时，她的双臂很自然地揽住了陈长生的颈，整个人都倚在了他的怀里。

软玉在怀，陈长生没觉着销魂，只觉着有些不习惯与尴尬。他正准备礼貌地扶舞姬坐到旁边，忽然觉得远方的雪夜里似乎有谁正在看着自己。那双眼光，那双……可能并不存在的眼光并不寒冷,却让他的内心深处生出极强烈的不安,于是下一刻,他纯粹下意识里,甚至像本能反应一样,速度极快地举起了双手。他只是想表示自己对舞姬没有任何非分之想,双手也没有触着她的身体,却没有想到,这个动作落在别人眼里会是多么的滑稽。

酒楼里先是片刻安静,然后哄堂大笑起来,尤其是唐三十六,更是笑得眼泪都差点流了出来。

徐有容站在窗边,看着酒楼里的画面,当那名舞姬坐到陈长生怀里的时候,饶是她的道心再如何宁静自守,也不禁挑了挑眉梢。然而当下一刻,她看到陈长生高举双手的动作,听着院墙那边传来的笑声,也露出了笑容,只是强行忍住没有发出笑声。

莫雨将她的神情变化尽数看在眼里,说道:"想笑就笑,憋什么。"

徐有容还在看着酒楼方向,看着陈长生窘迫的模样,听着莫雨的话,终于忍不住了,笑出了声来:"哈哈哈哈!"

莫雨被她的笑声吓了一跳,捂着胸口,说道:"你没事儿吧?怎么笑得像个大妈似的……"

徐有容的笑声有些豪迈,或者说大气?总之,她笑得不像一个十六岁的少女,更像是百花巷口卖油条豆浆的那个大妈,更准确地来说,和小镇上与她打麻将的那位大妈很相似。

徐有容有些不好意思,故作平静说道:"你看他跟个傻子一样。"

莫雨哪里顾得上去看陈长生,看她就已经看呆了。她记得很清楚,当年第一次看见徐有容的时候,徐有容才五岁,那个时候的她还是个小女孩,但向来都是安安静静地坐着,读书然后修行,圣洁宁静,就像一个小圣女。什么时候见她有过这般模样?

"你不会是……真的喜欢那个家伙吧?"莫雨很吃惊,也很担心。

酒楼里的夜宴,在这次笑场之后便收了场,陈长生三人翻过院墙回到了国教学院。刚刚走进小楼,旁边的房间门便开了,他们望了过去,吃惊地发现折袖扶着拐站在那里。

"今天终于有心情起来走两步了?"唐三十六取笑说道。

折袖没有理他，看着陈长生说道："她来过。"

"谁？"陈长生有些不明白。

"徐有容。"说完这个名字，折袖便关上了门，看样子是准备继续睡觉。三个人听到这个名字后很是吃惊，看着紧闭的房门，知道今天晚上自己大概很难睡着了。

唐三十六走回小楼前，皱着眉头四处看了看，然后望向陈长生带着歉意说道："可能看到我们刚才喝花酒的场景了，抱歉。"

陈长生捂着脸说道："我就说不去不去，你非要拉我去。"

唐三十六看着他这模样便郁闷，说道："你又不准备娶她，她也不见得想嫁你，你怕她什么？"

陈长生这时候才反应过来，心想对啊，觉得自己刚才捂脸的动作有些丢脸，强装平静说道："不错，就算看到又如何？"

唐三十六耻笑说道："装什么男子汉大丈夫，有本事你把手放到姑娘身上去。"

"我有洁癖。"陈长生看着他和苏墨虞认真地解释道，"我不是嫌那些姑娘脏，只是心理上过不了那一关。"

唐三十六没好气说道："我们当然知道，你不是嫌她们脏，你是嫌所有人脏。"

苏默虞一直很安静，这时候忽然问道："圣女来国教学院做什么？"

"是啊。"唐三十六不再继续嘲讽，看着陈长生认真说道，"她是不是很生气，所以偷偷过来，准备一剑把你给捅死？"略一停顿后他感慨道，"那可真是谋杀亲夫了。"他这说法看似不嘲讽，实际上嘲讽更浓。

苏默虞看似智珠在握，实际上依然木讷："才说过，既然婚约不作数，陈长生便不能视圣女为未婚妻，那么她就算真的是想过来把陈长生一剑捅死，也不能算作谋杀亲夫，只能说她意图杀人。"

事实上那份婚约，陈长生已经请教宗强行解除，但因为某些原因，他始终没有对外宣布过。

苏墨虞看着唐三十六语重心长继续道："而且她毕竟是圣女，你应该对她尊重些。"

唐三十六挑眉说道："除了打架比我厉害，我看不出有任何需要尊重她的理由。"

便在这时，折袖的声音从门里传了出来。

"我一向我很尊敬徐有容,所以你们也应该尊敬她。"

事情的发展比想象中快很多,第二天清晨,便有青曜十三司和南溪斋的弟子拜访国教学院。

想到徐有容曾经来过,甚至有可能进过自己的房间,陈长生的心情便有些异样,以至于昨夜的睡眠质量极难得地不怎么好。当他出现在青曜十三司和南溪斋的三名弟子身前时,眼圈有些黑,看着有些虚,南溪斋的那位师姐想着进院门之前看到的那排酒楼,生出些猜测,看他的眼神便难免带上了些鄙夷。

青曜十三司的那位师姐,陈长生和折袖曾经在周园里见过,算是有些交情,她有些不好意思地笑了笑,也没有说什么闲话,直接把信递了过去。

从夏天国教开始诸院演武以来,国教学院已经收了无数封类似的信,但陈长生接过这封信的时候,依然觉得有些沉重。信是常见的战书,但人很特殊,是徐有容。整个大陆期待了很长时间的这场对战,就这样干脆利落地来了。

陈长生拆开信认真地看了一遍,从笔迹上判断应该不是徐有容亲笔,里面也没有什么特别的内容,最重要的便是日期与地点。

日期是七日之后。地点是奈何桥上。

109 · 她

不知道为什么,想着徐有容刚刚回京便来挑战国教学院,竟连一天时间都不耽搁,陈长生的心情有些低沉。

青曜十三司和南溪斋的三人,看着他已经收了信,便直接告辞。传闻里,陈长生要求教宗强行解除了那份婚约,虽然至今尚未得到证实,但他也从来没有否认过。对南溪斋来说,这毫无疑问是最大的羞辱,所以那位师姐对陈长生始终没有什么好脸色,哪怕他现在已经是国教学院的院长。相反,那位年纪小些的师妹对陈长生却没有流露出什么敌意,在临行之时还看着陈长生点了点头,似乎有什么话想说。

"那个小姑娘有些古怪。"唐三十六说道。

陈长生将那封信收好,问道:"挺干净一小姑娘,有什么古怪的?"

唐三十六神情凝重说道:"从始至终,那个小姑娘没有看我一眼,只是盯着你在看。"

"她叫叶小涟,应该是今年刚进的南溪斋外门。"陈长生提醒道,"去年在离宫神道上,你当着那么多人的面把她骂哭了,她当然对你没有什么好印象。"

唐三十六这才想起来那个叫叶小涟的小姑娘是谁,摇头说道:"那又如何?越是如此,她对我印象越是深刻,所谓因恨生爱……"

陈长生听不下去了,转身向小楼里走去。唐三十六跟在他的身后,有些不满说道:"再说了,当时我为什么骂她?还不是想帮你出气,结果刚才是怎么回事,她不看我,却看着你,春心大动的模样,怎么会没古怪?"

陈长生没有回头,说道:"不说这些,你帮我出出主意,接下来怎么办。"

"昨天夜里不是已经商量好了,打就是。"唐三十六加快脚步,走到他身旁,转头望过去,有些不安说道,"你不会是真的想认输吧?"

陈长生想了会儿,摇了摇头。

唐三十六提醒说道:"七日后在奈何桥上,你可千万不要因为看着她生得漂亮就下不了手……虽然我知道这确实很难,但看你昨天夜里不解风情的模样,还算有可能。"

陈长生有些不解,为何所有人,无论徐世绩还是唐三十六都很确定自己看着徐有容便会改变心意。他以前就此问过唐三十六,当时唐三十六的回答相当简单,今天则显得稍微认真了些。

"我没见过徐有容,但我见过很多见过徐有容便误了终身的人。"他看着陈长生说道,"就像你的无垢剑一样,只要足够锋利,锋利到了极致,便可以入百器榜。一个人,无论男人还是女人,只要足够美丽,美丽到了极致,便很可怕,当年的周玉人、年轻时的圣后娘娘,还有现在的徐有容,都是这样的人。"

陈长生无法理解这种说法。

唐三十六说道:"就像一幅画,一只梅瓶,一湖秋水,一道远山……想着会破坏这些,你自己都会觉得那是罪过。"

陈长生想了想自己从西宁来到京都再至汉秋城沿途见过的风景与人,日不落草原与浔阳城的夜雨,草原上的少女和夜雨里的王破,大概明白了。

这场万众瞩目的对战即将在七日之后开始,奈何桥下的流水听到这个消息后仿佛都变得湍急了很多。最快做出反应的依然还是四大坊,这一战的影响太大,很多大人物肯定都会到场观战,说不定就连圣后娘娘和教宗陛下都会出席。奈何桥东西两侧的直街提前便开始清洗,相信到时候街道两侧朝廷和离宫会有相应的布置,轮不到四大坊来修凉棚,但四大坊绝对不会错过对这一战开盘。

还有七天时间,这场对战才会正式开始,但现在便已经有了正式的名号——奈何桥之战。似乎所有人都非常确定这场战斗会被记载在史册里。

这与徐有容和陈长生的境界实力无关,二人的修行天赋再如何不可思议,可以说是有史以来最年轻的通幽上境,但终究都才十六岁。不要说和当年周独夫与太宗陛下的洛阳之战相提并论,就连前不久浔阳城里的那场夜雨之战,都远远不及。但战斗的双方是徐有容和陈长生,这就足够了。

不需要去提南方圣女和国教学院院长的身份,也不需要提那一纸婚书,更不需要提天海家与离宫之间的对峙,因为这些没有人忘记过,只需要提起这两个名字,过去一年时间里发生的那些事情,都会在人们的脑海之中再次泛起,整个世界都会因此而兴奋起来。

京都里的所有人都在等待着这场战斗的来临,朝廷和离宫里有很多人在为此做着准备。作为当事者,陈长生自然也要做些准备。虽然他已经与很多聚星境的修道者交过手,甚至在浔阳城里还对上过梁王孙和画甲肖张这等级数的强者,他的对手徐有容才是通幽上境,但他绝对不会因此而有任何轻视怠慢。他非常确定,徐有容要比那些败在他手下的聚星初境修道者强大太多。想要战胜徐有容这样的天才,要在真凤的天赋血脉之前获得胜利,他准备的自然是自己最强大的手段。

从对战日期定下来的那一刻开始,他便出了剑,出的是慧剑——在离宫和汶水唐家的帮助下,他拿到了无数与徐有容有关的卷宗资料,坐在窗前开始认真地阅读观看,试图从中找到自己需要的那些信息,足够多的信息,从而帮助自己计算推演出来这一剑该如何出手。

他首先了解的是南溪斋的功法,圣女峰的历史,国教南北分流之后双方道术方面的分歧以及历代圣女对天书碑的解读成果,为此离宫方面送来了无数书籍,甚至还送来了一本徐有容最近两年研读天书碑后的笔记。然后他开始了解东御神将府,徐世绩领兵作战的惯常风格,徐夫人的性格,那个叫霜儿的丫环进入徐府之前是在哪里生活,又是如何被徐有容带进了府里,待这些信息全部了解并且掌握之后，他才开始最重要的环节，那就是了解徐有容这个人。

关于徐有容的资料非常多，除了离宫方面，汶水唐家也送来了两个箱子，然而如果去除了世人皆知的那些以及一些战斗实例之外，这些资料里真正有用的非常少，而且绝大部分都是当初她在京都里的一些传闻，待她上了圣女峰之后，便再也没有太多记载。

陈长生越看那些卷宗，越觉得无法了解徐有容。

这不是说徐有容是个很神秘的少女。事实上，以前她小的时候，很多京都百姓都亲眼看见过她。人们看过她在石桥上跳进了渠里，把她救起来后，人们问她为什么要跳，她说那是因为水里有个月亮。人们看过她在北新桥踏青的时候往那口废井里跳，好险被人拦住后，人们问她为什么，她说那口废井里有条龙。

有很多京都老人，到现在都没有忘记十来年前离宫前面经常发生的一个画面。还是小女孩的徐有容经常爬到离宫的石柱子上去看太阳，笑得很是开心，离宫的教士们在下面又急又气，却不敢做什么，便是唤她下来的声音都是那么的温柔。从出生便被圣后和教宗断定身怀真凤血脉的她，是整座京都和整个大周都要呵护的宝物，不要说爬到离宫神圣的石柱上，就连经常在皇宫里把比自己大几岁的平国公主打得鼻青脸肿，圣后娘娘都不管，更不要说这些离宫教士了。

总之，小时候的徐有容，是个调皮捣蛋的小泥猴，是个胆大妄为的假男孩，没有任何人会想象出来，她会变成后来的模样。

就在五岁的时候，徐有容的真凤血脉觉醒了。这比圣后和教宗推算的时间提前了两年。从那一天起，徐有容便仿佛变成了另外一个人，白裙再也没有沾过灰尘，恬静而美丽。她的性格也变得恬静而美丽起来，无论遇着什么事情，都是那般的淡然平静。她再也没有说过水渠里有月亮、废井里有龙这种胡话，再也没有胡闹过。她开始安静地读书，平静地修行，而她还是那么小。那时候，京都百姓偶尔还能看她入宫的画面，仿佛看到了真正的小仙女。

京都对她狂热的喜爱甚至崇拜，应该便是从那时候开始的。

看着卷宗，想着那些画面，陈长生有些出神。原来，她小时候是那样的一个人。只是为什么当时通信的时候，没有感觉到这一点，也没有感觉到京都百姓们赞美的后面那段？看着书架上的那只竹蜻蜓，他有些想不明白。

从西宁来京都后发生了太多事情，他没有办法对徐有容还保有什么好感，曾经大概可能有过的那些想象也早已消失殆尽，而且他们现在是对手，但即便如此，他也不得不承认徐有容真的很了不起，水渠里的月亮他不理解，但他比谁都清楚，北新桥那口废井的下面……真的有条龙。而那时候的她才五岁不到？

110 · 命运的罗盘

五岁时，天赋血脉觉醒，开始修行，她似乎很随意地找到了一颗星辰作为自己的命星，但那颗星辰的亮度便可以在百年之内排进前三。过了几年，她结束了青曜十三司的学业，南方圣女亲自来京都，从教宗和圣后娘娘手里带回了南溪斋。

到南溪斋时，她的境界还停留在坐照境，然而却已经开始解读天书碑，并且从那些笔记上可以看出，她是真的看懂了天书碑。

他和她是历史上最年轻的通幽上境，但他是靠着奇遇与黑龙的真血，而她是完全靠着自己的天赋血脉与悟性。她和秋山君一样，在修道的过程里没有遇到过任何障碍，只要想学什么便都能学会。无论真元数量、神识强度、道术功法，她都要远远超过自己的同龄人。她是真正的凤凰。

陈长生沉默了很长时间，对于七日后那一战，没有任何信心。现在很多人都说他是修道的天才，尤其是剑道方面，但看过徐有容的人生，他才明白，什么叫作真正的天才。就像唐三十六去年在李子园客栈里说的那样，徐有容就是这样让人无话可说。然而还是像唐三十六说的那样，这一战终究是要进行的，他代表着国教学院和离宫，就算不敌，就算再如何不想打，也要打过再说。

他起身走到衣柜前，准备拿块新毛巾洗脸。他是个生活很简朴的人，唯独在这方面比较放纵自己，每逢大事发生的时候，他都会把自己洗得干干净净，还会选用一块新毛巾。打开衣柜门后，他怔在了原地，因为发现毛巾少了一块。数十条毛巾整整齐齐地叠着摆放，除了他自己，大概谁都无法看出少了一块。

那天夜里，徐有容拿了一块毛巾擦掉了桌上的雪。他静静站在衣柜前，站了很长时间。不知道为什么，他最终没有取毛巾，缓缓把柜门重新关上，走回窗前，望向不远处的皇宫。她现在应该就在皇宫里吧？

大周皇宫里有很多座宫殿，但只有皇宫里的老人们还记得，其中有一座宫殿是专门留给徐有容的。那座宫殿地理位置有些偏僻,很幽静,而且有座特别好的园子,窗外风景极美。这是圣后娘娘十几年前便决定了的事情,后来当徐有容去圣女峰后,平国公主想要搬到那座宫殿去住,也没能如愿。

徐有容这时候便坐在那座宫殿里,窗外微雪轻飘,树枝染霜,很是美丽,她却没有观景的心情。她的视线落在身前的命盘上。她的手指轻轻地在命盘上滑动,随着动作,命盘表面那些复杂的线条与图案也在发生着变化,像流水般时聚时散,像流云般难以捉摸,有的时候甚至就像是天书。

那些沿循着不同轨迹行走的线条,代表着无数条件,具体到此时此刻,代表着国教的历史、离宫的传承、国教学院的过往、商行舟、教宗、苏离、那位传闻里的师兄、唐三十六、澄湖楼、无数与陈长生有关的信息,自然也不会少了陈长生最擅长的那些剑法。

夜渐渐深沉,她依然静静地看着命盘,做着推演与计算。直到很久以后,窗外的雪渐渐停了,夜空里的云也散了,星光落在皇宫地面的积雪上,反射进屋内,最后落在命盘之间。她站起身来,背起双手向殿外走去。

命盘依然静静地搁在案上,在星光的照耀下,那些运动着的线条与图案渐渐停止下来。那是一幅星图。

这样的事情,在皇宫与国教学院里重复了整整六天。陈长生的身旁堆满了纸,那些纸上写满了一些数据与语句,他甚至连澡都忙得来不及洗,依然在不停地计算着,疲惫却越来越有信心。徐有容也在不停地用命盘进行推演计算,最终得到了十七幅星图,每幅星图最后都毫无意外地指向了胜利。

京都的气氛变得越来越热闹,皇宫与国教学院的气氛则是变得越来越紧张。因为很多人都看到了陈长生和徐有容为这场战斗准备了多长时间,为之付出了多少心力。

六天过去,便是第七天,第七天便是对战开始的那一天。清晨过去不久,京都别的地方便安静下来,无数民众向着洛水走去。陈长生与徐有容这一战的地点在奈何桥,就在洛水之上,在所有人看来,这里是最适合的战场。

不是因为奈何桥是风景名胜,配得上这场注定将会写入史书的战斗,而是因为奈何桥的位置。奈何桥的西面是离宫,东方是皇宫,与两座宫殿的距离完全一样。选择这里作为战场,毫无疑问是有深意的,而且也是公平的。

徐有容一直住在皇宫里，稍后应该会从皇宫里走出来，但陈长生不是从离宫出发，而是从国教学院离开。他像往常那样，五时醒来，静心片刻睁眼，在轩辕破殷切的日光下，吃了两大碗牛肉面，在苏墨虞的帮助下，把国教学院的院服穿好，无论领口露出外衫的长度还是衣摆与鞋面的高度差，都完美地符合最严格的要求。唐三十六什么都没有做，只是在旁边站着，手里拿着根牙签不停地剔着牙，同时不停地埋怨今天的牛肉炖得不够烂。

国教学院的门缓缓打开，陈长生在唐三十六等人和新生们的陪伴下，走过百花巷，上了正街，然后在无数视线的注视下，向着洛水走去。不知道什么时候，唐三十六的手里多了一碗豆浆和两根油条。

在街上候着的辛教士看着这幕画面，无奈摇头说道："这么紧张的时刻，你居然还没忘记这件事情。"

唐三十六说道："有什么好紧张的，反正只会分出胜负，又不会分出生死，更何况美食向来高于生死。"

不知道为什么，听到这些话，陈长生的情绪变得平静了很多。但今天整座京都注定了无法平静。陈长生离开国教学院的消息，随着微寒的冬风迅速地向京都各处传去。

"陈长生出了百花巷。"

"国教学院的学生都在随行。"

"离宫方面的人已经接住他了。"

"他们已经到了墨池。"

"过了天通苑。"

"陈长生马上就要到回龙观。"

111·奈何桥的风景

北兵马司胡同里一片寂静，院中那两株海棠树早已落尽了花，但这两天承了些雪，于是仿佛花海重现。周通站在海棠树下，看着跪在身前禀报的下属，有些厌憎地说道："这种小事也需要专门来说一声？"

下属们很不解，心想徐有容与陈长生这一战，毫无疑问是今年最后的一件大事，为何大人如此漠不关心？

"既然不会分出生死,那么便是小事。"周通和唐三十六有着完全一样的看法,说完这句话后,便转身进了房间,再也不理会这件事情。

对这一战,周通不关注,还有很多人非常关注。在城北某处清幽的雪湖畔,天海承武临栏看雪,不知为何忽然想起了澄湖楼外的那片湖,心情变得有些糟糕。这些天他对徐世绩说话的时候,要比以往客气些,因为徐有容比所有人想象的都要更早成为了圣女。但因为这时候心情有些糟糕,或者也是有些紧张,他对徐世绩的态度又回到了从前,甚至更加强硬和直接。

"你想靠上离宫,也得看对方愿不愿意让你靠,教宗强行解除婚约,神将府再次被世人嘲笑一番,对你有什么好处?"天海承武说道,"既然这一场终究是要打的,何必事先做那些无用功?"

徐世绩沉默不语,面无表情,实际上心情已经是恼火到了极点。

天海承武微微一笑说道:"今天就看有容如何替你这个父亲出气吧。"

国教学院的人数不是太多,全部加在一起也就是百余人。但是当这么多人在大街上一起行走的时候,气势便有些惊人,尤其是当后方,还有数千京都民众跟着一起行走的时候,声势更是浩大,看着有些震撼。

过了回龙观不远,便到了洛水,或者又叫洛渠,前方不远处已经能够看到那座著名的桥。但不是所有人都能过去,除了陈长生,唐三十六和随行的学生们都被拦在了八柳街口。从八柳街到四方街,奈何桥周边约数里方圆,都已经被隔了出来。没有办法进入,观战的民众们便只能在洛水两岸站着,此时已经到了很多人,沿着两岸的树堤黑压压地排得极远,竟似乎看不到尽头。人们都在讨论即将开始的这场对战,分析着谁更强,谁会获胜。

和去年此时完全不同,现在的陈长生早已不是当初那个无名小道士了。青藤宴上与苟寒食语剑相战,大朝试上不可思议地拿到首榜首名,在天书陵里引来星光落京都,被很多人拿来与当年的王之策相提并论,更不要说后来周园里的事情,还有南归路上发生的那些战斗,只说从初夏到现在,国教学院迎来了无数场挑战,陈长生无一场败绩,更令人震惊的是,他连续胜了六名聚星初境的修道高手,至此人们才终于发现,原来看似不可思议的越境胜,对他来说并不是意外,而是理所当然的事情。从开始的瞠目结舌到现在的理所当然,甚至有些麻木,陈长生已经给了这个世界太多震惊。

这场对战的另一方则更不用说，徐有容本来就是特殊的，拥有真凤血脉的她和秋山君一样，从修道之始，便已经超出了普通人能够想象的范畴，而且也在事实上超出了同龄人的范围。她不需要参加大朝试，她随时都有资格进天书陵，事实上从十岁的时候，她就已经开始研读天书。直至今日，没有人知道她有没有与聚星初境的修道高手战斗过，但包括陈长生在内的很多人，都毫不犹豫地相信她绝对能够轻松地做到这件在传统概念里极难做到的事情。如果说陈长生这一年里给了这个世界太多震惊，那么徐有容本来就是这个世界最惊喜的发现。

"他们来了！"洛水岸边的有些民众发现了陈长生和国教学院诸人的到来，纷纷喊了起来，场面变得好生嘈杂热闹。有些民众很恭敬地向他行礼请安，有些民众高声问着什么，只是没有人替他助威，无数句话里听不到一句你一定要赢啊……

"四大坊传过来的消息，除了国教学院和教枢处外，基本上没有什么人买你赢……就连离宫里很多教士都买的徐有容。"唐三十六看着他安慰道，"但你可以理解为这是京都民心所向，并不是大家对你们的实力评判。"

陈长生心想，如果真是这样，也算不得什么安慰吧。他问唐三十六："那你呢？"

唐三十六说道："我对你有信心。"

这种信心不是盲目的，更与友情亲疏没有任何关系，而是建议在清醒的认知基础之上。唐三十六非常清楚，在前面的七天时间里，陈长生准备的多么认真辛苦，每天看着陈长生在房间里计算推演的画面，他甚至觉得这个世界再也找不出来比陈长生更认真的人，所谓天道酬勤，只要星空还是明亮的，那么像他这么认真的人没有任何道理失败。

"我建议你还是买我输。"陈长生拍了拍他的肩膀，然后在教士的带领下，向着八柳街里走去。看着他的背影，唐三十六想要说些什么，却最终什么都没有什么，隐约觉得，他的最后这句话似有所指。

轩辕破看着他的神情有些凝重，不解问道："刚才你说不分生死就无所谓，怎么现在开始担心了？"

"我不是在担心他会不会输，是在担心我的银子。"唐三十六转身向人群外走去。

轩辕破更加纳闷,喊道:"你去做什么?"

唐三十六没有回头,说道:"我去四大坊取消下注。"

八柳街里很安静,除了那名带路的教士,看不到任何人。而当到了八柳街通往洛水畔的侧巷时,那名教士也停下了脚步,伸手对陈长生请了一下。陈长生点点头,向着侧巷里走去,不多时便来到了洛水畔,拾阶而上,便来到了奈何桥的下方。

奈何桥是洛水上最大的一座桥,桥面非常宽阔,可以并行十余辆马车,桥身很高,却并不陡,和别的桥比起来相对非常平,站在桥下望过去,会觉得桥面更像是一片广场。

陈长生向桥上走去,不多时便来到了桥面的正中央。奈何桥上没有人,桥对面也没有人,甚至在视线能够看到的地方,都没有人,很是空旷安静。他站在桥上,看着桥下的流水,想起来了一件事情。奈何桥的桥墩前两年曾经被一艘货船撞过,朝廷花了很多钱,才用阵法重新加固。那座阵法就在桥下。

同样的,洛水的几处重要水门处也都附着阵法,如此才能保证在严寒的冬天,水面不会结冰,来自南方的那些粮船与商船依然能够自如地通行。只是今天京都很多地方都已经戒严,尤其是奈何桥周边,平日里船行不断,画面壮观的洛水,今天很是冷清。

就像这座桥一样。一个人都没有,一艘船都没有。

正想着这些事情,他便看见下游缓缓驶来了一艘大船。那艘船真的很大,应该是大周水师的兵船,最上面那排甲板,竟快要与奈何桥的桥面平行。大船上站着很多人,最上面那排甲板上站着的人数相对要少些,很多是他认识的人。水声轻荡,大船缓缓停下,落锚,离奈何桥大概还有一里左右。

陈长生看得很清楚,大船最上层的甲板上,站着数位浑身盔甲的神将,他认识的便有薛醒川、费典……薛河居然也回来了,自然不会少了徐世绩。还有青藤诸院的主事者,最中间的是天道院的现任院长庄之涣。更靠前一些站着朝廷与国教里的大人物,他看到了茅秋雨,看到了凌海之王和司源道人,看到了礼部尚书,还看到了莫雨和陈留王。

但这些大人物依然不是站在最前面的人。站在大船前首的是三位来自天机阁的画师,其中一位曾经旁观过当初陈长生与周自横的那一战,其余两位画师则是刚刚从天机阁赶过来,都是聚星境的修为。当初在浔阳城里,看到聚星上境的刺客刘青,人们便觉得不可思议,那么三位聚星境的画师……

陈长生看着船上的人。船上的人看着桥上的他。

司源道人说道:"虽然我一直觉得这是胡闹,但他毕竟是国教学院的院长,只希望稍后他输的时候,也不要太难看。"

茅秋雨在旁平静说道:"尚未开始,便言胜负,过早。"

凌海之王在旁面无表情说道:"胜负已分。"

在这些聚星巅峰、距离神圣领域只有一步之遥的强者们看来,战斗之前或其间的任何细节,都足以影响最终的胜负。

凌海之王认为陈长生既然先到了,那么便必输无疑——此时距离约战的时间还早,他提前这么长时间便到了,或者说明他的心不够静。而且他这时候一个人站在奈何桥上,就算想要静心,只怕也很难做到。因为他是在等待,等待便意味着被动,这些在桥上的时光片段,需要思考来填满,然而大战之前,想的太多从来都不是好事。

"不见得好,也不见得不好。"茅秋雨看着奈何桥的方向,平静说道,"或者心浮气躁,或者平静宁神,先适应环境,终究是要看人的心性。"

这句话很有道理。其实各自都有各自的道理,只不过因为立场不同,倾向不同,所以持的道理、说的话自然互相抵触。同样,也可以从持的道理、说的话看出此时在场的人,究竟是何立场。

"我不懂修行,但从陈院长以往来看,要论起平静与耐心,倒是不用质疑。"说话的人是礼部尚书。

很多人投来微惊的目光,便是陈留王也侧身看了这位高官一眼。直至此时,人们才知道,原来这位礼部尚书竟然心向旧皇族!

国教学院里,折袖看着窗外灰蒙蒙的天空,沉默了很长时间,终于站起身来,拿起墙壁上的拐杖,走了出去。就在他走出小楼的时候,忽然觉得面上微凉,伸手一摸,发现是一片将要融化的雪。他抬头望向天空,才知道原来又开始下雪了。

"下雪了。"船上有人说道。

纷纷扬扬落下的雪花,让大船上的人们稍有动静,然后再次寂静无声。人们看着桥上的陈长生，心想如果雪下得再大些，可会干扰到他此时的心境。看着这场落下的雪，徐有容会来得早些，还是说会刻意来得更晚些？

雪花渐渐变成雪片。没有过多长时间，陈长生的身上便被染白了些许。洛水两岸的民众纷纷撑起了伞，数万把伞同时撑开，画面看着有些壮观。陈长生看不到这幕画面，只能看到眼前落下的雪。他已经在桥上静静地站了很长时间，但正如凌海之王判断的那样，他的心依然没有办法完全平静下来。

因为他这时候很紧张。准确地说，他一直都很紧张。从看到白鹤落在国教学院湖畔的那一刻起，他就开始紧张，一直紧张了这么多天，直到现在依然如此。他不习惯这种紧张的情绪，清楚这种情绪对身体不好，更是会影响到自己在战斗里的发挥。所以，他渐渐变得有些焦虑。紧张与焦虑的源头，自然是因为这场战斗，但更主要的是因为这场战斗的对手是她。

从西宁镇到京都，发生了太多事情，一切的源头都是她，而现在，他终于要和她见面了。在前面的这些天里，推演计算之余，他难免也会想，真的与她见面之后，应该说些什么。他没有想出来。想不出来便不想了。在这一刻，他终于做出了决定。

他不再去看那艘大船与船上的人，因为那是世事，太过复杂。他也不再看天上落下的雪，因为雪动无痕，难以捉摸。他望向桥下的水。深冬的洛水是平静的，但水面下方在不停流动。动静，在这渠水里得到了统一，这便是动静如一。他看着桥下，将一腔心思尽付流水，渐渐平静，直至万物皆忘，将要空明。

便在这时，徐有容来了。她从长街那边走来，仿佛与风雪同行，来得悄然无声，没有任何动静。风雪是很自然的事情，她的到来也是很自然的事情，竟没有惊动任何人，便来到了奈何桥下。

这一刻，陈长生在桥上看着流水的风景。她看着桥上那个看风景的人。白鹤自远方飞来，舞起雪粒，落在桥后一处民宅的黑檐上。这便是一幕很美的风景。

112 · 万般不可言

那声响彻风雪的鹤鸣，传遍了洛水两岸。

人群纷纷站起身来，到处都是声音，有的人踮脚，想要把远方桥上的动静看得更清楚些，有的人则是干脆爬到了河边的槐树斜枝上，然而冬天的树本就有些发脆，哪里承得住这么多人，只听得喀的一声响，十余株槐树纷纷断裂，至少数十名民众掉入了寒冷的河水里。好在今天有很多离宫教士与周军在四处值守，下游也有船备着，没用多长时间，那些民众便被从河水里救了起来，生命无虞，只是被寒冷刺骨的河水一激，想来病一场是难免的事情。

奈何桥上的对战还没有开始，甚至还没有人看到徐有容的身影，场面便已经混乱至此，可以想见，人们对这场对战有多少期待。

大船距离奈何桥要稍近些，船上的大人物们已经看到了风雪桥下的那个身影，微一骚动，然后安静下来。

便在这时，唐三十六和折袖不知从哪里上了船，和苏墨虞会合后，开始寻找合适的观战位置。船首都是大人物和长辈，他再如何嚣张，也不合适在这种时候去惹事，看了看四周，忽然面露喜色，带着二人，挤到了莫雨的身边。莫雨看了他一眼，没有说什么。

唐三十六望向远处的奈何桥，说道："真的就这么开打了？"

莫雨看着桥上的少年与桥下的少女，没有说话，情绪有些复杂。这场对战是国教南北两派年轻一代领袖人物的较量，也是国教新旧两派的一次相争。更重要的是，这场对战代表着圣后娘娘与教宗陛下的意志对抗。

陈长生在桥上看着流水，看着雪落在水面然后消失的过程，心里的紧张与焦虑就像那些雪片一样，渐渐消失无踪。他感觉到了些什么，转身向风雪那边望去。这是一个简单的动作，不沉重，却很缓慢，因为这个转身，已经用了很多年的时间。

隔着风雪，他看到了桥下的那个少女。这是他第一次看见徐有容，自己曾经的未婚妻，那些书信以及竹蜻蜓的主人。就像先前他在桥上想过的那样，他的人生在某种意义上来说，就是因为这个少女而改变的。有太多事情因为她而发生，这却是他们的第一次相见。

在相见之前，他已经听过太多关于她的事情和对她的赞美，但他还是会想她究竟是什么模样，有没有一卷乌黑亮丽的长发，是不是生的真么好看……此时他没有看到她的脸，没有看见她的黑发，却发现站在桥下雪中的她和他的想象完全一样。

她一身白裙，没有撑伞，戴着帷帽，帽檐垂下的缦纱，遮住了她的脸。他只能隐约看到一些，不清楚，但应该很美。不可见，也很美，因为那是一种不可言的美。是的，哪怕帷纱遮住了脸，她只是静静站在那里，便让人觉得美不可言。她站在风雪里，仿佛随时可能随风而去，随雪无踪。她本来就不是属于这个尘世的人，就应该在无人踪的山崖高洁独处。

看到这位风雪中的少女，陈长生终于明白了，为什么徐世绩和唐三十六都认为自己看到她，便会改变主意，为什么唐三十六说很多人见过她便误了终身，为什么说她让人无可言说。

徐有容面上的轻纱被风雪拂动，那是在点头致意。陈长生点头以为回礼，心想自己这时候应该说些什么，然而下一刻，他发现自己前些天以及这一刻都想多了。雪中的少女明显没有说话的意思，只是静静地站在那里。

洛河两岸一片寂静。只有河水轻轻绕过大船的声音。甚至可以听到雪落的声音。所有人都和陈长生一样，觉得这时候他应该说些什么，人们想听听他和徐有容在战斗之前会说些什么。

这场奈何桥之战对朝廷和离宫里的大人物们来说，可能意味着很多，京都百姓也很清楚，但他们并不是太过在意——谁能继承圣后娘娘的权位，谁会是下一代教宗，和普通人的生活真的没有太大关系，当年百草园之变发生，国教学院血案之后，京都还是这座京都。

人们更关心的是这场对战双方之间的那些恩怨情仇。陈长生和徐有容之间有婚约在身，或者如传闻所说，那份婚约已经被教宗陛下强行解除，但这都不能改变他们的关系。他们本是未婚夫妻，本应是一对夫妻。

这说来有些令人感慨。去年秋天，京都里的人们还因为这份婚约围攻国教学院，把陈长生骂得像条狗一般，甚至还发明了专门的谚语，然而仅仅一年之后，京都里的人们便改变了态度，他们更希望看到这门婚事能够成功。因为在他们看来，陈长生已经完全能够配得上徐有容，而且他是周人——徐有容嫁给秋山君，还不如嫁给他。

洛河两岸的人们在想些什么，在等待着什么，陈长生和徐有容不知道，大概也不会在意。他们只是隔着风雪平静对视，没有开口说话。很长时间都没有说话。直到最后，他和她都没有开口说话。

奈何桥的寂静，最终没能被打破，只是被一个动作惊醒。徐有容伸手握住了剑。她用的剑当然不是普通的剑，是一把名剑。圣女峰的斋剑，时隔数百年，终于重新回到了当代圣女的手中。握着剑柄的她的手很白,胜雪三分。

陈长生没有注意这点,只是看着她的眼睛,然而却发现怎样都无法与她的眼神接触。帷帽垂落的那些纱似乎有些古怪。

徐有容将斋剑从鞘中抽出。一声剑吟起于奈何桥,向着洛水的上下游飘去。平静的水面生起了涟漪,然后水浪变成波涛,不停拍打着船首与两岸,哗哗作响。同时,陈长生的识海里也生起了无数波涛。

113 · 天音落

没有任何开场白,没有交谈,没有铺垫,没有风雪骤疾。

这场万众瞩目的战斗,以如此平常无奇的方式直接开始。

徐有容拔剑的速度很慢,仿佛被分解成了无数个动作,然后重新组合在一起。在斋剑出鞘的过程里,附着真元的剑身与剑鞘不停地互相撞击,发出无数声剑鸣,合在一处便是一声悠长而沧桑的剑吟。剑还没有完全出鞘,但已经出剑。她的剑便是奈何桥上的这声剑吟。剑吟入耳,直进陈长生的识海,看不见却能感受得非常清楚。

洛河两岸的民众都听到了这场如浪般的剑鸣,大船上一些境界低微的诸院学生,受到了这声剑鸣的影响,脸色瞬间变白。

"南海剑吟。"凌海之王看着奈何桥上的徐有容说道,"万道风浪随剑起,圣女去年于南海静修,果然有所参悟。"

茅秋雨在旁没有说话,只是微微皱眉。

听着飘荡在奈何桥上的这声剑吟,唐三十六和折袖神情微变,徐有容尚未真的出剑,便已有如此声势,陈长生能应付得了吗?

莫雨微微挑眉。只有非常少的人知道,徐有容最擅长的是箭术,但她知道,所以从先前到现在,她都不明白,为何徐有容没有动用桐宫,而是用的斋剑,是因为她瞧不起陈长生吗?忽然间,她想到了一种可能:徐有容要在陈长生最擅长的剑道上战胜他?以此直接粉碎他的修道理念,直接破掉他成为教宗的可能性?

剑吟回荡在奈何桥上,那些从天而降的雪花没有受到任何影响,陈长生则不同。因为这声剑吟，他的识海里仿佛掀起了狂风暴雨，巨浪滔天而至，让他的神识非常不稳，甚至隐隐有了崩解的征兆。

只是一个拔剑的动作，便有如此大的威力？

在陈长生查过的资料里，并没有提到徐有容最擅长哪种战斗方式，在有记载的数场战斗中，她展现出来的是万法皆通四个字。直到此时，他才确认原来徐有容在剑道上的修为竟也是如此精深，虽然境界尚远远不如苏离这种层级的大宗师，但要说到对天地至理的感悟，却并不稍逊。

这声剑吟，便暗合着天地间的至理，是一场来自南海的风暴。陈长生看着她的剑，调动神识，强行将识海里的风浪镇住。事实上，徐有容拔剑的速度并不慢，只不过因为太过清楚，所以画面显得有些慢。斋剑离开剑鞘的过程，仿佛是一趟漫长的旅程。最后，斋剑终于来到了这趟旅程的终点。洛水里的风浪变得更加狂暴。陈长生的识海被这声剑吟侵袭，也快要有些不稳。

就在这时，陈长生动了。呛啷一声！奈何桥上顿时为之一静。无垢剑离鞘而出，直刺天空里的一片雪花。这一剑并没有实指，而是虚斩，便是剑锋所向的那片雪，都没有受到任何影响，依然缓缓地向着桥面飘落。但剑声响起来了。如果说，徐有容的出剑是一个很缓慢的过程，陈长生的出剑则是快到了极点。斋剑平静地走过数万里路，他的剑则是直接从地面来到了天空。

银瓶乍破。一声脆鸣。这声清脆的剑鸣，就这样突兀地出现，然后进入了斋剑的剑吟里。悠远而淡然却蕴含着无数风暴威力的剑吟，因此稍稍一顿。当斋剑离开鞘口的那瞬间，剑吟之声再作，甚至比先前更加明亮。陈长生收剑而回，在身侧轻轻一摆，如拂袖般拍走将要落地的那片雪花。又是一记虚剑，从天空回到岸边，将浪花拍碎。

风入山窍。呼啸作响。两声剑起，剑吟终止。

奈何桥上重新变得一片安静。

茅秋雨和凌海之王等人，看着一里外的那座桥，看着桥上的少年与少女，情绪有些复杂。这场对战只是刚刚开始，陈长生和徐有容只是把剑从鞘中抽了出来，然而其间隐藏着的玄妙与凶险，便不下于普通聚星初境的一场对战。

大船上的人们扪心自问，如果换作自己当年，可是他们的对手？最终得出的结论，让他们有些唏嘘感慨，或者，在徐有容拔剑的过程里，他们便会败了。

至于那些修剑道之人，看着先前的这幕画面，更是心神激荡之余，生出无尽的挫败感，心道与徐有容和陈长生相比，自己的剑也配叫剑吗？

"这是什么剑？"不知道是谁在人群里问道。

没有人回答这个问题。

茅秋雨感慨说道："陈长生的应对真是天才。"

像他们这些人自然看得出来，陈长生用的是南溪斋的天音落。这套名为天音落的剑法，实际上是圣女峰南祭星空时的剑舞，并没有什么实质上的威力，很少被用在实战当中。但陈长生用在此时此刻，却是最完美的选择。因为这套剑法与徐有容的南海剑吟乃是同源之剑，而且最能平静施剑者的心意。天音落下，剑声成律，与徐有容的南海剑吟相冲相合，再大的风浪自然也会平息。

司源道人冷笑说道："谁都知道，用天音落来消解南海剑吟是最好的选择，真不知道这算什么天才。"

茅秋雨平静说道："问题在于，不是谁都能学会南溪斋的剑法，而且就有机会学，谁又会想到，去学这套祭星空的剑舞？"

司源道人闻言，不再说话。他这位国教巨头对南溪斋的很多剑法都有了解，也学过其中两套威力极大的剑诀，但就连他也不会这套天音落。

就像当初在荒野里苏离与陈长生讨论过的那样，学习剑法本来就不是那么容易的事情，不是说你看到对方使出的剑招，然后死记硬背下来，就算学会了对方的剑法，你需要有相应的真元运行法门与这些剑招相互配合，直至二者融为一体，这套剑法你才算是学会了。

陈长生没有南溪斋的那些剑法的真元运行法门，但他有别的方法，从去年教落落开始，到后来救治轩辕破和折袖，通过对妖族和妖人的了解，再加上这些年来自己的思考，他的那套替代方案已经非常成熟，甚至就连苏离都有些惊叹。

通过那套替代方案，他所施展出来的这些剑法，肯定在威力上会有极大的削弱，但在剑意方面则是近乎完全复制。他先前用的天音落，取的本来就是剑意。

一声剑吟，两声剑音。奈何桥上风雪如故。陈长生和徐有容静立桥面两侧。仿佛什么都没有发生过，什么都没有变化。实际上变化已生，他们都握住了各自的剑。握剑自然要出剑，雪花轻飘间，陈长生的身影骤然消失，下一刻便出现在了徐有容身前，已经极近。远方的船上隐隐传来一阵惊呼。

面对徐有容这样强大的对手,再谈任何伏笔隐线或者说架构都已经毫无意义,他只能把自己最擅长的东西全部展现出来,然后看看能不能击败对方。所以他毫不犹豫便动用了耶识步,然后用的是天道院的临光剑。这是他会的所有剑法里最快的。就像耶识步是最快的。徐有容的第一剑,走的是玄妙的路数。他的第一剑,什么都不要求,只求一个快字。

只听得刺啦一声响。奈何桥上的空气仿佛都被刺穿了。一道明亮的剑光,照亮了自天而落的雪与微黯的天色,也照亮了徐有容帷帽边沿垂落的白纱。剑锋直刺徐有容的左肩。远处船上再次响起一阵惊呼。

陈长生的这一剑无比迅疾,剑锋破空而去,竟比声音更要快。然而……却快不过徐有容的剑。不知何时,那把斋剑已经出现在雪空之中,准确而又平静至极地击中了无垢剑。当的一声剑鸣!不愧是真凤血脉之身,拥有难以想象的力量,自然拥有难以企及的速度,天道院的临光剑再快,又如何快得过展翼万里的凤凰?

更令陈长生微觉震惊的是,两剑相交时,他才发现徐有容的这一剑竟是用的剑面!剑面迎风,当然不如剑锋破空去得快,但偏生她的剑就提前到了。如果徐有容不来挡这一剑,直接与他比快,那么他来得及回剑吗?这是没有发生的事情,所以他不知道,而且在当时的情况下,他根本都来不及想这些。

无垢剑与斋剑相遇,周围的雪花仿佛被空气湍流卷住,狂飞而散。两剑微分。奈何桥上的气息忽然间变了。那是因为徐有容的气息变了。一直静静站着的她,忽然间仿佛变得高大起来。不是真的变得高大,而是一种气势。一种神明在天空俯瞰苍生的气势,显现于她的身上。她一剑斩向陈长生!

与所有普通人对圣女的想象不同,与京都民众对她的印象不同。

这一剑并没有空灵脱俗的离尘之感。也没有缥缈不定的玄妙之感。徐有容的这一剑极其简单。因为简单,所以锋芒毕露!她双手握着斋剑的剑柄,举过头顶,与眉心平齐,仿佛是在向天空祭祷。下一刻,斋剑破空而落,自她的眉心向前而去,带着她所有的精神气魄,一往无前!仿佛无穷无尽的真元数量,坚不可摧的神识,带动着狂暴无比的剑势,向着陈长生的头顶斩落!

114 · 大雪崩

轰的一声闷响!桥上的所有雪花都狂舞起来,随着斋剑涌向前方。雪落无数，陈长生的眼前白茫茫一片。他什么都看不见，只能感觉到雪雾后方那道剑的恐怖威力。他仿佛觉得自己进入了幻境里，面对着的不是徐有容的剑，而是一场雪崩。圣女峰南崖积着千年的冰雪，忽然间塌了，带着轰隆的雷鸣之声，向着他冲了过来。他的剑法再精妙，又如何能够刺得破这片倒塌的山崖？

洛水两岸很安静。大船上更是死寂一片。无论茅秋雨还是凌海之王，都沉默不语。唐三十六的手握得很紧，却依然忍不住微微颤抖了起来。苏墨虞的脸色有些苍白，嘴唇微动，不知道在喃喃说着什么。折袖的眼瞳不知何时变得有些红，握着拐杖的手暗自用力。所有这一切，都是因为奈何桥上的那片雪雾，雪雾后面的那一剑。

唐三十六和苏墨虞很清楚自己接不住这一剑，除非动用保命的法器，不然或者重伤，或者……而这才是徐有容真正意义上的第一剑，也就意味着，现在的自己连她一剑都接不住。这个事实让他们有些难以接受，却不得不接受。折袖和他们想的不一样，但也不得不承认徐有容这一剑的可怕。她的天赋血脉实在是太强大了。除了秋山君的真龙血脉和落落的白帝血脉，世间还有谁能够抗衡？即便是站在船首的那几位聚星巅峰强者，距离神圣领域只有一步之遥，也忍不住羡慕徐有容的天赋。都说修道是星空赐给智慧生命的礼物，那么徐有容便是这件礼物本身吧。

然而有意思的是，哪怕到了此时此刻，看到了徐有容雪崩般的强大一剑，依然没有人担心陈长生。不管是唐三十六等国教学院的人，还是别的人。是的，陈长生的天赋血脉或者很普通，但从浔阳城到京都，那么多倒在他剑下的聚星初境高手，早已证明了他绝对不是普通的通幽上境。

徐有容的剑势如山崖倒塌、大雪崩落。最可怕的还是随暴雪而至的她的斋剑。就像他再快的剑也快不过徐有容一样，徐有容的剑再强也无法直接突破他。

他静心宁神，横剑于前，平举至眉。他的动作很自然，就像过去的半年时间里的三万次举剑一样。横剑便是个一字。山崖直僵，铁链重现，大堤永固。这便是连苏离都没能学会的那一招笨剑。

雪崩来了，风声凄厉，雪粒如箭。斋剑挟风雪而至，重重地斩落在无垢剑上。这一次两剑相遇，没有发出清脆的剑鸣，而是发出了轰的一声巨响。仿佛天空里的神明，持着一把铁锤，重重地敲打在铁砧板上！桥面上的所有积雪都被震飞了起来。桥下的洛水随之而起伏不定。

斋剑斩落！一道难以想象的磅礴力量，随之落在了无垢剑的剑身上。崩落的万年积雪，直接冲毁了看似坚硬的山崖，冲进了大江，开始不停地冲击江水里的铁链与大堤！伴着极其刺耳的声音，无垢剑微微弯曲！

陈长生自练成之后，从来没有被攻破过的笨剑，在这一刻竟然有了崩溃的迹象！他对此早有准备，左手不知何时已经握住了藏锋剑鞘，嚓的一声响，剑鞘套住无垢剑的剑锋。他左手握着剑鞘，右手握着剑柄，横于身前，硬接！轰鸣声不停持续。暴雨不停地冲击。喀喀喀喀！一阵坚硬事物破碎的声音，在风雪里不停响起。在风雪里，可以看到陈长生的身影不停地后退！

暴雪渐敛，洛水复静，奈何桥上重新变得清明起来。徐有容握着斋剑，平静地看着对面，依然一言不发。奈何桥坚硬的桥面上有两道清晰的沟壑。陈长生站在两道沟壑的尽头，双脚陷在里面，后方堆起了一片石砾。他的鞋与裤尽数碎裂，看着有些狼狈。他忽然开始咳嗽起来，咳得有些难受。只是一剑，他便受了内伤。洛水两岸的民众看不清楚桥上的画面，只能看到忽然暴起的风雪与随后而起的烟尘，发出无数惊呼。

大船上则依然一片安静。就连凌海之王等人都没有对陈长生进行嘲笑和讥讽，因为不管多么狼狈，是不是已经受伤，终究他接住了这一剑。这就够了。这些强者们看得很清楚，徐有容的这招大雪崩，即便是普通的聚星初境，都根本没有办法接。这就是血脉天赋的可怕之处，哪怕境界不如对方，她依然可以凭借真元数量和神识强度直接碾压你。

陈长生看着徐有容，视线落在那层白纱之上，发现果然还是看不穿。他看不穿她——他知道徐有容很强，但没有想到这个给人一种清丽脱俗感觉的少女，竟然会强大到这种程度，甚至已经超过了霸道的范畴，隐隐然有了王者之气。凤凰，果然就是天生的王者吗？

他经过日不落草原里的同行战斗，雪庙里的修道对话，他曾经以为，像初见姑娘那样的人就已经是最天才的修道者，徐有容最多也就是与她相差仿佛，然而现在看来，她竟比初见姑娘还要更加强大。

徐有容在风雪里缓缓行来，右手随意地提着斋剑，仿佛从云端来到地面的仙子，很难让人联想起先前那雪崩般的恐怖一剑。越是平静淡然，越容易让人生出难以战胜的感觉。如何才能战胜如此强大的对手？这个问题陈长生已经想了很多天，准备了整整七天。

奈何桥上响起喀的一声轻响。无垢剑插进了剑鞘里，并不是收剑，而是剑柄与剑鞘首尾相连，自然不能藏锋，反而剑身骤长，锋芒毕露。当初在浔阳城面对朱洛的时候，他曾经这样做过，是在向他最喜欢的余人师兄和王破致敬，也是对风雪那面的她的尊敬。

一道剑意出现在奈何桥上，出现在风雪之中。这道剑意的出现是如此的突然，却丝毫没有诡异之处，反而显得格外光明磊落、理所应当，给人一种堂堂正正的感觉。这道剑意很直，很直接。这道剑意很热，很热烈。

115·半桥雨，半桥雪

"这剑有些不一般。"站在船首，看着一里外的雪中石桥，感知着那道剑意，凌海之王面无表情的面容终于发生了些许变化。

司源道人说道："商院长的弟子，自然不一般。"

陈长生释放出来的这道剑意很强，但不足以震惊像他们这等级数的大强者，他的情绪变化，来自于那道剑意里融着的两层意味。

这道剑意很热。陈长生清楚，无论是真元数量还是神识强度，自己都远远及不上拥有真凤血脉的徐有容，所以他毫不犹豫地点燃了心里的那团火。这场战斗刚开始，他还没有真正出剑，要出便必然是最强的剑。

一缕神识落在他幽府外的万里雪原上，万里雪原同时开始燃烧。奈何桥上也开始燃烧，看不到一丝火苗，却能感受到温度的升高。只是瞬间，那些向他身体落下的雪片便融化了，在空中变成了水，哗哗落到他的身上和桥面，将先前承着的那些雪尽数冲洗一净。

那道剑意很直，和先前抵挡徐有容大雪崩一剑时的那一剑有些相似的地方，但要更直，不是山崖亦不是河堤，就是一道直线。唯因其直，所以强硬，无垢剑还在他的手中没有施出，奈何桥上的风雪已然凝固在空中，桥面中间出现了一道笔直的线条。奈何桥因为这道线分成了两个截然不同的世界。

他在这边，徐有容在那边。

雨在这边，雪在那边。

剑意笼罩石桥，雨生雪疏。陈长生举起手里的无垢剑，眼神平静而坚定。这是他跟随苏离学会燃剑后，第一次尝试如此狂暴地燃烧真元，但这一剑挟带的真元数量和威势还是不如徐有容先前的大雪崩。但他的这一剑的精气神更加饱满，更加专注而锋利。

茅秋雨忽然向船首踏了一步，看着远方的桥面，有些不可置信地皱了皱眉，说道："怎么感觉有些像王破的刀道？"

唐三十六说道："就是王破的刀道。"说这句话的时候，他神情很是凝重。之前他曾经说过，这一场对战只分胜负，无关生死，所以他不怎么在意，然而此时，看着陈长生的这道剑意，他对自己的判断开始变得没有信心，然后开始不安起来。

站在船首的人们听到茅秋雨和唐三十六的话，有些震撼，接着很自然地想起浔阳城里的那场雨战，至于同样用刀的薛河，情绪更是复杂，看着奈何桥的目光极为专注，不想错过稍后的任何细节。

徐世绩面无表情道："此子能够有机会跟着如此多的强者学习，运气真是极好。"

"这和运气没有任何关系。"茅秋雨神情凝重说道，"要学会王破的刀道，便要行他的刀道，这不是谁都能做到的。"

这句话是对的。先前陈长生用南溪斋的剑法，使出天音落，可以说他博闻强识，而且有国教的帮助，在修剑的道路上多有奇遇。但想要学会王破的刀道，则没这么简单。他要相信王破的刀道，必须毫不犹豫地践行之。而这，正是唐三十六担心的原因。王破的刀道，就在于一个直字。不管铁刀之前的敌人再如何强大，哪怕是根本没有可能战胜的强者，握刀的手都必须那般稳定，刀锋所向还是要保证那么直。要做到这一点，执刀者的心便要和刀锋同样直。那个看上去有些寒酸的中年男人，用自己在天凉郡、在汶水唐家、在南方槐院、在浔阳城的无数场战斗都证明了这一点。

船首一片沉默，那些境界实力远在陈长生之上的强者们，扪心自问，能不能行王破的刀道，最终都只能得出否定的答案。

奈何桥上。陈长生剑未出，剑意已出。自天而降的雪花变成雨滴，织成雨帘，颗颗碎裂。离他近些的破碎雨珠，尽数被蒸发成雾汽，把他的身体笼在里面。

徐有容站在雪里，眼神微凛，露出了凝重的神情——白纱遮着她的脸，雨

393

雾扰了视线，却没有影响到她对这道剑意的感知。她很清楚，如果自己走过奈何桥中间的那道线，便将迎来陈长生毫无保留的，也必然是他最强的一剑。这一剑，必然要分出胜负。

当然，她也可以继续站在雪里，等着稍后可能发生的变化。但那同样可能意味着，陈长生可以把剑意提升到更加可怕的境地。如果他可以做到的话。

陈长生毫无保留地燃烧着自己的真元，用王破从不留手的刀道，在风雪里的奈何桥上画下了一条清晰的道。他给这场对战画下了一条道。他让徐有容做选择。

白纱轻飘。徐有容闭上了眼睛。然后，她重新睁开眼睛。睁眼闭眼，只是片刻之事。在这片刻之间，她已经做出了自己的选择。

桥下的洛水不停地承接着雪片与微雨，轻轻摇晃。远方水面上的那艘大船也在微微摇晃。站在船首最前方的一名天机阁画师的身体忽然摇晃了一下。另外两名来自天机阁的画师，也是神情剧变。然后响起了他们震惊不安而微微颤抖的声音。

"是那剑？"

"这么快就要结束了吗？"

三名画师都是聚星境，不是在场最强的人。但他们观看并且记录过无数场著名的战斗，他们对战斗里的变化最为敏感，所以他们最先明白过来发生了什么事情。紧接着，茅秋雨、司源道人等人也看懂了。洛水之上，一片死寂。

这一切，只是因为奈何桥上的少女重新睁开了眼睛。白纱轻飘，风雪乱动，却遮不住她的目光。有淡淡的金色的光点，从白纱里飘出来。那些光点是从她的眼睛里出来的吗？斋剑在风雪里轻轻颤抖。落在剑身上的雪花瞬间被震得烟化。奈何桥一半是雪烟，一半是雨雾，仿佛在云中，不似人间。

徐有容此时仿佛也已经不在人间。她是如此的神圣庄严，哪怕是最普通的人，也能感觉得到，她的身上多出了一种已经超出了世俗范畴的力量。

看着桥上的这幕画面，茅秋雨和司源道人、凌海之王露出难以置信的神情，同时颤声说道："大光明剑？"

116 · 青春逼人绽光明

当那三名天机阁的画师惊呼出声后，大船上有很多人猜到了徐有容用的是什么剑，只是因为太过震惊，完全不敢相信，直到此时听到茅秋雨三人的话，才最终确认原来真的如想象那般。

一片死寂，悄然无声，只有洛水轻轻拍打着船舷。人们看着远处那座被雨雾与雪烟笼罩的石桥，看着那处仿佛仙境般的画面，震惊想着，难道大光明剑要重新现世了？

无数年前，国教南北分流之始，初代南方圣女在天书陵里观碑悟道，由秋至夏，最终于神道之前的亭下，创出了两大道法。一种便是据说最为高妙难懂的"春去也"，而另一种便是传说中的大光明剑。

大光明剑拥有超越俗世的神圣意味和难以想象的恐怖威力，与国教的日和卷、白帝的焚海诀的第七式，两断刀的"破天"以及陈氏皇族枪法里的"秋杀"，并称为大陆五大绝招。日和卷体悟天道、忘星海，焚海诀霸道无双，两断刀杀尽众生，霜余枪漠看世间万物凋零，各有其道，胜在气质与精神，而大光明剑则有所不同，更像是对星空的一种祭奉，是对剑道的一种超越。

大光明剑是一种难以想象的剑法，没有具体的招式，更像是万剑的精魄，繁复无比的星光轨迹，最后用一种最简单的方式呈现出来。这种剑法最简单，也最复杂，每道光线便是一剑，而光线行于天地之间，可以拟形万物，无远弗届，只要身处天地之间，如何能避？

除了传说中的"春去也"与"光阴卷"，国教里再也找不到如此玄妙难懂的功法，想要学会，自然也特别困难。习剑者必须对世间万般剑法都有自己的清楚认知，再借助斋剑里的神圣气息，将那些剑道方面的认知与国教正统的道法完美地结合起来。要学大光明剑，必须要借助斋剑里的神圣气息进行感悟，很多年前周独夫闯上圣女峰，把斋剑带走，大光明剑就此失传。

"大光明剑不是已经失传了数百年了吗？"大船上的人们看着仿佛仙境般的奈何桥，看着烟雪里若隐若现的徐有容的身影，忍不住发出震惊的低声呼喊。

凌海之王说道："斋剑已经重新现世。"

直到此时，人们才知道原来徐有容此时手里的那把剑便是南溪斋的斋剑，紧接着，人们又想起陈长生在周园里发现剑池的传闻，心知这把斋剑必然是离宫还给南溪斋的，不禁觉得这件事情有些乱。

莫雨看着奈何桥，柳眉微挑。想要感悟体会斋剑里的神圣气息，除了时间没有别的任何方法，当年斋剑还在圣女峰时，也不是历代圣女都能掌握大光明剑。那些掌握了大光明剑的圣女，也往往是要在境界大成之后，靠着数十载的岁月才能彻底通悟。她很清楚，徐有容上个月才满十六岁，从离宫里拿到斋剑不过七日时间，那么是怎么做到这一点的？

就在船上的人们震惊无语的时候，桥上的画面再次发生了变化，无数道明亮却并不刺眼的金色光线穿透烟雪，照亮了桥下的洛水与两岸耐寒的柳枝，仙境顿时变成神国，石桥似乎便是通往神国的那条道路。至此再无猜疑，徐有容用的果然是大光明剑！

光线透雪而出，雪烟里光影转换，生出无数道若有若无的痕迹，那些痕迹尽数都是剑意，凝而未动，隐而未发。如果那些烟雪里的光线与事物相触，那么这无数道剑意便会随雪而至，遇雨则显，虽然直至此时，人们还没有看到这些剑意变成真正的剑招，但已经隐隐感觉到，有无数剑招隐于其间。这便是大光明剑最可怕的地方，如果陈长生举剑相迎，那些剑意便会自生变化，谁能够破除天地之间的光明？

如果是像茅秋雨、凌海之王这等距离神圣领域只差一步的强者，自然可以凭借雄浑的真元与高深的境界强行碾压，破掉徐有容的大光明剑，只需要付出相应的些微代价，可是陈长生与徐有容境界仿佛，真元数量与神识强度甚至远远不如对方，如何能够破掉这一剑？

当然，大光明剑既然不是世俗之剑，想要动剑也必然要付出极大的代价，哪怕以徐有容的天凤血脉，应该也最多只能出一次。如果陈长生不能破掉这一记大光明剑，则必败无疑。如果他能够破掉这一记大光明剑，徐有容则必败无疑。这也正是为什么先前那位天机阁的画师会震惊说出那句话。

今日的奈何桥一战，万众瞩目。为了这场对战，京都百姓已经等了数月时间，甚至可以说已经等了将近两年时间——这场对战难道这么快就要结束？很多人很吃惊，无论是茅秋雨还是凌海之王又或是司源道人，他们当中的哪一位，都不会让自己这么早便进入绝境。

是的，这就是绝境。无论对陈长生还是对徐有容来说，都是如此。

胜利或者失败，只在一剑之间——陈长生和徐有容都是对自己很有信心的人，有信心的人都不会让自己被迫进入这样的局面。他们偏偏就这样做了，没有给自己留任何退路。

陈长生用王破的刀道在雪桥上画下了一条道。徐有容有自己的道，但平静地接受了这条道,因为他们都正值青春。青春,不需要保留。不会藏拙更不会藏锋。青春,要的就是逼人。于是这场对战刚刚开始,便走到了最后。

凌海之王这些前辈强者们已经不再青春,甚至忘记了自己的青春,所以他们想不明白。唐三十六能想明白,苏墨虞明白,陈留王隐约明白,折袖最明白,因为他们是年轻人。

"不管是陈长生还是徐有容,都不会喜欢表演给人看。"唐三十六回头看了眼洛水两岸黑压压的人群,说道,"会结束得很快。"

便在这时,大船下方忽然响起一声惊呼。奈何桥上雪烟狂舞,雨雾骤散。无数光明隐藏无数剑意,向着陈长生袭去。陈长生提剑刺向雨雪里某处。这一剑没有什么新意,更没有深意。然而,桥上的雨雪却忽然间停了。

117·天上人间

一道剑光亮起,与桥那边烟雪里涌来的无限光明相比,是那样的暗淡,完全不值一提。剑在雨雾里画出的轨迹,落去的方位也是那样的寻常无奇,任谁来看,都是一记很普通的剑招。然而就在剑锋挑起的那瞬间,自天纷纷飘落的雨雾与烟雪顿时停止,就连斋剑带来的无限光明都开始敛没,向着无垢剑湮去!

大光明剑尚未到来,挟烟雾而至的是剑意,其形无形,其意无象,然而陈长生却提前看破了隐藏在光明之后的斋剑的意图,因为他用的是慧剑,他用整整七天时间洗亮了自己的慧眼,他要见真实。

能猜到隐藏在烟雾里的剑意,能看到尚未发现的真实,不代表就能够轻易破之,他是怎么做到的?无垢剑那看似随意地一挑,那记剑招明普通至极,但却特别合适于当前,就像一幅工笔花鸟画,他看似无心随意地落下最后一笔,墨线是那样的扭曲无力,然而若稍隔远一些看,你才会看到,那是一根梅枝。

随意的点墨,也有可能是点睛,平凡的一笔,有时候也能让整幅画面生动起来。问题在于,要在合适的时机、合适的局面下点下那团墨,落下那一笔,需要平时无数次的练习与感悟,这样才能知道这一笔应该落在哪里,而且应该用怎样的笔法。

这是什么笔法?这是什么剑?

大船甲板下面的某层响起一道有些不自信的声音:"梅庐小剑?"

说话的人是宗祀所的一名教习，以他的身份地位，自然不能站到船首，但隔着里许的距离，他勉强还是能够看清楚陈长生在雨雾里挑起的这一剑，他觉得陈长生的剑招很眼熟，很是吃惊，下意识里便说了出来。

有很多人都听到了这句话，再回想起陈长生的那一剑，发现居然真的就是宗祀所极不出名的梅庐小剑，一时间竟没有人能够说出话来，陈长生在剑道上涉猎极广的事实早已让人震惊到麻木，只是他怎么就能想到，并且敢于用这样一门非常普通的剑法来破徐有容的大光明剑？而且眼看着居然成功了？

真的成功了吗？不，这是刚刚开始。

世间五大绝招之一的大光明剑，哪里这么好破，就在陈长生的剑招破雨雾而起，初露锋芒之时，烟雪里微微敛没的光明忽然间再次勃发，化作了无数道剑痕，挟雪带雨再次斩向陈长生。光明还在烟雪里，徐有容还在桥的那头，已然有无数剑招纷沓而至，那些剑招均自隐而不发，只凭烟雾里的那些痕迹，便能感觉到这些剑招是多么的精妙绝伦，威力无穷。

这便是大光明剑最不可思议之处。光明行于天地之间，能拟万物，能拟万剑，就算陈长生在剑道上的修为再高，但遇着这样能够自行变化的繁锦似花雪的剑道绝招，又能怎么办？

徐有容的剑根本没有任何停顿，就在那名宗祀所教习惊呼出声的同时，斋剑破雪而出，距离陈长生只有十余丈的距离，大光明的剑势已然越过了石桥，来到了他的身前。

与过往那些天在国教学院门前的战斗不同，陈长生没有动用耶识步，试图脱离对方的剑势或者抢攻，因为与南客战斗过的他很清楚，想要与天风血脉比拼速度，是非常愚蠢的选择。而且既然他在雪桥上画出了道，徐有容接下了道，那么他这时候又如何能退？他眼神平静而专注，看着烟雪里的满天光明，毫不犹疑，双手握剑，自上而下，向着光明最盛处斩去！

大船上响起唐三十六的喝彩："倒山棍！破！"

徐有容的斋剑尚未真的落下，破烟雪而至的是剑意。同样，陈长生化国教学院倒山棍为剑，也未能真的破掉大光明剑。烟雪里的光明，已然变化了三道剑意，而陈长生也相应出了三剑。所有这一切，都发生在极短暂的时间里。剑光照亮了被烟雾雨雾笼罩的奈何桥，然后再未敛没，一道接着一道。洛水上仿佛进入了盛夏的雷雨天，不时有闪电亮起。然而烟雪凝成的云层，始终还是那般狂暴强大，没有被那些闪电撕开，向着桥那头移动。

无论是船上的人们还是洛水两岸的民众，都已经无法看清楚奈何桥上的细节，比如那些轻飘的衣袂与白纱，只能隐隐看到雨雾与烟雪里陈长生和徐有容的身影。

缓步前行的徐有容散发出来的神圣气息越来越浓，光明的威压越来越强，就像是离宫里的神像，而站在原地的陈长生则依然一如先前，平静沉默地仿佛是石头，任凭流水如何冲洗都不改其形，不动其心。

一者以动，一者以静。静的是心，动的是剑。

无垢剑就像是闪电，斋剑则更像是一轮明日，但在雨雾与烟雪里，实际上更像是两艘行驶在暮时大海上的船，迎风而行，破浪而去，渐渐变得越来越近，终有一刻便会相遇。

直到此时，陈长生和徐有容的剑还没有相遇，但剑意已经相遇了无数次。洛水上发出无数道清脆的剑鸣，紧接着便是剑锋切开一切坚硬事物的刺啦声响。拥有强大的阵法保护，即便兵船都无法撞毁的奈何桥，在两把剑掀起的光海与巨浪里，显得那样的脆弱，坚硬的桥面上出现了无数道裂痕，飞出来的石屑瞬间又被剑势碾碎，两侧的栏杆上多出了无数如蛛网般的密痕，静静看着洛水无数年的那些石头雕刻而成的兽头，更是被飘溅的剑意，割得石屑乱飞，断耳残面。

洛水两岸的民众隔得远些，看不清楚桥上的画面，只能看到落雪里的光线，听到那些声音，饶是如此，心神亦是激荡不安，船上的人们隔得近些，更是被雨雾烟雪里的绝妙剑招震撼得惊呼声声。

"那是天荡剑法吗！"

"渔歌三唱！"

"他怎么会绝情宗的剑法！"

惊呼声来自下方，站在船首的人们看着奈何桥，沉默不语。是的，这个世界上确实没有哪种剑法能够完全破掉大光明剑，因为圣女峰的这记剑招太过不可思议，当光明现于烟雾里的那瞬间，陈长生想起道藏上的记载，也有相同的感慨——他没有见过如此繁复近乎包罗万象，却又如此简单已然暗合天道的剑法，甚至连想象都没有想象过，大光明剑已然是剑道的最终彼岸，自修道以来，他唯有在魔域雪原上看到苏离斩开通往南方的那记遮天剑时，曾经有过类似的感受。

以他现在的剑道修为，要破掉大光明剑，只有两个方法，那就是动用离山法剑的最后一式,或者像当初在周园里,或是在浔阳城里面对朱洛时那样,动用藏锋于剑鞘里的剑池万剑,然而前者的结局必然是同生共死,无法选择,后者则是他自己都无法控制万剑齐出的后果,那会超越他这七天时间的推演计算,所以也不能选择。

最终,他用的方法是苏离教给他的第三剑,也是苏离自己都没有学会的那一剑。只不过这一次他取的是剑意,而不是那一剑的本身,他没有用那一剑防守,只是用了那一剑的笨拙,因为那个方法怎么看都很笨。

他用无数剑,来破徐有容的一剑。光明照耀俗世,能仿天上人间一切剑意。那他就把天上人间的所有剑,全部施展出来。这种方法很笨,但能够学会天上人间所有剑,并且知道应该何时出剑,出何剑,才能在光明之前,破其无形之形、无意之意的人,又怎么可能是真的笨人?

大船下方的那些青藤诸院教习和学生看不懂,站在船首的大人物们则非常清楚这一点。所以看着雪桥之上那些纵横于天地之间的剑意,他们沉默了很长时间。

礼部尚书不是修道者,按捺不住问道:"多少剑了?"

凌海之王面无表情说道:"陈院长出了四十三剑。"

司源道人情绪复杂说道:"一剑都还没有完。"

这两位国教巨头说的话都是对的,而且并不是分别说陈长生与徐有容。徐有容的这记大光明剑,确实还没有施展完毕。陈长生的四十三剑,当然可以理解为一剑。

船首一片安静,事实上最开始的时候,一直有人在说话。

当陈长生出第六剑的时候,苏墨虞轻声说道:"我输了。"当陈长生出第九剑的时候,一名自伽蓝关回朝述职的神将微微皱眉,摇了摇头。当陈长生出到第十一剑的时候,薛河的手轻轻地抚了抚自己的断臂。当陈长生出到第二十七剑的时候,折袖摇了摇头。如果他和陈长生正面较量,在这里便会输了,当然这是说论剑,并不是生死搏。然后他看了唐三十六一眼,有些不解,心想难道他能比自己撑得更久?唐三十六一直没有说自己什么时候会输,此时却感慨说道:"我们这些人的剑都学到狗身上了吗?"船首很多人的脸色变得有些难看,却无法反驳。

世人皆知陈长生通读道藏,难道他还学会了世间所有的剑法?

慧剑斩

折袖看着桥上的烟雪、雪里的光线,说道:"确实如此。"

也没有人驳斥他的话。如果说陈长生展现出来的剑道修为震撼得人们感慨万分,徐有容展现出来的境界水准则是让人们震撼到无法言语,就像当年唐三十六在李子园客栈里对陈长生说过的那样,她始终让人无话可说。

开战至今,徐有容始终沉稳地控制着奈何桥上的局面,陈长生剑起风雨,看似强大,但终究是被动地在破,如果说陈长生已经强到不可思议,那么直至此时依然平静如初的徐有容,又强到了什么程度?

剑意侵袭石桥,剑势碾压阵法,烟雪与雨雾齐飞,光明与流水对峙。洛水两岸的民众只看得到美丽的雨雪画面与影影绰绰仿佛神话般的交手场景,看不明白其间的意味,不停地发出喝彩声与惊呼声,大船上的人们却是越来越安静,尤其是船首的大人物们。

因为他们看到了完美。

石桥在天地之间,光线行于天地之间,天地之间的所有剑法,仿佛都出现在了石桥上。陈长生与徐有容的境界,在当今世界并不能算超一流高手,便是大船上便至少有不下十人可以轻易胜过他们,但他们在这场战斗里表现出来的感悟能力与剑道修为,却可以说是几乎完美的,这也就意味着,他们拥有难以想象的潜质,只要不出大的意外,船首的这些人必将被他们一一超越。最年轻的南方圣女与未来的教宗,果然非同寻常。

薛河不知何时已经走到了船首的最前方,看着桥上的战斗画面,情绪越来越复杂,抚着断臂处的手早已落下,在微雪的空中虚握着并不存在的刀柄,仿佛想要参加到这场战斗中。忽然间,他的神情些变化,因为他隐隐约约在烟雪雨雾里那些复杂至极的剑痕里,捕捉到了一些自己很熟悉的味道,那不是剑的味道,而是刀的味道,这是怎么回事?

陈长生和徐有容用的明明是剑,为何却有刀意破桥而起?那刀意还是如此的森然高险!薛河忽然想起来,陈长生用的是王破的刀道,以为自己明白了其中的道理,不再多作思考,继续沉浸于这场战斗当中,试图获得更多领悟。

站在桥上的陈长生没有感觉到刀意,一是战局太过紧张、难以分心;二是因为他是局中人,更重要的是,薛河感觉到的那道刀意,并不是出自他和徐有容的剑,而是……当他和徐有容的剑意相融之时,溅散出来的一些余味。

如果这时候他能够发现这个细节,或者他能想明白一些事情。有些遗憾的是,他没能发现,他的视线与精神尽数落在烟雪里的万道光线里,神识高速地运转,不停地计算推演,慧剑不停地斩出,提前将那记可怕的大光明剑抵挡在那道线的后面。

他不知道自己已经用了多少剑,他只知道自己并没能学会天上人间的所有剑法,撑得很是辛苦,当初在浔阳城时只能使用数次的燃剑,今天已经至少使用了数十次,燃烧的雪原提供的真元数量早已耗尽,此时完全是靠幽府外的那片湖在支撑。

但他并不担心,因为事实证明他这七天时间的准备是有用处的,徐有容出乎意料地学会了大光明剑,那道神圣庄严、仿佛沧海又仿佛露珠的剑招,始终还没能突破奈何桥中间那道线,而且他相信徐有容也不可能再支撑太长时间。当徐有容的真元无法再支撑大光明剑时,便是他反攻的机会。

可是,不知道为什么,他的内心深处隐隐有种不想就此结束的感觉。因为他这时候很愉快。虽然慧剑不停地压榨着神识,燃剑不停地消耗着真元,笨剑不停地磨折着精神,可是他还是很愉快。

这就像是在下棋,忽然间遇着一位棋力相仿、棋品上佳的对手。又像是在喝酒,忽然间遇着一位酒量相仿,并且杯酒成诗的伙伴。或者是论道,遇着一位言语可亲、面目绝不可憎的同桌。看着烟雪里少女明亮的身影,陈长生就有这种感觉。他甚至觉得自己仿佛回到了周园,正在草原雪庙里与那名少女谈话。

淋漓尽致。酣畅。愉快。而且平静。

他甚至觉得烟雪里的徐有容,应该也有与自己一样的想法。是的,徐有容也是这样想的,当然要比他想的更清楚。徐有容没有想到什么棋伴酒友,直接便想起了雪庙里的那一夜。

为了这一场奈何桥之战,他和她都准备了整整七天时间。三百多张满是推演计算笔迹的稿纸,十七张星图,就在烟雪雨雾里,就在剑意的痕迹里。他们以此对弈,对谈,对战。如果能一直这样持续下去,自然很好,但事实上这并不可能。

落雪尽碎,落雨尽化,石桥表面碎成蛛网,桥下的洛水覆上万片鳞。陈长生和徐有容都走到了各自道路的尽头。少女的身影已然从雪中显现,离桥中间那道线极近，只是脚步变得沉重了很多。陈长生的剑法变化，也开始渐渐变得凝滞起来，再不像最开始那般灵动，甚至有鬼神莫测之感。烟雪骤落，雨雾骤散，奈何桥上莫名一片清明。

两道身影在桥上相遇。

如一盘棋残，只剩最后两手，终要分个胜负。如一席酒残，狼藉碗菜间落着些小黄花，好胜肃杀。风雪里，人去庙空，只有神像前的灰烬还留着些余温。白纱轻飘，徐有容的眼神光明一片，仿佛星盘上的那些星辰。陈长生持剑轻挑，剑锋穿过重新飘落的雪片，仿佛三百张纸在国教学院的小楼里飞舞。徐有容飘然而起，仿佛神明降世，一剑挟光明，直刺陈长生。

慧剑，斩。斋剑，断。

就在这个时候，发生了一件所有人都没有想到的事情。陈长生本来双手握着剑柄，此时却忽然松开了左手，隔空伸向破雪空而至的那柄斋剑。

他想做什么？就算他的身体浴过龙血，堪比最完美的洗髓，但终究还是血肉之躯，如何抵得过斋剑的锋芒，更何况此时的斋剑上附着徐有容的天凤真元，带着无限光明而至，就算是茅秋雨这等级数的大强者，只怕也不敢用单手去接！

陈长生的动作很随意，很自然，就像是把手伸向书架要取一本书。他当然不是要凭自己的左手去抵挡这柄斋剑。他只是要与这柄斋剑发生联系。他的手指所向除了雪空与斋剑上的光明，还有一道若隐若现的联系。斋剑，本来就是他从周园里带出来的！他对斋剑的剑意非常熟悉，斋剑又如何识不出他的气息？

周园里剑池现世，万把旧剑随他而战，包括斋剑在内，所有的这些剑，都是他的伙伴，他的同袍，在战场之上，同袍怎会向你出剑？在生死之刻，伙伴怎会听不到你救助的声音？

奈何桥上生出一道难以想象的气息波动！斋剑在雪空中剧烈地颤抖起来，然后疾速向陈长生飞去。是飞，而不是刺，因为再无敌意，更无杀意！大光明剑骤然散解！

然而更加令人震惊的事情发生了——徐有容竟似乎早就已经算到了这幕画面！她右手依然握着斋剑，借势而前，白裙舞于雪空之中，身影化作流雪，敛去万道光毫，直接来到了陈长生的身前。如果不是陈长生在最后这一刻，动用神识撼动斋剑，徐有容的身法再如何迅速，也不可能如此之快，突破他的无垢剑！

陈长生算了七天时间。她也算了他七天时间。

扑哧一声轻响。或者是因为他对斋剑的控制来得太晚了些，或者是徐有容毕竟是圣女，与斋剑重逢不过七日，对斋剑的控制却比陈长生想得更加强力，又或者是因为发生了一些他们双方都没有想明白的事情。斋剑刺进了陈长生的左肩，飙出一道鲜血。然后，斋剑落在了他的手里。

风雪重新轻轻飘舞，发出啸声，仿佛天地都觉得有些诧异。不知道为什么，陈长生的动作有些微滞，右手的无垢剑本来妙到毫巅的痕迹，发生了些许偏差。

悠悠一缕风起，徐有容伸出纤细的食指，看似缓慢、实则无比迅疾地点向陈长生的眉心。如果是一根普通的手指，根本无法威胁到陈长生的生命，他浴过龙血的身躯虽然不能硬抗百器榜上的名剑，但也不至于被一根纤细的手指破掉防御，然而不知道为什么，他的心里忽然生出极大的危险感，甚至觉得自己的生命都快要失去。

徐有容的指尖上绽着一点光芒，仿佛萤火，里面却似乎蕴藏着无穷的能量。没有人能够比她的这根手指更快。至少在发生过的数场战斗里，除了南客之外，再也没有人能够及得上她这根手指的速度。开战至今，她始终都没有展开凤凰的双翼，因为她不需要。

身无彩凤双飞翼，心有灵犀一点通。

这就是灵犀指！

119 · 斩不断

洛水远处的大船上响起连连惊呼。人们眼睁睁地看着陈长生伸出左手，用一种他们怎样都想不明白的方式轻而易举地破了大光明剑，然后看着徐有容竟似乎提前猜到了他的手段，借他破剑的方法反而破了他的剑势，再看着陈长生明明已经控制住了斋剑，斋剑却依然刺进了他的身体，最后人们终于看到了徐有容向着陈长生伸出了那根看似轻描淡写、实则雷霆万钧的手指。

"灵犀指！"司源道人动容道。

陈长生要输了吗？他可会死在这一指下？茅秋雨神情剧变，双袖荡起无数波浪，便准备向桥上掠去。唐三十六的脸色变得异常难看，莫雨和陈留王等人亦是如此。分出胜负，居然还要分出生死吗？

一切发生得太快。没人能想到陈长生和徐有容在如此短的时间里，由极动而极静再转为极动，这说明他们都已经进入了自己的节奏，而且可怕的是他们的节奏很相似，这意味着很难有人打破他们的节奏，哪怕是境界实力要远比他们更强的那些大人物也不能。

一片安静。奈何桥上的光明渐渐飘逝，仿佛光阴。落雪依然稀疏，遮不住身影，也没能填满桥中间的那条线。线的那边还是雪，这边还是雨，徐有容已经过了那条线，站在陈长生的身前。她右手的食指抵着他的眉心，但并没有完全抵住。她的指腹与他的眉心之间，还有一把短剑的距离。

因为那把短剑就在其间。不知道什么时候，陈长生举起了无垢剑，挡住了徐有容的手指。身无彩凤，心有灵犀，更何况身是彩凤？徐有容的灵犀指快若闪电，却没有他的剑快。这只能说明，他早就已经提前算到了她最后会用灵犀一指。斋剑在他的左肩上留下了一道清晰的伤口，伤口的边缘还杂着些星屑似的事物，但剑柄已经被他握在了手中。

徐有容缓缓收回手指。一滴金红色的血珠，从她的指腹间缓缓溢出，然后滴落在桥面上，雨雪骤然蒸发，生起淡淡的雾气。无垢剑挡住了灵犀指，却没能完全消弭这一根纤细手指上的威力，陈长生的眉心也流了一滴血，仿佛多出了一颗红痣。

石桥上一片静寂。远处洛水船上的人们发现战局并不如想象的那般惨烈，也暂时平静下来。隔着淡淡的雾气，陈长生和徐有容对视着，很长时间都没有说话。都受了伤，看起来是陈长生的伤更重一些，但现在两把剑都在他的手里。那么究竟是谁胜了？很明显，陈长生和徐有容对最后的胜负已经不再关心，看着对方，心里生出无数的疑问。

"为什么我隔空夺回斋剑的控制权，让它在最后那一刻向右偏离七寸，最终斋剑却还是刺中了我的左肩，难道说，你的大光明剑从最开始的时候，就没有想过刺伤我的要害，最后也只想刺进我的左肩？"

"为什么你最后那记无垢剑堪称慧渺无双，有很大的机会能够与自己的灵犀指一起落下，至不济也能搏个同生共死，却偏偏在那一刻发生了些许凝滞，最后却又玄妙难言地出现在你的眉前，挡住了我的手指？"

七天时间，十七张星图，三百张纸，无数次推演计算，二人修道生涯里的所有经验与智慧，都放在了这场战斗里，他们已经把所有的细节都算到了极致处，然而最终却发现，等待自己的还是意外。那是因为他们能算剑路、能算天时地利,却无法算透人心,算不到对方在想什么。

　　陈长生算了七天七夜,却没有算到……徐有容居然能够提前算到他最后会以剑意撼斋剑,从而破她的大光明剑,继而借势而前,最最关键之处在于,他没有算到徐有容从开始到最后都留着手,对他没有一丝杀意,甚至连伤他的心思都不强,所以他把撼动斋剑的距离算错了——斋剑刺伤了他的左肩,实际上是被他自己所伤。

　　这场奈何桥之战,陈长生只想求个平局,却不知道,她只是不想输。同样,徐有容也没有想到,他会这样想,因为她知道他是谁,但他不知道她是她,那么他没有任何道理回护她。

　　她以为他想赢,那么最后必然会操控斋剑,来破她的大光明剑——在周陵前,她看过类似的画面,知道他有这个能力——她已经做好了准备,当他试图抢夺斋剑的时候,她会借势掌控所有的局面,最后当着洛河两岸无数人面前宣布,此战是和局。然而,她却没想到陈长生没有抢夺斋剑反攻的意思,只是在防守。包括最后无垢剑的走势,也是如此。

　　总之,他们想起了一处,却没有想到一处。无数次的推演与计算彼此相遇之后,便变成了想不到。徐有容没有想到的更多,因为她确认他不知道自己就是那位初见姑娘,所以她错得更多。错就错在,她还是没有完全认识清楚这个叫陈长生的少年。他似乎比她在周园里认识的那个人,比她想象中的那个人似乎还要更加好。

　　这很好。她输得很甘心。"我输了。"

　　如果一定要分出生死,这场对战当然还可以继续,她的伤比陈长生要轻,还有很多手段没有施出,但这不是生死战,这是论剑,现在两把剑都在陈长生的手里,所以她认为自己输了。没有任何相让,她很平静地接受了这个事实。

　　陈长生没有办法平静,因为他还有很多事情想不明白。而当他听到徐有容的声音后,更加无法平静。这个声音很悦耳,是清涧里的水,是秋枫上的露。这个声音有些耳熟,仿佛在哪里听过一般。他望向徐有容,目光却依然被那层白纱隔绝在外。但他依然盯着白纱在看着,看得越来越认真,越来越紧张。纵使风雪再起,残留的剑意嗤嗤微响,都斩不断他的视线。

　　他的身体忽然变得有些僵硬,声音也有些发紧:"你……你……再说一遍?"

120·理还乱

这是奈何桥之战开始之后,二人第一次开口说话。也是"陈长生"和"徐有容"的第一次交谈。徐有容说我输了。陈长生说你再说一遍。

如果说出这句话的人是唐三十六,那么这句话毫无疑问就是极具杀伤力的嘲讽。徐有容肯定会直接用天凤真血把这座桥烧了。但她知道陈长生的性情为人,知道他猜到了些么,有些紧张,所以并不生气,微笑不语。

白纱遮着容颜,也看不到笑颜,只能隐隐感觉得到空气中流淌着的意味。便在这时,风雪微作,徐有容帷帽边缘垂落的白纱被拂了起来。这场对战里剑意纵横,尤其是大光明剑威力极其可怕,她的衣裙与帷帽有真元相护,白纱却无法幸免。飘拂起的白纱,断裂开来,缓缓落到了地面上。

白纱的不幸,是陈长生的幸运。因为他终于看到了她的脸。那是一张美丽不可方物的脸,眉眼如画,肌肤吹弹可破,胜雪三分。她真的很美,美到足以夺去三军士气,天地光明。但这张脸对陈长生来说是陌生的。正当他觉得遗憾袭来之时,看到了她的眼睛。

那是一双美丽至极的凤眼,眼里有无数星辉,仿佛正在燃烧,明丽刺眼。但他把眼睛睁得极大,盯着她的眼睛,一直看到了最深处。那里没有星辰,没有光明,没有神圣,没有责任,只有空山新雨后。这时候,这双动人的眼睛里还有很多话,还有很多笑意。陈长生当然认识这双眼睛,他永远也无法忘记这双眼睛,他曾经以为自己再也无法与这双眼睛对视,直至此时此刻,直至奈何桥头雨雪一战后的片刻宁静,微风拂落了他的对手脸上蒙着的白纱……

前段时间,坐在周陵里,他真切地体会到了什么叫作悲伤如潮水一般涌来。这一刻,他终于明白了书上写的如遭雷击并不是夸张的形容,而是一种真实的情形。略有些黯淡的雪空里,仿佛生出一道无形的闪电,直接劈中了他。他的身体僵硬无比,无法言语,握着剑柄的双手一片寒冷,身体里却是火热至极。他极其艰难地把视线从她的眼睛里拔出来,极其笨拙地转身,望向洛水上游那白茫茫一片的天与水。

过了会儿,他再次转身回来,望向她,张开嘴想要说些什么,但终究什么都没能说出口,只好再次望向洛水上游的无人地带,因为他担心再继续看她,已经有些微微颤抖的双腿会不会直接就软了。

看着他这笨拙滑稽的模样,徐有容眼眸里的笑意越来越浓,掩嘴而笑,眼里开出了一朵花。她走到桥畔,站到他的身边,向着洛水上游看去,平静说道:"有什么好看的吗?"

"你……你先别对我说话,我这时候有些乱。"陈长生的脸有些红,不是灵犀指的余威,也不是天寒地冻的原因,而是紧张。他看着洛水,闻着身畔传来的淡淡幽香,便觉得心慌意乱,根本不敢向旁边看一眼。开战之前,他也很紧张,所以在桥畔看雪入洛水,从动静如一里终于获得了内心的平静。然而,此时无论他怎么看雪入洛水,都无法平静下来。

徐有容轻轻把鬓角的发丝捋到耳后,看着他的侧脸,不想让他太窘迫,便敛了笑意平静说道:"先前最后那一剑,你为什么没有按最开始的宿参位直行,而是忽然回剑齐眉?"

论起剑来,陈长生果然稍微平静了些,喃喃说道:"我是猜的。"

苏离传他慧剑的时候说得很清楚,在很多时候,就是要用猜。这个说法听上去有些没道理,但以徐有容的天赋,自然能够明白。她本来不想再取笑他,但听着这话,还是忍不住说道:"那你怎么就猜不到我是谁?"

她说得很平静,但仔细听还是有些幽幽的意味。

陈长生这时候已经傻了,低着头根本说不出话来。

徐有容没有再说什么,静静站在他的身旁,看着雪入洛水。

从开战到现在,洛水两岸一直响着滔天的喝彩声与议论声,当烟雪与雨雾相遇,斋剑与无垢剑绽放出最明亮的色彩后,喝彩色与议论声攀至了顶峰,普通的民众们看不懂这场战斗,但奈何桥上炫目的画面,已经足够令他们动容。这场万众瞩目的对战终于结束了,赞叹与议论还在持续,因为民众们看不出来,究竟是谁获得了最后的胜利。

"我看应该是小陈院长,最后圣女不是先退的?"

"两个人都受了伤,小陈院长受的伤还重些,凭什么说圣女输了?"

"可你没看最后两把剑都落在了小陈院长的手里?"

"那又能说明什么?圣女真正强大的手段都还没用,你看到传说中的凤血了吗?"

"难道你就能确定小陈院长出了全力？"

河堤前方很快传来消息，说是徐有容承认输在了陈长生的剑下。洛水两岸经过一段时间的安静，才渐渐消化掉这个事实。

"哎……你们快看桥上！"

无数双目光望向远方的奈何桥，看到了陈长生与徐有容并肩站在那处，似乎还在轻声交谈着什么。片刻后他们不再说话，静静站在那里，任微雪飘落，因为隔得有些远，仿佛他们的身体都靠在了一起。洛水两岸的议论声渐渐平息，变得异常安静，人们看着奈何桥上的这幕画面，有些诧异，先前还在执剑而战，这时候便能并肩站在一处看风景？这是怎么回事？

"圣女……这是剑下留情了吧？"

岸边观战的民众里只有极少数人支持陈长生，即便是这些人也沉默了，因为看得出来，这场对战精彩无比，但很明显双方都没有生死相搏，民众们看不懂那些雨雪里的神妙剑招，此时看着桥上的画面，却能感受到其间隐隐涌动的某些意味。

奈何桥上的画面很美，画面里的他们站在一起很融洽，很平静，人们不忍发出声音来打破。直至很久很久以后，洛水两岸的人群里才渐渐响起很多意味相同的感慨。

"如此一对神仙眷侣，怎么就非得拔剑相向呢？"

121 · 乱弹琴

相对于洛水两岸的民众，船上的人们更加不解。战斗已经结束了一段时间，陈长生和徐有容却没有走下奈何桥，而是静静站在桥的那头，不知道在看什么。

无论是茅秋雨还是凌海之王这些大人物，甚至是徐世绩，都以为陈长生和徐有容并不相识，而且他们清楚这场奈何桥之战背后隐藏的意味，所以不认为陈长生和徐有容会通过这场论剑生出某些惺惺相惜之感。那么为何战斗刚刚结束，他们就可以如此平静地站在一起？而且隔得如此之近？他们这时候是在做什么？

"这是在搞什么？"唐三十六看着雪桥上那二人的背影说道。

莫雨同样如此，再联想起那夜徐有容去国教学院的事情，越发觉得这件事情有些问题，微微皱眉。

唐三十六有些恼火说道："不管是冒充孤独还是模仿绝望，能不能照顾一下我们这些观众的心情？"

苏墨虞在旁问道："什么心情？"

唐三十六指着奈何桥上的陈长生与徐有容，说道："刚刚打了这么激烈的一场架，明明都受了伤，这时候被这么多人盯着看，居然还有心情在这里赏雪？你不觉得这太……那啥了吗？"那啥是一句脏话。洛水两岸和船上的人们心情或者各异，但没有人会像他这时候一样想骂脏话。因为这时候奈何桥上的画面真的很美。

陈长生和徐有容站在桥的那边，背对着洛水上的那艘大船和两岸的数万民众，便仿佛不在这个世界里。

不知道过了多长时间，陈长生抬起头来，望向她，说道："你……"

徐有容没有看他，看着洛水上游，平静说道："不要说话。"

陈长生有些迟疑，说道："那我……"

徐有容微微挑眉，说道："不是说过不要说话？"

陈长生低头，说道："噢。"

徐有容看着眼前飘落的一片雪花，说道："不要对别人说我们的事。"

不是说不要说话吗？陈长生只敢在心里想了想，又想着她的要求，有些不解。"呃？"

徐有容忽然问道："高兴吗？"

陈长生很老实地做出了答复："嗯。"

徐有容转头望向他，微笑说道："真傻。"

陈长生挠了挠头，说道："啊。"

"我先走了。"徐有容说道。

陈长生有些意外，着急道："啊？"

徐有容伸手接过斋剑，向着雪桥那头走去。

陈长生看着渐渐消失在风雪里的她的背影，完全不知道该作何反应。他再一次感受到前些天在周陵里感受到的那种感受。无数情绪仿佛潮水一般袭来。这一次的潮水里不再有悲伤，复杂至极。

他浑浑噩噩地站在奈何桥上，看着白鹤飞走，忽然又看着那只山鸡般的幼鹏。在风雪里，那只幼鹏扭首看了他一眼，显得极为嘲弄。他转头重新望向洛水，靠在栏杆上，低着头。他没有用手捂脸，也知道自己的脸这时候烫得厉害。没有用手捂脸，还因为他的手里现在有张小纸条。

这张小纸条是先前徐有容接斋剑的时候，偷偷塞到他手里的。在青藤六院里，在那些州郡乡野的私塾州学里，窗外春光明媚之时，书桌之间总会有小纸条在不停流动。那些小纸条仿佛春光一样。今天风雪交加，当着京都数万民众的面，他也收到了一张小纸条。

纸条上写着一个地址，一个时间。

福绥路的豆花鱼。今天的黄昏后。

这是陈长生第一次收到这种小纸条。他回想着看过的那些才子佳人小说和唐三十六平日里的教导，有些不确信地想着，这就是约会的意思吗？

风雪如前，奈何桥渐渐热闹起来。徐有容认输，然后离开，这场万众瞩目的对战至此终于结束。且不提这场奈何桥之战会对离宫与朝廷之间的对抗带来怎样的变数，这场战斗必然会被记载在史书上，成为将来教宗与圣女的初次相遇之战，然后无数次的被人提起，比如现在就有很多人想知道这场战斗里的细节。

尤其是唐三十六。他根本没有理会国教骑兵与羽林军的示意，化作一道烟跑到奈何桥上，看着陈长生气喘吁吁地问道："到底谁赢了？"

陈长生这时候的精神状态还有些恍惚，听着他的问话，下意识里回答道："她没输。"

"我提醒过你，不要因为她生的好看就手下留情！结果现在好，你手下没留情，却在嘴上玩这套，她没输难道是你输了？"唐三十六恼火道，"徐有容都已经承认自己输了，你还想骗我！"

陈长生不理解他为什么如此愤怒，心想就算如此，你作为我的朋友难道不应该开心吗？

"你既然能胜过她，开战前为什么要我去买你输？你到底是啥意思？"唐三十六想着这件事情便气不打一处来，说道："你是猪啊！"

陈长生这才想起来这件事情，又想起来很多事情，有些羞愧说道："是的，我是猪。"

唐三十六怔住了，这才发现他有些问题，看着竟有些失魂落魄。

411

在无数京都民众的注视下与街道两旁的喝彩声里，陈长生等人回到了国教学院。院墙外的酒楼彩灯高悬，琴声乱响，因为院长的胜利而骄傲喜悦的师生们，正在那处纵情庆祝。陈长生回到房间里后，却很长时间都没有出来。唐三十六、苏墨虞和轩辕破站在楼下，看着三楼的窗户，脸上满是猜疑的神情。

陈长生最终获得了这场举世瞩目的战斗的胜利，而且胜得很漂亮，没有任何可以被指摘的地方，可是为什么在他的脸上看不到太多胜利者应该有的情绪？就算他与徐有容的关系有过婚约，情绪或者会有些复杂，但又何至于如此？在奈何桥上究竟发生了什么事情？陈长生遇到了什么问题？

"让一个有洁癖的人承认自己是头猪……"唐三十六看着窗户，神情凝重说道，"这件事情看来很不简单。"

122 · 人约黄昏后

这时，折袖扶着拐从楼里走了出来，看着三人说道："如果想知道，直接问他就好。"

唐三十六摇头说道："我问过，他没有说，而且看他那时的反应，只怕打死都不会说。"

轩辕破有些头疼，说道："依你看来，最有可能发生了什么？"

唐三十六说道："我怀疑他是不是一开始就准备让徐有容赢，所以才让我去买他输，结果没想到自己一不留神就赢了，所以他现在才会表现得这么怪……"

苏墨虞摇头说道："即便与事前的推演计算有偏差，也不至于如此。"

唐三十六说道："你不懂，我的意思是说，他很可能拿全部身家买了……自己输。"

场间一片安静，轩辕破过了会儿才想明白，倒吸一口冷气，说道："那陈长生岂不是在假打？"

折袖见他们说得越来越不像话，摇了摇头离开，不再理会此事。

苏墨虞无奈说道："依我看来，陈长生只是道法修为日深，能够胜负不系于怀，你们过虑了。"

轩辕破想了想，摇头说道："刚才在车里他那一时傻笑一时皱眉的样子可不像。"

唐三十六冷笑说道："连一头狗熊都能看出来，那他真是有问题。"

便在这时，楼上那扇窗户里忽然传出了一道喊声。不是遇敌，也不是有蟑螂，而是陈长生在发泄。

"看……如果不是输了这么多钱，何至于痛苦如斯？你们什么时候见他情绪如此波动过？"唐三十六看着三楼的窗户感慨道。

然而下一刻，那个房间里传来的喊声变成了哼歌的声音，隐约能够听出来，是首不怎么出名的俚曲。

苏墨虞看着唐三十六说道："你还觉得他心情不好？"

唐三十六说道："我说过这不是心情好坏的问题，是情绪起伏的问题。"

苏墨虞想了想，发现唐三十六的话有道理。在国教学院这几个人里，如果说到控制情绪，当然是斡夫折袖最强，其次便要轮到陈长生。无论是在日常的生活里，还是修行战斗中，陈长生从来没有情绪失控的表现，平静沉稳到远超他的年龄，甚至给人一种久经世事的感觉。但今天的陈长生很明显有些不一样。

"你们听说过晋贩中举的故事吗？"唐三十六看着三楼的窗户，眯着眼睛说道，"如果我刚才的推测是错的，那么极有可能是他因为赢了徐有容太过狂喜，从而患了失心疯。"

便在这时，三楼的那扇窗户忽然被推开，陈长生探出头，向楼下望来。唐三十六等人吃了一惊，赶紧低头，嘴里胡乱低声说着什么，装作正在闲聊，以免被他看出异样。

陈长生哪里知道国教学院里的人们正在担心自己的精神状态，喊道："唐棠，你上来帮我个忙。"

"什么忙？"

"你帮我看看，穿什么衣服比较合适。"陈长生指着衣柜里那排干干净净、整整齐齐、过了一年却依然如新衣般的衣衫，对唐三十六说道，"嗯……也不是太正式的场合，只是不想失礼。"

唐三十六看着衣柜里那十几件素色的衣衫，无奈说道："你觉得谁能看出这些衣服之间的区别？"

就像当初徐有容夜探国教学院里的感受一样，陈长生的衣服永远是那些样式，那些素色，除了干净没有任何特点。陈长生心想确实如此，思考片刻后说道："要不然把你的衣服借我一件？"

"魔族的月亮还真跑京都来了？"唐三十六像听着很不可思议的事情，盯着他的眼睛看了半天，有些无法理解道，"对寻常人来说，离宫的庆功宴当然重要，但现在你进出离宫不要太随便，何至于这么重视？"

陈长生怔了怔，直到此时才想起来，原来今天傍晚在离宫有一场宴会……奈何桥之战举世瞩目，他作为国教学院院长，也是默认的教宗继承人，战胜了代表着天海圣后和南方教派的徐有容，这场庆功宴自然免不了。

"我一会儿有事情要去办……你和苏墨虞代表我去离宫，可能要麻烦你帮我向教宗陛下解释两句。"

唐三十六很吃惊，心想什么事情能比这场晚宴更重要，要知道教宗陛下极有可能在这场宴会上顺势宣布一些事情。

"你要去办什么事？"

"我真不能告诉你。"

唐三十六不再追问，走到窗边，背着手看着落雪的冬湖，似乎很随意地说道："学院的车去哪里接你？"

他们两个人太熟了，陈长生很清楚他想做什么，也知道如果自己问，他肯定会说夜寒道冻不好走……

"我不会告诉你地点，你也不要想着跟踪我。"他看着唐三十六的后背，说道，"这是我自己的事情，让我自己处理吧。"

唐三十六没有转身，问道："你确认自己能处理妥当？"

陈长生说道："不清楚，希望能。"

说完这句话，他从衣柜里取出一件平时常穿的素色长衫换上，看了眼书架上的竹蜻蜓，走出了房门。

唐三十六站在窗边，看着他走出小楼，走进湖畔的冬林，过了会儿，看着他越过院墙，就此消失不见，忍不住微微皱眉，心想如此小心谨慎，行踪如此隐秘，你究竟是要去办什么事？

走过寒冷的冬林，越过承雪的院墙，压低笠帽，汇入街上的人群，向着雪云那面黯淡的日头，没有走多长时间，便来到了西城一条很寻常的巷子里，巷子很短，但地理位置极好，不远处便是离宫，所以有很多食肆酒家。这条巷子便是纸条上写的福绥路。

陈长生站在巷口，低头看了看身上，确认一切都很妥当，稍微放松了些。他身上穿的普通衣衫，但洗得很干净，先前在国教学院里，他把自己也洗得很干净。

在奈何桥上，她的指尖在他的眉心留下了一滴血，就如离开周园之后确认过的那样，现在他的血已经没有了味道，连续洗了三遍之后，更没有残着什么味道，他的身上现在只有清新的淡淡皂叶味。

他的黑发束得很紧，有些微湿，没有全干，被深冬街巷里的风吹着，最表面凝出一层浅浅的霜。

就像他这时候的心情。

123·请假举个手

陈长生走进了巷子。过了会儿，他又从巷子里走了出来。他站在巷子口，显得有些茫然——因为他在巷子里来回走了两遍，看到了好些家食肆，却没有看到纸条上说的什么豆花鱼。那就等着她来？他站在巷子口，忽然生出一种想法，莫不是她为了惩罚自己的愚蠢，所以故意戏弄自己？是的，应该便是这样吧，不然为什么会在纸条上留下一个并不存在的地址？

他的心情有些复杂，天上飘落下的雪渐渐变得大了，街巷里的行人纷纷走避离开。今天因为离宫里的那场盛宴，很多人都去了神道处看热闹，福绥路里的酒家食肆生意远不如平日，这时候显得愈发冷清。

他没有离开，就在落雪的巷口等着。

离宫的神道两侧悬着明灯，雪花飘飘落下，等着看热闹的京都民众稍微少了些，那些坚持下来的人，看着来自各王公府邸、诸殿的华贵车辇鱼贯而入的阵势，还是觉得此行不虚。今夜设宴的光明正殿里，已经站满了教士、大臣还有诸殿诸院的人们，而光明正殿背后那座清幽的殿宇里，依然像平日里那般安静。

教宗今天要参加这场夜宴，身上的麻衣已经提前换好为神袍，右手举着瓢，正在向盆里的青叶浇水，看着青叶现在生长得越发茁壮，老人的脸上露出欣慰的笑容，取过盆边搁着的软毛巾轻轻擦拭了一下双手。

陈长生前几次来离宫的时候，已经注意到这盆青叶的变化，他不明白，既然青叶世界和周园一样，都是稳定的空间碎片，无法变得更大，那么教宗如此细心呵护其成长，难道只是为了让进入青叶世界的门变得更稳定？还是说随着那盆青叶的茁壮成长，青叶世界与本原世界之间的那扇门会变得越来越大？如果是这样，教宗为什么要让青叶世界的门变大？

"这件事情终究太大，陛下您不需要再思考一下？"茅秋雨静静站在教宗的身后，神态很恭敬，双袖上没有丝毫颤动。

教宗放下毛巾，微笑着说道："听你转述奈何桥一战，我发现这孩子比我想象的还要更加可靠，你也说过，单以潜质与前途论，真的再难找到比他更好的对象，既然如此，我把国教传给他，也能放心。"

茅秋雨沉默了会儿，说道："陛下所言甚是，只是凌海与司源二人毕竟修为资历都远在陈长生之上，而且他们当年也是得到过您的悉心培养，我想，他们应该很难接受这件事情。"

教宗走回台上，从琉璃座上取下神冕戴到头上，却没有拿起那根代表着国教权力的神杖，缓声说道："就算是我自私吧，毕竟国教正统的传人现在就只有这个孩子，而且他将来会面临人世间最艰难的选择，最惘然的无措，最彻骨的悲郁，那么这个名分，就算是我提前施予他的安慰，也是国教应该给他的报酬。"

说完这番话，他缓缓转身，向着那面冰冷的石壁走去，随着脚步前行，石壁缓缓开启，放出无限光明。

这是一颗曾经在甘露台边缘照亮京都的夜明珠，因为岁月风雨的缘故渐渐变淡，所以被取了下来，搁在皇宫一座宫殿里做照明之用，虽然这颗夜明珠已经不像最初那般光彩夺目，但对书桌上的奏折来说，依然无比光明。圣后娘娘正在批阅奏章，同时听着殿里回荡的那些语句。那名苍老的太监首领躬身站在下首，用很轻柔的声音，把上午奈何桥一战的具体细节讲了一遍。

陈长生和徐有容的奈何桥之战，发生在清晨之后不久的时间，然而无论是教宗陛下还是圣后娘娘，都是快到傍晚的时候，才让人来仔细汇报此事，这说明与整个大陆的看法不同，这两位圣人其实并不怎么在意这场战斗，虽然陈长生和徐有容是他们最信任的晚辈，从某个角度上来说，是他们的继承者，但在他们眼里，这依然是小事。

"……斋剑出于剑池,小陈院长想必留着后手,圣女事先就应该清楚此事,有所准备,但不知为何,依然没有一击制敌,陈长生用左肩受伤的代价,强行夺走斋剑的控制权,又出乎意料地挡住了圣女的灵犀指,若只是论剑,应该算是胜了半招,但如果是真正的战斗,再持续下去,他应该没有胜利的机会,只是……圣女直接就那样走了。"说完这段话后,太监首领小心翼翼地抬头看了一眼,然后退到了后方。

圣后的神情没有变化,太监首领没有抬头看的大多数时候,她也是如此,奈何桥一战里,陈长生和徐有容展现出来的天赋与智慧,足以震惊绝大多数人,但不包括她,只有当她听到徐有容领悟了大光明剑的时候挑了挑眉,似乎有些没想到。

"真是个倔强的丫头。"她将奏折扔到桌上,起身走到殿门处,负手望向远处夜空里隐约可见的光明,那里应该便是离宫。

便在这时,莫雨匆匆而至,神情显得极为凝重,将刚刚发生的那件事情禀报给了她。圣后静静看着离宫的方向,唇角微有笑意,眼神却一片漠然:"越来越有意思了。"

奈何桥一战已经结束,事后引发的议论却很难在短时间内平息,光明正殿里的大人物们交谈时的主要内容,还是围绕着这件事情,以这些大人物们的眼光与境界,事后冷静下来,稍一回想便明白,徐有容没有动用天凤真血,就是刻意要把自己压制在正常人的程度,想要堂堂正正地凭借实力面而不是天赋战胜陈长生,但这并不代表他们就会认为陈长生是胜之不武,因为他们也很清楚,陈长生也没有动用最强大的手段,比如当初在浔阳城雨战里,他受了朱洛一剑而不死的方法。

便在这时,光明正殿里忽然响起庄严仁慈的音乐声,最深处的石壁缓缓开启,光线四处溢散,大殿两侧的石雕泛着光泽,殿内众人赶紧整理衣装,肃容排列,对着从石壁里走进光明的教宗陛下谦卑行礼。

教宗陛下在大骑士长与数位大主教的簇拥下,缓步走上高台,司源道人和凌海之王自然也在其间,英华殿大主教茅秋雨站在最后方,令人们有些吃惊的是,那根代表着国教权柄的神杖,这时候被他捧在双手里。

没有任何繁复冗长的程序,茅秋雨平静地开始宣读陈长生替国教立下的功勋，从大朝试到天书陵，从周园到今晨的奈何桥，甚至就连国教学院的新生——这件本来是国教禁忌的事情——也成为了他功绩簿上的一笔。

本来就是国教的庆功宴，庆的当然就是陈长生的功绩，茅秋雨宣读这些，是所有人都提前想到的事情，只是接下来发生的事情，除了茅秋雨和教宗大人之外，没有一个人想到。

茅秋雨在宣读完陈长生的功绩后，没有如人们以为的那样，直接宣布国教对他的奖赏，而是平静地走到了教宗陛下的身旁，便在所有人震惊的目光里，教宗陛下伸手接过神杖，说道："以此赐福于他。"

光明正殿里鸦雀无声，没有一个人说话，因为人们太震惊了。现在陈长生是国教学院的院长，在很久以前他就是教宗陛下的师侄，只不过没有人知道，天书陵之后，整个大陆都知道了教宗陛下的安排，知道陈长生会成为下一代的教宗，但那终究只是猜测或者说是推论。

今天是猜测得到证实、推论变成现实的一天。教宗陛下把象征着国教权柄的神杖交给了陈长生，这也就是向整个世界宣布了他就是自己的继承者。

光明正殿里的寂静持续着，不是诡异也不意味着会发生什么波澜，没有人敢在这里违逆教宗的意志，只是人们不知道应该做出怎样的反应，这是理所当然的事情，但比人们想象的要早了很多，没有办法不震惊。

陈长生才十六岁。

曾经被整个大陆认为，最有希望接过这根神杖，继承教宗之位的司源道人和凌海之王，脸色异常难看，他们本以为自己至少还有十几年的时间可以用来改变教宗的意志，却没有想到，教宗陛下根本没有给他们留任何时间。

他们很清楚，为何教宗陛下会选择在此时确定陈长生的继承者之名。如果是以往，国教新派比如他们和他们的支持者，或者还可以用陈长生太过年轻，需要再被观察一些年头作借口，拖延教宗做出决定的时间，但现在大陆已经有了一位十六岁的南方圣女，再多出一位十六岁的候选教宗又算什么？更不要说，这位候选教宗今天才刚刚胜了那位南方圣女。

大殿里的寂静继续着，渐渐的人们觉得有些不对劲，就算人们不知道该作何反应，那么陈长生呢？就算他也很吃惊，这时候也应该站出来感谢教宗大人的赐福，然后接受殿内众人的祝福才是。茅秋雨的视线在殿里来回巡视了一番，眉头深皱，有些不可思议问道："陈长生呢？"

在大殿某个角落里的人群里忽然伸出了一只手，同时响起了一道有些不安的声音。"他……他……他……中午太高兴吃多了，有些拉肚子，托我给大家……请个假。"

今夜国教庆功，教宗陛下亲授神杖，确定国教继承者之位的时候……当事人居然不在？光明正殿里一片哗然，人群如水一般分开，把刚才说话的那个人露了出来。

唐三十六低着头，举着手。

124·倾伞如故

唐三十六的手举得很低，头也很低，声音其实也很低。虽然看不到他的脸，也能想象得到他该有多尴尬。人群如潮水一般分开，哪怕他再如何尴尬，作为世人皆知的陈长生的好友，尤其是带着国教学院总监的身份，再加上苏墨虞和轩辕破都极其坚持地别过头去，他也只能向前走去，一直走到了教宗陛下的身前。

茅秋雨的脸色有些难看，强忍着才没有训斥他。教宗陛下的神情却很平静，把神杖递到了他的手里。神杖并不如人们想象的那般沉重，但唐三十六却觉得其重如山，甚至快要承受不住，屈膝代陈长生行了一礼。

他低着头，也能感受得到四处投来的目光，有些目光是惊诧，有些是不屑，有些是欣慰，更多的却是敌意，锋芒如剑。他觉得自己很无辜，于是很恼火，按照茅秋雨的指点，说着感恩之类的话语，心里却在不停地骂着脏话。那些脏话，自然是骂给此时不知在哪里的陈长生听的。

雪落得越来越大，街巷间早已没有行人，巷子里有灯火不停被点亮。

陈长生在福绥路已经站了很长时间，看着天色，在心里叹了口气。雪云遮日，京都有些昏暗，只隐约能够从明亮度判断出，太阳正在向着西边移动，快要沉沦。

纸条上的时间写的是黄昏，只是黄昏里的世界往往有些模糊，黄昏本身也就是一个模糊的概念，太阳从开始落山到完全落到地平线下，总会有半个时辰的时间，那么现在还算黄昏吗？他是不是到得太早了些？还是说她真的不会来了？他想着，如果天全黑的时候，她还没有来，那么便离开吧。

便在这时，远方传来了很大的声音，隐约是离宫方向，他根本不知道发生了什么事情，更不知道那件事情与自己有关，在风雪里搓着手，一时看看皇宫过来的方向，一时看看东御神将府过来的方向。

他的经脉有问题，能够输出的真元数量不足，但身体里的真元数量其实很丰沛，根本不会畏惧寒冷，之所以这时候不停地搓着手，偶尔还会跺两下脚，完全是心情方面的问题。天色渐渐深沉，真的快要黑了，他也放弃了所有希望。

便在这时，一道声音在他的身后有些远的地方响了起来。

"你怎么站在这儿呢？"

听到这个声音，他的身体微僵，转身望去，只见后方的巷子里缓缓走来了一个撑伞的人。那把伞看着有些旧，似乎有些古怪，在昏暗的光线里把伞下隔绝开来，很难看清伞下，一般人甚至可能根本都看不到。但陈长生能，因为他对这把伞很熟，这伞本来应该是他的，这把伞当然就是黄纸伞。就像雪里的一片落叶，黄纸伞缓缓来到他的身前，然后微微向后仰去，便露出了徐有容的脸。那张很难用言语来形容，只能俗套地用完美二字描述的脸。

看着这张美丽至极，而且确实很陌生的脸，陈长生有些紧张，有些失神。他望向她的眼睛，找到了那抹熟悉的宁静淡然，才终于渐渐放松下来。他熟悉她的声音，也熟悉她的眼睛，视线一朝相遇，陌生不再，二人仿佛再次回到周园里。一路同生共死，朝夕相伴，坐而论道，起而迎敌，倾盖如故，白首到老。

倾伞，便如故。但何至于现在便要说白头？陈长生觉得自己忽然想起这些词语，好生尴尬。

他这时候还不知道，在离宫里有个人比他还要更加尴尬。

"你为什么站在这里？不是说好了去吃豆花鱼？"

和陈长生现在的紧张不同，徐有容一直都知道他是他，数十天的时间足够她变得平静下来。而且他们在周园里面真的相处了太多时间，她看见他，真的没有办法感到陌生，更没办法表现出什么距离感来。

"……我先前进巷子里找了两遍，都没找到你说的豆花鱼。"陈长生说道。

徐有容怔了怔，望向巷子里，带着些憾意说道："三年没回，居然就没了，那家的鱼真的不错。"

"你怎么……从那边过来的？"陈长生指着她来时的巷口问道。那条街巷不是皇宫过来的路，也不是东御神将府过来的路，所以他才没有发现。

"我去了小橘园，等了会儿，莫雨……没回来，我才过来，晚了些。"

说这句话的时候，徐有容睫毛轻眨，视线微低，两颊略有红晕。

先前赴约之前，她忽然想起来，这是她与陈长生的第一次……私下相会，周园里当然不能算，忽然觉得有些羞涩，又想着在奈何桥上是自己主动发出的邀约，不想被觉得如何，所以临时起意想带着莫雨同行。谁知道莫雨不在。她也不知道是该觉得遗憾还是庆幸。总之，这些事情对她来说，要比解读天书碑复杂多了。

天色太过昏暗，陈长生没有看到她的神情，他在这方面很迟钝，当然也想不到她为什么要去小橘园找莫雨，只想着今天的目的是约着吃饭，有些不确定问道："要不然就在巷子里吃些别的，还是……去别的地方？"

"就在这里吧。"徐有容把伞柄递了过去。陈长生很自然地接了过来。不需要言语，连眼神都不需要，递伞接伞的动作很自然，仿佛做过了无数次。因为，这个动作他们在周园里确实做过无数次——在日不落草原上，遇着妖兽时，急着赶路时，大部分时候，都是她在他的背上，伞在她的手里，当她累了的时候，便会把伞交给他。陈长生撑着伞，与她并肩向雪中小巷里走去。

时间改变世间事物的速度或者比流水也快不到哪里去，但改变一条街巷上的酒家却非常容易。福绥路现在最出名的早已不是豆花鱼，而是铁锅炖骨头。短短的巷子里，便有五家铁锅炖骨头，外面的幌子上都写着正宗齐市大骨头，也不知道究竟哪家才是真的。铁锅生出的热雾，从那些酒家里向外溢着，混着那些极浓郁的肉香，在寒冷的冬天里无比诱人。

陈长生和徐有容不惧风寒，对这种感觉却也有些向往，觅着一家看着稍干净些的，便走了进去。铁锅炖骨头用的都是炕锅，厚厚的棉门帘掀开后，迎面而来便是一股热浪。今天的生意有些冷清，平日极为热闹的铺子里，居然只有一张炕桌有客人。这种情况下的客人，自然是真正的食客，注意力全部在那些香极了的肉骨与酒水上，根本没有注意到进来了一对年轻男女。

陈长生和徐有容走到最里面，还没有落座，便听到身后忽然传来了激烈的吵架声。

一名食客把酒碗重重地放到桌上，大怒道："有容小姐把那个陈长生打得像条狗一样，怎么能是她输了！"

另一名食客冷笑说道："那有容小姐为什么要认输？"

那名食客憋得满脸通红，憋出句话来："……那是她旧情难忘，想着陈长

421

生毕竟曾经是自己的未婚夫,所以才手下留情。"

老板在后厨听着吵架声,赶紧过来打圆场,好不容易把这几位客人安抚好,看见角落的阴影里新来了两位客人。那对年轻男女并未坐下,气氛显得有些尴尬,他不由觉得好生奇怪,心想别人吵架,关你们什么事呢?

125 · 对坐啃骨头

这家铺子的炕桌很干净,容易积灰的炕沿上也看不到灰,陈长生和徐有容却没有坐下,听着身后传来的争吵声,难免有些尴尬,直到那位老板走了过来,这种气氛才算是得到了缓解。可能是因为黄纸伞的缘故,也可能是因为角落有些偏暗的原因,老板没能认出他们来,脸上堆着笑容问道:"二位客人想吃些什么?小店的主菜是各种骨头,有什么爱吃的?"

陈长生望向坐在对面的徐有容,想要听听她的意思,徐有容低着头,没有说话。

"要不……二位先来碗猪大骨熬的汤暖暖身子,然后慢慢想?"老板越发觉得这对年轻男女有些古怪,只是在京都经营食肆,不知道见过多少怪情状,自然不会多事。

听见老板这句话里的某个字,陈长生再次觉得脸有些发烫,连连摆手说道:"还是不要了,吃牛骨头怎么样?"

这句话的后半段自然是征询徐有容的意见。徐有容没有什么意见,只是回想着在周园里的那些谈话,没记得他对猪肉有什么忌讳,为什么此时反应如此之大,不免觉得有些好奇。

老板是个很干脆利落的人,自作主意替他们添了几盘小菜,便去后厨准备,角落这张炕桌便只剩下他们二人,徐有容微微眨眼,把前面那桌的争吵声隔绝,看着他问出了心中的疑惑。

"不是有什么忌讳……只是……"陈长生犹豫了会儿,很诚实地说道,"唐三十六说我是猪,我觉得自己确实是猪,所以这时候不想吃猪肉。"

徐有容知道他这句话的意思,忍不住微笑起来,忽然想着一事,眉头微皱说道:"你告诉唐棠了?"

"没有,他是因为别的事情骂我是猪。"陈长生解释道。

说完这番话后,炕桌四周重新变得安静起来,那桌的客人还在激烈地争吵,却没有声音传进来,便连酒家外的风雪声也听不到丝毫,只能听到炕里的木柴噼啪声,而事实上,这声音却是普通人听不到的。

"那个人说的是错的。"徐有容看了眼那张炕桌,转头望向他很认真地解释道,"我在奈何桥上没有留情,我很认真。"她必须要把这件事情说清楚,因为这是事实,因为这代表着她对陈长生的尊重。

陈长生说道:"虽然我推演计算的是和局,但我的境界天赋和悟性都不如你,如果不出全力,也没办法做到。"

"我就是想和你光明正大地打一场。"徐有容平静说道,"无论是在周园里,还是以后,想必都不会有这个机会,所以进京后……我没有去找你。"

直到这时,陈长生才完全明白为何她一直瞒着自己。他们一个是候补教宗,一个是新任圣女,而且分别代表着国教与朝廷两大势力,怎么看都是先天敌对,但如果他知道了她的真实身份,自然不可能会有今天奈何桥上如此激烈的战斗,从现在直到很久以后,都不会。他不可能与她为敌,他相信她也同样如此。

"但你还是没有用你最强大的手段。"

陈长生看着她说道,"如果我没有料错,在周园里面,你的天赋血脉就已经再次觉醒。"

徐有容说道:"是的。"

陈长生说道:"如果你真的动用天凤的血脉,我不是你的对手。"

徐有容说道:"你就真的这么想被我击败?"

陈长生犹豫了会儿,说道:"其实……我只是想看看你生出凤翼的样子,想着应该很漂亮。"

有很多事情确实不需要教导,不需要唐三十六指点,哪怕再如何拙于言的人,偶尔也会说出很漂亮的话——当着他想要表达自己的善意与喜爱的对象之前。

徐有容心想你是见过的,只不过你当时已经睡着了。因为陈长生极为难得的漂亮话,她有些不适应,有些羞涩,转了话题说道:"你也只用了一把剑。"她比世间任何人都清楚,整个剑池的剑都在陈长生的剑鞘里,那才是他真正最强的手段。

"就算万剑齐出,也不见得能够正面抗衡你的大光明剑。"陈长生看着她的眼睛,很是赞叹感慨,"你真的很了不起。"

徐有容看着他的眼睛，很是无奈感慨："你真没有感觉到吗？"

"感觉到什么？"

"大光明剑里隐藏着的那道刀意。"

听到这句话，陈长生很吃惊，心想大光明剑乃是世间最高妙的剑法，有什么刀意能够驾驭？

"我用的两断刀诀，化刀意为剑意，才能勉强用出大光明剑。"徐有容说道，"还要感谢你当时的剑意相冲，不然我根本没办法在短短数天时间内，就掌握这套剑法。"

陈长生听到两断刀诀这四个字，更加震惊，心想两断刀诀不是暂时还不能用吗？听到她的下半段话才想明白，虽然他从来没有用过两断刀诀，但两断刀诀何其霸道狂野，依然强势地隐藏在他的剑意之中，在奈何桥上，徐有容正是把自己掌握的那段刀诀与他散发出来的刀意相合，最终才悟出了些许刀意，从而能够施展出大光明剑。

在很多人的眼里，今天晨时开始的那场奈何桥之战代表着很多事情，谁能想到，对徐有容来说，奈何桥之战除了尽情战一场之外，更是一个帮助她领悟两断刀诀玄功，继而掌握大光明剑的绝佳机会。

陈长生想到这里，对她不由好生佩服，又觉得有些不妥，心想何须如此着急，甚至有些凶险，如果奈何桥之战里，她未能领悟那两断刀诀的要义，无法掌握大光明剑，而自己又稍有失手，那该是多么可怕的事情。

不需要言语，看着他眼睛里的担忧神色，徐有容便知道他在想什么，平静说道："我是有史以来最年轻的圣女，也是最弱的圣女，老师离开了，娘娘毕竟是周人，所以我需要尽快立威。"

这句话很平实，甚至有些粗，但很诚恳。南方圣女绝大多数都会进入神圣领域，她的老师更是能够轻易击败八方风雨的圣人，就算是最弱的那几位南方圣女至少也是半步神圣的强者，只有她成为圣女的时候才十六岁，连聚星境都还没有破。作为有史以来最年轻，也是最弱的南方圣女，圣女峰与南溪俱自无言，她又要承受着怎样的压力，要面对怎样的风雨？

陈长生看着她有些瘦弱的肩头，忽然想起在周园里的那些对话。当时她说过自己背负着很重的责任，觉得很辛苦，想要避开。他以为她是秀灵族的天才少女，承担着秀灵族复兴的重任，开解过数次。然而现在他知道了，她是天凤转世,是圣女峰与圣后娘娘的希望,承担着整个人类世界与魔族对抗的责任,他又能如何开解她?

"有些事情,以后就让我来吧……我可以的。我是国教学院的院长。将来我会成为国教的教宗。"

他在心里把这些话想了一遍,组织了一下前后顺序,总觉得像是唐三十六的口气,正在犹豫的时候……

"正宗牛骨头,二位慢用。"

老板端着一锅热腾腾的牛骨头,打断了事关人类世界将来的一场重要谈话。和别家的铁锅炖骨头不同,这家的骨头是在后厨炖好后才端上来的,虽然稍微失了些农家味道,但胜在干净了很多,难怪灶锅四周会那么干净,连点灰都看不到。

接着,各色小菜也被端了上来,二人开始用餐。不知道是小菜太好吃,还是骨头太香,吃起来太麻烦的缘故,陈长生和徐有容很长时间都没有说话。安静的角落里只能听到炕下噼啪的柴裂声与碗筷偶尔碰到的声音。

不知道过了多长时间,陈长生忍不住抬头向对面望去,这时候才发现,今天她没有穿那件白色的祭服,也没有穿白裙,而是穿着一件有些厚的棉袄,他又想起来,在浔阳城的时候,看见圣女时便觉得那件白色祭服有些眼熟,然后他又想起来,在白草道旁的那间庙里,她说过自幼吃饭的规矩大,不能说话,这时候的安静,应该就是她习惯的环境?

那么就按照她的习惯吃饭吧,至少不会让她觉得有些不舒服的地方。陈长生这样想着,却没有重新拿起筷子,而是继续看着她。因为她真的很好看。铁锅里升起的热雾,很像奈何桥上的那些烟雪与雨雾,她的小脸在雾的那边,秀丽无比,仿佛如画。

但这时候的她不像传闻里的那位凤凰仙子。小小的身子仿佛要被棉衣整个包裹住,万人之前的光彩尽数敛去,就像个普通的小女孩。她低着头,轻轻地呼着热气,小心翼翼地咬着骨头上的肉丝,模样很可爱,就像个幼兽。最粗豪的铁锅炖骨头,竟被她吃出了秀气的感觉,仿佛她这时候是在细品精致的南方糕点,但吃的再如何秀气,速度却并不慢,没有过多长时间,她身前的桌上便堆满了极干净的骨头。她的脸有些微红,不知道是热的,还是不好意思,或是感受到了他不肯移走的目光。

最终证明，原因是后者。

徐有容抬头望向陈长生，问道："你怎么不吃呢？"

"噢，吃。"这两年因为受到唐三十六的影响，陈长生的话变得多了很多，但在她的面前，他仿佛又变回了西宁镇的那个老实的少年道士，说话极其简单，心思格外纯净，一点情绪都藏不住。

比如他这时候有些意乱，于是拿筷子的时候，险些没有拿稳。他伸手如风把筷子在半空里接住，却把那把撑开的黄纸伞，推到了一旁。于是，前面那方炕桌里还在持续的争吵声，再一次传到了他们的耳中。

"去年春天，小陈院长初入京都，在神将府里受到那等羞辱，事后更是连遭打压，明明天赋极高，报考成绩极好，却被强行从诸院录取名单里被拿下，如果不是有教宗陛下暗中庇护，只怕连早已破落的国教学院都进不去。你们都说他解除婚约是绝情之举，却可曾想过，如果不是徐家做事太过无耻，这桩姻缘怎么会变成现在这模样？"

"这和有容小姐又有何干？当初青藤宴上，白鹤北归，在那封信里，她已经承认了这份婚约，不然光凭陈长生拿着婚书，又如何能够让南方使团无话可说？陈长生就算记恨神将府，也没有道理让有容小姐受此羞辱！"

"哼，徐世绩当初一直不肯认这桩婚事，东御神将府的人嫌贫爱富，结果小陈院长今非昔比，转头便要抱他的大腿？真真不要脸至极！你们说小陈院长退婚是羞辱？在我看来，这是东御神将府羞辱自身罢了！"

"可是这件事情终究与圣女无涉，凭什么要让她来承受这些风言风语？"

"只能说圣女不幸，生在这样的府上，遇着这样的父母！"

角落里的炕桌，变得很安静，铁锅里的肉汁咕嘟咕嘟地响着。

陈长生和徐有容坐在炕桌两边，气氛再次变得有些沉重。

他来到京都已经有快两年时间，那份婚约早已传遍整个大陆，东御神将府曾经给予他的羞辱与打压、后来的态度变化，他从一个乡下少年道士摇身一变成为国教的继承者，这些是所有人津津乐道的谈资。

今晨奈何桥一战，仿佛是这个故事的最终结局或者说判定，却并未真的能够结束一切，反而把人们对这个故事的兴趣推至了顶峰，相信就和那桌的食客一样，此时的京都无数府邸家宴上，想必都在讨论着这件事情。

神将府曾经施予的羞辱，他未曾忘记过，他也曾经对远在南方的她，生出过很多情绪，但就像先前那名客人所说，其实她在这件事情里，并没有真正地伤害过他，而她现在却需要承受神将府受到的嘲笑与责难。

这或者有些不公平。陈长生不知道该说些什么。

"毕竟是我的父母。"徐有容的神情很平静，仿佛没有受到那些议论的影响，接下来的话锋却转得很突然，"我想喝些酒。"

"好。"

陈长生让老板把最好的酒拿了两小罐，拆开其中一罐的泥封，替她将酒碗斟至七分。

徐有容轻声致谢，取过另一罐酒打开，替他将酒碗斟满，然后望向他："说说吧。"

陈长生还是不知道该说什么，想了想后，看着她那张美丽的脸，有些迟疑问道："脸？"

"南溪斋的某种功法。"

"噢。"

简单的两句对话后，炕桌旁再次安静。徐有容端起酒碗，浅浅地抿了口酒，只是一小口，脸便微微红了起来。"不要告诉别人，我们在周园里就见过。"

"为什么？"陈长生在奈何桥上听到她的要求后，便没有想明白，此时确认她是真的不想让别人知道这整件事情，更增不解。

徐有容没有直接回答他的问题，轻声说道："婚约不是已经解除了吗？"

这是在京都流传了很长时间的小道消息，始终没有得到国教学院和东御神将府方面的承认，但她作为婚约的当事者，自然清楚流言不是流言，而是确定已经发生了的事情。

陈长生很长时间都没有说话。当桥上的雪风拂落白纱，看到她的眼睛，那是他十六年里最愉悦的一刻时光。要比当初在旧庙里背会最后一卷道经、在国教学院里找到命星、拿到大朝试首榜首名、在凌烟阁里找到王之策的笔记……都要高兴。原来她还活着，她就是她，她就是自己的未婚妻，世间还有比这更

427

离奇的遭遇，更好的事情吗？

在国教学院小楼里沐浴的时候，他就已经想好了，要去离宫请教宗陛下把那份婚书再重新修好，然后，他会带着唐三十六等人直接去皇宫找她，如果她同意的话，他会直接向她提亲。他没有经历过情事，但他只要确定某件事情是自己想做的之后，就一定会做得非常认真专注，只争朝夕。此时她却说，这件事情不能与人说，那么他怎么说服教宗陛下收回解除婚书的旨意？

一月前，他非常努力，才最终解除这份婚约。现在，他发现自己非常需要这份婚约。唐三十六说得很对。

"我以为你死了，当初在周园里我答应过你，会解除这份婚约，所以……"他看着徐有容，有些无奈地说道："你既然知道是我，为什么不早些告诉我？"

徐有容神情微冷，说道："在周园里，你骗我，是我自己发现了真相，那我为什么要告诉你？"

陈长生觉得很无辜，问道："我什么时候骗你了？"

"难道你叫徐生？"

"你也不是初见姑娘。"

"你为什么不承认自己就是陈长生？"

"当时你为什么不说自己就是徐有容？"

他们看着对方的眼睛，几乎异口同声问出这个问题。然后他们想起来，当初在白草道旁的雪庙里，他们第一次自报姓名时，也是异口同声，报出了两个假名字……不知道当时他们究竟是怎么想的。

陈长生回想当时的心情，不想对方知道自己的身份，最主要的原因就是不想对方知道自己有个天下闻名的未婚妻。或者徐有容当时也是这样想的，不想让自己知道她有一个举世皆知的未婚夫？

"有我这样一个未婚夫，是很丢人的事情吗？"

他看着徐有容问道，神情很是认真。

127 · 听说你的家里没有草原

当然不可能是这个原因。陈长生想着当时在雪庙里的画面，很快便自我否定了这个问题，接着又想起来一个重要的问题。徐有容当时说，她叫陈初见。

她姓陈——或者有些自作多情,但他总觉得,这与自己有关,就像他当时对她说,自己叫徐生一样。

他没有再问什么,因为他发现这件事情确实有些乱,再往当初周园里的那些情境深究下去,只怕会对徐有容的那个未婚夫产生一些不愉快的情绪,那也就等于是在吃自己的醋?

这件事情确实有些乱,理不清楚。一个自幼通读道藏,万千道理信手拈来;一个道心归宁,十二岁便开始研读天书碑,陈长生和徐有容的天赋智慧皆为万中之选,都是修道的天才,但当初在周园里处理这件事情时,很是慌乱,错漏百出。

徐有容没有回答陈长生那个愚笨的问题,铁锅里的牛骨头还在咕嘟咕嘟地响着,安静的辰光里,对视着,便知晓了当时二人为何会隐藏自己的身份,没有错过当时最细微的那些情绪变化。终究还是聪明的孩子,就像酒家外那些洁白的雪花一样。可是还是有些事情需要解决,不然心里总会有些不舒服,比如那件事情。

"你和落落殿下,还有小黑龙之间?"

徐有容没有言明,陈长生却明白她是在问什么。当初在周陵里,她曾经说过自己的未婚夫,是个喜欢拈花惹草的人,而且……招惹的都是些不懂事的小姑娘。陈长生忽然想起来,当时自己曾经骂过她的未婚夫——真是个无耻败类!原来,他当时骂的就是自己。想到这点,他的心情有些复杂,完全不知该如何言语,只好叹了口气。

"想来应该是霜儿姑娘说的?"时隔半年时间后才揭示的真相,让他的精神受到了极大的冲击,以至于没有注意到徐有容除了落落还提到过小黑龙。他有些无奈分辩道:"我想,我们两个人现在应该最明白,眼见未必为实的道理。"

"也许吧。"徐有容轻声说道,然后抬起头来,望向他,眼眸里忽然闪过一道明亮。不知想到什么事情,让她微微挑眉,于是如画般的美貌里的空灵的山水瞬间变得生动起来,那道明亮变成了锋芒。"我记得当时你说过你那位未婚妻……"

陈长生神情微变,当时在周陵里,他对她讲述自己未婚妻时,虽然没有刻意嘲弄羞辱,但也确实没说什么好话,只是……

"你自己当时不也说过,这种女子不要也罢?"他忍不住分辩道。

徐有容说道:"那是我被你的言语误导。"

当时她对徐生的那位未婚妻在心里的评价极低,甚至有些不耻——骄傲、愚蠢、眼光糟糕,而且还有道德问题。从知道这些评价都是落到自己身上后,她难免会觉得有些羞恼。当时她的评价有多诛心,后来便有多羞恼。不要看她现在的神情很平静,棉袄袖中的小手已经紧握成了拳头。

这件事情还是很乱。陈长生看着碗里的酒,再次叹了口气。十岁那年,异香笼罩旧庙,他沉默了好些天,然后长吁短叹了很多天,从那之后,他再未有像今天叹气这般多过。

一切都是误会。世事、遭逢,有时候真的很巧,很不可思议。他和她之间本来就有那么多恩怨情仇,结果却在周园里,以另一种身份相遇,然后相处了这么多天。好在终于是再次相遇了,想来还会有很多事情,把这些难以解释、难以理清的事情弄清楚。只要不会一误终生就好。想到这里,陈长生不再愁肠百结,看着她笑了起来。

"笑什么?"徐有容问道。

陈长生回答道:"高兴。"

徐有容视线微垂,眼睫微颤。忽然,她以手掩唇,打了个嗝。

"喝多了。"她有些不好意思地解释道。

这酒的度数有些高,在不用真元化解酒意的情况下,她连着喝了好几碗,确实应该醉了。不然美丽的脸上为何红晕再起。

陈长生关心问道:"你的伤没事吧?喝酒要不要紧?"

说话的时候,他的视线落在她的棉袄袖上,看着刚刚探出袖口的手指,发现那里并没有伤口。然后他才想起来,她曾经在青曜十三司学习过,现在更是南溪斋的圣女,圣光之下,哪里会担心这些问题。

徐有容看了他一眼,说道:"你以为我真打不过你?"

陈长生心想怎么又联系到这方面了,转了话题说道:"我有重要的事情要对你说。"

徐有容手指轻弹,一道劲风起,地面上的黄纸伞缓缓滚动回原位。酒家里客人比先前多了两桌,更加嘈杂,这时外面的声音却再也无法传进来,偶尔落来的视线也被那堵无形的墙给隔住。黄纸伞加上她与陈长生现在的修为境界,除非聚星巅峰境的大强者亲自来偷听,不然肯定不会被发现。

"当初我们在周陵那些石屋里找到了很多金银财宝之类的东西,你还记得吗?"

陈长生从腰间解下无垢剑，搁在铁锅的旁边，然后从里面向外开始拿东西。这是徐有容第一次这么近距离地观看这把国教的重宝——这里指的不是无垢剑，而是名为藏锋的那把剑鞘，她看得很认真，很感兴趣，以至于对陈长生如此郑重其事的话语没怎么在意，很随便地嗯了一声。

"南客带着魂木驱动兽潮围陵之前，魂枢开始发疯，打碎了很多东西，那些丹药本来就失效了，毁了倒也无所谓，只是那些秘笈有些可惜，噢，再就是翡翠和晶石那些东西，被打成粉末后也不值钱了。黄金倒还好，后来拜托人融成金水重新铸成小块，没有太大损耗，这是珍珠……珍珠粉听说可以泡茶喝，能够美颜，这就不分了，你待会儿全部带走吧。"陈长生不停地拿着东西，不停地说着话。

徐有容的注意力终于被吸引了过来，看着灶台边那几个盒子问道："你说什么？"

"这是我们说好的，周陵里的东西平分。"陈长生看着她很认真地说道，"如果丹药还能用，苏离前辈受伤的时候，我应该会用一些，但别的东西，没有经过你的同意，所以我都留着了，只是为了保存更方便些，我托教枢处帮我换成了银票和一些别的东西。"

他说的是真心话，他一直认为周陵里的宝藏不是他一个人的，在没有确定她的生死之前，他没有资格动用，所以唐三十六向他要银子，他也没有说自己有这些财富，而在以为她已经离开这个世界之后，他更是做出了一个有些无法理解的决定。

"这里是地契……我请金玉律在红河下游换置了一大片草原，准备留给你的。"他指着一个盒子说道。

徐有容微怔，问道："为什么要给我这个？"

陈长生说道："当时想着你可能不在了，总要替你给族里留些东西，那片草原离你们的故乡最近……"他当时一直以为她是秀灵族的天才少女，承担着秀灵族复兴的重任。

徐有容懂了，沉默不语。

陈长生误会了她的沉默，有些不好意思说道："当然，现在知道你要这片草原没用，这事办的确实有些糊涂。"

"不，挺好的，我很喜欢。"徐有容把那个盒子接了过来，看着铁锅雾气那边的他的脸，很认真地说道。

当初在周陵里，他对那些宝藏秘笈都毫不在意，只是急着要替她找药，当时她很感动。现在她同样也如此。

"别的东西就先放在你那里，我今天没有带桐宫出来，拿着不方便。"她用很自然的语气继续说道，"什么时候要用，我再去找你。"

这是一个很好的安排，陈长生很赞同这个提议，只是想着她现在是南溪斋之主，不知道有多少地方花钱，说道："别的一些零碎东西先放我这儿，但珍珠粉和那匣子银票，你先带回去吧。"

徐有容说道："都是身外之物，何必如此在意。"

陈长生不能理解这种不食人间烟火的生活态度，说道："那我们应该在意什么？"

哪里是真的不食人间烟火，只是与人间烟火相比，满天繁星要更加明亮以及刺眼。

"应该在意的是……我们是对手，是敌人。"徐有容看着他的眼睛说道，声音很平静，眼睛里的情绪却有些复杂，那些最深处的星光微微摇撼。美丽，然而却令人有些不安。

是的，无论他和她之间有没有那份婚约，他们现在都已经注定是对手，甚至将来可能会成为生死相见的敌人。国教南北之分、新旧之争，圣后与教宗对这个世界的不同看法。人类世界最主要的三个矛盾，现在就落在他们两个人的身上。

——阳台上下与毒药匕首，黄沙孤坟与蝴蝶凄寒？无论怎么看，陈长生和徐有容的故事，似乎最终都会向那个方向发展，可能悲伤，可能悲壮，可能成为万古流传的一段情事，总之这件事情很令人发愁。

他和她还如此年轻，双肩还有些瘦弱，哪里载得动这么多？

但他和她却似乎完全没有这样的觉悟，才在奈何桥上打了一架，接着便在一起对坐喝酒吃骨头。尤其是陈长生，仿佛就像根本不知道当前的局势，忘了他和她之间横亘着那么多的困难险阻，因为他真的……

"我忘了。"他有些不好意思说道。

128·雪夜入宫

这是一个很令人无语的答案。就像唐三十六说过的那样，陈长生和徐有容，真的是两个让人说不出话来的人。或者正是因为这一点，徐有容听到陈长生的回答后，没有表现得太意外，更没有生气，反而很满意。

他只记得黄昏后要来福绥路吃豆花鱼——虽然最后吃的是牛骨头；他只记得在周陵里说过的那些话，所以把金银财宝分成了两堆，用其中一大半换了红河下游的那片草原，虽然她和秀灵族没有什么关系；他只记得答应过她要退婚，所以不惜被京都民众非议也要请教宗陛下强行解除婚约虽然这件事情现在看来很愚蠢，而且他现在急着怎么把那份婚书再找回来……

弄错了一些事情，不重要，忘记了一些事情，更不重要，只要有些事情记得就好。因为陈长生的回答以及铁锅里香喷喷的牛骨头，徐有容对自己奈何桥上递出小纸条的举动，没有任何后悔。

她轻声说道："我吃的很好，谢谢。"

说完这句话，她站起身来，收好那片草原，从地上拿起黄纸伞，向店外走去。嘈杂热闹的声音，瞬间涌了过来，陈长生微怔，看着她掀帘走了出来，忽然想起来，还有件最重要的东西忘了给她，他赶紧追了过去，寒风扑面而至，夜街上飘着雪花，却哪里还能看到她的身影？

他望向手腕上那串由十颗石头组成的珠子，心想这么重要的东西，下回可不能忘了。旁边传来店老板的声音："客人，还剩着小半锅牛骨头，您是准备打包还是打算再吃会儿？"陈长生转身望去，只见店老板的神情显得有些不安，怔了怔后才明白对方是担心自己赖账。店老板搓着手，有些紧张地看着他。

提着打包好的牛骨头，陈长生回到了国教学院。

湖畔的冬林，在夜色里显得有些阴森，好在树枝上承载着的雪线，冲淡了些这种感觉。林深处隐隐传来低沉的、仿佛雷鸣一般的声音，偶尔还会有几道极细的、仿佛闪电般的明亮线条飘出来，那是轩辕破正在练功。

苏墨虞在藏书楼里为新生们做指导，伤势渐愈的折袖不知道在哪座雪堆下面磨砺自己的精神与意志，只有唐三十六哪里都没有去，也没有在自己的房间里，而是在陈长生的房间里等他。

不仅仅是因为他对陈长生的行踪非常好奇，也不是说他对探究他人的秘密真的已经到了某种人神共愤的程度，而是因为他现在手里拿着的那样东西，必须亲手交到陈长生手里，他才能放心。就算他是世间最有钱的人，可如果把那样东西给弄丢了，也赔不起。因为那是代表着国教权柄的神杖，就算你再有钱也买不到。

唐三十六在房间里已经坐了很长时间，想着先前在离宫里的尴尬场面，想着那些像真剑一般的目光，直到现在，他都觉得后背有些酸痛，又想着陈长生这时候不知道在哪里快活，心情越来越糟糕。

所以当陈长生回到房间的时候，看到的当然是一张很难看的脸。不知道因为什么原因，可能是因为隐藏着事实，所以看着他的脸色，陈长生有些不安，把食盒搁到桌上，假装没有看到他坐在自己的床上，假装自己没有任何洁癖，很小心地说道："福绥路的牛骨头，味道很不错。""教宗陛下的神杖，味道更不错。"

唐三十六的脸再难看也难看不到哪里去，但刻意的漠然代表的怒意，很容易看得出来。

陈长生接过神杖，很是吃惊，虽然事前唐三十六便对这件事情有所预判，并且提醒过他，但他还是有些没想到。

唐三十六看着他寒声说道："你就不打算交代一下？"

陈长生看了看他，说道："就和人约着吃了顿饭，没什么大事。"

"但还是不能说的事？"

"嗯。"

"那你是和谁去吃的饭？"

"也不能说……"陈长生有些紧张，想着先前与徐有容对坐饮酒，唇角却不自禁地微微扬了起来。

看着这幕画面，唐三十六倒吸一口凉气，说道："女人？"

陈长生很吃惊，问道："你怎么看出来的？"

唐三十六冷笑说道："看看你这满脸春风，七情上面的模样，也就轩辕破才看不出来。"

陈长生微窘，不知该怎么接话。

"三天，最迟三天时间。"唐三十六看着他咬牙说道，"我一定能查出来你身上的事情，明明才见过徐有容，居然没有被迷住，反而去和别的姑娘见面，我真好奇那姑娘得好成什么样儿。"

陈长生有些不解，又有些隐隐的不服，问道："为什么我不能是去和徐有容见面?"

唐三十六看着他面无表情说道:"徐有容会私下和你见面?你干脆对我说你是苏离的私生子好了。"

陈长生想了想,说道:"如果那样的话,折袖岂不是要喊我大舅哥?"

唐三十六闻言大笑,然后想到了什么事情,笑容骤敛。他看着陈长生说道,"居然学会了说笑话,而且还真的很好笑……你真的完了。"

陈长生不解,问道:"什么?"

唐三十六看着他同情说道:"看来你是真的很喜欢那个姑娘,不然也不会性情大变,将来你可怎么办?"

陈长生躺在床上,辗转反侧,直至夜深,依然无法睡着。十岁之后,除了初入京都引星光洗髓始终无法成功的那段时间,这是他第一次失眠。唐三十六最后说的话,仿佛撕开了那层窗户纸,让星光洒落在他身体里的雪原上,把所有心意照得清清楚楚。

离开周园之后这半年,他经常会想起她,无论是在湖畔的大榕树上,还是在周陵的巨石间,但他所不了解的是——那种想念是对想念的想念,直到今天在奈何桥白纱落下,看到她的眼睛,尤其是先前在小酒馆里,她被裹在大棉袄里,小口抿着烧酒,啃着骨头的模样,和周园里不同,和人们传说中的不同,却无比的真实,真实的好看,那样地令人想要亲近。于是这份想念才落到了实处,有了真实的重量。

真实且有重量的想念叫作相思,一旦相思,自难成眠。

陈长生是一个讷于言而敏于行的人,反正睡不着觉,既然想见她,那便去见她。徐有容对他说过,不要让任何人知道他们曾经相识的事情,所以他没有办法经由正常途径去看她,便只能偷偷去见。

他起床,穿好衣裳,飘出窗口,越过冬林,拿出钥匙,打开了宫墙上那个被青藤掩饰得极好的密门,走了进去。把沉重的门推开一道缝,看着夜色下的重重深宫,他有些紧张,以至于吹出来的口哨声都有些哑。

他是一个生活得很规矩的少年,很少做这种事,虽然曾偷偷进入过数次皇宫,但现在的情形与当初又有些不同,昨夜教宗陛下才向整个大陆正式宣布他便是国教继承者,结果现在他便夜闯皇宫,如果被人发现,那真的会出大事。

风雪缓缓地飘着,皇宫里的红墙与黄檐都被涂成了白色。圣后娘娘看了眼窗外的雪花,唇角露出一抹微嘲的笑容,说道:"你知道人什么时候胆子最大吗?"

南北合流近在眼前,各方面的事项陡然增多,莫雨直到深夜,还在陪着娘娘处理事务,已经有些疲惫,忽然听着这句问话,怔了怔后才反应过来,轻声说道:"面对死亡的时辰?"

"不算错,但还有一种情况……因为爱情。"

圣后娘娘看着窗外的夜宫,说道:"或者说,色胆包天。"

满天雪舞,灯光流溢,皇宫里仿佛白昼,不似深夜,于是黑色的事物便有些显眼。当陈长生看到那只黑羊从覆着白雪的广场上缓缓走过来时,生出很多感恩的心。他对黑羊说出自己的来意。黑羊看了他两眼,转身向某处走去,不知道过了多长时间,对着前方某座宫殿扬了扬角,便转身消失在了雪夜里。

那座宫殿地理位置极好,不是很偏,却很安静,而且深冬时节,宫殿四周还有很多青树,很不一般。她就住在这里?看来传闻是真的,圣后娘娘很宠爱她,比对平国公主还要更宠。那如果将来国教和朝廷分裂,教宗师叔和圣后娘娘打起来了,她肯定是要帮娘娘的,我该怎么办?忽然间,他想起了小酒馆里她说过的那些话,发现这确实是个问题,可以一时忘记,但不能一直不想。

殿前风雪交加有些寒冷,他的脸最开始的时候却有些热,然后这时候渐渐冷了下来,不是心冷,而是需要冷静。他是来见她的,却很长时间没有动作,没有潜入这座宫殿的意思,只是站在那里。

不知道过了多长时间,一道声音传进他的耳中,那是她的声音。

"你……站在这里做什么?"

他向着声音起处望去,只见宫殿东侧有一面窗户还是亮着的,他走过去,便看见了灯光映照出来的她的剪影。她坐在窗前桌旁,手里拿着一卷书。夜已深,她却还没有睡,不知道因为什么原因,不知道是不是和他未能入睡相同的原因。

"我……想来见见你。"他隔着窗户对她说道。

徐有容在窗那边轻声说道:"不是刚见过面?"

陈长生犹豫了会儿,说道:"可是……我睡不着。"

徐有容转身望向窗外,有些不安,心想发生了什么事情,竟让他这样的人也无法入睡?要知道当初在周园里,哪怕四周的草海里潜伏着无数可怕的凶兽,他也可以很平静地进入梦乡。

"出了什么事？"

"没事……只是想你想得睡不着觉。"

129 · 被抓住了

徐有容在窗畔听着这样一句话，怔着很长时间，都不知道该说些什么。

在日不落草原里，他们同过生死，并过肩，彼此依靠，还挡过雪，早已明了彼此的心意，只不过那时候，她并不知道他就是那个西宁镇的小道士。离开周园后，她也想过自己对他的承诺，准备退婚，然而离宫昭告天下，剑池重现，还有很多人看到了那些剑，几番对照，她才最终确认，原来他就是他，才知道命运弄人，竟给自己开了这样一个玩笑。

但这又算得了什么？只要他还是他就好，她很清楚自己要什么，在奈何桥上和牛骨头锅边，她也一直在等着他说些什么，只是他始终没有说，直到已经夜深时分，他忽然这般莫名其妙地来到窗前，说了这样莫名其妙的一句话。

好吧，这确实很像他的剑道。就像王破的刀道一样，很直。他直接用这一句话，捅破了她眼前的这层窗户纸，直接让情境回到了周陵的神道之前。

徐有容站起身来，隔着窗户看着他的身影，然后伸手把窗户推开。雪花混着风卷了进来，落在她的脸上，有些寒意。

"地龙烧得太旺，房间里有些热。"她看着陈长生说道，像是解释为什么自己会推开窗与他相见，只是她自己都没有注意到，这句解释其实很可爱。

陈长生看着她的脸，没有注意到这句解释流露出来的紧张意味以及随之而生的可爱，就觉得她很可爱。

"我刚才站在外面，也觉得有些热。"他很诚实地说道。此时是隆冬时节，夜深人静，天寒地冻，雪花飞舞。

"你站了多久？"徐有容看着他身上的雪问道。

陈长生想了想，摇头说道："忘了。"

徐有容说道："为什么不直接进来？"

陈长生说道："怕打扰到你休息，而且……霜儿应该在这里吧，我担心她看着会说些什么。"

徐有容说道："那你这时候要不要进来？"

陈长生说道："不用了，我来……其实是有件东西要给你。"说完这句话，他把手腕上的那串石珠褪了下来，很仔细地拉断，然后把手掌伸进窗里，说道，"一共十个，你挑五个。"

其实他早就忘记了在周陵里有没有和她就宝藏的分配达成过某种协议，但天经地义地认为，既然是一起找到的周陵，那么在周陵里发现的任何事物都应该对半分，无论是两断刀诀还是这十颗石珠。

"这是……"徐有容好奇的声音忽然停止，抬头望向他，有些不可思议地说道，"这是周陵旁边……那十座？"

如果是别的修道强者，哪怕是凌海之王这样的国教巨头，都无法看出这些寻常无奇的石珠有什么问题，因为这些石珠确实没有任何气息波动，但她从十余岁便开始解读天书碑，而且在周园里亲眼见过这些天书碑，自然能感应到某些不同。

"嗯。"陈长生看着她说道，"周园没有消失，你如果想回去看看，我可以带你进去。"他没有用进入周园这种说法，而是用的回去，因为周园对他和她来说，确实太过重要。

徐有容听说周园没有崩溃，他现在还能进入自如，更是吃惊。但真正重要的还是他掌心里的这些石珠。她看着他认真问道："你真的要给我？"

陈长生看着她认真说道："没有你，我早就死了，怎么可能找得到周陵，更不要说剑池和这些。"

徐有容想了想，也没有仔细挑，便从他的手掌里拿了五颗石珠，然后第一时间收进了桐宫里。她觉得陈长生说的有道理，所以很平静地接受，显得格外风轻云淡，理所当然，堂堂正正。陈长生最佩服她以及最喜欢她的，就是这种气质。

"那我就走了。"

雪夜入宫，窗户被推开，见到了她，并且把那些石珠给了她，该做的事情都已经做完，自然要踏上归程。所谓乘兴而来，兴尽而返，名士风流，莫过于此……但他是少年，不是名士，所以说着走，脚却没有动。

徐有容说道："先回吧。"

陈长生嗯了声，脚却依然不动，只是看着她。她微微转身，似要避开他的视线，实际上却是探出窗去。越来越近，他有些紧张。她伸手把他肩上的雪掸掉，就像当初在神道上替他掸掉落叶一样。很轻松，很平静，很熟悉，很安宁。窗户纸早就捅破了，窗户都被推开了，只是最后需要一些确定。掸雪的动作，便是确定。陈长生觉得仿佛断裂的经脉自行修复完好，浑身充满了生命的力量，看着她，眼睛里有光。

徐有容没有与他对视，望向雪夜里的某处，觉得脸还是有些热，轻声说道："明天我想去国教学院看看。"

陈长生再无犹豫，转身便向雪夜里走去。他很确定，这一次自己肯定能睡着。

清晨五时，陈长生醒来，五息静心宁意，然后睁眼，洗漱穿衣，便去湖边跑步。仔细算来，他只睡了两个时辰不到，奇怪的是，精神却特别好，没有唐三十六脸上常见的黑眼圈，脚下生风一般。

随着时间流逝，来湖边跑步的学生越来越多，却没有一个比他更快，不时被他超过，被超过的学生看见是他，赶紧行礼。再年轻，也毕竟是院长，更不要说昨夜他确定了候补教宗的身份，所以学生们的态度要比平时更加恭谨。他却看不出来其间的区别，比平时更加有耐心地、平静地回礼。

湖对面小食堂的早餐是垂金小米粥，他没有吃出来与普通小米粥有什么区别。就连轩辕破从柴火堆里抽出山海剑，炫耀般递到他眼前，说自己昨夜练功的时候，引雷电磨剑有成，他也没能看出山海剑与在周园里初出剑池时，有什么区别。总之，他有些神思不属，时不时眼光便会飘到皇宫方向。

"你没病吧？"唐三十六打着呵欠，看着他问道。

陈长生回过神来，看着他脸上的两个黑眼圈，说道："我觉得你可能有病。"

唐三十六恼火想着，如果不是昨天夜里自己有病盯了你半夜，结果因为太困在雪地里睡着，何至于精神差成这样。

陈长生看皇宫方向，是因为昨夜她说要来，他在等着她来。他当然想把自己和徐有容之间的故事，分享给别人，尤其是给自己的朋友们。唐三十六本来是最好的倾诉对象，但徐有容说过，不想让人知道，所以他只能忍着。

用完早餐后，他再次洗脸漱嘴，换了身干净衣裳，便站在窗前等着。也是他平时就极讲究干净，才没有引起国教学院众人的注意。不知道过了多长时间，远处响起一声鹤鸣。他循着鹤鸣的声音寻去，没有过多长时间，便在冬林深处，看见了那只白鹤，以及乘鹤而来的她。

徐有容还是穿着昨天的那件大棉袄,并不土气,看着就让人觉得暖和。大概是因为不想被人看见,所以她像在周园一样,用南溪斋的那种秘法,把自己的容颜变得普通了很多。看见她寻常普通的脸,陈长生没有失望,反而觉得更加亲切。或许就是因为这种亲切,让他找到了当初在周园里随意交谈的感觉。

他看着那件让她显得特别可爱的大棉袄,犹豫了片刻后,鼓起勇气说了一句话。"牛骨头的味道很大,你要不要换件新衣裳,或者先穿我的,我替你把这件洗了?"

徐有容怔住了,然后真正地羞恼了起来,转身便向白鹤走去。陈长生醒过神来,觉得自己行事好生荒谬,赶紧追了上去,然后对着白鹤不停地打手势。白鹤与他有旧谊,不等徐有容近身,便伴着一声鹤唳飞走了。徐有容站在雪地里,再次怔住。从两年前开始,她就想不明白,为什么白鹤会对陈长生如此亲近,而且很有善意。

"当年你究竟对它做过些什么?"她看着陈长生问道,"它怎么这么听你的话?"
这是二人第一次谈到小时候的事情。

"小时候在信里和你提过,只是你都忘了。"陈长生想着这事,心里便有些不舒服,但又想着先前那事,所有的不舒服都变成了不安,说道:"刚才一时失言,你不要生气,你就想着唐棠那句话好了。"

这里提到的那句话,自然便是唐三十六说他是头猪。

白鹤一去不复返,雪林无人空悠悠。雪片缓缓地飘落,陈长生和徐有容撑着伞,在国教学院僻静的林子里行走着。

"我和折袖他们就住在这里。"陈长生带着她走到林畔,指着不远处那幢小楼说道。

话出口他才想起来,那天夜里她来过国教学院,甚至有可能看到对面酒楼里的画面,解释道:"你不要误会,那天是唐棠非要拖着我和苏墨虞过去。苏墨虞以前是离宫附院的,青云榜三十三,你可能听说过,现在他在我们这里。"这段话里转了两处,很自然,也自然带着些年轻人的骄傲,就像是在对她表功一般。

就在这时,冬林里忽然响起一道声音。

"我就知道你有问题,怪不得那天夜里,连怀里姑娘的手都不敢摸一下,原来……你果然有了个相好!"声音起处,一个雪堆忽然散开,唐三十六从里面站了起来。

130·一 见

唐三十六浑身雪屑,脸色苍白,黑眼圈极为浓重,看着憔悴到了极点。这两天,为了查探出陈长生的秘密,他殚精竭虑,废寝忘食,真真下了苦功夫,甚至动用了汶水唐家的两件法器,才最终完美地遮掩住身上的气息,把陈长生抓了一个现行。

"哈哈哈哈!"冬林里回荡着他得意的笑声。然后他走到陈长生身前,笑声骤敛,极其恼火地说道:"你这也太过见色忘义了吧?何至于不停地说我坏话,来衬托你的高洁?我刚才在雪堆里听着你提了我好几次名字,就没一句好话!"

"噫,这伞有些古怪。"唐三十六的视线从伞面下移,看着那对男女,再一次得意起来,大笑说道,"婚约的事情你还没解决清楚,居然就有心情撑伞雪中行,你要知道,那只凤凰可骄傲着,如果让她知道你找了个女孩子,那得……"

他准备以此事威胁陈长生就引签订一系列的不平等协议,然而当视线落在伞下那名少女身上时,却下意识里停了话语。不知道为什么,他明明没有见过这个少女,却觉得她有些眼熟。雪林里变得异常安静,唐三十六看着那名少女,神情越来越凝重。

那少女大约十五六岁,正值豆蔻年华,眉眼清秀寻常,裹着的棉袄看似普通,实际上是最名贵的十三丝棉,双眉如柳叶,明显用的是最奢侈的七里香眉笔,便是鬓间看似很随意插着的那只钗,如果他没有看错,也要比陈长生这辈子穿过的所有衣服鞋加在一起还要更贵,当然,最令他注意的还是这位少女的眼睛,被他这般取笑竟还如此平静,定非凡人。

他先前本想嘲讽陈长生的品位,此时却发现,这位少女的品位与气质,竟是无可挑剔。当然,少女的品位与气质还有那些隐藏在细节里的贵不可言,也只有他这样贵不可言的世家公子才能看出来。像陈长生这样的乡下少年道士,无论如何也是看不出来的,所谓明珠暗投,眼波流转给瞎子看,便是如此。

这少女是谁?唐三十六把自家的那些远房亲戚表姐还有大陆所有王公世家的小姐们想了一遍,没有任何答案。他忽然生出强烈的不安与警惕,他不知道陈长生是在哪里认识得这样一位贵女，他担心陈长生上当受骗。

"敢请教小姐芳……呃！"唐三十六看着她神情冷漠问道。

然而这句话却没能说完整，便被一个突如其来的嗝声打断。他看着那少女，脸上流露出无比震惊的神情，手捂着胸口，就像是被噎着了。他想起来先前在雪堆里听到过一声鹤鸣，还听到了陈长生对她解释那天夜里的事情。于是他想到了一种可能，一种昨天夜里被他以嘲笑的语气、无比肯定的态度否定的可能。

"你……"他看着她，张大着嘴，半天说不出后面的话，只好转身望向陈长生，问道："她？"

陈长生点了点头。唐三十六身体微僵，再次望向徐有容，眼中满是震惊。陈长生这时候也很愕然，他完全没想到，这个家伙为了发现自己的秘密，居然下了这么大的功夫。

他有些担心徐有容此刻的心情，看着她解释道："这个家伙……"

"唐棠，你也可以……呃……叫我唐三十六。"出乎意料，唐三十六以很快的速度平静下来，很自然地向徐有容施了一礼，只是这段话中间稍有停顿。那是因为他这时候还噎着的，那是打嗝的声音。

徐有容知道这位汶水唐家的公子，是陈长生最好的朋友，现在国教学院的总监，同时……也是澄湖楼的新东家。

唐三十六肃容道："见过圣女。"

徐有容轻声道："不必多礼。"

唐三十六说道："据说圣女当年在京都时节，最喜欢吃澄湖楼的蓝龙虾？"

徐有容静静看着他，眼里隐有笑意，似乎猜到接下来会发生什么。果不其然，唐三十六紧接着说道："稍后我会派人……呃……把蓝龙虾送到神将府上，您回圣女峰后，我会让……呃……澄湖……呃……楼直接从海边起运，一年四季，保证……呃……不断。"

徐有容说道："劳烦唐公子。"

唐三十六挥手说道："都是自家……呃……人，哪里需要客……呃……气。"

他的神态很自然，挥洒自若，豪气干云，然而，他说话的时候打嗝声就没有断绝过。说起来，这也是件很值得佩服的事情，不停地打着嗝，他居然还能如此平静地完成这番对话。陈长生在旁边看着，心想这大概便是脸皮厚的好处？

徐有容对他说道："来日再叙。"

唐三十六敛了笑容,说道:"圣女请便。"

陈长生举起伞,遮在徐有容头顶,向着冬林别处走去。走过唐三十六身边的时候,二人对视了一眼,有无数问询之意与警告之意。

"不要对别人说起此事。"

"放心吧,我是谁?"

陈长生和徐有容在飘雪里走出数十丈,唐三十六还在原地微笑挥手,保持着道别的姿势,无论是唇角的曲线还是挥手的幅度都是那般的完美,完美地展现了一位世家公子的礼数与底蕴。

徐有容轻声说道:"你这位朋友真是位妙人。"

陈长生心想这话从何说起,或许是莫名其妙的妙?

唐三十六看着那两人的身影消失在雪林深处,再也看不到时,才松了口气。他有些艰难地走到一棵大树前,伸手扶住,然后开始不停地打嗝,比先前说话时的频率不知道高出多少去。过了段时间,他真正地冷静下来,震惊的情绪才开始真正地发酵。他发出一声怪叫,抱着面前这棵大树,便开始不停地抱怨陈长生以及自己。

就在这时,轩辕破结束了晨练,从林子深处走出来,正好看见他抱着大树发疯的模样,不由好生吃惊。

"平时你不总说我砸树显得特别幼稚?你今天咋也和树干上了?"

唐三十六抱着大树不肯放手,呜咽着说道:"今天太丢人了,再多做件丢人的事情又如何?"

其实陈长生一直都不懂,对于世间的年轻男子来说,徐有容这个名字意味着什么。虽然因为那份婚书以及和陈长生之间的友情,唐三十六没有像世间大多数年轻男子比如魔君的儿子那样,对徐有容生出过爱慕之心,但她毕竟是徐有容啊!

结果他做了些什么?像个顽童般藏在雪堆里偷听人家说话,在背后说她坏话,早晨起来没来得及洗脸,牙也没刷,黑眼圈还这么重……他这辈子都没觉得这么丢人过,恨不得抱着这棵树再也不放手。

忽然间,唐三十六转过身来,看着轩辕破说道:"他们昨天才见的第一面,怎么今天就出来结伴出游?而且看那模样,虽然刻意让双肩之间保有一个拳头的距离,但这种刻意就有问题!"说话的时候,他伸出右手握成的拳头,在轩

443

辕破身边比了一下,然后冷笑说道,"好一对奸夫淫妇,故作平静就以为能瞒过我的慧眼?我是谁,难道还看不出来你们恋奸情热的模样!"

轩辕破根本不知道发生了什么事情,觉得他好生奇怪,说道:"你神经病啊!"

若放在平时,听着这样诚恳的评价,唐三十六绝对不会善罢甘休,但他这时候的心思全部在那对离开的年轻男女身上,看着轩辕破很认真地问道:"你相信一见钟情这种事情吗?"

轩辕破说道:"部落里一般见过第一面就会成亲,这算不算?"

唐三十六很是无语,反问道:"你觉得算吗?"

轩辕破很认真地想了想,有些不确定说道:"我觉得……应该算吧?"

唐三十六心想这人真没办法聊天,离开雪林便去了小楼,推开房门直接问道:"你相信一见钟情这种事情吗?"

131·还伞问去路

折袖这时候正在窗边作孤独状,想念某人,忽然听着这话,怔了怔,很自然地想起了很多事情——当初大朝试对战时,在洗尘楼里的那场苦战,当自己的手袭向对手胸腹时,对手眉眼间流露出来的羞怒情绪,再加上后来在天书陵里同一个屋檐的生活,让他隐约猜到了些什么,只是不敢确信,直到后来在周园里再见相次,他背着她向落日奔跑。

想着这些事情,他的唇角微翘,露出了一抹温暖的笑容。

唐三十六完全没有想到,会在以冷酷暴戾著称的狼族少年脸上看到这样的情绪,一时间不由呆住了,捂额想着,这个世界到底哪里出了问题,徐有容居然和陈长生真的开始谈恋爱,而折袖居然在思春!

第五章

他登上世界这个舞台的时候,无比风光,夺目至极;他离开这个世界的时候,同样轰轰烈烈,潇洒无比……

132 · 苏离的信

"唐棠很像一个人。"

"苏离前辈。"

陈长生很自然地给出了那个准确的答案，与徐有容相视一笑。

这时候他们已经离开了国教学院，来到了院外的百花巷中，天空里落着雪，他们撑着黄纸伞，便很难被人看到。其实从昨天在福绥路相见开始，陈长生就很想问，为什么黄纸伞会在她的手中，要知道这把伞是他的。不过他再如何不通世事，在先前已经犯过错的情况下，也知道不能这么问，只好忍着不说。

他们撑着伞，在风雪里顺着洛水东岸向前行走，穿过八柳巷，便来到了奈何桥，很自然地想起了昨天的那场战斗。

"如果那时候知道对手就是你，结果或者会有些不一样？"站在雪桥的中间，陈长生看着昨日她走来的方向轻声问道。

徐有容说道："从一开始的时候，你就没想过要赢。"

陈长生沉默了会儿，说道："因为解除婚约的事情，我总觉得有些对你不住。"

徐有容微微一笑，没有说什么。

"你的境界实力在我之上，我本来就很难赢，而且……我不喜欢被人安排着做事。"陈长生转身望向远处雪里的离宫。

近两年前的那个春日，他从东御神将府里受到了羞辱离开，在另一座小桥上，曾经生出过类似的感慨。他修道，修的是顺心意，他的命不好，所以更加要把握在自己的手里。

"没有人喜欢命运被安排的感觉。"徐有容望向雪中另一个方向的皇宫，"但昨天我确实想与你战一场，因为我想知道你现在的剑到了什么程度，而且我想堂堂正正地赢你一次,我不喜欢输的感觉。"昨夜在福绥路的牛骨头店里,她说过类似的话,但今天她说的更认真,更加堂堂正正,没有一点虚饰。

二人向雪桥下方走去,落雪的时候,桥上的行人不多,只有一处挑着冰糖葫芦在卖的摊子旁围着些人,显得有些热闹,大部分都是京都无所事事的闲汉,这时候还在议论昨天那场战斗,说着很多闲话——比如婚约,比如留情,比如有情,比如无情,甚至还有些更加不像话的调笑。那些闲汉们哪里知道,他们谈论的那场对战的双方,这时候就在自己的身边。

徐有容微低着头,陈长生微仰着头,再次在雪桥上走过,只不过这一次不再是对手,那是什么?

雪势渐大,虽然谈不上暴烈,却渐欲迷人眼,街上的行人越来越少,屋檐与井沿积着的雪越来越厚,京都的街巷变得白茫茫一片,那些露出来的建筑本色,仿佛是白纸上的干净线条,很是好看。

离宫石柱上的雪,仿佛是纤细的石人戴了顶白帽子。天书陵里依然郁郁葱葱,只是神道承雪,仿佛变成了一道凝结的瀑布。李子园客栈的小院里无人来扰,很是清净,看着仿佛毡子般的雪地,不忍去踏,于是便站在廊下,看着小院正中间的那棵树,说说两年前自己在这里看天书碑拓本时的激动心情,以及那只竹蜻蜓。

陈长生和徐有容用了整整一天时间,把京都走了一遍,去了很多地方,说了很多话。大部分时候,都是不善言辞的他在说话,给她介绍这里是哪里,此处是何处,凌烟阁的孤独,甘露台的夜明珠,他很认真地做着导游,想要让她游玩得更加开心一些。

徐有容始终在旁静静地听着,唇角带着笑意。无论天书陵还是皇宫,都是她自幼玩腻了的地方,离宫的石柱甚至是她小时候的滑梯。她哪里需要一个自幼生活在西宁镇的少年讲解这些。陈长生本来知道这些事情,但忘了。她知道他肯定是忘了,却也不想提醒他。

傍晚时分,他们终于走回了百花巷,在国教学院后院墙外,陈长生要把黄纸伞递给她,她却摇了摇头。"这伞是苏师叔让我给你的。"

陈长生很高兴,心想自己和苏离前辈为此事争执了数万里路,现在看来,终究还是前辈认识到了自己的错误。他把神识度入伞柄里,忽然发现了个问题,吃惊问道:"伞里的剑呢?"

黄纸伞的根基，是那把千年来唯一的一把自行破开剑池，回归人间的离山掌门之剑，名震大陆的遮天剑。当初在魔域雪原上，苏离从伞中抽出那把剑，一剑斩杀魔将，又一剑斩开了一条生路，何其威武。但现在那把遮天剑，明显已经不在伞里。

"师叔说，伞可以给你，但剑出离山，却不能给你，他把遮天剑……"徐有容微一停顿，继续说道，"留给了师兄。"

她没有明说是给了离山剑宗里的哪位师兄，但陈长生知道，她说的肯定就是秋山君。这是他和她第一次提到秋山君的名字。陈长生觉得有些不自在，或者是因为她说出师兄二字时的自然，或者是因为在过去数年里，那个名字始终和她的名字摆在一起，或者是因为她和他一起修道成长，事实上确实要比他和她更熟悉。

"怎么了？"徐有容偏头看着他问道。

陈长生低头看着手里的伞，似乎正在研究什么，随意应道："没什么。"

两个人似乎有些懵懂，其实什么都懂。

"苏师叔还要我给你带了两封信。"徐有容从怀里取出两封信，递到他的身前。不知道为什么，她的手指捏着信封时，眉头微蹙。

陈长生接过信的那瞬间，只觉得指尖仿佛被针扎一般，刺得心头一痛，连忙调动神识，才强行压抑住把信封扔掉的冲动。这两封信里藏着好可怕的剑意！他有些震惊地看了徐有容一眼。

徐有容点点头，指着他手里的两封信说道："苏师叔说，黄色信封里的信，你随时都可以拆开来看，黑色信封里的信，你好好保存，以后如果遇到什么事情无法解决，再拆开。"

在周园里，遮天剑的剑意与剑身重逢，在周园外，苏离与这把剑重逢，那位剑道上的大宗师，因为这次机缘，竟然再有提升，在剑道上的修为不知道强到了什么程度。他现在不再需要遮天剑，要与圣女远游，便把遮天剑留给了秋山君，把黄纸伞还给了陈长生。这看似很公平，其实不然，黄纸伞虽说是极强大的防御法器，但又如何能与遮天名剑相提并论。不过陈长生没有什么怨言，毕竟遮天剑是离山掌门之剑，天经地义应该留在离山。

他把两封信仔细收好，想着那个已经远离的前辈，忽然有些感慨和想念。从魔域雪原万里南归，他和苏离一同经历了很多，虽然两个人的境界辈分有无比遥远的差别，但也算得上是忘年之交。

"他和圣女究竟去哪里了？"

"很远的地方。"

"大西洲？"

"比大西洲更远的地方。"

这个答案有些出乎意料，却又在情理之中。对大陆上的普通人来说，孤悬海外的大西洲，已经是最遥远的地方，但苏离在世间游历了数百年，想必早就已经去过。现在他为了人类的未来，极其潇洒地放下所有恩怨情仇，带着圣女飘然远离，当然要去更远的地方。

只是，还有比大西洲更远的地方吗？陈长生想起了在道藏里看到过的一些很隐晦的记载，看着徐有容有些吃惊问道："难道还真的有别的大陆？"

道藏里关于别的大陆的记载，并不是游历者的亲身经历，写的非常含混，更像是某种猜想。

通读道藏，不代表能知世间一切事，因为有很多事情，是不便，甚至是不能用文字记录下来的。

徐有容是当代圣女，自幼在离宫、皇宫、南溪斋这样的地方生活学习，知道的事情自然要多些。"应该是圣光大陆。"她对陈长生说道，"我听老师说过，在星海的那边，无比遥远的彼岸，有一片大陆，那处的世界沐浴着光明，生活着和我们很相似的生命，但星海浩瀚不可渡，如果不经星海，两片大陆之间又有着极其坚固的空间壁垒，只有踏入神圣领域的至强者，才有机会打破这道壁垒，进入对方的世界。"

陈长生很是吃惊，问道："你确定？"

"我是猜的。"徐有容望向远方暮色与雪花混着的地平线，小脸流露出淡淡的想念，"老师和苏师叔这样的人物，既然决定离开这个世界，除了像圣光大陆这种只存在于传说中的地方，还会去哪里？"

陈长生沉默了会儿，问道："圣光大陆怎么走？"

福绥路怎么走？奈何桥怎么走？国教学院怎么走？离宫怎么走？那个传说中的地方怎么走？这个问题其实有些荒谬，但他的神情很认真。

徐有容也很认真，用心地回忆着小时候圣后娘娘和老师的那场谈话。过了很长时间后，她有些不确定地说出了两个字："云墓？"

陈长生再次沉默，这一次沉默的时间要比刚才长很多。云墓是这个世界所有云的坟墓，是大陆最偏僻的地方，那里终年不见阳光，无比神秘未知。但他对云墓很熟，他知道在那无数的云雾里，有一座无比高的山峰，山峰破云而起，不知通往何处。因为那座山就在西宁镇的后面三百里，他曾经去过，他知道那片缭绕着云雾的山峰湿地里，隐藏着无数凶猛的妖兽、无数危险的修道凶人，还有一些辛苦活着的前朝遗民。今天他才知道，原来那座山峰可能是通往别的世界的通道。

"将来我们一起去圣光大陆看看？"他看着徐有容很认真地说道。

就算传说是真的，星海的那边真的有个叫圣光大陆的地方，但既然从来没有人知道，说明可能根本没有人能够成功地打破空间壁垒，找到那个世界。他和徐有容都是修道的天才，但距离神圣领域还有很远的距离，圣光大陆对他们来说，更只能是一个虚无缥缈的名词和猜测罢了，但他就这样很认真地、可能提前了数百年发出了自己的邀请。这个时候，他早就已经忘记了自己很可能活不过二十岁的事实。

徐有容微笑说道："好。"

陈长生心想真好。

回到国教学院，走进一楼，他有些意外地发现，折袖的房间居然开着门，而且苏墨虞他们都在里面。

"你们在说什么？"他有些好奇地走了进去。

苏墨虞说道："从早晨开始，唐棠一直在寻着人问，世间究竟有没有一见钟情这种事情。"

唐三十六看着陈长生冷笑了一声。

陈长生紧张起来，问道："怎么无缘无故说起这事？"

"谁知道他今天出了什么问题。"轩辕破有些委屈说道，"我认真回答，结果反而被他骂他一顿。"

折袖站在窗边，忽然说道："苏离走了，她应该还在离山吧？"

陈长生吓了一跳，以为被他发现自己先前和徐有容在一起，下一刻，才知道原来他是在确定答案。

"南方使团带来的消息，应该无误。"唐三十六说这句话的时候，又看了陈长生一眼。

陈长生没有理他,看着折袖关心问道:"你打算怎么办?"

现在的国教学院,从院长到总监到后勤主管到导师,都非常年轻,没有一个超过二十岁,都是年轻人,最关心的当然也是年轻人最刻骨的美丽与哀愁——除了陈长生徐有容之间的婚约与战斗,那便是折袖与七间的那个故事。

折袖看着窗外的雪,饱经风雪却依然带着些青涩意味的眉眼间闪过一抹狠厉。"等我把京都的事情办完了,就去离山接她。"

陈长生等人面面相觑,他们听得很清楚,折袖用的不是看字,而是接字。他们这时候仿佛就看到了日后离山上的无数场战斗,那些斑驳的狼血。折袖这是要去找死,可问题在于,这个世界上还没有出现能够阻止他去找死的人。

唐三十六不想折袖进入疯狂的精神状态,向苏墨虞使了个眼色,说道:"你要在京都办什么事?"

苏墨虞会意,心想无论折袖怎么回答,他们都要把这件事情的难度说得大些,如此才能让折袖晚些时间去离山送死。

"我要杀周通。"折袖转过身来,看着他们面无表情说道。

房间里很安静。唐三十六沉默了会儿,说道:"那就都散了吧,反正这也不是十年八年就能搞定的事。"

众人散开后不久,他来到了陈长生的房间,毫不在意自己满身污雪泥垢,毫不客气地坐在了那张连根发丝都很难找到的干净的床上,然后指了指陈长生,非常肯定地说道:"世上没有一见钟情这种事。"

陈长生看了眼他衣衫下摆滴着的泥水,控制住情绪,说道:"你究竟想说什么?"

"噢,我说的不够准确,你当然有可能对徐有容一见钟情。秋山君这么完美,连我都有些嫉妒的人,都对她情根深种,更何况是你这种没有经历过男女之事的小男孩。"唐三十六看着他说道,"但她绝对没有可能对你一见钟情,所以这件事情有问题。"

陈长生并不是很在意这个问题,只是有些好奇,问道:"为什么她就不能?"

唐三十六指着墙边的梳洗台,说道:"你去照照镜子。"

陈长生真的依言走了过去,看了看镜中的自己,说道:"不难看。"

唐三十六张着嘴,完全说不出话来。他再一次确认,徐有容和陈长生果然都很让人无话可说。陈长生看着镜中的自己,呵呵笑了起来。

唐三十六愤怒了,喊道:"反正她不可能在奈何桥上见过一面便喜欢上你!就算因为婚约的缘故,她曾经想象过你很多次,也不可能,因为你仅仅就是不难看,远远谈不上好看,更没有我好看!"

陈长生转身望向他,问道:"然后?"

唐三十六站起身来,走到他身前,盯着他的眼睛说道:"我担心她对你有什么企图。"

无论什么人,只要不知道周园里的那段故事,一旦像他这样发现徐有容居然和陈长生在约会,肯定都会觉得有问题。陈长生明白,所以没有什么抵触心理,更不会生气,宽解说道:"放心吧,没事。"他说的很自然,却很坚定。

看着他的神情,唐三十六沉默了会儿,忽然说道:"你们以前见过。"

陈长生想着徐有容的吩咐,摇了摇头。

唐三十六冷笑说道:"她不会对你一见钟情,却喜欢上了你,这就说明,你们不是第一次见面。"

这个推论可谓破绽百出却又无懈可击,陈长生不知该怎么办,辩解道:"我们以前小时候通过信,所以不算陌生人。"

"编,你继续编。"唐三十六看着他面无表情说道。

陈长生真的没有办法了,看着他认真拜托道:"那你一定要保密,不能告诉任何人。"

唐三十六的表情顿时松化,上前搂着他的肩,还没忘记关上窗,挑眉说道:"我是谁?还不能放心我?"

如果真的把这个故事巨细靡遗地再讲一遍,那得多长时间,多少字,多少……听完周园里发生的事情后,唐三十六震惊得很长时间都没有说话。最后,他看着陈长生再次发出相同的感慨:"你是猪啊?"

陈长生很羞愧,没有任何底气反驳这句话,又想着一件事情,请教道:"我不明白她为什么不让我把这件事情告诉别人。"

唐三十六很是无语,说道:"这都不懂?你果然是头猪。"

被连续骂了两次,陈长生终究有些不舒服,说道:"她在周园里不一样没认出来我?"

"所以说命运天注定,你们两个这就叫缘分天成。"唐三十六推开窗户,看着雪停云散后的星空，感慨万分。

陈长生听着这话很开心，说道："谢谢你的祝福。"

唐三十六转身看着他严肃说道："你和徐有容就猪公对猪婆，当然很相配。"

苏离的这两封信有古怪——接过信的那瞬间，陈长生就确定了这个事实。所以他没有当着徐有容的面拆开，而是等到夜深人静，一个人走到湖对面的灶房里，做好了各方面的准备，才用无垢剑裁开。

无垢剑可以说是世间最锋利的剑，很轻易地便把黄色的信封切下一条细线。但他的眉头却皱了起来，因为他感知得很清楚，无垢剑的剑锋在信封里行走时遇到了无数条极细又坚韧的气息，那些气息仿佛坚硬的铁条般，如果不是无垢剑足够锋利，只怕以他现在的境界，根本无法把信封裁开。

他深深地呼吸了数下，平静心神，把信纸从信封里取了出来。那是一张薄薄的、普通的信纸，然而当他摊开信纸，借着柴火昏暗的光线望过去时，无数道细微的剑意，从信纸上喷薄而出，变成无数片屋外雪花，又仿佛是夏末洛水畔落下的柳叶。

嗤嗤嗤嗤！无数道锋利甚至有些凄厉的声音，在他的身周响起。那些都是剑意，灶上的铁锅瞬间被切碎成无数碎片，灶上贴着的瓷砖被切成了碎片，紧接着，灶旁的柴火也被切碎了，灶洞里燃烧的柴火也被切碎了，火星四溅，甚至就连燃烧的火苗仿佛也被那些剑意切碎了。

陈长生站在满室飘飞的剑意里面，神情凝重，一动都不敢动。

133 · 来到京都的老道姑

陈长生对苏离藏在信封里的剑意早有准备，最开始的时候，还本想看看自己回京后境界修为提升不少，能抵抗多长时间，却哪里想得到信封里的这些剑意竟是如此锋利可怕，不要说抵抗，便是连沾惹都不敢。

苏离对他当然没有恶意，更没有杀意，那些从信纸上飘飞而起的剑意，悄然无声地切碎了灶房里的很多事物，将他飘起的腰带也斩下来了一截，却没有一道剑意落在他的身上，只是围绕着他在飞舞。那些剑意在身周飘舞着，仿佛落叶，仿佛雪花，仿佛水滴。陈长生仿佛来到秋树下，雪空下，瀑布下。他隐约明白了些什么，渐渐放松心神，将神识释入这片剑意组成的世界里。

这些剑意就是苏离给他的信，给他留下的礼物之一，那么信纸上有没有写什么呢？陈长生一面感悟着苏离突破后留下的那些剑意，一面静静地看着信纸。苏离的笔迹就像他的人和剑一样，酣畅淋漓，痛快锋利，起笔极陡，落笔极锐。

"你居然能够胜过有容，这真是令人感到意外的消息。"

看到信纸上的第一句话，陈长生才明白，苏离给自己信是有条件的，前提条件就是要战胜徐有容，如果自己不能做到这一点，苏离肯定会对自己感到失望，那么这两封信可能就会留给徐有容，或者……秋山君。

"不过想到你的剑应该算是我教的，那么你能勉强胜过有容，也算是可以理解的事情。"苏离在信上说的话，依然完美地展现了他的自信或者说自恋。但接下来，他的话变得平静了很多，淡然了很多。

"我这辈子就教过三个人，秋山，你，还有七间，秋山比你强，七间比你弱，而且是我的女儿，我走后，如果离山有事，你帮我照顾一下，至于我为什么会离开？等你活个几百年，发现有人等了你几百年，或者就明白了。"

"我是离山小师叔，我不需要向山里的弟子们解释任何事情，我是苏离，不需要向寅老头、天海他们交代什么事情，但我还是想解释一些事情，交代一些事情，所以给你写了这样的一封信。"

"如果以后有人问起，你可以把我的话转告他们。我没有对这个世界认输，但她说得对，我就是苏离，何必要做第二个周独夫？最重要的，你说得对，我杀过无数人，我对这个世界殊无爱意，但或者还有一分善意？"

看到这句话，陈长生的心里生出很多感慨。在很多人看来，尤其是那些抗拒南北合流的南人们看来，苏离与圣女飘然远离，是一种极不负责任的逃避。谁能明白，像苏离这样的人物，只有执着真正的大智大勇之剑，才能斩开这条离开的道路。

然而当他看到信的末尾时，忽然间觉得自己对苏离前辈的赞誉与敬佩似乎错了。苏离在信尾写了这样一段话。

"让那个狼崽子死了那条心，如果他再敢缠着我女儿，我哪怕在星海的那边，也会乘星槎归来，先一剑斩杀了他，再一剑斩杀了你，最后再一剑斩灭你们国教学院和北边那个狼族的部落，勿谓言之不预也！"

陈长生看完了这句话，有些无奈地想着，像苏离前辈这么潇洒的人，怎么就想不开这件事情呢？

正想着，四周的空中忽然再次响起密集恐怖的细微剑鸣，无数道剑意自四面八方归来，落于信纸之上。那些锋利至极、境界玄妙难明的剑意，将信纸上的那些笔迹斩得七零八落，变成无数墨团，再也无法看清楚。那些墨团最后变成了四个大字。

"阅后即焚。"

看着这四个字，陈长生怔了怔，觉得如果就这般烧了，岂不可惜？要知道这张信纸上的剑意，对修剑之人来说是无比珍贵的馈赠，他本还想着明天要唐三十六和折袖他们也来感悟一番。但既然是苏离的吩咐，他没办法反对，很听话地将信纸扔进残着火烬的灶洞里，亲眼看着信纸被烧成了灰。

看着灶洞里的灰，想着先前纸上的剑意，他忽然想起了前些天诸院演武、那些聚星初境的强者来挑战国教学院时的事情，天机阁的那位画师，应该用的也是类似的手段，只是与苏离相比有若云泥之别。

他又想起了当时在街边看到的那位文士——天道院的关白。当时他隔着车窗看了此人一眼，便觉得一道锋意入眼而来，刺痛无比，险些流泪。现在想来，此人的剑道修为已经强大到剑意附体？明年的煮石大会上，他就要面对如此强大的剑，能战而胜之吗？

更早一些时候，关白在城南一家书屋里看书。忽然间，他感觉到了些什么，沉默片刻，静静合上书页，向书屋外走去。傍晚后，雪便渐渐停了，但天气依然严寒，街上积雪难行，所以看不到什么行人。他站在街中间。迎面一个老道姑走过。其实那道姑的容颜还算年轻，至少看不出来具体的年岁，只是眉眼之间尽是凛然冷漠之意，有股陈腐之意。

关白看着越来越近的老道姑，一言不发。他没有认出对方的来历，但知道对方的境界修为要远在自己之上，甚至可能要胜过恩师庄之涣。在煮石大会之前，他不想多事，也不应该与这样境界高妙的强者战斗。但他先前听得清楚，远处那条巷子里有条野狗死了。就在这个老道姑走过的时候。这个老道姑很强大，必然来历不凡，和她相比，一条挡道的野狗的性命确实算不得什么。关白也是这样认为的，一条野狗，死就死了，难道他还能为一条野狗去报仇？

问题在于，那条野狗应该死得更快些。老道姑只需要看一眼，那条野狗便会身首异处。可那条野狗在巷子里至少惨叫了三十几声,越来越凄惨,越来越衰弱,直至让他听到。他无法理解,像老道姑这样的大人物,为什么要用三十几剑才杀死一条野狗。他无法想象,这个老道姑平时杀人的时候,是不是也会这样。所以他从书屋里走到街上,想要问老道姑一句。

老道姑停下脚步,面无表情看着他。关白想要说些什么,但看着老道姑的眼睛,却发现自己已经无法说话。他的手握着剑柄,却无法拔出剑来。老道姑的眼睛里面一片碧色,满是腐朽与暴戾的情绪,如一片生满了绿藻的海潮,迎面拍打了过来。无穷无尽的碧杀之意,从雪街那面涌来,笼罩住他的身体。

扑!一道鲜血从他的嘴里喷出,落在雪上。

他是天道院的骄傲,逍遥榜中段的剑道强者,大名关白。然而在这个老道姑面前,他根本无法说出一个字,无法拔出鞘中的剑,便受了重伤。

"报出你的师承。"老道姑面无表情说道。

关白的眼中满是震惊之色,直到此时,他才确认,这位老道姑的境界实力不止远胜于自己的老师,甚至隐隐然已经超脱了尘世的范畴,进入了神圣领域,再想着她眼中的那抹碧色,瞬间便猜到了对方是谁。

八方风雨无穷碧!这已经是人世间最巅峰的强者,为何今夜忽然在京都出现?

"天道院关白,家师庄之涣。"因为老道姑的身份,关白震惊无比,但依然没有任何悔意,盯着对方说道。

"看在茅秋雨的面子上,今夜留你一命。"老道姑缓步从他身边走过,身影渐渐消失在夜色中。

不知道过了多长时间,关白才发现自己能够动了,握着剑柄的右手微微一颤,呛啷一声剑锋半出。然后,他的右臂齐肩而断,落在了雪地里,好大一片殷红的血。

今夜的京都,巷子里的一条野狗被残忍地切成了碎块。天道院的骄傲与希望、前景无限的年轻剑道强者关白,失去了自己握剑的右臂。做了这两件事情的老道姑,对此没有任何感觉,神情依旧漠然,眼神依旧暴戾。

在她的眼里,像关白这样的年轻人和巷子里的一条野狗,没有太多区别,如果这里不是大周京都,有连她都必须尊敬的教宗陛下和她都不敢招惹的圣后娘娘,或者关白这时候也已经死了。在她看来,留关白一命已经给足了茅秋雨面子,更准确地说,这面子是给国教的。

这个世界上有些人非常强,于是对世界的看法便会有些畸形,以为没有抢光乞丐碗里的食物,便是给乞丐面子,没有把看不顺眼的人全部杀死便是给生命面子,那么对方便也应该给自己面子。

老道姑今夜来到京都,便是认为教宗陛下没有给足自己面子,那么她便要来亲自找回面子。她很年轻的时候,用尽一切方法嫁给了她认为勉强配得上自己的一个男人——这句话似乎有些不对劲,既然是勉强配得上,何至于要用尽一切方法去嫁?那是因为在她看来,哪怕是勉强能配上自己的男人,在世间也只有寥寥数者。从那一刻开始,她认为夫君便是自己最重要的面子。后来当她很辛苦地生下一个儿子之后,便认为儿子才是自己最重要的面子。

老道姑站在国教学院的院墙后,面无表情看着伸出墙头的那数棵雪树。

134 · 来到万柳园的一封信

苏离留下了七封信。他让徐有容把其中两封信转交给了陈长生,一封信留给了自己的女儿,还有一封信留给了离山脚下镇上铁匠铺里那个刚开始学剑的小孩子,他还给秋山君准备了一封信,却被秋山君平静地拒绝了。还有两封信通过最普通的邮路,分别送到了两个地方。其中一封送到了汉秋城外的一座庄园里。

万柳园,园里面种着三万株耐寒的曲柳。朱洛是绝情宗的宗主,是朱氏的族长,是先帝的故交,是八方风雨,无论哪个身份都可以让他拥有普通人无法想象的生活,这座在寒冬时节依然青色未褪的庄园,便是明证。

今天这座庄园里有位客人,那是一个很胖的老人,坐在圆圆的太师椅中,肥胖的腰身仿佛溢过江堤的水一般淌下来很多,于是那根明黄色的腰带,也被突显得更加清楚。这位胖老人慈眉善目,眯着的眼睛里满是与世无争的从容与温和,满脸喜庆,看着就像是乡间最普通寻常的富家翁,但他能够与朱洛这样的大人物相对而坐,可以想见其身份来历必然不凡。今日的庄园里除了万株寒柳与积雪,便再见不到一个人,或者便是这位胖老人的来访有关,当然,也与此时摆在二人之间桌上的那封信有关。

"那个女人什么时候死……"胖老人微笑着开口,只是在说到女人二字的时候，不期然地顿了顿，脸上的笑意消失了一瞬，那个女字更是轻得有些听不到，"星空之上自有安排，至于什么时候去京都，那还要等消息。"

朱洛微微皱眉，对这句话似乎不是太满意，说道："无论怎么看，力量还是有些不足。"

胖老人感慨说道："要行大事，须有伟力，白帝夫妇肯定会作壁上观，其实我们最好的选择还是苏离。"提到苏离的名字时，无论他还是朱洛，都没有向桌上那封信看一眼。

朱洛沉默片刻，说道："苏离确实很强。"

当时在浔阳城里，苏离身受重伤，未曾与他交手，但他必须承认，单以力量论，世间再难寻觅比苏离更强之人。这番对话里的力量二字，自然不是普通人理解的普通力量，指的是最纯粹的、最可怕的战力。

"黑袍布置多年，在魔域雪原上，十余万铁骑狼骑，十余位魔将，三大巨头联手镇压，居然还让他给逃了。其后一路南归，由废人洗剑再成，想必又有所领悟，万丈高峰，只怕又近了星海一尺，确实强到了极点。"

胖老人感慨说道："当年包括我在内的很多人都认为，只有他最有机会杀死那个女人，他却不肯做，现在，如果有他的帮助，杀死那个女人的可能性会再添三成，偏生他却又在这时候走了。"

朱洛面无表情说道："我应教宗陛下之请，在浔阳城杀他一次，他怎会加入我们？又怎会给我寄来这封信？"

二人谈话的时候，没有向桌上那封信看一眼，精神其实一直都在这封信上，这时候提起，于是视线终于落下。幽静的冬园里，没有什么异变发生，微寒的风中，却隐隐响起了金戈铁马的声音。看着那封信，胖老人眼睛微眯，仿佛雪白的馒头被刀切出来的一条缝，其间烈光灼人，警惕异常。然后他抬头望向朱洛，仿佛在问，这封信拆还是不拆？

朱洛的神情很凝重，很长时间都没有说话。胖老人能察觉到这封信里的异样，以他的修为境界自然也能够看破。他知道这封信里藏着一把剑。信是苏离的信，剑自然也是苏离的剑。

苏离虽然在修行界的辈分地位极高，公认剑道强得不可思议，但相较于八方风雨和四位圣人来说，终究是位晚辈，而且因为各种各样的原因，他的名字始终没有被排进这个行列里。他写这样的一封信给朱洛，就是要告诉整个大陆，只要他愿意，他随时能够一剑斩落所谓的八方风雨。

如果换作数百年前全盛之时，不，哪怕是数十年前，甚至就是一年之前，面对着这封信，朱洛都会毫不在意地微微一笑，然后将信封拆开，一睹纸上的锋芒，如此方始不堕八方风雨之威名。

但现在他有些犹豫。因为他在浔阳城里受了很重的伤，直到现在都还没有完全复原。那些伤势来自王破的铁刀，刘青的暗剑，还有陈长生剑鞘里的万道流光，最重的伤来自于圣女的千里奔行。

更重要的原因是，就如在浔阳城里王破说过的那样，他已经老了。苏离也曾经嘲笑着提到过，现在的他可以死，但不能战败。他是绝情宗、朱阀的参天大树。天凉郡除了梁王府之外的所有子民，都需要他的庇护。如果他输了怎么办？

冬园里非常安静，远处的数万株耐寒曲柳，在寒风中极有耐心地等待着春天的到来。胖老人也很有耐心，只是平静地看着朱洛。不知道过了多长时间，朱洛终于做出了决定，深深地吸了一口气。冬园里狂风骤起，数万株曲柳迎风摇摆，似在欢呼，又似在畏惧地摆手。朱洛的脸上再看不到半分犹豫的神情，只能看到漠然与冷傲。曾经单剑闯雪原的人类最强者，哪怕旧伤在身，又岂能被一封信吓住？他的手落在那封信上，很稳定，然后撕开。一道剑光从信封的破口处迸射而出，把他的脸照耀得很是苍白。那道剑光是如此的明亮，以至于冬园上方的那轮冬日都变得黯淡起来，重柳生烟，明明白昼，四野却如黄昏降临。朱洛的眼瞳里生出一道剑光，这道剑光并非来自信封，而是来自于他的世界。呛啷一声清鸣，月华剑离鞘而出，向着信封暴出的那道剑意斩去。只听得无数声震耳欲聋的撞击声响起，万柳园里狂风大作，数万株寒柳摇摆不定。一轮明月自北方而来，悬于冬园的天空，便要将未至的黑夜逐走。那道来自信封里的剑意，对此浑然不理，瞬间大放光明，所接触到一切事物，无论真实还是虚象都燃烧起来！寒柳骤燃，冰潭粉碎，无数火焰冲天而起，仿佛火鸟。金乌出离山！明月骤然暗淡！

135 · 柳残阳

当朱洛拆开苏离的那封信时，胖老人微笑着坐在一旁，并不怎么担心。他当然知道苏离很强，苏离的剑很可怕，但这毕竟只是一封信，就算凝着苏离的剑意神魄，介质有限，又如何能够真正伤到朱洛？

胖老人对朱洛的犹豫甚至有些不屑，心想或者京都的事情需要另作安排。然而当那道剑意破信而出，将整个万柳园变成黑夜之后，胖老人才知道自己错了。苏离的剑，要比他想象中更加强大可怕。只凭信纸上的一道剑意，居然就能够压制住一位八方风雨级别的超级强者？虽说朱洛有伤在身，但这也太不可思议了。那道剑意里的境界，甚至隐隐然已经超过了朱洛一个层级！就算是圣人的意志，只怕也无法做到这一点。除了当年周独夫、陈玄霸、太宗皇帝或王之策这等级数的传奇强者，谁能做到？苏离不是圣人，剑道却已近神！

看着在冬园里喷薄而出的那些金乌，夜空里的那轮明月骤然暗淡，胖老人面露惊容，不及细想，便飘了过去。朱洛已入险境，他再不出手便来不及了。一声厉啸，胖老人的双掌撕破身前的空气，便向那些金乌般的炽热剑意拍去！他看着就像一座肉山，飘掠之势却很轻柔，双掌落下同样轻柔，缓缓地扑扇着，就像是真正的鸟。

金乌剑乃是离山秘剑，出自苏离，剑意无比炽热，剑起后，会向着外界源源不绝喷吐光与热，势不可挡。当初在大朝试和周园里，陈长生几番动用金乌剑，比他要强上一截的对手，都要暂避其锋。今日的这些金乌剑意，出自苏离之手，威力更是难以想象。如果是普通的修道者，只怕尚未触着那些剑意，便会被直接烧蚀成青烟。就算是境界极高深的强者，也只能像朱洛这样，凭借月华剑意与之相争，而不敢直接接触。

不知为何，那位胖老人虽然面有警惧之色，却依然向那些金乌剑意拍了下去。一道难以形容的气息，出现在万柳园已然变成废墟的院落里。那道气息很强大，但其实还不及朱洛的月华剑意，可是那道气息给人一种很古老的感觉。一轮仿佛真实的太阳，出现在胖老人的手掌之间，无比明亮刺眼！在那些光线的映照下，胖老人的脸上再也看不到任何喜庆的意味，慈眉善目变得无比威严，身后呈现龙虎之象。这时候的他，哪里还是乡间常见的富家翁，这明明就是一位帝王！

三道强大的气息在万柳园里相遇。月华在天空里艰难地洒着银晖。烈日不停地撑着夜幕的落下。无数剑意像火鸟般，在天空和太阳之间穿行。数万株耐寒的曲柳开始燃烧。这不是暮色带来的火焰，而是真实的燃烧。寒冷的冬园仿佛瞬间坠落到炙热的地狱深渊里。轰的一声巨响,火苗乱飞,焦柳倾倒,并断墙垮。

不知道过了多长时间,那些狂暴的气息终于渐渐停息。宅院已成废墟,寒潭早已不能照人。朱洛靠着潭畔的一株残柳,脸色苍白,胸前满是斑斑血渍,更严重的是,他的左手已经齐腕而断。

胖老人站在一张破烂的桌子里,肥胖的身躯将桌子仅剩的边缘崩得极紧,似乎随时可能破掉,满是肥肉的脸上再也找不到喜庆的意味,也没有帝王的威严,只剩下疲惫与难看。

从很多年前开始,他就已经看到了神圣领域的那道门槛,如果不是忌惮京都那位的反应,或者他早就已经迈了过去,而在先前这场战斗里,他甚至已经发挥出了不逊于神圣领域的实力。

可他和朱洛还是败了,并且败得这般惨。如果不是那道剑意的目标是朱洛,如果不是他的家传功法与金乌剑的道源相近,不然他肯定会身受重伤,而且就算有他相助,朱洛或者这时候也已经死了。

而他们的对手,只是苏离的一封信。

朱洛缓缓站起身来,望向四周的原野。往日里无限美丽的万柳园,现在已经变成了一片焦土,远处有些柳树还在燃烧。万柳园还存在,只是已经不复其名。就像现在的他。他很清楚,这是苏离的复仇。对此,他无话可说。

"京都之事,恕我无法参加了。"朱洛对那位胖老人说道,没有转身,神情有些寂寥。

胖老人知道这是必然之事,不要说朱洛可能再也无法回复全盛时期的境界实力,甚至极有可能离开八方风雨的行列。对朱洛来说,现在怎样安排家族与绝情宗的将来,才是最重要的事情,因为那才是他真正的后事。

胖老人摇晃着如山般的身躯,向万柳园外走去。在汉秋城外,他在下属们的帮助下,有些艰难地爬上一座巨大的车辇。

一位脸上敷着粉、声音有些尖锐的中年人,低声说道:"王爷,发生了什么事?"

"你知道吗?我原本想着,大事若成,我第一件事情就是要把梁王府的那座大辇夺过来。"胖老人眯着眼睛,望向浔阳城的方向,难过说道,"现在却不知道,我这辈子究竟有没有机会坐上去。"

他望向的是浔阳城,实际上望的是京都。他说的是梁王府的大辇,实际上指的是京都皇宫那把座椅。那位中年人先前已经被万柳园处发生的异变惊得极为不安,此时听到王爷的感慨,更是不安到了极点。他和那些军士文臣都是王府的属官,却只能听京都的命令。这些年,他和那些下属们冒着极大的风险,帮助王爷四处奔波呼喊,如果王爷大事不成,他们哪里还会有活路?

"无穷碧进京都了。"中年人想让王爷重振一下信心,赶紧把刚刚收到的消息说了出来。

胖老人有些意外,无穷碧虽然也是八方风雨,但从来不在他的招揽目标之中,因为那也是个女人。那个老道姑去京都做什么?会不会有什么变数?

136·来到长生宗的另一封信

苏离送了一封信到汉秋城,于是万柳园变成了焦土,朱洛风雨不再。这件事情,暂时还没有在大陆传开。此时的大陆,更多是在讨论苏离与圣女相伴离开之后,会给这个世界带来怎样的变化。

最高兴的当然是长生宗。长生宗号称诸山之源,与圣女峰并列,同为南人心中的圣地,而且与大周皇族以及梁王府的关系都极为密切,与天南诸世家之间更是有无数难以切断的联系,强大到了难以想象的程度。

直到十数年前那场惊变,长生宗将那位魔族公主幽禁于寒潭里,意图威逼苏离北上京都行刺天海圣后,苏离单剑闯山,待发现妻子寒毒深种,无力回天后,一怒之下,将长生宗的十余位长老斩杀干净,紧接着血洗长生宗,待身受的重伤恢复后,又北上浔阳城,将梁王府里的一干人等杀了个干干净净,苏离的绝世凶名,至少有一半便是从此而来。

至此之后,再也没有人敢随意招惹苏离,同时,长生宗再也不复当年的声势,诸多山门宗派与本宗渐渐离心背德,像离山剑宗这样的地方,更是只剩下表面上的尊重,实际上早已自行其是。在长生宗看来,苏离当然就是这一切的罪魁祸首。如果能够杀死苏离,他们早就做了。虽然他们做不到,但好在现在苏离自己走了。

最近这些天的长生宗,虽然没有彩灯高悬,气氛已经变得极好,弟子们的脚步仿佛都变得松快了很多,至于那些苟延残喘至今的数位长老,更是开始提前庆祝并且向往将来的美好生活。

"离山剑宗乃是我长生宗之剑,当然要由我们握在手里。"离山内乱时,秋山家主忽然反目,被他请过去的长生宗梁长老受了伤,现在还在养伤,于是他所在的洞府,便成为了长生宗长老们议事的地方,其中一位瘦高的长老神情漠然而无比坚定地说了一句话。

梁长老想着当初离山上的那万道剑光,微微皱眉说道:"想要重复往年时光,何其困难。"

听着这话,洞府里一片安静。当年,只要长生宗一道令谕,整个天南除了圣女峰之外,哪个山门宗派胆敢不听?这些年呢?不要说离山剑宗,没看连秋山家都敢对长生宗暗下毒手?

"本宗气血耗损,离山又能好到哪里去?小松宫长老之事后,离山已然元气大伤,和我们同辈或者晚一辈的那些家伙,尤其是剑堂里的那些人,受到阵法反噬,受伤都不轻,短时间内应该无法出来视事。"

"你不要忘记,现在主持离山事务的……是秋山。"

"秋山……青年英才,确实不凡,但毕竟还年轻不是?"那位瘦高长老神情漠然说道,"不止离山,还有南溪斋,当代圣女也很年轻……声望固然是够了,但不过十六岁,聚星境都不到,我们这些同宗长老,帮着处理一下事务,也是天经地义的事情,对后辈的关心嘛。"

听着这话,梁长老沉默不语,另一位长老则是面露喜色。梁长老叹了口气,说道:"可是你们有没有想过,苏离回来了怎么办?"

洞府里安静片刻,那位瘦高长老冷笑说道:"以苏离的傲气,既然对整个世界宣告远离,难道还会去别的地方?就如我们前些天猜测的那样,他与圣女应该是准备去传说中的星海彼岸,那他还怎么回来?"

梁长老看着他语重心长说道:"可如果传说是真的怎么办?他真找到了圣光大陆,那就还有再回来的一天。"

瘦高长老眼中闪过一抹悸意,却依然强硬说道:"传闻里周独夫最后破碎虚空而去,应该也是想去那边,连他都没能找到……至少是他没能回来,苏离再强,难道能强得过他?"

另一位长老也在旁劝说道:"师兄不用太过担心,苏离应该是回不来了。"

寒冬时节,南方的长生宗依然温暖,山间没有落雪,只有细雨不停落着,

463

仿佛喜悦地送别。苏离走了，不知道还会不会再回来，或者什么时候回来，但他的信却来了。看着桌案上那封薄薄的信，很长时间都没有人说话，也没有任何动作。桌旁的三人脸色异常难看，就像是看见了一只来自深渊最底处的恶魔。长生宗硕果仅存的三位长老，竟似被这一封信给吓破了胆魄。

洞府里一片死寂，没有任何声音，只有深处青藤滴落的水声。听着滴水声音，那位瘦高长老的脸色异常铁青，好生心烦。梁长老脸色一片苍白，嘴唇微翕，却说不出话来。信封上没有落款，连任何笔迹都没有，但当他们的眼光落在信封上，便能感受到那道锋利可怕的剑意，刺痛无比。这封信里有道剑意，苏离的剑意。

不知道过了多长时间，洞府里的死寂终于被打破，那位瘦高长老喝道："他究竟想做什么？想靠一封信就吓死我们？"

说这句话的时候，他的胸膛不停起伏，就像被火烤后的南竹，随时可能暴开。他真的很愤怒，气得肺都快炸了。他的声音却有些发哑，因为紧张。他不得不承认，苏离哪怕已经离开远行，留下一封信也足以震慑住长生宗。这其实才是他愤怒的真正原因。

另一位长老望向梁长老，不安地说道："师兄，怎么办？要不要拆开？"

洞府里忽然响起一阵干笑。梁长老看着那封信，苍白的脸色上忽然多了一抹血色，望向洞府外的青山云海与冬雨，眼神里多了几分癫狂，对不知身在何处的苏离厉声喝道："寄封信过来，就等着我们拆开和你留下的剑意战一场……你当我们傻啊？"

那位长老问他要不要拆信，对十余年来一直生活在苏离阴影里的他来说根本不是问题。这信当然不能拆。因为他不想死。

"派人把这封信送到山涧底，用阵法仔细地镇压住！"梁长老微微眯眼，冷笑说道，"我倒要看看，苏离这道剑意能在金光大阵下撑多长时间。"

那位瘦高长老闻言点头，旋即想着另外一件重要事情，皱眉说道："可是……不会影响到除苏吧？"

听到除苏这个名字，那位长老的神情也顿时变得紧张起来。

137·国教学院最大的危机

"有金光大阵守住道心，任何外魔都不会影响到除苏的修行。"梁长老说道，

"相反，我还要借大阵镇住苏离的这道剑意，再以万山磨碾，送与除苏领悟！"

听到这话，那两位长老放心了下来，心想如果真能碎掉苏离的剑意，送于除苏，那么或许，除苏真的会比当初宗主临死前推演计算的提前很多年出世，到那时，长生宗才会真正的重新兴盛起来！

就在三人想象美好的将来之时，忽然有异变发生。桌上的那封信剧烈地颤抖起来。刺啦声响里，信封绽裂，变成无数纸般的蝴蝶，四处散去。苏离的信，哪里需要被拆开才能看见？他留下的剑意，哪里像那些法器一般，还需要被激发？他要长生宗的人看见自己的这封信，这道剑，那么无论有没有人拆开这封信，都一定会让对方看见！

一道霸道凌厉至极的剑意，横空出世，斩落而下！洞府里回响着凄厉的剑鸣，以至于同样凄厉的惨叫被湮灭无闻。凌厉的剑意，斩断遇到的一切。三位长老境界高深的剑。长生宗万年不毁的洞府。洞府深处的柔软青藤。青藤上淌落的透明的水。流动的空气形成的无形的风。所有的一切，都被这道剑意在瞬间之内斩碎。空中到处飘着血雾，看着异常血腥，又有一种惊心动魄的美丽。三把剑断成十余截。

梁长老身上出现了数十道剑痕，倒在满地废墟之间，看着那道向着洞府外掠去的剑意，苍白的脸上流露出无限惊怖与追悔，已然将死的他，拼尽最后的气力，尖声喊道："快关闭大阵！"

那两位长老听到了他的话，想到了问题所在，眼中流露出绝望的神情，却无法阻止那道剑意破空而去。因为他们的双臂已然被那道剑意斩断，浑身是血，已经无法站起来。

那道剑意化作一道瑰丽的流光，自崖峰疾飞而下，越过长生宗的宗门，直接破云而入，飞进满是雾气的一道山涧里。天地之间暴出极其恐怖的一声巨响，一道清光形成的圆圈，覆盖了方圆数百里的十余座山峰。那是长生宗的护宗大阵。紧接着，那道山涧里响起无数令人牙酸的金属摩擦声，无数道金光迸射而出，云海滚动不安。深涧里响起一道稚嫩却怨毒的声音。那声音像人声却又仿佛是鸟鸣或某种机械的重复。

"除苏！除苏！"

剑啸骤锐！那道声音渐渐敛去，再也无法听到。

夜已经深了，还有很多人没有睡。有人是因为爱着谁，有人是因为恨着谁，有人是因为想念着谁，有人则是因为想念着美食。入睡之前，轩辕破吃了半只塘井烧鹅作夜宵，结果在床上躺了没多会又饿了，饿了怎么能睡得着觉？他走到湖对岸的灶房里，准备把前些天腌的酱螃蟹，取出来吃了。

走进厨房，他发现灶底的火似是熄了，没有在意，也没有点灯，在夜色里非常准确地摸到了泡菜坛子那边。在那些看似不起眼的泡菜坛子里，其实不是普通的酱螃蟹。他用无比名贵的蓝龙虾替换了螃蟹，所以应该是酱龙虾。现在他是国教学院的后勤主管，和澄湖楼的那几位大厨关系处得极好，自然不会差吃的，但吃的这般奢侈甚至显得有些暴殄天物，若让陈长生和唐三十六知道了，肯定生出极大的反应。所以这几坛酱龙虾他没让任何人知道，偷偷地藏了起来。

越偷偷藏起来的吃食，越香。轩辕破不了解人类世界的很多道理和规矩，对这点则很清楚，手伸向泡菜坛子的过程里，仿佛已经尝到了酱龙虾极致的咸鲜味与内里浓郁的甘甜还有那种在舌面上四处浸染的美妙口感⋯⋯

然而，他的手摸空了。本来应该在那里的泡菜坛子不见了，全部不见了，泡菜坛子里的酱龙虾自然也没有了。轩辕破变得异常愤怒，数道细微的雷电在他的眼瞳里生成，微卷的乱发间隐隐传来噼啪的声响。他眼前的世界从黑暗变成光明，把灶房里的画面看得清清楚楚。不止泡菜坛子，铁锅、碗筷、柴火堆，甚至连灶台都已经变成了碎块，就这样堆在地上。满地狼藉，一地汤汁，无比污糟。

轩辕破更加生气，也警惕起来，这里发生了什么事情，是谁在这里施放出如此可怕的剑意？整个房间里到处都是被剑意切成碎屑的事物，只有山海剑还在，静静地躺在木屑当中。轩辕破伸手拾起山海剑，循着那道剑意的细微残留寻去，发现在灶灰里面，隐隐夹着些别的颜色的灰。那些灰不像是木柴烧成的，更像是纸烧成的。他犹豫片刻，用山海剑轻轻地拨弄了一下那团灰。那团灰顿时散了。

一道难以想象的寒意，忽然笼罩了整个房间。轩辕破的身体变得异常僵硬，呼吸变得粗重起来，心里生出难以想象的危险感觉。那道寒意与危险的感觉与那团正在缓缓散开的灰无关，而是来自他的身后，来自院墙的后方。那是最深的海底，有着令人窒息的压力与寒冷。无穷碧波，本就是死亡的海洋。轩辕破开始流汗，汗水还没有来得及打湿衣裳，便被那道代表着死亡的寒意凝成雪霜。

看着夜色下的国教学院，老道姑向前走去。院墙上出现一道雪霜，然后悄然无声地酥化，变成风沙。这幕画面，就像是神话一般。院墙垮了，出现在她面前的，便是灶房，于是灶房也悄无声息地垮了。

轩辕破提着山海剑，站在废墟里，身体不停地颤抖。因为他很害怕。虽然他很勇敢，但还是很害怕。来人强得无法想象，气息很冷漠，给人一种要灭绝万物的感觉。

冬湖对岸的小楼里。折袖睁开了眼睛。陈长生睁开了眼睛。他们都感受到了这种感觉，然后莫名恐惧。

138·以老欺小

院墙悄无声息地垮塌，老道姑从那个豁口里走了进来。随着她的脚步，一道无比强大，仿佛沧海般的气息，瞬间笼罩住了整个国教学院。宿舍楼里的学生们还在沉睡，偏院里的国教骑兵也没有察觉。小楼里的陈长生等人在第一时间感觉到了，因为老道姑就是要他们醒来，记得随后发生的事情。

他们睁开眼睛，感觉到了那道寒冷的寂灭味道，仿佛堕入寒冷的冰窖里，睡意顿时全无。小楼上的窗户被依次推开，露出了那几张年轻的脸。他们看到了湖那边的老道姑。就在看到老道姑的瞬间，寂灭的味道变成了死亡的味道与无穷的恐惧——那个老道姑太强大了，强大到他们甚至很难生出抵抗的意志。

看着老道姑，唐三十六想起了自己的爷爷有一次发脾气时，整座汶水城都抖了三抖。折袖想起了小时候被赶出部落不久，曾经远远地看过一眼那只巨大的倒山獠，还有坐在倒山獠头顶的那个矮小却又无比可怕的身影。苏墨虞的脸色变得异常苍白，因为他知道老道姑是谁。陈长生在这一刻，很自然地想起了浔阳城里的风雨，才震惊地明白，原来这位老道姑竟是这等级数的强者。

按道理来说，以陈长生现在的身份地位，无论是谁都不会在京都向他动手。但现在他没有这种自信，因为那个老道姑不是普通人，就算教宗陛下也要给她些面子，而且她这时候给人一种很极端的灭绝感。千山鸟飞绝的绝，万径人踪灭的灭。她视世间众生为猪狗，谁不敢杀？

便在这时，苏墨虞的声音响起，他看着老道姑震惊问道："舅妈，你想做什么？"

听到这句话，陈长生等人终于印证了心中的猜想，知道了来人的身份。唐三十六神情不变，落在窗沿上的手指节却有些发白。折袖神情不变，右手的手指却已经缓缓松开了拐杖，握住了剑柄。

她终于来了，那位以溺爱独子、护短、暴躁、好杀、喜怒无常著称的绝世强者，终于来了。无穷碧，八方风雨里唯一的女人。她的夫君叫别样红，同样位列八方风雨之中。他们有一个独子，叫作别天心。

两位风雨的独生子，可以想象是怎样长大的。别天心一辈子都顺风顺水，直到数十天前，在国教学院的门口遇到了陈长生和唐三十六。当时苏墨虞就曾经提醒过他们，国教学院可能会遇到怎样的麻烦。陈长生却想着，国教学院并没有对别天心做什么过分的事情，以无穷碧的辈分地位，何至于要来为难自己。直到此时此刻，看到湖对面的老道姑，他才知道原来不是所有高人都是世外高人，都有脱俗出尘的心境。

"前辈……夜入国教学院，请问有何指教。"他看着老道姑，声音稳定地问道。他是国教学院的院长，是教宗指定的继承人，单以身份地位论，并不在对方之下，所以这番话，他说得很平静。

老道姑看着他神情漠然说道："你就是陈长生？"

自从离开西宁来到京都后，陈长生已经无数次听过这样的问题。有时候这很烦人，比如当初在天书陵里遇到那位碑侍的时候；有时候是一种荣耀，比如在汉秋城外遇到朱洛的时候。此时发问的这位老道姑在大陆的地位与朱洛相仿，但他知道这绝对不是荣耀，而是危险。

老道姑神情漠然，生死已断，说道："稍后，我会杀死这个人。"

说这句话的时候，她看着陈长生，指着轩辕破的后背。轩辕破的身体微微颤抖，在无比恐怖的威压之下，根本无法转身，也无法离开。

"我还会做一些事情，会让你们看到。"

老道姑看都没看身前的轩辕破与那片废墟一眼。在她眼里，轩辕破已经是个死人。今夜她已经为国教学院里的这些年轻人们做好了安排，决定了人生。大周军方的神将很欣赏折袖，所以那个狼崽子只会受重伤，断一只手或者一条腿。她不会杀陈长生和唐三十六，因为就算强大如她，也不想得罪国教和汶水唐家。

但这不代表她会放过他们。她会在他们的眼前，把折袖打成残废，然后慢慢地杀死那个妖族少年。她要让他们看着自己的朋友血溅当场,却无力回天。她要他们明白什么叫作真正的无助,真正的绝望。她相信,事后他们活着,或者会比已经死去更加痛苦。这很好,她本来就是来教育他们的,那就要留给他们一个无法忘记的深刻记忆。

至于国教学院的年轻人会不会反抗……她从来没有考虑过这种问题。都说这些年轻人是真正的天才,但那又如何?不要说什么青云榜和点金榜,如果是王破和肖张这样的晚辈,或者让她看上两眼,这些年轻人又算什么?

是的,如果换成别的年轻人,在感受到如此可怕的强大气息,尤其是猜到老道姑的身份后,或者都会放弃抵抗。因为他们不可能是对手,如果说他们是雏鹰,老道姑就是寒冷的高空,如果说他们是幼虎,老道姑就是深不见底的渊壑。

可是,他们不是别的年轻人,他们是国教学院的年轻人。在浔阳城里,陈长生敢向朱洛出剑。在雪原上,折袖敢向魔族亮出獠牙。在三岁的时候,唐棠就敢尿唐老太爷一脸。在刚进京都的时候,轩辕破就敢和天海牙儿动手。反正无论如何都不打过,所以不打?这不是他们的逻辑,在他们看来,既然反正无论如何都打不过,那当然要先打过。打不过?打不过又如何?会死,那就往死里求活。

年轻人开始准备战斗,各有各的战斗方式。

拐杖躺在地面的阴影里,折袖站在窗檐的阴影里,脸上满是阴影,遮住血红的眼睛,坚硬的狼毛,锋利的狼爪,静静看着那个老道姑,右手握着半残的魔帅旗剑,平静漠然地令人心悸。

唐三十六双掌微微用力,窗沿骤碎,只听得数道异响,数道烟花向着飘雪的夜空里飞去。原来,他在国教学院里面一直布置着机关。这是他的战斗方式,遇着这样可怕的敌人,当然要在第一时间发出示警的烟讯,离这里最近的是皇宫,薛醒川应该会很快赶过来,至于汶水唐家派来暗中保护他的高手,更是会最先出现,当然,就算是第二神将薛醒川和汶水唐家的供奉加在一起也不会是这个老道姑的对手,但他才不相信,这个老道姑真的敢在众目睽睽之下,对他们下杀手。

苏墨虞脸色苍白,看着老道姑声音微颤说道:"舅妈,你真想两家反目成仇吗?"

陈长生看着那名老道姑,没准备动用鞘中的万剑或者那些天书碑,而是握住了一封信。他知道，就算自己再如何拼命，也不及老道姑的一根手指，只能希望苏离的这封信能够发挥作用。

数道极轻微的湮灭声，向夜空里飞去的警讯烟花还来不及发出光芒，便就此消失不见。唐三十六的脸色有些难看。这是他第一次遇到这等级数的强者，直到此时才知道，原来他熟悉的关于战斗与人心的计算推演，在这些人面前没有任何意义，这些人已经超越了世俗，又怎会被世俗智慧所困？

陈长生握紧了手里的信，心情微沉。

便在这时，似乎被遗忘、在老道姑眼中已经是个死人的轩辕破忽然动了起来。他在废墟里极其艰难、缓慢地转身，然后慢慢地抬起了手里的铁剑。他距离院墙最近，离老道姑最近，感受到的灭绝气息也更清楚，承受的压力最大。当陈长生、折袖等人做好战斗准备的时候，他还在与那道压力抵抗。最后，他终于转过了身，举起了剑。要面对老道姑这样恐怖的强者，要战胜对死亡的天然恐惧，轩辕破用尽了所有的勇气。只是这样一个简单的动作，便消耗光了所有的气力与精神。直面着老道姑，他的身体不停地颤抖，看着就像是重病初愈，他手里的铁剑也同样如此，看着摇摇欲坠。他已经表现得足够勇敢，但这样的他还能怎么战斗，还能怎么出剑？

老道姑第一次正眼看了眼轩辕破。

她的眼神流露出无穷无尽的嘲弄与轻蔑。按道理来说，八方风雨这种级数的绝世强者，不会对年轻的晚辈如此羞辱。但她今天就是来羞辱国教学院的。轩辕破是个熊族少年，最重勇武与荣誉，最受不得羞辱。他的脸涨得通红，有些稚嫩的眉眼间现出一抹决然，大吼一声，双手握着铁剑，便向老道姑斩了过去！

小楼处响起数道极其凌厉的风声，折袖如一道灰影，瞬间掠过深冬的冰湖，来到此间。陈长生的身影骤虚，动用耶识步，带着冬林里的点点雪屑，抢到了轩辕破的身后，双手一紧，便准备把信封扯开。苏墨虞面露决然之意，把手伸向怀里。唐三十六人在最后，声音先至。"无穷碧，你妈的！"

139·弹指间，强敌灰飞剑灭

放在平时，唐三十六再如何骄横，也不会对这位老道姑骂出这样的脏话，因为老道姑的身份地位实在太高，就算是唐家老太爷，对她或者不会有什么尊敬，至少也会有些忌惮，但他这时候毫不犹豫地就这样骂了出来，因为他想刻意激怒老道姑，分散老道姑的注意力，因为他这时候很愤怒和害怕，以至于忘记了害怕，因为轩辕破出乎所有人意料地举起了手中的铁剑。

精力过盛以至于每天要吃六顿饭，每天不停砸树的熊族少年，有自己的战斗方式。他的勇猛冠于国教学院，他的战斗方式与陈长生等人不同，他没有思考，被羞辱后便要用战斗来消除，哪怕会因此付出自己的生命。

然而他的铁剑如何能够击中老道姑？他怎么可能胜过这位老道姑？以人类修行界的标准判断，轩辕破的境界已经通幽，但他根本没有可能伤到老道姑。沉重的铁剑，像柔弱的柳枝般，被锁在湖畔的寒风里，根本无法落下。

老道姑看着那把铁剑，似乎认出了来历，微微挑眉，有些意外。但她不准备留情，那道寒冷的寂灭意味，瞬间控制他的身体与识海，下一刻便会如狂澜般把他撕成粉末，只要她微一动念，轩辕破就会死去。

陈长生、折袖、苏墨虞和唐三十六，像四道箭一般射向冬湖那面，然而即便他们豁出性命，也似乎无法改变结局。他们似乎只能眼睁睁看着轩辕破死在自己的眼前。有谁能够改变这一切吗？

可能有。陈长生还有最后的办法，他毫不犹豫地准备把那件保命的东西扔出去。苏墨虞也在准备着，唐三十六也在准备着。他们都准备把压箱底的东西拿出来，希望能够为轩辕破博得一线生机。

就在这时，一个令人意想不到的变化发生了。轩辕破手里的铁剑被束缚在寒风里，无法前进一寸，但终究是带起了一些风，哪怕是一缕最轻柔的风。那缕轻柔的风无法打破冬湖畔的静止，无法拂动老道姑腰间拂尘的丝缕，连雪都拂不动，但可以拂动烟尘。

轩辕破站在废墟里，落脚处是曾经是灶台，到处洒着灶洞里的灰。那些灰是木柴烧完后的余烬，还有些灰是一张纸烧成的灰。先前轩辕破曾经用铁剑挑破了那团纸烧成的灰，这时，随着他铁剑带着的那缕风，那团灰悠悠扬扬地飘了起来。夜色里的湖畔，很是漆黑，那团灰里隐隐露出些红色，原来里面竟还藏着些火星。风卷灰起，火星微亮，飘舞而起，在空中组成一把剑。那把火星之剑，顺着铁剑斩落的角度，向着前方嗖的一声斩了下去。擦！国教学院湖畔的空间，似乎被这一剑给直接斩开了。

老道姑的眼瞳骤缩，感觉到了强烈的危险。自从踏入神圣领域之后，她已经极少会有这样的感觉,因为这个大陆没有几个人能够威胁到她。这是怎么回事?那道由火星凝成的虚剑从何而来?为何会让自己感觉到危险?无数思绪在老道姑的识海里以难以想象的速度,仿佛光流一般穿行而过,不停计算推演。但那把火星剑来得竟是如此之快,在她还没有推演出结果之前,便来到了她的面前!

老道姑来不及思考,厉啸一声,身畔悬着的那柄拂尘无风而起,落于手间,向着那把火星剑便拍了下去!那柄拂尘,千丝万絮,每根丝絮,便是一道海潮!那片海洋无穷的碧蓝,却全无生意,只有寂灭的意味!她不知道那把忽然出现的火星剑是何来历,但感觉到了强烈的危险,出手便是自己的神圣道法!拂尘挟着无数道带着寂灭意味的海潮,向着那把火星剑拍打了过去。

和横亘天地间的狂澜相比,那把由轻柔的火星组成的虚剑,显得是那般的渺小,那样的脆弱,如何能挡?火星剑在轩辕破身前,如果它被狂澜湮没,轩辕破的肉身与灵魂,也必然会被吞噬!

然而那把看似渺小脆弱的火星剑,在遇到拂尘掀起的万道狂澜时,非但没有被湮灭,反而瞬间狂暴地燃烧起来!国教学院瞬间被照得无比通红,无论远近的夜林都仿佛开始燃烧!剑借火势,招摇而起,变成一把长约七尺的火剑,向着夜空散发出强大至极的气息。狂澜如山?斩之!寂灭如海?斩之!万物皆斩!

轰的一声,火剑斩破那数万道狂澜,带起无数道乱飞的拂尘丝缕,斩向老道姑!老道姑惊容骤现,带着一抹极为惶然的尖啸,猛然后退。先前悄然无声垮塌了一段的院墙,在她的身影暴退而后的过程里,轰然间完全塌掉。夜空里充斥着撕裂空间的声音,那把燃烧的巨剑,随着老道姑的身影狂斩而去。那柄拂尘上被削断的无数丝絮,在夜色里飘拂着。国教学院墙外的酒楼民宅,轰然垮塌,老道姑的身影连退数百丈,直至来到洛水渠畔,才勉强站定。她拂尘带起的万丈狂澜尽数垮湿,平静的洛水掀起无数波涛,白浪不停起伏!

老道姑看着那把追斩而至的火剑,脸上露出不可思议的情绪,尖声叫道:"燎天三式!"至此时,她终于认出了这把剑的来历!炉间余烬里的火星组成的渺小虚剑,迎风暴燃,爆发出难以想象的威力。她的拂尘,她的寂灭意,是无尽碧海,充塞天地之间,却不是这把剑的对手,为什么?因为星星之火,可以燎原,亦可以燎天!这剑,当然就是苏离的燎天三式!

惊呼声里,燎天剑已然来到洛水畔。夜晚里的洛水,已经不复往日的平静,从空中落下的雪花，瞬间被这道剑意，直接蒸发出无数烟雾。重重烟雾里，再次传出一道惊天动地的巨响，以及老道姑凄厉且震惊的呼喊。水雾骤然，烟尘渐落，洛水畔的堤岸已然垮塌了三里。

老道姑手执拂尘，站在堤下的浅水里，右手衣袖尽碎，露出白皙如玉的肌肤，黑发乱飘，浑身碎石，手里的拂尘，已经只剩下了柄尾和数络丝絮，看着异常狼狈，就像她这时候的人一样。

140 · 燎天剑的真正目标

"这不可能！"老道姑尖声叫了起来。

当她感觉到自己的道心上仿佛都被燎天剑斩出了一道裂口时，更是震惊愤怒得快要发疯。为何国教学院里会有苏离的一道剑意？难道苏离猜到自己要来？在确认那道强大的剑意就是燎天剑后，她一直有些不安地在想这个问题。但她更吃惊、愤怒，甚至有些惘然的是，为什么这道剑意会如此之强？——举世公认，苏离乃是剑道的最强者，但她怎么可能连一剑都接不住？而且这只是苏离留在国教学院的剑意，并不是他真正的剑！

她不是普通的强者，她是多年前就踏进了神圣领域的八方风雨！以往她始终认为，苏离虽然也踏进了神圣领域，但毕竟要晚很多年，就算天赋再高，在境界修为方面也不见得是自己的对手。结果现在……她竟连苏离的一道剑意都敌不过！

惊怒之后便是惊惶，老道姑看着那道恐怖的火剑，道心深处自然生出退意。如果是以往，她肯定要继续大战，但现在确认不是苏离的对手，如何还不退？这次她瞒着夫君潜入京都，并无强援。更重要的是，苏离不是教宗陛下，也不是天海圣后，是个冷血无情的疯子，他是真敢对八方风雨起杀心的！

洛水里再次掀起无数波浪，在雪夜里，像是堆起了无数纸屑。便在那道剑意再次斩落之前，洛水里响起老道姑不甘的一声厉啸，她的身影骤然消失，然后出现在对岸，以最快的速度消失在京都的大街小巷里。

陈长生等人以最快的速度，沿着被老道姑震倒的民宅酒楼，赶到了洛水畔时，此间已经空无一人，只有满天飘舞的雪花和那些拂尘上被切落的丝缕，再

473

就是那道悬浮在洛水上空的火剑。

那些丝缕不是柳絮，也不是雪花，哪怕是极细的一根，都蕴藏着极可怕的威力，能轻而易举地杀死他们，那柄拂尘若全力一击，只怕真的可以撼动整条洛水……不愧是踏进神圣领域的绝世强者啊！

感受着那些丝絮里的力量，陈长生等人下意识里望向第一个敢于向老道姑出剑的轩辕破，佩服到了极点，同时想着，把那柄拂尘斩成脱毛鸡，把老道姑生生击退的这把火剑，又该强到了什么程度？

"这是怎么回事？"唐三十六看着夜空里的那把燃烧的剑问道。

前半夜的时候，陈长生感悟过信纸上的剑意，大概猜到了是怎么回事，说道："这是苏离前辈的剑。"

唐三十六余悸未消，心想如果不是这把剑，只怕今天的国教学院肯定会血流成河，就算那个老道姑看着国教与汶水唐家的分上，不会太过为难他和陈长生还有苏墨虞，折袖肯定会受尽羞辱，轩辕破更是毫无幸免。

这场从国教学院打到洛水畔的强者之战，惊动了很多人。就在他们抵达洛水畔不久，一道火焰自夜空落下，薛醒川坐着火云麟以最快的速度赶了过来。同时，汶水唐家派至京都的三位供奉，也终于在夜色中现身，将唐三十六围在了中间。这是陈长生等人第一次看到汶水唐家的真正实力，不禁有些好奇地看了一眼。街巷上响起暴雨般的蹄声，应该是国教骑兵和羽林军正在赶来。

薛醒川看着垮塌的洛水堤岸，与变成废墟的一大片酒楼民宅，神情严峻问道："发生了何事？"

"无穷碧来了。"唐三十六说道。

居然有一位八方风雨潜入京都？薛醒川神情微变，然后望向洛水上空那把燃烧着的大剑，神情再变，以他的境界自然能够看出来，那并不是一把真实存在的剑，更准确地说应该是一把虚剑，然而令他感到警惕的是，即便是他的境界，也觉得远远不是这把剑的对手，所以不需要询问，他便知道了这是谁的剑意。

"苏离……为何会把这道剑意藏在国教学院里？"他看着陈长生的眼睛，问道，"难道他事先就知道无穷碧会对你们不利？"

这是老道姑败走前最想不明白的事情，也是陈长生到现在都还没有想明白的事情。他原先以为，苏离前辈托徐有容给自己两封信，阅后即焚的那封信应该是助他感悟剑意，现在在怀里的这封信是保命的法宝，现在看来，苏离让自己把第一封信烧成灰烬，明显另有深意。

借自然之火点燃剑魄，这道燎天剑的剑意才会发挥出最强大的威力，只是苏离怎么确定何时让这道剑意显现出来？是因为轩辕先前蛮不讲理的勇猛激发，还是因为他真的提前算到了无穷碧的到来？

国教骑兵与羽林军赶到了现场，离宫的教士也赶了过来，还有京都府的官员府役，人们开始清理现场，救助伤员，搬运沙石稳定溃塌的洛水堤岸，场间变得热闹起来，夜空里的燎天剑自形敛了光芒，再难看见。

薛醒川依然盯着夜空里的那处。陈长生等人也盯着那处。这件事情似乎就此便要结束，一切回复平静，然而真的会这样吗？不知道为什么，他们都不这样认为，总觉得还有什么事情要发生。

果不其然，就在下一刻，就在毫无道理的下一刻，洛水上空的夜空燃烧了起来。仿佛无数只太阳里飞出来的金乌降临了人间，到处都是白亮无比，夜晚的京都仿佛来到了白昼。在废墟与堤岸上辛苦工作的官员与军士们，震惊无比地抬头望去，心想出什么事了？燎天剑燃烧着，变大着，不过数息时间，便横贯了一片夜空，从地面看着，至少有半条街那么长！洛水畔的官员军士们还有被惊醒的民众们，看着夜空里的那把燃烧着的巨剑，发出无数声惊呼。

燎天剑猛烈地燃烧着。云里再也没有雪花能够落下，也没有雨水，甚至连水雾都没有。夜空里的那些云，直接就被火给烧蚀得干干净净，渐渐要露出后面的满天繁星来。薛醒川脸色瞬间变得苍白无比，向着皇宫方向发出一声厉啸以为示警，同时跃至火云麟背上，便向夜空里飞去！陈长生也猜到了，眼里满是震惊的情绪，心想不会吧，前辈你都要走了，为何还要发疯？

老道姑想不明白苏离为何会留一道剑意在国教学院里，薛醒川想不明白，陈长生也想不明白，因为苏离的剑道修为再高，甚至可以以剑算天心，也没有可能预知到一位神圣领域强者的行动轨迹，从而提前做出埋伏。

苏离留在国教学院的这道剑意，本来就不是为老道姑准备的。他给这个世界留下了七封信，让陈长生阅后即焚的这封信里的剑意最强。老道姑来了国教学院，轩辕破的铁剑，唤醒了那团灰里的剑意，于是那道剑意便顺势把老道姑击退。是的，顺势，顺道，顺便，只是顺手而为。哪怕老道姑身为八方风雨，都没有资格让苏离专门施出这道剑意。他对她毫不在意，很是不屑。他想要与之战斗的人，这道最强剑意的目标，始终都是那位。

那位在皇宫里，一直在皇宫里。那位不是普通人，是位圣人。

一声清啸响彻夜空，薛醒川乘火云麟直上天穹，化作一道火线，握枪便向燎天巨剑刺去！然而他的枪却根本无法刺中燎天巨剑，在外围便受阻，狂风呼啸，火线骤断，颓然向地面坠落。薛醒川和火云麟震落到洛水里，一口鲜血从他的嘴里喷了出来。

燃烧的巨剑终于动了，挟带着无数火焰与热量，从洛水畔冲天而起，向皇宫而去！看着这幕无比瑰丽壮观的画面，地面上的所有人都震惊得无法发出声音。陈长生和唐三十六等人的眼里满是敬畏与仰慕的神情，修道之人若到了这种境界，方始无憾吧？折袖面无表情，眼里却满是狂热与坚定的神情，心想就算你再强，将来总有一天，我也要击败你！

入冬后，京都的雪一直断断续续地落着，天空里的云层却极少散开，直至今夜，那道剑意化成的燎天巨剑向着天地喷吐出无穷的光与热，雪云瞬间被烧蚀干净，露出了点点的星辰。随着燎天剑向着皇宫而去，在经过的夜空里，雪云随之而散，不停有星辰显现，这幕画面很美丽，看上去就像是一个笔头正在涂抹着夜空，无数星辰随着这把剑不停地亮起。夜空里不停明亮的星辰，没有把星光洒向人间，而是落在燎天剑的轨迹上，变成了无数的明亮鳞片。燎天剑终于成龙！

整座京都，在这个时候终于醒了过来。有人一直都没有入睡。那个老道姑走过那条巷子的时候，天海圣后便醒了过来。然后她拾阶而上，登上了甘露台。这里是京都除了天书陵之外，最高的地方，可以看到最近的星空，也可以看到最广阔的人间。她看着老道姑出现在国教学院外，神情漠然。她看着国教学院里出现一道强大的剑意，神情依旧漠然，只是挑了挑眉，似乎对此有些感兴趣。

现在，那道剑自洛水畔正在向皇宫而来。她站在甘露台上，狂风拂着她完美的脸庞，拂不散上面漠然的神情，只能让青丝微微飘拂。她背着双手，凝视着夜空里越来越近的那道剑龙，神情平静，眼眸里终于出现了一抹凝重。

141·一支乌木簪

她向前走了一步，便来到了甘露台的最边缘。夜明珠和人间在她的脚下，星空与命运在她的头顶。她缓缓张开双手，广袖垂落，迎风而舞。她如临深渊，谨慎小意。她如临沧海，气象壮阔。

一道高妙至极、强大至极的气息，出现在甘露台上。她广袖微振，夜风骤然转了方向，逆而前行，向着燎天剑而去。缕缕青丝依着她的脸颊，向前飘去，微显凌乱，更添美丽。发鬓微颤，插在其间的那支乌木簪落了下来，却没有落下，而是飞向了夜空。世人皆知，圣后娘娘有支乌木簪，无论何时，都插在她的鬓间。不是因为那支簪很美，凤首雕得栩栩如生，而是因为那不是一支普通的簪子。那就是百器榜第三，木剑小凤！

一声清丽至极、无比庄肃的凤鸣，响彻整座京都。乌木簪由甘露台直上夜空，随星光而化，变成一只雍容美丽却无比狂暴的黑凤凰！这只黑凤凰是如此的巨大，竟似要将所有星辰遮住，只见它探出一爪，直接向着燃烧的燎天剑抓了过去！一道恐怖的声音，在天地之间回荡不休。黑凤凰的右爪直接握住了燎天剑化作的火龙！燎天剑四周如龙鳞般的星光，骤然暗淡，然后伴着无数细碎的噼啪声，纷纷碎裂！但燎天剑似乎早就预料到这一点，直接从那些星光鳞片里穿了出来！

苏离的剑……真正出鞘！一道锋锐至极的剑意，遍布整个夜空，那些碎散的星光竟被切割得更加细碎，如雪花一般飘落！数道黑羽飘溅而起！一声凤鸣再次响起，只不过这一次更加霸道无双！黑凤凰张开十数里长的双翼！燎天剑刺进它的黑羽里，它的尖喙也狠狠地击中燎天剑的剑首！一道流光亮起，无数道流光亮起，流光溢彩，壮丽难言！

夜空被照亮，世界再次进入白昼，从皇宫到天道院，从朝堂到离宫，无数建筑的保护阵法受到高空里的气息对撞激发，自行展开，无数道清光凝成的光圈，几乎同时出现在京都的大街小巷里。这幅画面真的太美丽了，美丽到炫目，令人无法直视，事实上也确实没有几个人能够看到。

离宫四周的那些石柱里释放出古老的气息，最深处的宫殿里，教宗静静看着被天井切开的夜空，看着那把燃烧的巨剑与那只已经很久不见的黑凤凰，发出一声意味难明的悠悠叹息。

天书陵里的树林释放出更加古老的气息，神道下端亭中的苍老神将缓缓抬起头来，盔甲里的历史的尘埃缓缓飘离，即便是心寂道孤的他，都被今夜的这场战斗震撼了心灵。

不知道过了多长时间，夜空里的流光终于渐渐敛去。高空里如雷般的气息对冲声也渐渐消失，天地四周的雪云缓缓汇至，重新遮住那些破碎的星光。京都再次回到黑夜，世界重新变得安静。人们站在自家的窗边，站在废墟里，站在洛水畔，揉了揉刺痛的眼睛，再次向夜空里望去。夜空里什么都没有，没有燃烧的巨剑，没有黑色的凤凰，一切异象都已经消失，仿佛先前什么都没有发生过。那些壮观瑰丽的画面，似乎是想象出来的。

雪重新落下，在寒风里缓缓飘舞。陈长生伸出手掌，接过一片雪，发现雪的颜色竟不是白，而是灰色的。京都里的人们都发现了，这时候夜空里落下的雪，竟然都是灰色的。因为先前在夜空里降临京都的剑，本来就是一张信纸烧成的灰。

圣后看着右手里的乌凤小簪，沉默不语，不知道在想些什么。甘露台上的风将簪上沾着的一片灰雪拂走，露出木簪的本体。木簪上殷红的凤首依然高贵美丽如前，但如果仔细望去，便能看见上面多了一道浅浅的剑痕。乌凤小簪上本来就有一道浅浅的刀痕，现在多了一道剑痕，也并不如何明显。只有她知道，这意味着苏离已经无限接近当初在她木簪上留下刀痕的那个人。今夜的这场战斗，是平手。苏离留下的一道剑意，居然能够抵住她的乌凤小簪，这让她有些意外。片刻后，她唇角微扬，露出一抹嘲讽的笑容。

"不想走，却不得不走，为情所困皆庸人，就算剑道再强，又能如何？"她忽然有所感应，望向城南某处，眉尖微挑，寒声道，"居然还敢留着，真是不知死活的东西！"

不想走的人有很多，比如那位老道姑。她去国教学院里去立威杀人，结果却被苏离的那道剑意直接击退，狼狈不堪地借夜色遁走。作为八方风雨，她如何能够甘心？所以她并没有真正离开，借着城南某座贵人家的阵法隐匿气息。

然后，她看到了夜空里的那场战斗——站在幽静的园里，看着渐渐敛去的流光，想着先前那把燃烧的巨剑和那只黑凤凰，老道姑的脸色变得异常难看。天海的实力境界原来高到了这种程度，难道圣人们都隐藏着自己的真实水准，要比自己这些人高出一个层次？只是苏离何时把境界提升到了这种程度？

看完了这场战斗，她不得不承认，自己距离天海和苏离有一段很远的距离，甚至极有可能此生都无法追上对方，这个事实让她生出很多挫败的情绪，然后变得越来越愤怒，愤怒到想要杀人。

她刚才没有离开京都，就是想着要杀人，苏离的那道剑意已经被乌凤小簪碎掉，相信没有人能够想到，以她的身份地位和境界，居然会如此阴险的再次去往国教学院杀人，谁还能再阻止她？一道怨毒的杀意在她的眼里显现，无穷数量的寒冷碧海如墨一般地翻腾。她拿着已经快要全秃的拂尘，满脸杀意向国教学院方向走去。

然而就在她刚刚抬步的时候，一道声音在她的耳边响起："我一直认为命运是很没有道理的事情，在你的身上得到了最好的明证，像你这等猥琐下作的老妇，为何却能得到星空的垂青，进入神圣领域？"

那个声音很冷漠，很威严。同时，一道冷漠威严的目光，从很远的高处落下，落在老道姑的身上。

142 · 这才是他给世界留下的信

老道姑闻声，神情骤变，抬头望向甘露台的方向，张嘴想要说些什么。天海圣后站在甘露台边缘，看着南方那座府邸，目光威严至极，仿佛一道真实的光。从老道姑进入京都的第一刻起，她就感觉到了。老道姑在巷子里虐杀了一条狗，斩了关白握剑的手，就已经触犯到了她。或者在很多人看来，无论那条野狗还是关白，和老道姑相比都不值一提。但圣后娘娘不这样想，因为这是她的天下。青天之下，再满身溃烂的野狗，也是她的狗，再不重要的人，也是她的子民。

当然，如果老道姑先前被苏离的剑意击退后，就此老实退走，她也会看在老道姑夫君的面子上不会出面。可是老道姑不该还留在京都里。这是对她的不敬。老道姑尤其不该留在那座府邸里。这是对她威名的利用。圣后娘娘不喜欢，所以不想听老道姑的解释。

"滚。"她面无表情地说道。

随着这个字，她腰间的玉如意骤然间化作一道流光，向着遥远的城南而去。玉如意化作了一道黑龙，挟风雷之力，却悄然无声，仿佛与夜色融为了一体。

整座京都，只有两三个人能感觉到那条黑龙的出现。北新桥地底深处，那个眉眼间尽是煞意的小姑娘正在吃陈长生前些天送过来的烧鸡，同时低声抱怨着他已经很多天没有来看自己，同时满心希望着自己可以跟他学离山剑法，将来如果能够修到苏离那种程度，身后的锁链如何还能锁得住自己？忽然间，她

479

抬头蹙眉向上方望去，小脸上露出一抹恐惧的神色。

借着夜色的掩护，玉如意化作的黑龙来到了城南。那个滚字如雷般在老道姑的耳畔炸响。她神情骤变，不再迟疑，转身便走，同时拂尘落下，在身后布下重重碧海。嗖的一声，玉如意来到幽园里，破拂尘而入！黑龙入海，掀起无数风暴！轰的一声，老道姑的后背被击中，衣衫骤碎，一口真血狂喷而出。她哪里还敢再作停留，强撑着重伤后的身体，动用秘法，跃入夜色之中，再也不见。

片刻后，幽静的园里亮起火把。天海承武与几位最重要的子侄，站在园墙下，脸色难看到极点。那里的墙上与竹上残着老道姑的真血，斑驳、泛着金光。

"姑母生气了。"

"我们又没有想着杀陈长生，只是想着挫一下国教的气焰……娘娘这都不准，到底想我们怎么做？"

教宗坐在椅子上，看着越来越茁壮的盆中青叶，想着今夜发生的事情，微微出神片刻后，自言自语说道："师兄你当年的判断是对的，她确实比所有人想象的都要更强……而且我想，这还不是最强的她。"

除了像教宗陛下和老道姑这等层级的大人物，今夜的京都一战，除了苏离展现了自己惊世骇俗的剑道修为之外，对很多人来说最重要的事情是看到了那只霸道强大无双的黑凤凰，这时候人们才最终确认，原来圣后娘娘真如传闻里猜测的那样，拥有高贵至极的天凤血脉，难怪她会对徐有容如此宠爱，从天赋血脉的角度来说，她确实可以把徐有容当作真正的女儿。

只有很少人知道，在这场圣后娘娘与苏离的惊天之战前后，京都还发生了两场战斗，如果放在平时，那两场同样是神圣领域的战斗必然会引发世间无数议论，然而在今夜，这两场战斗必然只能成为不起眼的注脚。

没有人知道八方风雨之一的无穷碧曾经夜潜入京，想要去国教学院替自己宠爱的独子找面子，结果遭到苏离和圣后两位传奇的连续镇压，非但没能找到半点面子，反而身受重伤，无比惨淡地离开。

没有用多长时间，苏离留给大陆的七封信终究还是被知道了。

汉秋城外的万柳园被烧成了焦土，这件事情实在没有办法瞒过去，天凉郡朱阀和绝情宗忽然间变得低调了很多。同时，长生宗的梁长老忽然因病暴毙，又有两位长老身染重疴，十余年前那场剧变后硕果仅存的第一代强者就此凋零，长生宗昭告世间，即时闭关三年，就连即将到来的南北合流这样的大事，也就此置身事外，再也没有发表任何看法。

在很短的时间里，接连发生了这么多大事，谁都知道这肯定与苏离有关。真正举世皆惊的，当然还是京都雪夜里苏离与天海圣后之间的那场战斗。

当初传来苏离与圣女相伴避世的消息后，很多南人以为他是抵抗不住周人的压力，就此做了逃兵，当初爱之有多深，现在恨之便有多切，尤其是那些曾经视他为偶像的南方年轻人提起他来时，言语里多有不敬，无比痛恨。

然而，苏离终究是苏离。作为南方这数百年里最挺拔的那株参天大树，他怎么可能会因为逃避而离开？怎会如此平静沉默低调甚至有些委屈地离开？在离去之前，他必然要了断所有恩怨。

他曾经冷血无情地杀过很多人，这个世界有很多理由憎恨他、仇视他，而他没有太多需要怨恨这个世界的地方，回望过去的这些年，也只有从魔域雪原南归途中受到的那些羞辱与伤害未曾洗干净，挑起离山内乱的那些无耻之徒还活着，所以万柳园被烧毁了，朱洛废了，长生宗渐渐要消失在历史的长河里。至于恩怨里的前面那个字，自然有陈长生怀里的那封信、槐院忽然收到的万顷良田馈赠、某个著名杀手忽然拿到的由天海圣后亲自颁发的大赦令作为了结。

当然，在最后的时刻，他没有忘记做一件他其实一直都很想做，却一直没有机会做的事情——与天海圣后真正的较量一场。

很多年前，当苏离还很年轻的时候，已经是杀手榜上的天下首席刺客，曾经有无数人愿意花无数金钱甚至是一州一郡的代价请他刺杀天海圣后，但他始终没有接下，甚至不惜最后与追随自己的那些下属分道扬镳。

过了些年，他已经是离山剑宗辈分最高的师叔祖，陈氏皇族及很多南方的大人物包括他故乡的父老，摆出无数大义的名分，言辞恳切甚至涕泪纵横地请他执剑入京都，替天下万民除掉妖后这个祸害，他也没有答应。

十余年前，长生宗和梁王府联手擒了他怀孕的妻子，逼着他去杀天海，他还是没有做。

不是因为那时候的他还没有现在的剑道修为，没有信心去挑战一位真正的圣人，也不是他不愿意时局动荡，人类世界内乱，从而给魔族大军南侵的机会，而是因为那些时候都是别人要他去挑战天海。

苏离就是这样的性格，如果有人要他去做什么，他越不会去做。现在他要离开这个世界，再也没有人敢命令他做什么，也没有人敢再来烦他，反而他非常想试一下，到底自己和天海究竟谁更强。最终的结果是没有结果，不过相信他应该很满意。

在离开这个世界的时候，苏离让这个世界很是热闹了一段时间。从本质上来说，他是一个很爱热闹的人，他很担心没有自己的世界，会显得太无趣。或者，他也很担心自己离开这个世界后，会有很长时间没办法看到这么多热闹。

他登上世界这个舞台的时候，无比风光，夺目至极；他离开这个世界的时候，同样轰轰烈烈，潇洒无比，相信这个世界再也没有办法忘记他的名字，哪怕他可能会有很长一段时间不会出现。

他这样做还有一个目的，那就是替离山，替南人立威。

燎天剑照亮京都，与乌凤小簪同耀夜空。他这是在告诉天海圣后与教宗，当初达成的协议要做好，南北合流之后，要对南人好些。同时他这是在告诉整个大陆，不要趁着自己不在，便试图对离山如何。不然，你们会像长生宗的那位长老一样死得很难看，你们的家宅与山门会像万柳园一样被烧成焦土。

FIGHTER of The DESTINY